KATHERINE WEBB
Der Tote von Wiltshire
Lockyer & Broad ermitteln

KATHERINE WEBB

Der Tote von Wiltshire

LOCKYER & BROAD ERMITTELN

Kriminalroman

Aus dem Englischen
von Babette Schröder

DIANA

Sollte diese Publikation Links auf Webseiten Dritter enthalten,
so übernehmen wir für deren Inhalte keine Haftung,
da wir uns diese nicht zu eigen machen, sondern lediglich
auf deren Stand zum Zeitpunkt der Erstveröffentlichung verweisen.

Von Katherine Webb sind im Diana Verlag bisher erschienen:
Das geheime Vermächtnis
Das Haus der vergessenen Träume
Das verborgene Lied
Das fremde Mädchen
Italienische Nächte
Das Versprechen der Wüste
Die Frauen am Fluss
Die Schuld jenes Sommers
Besuch aus ferner Zeit
Der Tote von Wiltshire – Lockyer & Broad ermitteln

Penguin Random House Verlagsgruppe FSC® N001967

Deutsche Erstausgabe 12/2022
Copyright © 2022 by Katherine Webb
Copyright © 2022 der deutschsprachigen Ausgabe by Diana Verlag
in der Penguin Random House Verlagsgruppe GmbH,
Neumarkter Straße 28, 81673 München
Die englische Ausgabe erschien 2022
unter dem Namen und Titel Kate Webb,
Stay Buried bei Quercus, London.
Umschlaggestaltung: t.mutzenbach design, München
Covermotive: © Shutterstock.com (Naffarts;
Quality Stock Arts; Pavlo Baliukh)
Autorenfoto: © NellMalliaPhotography
Redaktion: Angelika Lieke
Satz: Leingärtner, Nabburg
Druck und Bindung: GGP Media GmbH, Pößneck
Printed in Germany
Alle Rechte vorbehalten
ISBN 978-3-453-36151-5

www.diana-verlag.de

Für James

1

TAG EINS, FREITAG

»DI Lockyer?«

Eine Frauenstimme, dumpf, seltsam vertraut. Eine Sekunde lang glaubte Lockyer, sie zu kennen. Dann Stille am anderen Ende der Leitung, nur ein kaum hörbares Einatmen.

Lockyers Nacken kribbelte. Aus der Fensterscheibe sah ihm sein verschwommenes Spiegelbild entgegen – eine große schlaksige Gestalt mit dunklem Haar, das geschnitten werden musste, einer schiefen Nase und dunklen Ringen unter den Augen. Er musste dringend mal wieder ausschlafen.

»Ja. Mit wem spreche ich?«

»Ich heiße Hedy. Hedy Lambert.«

Lockyer schwieg so lange, dass Constable Broad von ihrem Computer aufsah. Instinktiv wandte er sich von ihrem neugierigen Blick ab.

»H… Miss Lambert.« Er räusperte sich. »Ich … Es ist eine Weile her. Ich habe nicht damit gerechnet, noch einmal von Ihnen zu hören.« Auf seinem Schreibtisch standen drei leere Becher. Er begann, sie zusammenzustellen, indem er die Henkel so drehte, dass er alle gleichzeitig mit einer Hand greifen konnte. Wie ein unruhiges Kind spielte er damit herum. Er musste sich zur Ruhe zwingen.

»Nein.« Hedy holte tief Luft. »Wie geht es Ihnen?«

»Warum rufen Sie an, Miss Lambert?« Sofort bedauerte er, dass er so kurz angebunden war. Erneut Schweigen.

»Was denn, keine Zeit, ein bisschen zu plaudern?«, gab Hedy trocken zurück, aber es lag ein leichtes Zittern in ihrer Stimme. Lockyer wartete. Vielleicht hätte er mehr gesagt, wenn Broad nicht dort gesessen und sich sehr bemüht hätte, so zu tun, als würde sie nicht zuhören. »Sie müssen mich besuchen, Inspector Lockyer.«

»Wozu?«

»Es ist wichtig. Es … es könnte dringend sein. Vielleicht. Es geht um damals. Um Harry Ferris.«

»Haben Sie neue Informationen zu dem Fall?«

»Ja. Aber bevor Sie weiter fragen, ich werde Ihnen das nicht am Telefon sagen. Sie müssen herkommen. Bitte.« Das Bitte klang fast wie ein Flehen, aber nur fast. Lockyer versuchte, neutral zu klingen.

»Ich kann nichts versprechen …« Er suchte zwischen den Papieren und dem Müll auf seinem Schreibtisch nach einem Stift. »Wie lautet Ihre Adresse?«

»Meine *Adresse*?« Wieder dieser trockene, amüsierte Ton, in dem etwas Dunkles anklang. »Eastwood Park.«

Lockyer biss die Zähne zusammen, DC Broad warf ihm einen Stift zu. HMP – Her Majesty's Prison – das Gefängnis Ihrer Majestät in Eastwood Park. Vierzehn Jahre waren vergangen – vierzehn Jahre, seit er dafür gesorgt hatte, dass Hedy Lambert eingesperrt worden war. Und sie war immer noch da. Überflüssigerweise schrieb er *HMP E Park* auf einen Zettel. Irgendwie hatte er gedacht, dass sie inzwischen auf Bewährung entlassen worden sei, aber das war sie natürlich nicht – sie hatte eine Mindeststrafe von zwanzig Jahren erhalten. So viel bekam man für einen kaltblütigen, vorsätzlichen Mord.

»Alles in Ordnung, Chef?«, fragte Broad, nachdem er aufgelegt hatte, und verschränkte die Arme hinter dem Kopf, um ihre Schultern zu dehnen.

Gemma Broad war klein und stämmig, was einige Kollegen zu der Annahme verleitete, sie sei nicht in Form, was ganz und gar nicht der Fall war. In ihrer Freizeit nahm sie an Triathlons teil. Bei einem Hindernislauf für einen guten Zweck, an dem die Polizei von Wiltshire sich letztes Jahr beteiligt hatte, wurden die meisten Männer im Team von ihr geschlagen – obwohl sie bei den höheren Wänden Hilfe gebraucht hatte. Sie war jung, wissbegierig und sehr klug, und sollte eigentlich nicht bei Lockyer und den Cold Cases hocken. Sie war außerdem von Natur aus äußerst neugierig, aber Lockyer wollte nicht über Hedy Lambert oder den Harry-Ferris-Fall sprechen – nicht, solange es nicht unbedingt nötig war.

»Es wird Zeit, dass Sie nach Hause kommen, Gem«, sagte er. »Das kann bis Montag warten.«

»Etwas Neues für uns?«

»Das bezweifle ich.« Er schüttelte den Kopf. »Nur jemand aus einem alten Fall von mir, wahrscheinlich gelangweilt oder auf Aufmerksamkeit aus, und …« Er brach ab, er konnte sich nicht dazu durchringen, über Hedy zu lügen. »Es ist wahrscheinlich nichts. Ich wünsche Ihnen ein schönes Wochenende, Gem.«

»Kommen Sie nicht mit auf einen Drink, Chef?«

»Nein, ich bin heute nicht in der Stimmung.«

»Haben Sie am Wochenende was Aufregendes vor?«

»Nur das Übliche. Essen mit der Familie. Am Haus arbeiten.«

»Party, Party, Party, stimmt's?«

»Ohne Ende. Und Sie?«

»Zu Petes Mutter.« Broad verdrehte nur kurz die Augen. »Schon wieder.«

»Ist das nicht schon das dritte Wochenende hintereinander?«

»Nein.« Mit einem Seufzer stand sie auf. »Aber es fühlt sich so an. Sie ist außer sich, weil die Bauarbeiter die Arbeit niedergelegt haben. Gott weiß, was sie denen gesagt hat. Es wäre mir ja egal, aber sie will Merry nicht im Haus haben. Das arme Tier muss in der Garage übernachten. Und dann beschwert sie sich, wenn sie bei seinem Geheule nicht schlafen kann.«

»Klingt für mich nach einer guten Ausrede, um zu Hause zu bleiben und Pete allein fahren zu lassen.«

»Ja, aber … Nun ja. Er möchte, dass ich ihn begleite«, sagte sie eine Spur verlegen.

»Ich wünsch Ihnen was.«

Lockyer war Broads Freund nur ein paarmal begegnet und konnte nicht verstehen, was sie an ihm fand.

Als sie gegangen war, blieb Lockyer noch eine Weile auf seinem Platz sitzen. Er konnte sich nicht vorstellen, was Hedy Lambert ihm zu sagen hatte – vielleicht wollte sie ihren Zorn an ihm auslassen. Oder – endlich – ein Geständnis ablegen. Nach einer Weile schaltete er das Licht aus, durchquerte die Büros der Kriminalpolizei, ging die Treppe hinunter und verließ das Revier.

Das Polizeipräsidium von Wiltshire war in einem imposanten Backsteingebäude aus den 1960er-Jahren am westlichen Rand von Devizes untergebracht. Die Flagge mit dem Wappen und dem Motto der Polizei hing schlaff und klatschnass an ihrem Mast. *Primus et Optimus.* Der Erste und Beste – da es der älteste Polizeidistrikt außerhalb Londons war. Er hätte auch *Minimus*, der Kleinste, heißen können, wenn es nicht das gute alte Warwickshire gegeben hätte. Beide beschäftigten weniger als tausend Beamte.

Lockyer ging langsam zu seinem Auto, das hinter dem Gebäude stand, und dachte über die letzten vierzehn Jahre nach –

wo er überall gewesen war, wen er getroffen, an welchen Fällen er gearbeitet hatte. Und während dieser ganzen Zeit war Hedy Lambert im Gefängnis gewesen. Er hatte entscheidend zu ihrer Verhaftung beigetragen. Ein ungutes Gefühl beschlich ihn. Es fühlte sich genauso an wie bei dem Fall im letzten Jahr, der zu seiner Versetzung vom Major Crime Investigation Team, das bei schweren Verbrechen ermittelte, in die Abteilung für ungeklärte Fälle, Major Crime Review, geführt hatte. Allmählich glaubte er das Gefühl einordnen zu können – es stellte sich stets ein, wenn er kurz davor war, das Falsche zu tun.

Aber er wusste bereits, dass er Hedy Lamberts Bitte nachkommen und sie besuchen würde. Weil er neugierig war, was sie ihm sagen wollte, und weil er das Gefühl nicht loswurde, dass er ihr etwas schuldete. Er konnte nicht vergessen, wie sehr er damals mit sich gehadert, wie er zehnmal am Tag geschwankt hatte, ob er ihr glauben oder an ihren Worten zweifeln sollte. Und er war sich nie sicher gewesen, ob er richtig gehandelt hatte, nicht einmal, als sie wegen Mordes verurteilt worden war.

Hedy Lambert verfolgte Lockyer bis zum Haus seiner Eltern. *Es ist wichtig. Es … es könnte dringend sein.* Der Fall war schon so lange abgeschlossen, dass er sich nicht vorstellen konnte, was daran dringend sein sollte.

Die Westdene Farm lag einsam in einem leichten Knick der Salisbury Plain, abseits der Hauptstraße, die das Weideland von Melksham nach Salisbury durchquerte. Als er in die Einfahrt abbog und das Auto parkte, peitschten Regenböen über den Hof. Von einigen Heuballen hatte sich die schwarze Plastikplane gelöst und flatterte im Wind, der zwischen den Metallpfeilern der »neuen« Scheune pfiff – die vor dreißig Jahren neu gewesen war. Die Luft roch nach Gülle und Rauch, und die Hunde fingen an zu bellen, als sie den Motor hörten. Es lag der übliche Müll herum – ausrangierte Reifen und Maschinenteile, leere Plastikfässer und Werkzeuge. Überall wucherte Unkraut. Dahinter erhob sich das weite, öde Land.

In der Dämmerung und bei Regen war es ein trostloser Ort. Aber es war ein Zuhause, der Ort, an dem Lockyer aufgewachsen war. Er fühlte sich vertraut und zugleich etwas bedrückend an.

Das jahrhundertealte Bauernhaus mit Backsteinmauern hatte einen quadratischen Grundriss. Lockyers Vater war in diesem Haus geboren worden, ebenso wie sein Vater vor ihm. Wie viele der kleineren Höfe in der Ebene befand sich Westdene seit Generationen im Besitz derselben Familie, deren Mitglieder stets ums Überleben kämpften. Wasser plätscherte von den verstopften Dachrinnen auf die dicken Moospolster darunter, und die Fenster im Obergeschoss wirkten dunkel und abweisend. Doch durchs Küchenfenster fiel gelbes Licht, und Lockyer konnte seine Mutter sehen, schlank und mit kurzem Haar, die eine verblichene Schürze trug und in dampfenden Töpfen rührte. Dem Herrn sei Dank, dass es sie gab. Als er die Tür öffnete, wurde er von zwei grau gefleckten Collies stürmisch begrüßt, und der vertraute Geruch des Hauses umfing ihn: alter Teppich und Ruß, ungewaschene Hundedecken, Kaffee und Essensdünste. Seine Schultern entspannten sich für eine Weile.

Lockyer ging zwei- oder dreimal im Monat zu seinen Eltern zum Abendessen. Da keiner von ihnen gern telefonierte, sprachen sie darüber hinaus nur selten miteinander. Lockyer machte sich Sorgen, dass Trudy und John zunehmend vereinsamten und mit sich und ihren Problemen allein blieben. Manchmal kam es ihm so vor, als wäre er ihre letzte Verbindung zum Rest der Welt – und jämmerlich ungeeignet für diese Aufgabe.

Er rief einen Gruß, dann setzte er sich auf die Bank im Flur, um seine Schuhe auszuziehen. Die Hunde stupsten ihm ihre Nasen ins Gesicht, und als er sich wieder aufrichtete, sah er seinen jüngeren Bruder Christopher. Er sprang in ausgebeulten Jeans die Treppe herunter, eines seiner zwei guten Hemden bis oben zugeknöpft und in die Hose gesteckt, das kurze blonde Haar mit Gel frisiert, sodass es vom Kopf abstand. Mit gesenktem Blick suchte er in seiner Brieftasche nach einem Zehner. Natürlich, es war Freitagabend.

»Willst du in den Pub?«, fragte Lockyer. Oder hatte er es nur gedacht? Er blinzelte leicht verwirrt, und der Moment ging vorüber. Er hatte es nicht laut ausgesprochen, weil Chris nicht da war. Natürlich nicht. Einen Moment lang saß Lockyer still da und wartete darauf, dass sich die Anspannung in seinem Magen löste.

Während des Essens sprachen seine Eltern hauptsächlich über den Hof, was nicht sehr erbaulich war – noch mehr Ungewissheit aufgrund des Wetters, sinkende Preise, der Austritt aus der EU. John sagte nur sehr wenig zu allem. Erst als Trudy ihn dazu drängte, blickte er von dem Shepherd's Pie auf. Es gab oft Shepherd's Pie, wenn nicht Rindergulasch oder Hähnchen mit Klößen von seiner Mutter serviert wurden. Das hatten sie immer gegessen, und Lockyer brachte es nicht übers Herz, ihr zu sagen, dass er kein Fleisch mehr aß. Schon seit Jahren nicht mehr, aber er hatte das Gefühl, schon genug gegen ihren Lebensstil aufbegehrt zu haben, indem er weggegangen war und studiert hatte. Anstatt auf dem Hof zu bleiben, war er zur Polizei gegangen. Doch das mit der Polizei hatten sie inzwischen schon verstanden, dachte er.

Manchmal fragte er sich, warum nicht mehr Bauern Vegetarier waren. Er erinnerte sich daran, wie nervös er bei seiner ersten Obduktion gewesen war – ihm war mulmig zumute angesichts der kontrollierten Gewalt, die ihn erwartete. Und er fürchtete, beim

Anblick der Eingeweide eines Menschen aschfahl oder grün im Gesicht zu werden, in Ohnmacht zu fallen oder sich zu übergeben – sich vor seinen Kollegen zu blamieren. Am Ende war es deutlich weniger schrecklich gewesen als viele Dinge, die er als Kind auf dem Bauernhof erlebt hatte. Schafe mit Fliegenbefall, die bei lebendigem Leib von Maden gefressen wurden; Kühe mit Blähungen, deren Mägen platzten. Die verzweifelten Schreie der Milchkühe, wenn ihre Kälber zum Schlachthof gebracht wurden. Er war den Tieren, die sie aufzogen, immer sehr nahe gewesen.

»Was ist los, Matthew? Du bist mit deinen Gedanken ganz woanders«, stellte Trudy fest. »Gib mir deinen Teller. Hast du genug geschlafen?«

»Letzte Nacht nicht so viel«, gab er zu.

Sein Vater ächzte.

»Vollmond«, sagte er. John Lockyer schlief auch nicht viel, und es gab eine Liste mit Dingen, die er dafür verantwortlich machte, als müsste er immer eine Erklärung parat haben. Irgendetwas anderes als die wahren Gründe, die sie alle nur zu gut kannten. Lockyer konnte den Anblick der hängenden Schultern seines Vaters kaum ertragen. Wie er immer wieder abwesend mit den dicken Fingern über seine Kleidung und die Tischplatte strich, als ob er nach etwas suchte.

»Kann sein«, sagte er.

»Das hat die Hunde wach gehalten«, sagte John. »Ich habe gehört, wie sie die halbe Nacht unruhig auf und ab gelaufen sind.«

»Ich habe kurz vor Feierabend einen unerwarteten Anruf bekommen, Mum, das ist alles. Wegen eines Falls.«

Die Pause, die auf seine Worte folgte, war ihm vertraut, sie war voller Erwartungen. Sein Vater sah ihm zum ersten Mal an diesem Abend in die Augen, und Lockyer verfluchte sich.

»Nicht Chris' Fall«, fügte er sanft hinzu.

»Natürlich nicht.« Trudy lächelte tapfer. »Wir wissen, dass du uns Bescheid sagst, sobald es etwas Neues gibt.«

Sobald es etwas Neues gibt. Es war Lockyers Schuld. Als er zu den Cold Cases gewechselt war, hatte er ihnen gegenüber seinen Bruder erwähnt – um ihnen zu sagen, dass er einen neuen Blick auf den Fall werfen konnte. Das Bedürfnis, den Schuldigen zu fassen, ließ ihn nicht los. Er konnte es nicht ignorieren – es war wie ein ständig an ihm nagendes Hungergefühl. Er hatte nicht erwähnt, dass er sich nicht mit dem Fall befassen durfte, weil er befangen war. Und auch nicht, dass er, als er es doch getan hatte, in denselben Sackgassen gelandet war wie die ursprünglichen Ermittler. Er hatte seinen Eltern Hoffnung gemacht, obwohl er es nicht hätte tun dürfen. Er hatte sich selbst Hoffnung gemacht – er hatte sich eingeredet, er würde etwas finden, was übersehen worden war. Und er hatte viel zu lange gebraucht, bis er schließlich einsehen musste, dass er falschgelegen hatte.

Lockyer nickte. »Es ist einer meiner alten Fälle, um genau zu sein. Einer meiner ersten als DI.«

»Ein ungelöster?«

»Nein, nein. Es wurde jemand festgenommen.« Er sah, dass Trudy seine Wortwahl registrierte. Nicht *der Täter wurde gefasst*, oder *der Fall wurde erfolgreich gelöst*. »Wahrscheinlich hat der Anruf nichts zu bedeuten. Wahrscheinlich läuft es auf nichts hinaus. Was gibt's zum Nachtisch?«

Er wollte nicht, dass sie sich Sorgen machte, er könnte versagt haben oder in noch mehr Schwierigkeiten stecken. Er wusste, dass sie sich Sorgen um ihn machte, neben all den anderen Dingen, um die sie sich sorgen musste. So war das mit plötzlichen Verlusten. Sie führten dazu, dass die Menschen sich an etwas klammerten. Er stand auf, um den Tisch abzuräumen, weil ihm erneut der Fall Hedy Lambert durch den Kopf schoss – er erinnerte sich daran, wie er in der Frühe an einem herrlichen Sommermorgen im Haus von Professor Roland Ferris aufgetaucht war. An den Geruch des blühenden Jasmins an der Mauer und des feuchten, frisch gemähten Rasens. Eine getigerte Katze war um seine Füße gestrichen, als er an die Tür geklopft hatte. Und dann, kurz darauf, hatte er sich neben Hedy in einer kleinen Scheune über den Körper eines Mannes gebeugt, der tot auf dem Fischgrät-Ziegelboden lag.

Er erinnerte sich, wie sie ihn ohne zu blinzeln angestarrt hatte. An ihr Zittern. Wie sie die blutverschmierten Hände von sich gestreckt hatte, als ob sie nicht zu ihr gehörten. Als ob sie ihre Kleidung nicht beflecken wollte, obwohl sie doch schon voller Blut war. Er erinnerte sich daran, dass er für einen Moment seine Ausbildung vergessen und sich genauso verloren gefühlt hatte, wie sie aussah.

Vierzehn Jahre waren vergangen, aber er erinnerte sich sogar noch daran, dass die Katze Janus hieß. An jedes Detail. Es war, als hätte das alles in seinem Hinterkopf gewartet. Als hätte er irgendwo gewusst, dass die Angelegenheit noch nicht erledigt war und er sich eines Tages aufs Neue mit alldem befassen musste.

Trudy folgte ihm mit den restlichen Tellern in die Küche.

»Wie geht es ihm?«, fragte Lockyer sie leise.

»Nicht übel.« Trudy verzog das Gesicht. »Du kennst doch deinen Vater. Alles ist finster und trostlos, aber wir geben nicht auf.«

»Komm schon, Mum.« Sie versuchte zu oft, seine Fragen leichtfertig abzutun.

»Na ja.« Für einen Moment erstarb das sonst stets präsente Lächeln auf ihrem Gesicht, und sie sah nur noch alt und verloren aus. Lockyer hasste diesen Anblick. »Um diese Jahreszeit ist es immer schlimmer. Wenn nur der verdammte Regen nachlassen würde! Eastground und Flint sind schon überschwemmt.«

»Ja, das habe ich auf dem Herweg gesehen.« Die beiden Felder, die an der Straße lagen, waren auch überflutet.

Es lag ihm auf der Zunge, erneut den Verkauf des Hofs anzusprechen. Dass sie irgendwo in einen kleinen, warmen Bungalow umziehen sollten, wo es weniger Schlamm, Kummer und Arbeit gab. Vielleicht ein paar Nachbarn, die sie daran erinnerten, dass sie Teil einer größeren Gemeinschaft waren und dass es mehr im Leben gab, als Tiere zu füttern und Ställe auszumisten. Als das ständige Rechnen und Flickschustern am Rande des Ruins. Trudy ließe sich vielleicht überreden, dachte er. Sie war in einem komfortablen Reihenhaus in der Kleinstadt Amesbury, nicht weit von Stonehenge aufgewachsen. Aber die Westdene Farm war schon immer Eigentum der Lockyers gewesen, und als er ihnen das letzte Mal einen Verkauf vorgeschlagen hatte, hatte John ihn vollkommen verwirrt angesehen. *Verkaufen? Um was zu tun?*

Und natürlich war Christopher auf dem Hof, wenn er überhaupt noch irgendwo war.

Sie hatten sein Zimmer ausgeräumt, hatten keinen Schrein daraus gemacht, aber er war immer noch da. Und gleichzeitig auf so schreckliche Weise auch nicht mehr. Eine einzelne Socke von ihm zwischen den Flusen, die sich hinter dem Trockner angesammelt hatten, das Glas mit Marmite, das nur er mochte und das klebrig und inzwischen ungenießbar hinten im Schrank stand. Lockyer fragte sich, ob seine Eltern Christopher manchmal auch im Haus sahen, so wie er. Eine Sinnestäuschung, eine zu hell aufflackernde Erinnerung – und dennoch ein Moment, ein Sekundenbruchteil, in dem alles wieder in Ordnung zu sein schien. »Wollt ihr nicht mal überlegen, euch wenigstens etwas Hilfe zu holen?«, fragte er. »Eine Aushilfe oder ein Auszubildender würde nicht viel kosten …«

»Er oder sie würde mehr kosten, als wir uns leisten können, Matt.«

Trudy griff in einen hohen Schrank, um eine neue Tüte Zucker herauszuholen. Sie verzog das Gesicht und drückte die Finger in die dünnen Muskeln an ihrer Schulter – der Tribut jahrelanger Landarbeit. Lockyer fühlte sich hilflos, dann flammte eine alte Wut in ihm auf. Anstatt kalt in seinem Grab zu liegen, hätte Christopher da sein sollen, um zu helfen. Er war es gewesen, der auf dem Hof bleiben und sich hier etwas hatte aufbauen wollen. Er war derjenige mit dem Talent, Freunde zu finden und die Leute zum Lachen zu bringen.

Trudy ergriff Lockyers Hand. »Mach dir nicht so viele Sorgen um uns. Wir kommen schon zurecht.«

»Mum …«

»Also, dieser Anruf. Bedeutet das, dass du dir den Fall noch mal ansehen wirst?«

»Das hängt davon ab, was sie mir zu sagen hat.«

»Sie?«

»Hedy Lambert.«

»Hedy? Wie der Filmstar? Sie war eine der Lieblingsschauspielerinnen meines Vaters.«

»Ich habe sie vor vierzehn Jahren wegen Mordes ins Gefängnis gebracht.« Sosehr er sich auch bemühte, es gelang ihm nicht, locker zu klingen.

Trudy blickte zu ihm hoch und tätschelte seinen Arm. »Ich bin mir sicher, dass sie wegen ihrer Tat ins Gefängnis musste – nicht deinetwegen. Aber du gehörst doch zur Abteilung für ungeklärte Fälle. Wer könnte sich besser darum kümmern?«

»Können zwei Personen eine ›Abteilung‹ sein?«

»Natürlich! Ich mag dieses Mädchen. Gemma. Sie ist vernünftig.« Trudy rührte vier Stück Zucker in Johns Kaffee. »Ich weiß, ich weiß«, sagte sie auf Lockyers missbilligenden Blick hin. »Aber ich konzentriere mich auf das Wesentliche, Matthew.«

»Ich komme morgen wieder und kümmere mich um die Dachrinnen. Ich habe nichts anderes vor, und …«

»Nichts anderes, als dich auszuruhen. Und dich um dein eigenes Haus zu kümmern. Und, oh, ich weiß nicht, vielleicht über so etwas wie ein Sozialleben nachzudenken? Jemanden zu treffen …? Wir kommen schon klar.«

»Ich komme morgen und mach sie sauber. Keine Widerrede, Mum.«

Lockyer würde auch in dieser Nacht nicht gut schlafen. Das war ihm klar, sobald er sich kurz nach Mitternacht hinlegte, während der Wind laut um die Mauern seines kleinen Hauses toste und die kahlen Bäume dahinter durchschüttelte. Es war ein einsames Geräusch, aber er mochte es, auch wenn es ihn immer unruhig machte. Doch es lag nicht nur daran, oder am Shepherd's Pie, der ihm schwer im Magen lag, dass er nicht einschlafen konnte.

Die Erinnerungen an Hedy Lambert ließen ihn nicht los. Die Leiche, die neben ihr auf dem Ziegelboden gelegen hatte, das Blut an ihren Händen und der dumpfe Klang ihrer Stimme heute am Telefon. Er fragte sich, wie sie jetzt wohl aussah, ob die Jahre gnädig mit ihr umgegangen waren oder ob das Gefängnisleben seinen Tribut gefordert hatte. Bei ihrer ersten Begegnung hatte er nicht gleich sagen können, was sie von anderen Menschen unterschied. Erst später, als sie alles am Tatort fotografiert, untersucht und aufgezeichnet hatten und sie sich das Blut abwaschen und sich umziehen durfte, war es ihm klar geworden.

Ihr Gesicht war völlig nackt gewesen. Er konnte sich nicht erinnern, wann er das letzte Mal eine Frau – jedenfalls eine junge – ganz ungeschminkt gesehen hatte. Und ihr Haar war gepflegt, aber in keiner Weise gestylt gewesen. Es sah aus, als sei es schon länger nicht geschnitten worden, und es war auch nicht gefärbt. Es hatte einen unauffälligen Braunton, und sie trug es in der Mitte gescheitelt und hinter die Ohren gesteckt. Kein Schmuck. Anders als viele andere Frauen gab sie sich keine Mühe, aufzufallen und attraktiver zu erscheinen. Alte Jeans und ein ausgebeultes T-Shirt. Hedy Lambert hatte ausgesehen, als versuchte sie, unsichtbar zu sein, und er hatte sie auf den ersten Blick keineswegs hübsch gefunden. Das Gesicht etwas zu lang und zu schmal, die Augen mehr grau als blau. Und dennoch war Lockyers Blick immer wieder zu ihr zurückgekehrt. So wie jetzt die Erinnerung an sie zurückkehrte.

Es hatte keinen Zweck, liegen zu bleiben, wenn er ohnehin nicht schlafen konnte, also stand Lockyer auf. Manchmal half es, ein Stück zu gehen. Er schob die Füße in seine Stiefel, zog sich eine Jacke über und machte sich auf den Weg. Der Regen hatte aufgehört, und hinter den dahinrasenden Wolken erschien das blasse Gesicht des Mondes. Der Wind rauschte in den Bäumen und klang wie das Meer. Die Hauseinfahrt war aufgeweicht, und der Boden hatte sich in Schlamm verwandelt; alle Schlaglöcher waren mit Wasser gefüllt. Im Nachbarhaus – dem einzigen im Umkreis von einem Kilometer – brannte Licht. Offenbar konnte die alte Mrs. Musprat auch nicht schlafen. In Lockyers Leben gab es eine Menge Menschen, die nicht schlafen konnten. Er fragte sich, ob Hedy Lambert wohl dazugehörte.

Da er als Zivilist und nicht als Polizeibeamter kam, musste der Gefängnisbesuch vierundzwanzig Stunden im Voraus angemeldet werden. Es war Sonntagnachmittag, als Lockyer sich auf den Weg machte und durch die Dörfer fuhr, die wie an einer Perlenkette aufgereiht an der Straße lagen. Er blinzelte in den fahlen

Sonnenschein und vermied es tunlichst, zu sehr über die Frau nachzudenken, die er gleich treffen würde, und auch darüber, was sie sagen könnte. Er bog nach Westen auf die M4 und dann nach Norden auf die M5 ab, achtete nicht auf das Radioprogramm und hielt Blick und Gedanken fest auf die Straße gerichtet.

Eastwood Park lag etwas außerhalb des Dorfes Falfield in South Gloucestershire, ein Komplex aus niedrigen, unansehnlichen Zellenblöcken hinter einem hohen grünen Sicherheitszaun. Lockyer hatte morgens einige Zeit im Internet recherchiert. Bei einer Inspektion war kürzlich festgestellt worden, dass drei der Gebäude nicht den Anforderungen entsprachen, da einige der Insassinnen den größten Teil des Tages in ihren Zellen verbringen mussten. Von den etwa vierhundert Frauen, die dort untergebracht waren, bekam über ein Drittel niemals Besuch. Es gab Probleme mit Selbstverletzungen, Drogenmissbrauch und psychischen Erkrankungen, und ein hoher Prozentsatz der Inhaftierten war nach der Entlassung obdachlos. Lockyer hatte aufgehört zu lesen.

Nervös und neugierig zugleich wartete er an einem Tisch im Besuchsraum, wohlwissend, dass er wahrscheinlich gar nicht dort sein sollte. Ein Teil seiner Nervosität war dem Unbehagen zuzuschreiben, das er als Polizist in einem Gefängnis intuitiv empfand, aber das war nicht der einzige Grund.

Und dann kam sie. Bei ihrer Verurteilung war sie fünfundzwanzig Jahre alt gewesen, Lockyer siebenundzwanzig, ein junger, schnell aufgestiegener Detective Inspector. Jetzt war sie neununddreißig und sehr viel dünner, ihre Wangenknochen traten deutlicher hervor, das ungekämmte Haar reichte ihr bis zu den Ellbogen und war noch immer hinter die Ohren gesteckt. An den Schläfen zeigten sich erste graue Strähnen. Ihre Kleidung war unförmig wie eh und je – eine Jogginghose und ein T-Shirt –, und als sie ihn sah, zuckten ihre Mundwinkel. Was jedoch nicht im Entferntesten an ein Lächeln erinnerte.

Sie nahm schweigend Platz, und Lockyer unterdrückte den Impuls, sich zurückzulehnen. Als ob sie zuschlagen könnte. Er fragte sich, warum sein Unterbewusstsein diese Möglichkeit in Betracht zog. Sie musterte ihn mit den klaren grauen Augen, an die er sich so gut erinnerte.

»Danke fürs Kommen«, sagte sie schließlich.

»Wie ist es Ihnen ergangen?«, fragte Lockyer aus Verlegenheit.

Jetzt lächelte sie, es wirkte einen Hauch ironisch.

»Ach, wissen Sie, ganz toll. Meine Zellengenossin hat vorgestern Nacht eine große Dosis Spice genommen, also habe ich den Raum für mich, bis sie wieder auf der Erde landet.« Erneut ließ sie den Blick über sein Gesicht gleiten, und Lockyer erinnerte sich, dass sie klug war. Ganz egal, wie kaputt sie damals gewesen war, und ganz egal, wie kaputt sie auch jetzt sein mochte, sie war klug. »Sie haben also Ihr Talent für Small Talk nicht verloren«, sagte sie. »Nennen Ihre Kollegen Sie immer noch ›Farmer Giles‹?«

»Nicht mehr so oft.«

»Ich dachte, sie würden sich nur über Ihren Akzent lustig machen. Es hat eine Weile gedauert, bis ich kapiert habe, dass es in deren Cockney-Dialekt ein anderes Wort für Hämorrhoiden ist.«

»Ziemlich nervig«, sagte er gleichmütig. »Aber nur Spaß.«

»Wirklich?«

»Was wollten Sie mir sagen, H… Miss Lambert?«

»Sie können mich gern Hedy nennen. Wir sind ja schließlich alte Freunde.«

»Ich bin nicht als Freund hier, Hedy.«

Sie zuckte zurück. »Nein. Besten Dank.«

»Ich meinte, Sie wollten mich als Polizeibeamten sprechen, nicht als Freund. Richtig?«

»Ja, denn Sie sind der Beamte, der mich hier reingebracht hat.«

»Und bei Ihnen habe ich gelernt, nicht auf mein Bauchgefühl zu hören. Niemals.«

Hedy sah ihn mit trauriger Miene an. Um ihre Augen herum waren müde Falten zu sehen. Ihr Gesicht war wirklich nicht schön, aber sehr markant. Sie hatte immer noch etwas an sich, von dem er sich angezogen fühlte.

»Was, wenn Ihr Gefühl richtig war, Inspector Lockyer?«, fragte sie.

»Worum geht es, Hedy?«

»Harry Ferris ist wieder da.«

»Harry Ferris?«

»Ja. Er ist nach Hause zurückgekehrt.«

Lockyer blinzelte. Sein Herz schlug einmal heftig, als würde er etwas Bedeutendes erkennen. Etwas Großes. »Wohin nach Hause?«, fragte er vorsichtig.

»Nach Hause zu seinem Vater Professor Ferris. Nach Longacres in Stoke Lavington.«

Longacres, wo der Jasmin um die Tür herum wuchs, zu dem Kater namens Janus und der alten Scheune im hinteren Teil des Hauses mit dem Ziegelboden im Fischgrätmuster. Das Blut der Leiche war in den Mörtel zwischen den Ziegeln gelaufen und hatte sich mit schrecklicher geometrischer Präzision ausgebreitet. Zuerst hatte man den Toten für Harry Ferris gehalten – Roland Ferris beharrte darauf, dass es sein lange vermisster Sohn Harry war. Doch dann behauptete Rolands Schwester Serena, dass ihr Bruder sich täuschte und es sich *nicht* um Harry handelte. Eine Zeit lang hatte der Tote zwei Identitäten gehabt – oder keine. Die Ermittlungen gerieten ins Stocken, weil man erst herausfinden musste, wer das Opfer war. Lockyer erinnerte sich an das hochrote Gesicht der Ermittlungsleiterin, als der erste Satz DNA-Proben verpfuscht worden war. Am Ende gaben die Fingerabdrücke eine eindeutige Antwort. Es handelte sich nicht um Harry, sondern um einen Mann namens Michael Brown.

Später hatte Lockyer herausgefunden, dass Hedy Lambert ein Motiv hatte, sie beide zu töten.

»Woher wollen Sie wissen, dass Harry zurückgekommen ist?«, fragte er jetzt.

»Ich habe noch eine Freundin im Dorf«, antwortete Hedy. »In so einem Ort ist das eine große Neuigkeit. Sie hat mich angerufen.«

»Das ändert nichts ... das ändert nichts an dem, was Sie getan haben. Oder daran, was passiert ist.«

»Doch, natürlich!« Sie sprach leise und eindringlich und legte die Hände flach auf den Tisch, die Finger gespreizt. Lockyer bemerkte Narben auf ihren Armen, die vorher nicht da gewesen waren. Dünne, parallel verlaufende rosa und silberne Linien. »Als Sie mich das erste Mal verhaftet haben, war es wegen des Mordes an Harry Ferris. Ein Mann, der fünfzehn Jahre zuvor seinen Vater – sein ganzes Leben – zurückgelassen hatte. Der spurlos verschwunden war. Wie kann es nichts bedeuten, dass er jetzt wieder aufgetaucht ist?«

»Sie haben trotzdem einen Menschen getötet, Hedy. Es war nicht Harry, aber ...«

»Ich habe *niemanden* getötet!«

Der Aufseher sah zu ihnen herüber, und Hedy sank in sich zusammen, ließ die Hände in den Schoß fallen und starrte auf sie hinunter. Das hatte sie die ganze Zeit gesagt. Sie beteuerte hartnäckig ihre Unschuld, wenn auch auf die seltsam distanzierte unbeteiligte Art, die sie damals auszeichnete. Ihr Verhalten hatte ihr weder bei der Polizei noch bei den Geschworenen geholfen.

»Wer ist Ihre Freundin im Ort?«, fragte Lockyer. Hedy führte eine Hand zum Mund und nagte an der Haut um ihren Daumennagel. Eine nervöse Angewohnheit, die sie damals nicht gehabt hatte – 2005 strahlte sie eher eine gewisse Ruhe aus, die ihr im Gefängnis eindeutig abhandengekommen war. Außerdem war die Innenseite ihres Handgelenks vernarbt, und sie sah, dass er es bemerkte. Sie ließ die Hand erneut sinken und runzelte die Stirn.

»Ich habe es probiert«, sagte sie leise. »Vor ein paar Jahren. Aber als ich dabei war, erschien es mir so sinnlos wie das Leben. Sterben, meine ich. Also habe ich es mir anders überlegt und nach den Wärtern gerufen. Sie können sich nicht vorstellen, was ich danach für Prügel bezogen habe. Viele Leute hier wären lieber tot, aber man wird nur respektiert, wenn man den Mut hat, zu seiner Verurteilung zu stehen. Mit einem Hilfeschrei macht man sich nur lächerlich.«

»Sie können nicht mehr allzu lange abzusitzen haben«, sagte Lockyer.

»Ach nein?« Hedy verzog den Mund. »Meinen Sie, weitere sechs Jahre hier drin sind nicht lang?«

»Nun …«

»Lang genug, um sicher zu sein, dass ich nie die Chance haben werde, Kinder zu bekommen. Ich werde nie eine eigene Familie haben.« In die Wut, die ihren Augen einen harten Ausdruck verlieh, mischte sich Kummer. »Lange genug, dass diese Sache, die ich nicht getan habe, meine letzte Chance auf ein besseres Leben zerstört. Ein anständiges Leben.«

»Wer ist Ihre Freundin im Dorf?«

»Werden Sie der Sache nachgehen? Werden Sie mit Harry Ferris sprechen? Werden Sie ihn fragen, wo er die ganze Zeit war und warum sein Vater einen Fremden für ihn gehalten hat?«

»Hedy …«

»Ich weiß, dass Sie jetzt an ungeklärten Fällen arbeiten. Es hat mich überrascht, als ich davon hörte. Damals schien Ihnen eine glänzende Karriere bevorzustehen.«

»Ja. So ist es nun.« Lockyer sah weg. Die meisten Vorruhestandsbeamten hätten es als Degradierung gesehen. Als würde man kaltgestellt – was natürlich auch stimmte. In eine berufliche Sackgasse abgeschoben. Aber es machte ihm nicht annähernd so viel aus, wie die Leute annahmen. »Es passt besser zu mir. Ich war kein guter Politiker.« Er erzählte ihr zu viel, driftete ins Persönliche ab.

»Nein. Das kann ich mir vorstellen.« Sie lehnte sich wieder nach vorne. »Dann behandeln Sie den Fall als Cold Case. Rollen Sie ihn wieder auf.«

»Ich suche nach ungelösten Fällen, bei denen neue Beweise aufgetaucht sind. Bei denen neue forensische Techniken zu neuen Erkenntnissen führen können, oder bei denen ich einen Ermittlungsansatz finde, der bislang übersehen wurde. Dies ist kein ungelöster Fall.«

»Doch, das ist er.« Sie starrte ihn an. »Haben Sie Angst davor, sich zu irren? Angst, dass Sie sich geirrt haben könnten, meine ich?«

»Die Geschworenen haben Sie verurteilt, Hedy. Nicht ich.«

»Sie haben ihnen gegeben, was sie brauchten. Aber die haben sich geirrt, und Sie ebenso.«

»Ich kann keinen alten, abgeschlossenen Fall einfach wieder aufrollen. Nicht ohne guten Grund.«

»Harry Ferris *ist* ein guter Grund!« Er hörte, dass ihre Verzweiflung wuchs. »Ist sein Auftauchen kein neuer ›Ermittlungsansatz‹? Meine Freundin ist Cass Baker. Sie arbeitet immer noch am Postschalter im Dorfladen. Reden Sie mit ihr – sie ist die Einzige, die mir glaubt, dass ich es nicht getan habe. Zumindest sagt sie das …« Sie wandte den Blick ab und schüttelte den Kopf.

»Sogar meine Mutter denkt ... Sie würde es nie aussprechen, aber ich kann es in ihren Augen sehen – sie ist sich nicht ganz sicher. Nicht dass ich sie noch oft sehen würde. Sie sind vor ein paar Jahren nach Spanien gezogen, sie und Derek wollten vor dem Brexit dorthin. Sie besucht mich noch ein- oder zweimal im Jahr.« Sie schwieg für einen Augenblick. »Sie müssen doch mit Harry Ferris sprechen wollen? Sind Sie nicht mal ein bisschen neugierig, wo er neunundzwanzig Jahre lang gewesen ist? Warum er weggegangen und jetzt zurückgekommen ist?«

Lockyer schwieg einen Moment. Er war natürlich neugierig. Harry hatte sich mit seinem Vater zerstritten und war als Jugendlicher auf die schiefe Bahn geraten – so weit, so unspektakulär. Er war allerdings so sehr aus der Spur geraten, dass er von der Privatschule flog und mit fünfzehn zu seiner Tante und seinem Cousin zog. Nachdem er drei Jahre lang jeden Kontakt zu seinem Vater verweigert hatte, packte er mit achtzehn seine Sachen und verschwand ganz und gar. Und sein Vater Roland hatte sich so sehr nach seiner Rückkehr gesehnt, dass er sich an einen Fremden klammerte, der zwölf Jahre später in seinem Haus auftauchte, und ihn für Harry hielt. Aber Lockyer blieb stumm. Es genügte ihm nicht, neugierig zu sein – nichts, was er über Harry Ferris herausfinden könnte, würde an Hedys Tat etwas ändern.

Hedy wartete und beobachtete ihn, schließlich sprach sie wieder. »Vor einer Minute haben Sie gesagt, dass Sie bei mir gelernt hätten, niemals Ihrem Bauchgefühl zu vertrauen. Heißt das, Sie haben nicht geglaubt, dass ich es war? Dass Sie an einem bestimmten Punkt der Untersuchung dachten, ich sei unschuldig?«

»Irgendwann mal. Vielleicht. Ich glaube, das wissen Sie schon.« Er sah ihr in die Augen und hielt ihrem Blick stand. »Aber ich habe mich geirrt.«

»Was, wenn nicht?«, gab sie blitzschnell zurück. »Was, wenn Ihr Bauchgefühl Ihnen die Wahrheit gesagt hat?« Für einen kurzen Moment herrschte Stille. »Wer auch immer Michael Brown getötet hat, er ist davongekommen, Inspector. Und ich *weiß*, dass das die Wahrheit ist.«

2

TAG VIER, MONTAG

Lockyer und DC Broad hatten an einer Serie von Überfällen auf Tante-Emma-Läden und Spirituosengeschäfte gearbeitet, die sich 1997 in und um Chippenham ereignet hatten – insgesamt sechs an der Zahl. Der letzte Überfall hatte für den zwanzigjährigen Verkäufer Gavin Hinch lebensverändernde Verletzungen zur Folge gehabt. Man hatte ihn mit einem Kricketschläger so fest auf den Kopf geschlagen, dass er fast gestorben wäre. Es hatte Monate gedauert, bis er wieder laufen und sprechen konnte. Speichelproben des Täters waren aufbewahrt worden – Speichel, der auf dem Tresen gelandet war, als er seine Anweisungen gebrüllt hatte. Aber damals war es technisch noch nicht möglich gewesen, ein DNA-Profil zu erstellen. Inzwischen verfügten sie zwar über das Profil, aber es hatte keine Treffer in der Datenbank ergeben.

Broads Enttäuschung war nahezu greifbar. Sie wollte Ergebnisse. Sie wollte Erfolge, eine Aufklärungsquote – etwas vorweisen können. Lockyer fragte sich, wie sehr sie sich wünschte, von den ungeklärten Fällen abgezogen zu werden. Sie hütete sich allerdings, es zu zeigen. Sie hatten am Donnerstag und Freitag nach anderen Spuren gesucht, denen sie nachgehen konnten, nach anderen Raubüberfällen desselben *Modus Operandi*, aber es war an der Zeit, den Sack zuzumachen. Das Profil des Täters blieb in der Datenbank, und wenn er jemals so unvorsichtig sein sollte, seine DNA an einem anderen Tatort zu hinterlassen, würden sie ihn kriegen. Es war frustrierend, aber es war an der Zeit, sich einem anderen Fall zuzuwenden.

Broad kam mit zwei dampfenden Bechern herein, einer mit Kaffee für sie, einer mit Tee für ihn, der die Farbe von Torf hatte. Sie sah frisch aus, ihre blauen Augen waren klar. Das lockige blonde Haar hatte sie zurückgekämmt, was Lockyer bei ihrem runden Gesicht als wenig schmeichelhaft empfand, aber bei ihr gab es keine Montagmorgen-Trägheit, niemals. Normalerweise fühlte er sich in ihrer Gegenwart hundert Jahre alt, aber wenigstens hatte er die Nacht zuvor besser geschlafen. Um zehn Uhr abends hatte er sich einen Podcast angehört – eine Folge von *Making Sense* – und sich gleichzeitig darangemacht, jahrzehntealten dunkelbraunen Lack von seinem Treppengeländer abzuschleifen – eine mühsame und anstrengende Arbeit, bei der sich Hände und Schultern verkrampften. Um ein Uhr morgens war er ins Bett gefallen und sofort eingeschlafen. Der Besuch in Eastwood Park hatte ihn aus dem Gleichgewicht gebracht, aber jetzt fühlte er sich wieder ruhiger. Ihm fielen mehrere wichtige Gründe ein – vor allem einer –, sich nicht noch einmal mit dem Fall Hedy zu befassen, aber er war sich nicht sicher, ob er ihn wirklich loslassen konnte.

Constable Broad und er teilten sich ein kleines Büro im Dachgeschoss des Gebäudes: zwei Schreibtische, zwei Computer, zwei Telefone, ein Whiteboard, das sie nie benutzten. Grüner Kunststoffteppich, Schreibtische mit Metallfüßen und hellen Holzplatten. Broads Schreibtisch stand in der Ecke an der Wand, seiner seitlich dazu und dem Raum zugewandt. Ihr Schreibtisch war tadellos aufgeräumt, darüber waren ein paar Fotos angepinnt – Broad und eine Freundin, schlammverkrustet und mit geröteten

Wangen, wie sie die Medaillen um ihren Hals hochhielten; ihr Jack Russell Merry mit heraushängender Zunge irgendwo am Strand; ihre Eltern und ihr Bruder, die lachend die Köpfe zusammensteckten, mit Biergläsern in den Händen.

Von ihrem Freund Pete gab es kein Foto. Als Lockyer danach gefragt hatte, war Broad rot geworden und sagte, dass Pete sich nicht gern fotografieren lasse. Sie hatte auch ein Usambaraveilchen, das anscheinend nie blühte. Wahrscheinlich lag das an dem schwachen Oberlicht. Auf Lockyers Schreibtisch herrschte ein einziges Durcheinander, und er hatte keine Fotos – überhaupt keine persönlichen Gegenstände. Durch Broad wurde er manchmal auf die Lücken in seinem Leben aufmerksam. Auf die Abwesenheit von anderen Lebewesen.

Sie drehte ihren Stuhl zu ihm und wärmte sich die Hände an ihrem Becher.

»Also, was als Nächstes, Chef?«

Sie pustete in ihren Kaffee und nippte daran, und er wusste, dass sie über den Anruf von Freitag informiert werden wollte. Der Zettel, auf den er *HMP E Park* geschrieben hatte, lag noch auf seinem Schreibtisch, und sie musste ihn gesehen haben. So war sie nun einmal – sie sah Dinge, ohne dass sie schnüffeln musste oder wollte. Er lächelte sie kurz an.

»Also, es hat sich etwas ergeben, aber …« Er setzte eine neutrale Miene auf.

»Ein alter Täter, der will, dass Sie sich seinen Fall noch mal ansehen?«, vermutete sie.

Lockyer nickte, obwohl *ein alter Täter* nicht nach Hedy Lambert klang. »Es war einer meiner ersten Fälle als DI, und ich hatte Bereitschaftsdienst, also war ich auch der Erste, der vor Ort war – die Leiche wurde am frühen Morgen gefunden. Ein Mord in einem Haus in Stoke Lavington. Der Name des Opfers war Michael

Brown, bekannt als Mickey. Er gehörte zu einer Gruppe von Pavees, die sich in der Nähe niedergelassen hatte. Aber in den ersten Tagen dachten wir, es sei Harry Ferris, der Sohn des Hausbesitzers Roland Ferris, einem emeritierten Professor für mittelalterliche Geschichte.«

»Was bedeutet ›emeritiert‹?«

»Es bedeutet, dass er früher Professor an einer Universität war – ich glaube in Oxford – und dass er den Titel behalten durfte, als er in den Ruhestand ging. Es ist ein Ehrentitel.«

»Warum dachten Sie, das Opfer sei sein Sohn?«

»Weil Professor Ferris darauf beharrte.«

Lockyer schilderte Broad den Fall, wie er ihn in Erinnerung hatte. Hedy Lambert, Roland Ferris' Köchin und Haushälterin, die im Haus wohnte, hatte die Leiche gefunden, als sie ihm wie jeden Morgen das Frühstück brachte. Das Opfer, vermeintlich Harry Ferris, hatte zu jenem Zeitpunkt bereits seit etwa sechs Wochen in der Scheune geschlafen, und auf Drängen Rolands hatte Hedy ihn dreimal am Tag mit Mahlzeiten versorgt. Ihm war mit dem großen Küchenmesser, das Hedy am Abend zuvor zum Gemüseschneiden benutzt hatte, in die Brust gestochen worden. Sie erinnerte sich, dass sie das Messer abgewaschen und auf dem Abtropfbrett liegen gelassen hatte. Die Hintertür des Hauses war verschlossen gewesen, als sie zur Arbeit kam – sie erklärte, dass sie die Tür wie üblich aufgeschlossen hatte. Es gab keine Anzeichen für ein gewaltsames Eindringen. Der Mörder hatte also Zugang zum Haus – oder befand sich im Haus – und war in der Lage, das Messer zu nehmen und die Tür wieder abzuschließen.

Die einzigen Fingerabdrücke auf dem Messer stammten von Hedy, aber sie benutzte es regelmäßig für die Küchenarbeit. Im Haus gab es keine brauchbaren Spuren – kein Hinweis darauf, dass sich jemand in einem der Waschbecken gesäubert hatte, keine eilig versteckte blutverschmierte Kleidung oder Schuhe, keine mysteriösen Fußabdrücke. Nur Hedy, voller Blut. Sie sagte, es sei noch ziemlich dunkel in der Scheune gewesen, sodass sie die Leiche zuerst nicht gesehen habe. Sie sei in der Blutlache ausgerutscht und auf die Knie gefallen. Und sie habe ihn angefasst, um zu sehen, ob sie einen Puls finden könne.

Die einzigen Spuren an der Leiche stammten von Hedy: ihre DNA von ein paar Haaren und Fasern von einem Pullover, der ihr gehörte – genug, um eine enge körperliche Verbindung zu vermuten, obwohl sie den Pullover nicht getragen hatte, als Lockyer sie fand. Die einzigen Fußabdrücke stammten von den Gummischuhen, die neben der Hintertür standen und die sie anzog, wenn sie zu den Mülltonnen oder zum Komposthaufen ging. Sie hatte sie angezogen, um zur Scheune zu gehen, und sie getragen, als sie durch das Blut des toten Mannes gelaufen war.

»Klingt für mich so, als wäre die richtige Person ins Gefängnis gewandert, Chef«, sagte Broad vorsichtig.

»Möglicherweise.« Lockyer hörte, wie das klang. »Wahrscheinlich, ja.«

»Aber nicht eindeutig?«

»Das Blut an ihren Schuhen und ihrer Kleidung *könnte* auf die Art und Weise dort hingekommen sein, wie sie behauptet – sie hat ihn gefunden, ist ausgerutscht und hat den Puls überprüft. Sie ist etwas in Panik geraten.«

»Was ist mit den Spritzern aus der eigentlichen Stichwunde?«

»Der Pathologe sagte, dass es nicht unbedingt welche gegeben haben muss. Die Wunde bestand aus einem einzelnen Stich, der mit viel Kraft ausgeführt wurde. Zufällig verfehlte er die Rippen und ging direkt durch ihn hindurch – er war kein großer Mann. Es wurde eine Hauptvene durchtrennt, keine Arterie, sodass er schnell verblutete, aber das Blut lief durch die Austrittswunde aus und sammelte sich auf dem Boden, anstatt aus der Eintrittswunde zu spritzen.«

»Mein Gott – wie groß war das Messer?«

»Groß. Ein Kochmesser mit Holzgriff und einer dreiundzwanzig Zentimeter langen Klinge.«

»War sie eine große Frau? Stark genug, um ihn zu überwältigen und ihm einen solchen Stich zu versetzen?« Lockyer dachte an Hedys schlanke Arme und die angespannten Schultern, ihre zarten knochigen Hände.

»Es gab keine Hinweise auf einen Kampf.« Er schüttelte den Kopf. »Es sah aus, als hätte er geschlafen, als es passierte.«

»Okay. Dann hat er sich also nicht gewehrt«, stellte Broad fest. Sie legte den Kopf schief und warf Lockyer einen durchdringenden Blick zu. »Sie erinnern sich ziemlich gut an den Fall, Chef.«

»Es war mein erster Mord im Bereitschaftsdienst. Der Tatort hat mich beeindruckt.« Hedy, die blutverschmiert und zitternd neben der Leiche stand, die grauen Augen auf ihn gerichtet, ohne ihn dabei wirklich zu sehen. »Nachdem wir Hedy Lambert mitgenommen hatten, wollte sie nur noch mit mir reden. Sie weigerte sich, auch nur ein Wort mit jemand anderem zu sprechen. Also führte ich alle Verhöre und nahm schließlich eine aktivere Rolle bei den Ermittlungen ein, als ich es sonst vielleicht getan hätte.«

»Wie kommt es, dass sie nur mit Ihnen geredet hat, Chef?«

»Keine Ahnung.«

Er wusste es, oder glaubte es zu wissen. Es war ihm unangenehm. Damals hatte es ihn veranlasst, ihr gegenüber besonders streng und misstrauisch aufzutreten. Er war jünger gewesen, wütender. Eifriger.

»Es kommt mir immer manipulativ vor, wenn ein Verdächtiger solche Forderungen stellt«, sagte Broad. »Das klingt nicht nach Unschuld, oder? Der Versuch, das Geschehen zu bestimmen.«

»Ja. Die Ermittlungsleiterin hat genau dasselbe gesagt. Sie war überhaupt nicht glücklich darüber, aber uns blieb keine andere Wahl, denn Lambert hatte nach ihrer Verhaftung kaum ein Wort gesagt, und wir brauchten ihre Aussage. Aber falls sie sich eingebildet hatte, es würde ihr helfen, da rauszukommen, ging der Schuss nach hinten los. Meine Vernehmungen haben zu ihrer Verurteilung beigetragen.«

»Sie meinen also, sie glaubte vielleicht, sie könnte mit Ihnen spielen, Chef?«

»Vielleicht.«

»Und warum ist sie jetzt wieder aufgetaucht? Diese Heidi?«

»Hedy. Sie hat immer ihre Unschuld beteuert.«

»Aber das ist doch nicht so ungewöhnlich, oder?«

»Nein … Es lief alles auf das Motiv hinaus. Wir hatten natürlich die Spuren von ihr, aber um es wasserdicht zu machen, mussten wir ihr Motiv herausfinden.«

»Und ist es Ihnen gelungen? In den Befragungen?«

»Ja, genau«, sagte Lockyer. »Wir mussten herausfinden, warum Roland Ferris daran festhielt, dass der Tote sein Sohn Harry sei. Sie hatten sich entfremdet, sich seit fünfzehn Jahren nicht mehr gesehen. Und wir mussten herausfinden, wer in diesem Haus wusste, dass es nicht Harry war, und wer glaubte, *dass* er es war.«

»Und was traf auf sie zu?«

»Hedy? Sie sagte, sie wusste, dass das Opfer nicht Harry war. Aber wir hatten nur ihr Wort. Die einzige Person, die das hätte bestätigen oder abstreiten können, wäre der Tote gewesen.«

»Und … warum ist sie jetzt wieder aufgetaucht?«

»Anscheinend ist Harry Ferris nach Hause zurückgekehrt. Diesmal tatsächlich.« Lockyer trank einen Schluck Tee und schaute aus dem Fenster. Am grauen Himmel ballten sich dichte weiße

Wolken, der Wind zerrte an der Polizeiflagge. Ihn befielen Zweifel. Er traute seinen eigenen Motiven nicht, den Fall noch einmal aufzurollen. Er ahnte, dass das nur zu Kummer führen würde.

Broad unterbrach seine Gedanken. »Sie meinen, er ist zum ersten Mal wieder zu Hause? Seit ...«

»1990. Genau. Laut Hedys Freundin Cass, die immer noch im Dorfladen arbeitet.«

»Nun, Sie wollen doch bestimmt mit ihm sprechen, oder?«

Lockyer sah Broad überrascht an.

»Ich meine«, fuhr sie fort, »ich sehe ein, dass es für Lamberts Verurteilung vermutlich nicht relevant ist, aber wäre es nicht der Vollständigkeit halber nützlich zu wissen, was dort los war? Sind Sie je der Frage nachgegangen, warum Professor Ferris glaubte, der Tote sei sein Sohn? Harry?«

»Nicht gründlich.«

»Und warum in aller Welt hat das Opfer in der Scheune geschlafen?«

»Ich kann mich nicht erinnern. Aber ich weiß nicht, was es bringen soll, noch einmal mit ihm zu sprechen.«

»Na, es kann doch nicht schaden, oder?«, meinte Broad. »Ich könnte die Akte heraussuchen und durchgehen, solange Sie weg sind. Es sei denn, Sie wollen, dass ich mitkomme?«

»Nein. Ich habe keinen richtigen Grund, ihm einen Besuch abzustatten. Besser, wir machen keine große Sache daraus.«

Die Polizeidirektion, die von den Revieren Melksham, Devizes und Bradford on Avon aus operierte, deckte ein riesiges Gebiet von Wiltshire ab, von der A303 im Süden bis Swindon im Nordosten, aber Lockyer brauchte nur eine Viertelstunde, um die zehn Kilometer nach Stoke Lavington zu fahren. Das Dorf lag nur anderthalb Kilometer von der Hauptstraße entfernt, die zum Hof seiner Eltern führte, aber an einer kleinen Straße, die in eine Sackgasse am Gelände des Verteidigungsministeriums mündete. Daher war er in den vierzehn Jahren, seit sie den Fall abgeschlossen hatten, nicht ein einziges Mal durch das Dorf gefahren. Als die ersten Häuser in Sicht kamen, spürte er einen seltsamen Ruck durch seinen Körper gehen.

Es hatte sich nichts verändert – oder besser gesagt, die einzigen Veränderungen waren die durch die Jahreszeit bedingten. Er erinnerte sich noch immer an die frühsommerliche Frische während seines letzten Besuchs. In jedem Beet und in jeder Blumenampel hatte es geblüht, und die Blätter an den Bäumen waren so grün gewesen, dass sie fast künstlich gewirkt hatten. Jetzt war es matschig, am Wegesrand standen Pfützen, die Bäume waren kahle Skelette, und die Häuser wirkten farblos und feucht. Die Mischung war typisch für die Dörfer im Norden und Westen von Wiltshire – es gab Häuser aus Back- und Naturstein, Stroh-, Ziegel- und Schieferdächer. Einige sehr hübsche Cottages, die mehrere Hundert Jahre alt waren, und einige sehr hässliche Nachkriegsbauten. Wasser tropfte von Dachrinnen und Zweigen. Außer einem älteren Mann, der mit einem angegilbten West Highland Terrier spazieren ging, war niemand zu sehen.

Lockyer parkte seinen Wagen – einen alten Volvo mit Allradantrieb – auf der gegenüberliegenden Straßenseite von Longacres und betrachtete das Haus von Roland Ferris. Es war das größte im Dorf – niedrig, weitläufig, Hunderte von Jahren alt. Die Art von Haus, bei dem Touristen anhielten, um es zu fotografieren. Gräuliche Holzbalken zogen sich durch die alten Ziegelmauern. Über der Eingangstür befand sich eine Sonnenuhr, und auf der linken Seite führte ein Tor in einen großen Hof, der von Scheunen und alten Ställen umgeben war. Zum Zeitpunkt des Mordes waren dort Oldtimer statt Pferde untergebracht gewesen. Ferris sammelte und restaurierte sie, und der Hof war makellos gewesen, der Kies frei von Unkraut und glatt geharkt. Jetzt war er zerfurcht, von Moos und vertrocknetem Winterlöwenzahn überwachsen und um das Tor herum von Schlaglöchern übersät. Der Jasmin vor der Haustür war durch eine niedrige Klematis ersetzt worden, die sich weigerte, ein Spalier zu erklimmen. Sogar von der anderen Straßenseite aus konnte er sehen, dass die Farbe der Fenstersimse abgeblättert war. Aber abgesehen davon, dass das Haus vernachlässigt aussah, war es unverändert. Einer der Schornsteine rauchte. Lockyer stieg aus dem Wagen.

Die Frau, die auf sein Klopfen hin öffnete, war Ende sechzig, schlank und gepflegt. Ihr Haar war sorgfältig gefärbt, sodass es immer noch aschblond und irgendwie auch natürlich aussah. Er erkannte sie sofort wieder.

»Mrs. Godwin ...«

Falls er erwartet hatte, dass sie sich ebenfalls an ihn erinnerte, wurde er enttäuscht. Die Schwester von Roland Ferris musterte ihn kühl und abweisend. »Ja? Wir kaufen nichts an der Tür.« Sie hielt die Türkante fest umklammert, als wollte sie sie gleich wieder schließen – notfalls mit Gewalt.

Lockyer zeigte ihr seinen Dienstausweis. »Detective Inspector Lockyer. Wäre es wohl möglich, mit Ihrem Bruder Professor Ferris zu sprechen?«

»Lockyer ... sagen Sie nicht, dass Sie *der* Lockyer sind? Der vor all den Jahren wegen dieser lächerlichen Sache mit dem toten Landstreicher hier war?«

»Ja, genau der.« Lockyer lächelte nicht. Er erinnerte sich an Serena Godwins scharfe Zunge, ihre extremen Ansichten. Ihre Kälte, die ihre steifen Umgangsformen und ihre gepflegte Aussprache nur mäßig verbargen.

»Immer noch DI? Müssten Sie nicht inzwischen befördert worden sein?«

»Darf ich reinkommen?«

»Ist das ein offizieller Besuch? Meine Güte, sagen Sie nicht, dass etwas anderes passiert ist?«

»Ich möchte nur kurz mit Ihrem Bruder sprechen, Mrs. Godwin. Wenn er zu Hause ist.«

Schnaubend trat Serena zur Seite, um ihn einzulassen. »Kommen Sie besser rein, während ich nachsehe, ob er wach ist«, sagte sie. »Diesmal liegt er tatsächlich im Sterben, glaube ich.«

Sie ließ ihn in der Diele stehen und ging die Treppe hinauf. Lockyer blickte den Korridor hinunter, der sich zu beiden Seiten des zentralen Treppenaufgangs durch das Haus zog. Gerahmte Aquarelle und Fotografien, polierte dunkle Antikmöbel, dicke Teppiche und Vorhänge in gedeckten Farben. Es war die Art von traditioneller Einrichtung, die nie ganz aus der Mode gekommen war. Klassisch, aber inzwischen etwas verblasst und muffig.

Er schlenderte den Korridor entlang und blieb stehen, um sich eine Fotomontage in den verblassten, sonnengebleichten Farben der 1980er-Jahre anzusehen. Die meisten Bilder zeigten Oldtimer – herrlich glänzend und makellos. Roland Ferris saß am Steuer oder stand lächelnd daneben, eine Hand stolz auf der Motorhaube oder einer offenen Tür. Auf einem Foto war eine blonde Frau in einem blau-weiß gestreiften Kleid zu sehen. Ihr Haar wurde von einer Sonnenbrille zurückgehalten. Sie stützte sich mit einem Ellbogen auf das Autodach und lachte in die Kamera. Lockyer nahm an, dass es sich um Ferris' Frau handelte, die schon lange tot gewesen war, bevor er oder Hedy nach Longacres gekommen waren. Den Wagen kannte er nicht – er war kein Experte. Das Symbol vorn bestand aus einer winzigen geflügelten Frauenfigur, soweit er es erkennen konnte. Vielleicht ein Rolls Royce. Die Seiten des

Wagens waren in einem satten Rotton gehalten, das Dach und die Radkästen waren schwarz. Im Hintergrund waren unscharf weitere Autos zu erkennen, die in einer ordentlichen Reihe in den Stallungen standen.

Lockyer wollte gerade weitergehen, als ihm etwas auffiel, das er bislang übersehen hatte – auf dem Fahrersitz des roten Wagens, der nur halb von der Sonne beschienen wurde, waren ein dunkler Haarschopf, ein blinzelndes Augenpaar und kleine Hände zu erkennen, die das Lenkrad umklammerten. Sie gehörten einem blassen Jungen von etwa elf oder zwölf Jahren – Harry Ferris.

Lockyer ging zu einer Zeichnung, die Boote in einem Hafen in Cornwall zeigte, dann weiter zum Ende des Flurs. Dort befand sich in einem großen, gewölbeartigen Anbau auf der nach Osten gewandten Rückseite des Hauses in der Nähe der Scheunen die Küche, die Hedys Reich gewesen war. Hedy hatte in einer umgebauten Wohnung über der Remise gewohnt. Das war damals ihre Welt gewesen: ihre Wohnung, der kurze Weg über den Kies zum Haus, Putzen, Kochen. Wenn sie ausgegangen war, dann nur zum Dorfladen mit dem Postamt. Es war eine kümmerliche, eingeschränkte Existenz gewesen, und Lockyer hatte einige Zeit gebraucht, um sie zu verstehen.

Serena rief von oben herunter.

»Sie können heraufkommen, Inspector. Mein Bruder empfängt Sie jetzt.«

Manche Menschen sprachen mit anderen Menschen automatisch so, als wären sie ihre Angestellten, und Serena Godwin war eine von ihnen. Lockyer erinnerte sich jedoch daran, dass er Roland Ferris fast zu mögen begonnen hatte.

Der Professor lag auf einem schmalen Bett, das in eine Ecke seines Arbeitszimmers gerückt worden war. Er war auf Kissen gestützt, aber vollständig bekleidet – eine senffarbene Weste über einem zerknitterten Hemd und eine dicke Cordhose, die an den Knien ausgebeult war. Das Bett war mit einem Haltegriff und einem elektrisch verstellbaren Kopfteil ausgestattet worden, um ihm das Aufstehen und Hinlegen zu erleichtern. Lockyers Blick fiel auf eine Kommode, eine Geh- und eine Greifhilfe. Die üblichen Dinge, die in einem Haus Einzug hielten, wenn ein Mensch alt und gebrechlich wurde. Es roch schwach nach Körpern und nach Kleidung, die zu lange getragen und ungewaschen war. Roland selbst war dünn und sah erschöpft aus, deutlich älter als seine vierundsiebzig Jahre. Das Weiß seiner Augen hatte einen gelblichen Ton angenommen, und er hatte sämtliche Haare verloren.

Serena bot Lockyer nichts zu trinken an und verließ wortlos das Zimmer.

»Inspector Lockyer. Verzeihen Sie mir, wenn ich nicht aufstehe, ich liege im Sterben, wie Sie sehen …« Der Professor hielt inne und hustete. »Erinnern Sie sich an Paul Rifkin, mein *Mädchen für alles?*«

Ein Mann, der auf einem der beiden Stühle an Rolands großem Schreibtisch gesessen hatte, stand auf und streckte ihm die Hand entgegen. Er war klein und stämmig, mit kurz geschnittenem grau meliertem Haar. Lockyer war selbst überrascht, ihn wiederzuerkennen. »Ja, natürlich. Hallo.« Lockyer schüttelte Pauls erstaunlich kleine Hand und erinnerte sich gleichzeitig daran, dass er ihn überhaupt nicht mochte. Seine Unterwürfigkeit und die zugleich überhebliche und selbstbewusste Art, mit der er alles tat, was man ihm sagte. Als ob seine Unterwürfigkeit etwas Einzigartiges und Edles wäre. Er war in der Armee gewesen, hatte als Teenager auf den Falklandinseln gekämpft und schaffte es, in jedem Gespräch irgendwie darauf zu verweisen. So ein Typ war er. »Ich bin überrascht, dass …« Lockyer unterbrach sich selbst.

»Überrascht, dass ich noch hier bin?«, beendete Paul den Satz für ihn und lächelte ein wenig zu breit. Er sprach mit einem leichten Geordie-Akzent. »Nun, ich wundere mich auch – an manchen Tagen jedenfalls! Nein, ich scherze nur. Ich könnte Sie jetzt wohl kaum im Stich lassen, in der Stunde der Not, nicht wahr, Professor?«

»Von mir aus können Sie abhauen«, murmelte Roland. Paul lachte, aber Roland unterbrach ihn. »Und ich bin nicht zu krank, um Sie zu feuern, wenn Sie nicht aufhören, auf diese *alberne* Art mit mir zu reden. Ich bin kein Kind!«

»Nun regen Sie sich doch nicht auf. Natürlich sind Sie kein Kind.«

»Werden Sie bloß nicht alt, Inspector«, sagte Roland. »Die Leute behandeln Sie wie einen Idioten. Mit meinem Kopf ist noch alles in Ordnung, nur mein Körper gibt den Geist auf. Diesmal läuft die Uhr wirklich ab. Hat meine Schwester Ihnen das gesagt?«

»Das hat sie. Es tut mir leid, das zu hören, Professor Ferris.«

Roland winkte ab. »Das muss es nicht. Ich habe in den letzten Jahren so viele Fehlstarts gehabt, dass ich mich eigentlich darauf freue, das Rennen endlich zu beenden. Wenn ich heute einigermaßen beieinander bin, dann nur, weil ich gerade eine Bluttransfusion bekommen habe. Die meiste Zeit bin ich reine Platzverschwendung. Aber das Sterben hat mir nach all den Jahren wenigstens meinen Sohn zurückgebracht.« Rolands Augen leuchteten. »Wie könnte ich es also nicht begrüßen?«

»Das habe ich auch gehört«, gab Lockyer zu.

»Natürlich haben Sie das – warum wären Sie sonst hier? Die interessantere Frage ist meiner Meinung nach, wie Sie davon erfahren haben. Paul, bringen Sie uns bitte einen Kaffee, ja? Und ein paar von diesen *Pepparkakor*-Keksen.«

Als Paul den Raum verlassen hatte, sagte Roland: »Das ist der andere Vorteil am Sterben. Niemand nörgelt herum, was man alles besser nicht essen sollte. Das ist doch nicht mehr wichtig, oder?« Er schob sich im Bett etwas höher und hob das Kinn an. »Sagen Sie, Inspector, wie geht es der lieben Hedy?«

»Hedy?«, echote Lockyer erstaunt.

»Ich kann nur annehmen, dass sie Sie irgendwie über Harrys Rückkehr informiert hat. Ich bin mir sicher, dass das ganze Dorf darüber redet, aber mir fällt niemand ein, der auf die Idee käme, die *Polizei* zu informieren.«

»Sie hat mich gebeten, sie zu besuchen, und ja, sie hat es mir erzählt«, gestand Lockyer.

Roland nickte traurig. »Und?«

»Und was?«

»Und wie geht es ihr?«

»Ich glaube, ganz gut.« Lockyer verlagerte etwas verlegen das Gewicht. Die Narben auf ihren Armen und an ihren Handgelenken. Wie sie an ihrem Daumen genagt hatte, ihre unterdrückte Verzweiflung. Wie ein Tier, das kurz davor war, sich ein Glied abzunagen, um sich zu befreien. »Unglücklich«, sagte er ehrlicher. »Sie möchte unbedingt raus. Um wieder ein Leben zu haben.«

Roland seufzte und ließ sich zurücksinken. »Arme, arme Hedy. Sie war so zerbrechlich, als sie herkam – und sie hat nie darüber gesprochen, warum. Über das, was geschehen ist. Aber ich konnte sehen, dass sie einen Ort brauchte, um sich zu erholen. Ich dachte immer, sie würde irgendwann in eine viel bessere Lage kommen, ihre Unabhängigkeit zurückerlangen. Stattdessen geschah das Gegenteil.«

»Hatten Sie sie gern?«

»Das habe ich immer noch.« Roland faltete die Hände über

dem Bauch und blickte in die Ferne. »Sie war wie ein schlaksiges Fohlen. Kein bisschen elegant, aber irgendwie hatte sie etwas viel Besseres als Eleganz. Etwas Ehrlicheres. Wir standen uns näher. Ich schreibe ihr, wissen Sie. In letzter Zeit nicht mehr so oft, aber ich tue es noch. Fast hätte ich ihr geschrieben, dass Harry nach Hause gekommen ist, aber dann habe ich es mir anders überlegt. Ich dachte, das würde die ganze traurige Sache für sie wieder aufwühlen. Ich hätte sie gern noch einmal gesehen, bevor es zu Ende geht.«

»Schreibt sie jemals zurück?«, fragte Lockyer.

»Nein. Nein, kein einziges Mal«, sagte Roland traurig. »Wenn Sie sie wiedersehen, grüßen Sie sie ganz herzlich von mir.«

»Professor Ferris, glauben Sie, dass Hedy den Mord an Michael Brown begangen hat?«

Für einen langen Moment betrachtete Roland schweigend seine gefalteten Hände. Lockyer blickte sich in dem riesigen Arbeitszimmer um, einer der größten Räume im Haus. Die Wände waren von Holzregalen voller Bücher und Papiere gesäumt. Auch auf dem Teppich stapelten sich Bücher und Manuskripte, besonders um den ungewöhnlich großen Schreibtisch mit den beiden ledernen Kapitänsstühlen, dem veralteten Computer, der Bibliothekslampe, den seltsamen Briefbeschwerern und dem Ledertablett mit Münzen, Schlüsseln und allerlei Schnickschnack.

Zum Zeitpunkt des Mordes, im Jahr 2005, war Roland Ferris einer der herausragenden Mediävisten des Landes gewesen, frisch pensioniert vom Jesus College in Oxford und in bestimmten Kreisen recht bekannt. Er war in der Sendung *In Our Time* mit Melvyn Bragg auf Radio 4 aufgetreten und hatte über die sozialen und rechtlichen Reformen von König Æthelstan nach seiner Krönung im Jahr 925 n. Chr. gesprochen. Mehrere der Bücher in den Regalen stammten von Ferris selbst. Lockyer wusste nicht, ob sich Historiker jemals wirklich zur Ruhe setzten, aber angesichts der Tatsache, dass Roland Ferris sich anscheinend entschieden hatte, in seinem Arbeitszimmer zu sterben, nahm er an, dass die Antwort Nein lautete.

»Nun«, sagte Ferris schließlich, »Ihre Leute haben festgestellt, dass sie schuldig ist, nicht wahr? Warum fragen Sie?«

»Nur so.« Lockyer riss sich zusammen. »Professor Ferris, dies ist eigentlich kein offizieller Besuch, aber als ich von Ihrem Sohn hörte, wollte ich einfach …«

»Sie wollten die gleiche Frage stellen wie alle anderen auch, nehme ich an. Wo ist er gewesen?«

»Nun ja, unter anderem.«

»Das ist eine Privatangelegenheit, Inspector.«

»Ich weiß, Professor. Aber es gab damals so viel Verwirrung darum, wer da draußen in der Scheune wirklich gestorben war, bevor wir schließlich Michael Brown identifiziert hatten. Jede Erklärung in dieser Angelegenheit wäre wohl willkommen.«

»Pah! Sie sind nicht besser als die neugierigen Nachbarn, Inspector, keinen Deut besser!«

Es klopfte leise an der Tür, und Paul Rifkin kam mit einem Tablett zurück, das er auf einem Arm balancierte. Die Kaffeetassen klapperten auf den Untertassen, und die Zimtkekse, um die Roland gebeten hatte, rutschten auf einem Deckchen über den Teller. Lockyer war dankbar für die Unterbrechung, er war sich nicht sicher, wie er weiter vorgehen sollte. Paul goss den Kaffee in die kleinen Tassen und wollte Ferris eine reichen, aber der alte Mann wies ihn ab. »Zuerst die Gäste«, schnauzte er. Pauls angespanntes Lächeln verschwand nicht, als er sich umdrehte, um Lockyer die Tasse zu reichen, aber Lockyer bemerkte, wie eine gewisse Härte in seine Augen trat.

Lockyer nippte an seinem Kaffee, obwohl er ihm nicht schmeckte.

Roland aß zwei Kekse schnell hintereinander und wischte die Krümel von der Weste auf den Teppich. »Was Harry Ihnen erzählen will, bleibt ihm überlassen, Inspector«, schloss er. »Paul, würden Sie meinen Sohn bitten, sich zu uns zu setzen? Der Inspector ist ganz wild darauf, ihn kennenzulernen.«

Sie warteten und lauschten auf Geräusche im Haus. Dann öffnete sich die Tür des Arbeitszimmers, und für eine Sekunde war es, als würde ein Toter wiederauferstehen. Lockyer musste sich ins Gedächtnis rufen, dass der bleiche, schmächtige Körper, den er vierzehn Jahre zuvor auf dem Tisch des Pathologen gesehen hatte, nicht Harry gewesen war. Der Körper mit den spärlichen schwarzen Brusthaaren, die sich deutlich von der milchweißen Haut abhoben, den vielen kleinen Narben – einige sahen aus wie Brandwunden von Zigaretten – und einer sauberen Stichwunde unterhalb der linken Brustwarze. Es war nicht Harry gewesen, auch wenn sie das bei der Obduktion alle noch geglaubt hatten.

Harry Ferris betrat den Raum mit einem Ausdruck, der an Feindseligkeit grenzte. Er blickte sich mit zusammengezogenen Augenbrauen um, die Kiefermuskeln waren angespannt. Doch Lockyer konnte sofort nachvollziehen, weshalb ein verzweifelter Vater, der diesen Mann seit Jahren nicht mehr gesehen hatte, Mickey Brown – das Mordopfer – für seinen Sohn gehalten hatte. Die gleiche große schlanke Statur, die gleiche blasse Haut, dunkles Haar und dunkelbraune Augen, die scharfe Nase und das kantige Kinn.

Harry trug eine Röhrenjeans und hatte das Hemd in die Hose gesteckt. Schuhe und Armbanduhr sahen teuer aus. Breitbeinig und mit verschränkten Armen stand er in der offenen Tür und wirkte angespannt.

»Was wollen Sie?«, fragte er Lockyer, ohne darauf zu warten, dass er ihm vorgestellt wurde.

»Mr. Ferris, freut mich, Sie kennenzulernen«, sagte Lockyer gelassen. »Nach all der Zeit.«

»Harry, mein Junge, der Mann wollte dich nur mal sehen. Wegen der Sache vor vierzehn Jahren, von der ich dir erzählt habe …«

In dem Blick, den Harry seinem Vater zuwarf, lag wenig Wärme, und er war ganz offenkundig nicht beschwichtigt. »Das war sicher alles sehr aufregend«, sagte er. »Aber das hatte nichts mit mir zu tun.«

»Sieht so aus, als hätten Sie es zu etwas gebracht«, sagte Lockyer und versuchte, Harrys Reaktion auf ihn zu deuten. Er war es gewohnt, nicht willkommen zu sein, aber das hier war extrem.

»Das ist doch kein Verbrechen, oder? Warum sollte ich es nicht zu etwas gebracht haben? Ich bin von zu Hause weggegangen und habe mir woanders eine anständige Karriere aufgebaut. Ich verstehe nicht, was daran so bemerkenswert sein sollte.« Seine Nasenflügel blähten sich, und er ballte die Hände unter seinen Achselhöhlen zu Fäusten.

»Vermutlich liegt es daran, dass das vor Ihrer Familie geheim gehalten wurde«, sagte Lockyer. »Und weil ein Mann ermordet wurde, möglicherweise weil der Mörder das Opfer für Sie hielt.«

Eine unbehagliche Stille legte sich über den Raum. Lockyer beobachtete, wie Roland wieder auf seine gefalteten Hände hinunterblickte und niemandem in die Augen sah. Wie Harry aus dem Fenster starrte und seine Kiefermuskeln arbeiteten und wie Paul Rifkins Blick zwischen den beiden hin und her huschte, als ob er auf etwas wartete.

Lockyer schwieg noch einen Moment, bevor er wieder sprach. »Wüssten Sie einen Grund, warum jemand Sie hätte töten wollen, Mr. Ferris?«

Harry Ferris blickte weiterhin aus dem Fenster, während er antwortete. »Machen Sie sich doch nicht lächerlich.« Dann drehte er sich um, und für einen kurzen Moment traf sein Blick den von Paul Rifkin. »Natürlich nicht. Außerdem hätte jeder, der mich gut genug kannte, um mich umbringen zu wollen, sofort gemerkt, dass nicht ich es war, der in der Scheune gepennt hat. Oder etwa nicht?«

»Ja, das scheint mir wahrscheinlich zu sein.«

»Wie auch immer, wir wissen, wer es getan hat, und vermutlich konnten Sie herausfinden, warum, bevor sie ins Gefängnis ging? Geht es nicht normalerweise um Geld? Oder Eifersucht?«

»Hedy Lambert hat Michael Brown aus persönlichen Gründen getötet«, sagte Roland. »Sie ist labil.«

»Jetzt, nach vierzehn Jahren im Gefängnis, ist sie noch labiler«, bemerkte Lockyer.

»Warum sind Sie überhaupt hier, Inspector?« Harry starrte Lockyer wütend an. »Wollen Sie wissen, wo ich gewesen bin? Nun, die Antwort lautet: in London. Schockierend. Und warum ich zurückgekommen bin? Weil mein Vater im Sterben liegt und es an der Zeit ist, dass wir ein paar Dinge klären. Und warum ich gegangen bin, geht Sie verdammt noch mal nichts an.«

»Das verstehe ich, Mr. Ferris, aber es könnte durchaus relevant sein für …«

»Ist es nicht«, schnauzte Harry.

»Ich fürchte, Cäsar hat gesprochen, Inspector.« Roland klang eher amüsiert als entschuldigend.

»Also gut. War nett, Sie wiederzusehen, Professor. Vielen Dank für den Kaffee.«

Paul Rifkin begleitete Lockyer nach draußen und sprach ihn an der Haustür leise an. »Er ist zurückgekommen, um sich zu versöhnen und dafür zu sorgen, dass er sein Erbe bekommt, würde ich sagen«, zischte er wütender, als sein Lächeln vermuten ließ. »Ob er ein großer Anwalt in der Stadt ist oder nicht, hier ist immer noch eine Menge Geld zu holen.«

»Wissen Sie, warum er überhaupt gegangen ist?«, fragte Lockyer, denn Paul hatte offensichtlich eine Meinung zu allem.

Er schüttelte den Kopf. »Das war vor meiner Zeit, fürchte ich. Scheint mir aber etwas Größeres als das normale Ausrasten eines Teenagers gewesen zu sein. Ich glaube, er hat seinem Vater die Schuld am Tod seiner Mutter gegeben.«

»Ach? Und könnte Professor Ferris dafür verantwortlich sein?«

»Auch das war vor meiner Zeit. Ich weiß nur, dass sie sich das Leben genommen hat. Vielleicht dachte Harry, der Grund sei etwas, das der Professor getan hat. Aber ich weiß es nicht.«

»Können Sie mir sagen, wie sie hieß?«

»Helen.«

Lockyer stutzte. Irgendetwas erschien ihm merkwürdig.

»Harry hat gerade gesagt, dass er zurückgekommen sei, weil sein Vater im Sterben liege. Aber woher wusste er das, wenn sie die ganze Zeit keinen Kontakt hatten?«

Paul grinste. »Genau, Inspector. Es hat sich herausgestellt, dass der Cousin die ganze Zeit über wusste, wo er war – Serenas Sohn Miles. Sie haben sich angefreundet, als Harry dort hingezogen ist, nachdem er von der Schule geflogen war. Und sie sind die ganze Zeit in Kontakt geblieben.«

»Und Miles hat Professor Ferris nie gesagt, dass sein Sohn lebt und gesund ist? Nicht einmal, um ihn zu beruhigen?«

»Nein. Er sagt, er habe es Harry versprechen müssen, aber wenn Sie mich fragen, ist er nur ein kleines, boshaftes A… Nun ja.« Paul beherrschte sich. »Einer von diesen vornehmen Schnöseln, für die alles nur ein Spiel ist. Eine Zeit in der Armee würde ihm guttun.«

Er lächelte unverwandt, und Lockyer konnte die Gerissenheit in seinen Augen sehen – das Kalkül hinter seiner unterwürfigen Fassade. »War eine Freude, Sie wiederzusehen, Inspector«, sagte Paul und schloss die Tür.

3

Das Postamt und der Laden befanden sich nur einen kurzen Spaziergang von Longacres entfernt in der Ortsmitte, wo es ein ungepflegtes Rasendreieck mit einem kleinen Kriegerdenkmal und einer überdachten Bushaltestelle gab. Die Glocke über der Tür schepperte, als Lockyer sie öffnete. Der Laden war mit abgenutzten Vinylfliesen im Schachbrettmuster ausgelegt, durch die an Tür und Kasse der Estrich durchschien. In Metallregalen stapelten sich Güter des täglichen Bedarfs. Es roch nach welkem Gemüse, und hinter einem kleinen Postschalter, den eine große ungepflegte Frau bewachte, wurden Reihen mit billigem Wein und Spirituosen sicher verwahrt.

»Hallo. Ich hatte gehofft, mit Cass Baker sprechen zu können«, sagte Lockyer.

»Ach ja?« Sie grinste. »Die hat Pause.« Die Frau watschelte steif zu einer Tür an der Rückseite. »Cassie! Ein großer, dunkler Fremder fragt nach dir, Süße – am besten, du bewegst deinen Hintern her!«

»Vielen Dank.«

Auf einer Treppe waren Schritte zu hören, dann erschien Cass – sie war in den Dreißigern und trug eine blaue Schürze. Sie hatte kurzes, schlecht blondiertes Haar, ein hübsches Gesicht und viel zu stark geschminkte Augen, in der Nase trug sie einen Goldring. Die Hände in die Hüften gestemmt, musterte sie Lockyer mit einem schnellen Blick von oben bis unten. »Sind Sie der Bulle?«

»Ja, genau.« Lockyer befand sich in der Defensive.

Cass nickte. »Hedy hat gesagt, dass Sie vielleicht kommen, um mit mir zu sprechen. Sie war sich aber nicht sicher – sie sagte, sie müsse Sie erst überreden. Dann ist es ihr wohl gelungen.«

»Nun, ich ...«

»Was dagegen, wenn ich rauche, während wir uns unterhalten?« Ohne seine Antwort abzuwarten, schnappte sich Cass ihre Zigaretten vom Tresen und ging nach draußen.

Lockyer folgte ihr, wartete, während sie sich eine Zigarette anzündete, und lehnte ab, als sie ihm eine anbot. »Am besten reden wir hier draußen. Maureen ist eine schreckliche Tratschtante und erzählt fast alles falsch weiter. Am Ende des Tages hat das halbe Dorf gehört, dass wir miteinander schlafen und ich jetzt Ihre Informantin bin, weil Sie mich vor einer Anzeige wegen Drogenbesitzes bewahrt haben. So ungefähr.« Sie rollte mit den Augen.

»Klar. Okay. Hedy hat mir erzählt, dass Sie noch Kontakt zu ihr haben und sie von Ihnen weiß, dass Harry Ferris zurück ist. Darf ich fragen, wie Sie selbst davon erfahren haben?«

»Durch eine von Rolands Pflegerinnen. Debbie«, sagte Cass. »Nicht die Hellste. Sie kommt immer auf eine Schokolade und eine Cola her, nachdem sie morgens bei ihm gewesen ist, und sie war an dem Tag da, als Harry aufgetaucht ist. Sie hat das ganze große Wiedersehen miterlebt und wollte davon unbedingt jemandem berichten. Da sie es Maureen erzählt hat, vermute ich, dass sich die Nachricht um die Mittagszeit bis nach Swindon verbreitet hatte.«

Lockyer wollte hören, wie diese Szene abgelaufen war – was Harry und Roland nach fast dreißig Jahren zuerst zueinander gesagt und wie sie aufeinander reagiert hatten. Er holte sein Notizbuch hervor. »Wie heißt Debbie mit Nachnamen?«

»Tut mir leid.« Cass zuckte mit den Schultern. »Keine Ahnung. Das könnte Ihnen wahrscheinlich dieser zwielichtige Butler von Roland sagen. Oder das Krankenhaus. Machen Sie den Fall also wieder auf? Wird Hedy freikommen?«

»Nein. Der Fall ist abgeschlossen«, sagte Lockyer vorsichtig.

Cass starrte ihn an. »Und was machen Sie dann hier?«

»Ich ... kläre nur ein paar offene Fragen. Hinsichtlich des Verschwindens von Harry Ferris.«

»Na und? Glauben Sie etwa immer noch, dass Hedy diesen anderen Kerl umgebracht hat?«

»Sie nicht?«

»Natürlich nicht. Ich *kenne* sie. Die dusselige Kuh. Und ja, wir waren befreundet, als sie noch hier wohnte, aber ich sage das nicht aus Loyalität, sondern weil ich es *weiß*.« Cass nahm einen tiefen Zug und blies eine Rauchwolke in die kalte Luft. »Sie ist nicht der Typ, der jemanden umbringt. Und dieser Unsinn, der in den Zeitungen stand, dass sie hinter Rolands Geld her gewesen sei, wenn er stirbt – das war Schwachsinn erster Güte. Blödsinn. Ich bin noch nie jemandem begegnet, der weniger an Geld interessiert war. Und wofür sollte sie es überhaupt ausgeben? Sie war nie einkaufen, ging nie aus. Sie hat noch nicht mal ein Lotterielos gekauft.«

»Sie könnte ein anderes Motiv gehabt haben.«

»Ja, ich weiß. Das, was Sie ihr angehängt haben, als Sie von diesem Mistkerl Aaron erfahren haben. Ihrem Ex-Freund. Das habe ich in der Zeitung gelesen, als der Prozess stattfand. Das war auch Blödsinn.«

»Wie können Sie sich da so sicher sein?«

»Sie ist einfach nicht der Typ, der jemanden umbringt. Damals nicht und heute nicht, und es spricht nicht gerade für Ihre Fähigkeit als Kriminalbeamter, wenn Sie das nicht herausgefunden haben. Außerdem mochte sie den Professor – Gott weiß warum, er ist ein mürrischer alter Mistkerl, aber sie mochte ihn trotzdem. Sie hätte nichts getan, um ihn zu verletzen – und ganz sicher hätte sie nicht den Kerl getötet, den er für seinen Sohn hielt, oder?«

»Ich weiß nicht, Miss Baker.«

»Tja, ich aber.«

»Sie hatte eine sehr traumatische Zeit mit Aaron Fletcher hinter sich. Es kann gut sein, dass sie Gefühle hatte, die sie verbarg – Wut oder Rachegefühle. Oder Angst.«

»Das Einzige, wovor Hedy Angst hatte, war, nie wieder auf die Beine zu kommen. Nie wieder ihr *altes Selbst zu werden*, das hat sie mir einmal gesagt.« Cass schüttelte den Kopf. »Wie sollte es ihr dabei helfen, einen Mann zu erstechen und dann neben ihm zu warten, bis sie verhaftet wird?«

»Nicht alle Entscheidungen sind rational, Miss Baker. Und nicht alle Handlungen sind das Ergebnis einer bewussten Entscheidung.«

»Sie werden mich jedenfalls nie davon überzeugen, dass sie diesen Typen erstochen hat. Sie hatte keinen Grund dazu.«

Während er über ihre Worte nachdachte, blickte Lockyer über den Dorfanger zu einem Weidetor, hinter dem zwei nasse Ponys standen und geduldig darauf warteten, an einen weniger matschigen und kalten Ort gebracht zu werden. »Wenn Sie noch etwas hören, das Ihrer Meinung nach relevant sein könnte …«

Cass ließ ihre Zigarette fallen und drückte sie aus, während sie seine Karte nahm. »Wenn Sie mehr über Harry Ferris' Vergangenheit wissen wollen – ich meine als Kind –, sollten Sie mit Maureen sprechen. Sie hat früher auf ihn aufgepasst.«

»Das merke ich mir. Danke.«

Während Lockyer langsam zum Präsidium zurückfuhr, ließ er den kurzen Besuch in Stoke Lavington Revue passieren. Die Jahre seit Hedys Verhaftung schienen zusammengeschrumpft zu sein. Irgendwie hatte er sich vorgestellt, dass die Protagonisten ihrer Geschichte sich zerstreuen würden, wenn der Fall abgeschlossen war; dass sie weiterzogen oder sogar ganz aus dem Leben verschwanden. Es war ihm recht gewesen, das alles hinter sich zu lassen – Hedy eingeschlossen. Es zumindest zu versuchen. Aber Roland Ferris lag immer noch in seinem Arbeitszimmer, immer noch im Sterben, und wieder war seine Schwester zu Besuch. Sein Diener war immer noch im Dienst und tat so, als wäre er ein anständiger Mann und würde innerlich nicht vor Wut kochen. Es war bedrückend gewesen, so vieles blieb dort unausgesprochen.

Und nun war auch noch Harry Ferris zurück im Haus seiner Kindheit. Es musste ein unglückliches Zuhause gewesen sein, und er schien zu einem unglücklichen Mann herangewachsen zu sein – sofern es nicht nur daran lag, dass er wieder dort war und die Umgebung auf seine Stimmung abfärbte. Lockyer ging noch einmal durch, was ihm besonders aufgefallen war, damit er nichts Wichtiges vergaß. *Außerdem hätte jeder, der mich gut genug kannte, um mich umbringen zu wollen, sofort gemerkt, dass nicht ich es war, der in der Scheune gepennt hat.* Die kalten Blicke, die Harry Ferris seinem Vater zugeworfen hatte und Paul Rifkin. Wie es hinter Rifkins angespanntem Lächeln in seinem Kopf gearbeitet hatte. *Hedy ist nicht der Typ, der jemanden umbringt. Sie hatte keinen Grund dazu.* Keinen außer den Gründen, die er selbst aus ihr herausgekitzelt hatte.

Und die Tatsache, dass Miles Godwin, Serenas Sohn, Harrys Cousin, die ganze Zeit über Harrys Aufenthaltsort gekannt hatte. Seitdem er von zu Hause weggegangen war. Wie viel Zeit hatten sie verloren, weil sie zunächst geglaubt hatten, dass der Tote Harry sei. Dann mussten sie den Rückstand aufholen, nachdem

Fingerabdrücke und DNA bewiesen hatten, dass er es nicht war ... Und abgesehen von dem Mord hätte Miles die Angst, unter der Roland Ferris jahrelang gelitten hatte, mit einem Wort lindern können, hatte es aber nicht getan. Sechs Wochen hatte Mickey Brown in der Scheune von Longacres gewohnt, Roland hatte ihn die ganze Zeit für den heimgekehrten Harry gehalten, und Miles hatte nichts gesagt. *Einer von diesen vornehmen Schnöseln, für die alles nur ein Spiel ist*, hatte Paul Rifkin über ihn gesagt. Eins war sicher: Lockyer wollte mit Miles Godwin sprechen.

Als er gedankenverloren den Parkplatz vor dem Präsidium überquerte, tauchte ein großer blonder Mann auf und kam auf sein Auto zu. Ihre Blicke trafen sich, und einen Moment lang sagte keiner von ihnen ein Wort. Keiner blinzelte.

»Steve«, sagte Lockyer und versuchte, nicht steif zu klingen.

»Farmer Giles«, antwortete der Mann humorlos.

Seit seinem Eintritt in den Polizeidienst hatte Lockyer festgestellt, dass er ziemlich viel einstecken konnte. Plötzlich wurde er wieder gehänselt wie auf dem Schulhof. Das gehörte zum Job und war meist nur Spaß. Witze über seinen Wiltshire-Akzent, seinen bäuerlichen Hintergrund, seine stille, eigenbrötlerische Art. Aber es jetzt zu hören, in Steves bissigem Ton, war etwas anderes. Die beiden Männer waren jahrelang Freunde gewesen – zumindest befreundete Kollegen –, bis vor Kurzem.

DI Steve Saunders war extrovertiert, laut und ehrgeizig. Er hatte keinen Universitätsabschluss, sondern sich vom uniformierten Police Constable stetig bis zum Detective Inspector hochgearbeitet. Er hatte den richtigen Leuten Drinks spendiert und all die beschissenen, langweiligen Jobs übernommen, die seine Vorgesetzten nicht machen wollten. Deshalb hatte er nichts als Verachtung für Beamte übrig, die schnell befördert wurden, und Lockyer wusste, dass dieser Gedanke nicht ganz von der Hand zu weisen war. Es sprach viel für die Erfahrung, die Arbeitstiere wie Saunders im Laufe der Jahre gesammelt hatten.

Anfangs war die Zusammenarbeit schwierig gewesen, da sie vollkommen gegensätzliche Charaktere waren. Aber mit der Zeit hatte Steve Lockyer respektiert. Ihn vielleicht sogar gemocht. Womöglich war das der Grund, warum er jetzt umso feindseliger wirkte – Lockyer hatte ihn im Stich gelassen. Aber sosehr Lockyer das auch bedauerte, er wusste, dass er nichts dagegen tun konnte.

Nach dem Fall, der im vorigen Jahr dazu geführt hatte, dass Lockyer aus dem MCIT, dem Ermittlungsteam für schwere Verbrechen, entfernt worden war, hatten einige gefordert, ein Disziplinarverfahren gegen ihn einzuleiten. Sogar von Degradierung war die Rede gewesen. Steve hatte am lautesten gerufen, und fast hätte er damit Erfolg gehabt. Aber nein, korrigierte Lockyer sich. Es traf zu, was seine Mutter über Hedy gesagt hatte: Er war wegen seines Vergehens fast degradiert worden, nicht wegen Steve Saunders.

»Wie ist das Leben auf der Kriechspur?«, fragte Steve.

»Gut, danke.«

»Freut mich zu hören. Scheint dir zu liegen. Dem Rest von uns ist es auch recht. Am besten bleibst du, wo du bist, Kumpel.«

Lockyer ging weiter. Es hatte einfach keinen Sinn, sich darauf einzulassen.

Bis zu jenem Frühjahr hatten die beiden im MCIT gearbeitet und sich die Aufgaben mit den Polizeikräften von Avon, Somerset und Gloucester geteilt. Sie waren Teil der gemeinsamen Task Force gewesen, die aufgrund wiederholter Haushaltskürzungen zustande gekommen war. Sie hatten sich aneinander gerieben und waren ein ziemlich gutes Team geworden. Dann wurden sie zu einem mutmaßlichen Versicherungsbetrug in einem Pub namens The Queen's Head gerufen. Lockyer hatte der leitenden Beamtin sofort mitgeteilt, dass er die betroffene Familie kannte, woraufhin er umgehend von dem Fall abgezogen worden war.

Aber Steve hatte ihn dennoch um Hilfe gebeten, eben weil Lockyer die Familie gut kannte und unzählige Male im The Queen's Head gewesen war. Und Lockyer hatte geholfen. Aber nicht bei den Ermittlungen, sondern seinem alten Freund, der in diesem Fall der Verdächtige war. Er hatte die Wahl gehabt und aus freiem Willen gehandelt. Als der Moment kam, hatte er das getan, was ihm fair und richtig erschien, und nicht das, was das Gesetz von ihm verlangte. Er war selbst überrascht gewesen. Es hatte im Widerspruch zu allem gestanden, woran er in seinem Job glaubte, und zu allem, was man ihm beigebracht hatte. Er hatte sich für unbestechlich gehalten.

Danach wurde Lockyer in die Abteilung für ungeklärte Kriminalfälle versetzt, wobei ihm DC Broad zur Seite stand und ein übergeordneter Detective Superintendent die laufenden Ermittlungen überprüfte, die nicht vorankamen. Es hätte wirklich deutlich schlimmer kommen können.

Als er zurück ins Büro ging, holte er einen Tee für sich und einen Kaffee für Broad. Broad saß über ihren Schreibtisch gebeugt, vor sich eine dicke Akte. Sie blickte mit einem Lächeln auf, als er hereinkam.

»Danke, Chef«, sagte sie und nahm ihm den Kaffee ab. »Wie ist es gelaufen? Irgendetwas Interessantes?«

»Ja und nein.« Lockyer setzte sich. »Wie weit sind Sie mit der Akte gekommen?«

»Bis jetzt hauptsächlich die Höhepunkte, aber …« Sie zögerte. »Es scheint, als hätte sich der Fall im Grunde von allein gelöst. Hedy Lambert war die erste, letzte und beste Verdächtige.«

»Das stimmt. Eine Zeit lang haben wir andere Spuren verfolgt, aber es waren die Indizien.«

Broad nickte. »Das Messer war der einzige wirkliche … Beweis, nicht wahr? Wie Sie schon sagten, vieles *könnte* so gewesen sein, wie sie behauptet. Nur das Messer passt nicht dazu. Es sind keine anderen Abdrücke darauf als ihre, und ihre Abdrücke sind …« Sie blätterte ein paar Seiten zurück, bis sie die Beschreibung fand. »›… stellenweise schwach, aber unberührt‹. Es sah also nicht so aus, als hätte es jemand, auch nicht mit Handschuhen, nach ihr angefasst. Ich meine, das ist doch ziemlich belastend, oder?«

»Ja.« Lockyer drehte seinen Stuhl zum Fenster und starrte hinaus. Es hatte ihm schon immer geholfen, beim Denken den Blick in die Ferne schweifen zu lassen, auch wenn das vom Büro aus nur begrenzt möglich war, da die Aussicht zugebaut war. Durch die obersten Zweige einer nackten Esche betrachtete er den Himmel. »Ist Ihnen aufgefallen, wer die ursprüngliche Untersuchung im Jahr 2005 geleitet hat?«

»Ja. DCI Considine.«

Christine Considine war inzwischen Detective Superintendent und immer noch seine Chefin. »Behalten wir das also besser für uns. Zumindest vorläufig. Na ja, als ob sich überhaupt jemand für unsere Fälle interessieren würde.«

»Also sehen wir ihn uns noch mal an?« Broad klang begeistert. Das war genau die Art von Fall, an dem sie arbeiten wollte – ein Mord, ein Justizirrtum. Etwas Großes.

Lockyer antwortete nicht sofort, denn ihn plagten dieselben Selbstzweifel wie vor vierzehn Jahren – Zweifel an seiner Fähigkeit, die richtige Entscheidung zu treffen. So etwas kannte er normalerweise nicht. *Haben Sie Angst davor, sich zu irren?*, hatte Hedy ihn gefragt. Er ahnte, dass er sich irrte. Dass er sich in irgendetwas irrte. Und falls es einen Justizirrtum gegeben hatte, dann hatte er ihn über die Ziellinie geschoben. Bei dem Gedanken fröstelte ihn.

Er atmete langsam ein und schüttelte den Kopf. »Wir brauchen mehr Anhaltspunkte. Ein paar Indizien – wir können nicht alles mit einem Bauchgefühl rechtfertigen. Die meisten Beteiligten sind noch da – das ist seltsam. 2005 war auch Miles Godwin schon dabei. Mit ihm möchte ich unbedingt sprechen. Und Professor Ferris hatte damals eine Forschungsstudentin ... ich kann mich nicht an ihren Namen erinnern. Aber die drei wichtigen Personen waren heute alle da. Ferris, Serena und der zwielichtige Butler.«

»Es gibt einen zwielichtigen Butler? Nun, Fall gelöst, Chef«, sagte Broad. »Er muss es getan haben.«

Lockyer lächelte. »Serena spielt immer noch die Gutsherrin, Roland liegt immer noch im Sterben. Es war seltsam, dorthin zurückzukehren. Und *irgendetwas* stimmt nicht ...«

»Woran stirbt er denn?«

»Ich bin mir nicht ganz sicher, aber ich glaube, es ist eine Art Blutkrebs. Vermutlich ist er im Laufe der Jahre gekommen und gegangen. Ich wollte nicht fragen.«

Broad blätterte noch einmal durch die Akte. »Chronische lymphatische Leukämie«, sagte sie. »Klingt übel.«

Lockyer nickte. »Es gab keinen Einbruch. Keinen Hinweis darauf, dass jemand an den Schlössern herumgefummelt hat. Wer auch immer das Messer aus der Küche geholt hat und zur Scheune gegangen ist, hatte einen Schlüssel. Oder er war bereits im Haus und hat die Hintertür mit dem Schlüssel aufgeschlossen, der daneben hing. Wer auch immer es war, wusste, wo Mickey Brown zu finden war. Es war jemand aus dem Haus, da bin ich mir sicher, also lassen Sie uns – nein«, unterbrach Lockyer sich selbst. »Nein. Wir fangen mit dem Messer an. Wir sollten es noch einmal untersuchen lassen. Was heißt überhaupt ›schwache‹ Abdrücke? Eine Frau, die einem Mann derart fest ein Messer in die Brust stößt, hinterlässt doch sicher eindeutige Abdrücke? Ich möchte eine zweite Meinung einholen. Wenn es absolut unwahrscheinlich ist, dass nach Hedy noch jemand anderes das Messer angefasst hat, dann können wir es dabei belassen.«

»Es wird schwer, das zu verheimlichen«, sagte Broad.

»Sie haben recht.« Lockyer sank in sich zusammen. »Gut. Ich rede mit Considine. Das müsste ich sowieso früher oder später tun.« Er holte tief Luft. »Also kann ich es genauso gut früher machen.«

»Es muss morgen sein, Chef – sie ist den Rest des Tages bei diesem zweiten PM drüben in Flax Bourton.«

»Klar, natürlich.«

»Was soll ich machen, Chef?«

»Lesen Sie weiter. Achten Sie darauf, ob Ihnen irgendetwas nicht ganz geheuer erscheint. Zeugenaussagen. Notizen vom Tatort. Alles, was übersehen worden sein könnte. Und versuchen Sie, irgendwelche Hinweise oder Details über Rolands Frau Helen zu finden. Sie hat sich umgebracht – der zwielichtige Butler vermutet, dass Harry seinen Vater deshalb hasst und abgehauen ist. Ich würde gern wissen, wann es passiert ist, und wenn möglich, warum.«

»Ich setze mich mit dem Gerichtsmediziner in Verbindung.«

Broad wandte sich wieder ihrem Schreibtisch zu und widmete ihre Aufmerksamkeit der aktuellen Angelegenheit. Ohne aufzusehen, griff sie nach ihrem Kaffeebecher, als hätte sie einen Radar. Lockyer war froh, dass sie ihm zugeteilt worden war. Vielleicht wollte sie eigentlich nicht hier arbeiten, aber sie gab immer hundert Prozent, und er konnte sich absolut auf sie verlassen, wenn er sie bat, etwas für sich zu behalten.

Lockyer nahm die Protokolle der ersten Befragungen aus dem Jahr 2005 mit nach Hause. Auf dem Weg hielt er am Co-op und kaufte Brot, Milch, eine Tüte Möhren, die bereits etwas schlaff waren, und eine Packung Tunnocks-Rosinenbrötchen. Es war November, und die Sonne ging jeden Tag ein wenig früher unter. Sein Haus, eines von zwei viktorianischen Backstein-Cottages, lag an einem schlammigen Weg außerhalb des Dorfes Orcheston. Der kleine Garten hinter dem Haus grenzte an ein Wäldchen mit Buchen und Eichen, was Lockyer zum Kauf des Hauses bewogen hatte. Er hatte es an einem unbeständigen Sommertag besichtigt, und das Rauschen des Windes in den Bäumen hatte ihn fasziniert. Er hatte sofort ein Angebot abgegeben, obwohl das Haus seit den 1940er-Jahren nicht mehr modernisiert worden war. Die Toilette befand sich immer noch in einer Hütte am Ende des glitschigen Gartenwegs. Feucht, voller Spinnen, sehr dunkel.

Lockyer hatte die ersten sechs Monate in einem geliehenen Wohnwagen gelebt und oben in das kleinste Zimmer ein Bad eingebaut. Die Küche bestand ursprünglich aus ein paar alten schmierigen Schränken und einem verbeulten Herd, der jedes Mal einen Kurzschluss auslöste, wenn er ihn benutzen wollte. Jetzt konnte man darin tatsächlich Mahlzeiten zubereiten. Mrs. Musprat, die nebenan wohnte, schimpfte ständig über den Lärm. Für Bill Hickson, den Vorbesitzer, der dort seit dem Krieg gewohnt hatte, sei das Haus gut genug gewesen. Lockyer vermutete, dass sie Freunde gewesen waren und dass Mrs. Musprat ihn vermisste. Sie hatte Bills Leiche während eines eisigen Wintereinbruchs gefunden. Sein kleiner elektrischer Heizlüfter, den er von Zimmer zu Zimmer mitgenommen hatte, hatte den Geist aufgegeben. Ein trauriger, einsamer Tod. Jedes Mal, wenn er daran dachte, krampfte sich Lockyers Magen zusammen.

Lockyer hatte das Haus bewohnbar und wetterfest gemacht, aber es gab noch viel zu tun. Die Spuren seiner Arbeit waren überall draußen zu sehen – eine Werkbank mit Sägemehl, ein Container, der geleert werden musste, eine Palette mit gebrauchten Ziegelsteinen, die er auf einem Schrottplatz gefunden hatte und die perfekt zu den Wänden des Hauses passten. Durch sein Kommen und Gehen war die Einfahrt noch schlammiger und zerfurchter geworden, worüber sich Mrs. Musprat ebenfalls beklagte – wobei sie ohnehin kaum ausging und auch kein Auto besaß. Sie musste mindestens neunzig sein. Einmal in der Woche lud sie ihren ramponierten Hackenporsche im Schottenkaro in den Bus, um ins nächste Dorf in einen kleinen Supermarkt zu fahren, in dem sie alle Lebensmittel einkaufte. Ihm fiel auf, wie sehr ihr Leben dem von Hedy Lambert vor ihrer Verhaftung ähnelte. Getrennt von der geschäftigen Mehrheit der Bevölkerung.

Als er vor dem Haus anhielt, bemerkte Lockyer, dass die Haustür von Mrs. Musprat einen Spaltbreit offen stand. Es war kalt, und der Nieselregen war im Licht der Scheinwerfer zu sehen, bis er sie ausschaltete und ausstieg.

»Mrs. Musprat? Sind Sie da?«, rief er. Da er nichts hörte, stieß er die Tür weiter auf und trat ein. »Mrs. Musprat?« Das Haus war vom Boden bis zur Decke mit irgendwelchem Zeug vollgestopft. An den Wänden standen Regale, Eckschränke und Kommoden, die mit Lampen, Kisten und Nippes vollgestellt waren, und alles war mit einer Staubschicht bedeckt. Ein schmaler Teppichstreifen war noch frei und führte wie eine Art Korridor durch dieses Labyrinth hindurch. Mrs. Musprat hatte einst ein Antiquitäten- und Kuriositätengeschäft in Devizes betrieben, und als der Laden irgendwann schloss, anscheinend alle unverkauften Waren mit nach Hause genommen.

»Was wollen Sie?«, fragte sie und erschien am oberen Treppenabsatz. »Was fällt Ihnen ein, hier hereinzukommen und meinen Teppich schmutzig zu machen? Verschwinden Sie!«

»Ich stehe auf der Fußmatte, Mrs. Musprat«, sagte Lockyer. »Ihre Tür war offen. Ich wollte nur nachsehen, ob es Ihnen gut geht.«

»Nachsehen, ob es mir gut geht? Ha! Nachsehen, ob ich nicht tot umgefallen bin wie der arme alte Bill. Ich weiß.« Sie stapfte zu ihm hinunter und scheuchte ihn erstaunlich schnell hinaus. Sie war ein dürres, drahtiges Wesen, und ihre Knöchel hatten vielleicht den halben Umfang von Lockyers Handgelenken. »Sie können es kaum erwarten, mich loszuwerden und auch mein Haus zu bekommen. Ich weiß.«

»Das stimmt nicht. Ich habe Ihnen ein paar Rosinenbrötchen mitgebracht. Und Karotten für Desiree.« Er hielt ihr die Gaben hin, die Mrs. Musprat mit einem Stirnrunzeln entgegennahm. Desiree war ihre Ziege, die im hinteren Garten angebunden war. Mrs. Musprat schenkte Lockyer gelegentlich selbst gemachten Käse, den er nicht zu essen wagte. Anders als seine Nachbarin hatte er nicht ein Leben lang Zeit gehabt, die erforderliche Immunität aufzubauen.

»Sie müssen mir nichts kaufen! Worauf sind Sie eigentlich aus, hä?«, murmelte sie.

»Ich dachte, dass Sie sich freuen. Sie lagen in der ›Angebotsecke‹. Ich fand, die Sachen sollten nicht verkommen.« Er hatte inzwischen gelernt, dass Mrs. Musprat nur so etwas von ihm annahm.

»Ah, da haben Sie wohl recht.« In erstaunlichem Tempo entfernte sie sich in Richtung Küche, blieb jedoch an der Tür zum Wohnzimmer stehen und ging schließlich hinein.

»Ich bin dann wieder weg, Mrs. Musprat. Ich wünsche Ihnen noch einen schönen Abend.«

»Immer langsam mit den jungen Pferden, Junge!«, lautete die scharfe Antwort. Einen Moment später kam sie mit einem kleinen gläsernen Briefbeschwerer zurück, in dem sich eine verblichene blaue Distel befand. »Hier«, sagte sie und drückte ihn Lockyer in die Hand, wobei sie den Blick gesenkt hielt. »Für Ihre Mühe.«

Lockyer lächelte. Was sie jedoch nicht sah. Ihre Augen waren blank, wässerig. Sie hatten ein verwaschenes Blau und waren immer in Bewegung, stets huschten sie von einem Punkt zum nächsten. Seit sie herausgefunden hatte, dass er Polizist war, sah sie ihm selten länger als ein paar Sekunden in die Augen. Er fragte sich, wie seriös ihre früheren Antiquitätengeschäfte gewesen waren. Sie hatte hohe Wangenknochen, unter denen ihr Gesicht stark einfiel, und ihr Haar war widerspenstig und eisengrau. Ihre Fingernägel waren schmutzig. Lockyer vermutete stark, dass ihr Gepolter nur Fassade war. »Vielen Dank, Mrs. Musprat. Heißt das, ich darf Sie Iris nennen?«

»Nein, das dürfen Sie nicht.«

Zu Hause arbeitete er wieder eine Weile an dem Geländer, aß dann zu Abend und nahm sich anschließend bei einem Bier die Protokolle vor.

Es war Zufall, dass er Bereitschaftsdienst gehabt hatte, als Mickey Brown ermordet wurde. Der Zufall wollte es, dass er ohnehin wach und angezogen gewesen war, in der Nähe wohnte und fast schneller als die uniformierten Beamten am Tatort eingetroffen war. Serena Godwin hatte angerufen – sie war gerade dabei gewesen, sich anzuziehen, als sie ein Krachen aus der Scheune hörte. Wie sich herausstellte, hatte Hedy Mickeys Frühstückstablett fallen lassen. Serena war hinausgegangen, um nachzuschauen, was los war, hatte Hedy neben der Leiche stehen sehen und war sofort ins Haus zurückgerannt, um die Polizei zu rufen und die Türen zu verschließen. Hedy, so heißt es in Serenas Aussage, habe »verwirrt« gewirkt.

Aber sie gab auch an, dass sie von den Geräuschen wach geworden war, die Hedy beim Zubereiten des Frühstücks gemacht hatte. Und der Pathologe schätzte, dass Mickey zu diesem Zeitpunkt bereits seit mindestens drei Stunden tot war – im Nacken und am Kiefer waren die ersten Anzeichen der Totenstarre zu erkennen. Aufgrund der Wunde und da kein Kampf stattgefunden hatte, war der Mörder vermutlich nicht voller Blut gewesen. Da weder im Haupthaus noch in Hedys Wohnung Blutspuren gefunden wurden, stellte man die Theorie auf, dass sie nach dem Mord einfach wieder ins Haus gegangen war. Später war sie mit dem Tablett zurückgekommen, um die Leiche zu »entdecken«, wobei sie absichtlich auf dem Blut ausgerutscht war, um kleine Spuren an ihren Händen oder ihrer Kleidung zu verwischen.

Bei dem Gedanken an all ihre Gespräche fühlte sich Lockyer seltsam unbehaglich. Hedy und er hatten sich in einem kleinen Raum an einem Schreibtisch allein gegenübergesessen. Intim, trotz des Einwegspiegels auf der einen Seite. Considine hatte die Sache abschließen wollen, sie wollte ein Ergebnis, und alles hatte auf Hedy hingedeutet. An ihr Motiv zu kommen – oder besser noch, an ihr Geständnis – sollte das Ganze besiegeln. Wie groß und wichtig Lockyer sich gefühlt hatte, dass eine Verdächtige ihn ausgewählt hatte und man ihn mit der Lösung des Falls beauftragte. Diese Gedanken waren ihm zwar peinlich, aber er hatte sie nun einmal gehabt. Er hatte versucht, professionell, unparteiisch und distanziert zu bleiben, obwohl er innerlich aufgeregt gewesen war.

Im Verlauf von vierzehn Tagen hatte er Hedy etwa achtzehn Stunden lang verhört. Er hatte ihre Körpersprache studiert. Ihr

Gesicht – jede Linie und jede Kontur. Den Fall ihrer Haare. Ihre Fassung, und wie sehr sie darum rang, sie nicht zu verlieren. Nach einer Weile war sie in seinen Träumen aufgetaucht.

Er blätterte durch ein paar Seiten, dann begann er zu lesen.

Ich ... ich hatte die Nacht durchgeschlafen. Das tue ich normalerweise nicht, hatte Hedy gesagt. *Ich habe sogar ein bisschen verschlafen ... Ich musste mich beeilen, um das Frühstück fertig zu machen, deshalb habe ich wahrscheinlich mehr Lärm gemacht als sonst. Normalerweise versuche ich, niemanden zu wecken. Aber der Professor möchte gern, dass ihm sein Frühstückstablett um sieben Uhr fünfzehn hochgebracht wird, und er sagte, ich solle erst Harry das Frühstück bringen. Er sagte, sein Sohn sei schon immer ein Frühaufsteher gewesen.*

OFFICER 724 DETECTIVE INSPECTOR LOCKYER: *Warum schlief Harry Ferris in der Scheune?*

ANTWORT: *Ich ... ich bin mir nicht sicher. Es war wie ein Test, als er zurückkam. Es wurde nicht viel darüber gesprochen.*

DI LOCKYER: *Was meinen Sie mit einem Test?*

ANTWORT: *Nun, als er wieder aufgetaucht ist, hat er die Nacht draußen in der Scheune geschlafen. Am Morgen fand ihn einer der Gärtner, ging zu Professor Ferris und erzählte es ihm. Er – Roland – fand das sofort merkwürdig, denn es war Harrys Geburtstag, der zwölfte Mai.*

DI LOCKYER: *Warum war das wichtig?*

ANTWORT: *Nun ... dass er für seine Rückkehr ausgerechnet diesen Tag gewählt hat, nehme ich an.*

Schließlich war er an seinem fünfzehnten Geburtstag weggegangen – also Harry –, um bei seiner Tante zu leben. Er hatte noch nicht einmal eines seiner Geschenke geöffnet oder etwas von seinem Kuchen gegessen. Er ist einfach gegangen, das hat mir der Professor erzählt. Es ... er war sehr traurig darüber. Es hat ihm das Herz gebrochen. Also, sein Geburtstagskuchen war auch dieses Mal fertig und wartete auf ihn. Roland hatte mich am Tag zuvor gebeten, ihn zu backen. Eine Erdbeer-Vanille-Torte. Letztes Jahr hatte ich auch eine gemacht.

DI LOCKYER: *Sie haben letztes Jahr einen Geburtstagskuchen für Harry Ferris gebacken?*

ANTWORT: *Ja. Es war ein bisschen seltsam, aber ich dachte, Roland muss damit gerechnet haben, dass er auftaucht. Dann erzählte mir Paul, dass es jedes Jahr eine Torte gegeben hat. Ein paarmal hat er sie selbst gebacken, dann haben sie sie bei einer Bäckerei bestellt, aber selbst gebackene waren ihm immer lieber, und ich backe sehr gern. Und Roland kaufte ihm auch jedes Jahr Geschenke und eine Karte. Auch wenn er sich nie bei ihnen blicken ließ.*

DI LOCKYER: *Jedes Jahr, seit er fünfzehn war?*

ANTWORT: *Ja. Für den Fall, dass er zurückkommt, nehme ich an.*

DI LOCKYER: *Was ist mit dem Kuchen passiert? Und mit den Geschenken?*

ANTWORT: *Der Kuchen ist in den Müll gewandert. Was aus den Geschenken geworden ist, weiß ich nicht. Es war einfach so ... traurig ... Der Professor ging am Abend in sein Arbeitszimmer und kam den ganzen nächsten Tag nicht mehr heraus. Er ließ auch keinen von uns herein. Ich wollte ... irgendwie helfen. Versuchen, ihn aufzumuntern. Aber ich wusste nicht, was ich sagen sollte. Also habe ich ... nichts gesagt. Und dann war er auf einmal da – Harry – dieses Jahr, genau an seinem Geburtstag.*

DI LOCKYER: *Was meinten Sie damit, dass es ein Test ist, wenn er draußen bleibt?*

ANTWORT: *Nun ... Roland kam herunter und sah ihn, und ich werde sein Gesicht nie vergessen. Er hat geweint und war gleichzeitig so glücklich. Es schien, als wäre er einfach ... überwältigt. Und er sagte immer wieder: »Du bist nach Hause gekommen«, und so etwas. Nur seine Schwester, Mrs. Godwin, die war sich da nicht so sicher. Sie war ihm gegenüber misstrauischer – so ist sie eben. Sie fragte Roland, wie er sich nach all der Zeit so sicher sein könnte, wo Harry doch so ... ungepflegt aussah. Sie stritten eine Weile darüber, und Harry sagte kein Wort ...*

DI LOCKYER: *Es gab also einen Test?*

ANTWORT: *Nicht absichtlich, glaube ich, aber ... Roland sagte zu Harry: »Komm rein, mein Junge«, oder so etwas Ähnliches. Er nahm seinen Arm und führte ihn zum Haus, aber Harry wollte nicht hineingehen. Er wollte es einfach nicht, und er schien ein bisschen erschrocken zu sein. Professor Ferris wirkte verwirrt, aber dann schien er zu verstehen. »Du stehst also zu deinem Wort?«, fragte er ihn, und Harry nickte. Und das war's – sogar Mrs. Godwin war überzeugt, glaube ich. Es stellte sich heraus, dass es das Letzte war, was Harry zu ihm gesagt hatte – an dem Tag, als er gegangen war. Er schwor, nie wieder einen Fuß in dieses Haus zu setzen. Das hat er gesagt, als er wegging, und dann hat ihn so viele Jahre niemand mehr gesehen.*

DI LOCKYER: *Aber Mrs. Godwin hat Harry anfangs nicht erkannt?*

ANTWORT: *Nun ja ... sie wollte nur sichergehen, denke ich. Aber ich nehme an, dass er ganz anders ausgesehen haben muss. Es waren zwölf Jahre vergangen – fünfzehn, seit Roland ihn zum letzten Mal gesehen hatte. Er war von einem Jungen zum Mann herangewachsen, und er ... hatte offensichtlich schwere Zeiten hinter sich. Seine Kleidung war schmutzig, und er hatte sich schon lange nicht mehr gewaschen oder rasiert. Er hatte überhaupt nichts bei sich, keine Tasche oder so etwas.*

DI LOCKYER: *Aber nach diesem »Test« war Mrs. Godwin zufrieden?*

ANTWORT: *Ja, nun ... da müssen Sie sie schon selbst fragen. Aber er kannte sich auf jeden Fall aus.*

DI LOCKYER: *Sie sagten, er wollte nicht hineingehen.*

ANTWORT: *Nein, aber ... draußen. Er wusste zum Beispiel, wo das Klo des Gärtners war – es befindet sich in einem kleinen Backsteinhäuschen in der Ecke hinter der Gartenmauer. Das findet man nicht, wenn man es nicht weiß. Er ging dort einfach hin und brauchte nicht zu fragen, wo es war. Und als der Professor ihm sagte, er solle zum Küchenfenster kommen, dann würde ich ihm einen Becher Tee hinausreichen, wusste er genau, welches Fenster das war. Dem konnte Serena nicht widersprechen.*

Lockyer stellte sich Harry Ferris vor – den echten Harry Ferris, den er gerade kennengelernt hatte, der offensichtlich das Gegenteil von einer schweren Zeit hinter sich hatte. Seinen Schwur, Longacres nie wieder zu betreten, hatte er entweder vergessen oder ohne Bedenken gebrochen. Es war seltsam, dass Mickey sich hier anscheinend zurechtgefunden hatte. Zum Zeitpunkt dieses Gesprächs hatten sie noch geglaubt, der Tote sei Harry Ferris, nur Serena Godwin hatte lautstark das Gegenteil behauptet, und sie waren dem nachgegangen. Als man bald darauf herausfand, dass es sich bei dem Toten um Michael Brown handelte, geriet in Vergessenheit, dass er sich auf Longacres auszukennen schien. Vielleicht hatte Mickey die Außentoilette in der Nacht zuvor auch zufällig entdeckt, als er in den Garten gekommen war. Und beim Küchenfenster hatte er womöglich einfach nur gut geraten.

Lockyer starrte auf Hedys Worte und hörte ihre Stimme, die ihm noch gut in Erinnerung war: inzwischen wieder ruhiger, aber weiterhin niedergeschlagen, immer noch schockiert. Sie war davon ausgegangen, dass man sie am Ende des Verhörs zurück nach Longacres lassen würde, damit sie Roland trösten konnte, der seinen Sohn zum zweiten Mal verloren hatte. Er erinnerte sich, wie sie ihm beim Sprechen fest in die Augen geblickt hatte. Nicht wie jemand, der log – es sei denn, er war sehr gut darin. Sie hatte ihn angesehen, als ob sie ihm vertraute.

Anfangs hatte er ihr auch vertraut, bis der Bericht der Gerichtsmedizin über das Messer zurückkam. Er hatte gesehen, wie sie gezittert hatte, als sie neben der Leiche stand. Wie schockiert sie ausgesehen hatte, wie blass und fassungslos. *Alles ist gut*, hatte er zu ihr gesagt. *Ich bin hier, Sie sind jetzt in Sicherheit. Es wird alles wieder gut.* Er hatte aus einem Instinkt heraus gesprochen, als Mann, nicht als Polizist. Ihr Blick war zu ihm gesprungen, und sie hatte krampfhaft geschluckt. Vielleicht hatte es so angefangen. *Sie sind jetzt in Sicherheit.*

War ihr Schock echt gewesen? Hatte sie ihm etwas vorgespielt, oder war ihr nur bewusst geworden, dass ihre Tat endgültig war? Nach diesen ersten blutigen Stunden konnte er sich nicht erinnern, die Antwort auf diese Frage jemals sicher gewusst zu haben. Also hatte er sich für eine Seite entschieden – die Seite, auf der seine Chefin stand – und war dabei geblieben. Schuldig. Er hatte geredet und geredet, eine Frage nach der anderen gestellt, bis er ihr Motiv herausgefunden hatte.

Er las bis in die Nacht hinein, war anschließend aber noch unruhiger als zuvor. Also beschloss er, vor dem Schlafengehen noch einen Spaziergang zu machen, und folgte dem Weg auf die Anhöhe von Orcheston Down hinauf – zwischen wuchernden Schlehdorn- und Holunderhecken, vorbei an uralten Grabhügeln, den schlafenden Gebeinen längst verstorbener Krieger.

Da es eine mondlose Nacht war, trug er seine Stirnlampe, schaltete sie aber aus, sobald er sich des Weges sicher war. Er empfand es als unangenehm, dass sie alles außer seinen eigenen Füßen und dem Stück Boden direkt vor ihm ausblendete. Dass sie der Landschaft seine Ankunft ankündigte, sie aber vor ihm verbarg. Er wollte dazugehören und sich nicht als Eindringling fühlen. Der Rhythmus seiner langen Schritte beruhigte seine Gedanken. Er atmete im Takt. Der Wind strich über die Ebene, so unruhig wie er selbst, und ignorierte ihn und jedes andere Lebewesen. Irgendwo rechts von ihm kreischte eine Schleiereule.

Er war immer spazieren gegangen, schon als Kind. Sein Bruder Chris hatte das nicht verstanden – er trödelte hinterher, als er acht und Lockyer zwölf gewesen war, beschwerte sich und fragte ständig, wohin sie gingen. Er verstand nicht, dass sie kein Ziel hatten, sondern einfach nur herumliefen. Chris sah keinen Sinn darin. So war er einfach: nicht faul, aber stets darauf bedacht, keine Energie zu verschwenden. Er schuftete wie ein Pferd auf dem Hof, aber sobald die Arbeit getan war, warf er sich auf den nächstbesten bequemen Platz und rührte sich nicht mehr. Selbst sein Grinsen war träge.

Doch sosehr Chris das Laufen auch gehasst hatte, er wollte immer da sein, wo sein großer Bruder war, und das tun, was er tat. Am Samstag, drei Tage nachdem er achtzehn geworden war, hatte Chris einen tollen Abend in Chippenham geplant, wo einige seiner Freunde wohnten. Die Kneipentour sollte im Bridge House am Fluss beginnen, dann über The Rose and Crown, The Flying Monk und The Bear den Hügel hinaufführen und mit Curry und Pommes frites aus dem Taj Mahal enden. Es sollte auf der Straße gegessen werden, wahrscheinlich eine ziemliche Sauerei. Danach würden sie heimwanken, um irgendwo auf dem Boden oder auf einem Sofa zu schlafen.

Auch mit einundzwanzig konnte sich Lockyer kaum etwas vorstellen, zu dem er weniger Lust hatte.

»Ach, komm schon, du alter Knacker«, rief Chris über das Geräusch des Traktors hinweg. Er stapelte in der neuen Scheune in Plastikfolie verpackte Heuballen, das Gesicht von der Anstrengung gerötet, das schmutzige blonde Haar stand in alle Richtungen ab. Er war kräftiger gebaut als Lockyer, aber nicht so groß. »Das wird lustig!«

»Ihr braucht mich doch da nicht«, sagte Lockyer. »Du hast deine Freunde.« Sie hatten Chris' Geburtstag bereits zu Hause gefeiert, und er hasste das Gedränge in den Kneipen. Insbesondere an einem Samstagabend – die Hitze der anderen Leute, ihre abschätzigen Blicke. Er wusste, dass seine Abneigung gegen solche Dinge ihn zu einem Außenseiter machte – das war sein ganzes Studium hindurch so gewesen. Aber es machte ihm nichts aus, ausgegrenzt zu sein, wenn es bedeutete, dass er nicht hingehen musste.

»Joanne kommt auch.« Chris grinste. »Du weißt, dass sie auf dich steht.«

»Nach zwei Pints wirst du gar nicht mehr merken, dass ich nicht da bin.«

»Das stimmt nicht.« Chris hörte auf zu grinsen. »Komm schon, Matt. Nur dieses eine Mal. Es ist Zeit für ein Fest! Tu es aus Geschwisterliebe.«

»Aber der Ausflug ist doch schon geplant.«

»Genau – wandern. Ganz allein. In Dartmoor. Hast du die Wettervorhersage gesehen? Und wen genau lässt du im Stich, wenn du das auf ein anderes Wochenende verschiebst?«

Lockyer antwortete nicht. Er rang mit sich. Sein Wunsch, Chris einen Gefallen zu tun, war genauso stark wie der, am Samstagabend irgendwo anders als in einem Pub in Chippenham zu sein. Er stellte sich die Leere von Dartmoor vor. Wie er unter den Sternen in seinem Ein-Mann-Zelt einschlief, bei frischer Luft anstatt in einem Dunst aus Alkohol und Junkfood auf einem zu kurzen Sofa – denn sie waren immer zu kurz. Ganz zu schweigen davon, dass er am nächsten Morgen aufwachen und sich beschissen fühlen würde.

Aber falls Chris nicht nachgab, würde *er* es tun. Chris gab Gas und hob die Zinken des Gabelstaplers an. »Ach, vergiss es, du alter Langweiler«, sagte er und lächelte wieder.

»Tut mir leid«, sagte Lockyer ebenso erleichtert wie schuldbewusst. »Du wirst dich prächtig amüsieren, das weiß ich.«

»Vergiss es. Ich sage Joanne, dass du schwul bist.« Chris stapelte weiter die Ballen, und Lockyer spürte, wie ihn Erleichterung durchströmte.

Geschwisterliebe. Den Begriff hatte Chris ihm gegenüber als Kind zum ersten Mal verwendet. Er war elf Jahre alt gewesen, und es hatte Braten zum Mittagessen gegeben. Es war eine dieser Redewendungen, die sich festsetzen und Teil des Familienwortschatzes werden. Die Großeltern waren zum Sonntagsessen da gewesen, und Nan bemerkte, dass es keine Streitereien gab. Im Gegensatz zu ihren Cousins rangen die Jungen nicht miteinander um Platz, Aufmerksamkeit oder Lob. Anders als die meisten Kinder.

»Na, sie sind einfach zu unterschiedlich, nicht wahr?«, sagte Trudy. »Sie mögen unterschiedliche Dinge. Sie bewegen sich unterschiedlich schnell, denken unterschiedlich.«

Die beiden Jungen sahen sich an und verdrehten die Augen. Sie fühlten sich nicht anders als andere – nicht auffällig jedenfalls.

»Was ist das Gegenteil von Geschwisterrivalität?«, fragte Nan. »Denn das ist es, was ihr beide habt.«

»Na, Geschwisterliebe«, schlug Chris vor.

»Ha! Genau. Ihr kleinen Glückspilze. Mein Bruder hat mich mal in den Brunnen geworfen.«

»Onkel Tom hat dich in den Brunnen geworfen?«, fragte Trudy ungläubig.

»Aber sicher. Hat mich stundenlang da unten im Eimer sitzen lassen. Ich war erst sechs und habe mir in die Hose gemacht.«

Das brachte die Jungs zum Lachen.

»Ich bin sicher, er hat dich sehr geliebt, Mum«, sagte Trudy.

»Einen Teufel hat er. Wenn er geglaubt hätte, er käme damit durch, hätte er mich wie einen Welpen ertränkt.«

Geschwisterliebe. Wäre Lockyer doch an jenem Samstagabend

seinem Bruder zuliebe mit ihm ausgegangen – seinem letzten Abend auf Erden. Hätte er nur ein einziges Mal den Lärm, die Frotzeleien und das zu kurze Sofa ertragen und getan, was Chris wollte, und nicht das, was er selbst wollte. Hätte er doch nur ...

Lockyer verdrängte die Gedanken. Sie machten ihn so wütend, dass er kaum noch atmen konnte. Wütend auf sich selbst. Wütend auf Chris. Wütend auf die Welt.

Er verlangsamte bewusst seinen Schritt und zwang sich, stattdessen an Harry Ferris zu denken. *Außerdem hätte jeder, der mich gut genug kannte, um mich umbringen zu wollen, sofort gemerkt, dass nicht ich es war, der in der Scheune gepennt hat.* War es nicht seltsam, dass er so etwas sagte? Implizierte es nicht, dass er verstehen konnte, dass jemand ihn umbringen wollte? Hätten die meisten Menschen nicht einfach mit »Nein« auf seine Frage »Wüssten Sie einen Grund, warum jemand Sie hätte töten wollen« geantwortet? Hedy habe Roland Ferris gemocht, sagte Cass, und Roland hatte sie offensichtlich auch gern gehabt. Sie waren sich in der Zeit, in der sie bei ihm angestellt war, sehr nahegekommen. Lockyer fragte sich, wie nahe sie sich gestanden hatten. Ob nahe genug, um jemals über den Selbstmord seiner Frau zu sprechen oder über die Gründe, warum Harry überhaupt gegangen war? Soweit Lockyer wusste, hatte niemand Hedy jemals danach gefragt.

Er würde noch einmal mit ihr sprechen müssen.

4

TAG FÜNF, DIENSTAG

»Bitte sagen Sie mir, dass das ein Scherz ist, Matt.« Detective Superintendent Considine tippte mit den Fingern auf die Armlehnen ihres Stuhls. Sie senkte das Kinn und starrte Lockyer an. »Sie wollen mich auf den Arm nehmen, stimmt's?«

Die DSU war deutlich über fünfzig, und ihr kastanienbraunes Haar war inzwischen fast komplett ergraut. Lockyer hatte fast zwanzig Jahre lang mit ihr zusammengearbeitet und war insgeheim begeistert von ihrer Entscheidung, es nicht zu färben. Sie hatte etwas Trotziges an sich, das gefiel ihm. Ein ausdrucksstarkes Gesicht mit ausgeprägten Wangenknochen und kräftigem Kiefer und einen durchdringenden Blick.

»Nein, ich …«, hob Lockyer an.

»Sie wollen, dass ich die erneute Prüfung von Beweisen aus einem Fall genehmige, den *ich* vor vierzehn Jahren abgeschlossen habe – mit einem Ermittlungserfolg wohlgemerkt –, und Haushaltsmittel vergeude, die wir eigentlich nicht haben, weil ›da etwas nicht stimmt‹?«

»Ma'am, es lag auf der Hand, Hedy Lambert zu verdächtigen …«

»Ja, genau. Weil sie schuldig war. Wie ihr Prozess ergeben hat – und *Sie* haben zur Entscheidung der Geschworenen beigetragen.«

»Nicht einstimmig. Was wäre, wenn …« Er zögerte und sah zu seiner Chefin hoch.

DSU Considine mochte ihn, das wusste er. Sie war einer der Hauptgründe dafür, dass er nach dem Brand im The Queen's Head nicht degradiert, sondern in die Cold-Case-Abteilung versetzt worden war. Trotzdem pokerte er hoch, und das wusste er. »Wir wollten ein Ergebnis, und zwar so schnell wie möglich«, sagte er. »Wir mussten uns auf die Suche nach einem Motiv begeben, denn eigentlich hatte sie keins.«

»Sie hatte sehr wohl eins. Im Gegensatz zu allen anderen in dem Haus – nachdem klar war, dass es sich bei dem Toten nicht um Harry Ferris handelte …«

»Was, wenn wir einen Tunnelblick gehabt haben?«

Einige Sekunden lang herrschte Stille in Considines Büro. Sie musterte Lockyer mit strengem Blick, und er zwang sich, nicht wegzusehen. Considine atmete langsam ein. »Es gab keinerlei Indizien, die darauf hindeuteten, dass jemand anderes als Hedy Lambert in dieser Nacht in der Scheune war oder die Mordwaffe angefasst hat«, sagte sie bestimmt. Dann kam ihr etwas in den Sinn. »Woher wussten Sie überhaupt, dass Harry Ferris zurück ist?« Sie legte die Stirn in Falten. »Hatten Sie Kontakt zu Lambert? Mein Gott, Matt!«

»In meiner Freizeit, Ma'am«, sagte er.

»Was denken Sie sich? Sie sollten sich unauffällig verhalten, ein paar alte Fälle aufklären, ein paar Unstimmigkeiten ausbügeln!«

»Genau das versuche ich«, sagte er und schaffte es nicht, die Anspannung aus seiner Stimme zu verbannen. Er rieb sich mit einer Hand über den Kiefer und bemühte sich, die richtigen Worte zu finden. »Bei einer Ermittlung ist kein Platz für Vermutungen, das weiß ich. Nicht, wenn es triftige Beweise gibt. Aber mir kam das nie richtig vor, Ma'am. Ich habe damals nichts gesagt, weil …

Nun, weil ich noch ganz am Anfang stand. Unerfahren war.« Und weil Considine ein Ergebnis haben wollte, und zwar schnell. »Aber jetzt ist mir klar, dass wir vor allem deshalb hinter Hedy Lambert her waren, weil wir keinen Grund finden konnten, warum jemand anderes im Haus Harry Ferris – oder Mickey Brown – hätte töten wollen.«

»Oder andere forensische Beweise, Matt, und wir haben *ihr* Motiv gefunden.«

»Ich habe Zweifel, Ma'am. Und ich weiß, dass ich derjenige war, der ihr Motiv herausgefunden hat – das ist ein Teil des Problems.« Er sah sie mit bittendem Blick an. »Was, wenn wir uns geirrt haben? Was, wenn *ich* es falsch verstanden habe? Es gibt eine Unklarheit im forensischen Bericht über das Messer. Darin heißt es, Lamberts Abdrücke darauf seien ›stellenweise schwach, aber unberührt‹.«

»Unberührt ist überhaupt nicht zweideutig.«

»Bitte lassen Sie mich das Messer noch einmal untersuchen. Wenn das Labor sagt, dass es absolut unmöglich ist, dass nach Hedy noch jemand mit dem Messer hantiert hat, dann schwöre ich, dass ich Ruhe gebe.«

DSU Considine holte noch einmal Luft und schüttelte den Kopf. »Sie haben eine obsessive Ader, Matt«, sagte sie. »Sie sind wie ein Hund mit einem verdammten Knochen. Ich dachte immer, das sei eine gute Eigenschaft für einen Detective, aber Sie bringen mich langsam dazu, meine Meinung zu ändern.«

Lockyer antwortete nicht, sondern wartete schweigend.

»Sie wissen, was mit dem Queen's-Head-Fall passiert ist. Sie wissen, was Sie falsch gemacht haben. Oder?«

»Zu engagiert. Objektivität verloren«, lautete Lockyers knappe Antwort.

»Ja. Das sollte Ihnen doch eine Lehre gewesen sein. Warum

habe ich dann das Gefühl, dass Sie es jetzt wieder tun? Wie viel davon hat mit Hedy Lambert zu tun?«

»Es geht darum, einen Mörder zu fassen.«

»Sind Sie sicher? Ich glaube nämlich, dass Sie 2005 etwas für Hedy Lambert empfunden haben. Ich frage mich, ob das jetzt noch so ist.«

Lockyer zuckte zusammen. War er so durchschaubar? »Ich weiß nur, dass ich damals meine Zweifel hatte und sie auch jetzt noch habe. Damals hatte ich nicht den Mut, etwas zu sagen. Und wenn ich dafür verantwortlich bin, dass eine unschuldige Frau im Gefängnis sitzt, während ein Mörder frei herumläuft, dann … dann kann ich das nicht mit meinem Gewissen vereinbaren, Ma'am.«

»Wenn sie unschuldig wäre – was sie nicht ist –, dann müssten Sie damit leben. Es ist vierzehn Jahre her.«

»Aber wenigstens kann ich es jetzt … in Ordnung bringen. Zumindest zum Teil.«

Considine starrte ihn noch einen Moment an und lehnte sich dann seufzend zurück. »In Ordnung. Ich bedaure es jetzt schon, aber lassen Sie die Mordwaffe noch einmal untersuchen. Unter einer Bedingung: Wenn es keine Unklarheiten gibt, wird der Fall wieder zu den Akten gelegt, wo er hingehört. Unverzüglich. Ich meine es ernst.«

»Ja, Ma'am.«

»Und halten Sie sich von Hedy Lambert fern. Das meine ich genauso ernst.«

Lockyer beschloss, am nächsten Tag zum kriminaltechnischen Archiv in Birmingham zu fahren, die Mordwaffe abzuholen und sie persönlich in das Cellmark-Pathologielabor in Abingdon zu bringen. Es war von entscheidender Bedeutung, Beweismittel lückenlos zu überwachen. Als er das entsprechende Formular ausfüllte, entdeckte er auf der Beweismittelliste etwas, das ihn innehalten ließ. Es gab nur wenig auf der Liste, das Michael Brown gehört hatte – die Kleidung, die Stiefel, der spärliche Inhalt seiner Taschen. Es schien, als wäre er in Roland Ferris' Scheune nur mit dem aufgetaucht, was er am Körper trug.

Aber in der oberen Tasche seiner abgewetzten alten Jacke hatte man Folgendes gefunden: Eine *Musikkassette ohne Hülle oder Einleger, wie man sie im Laden kaufen konnte.*

Er starrte auf den Eintrag, und sein Unbehagen wuchs. Er hatte nicht mehr daran gedacht, aber jetzt erinnerte er sich wieder. Wie seltsam das gewesen war. Es war einer der Punkte, die er 2005 nicht angesprochen hatte, er gehörte zu den Auffälligkeiten, die er nicht entschieden genug verfolgt hatte. Warum um alles in der Welt sollte das Opfer eine Kassette mit sich herumtragen, wenn es weder eine Stereoanlage noch ein Auto oder eine andere Möglichkeit zum Abspielen besaß?

»Haben Sie etwas gefunden, Chef?«, fragte Broad.

»Ich bin mir nicht sicher. Ein Band in Mickey Browns Jackentasche.«

»Ein Band? Wie ein Maßband?«

»Nein.« Lockyer sah auf. »Eine Musikkassette. Bitte sagen Sie, dass Sie so etwas kennen?«

»Nicht aus eigener Erfahrung.« Broad grinste. »Ich habe natürlich davon gehört. Wie ich auch von Dinosauriern und der Schlacht von Hastings gehört habe.«

»Warten Sie nur. Das wird Ihnen auch noch passieren.«

»Was? Überaltern? In technischer Hinsicht, meine ich?«

»Natürlich«, sagte Lockyer trocken.

»Was war denn daran merkwürdig?«

»Er hatte keine Möglichkeit, sie abzuspielen. Und im Jahr 2005 waren sie bereits veraltet – richtig veraltet. Kassetten hatten nicht einmal eine Underground-Fangemeinde, wie es bei Vinyl der Fall ist. Wahrscheinlich, weil sie Schrott waren. Deshalb war also seltsam, dass er so etwas bei sich hatte, obwohl er sonst kaum etwas zu besitzen schien.«

Broad dachte darüber nach. »Michael Brown hatte keinen festen Wohnsitz, richtig? Ein Pavee. Vielleicht hat er sie einfach irgendwo mitgenommen.«

»Das war unsere Schlussfolgerung. Ohne Belang für die Ermittlung.«

»Was hat Ihnen daran nicht gefallen?«

»Was mir nicht gefiel, war, dass es darauf fast keine Fingerabdrücke gab. Auf einem Gegenstand, der doch oft angefasst worden sein musste, solange er verwendet wurde. Und die Fragmente, die wir finden konnten, gehörten nicht Michael Brown.«

»Also hat sie ihm jemand anders in die Tasche gesteckt. Oder er hat sie irgendwo mitgenommen und damals Handschuhe getragen?«

»Das ist eine Möglichkeit. Aber es war Sommer.«

»Das Futter in der Tasche könnte sie sauber gerieben haben. War es überhaupt seine Jacke? Ich meine, könnte er sie nicht gebraucht gekauft oder geliehen haben?«

»Das konnten wir nicht feststellen – weder damals noch heute. Wir wissen nur, dass er sie trug, als er in Longacres auftauchte.«

»Welches Band war es? Welche Musik, meine ich?«

»Es war …« Lockyer kramte in seiner Erinnerung. »Was war das noch? Es liegt mir auf der Zunge.« Nach einem kurzen Moment des Überlegens gab er auf. »Es fällt mir nicht ein.«

»Wahrscheinlich ist es sowieso nicht relevant. Aber Sie könnten es vielleicht noch in den Antrag auf die forensische Untersuchung aufnehmen?«

Die Versuchung war groß, aber Lockyer entschied sich dagegen, zumindest bis die Mordwaffe erneut untersucht worden war. Vor allem wollte er Considine nicht noch mehr verärgern, als er es ohnehin schon getan hatte.

Lockyer hätte wirklich gern mit Miles Godwin – Serenas Sohn – darüber gesprochen, warum er Harrys Aufenthaltsort all die Jahre geheim gehalten hatte, doch ihm war klar, dass er warten musste.

DC Broad entnahm der Akte zwei weitere mögliche Ermittlungsansätze: Erstens hatte eine ältere Dame, die mitten in der Nacht mit ihrem Hund spazieren gegangen war, ein weißes Fahrzeug gesehen, das auf dem Feldweg außerhalb des Dorfes in der Nähe von Longacres parkte. Sie meinte, es habe sich um einen Geländewagen oder einen Kleintransporter gehandelt, mit einer Aufschrift an der Seite, vielleicht einem Logo. Sie war sich nicht sicher, es war zu dunkel gewesen, um es klar zu erkennen. Sie war diesen Weg seit Jahren jede Nacht gegangen und hatte den Wagen zuvor noch nie gesehen, deshalb war er ihr aufgefallen. Eine Mrs. Hazel Peterson, zweiundachtzig Jahre alt. Inzwischen war sie leider mit ziemlicher Sicherheit verstorben.

Die Spurensicherung hatte an der von ihr bezeichneten Stelle frische Reifenspuren gefunden, konnte diese aber nur als eine gängige Billigmarke identifizieren. Auf weitere Nachforschungen war verzichtet worden, und Lockyer konnte verstehen, warum. *Hat der Wagen geschaukelt?* Er erinnerte sich, dass einer der DCs diese Frage gestellt und dafür ein Lachen geerntet hatte. Wahrscheinlich waren es geile Teenager gewesen, die sonst nirgendwo hinkonnten. In der Nähe des Dorfes hatte es keine Verkehrs- oder Überwachungskameras gegeben, und sie hatten sich auf jemanden aus dem Haus konzentriert. Jemanden, der einen Schlüssel besaß und wusste, wo das Opfer zu finden war.

Zweitens waren da die Blutergüsse an Michael Browns Leiche. Moderate Blutergüsse an Oberkörper und Armen sowie schwache Fingerabdrücke am Hals. Sie waren vielleicht eine Woche alt und überlagerten ältere, schwerere Blutergüsse, hauptsächlich an den Zwischenrippenmuskeln. Es gab korrespondierende Frakturen an zwei Rippen, die zwar noch nicht allzu lange verheilt, allerdings wahrscheinlich schon ein oder zwei Monate alt waren.

»Jemand hat ihn verprügelt, bevor er ermordet wurde. Zweimal«, betonte Broad. »Die älteren Prellungen und die Rippen – das könnte schon vor seiner Ankunft in Longacres passiert sein. Aber die neueren Prellungen sind entstanden, während er dort war. Haben Sie jemals herausgefunden, wer ihn angegriffen hat? Oder warum?«

»Nein, ich glaube nicht – wenn es nicht in der Akte steht.«

»War Hedy Lambert vom Typ her eine Person, die Leute zusammenschlug?«

»Das würde ich nicht sagen. Aber ich würde auch nicht sagen, dass sie der Typ ist, der zusticht.« Lockyer dachte einen Moment lang nach. »Ich würde nicht sagen, dass sie körperlich kräftig genug war, um einem jungen, relativ fitten Mann derartige Prellungen zuzufügen. Es sei denn, er hat nur dagestanden und es hingenommen.«

»An ihm wurden Fasern eines Pullovers gefunden, den sie Anfang der Woche getragen hatte, was auf einen engen Kontakt zwischen den beiden schließen lässt.«

»Ja. Dafür hatte sie eine Erklärung. Die dazu beigetragen hat, dass sie eingesperrt wurde.«

Broad war offensichtlich neugierig, aber er ging nicht weiter darauf ein. Er wollte, dass ihre Sicht auf den Fall so frisch wie möglich war. In ebendem Maße unbelastet von bereits vorhandenen Einschätzungen, wie er von ihnen belastet war.

»Jemand war also so sauer auf Mickey Brown, dass er ihm eine Abreibung verpasst hat. Möglicherweise zwei verschiedene Personen. Es könnte sich lohnen herauszufinden, wer es war, denken Sie nicht?«

»Machen Sie weiter so, Gem«, sagte er.

Gegen Ende des Tages war Lockyer nicht mehr so selbstsicher wie vor seinem Gespräch mit DSU Considine. Als sie Hedy Lambert vor vierzehn Jahren angeklagt hatten, hatte er gedacht, dass er ihr fast auf den Leim gegangen wäre. Beinahe hatte sie ihn ganz für sich eingenommen. Er hatte sich all seine Bedenken in Bezug auf den Fall damit erklärt, dass sie ihn absichtlich manipuliert hatte. Was, wenn es jetzt wieder so war? Was, wenn sie sein Urteilsvermögen so beeinflusste wie ein Magnet einen Kompass?

Als er am Abend das Kommissariat verließ, erhielt er eine Nachricht von einem alten Freund.

Lust auf ein Bier?

Lockyer runzelte die Stirn, als er die Nachricht las. Kevin hatte sich seit Monaten nicht mehr gemeldet. Lockyer hatte ihm gesagt, er solle sich eine Weile von ihm fernhalten, und keinen Zeitraum genannt. Er wusste selbst nicht, was er damit gemeint hatte. Es war eine reflexartige Reaktion gewesen, hauptsächlich aus Schreck darüber, dass er fast seine Karriere ruiniert hätte. Aber er kannte Kevin seit der Grundschule, und ihn aus seinem Leben auszuschließen hatte sich falsch angefühlt. Kevins Vater Bob war der Wirt des The Queen's Head gewesen. Er saß jetzt vier Jahre wegen Brandstiftung und versuchten Versicherungsbetrugs ein.

Dass Kevin nicht als Mittäter angeklagt worden war, lag allein an Lockyer.

Kevin kannte Lockyers Herkunft besser als jeder andere. Sie waren mit Schuhen voll Matsch und zu kurzen Hosen in der Schule erschienen, manchmal mit einem schuppigen Hautausschlag, meistens mit laufender Nase. Sie hatten nie die neuesten Spielsachen oder Spiele und fuhren nicht in Urlaub. Sie lernten früh, übel zuzuschlagen, weil sie sonst immer den Kürzeren gezogen hätten. Sie hockten in ihren schmutzigen Jacken im Schulbus und wollten nicht aussteigen, weil es dort drin wärmer war als zu Hause.

Sie hatten zusammengehalten, waren Ärger aus dem Weg gegangen und beschäftigten sich – wenn sie nicht für ihre Väter arbeiten mussten – mit Höhlen, selbst gebauten Waffen und allerlei Sammlungen. Vogelschädel, Feuersteine, Werbegeschenke aus Müslipackungen. Es war reiner Zufall, dass Lockyers Familie einen Bauernhof bewirtschaftete, während Kevins einen erfolglosen Pub, einen Schrottplatz und verschiedene, schnellen Gewinn versprechende Geschäfte betrieb. Sie bewegten sich auf einem schmalen Grat zwischen Legalität und Kriminalität und gerieten dabei häufig ins Stolpern.

Wenn Lockyer als Kind in Schlägereien verwickelt gewesen war, dann immer in solchen Situationen, in denen Kevin – damals klein und dünn – in Schwierigkeiten geriet. Oder wenn Chris gehänselt wurde. Lockyer hatte akzeptiert, wenn man auf ihm oder auf Kevin herumhackte, der immer im falschen Moment einen Witz machte. Aber nicht bei Chris. Wer Chris Ärger machen wollte, musste nicht ganz richtig im Kopf sein, und Lockyer hatte es sich zur Aufgabe gemacht, ihm wieder Vernunft einzubläuen.

Einmal wurde er deswegen suspendiert. Jungen aus seinem Jahrgang schubsten Chris herum, verteilten sein Schulbrot auf dem Sportplatz und zerrten an seiner Krawatte. Seiner Erinnerung nach hatte Lockyer nur einen Gedanken gehabt: sie aufzuhalten. Nein, mehr als das – sie zu bestrafen. Er schlug mehreren Jungen Zähne aus und verpasste zwei von ihnen blutige Nasen, bevor er zu Boden gerissen wurde. Dafür wurde er für zwei Wochen vom Unterricht ausgeschlossen, aber sein Vater hatte ihm auf die Schulter geklopft, als er hörte, wie es passiert war. Wenn er jetzt an den Mann dachte, der Chris getötet hatte, erwachte in ihm derselbe blinde Drang, ihn zu bestrafen. Er hatte sich nach all diesen Jahren nicht verändert. Sogar nachdem er angeblich erwachsen geworden war. Manche Dinge waren einfach im Inneren fest verankert.

Lockyer saß in seinem Auto und starrte eine Weile auf Kevins Nachricht. Schließlich antwortete er: *Dog and Gun, 8 Uhr abends.*

Kevin antwortete sofort: *Ich dachte mir schon, dass du nicht 8 Uhr morgens meintest, Blödmann.*

Lockyer fuhr nach Hause, aß erst etwas und sah dann Mrs. Musprat zu, die den Stall von Desiree ausmistete und mühsam eine Schaufel Dung nach der anderen heraustrug. Sie mochte für ihr Alter noch fit sein, aber wie lange kam sie noch allein in diesem baufälligen Haus zurecht? Lockyer fürchtete sich davor, eines Tages nach Hause zu kommen und sie tot auf dem Boden vorzufinden, so wie sie seinen Vorgänger gefunden hatte. Es ging ihn nichts an, ermahnte er sich. Sie kam schon zurecht. Dennoch war der Drang stark, sich einzumischen – ihr zu helfen.

Als er sah, wie sie in alten Gummistiefeln und einem fadenscheinigen Regenmantel über einer Hose mit Flicken an den Knien Schaufel um Schaufel herausschleppte und sich mühsam bückte, während die braune Zicke an ihrer Leine herumzerrte, überkam ihn ein seltsames Gefühl. Es fühlte sich an wie eine Vorahnung zukünftigen Kummers oder die Sehnsucht nach einem

Leben, das anscheinend keinem von ihnen vergönnt war. Familie, Kinder, Enkelkinder, Patenkinder, Nichten und Neffen. Das große Gewusel von Geselligkeit und Liebe, an dem sich andere Menschen zu erfreuen schienen – und das ihnen so mühelos in den Schoß fiel.

Frisch darin bestärkt, dass es gut war, einen Freund zu treffen, ging Lockyer in den Pub.

Kevin war schon da und kauerte über einem halb geleerten Pint. Er war nicht groß, schmächtig bis auf ein leichtes Bäuchlein, das sich mit dem mittleren Alter einstellte. Schütteres braunes Haar, freundliche Augen, ein Gesicht, das gewöhnlich von Sorge gezeichnet war. Er blickte auf, als Lockyer eintraf, und Lockyer war es zutiefst unangenehm, sein zaghaftes Lächeln zu sehen. Kevin traf keine Schuld an dem, was passiert war. Sein Vater war immer der Boss gewesen, die Familie Slater hatte die beschissenen Entscheidungen ihres Patriarchen stets ausbaden müssen. Und es war ganz allein Lockyers Entscheidung gewesen, zu lügen und Kevin bei den Ermittlungen wegen der Brandstiftung zu schützen.

»Alles klar, Matt?«, fragte Kevin. »Danke, dass du gekommen bist.«

Sie hörten beide, wie förmlich und somit blöd das klang.

Kevin grinste verlegen. »Setz dich, Kumpel, vom Hochschauen wird mir ganz schwindelig.«

»Wie ist es dir ergangen, Kev?«

»Ach, weißt du, eher beschissen. Lisa hat mich endlich rausgeschmissen. Ich penne unten bei Carl, und der macht mich verrückt. Stoppt, wie lange ich unter der Scheißdusche stehe.«

»Das tut mir leid.« Lockyer fragte nicht, was Kevins leidgeprüfter zweiter Frau den Rest gegeben hatte.

»Ist nicht ihre Schuld. Ich bin ein wirklich mieser Ehemann.«

Kevin klang unbekümmert, aber auf einmal konnte Lockyer die Spuren von Stress und Trauer in den neuen Falten in seinem Gesicht erkennen. »Das war's für mich.« Kevin streckte eine Hand aus und drückte sie langsam auf das Holz. »Ich habe es probiert – zweimal. Ich bin nicht dafür geschaffen. Keine Hochzeiten mehr für mich.«

»Das glaube ich erst, wenn ich es sehe«, sagte Lockyer. Kevin hatte sich zweimal verlobt, bevor er das erste Mal heiratete. Mit vierzehn hatte er das erste Mal um die Hand eines Mädchens angehalten. Er sehnte sich nach Sicherheit, hatte Lockyer immer gedacht.

»Sie macht keine Probleme, wenn ich die Kinder sehen will. So kann ich wenigstens noch versuchen, ein guter Vater zu sein.«

»Und was ist mit ...« Lockyer wartete, dass Kevin ihm half. Der Frau, mit der er sich getroffen hatte. Kevin hob die Augenbrauen.

»Was? Mit Jen?« Er schüttelte den Kopf. »Nein. Das hat nicht gehalten. Ist wieder zu ihrem Ex zurückgegangen – du weißt schon, der Gefreite. Gebaut wie ein Scheißhaus aus Ziegelsteinen, also habe ich keinen großen Stress gemacht. Trotzdem schade – dieser Körper. Von dem träume ich immer noch.«

Lockyer musterte seinen Freund und sah in dem verhärmten Mann vor ihm immer noch den mageren Hänfling, der er als Jugendlicher gewesen war. Er erwischte sich bei dem Gedanken, dass Kevin es nur Gottes Gnade zu verdanken hatte, dass er noch da war. Wäre sein Leben ebenfalls so verlaufen, wenn er nicht von zu Hause weggegangen wäre? Wenn er mit sechzehn die Schule beendet hätte und in den Familienbetrieb eingestiegen wäre? Eine Ehe mit dem ersten Mädchen, das er geschwängert hätte, und beim zweiten das Gleiche noch mal? Hätte er tagein, tagaus gearbeitet und nie etwas erreicht? Lockyer hielt sich den Spiegel vor. Er war schließlich selbst auch nicht besonders weit gekommen. Er hatte schon vor Chris' Tod gewusst, dass er nicht auf dem Hof bleiben konnte. Dennoch gehörte er dorthin, zu den windgepeitschten Feldern der Ebene. Er hatte nicht das Gefühl, irgendwo anders hinzupassen.

Aber zumindest war er weggegangen und zurückgekommen, und er war zufrieden mit seiner Arbeit. Er liebte seinen Job und hoffte, dass er nicht so erschöpft und verzweifelt wirkte wie Kevin.

»Und bei dir?«, fragte Kevin. »Sam in letzter Zeit gesehen?«

»Sam? Nein.«

»Hast du ihr endlich den Laufpass gegeben?«

Lockyer zuckte die Achseln. Er und Sam waren an der Uni ein Jahr lang zusammen gewesen. Mit zwanzig, als er sich wie ein richtiger Erwachsener fühlte, hatte er ihr einen Ring geschenkt, und Sam hatte fünf Minuten lang gelacht. Ab und zu besuchte sie ihn noch, dann hatten sie für eine Weile was zusammen. Sie blieb lange genug, um sich wieder in sein Herz zu schleichen, bis er sich fragte, ob sie diesmal wohl bleiben würde – und ob er das überhaupt wollte –, aber dann verließ sie ihn wieder. Sie war wie ein Ausschlag, der nicht ganz verschwinden wollte, der nicht wehtat, manchmal nervte, aber nie ganz vergessen werden konnte.

»Ich habe sie jetzt seit fast einem Jahr nicht mehr gesehen«, sagte Lockyer. »Sie schickt seltsame E-Mails.«

»Ist sie immer noch mit diesem Anwalt verheiratet?«

»Geschieden. Ziemliches Chaos, soweit ich das mitbekommen habe.«

»Ah.« Kevin grinste. »Wie schade.« Er trank sein Bier in zwei großen Zügen aus. »Meinst du immer noch, sie ist die Richtige für dich?«, fragte er nicht ohne Mitgefühl.

»Ich bezweifle es.«

»Dann musst du ausgehen! Es gibt jede Menge Frauen, aber

wenn du dich jeden Abend in einem Haus am Arsch der Welt verkriechst, lernst du keine kennen, stimmt's?«

»Wahrscheinlich nicht.«

»Hoffnungslos.« Kevin stand auf. »Noch eins?«

»Nimm du noch eins.« Lockyer hatte sein eigenes Bier kaum angerührt.

Kevin setzte sich eine Minute später mit einem vollen Bier wieder hin. »Tut gut, dich zu sehen, Matt«, sagte er. »Ich wollte mal einen Versuch starten. Ich dachte, du wärst vielleicht noch sauer.«

»Das war ich nicht. Ehrlich.«

»Trotzdem. Ich schulde dir was.«

»Nein. Damit das ganz klar ist: Du schuldest mir überhaupt nichts.«

Kevin senkte den Kopf und starrte in sein Bier. »Fühlt sich aber so an. War nicht gut für deine Karriere, oder?«

Lockyer antwortete nicht sofort. Der Zufall wollte es, dass der pensionierte DCI, der in Bradford on Avon für die Untersuchung der Cold Cases zuständig gewesen war, ungefähr zeitgleich mit dem Feuer im The Queen's Head einen Herzinfarkt erlitt und endgültig in den Ruhestand ging. Lockyer wurde genötigt, den frei gewordenen Platz einzunehmen. Man erlaubte ihm jedoch, weiterhin auf dem Revier in Devizes zu arbeiten – vielleicht als zusätzliche Strafe, weil er so täglich sehen musste, wie seine alten Kollegen von der Kripo aktuelle Fälle bearbeiteten und aufstiegen. Lockyer achtete sorgsam darauf, sich nicht anmerken zu lassen, wie wenig ihn das störte.

»Ich habe kein Problem damit.«

»Du wirst aber nicht befördert, oder? Das habe ich jedenfalls gehört.«

»Vielleicht ist mir das ja egal.« Lockyer nahm einen Schluck Bier und dachte darüber nach.

»Hör doch auf, Matt.«

»Ich meine es ernst. Seit wann geht es nur noch um Beförderungen? Sich ständig abstrampeln, um nach oben zu kommen? Ich kann immer noch gute Arbeit leisten – wichtige Arbeit. Die Genugtuung, einen Kriminellen zu fassen, der sich einbildet, ungestraft davongekommen zu sein ... und Familien Aufklärung und Gerechtigkeit zu verschaffen, die an beides schon lange nicht mehr geglaubt haben. Das ist genauso befriedigend wie ein schneller Fahndungserfolg. Wenn nicht sogar noch befriedigender.«

Kevin sah ihn durchdringend an. »Wegen Chris?«

»Weil es einfach so ist«, sagte Lockyer. »Weil man Leute nicht davonkommen lassen sollte. Sie sollten für den Schaden geradestehen, den sie anrichten.«

Kevin musterte einen Moment lang Lockyers Gesicht und sah dann auf sein Bier hinunter. »Ja, das stimmt«, sagte er. »Irgendwas Neues? In Chris' Fall?«

Lockyer ging nicht auf die Frage ein. Wenn er zu oft darüber nachdachte, machte es ihn wieder wütend. So wütend, wie er als junger Mann gewesen war, als frischgebackener Polizist. Das hatte einen Eifer in ihm ausgelöst, der sich wie etwas Hartes und Metallisches anfühlte, das er fast schmecken konnte. Er mochte das Gefühl nicht. »Die Art, wie wir ermitteln, hat sich so stark verändert, seit ich bei der Polizei bin«, sagte er. »Das ist jetzt eine einzige Maschinerie. Jeder hat eine bestimmte Aufgabe, und alles wird in den Computer eingegeben, damit der leitende Ermittler die Punkte zusammenfügen kann. Heutzutage sitzt ein Detective Inspector im Büro und sorgt dafür, dass die DCs die Laufarbeit erledigen. Vor zwanzig Jahren wären wir unterwegs gewesen, hätten mit Zeugen gesprochen, Verdächtige befragt ...«

»In den guten alten Zeiten?«

»Ja, genau«, sagte Lockyer mit einem Augenzwinkern. »Die gute alte Zeit. Bei einem meiner ersten großen Fälle als DC war der leitende Beamte betrunken, zertrampelte den Tatort und verprügelte später den Verdächtigen. Der sich dann als unschuldig herausstellte.«

»Herrje. Was ist also besser?«

»Wir klären jetzt mehr Fälle auf. Wir sind verantwortungsbewusster. Wir sind deutlich weniger rassistisch, und es ist viel unwahrscheinlicher, dass wir jemandem Beweise unterschieben. Oder einem Freund einen Gefallen tun.« Er blickte zu Kevin hoch. »Solche Dinge.«

»Das hört sich doch ganz gut an.«

»Aber sicher. Doch ich vermisse die Art, wie wir früher ermittelt haben. Nun ja, einige der Methoden. Bei ungelösten Fällen kann ich einen Teil davon wieder anwenden, auf eigene Faust. Also«, er wartete, bis Kevin ihn ansah, und erwiderte den Blick, »alles halb so wild.«

»Okay.« Er sah die Erleichterung in Kevins Augen. »Das letzte Mal, als ich Dad besucht habe, sagte er, ich solle mich bei dir bedanken. Dafür, dass du mich da rausgehalten hast. Er sagte, er würde es dir gern persönlich sagen, falls du vorbeikommen willst. Ich sagte, dass dir eher Flügel wachsen würden.«

»Das stimmt.«

»Nun, ich schätze, du kannst jetzt allein arbeiten, oder? Du wolltest doch immer eine Ein-Mann-Armee sein. ›Kein echter Teamplayer‹ – das hat doch Arschgesicht Thompson damals in dein Zeugnis geschrieben, oder? Ich weiß nicht, wie du das machst.«

»Wie ich was mache?«

»Na, wie du das alles alleine machst. Leben. Arbeiten. Ins Bett gehen. Bist du nicht verdammt einsam? Ich wäre verdammt einsam. Also, ich *bin* verdammt einsam, und in meinem Leben gibt es einen Haufen mehr Menschen als in deinem.«

Lockyer antwortete nicht, sondern trank noch einen Schluck. Es gab keine Möglichkeit, jemandem, der auf die Gesellschaft anderer angewiesen war, zu erklären, wie es sich anfühlte, nicht darauf angewiesen zu sein. Und doch. Vielleicht fehlte etwas.

Kevin spürte den Stimmungsumschwung. »Ich kann immer noch nicht glauben, dass du ein verdammter Detective *Inspector* bist, Matt.« Er grinste. »Du! Der Junge, den ich einst vor dem Yorkshire-Terrier meiner Tante retten musste! Gott steh uns bei.«

»Dieser Hund war verrückt.«

»Ja, aber die können Angst riechen, das ist das Problem, Alter.«

Das Haus schien in dieser Nacht besonders ruhig zu sein. Der Wind war abgeflaut, und nicht einmal das gedämpfte Geräusch des Fernsehers von nebenan war zu hören. Er hatte Lockyer gehört, aber er hatte ihn Mrs. Musprat geschenkt, als ihr alter Fernseher den Geist aufgab. Ihr Misstrauen gegenüber Geschenken ging nicht so weit, dass sie auf ein Fernsehgerät verzichtete, und Lockyer war klar geworden, dass er lieber las oder Radio, Podcasts, Hörbücher oder Musik hörte. Dabei konnte er das Haus renovieren, und es hielt ihn nicht vom Denken ab.

Er holte sich noch ein Bier aus dem Kühlschrank und wanderte von Zimmer zu Zimmer, um sich anzusehen, was noch alles zu tun war. Vom Austausch morscher Fußleisten bis hin zum Entfernen von diversen Farbanstrichen und Estrich auf den Natursteinplatten, die er unter dem rattenzerfressenen Teppich im Esszimmer entdeckt hatte. Er musste herausfinden, warum der Schornstein nicht ziehen wollte, und die Decke im zweiten Schlafzimmer reparieren, die als heftiger Schauer aus Gips, toten Fliegen und Dreck vom Dachboden heruntergeprasselt war, als er versucht hatte, die Lampe auszuwechseln. Momentan hatte er keine Lust, irgendetwas davon in Angriff zu nehmen.

Alles fühlte sich so leer an, und er gab Kevins Fragen die Schuld daran, bis ihm bewusst wurde, dass es nicht Sam war, an die er dachte.

Er ging für seine Verhältnisse früh ins Bett und griff sich ein paar Verhörprotokolle des Falles Michael Brown/Harry Ferris. Er redete sich ein, dass es Arbeit sei, aber in Wahrheit wollte er sich Hedy Lamberts Stimme in Erinnerung rufen. Allerdings nicht, um sich zu trösten. Er sehnte sich auch nicht nach ihrer Anwesenheit, es war vielmehr so, als würde er an einem Bluterguss herumdrücken. Schmerzhaft, aber unwiderstehlich. Er las etwas aus den ersten Tagen der Ermittlungen, als sie noch angenommen hatten, der Tote sei Harry.

> DI LOCKYER: *Warum waren die anderen zum Zeitpunkt des Mordes im Haus? Professor Ferris' Schwester Serena Godwin und ihr Sohn Miles?*
>
> ANTWORT: *Sie kamen oft zu Besuch. Also Serena. Miles etwas seltener.*
>
> DI LOCKYER: *Würden Sie sagen, dass sie seit der Diagnose von Professor Ferris häufiger vorbeikamen?*
>
> ANTWORT: *Ja, ich denke schon. Aber das ist ja normal, nicht wahr? Als Harry das erste Mal zurückkam, war Serena nur bei uns, weil der Professor gerade seine Testergebnisse erfahren hatte. Es herrschte eine gewisse Panik. Die Leute hören Leukämie und denken, sie hätten nur noch wenige Wochen zu leben.*
>
> DI LOCKYER: *Aber das haben Sie nicht gedacht?*
>
> ANTWORT: *Zuerst klang es wirklich schlimm, aber ich habe nachgeforscht und herausgefunden, dass er nicht plötzlich tot umfallen würde –*

er hat höchstwahrscheinlich noch einige Jahre vor sich. Ich meine ... es war trotzdem beängstigend. Für ihn. Aber es hätte auch schlimmer sein können.

DI LOCKYER: *Haben Sie Serena und Miles mitgeteilt, was Sie herausgefunden hatten? Hat Professor Ferris es ihnen gesagt?*

ANTWORT: *Ich nicht. Serena spricht nur mit dem Personal, wenn sie um eine Erledigung bittet – und mit bitten meine ich Auftrag erteilen. Ich bin mir aber sicher, dass Roland mit ihnen darüber gesprochen hat. Nach dem ersten Schock hat sich alles ein wenig beruhigt.*

DI LOCKYER: *Trotzdem ist es eine ernste Krankheit. Glauben Sie, Professor Ferris wollte seine Angelegenheiten ordnen?*

ANTWORT: *Das weiß ich nicht.*

DI LOCKYER: *Meinen Sie, es könnte ein Grund gewesen sein?*

ANTWORT: *Ich weiß es nicht. Ich nehme an, es könnte ein Grund gewesen sein. Würden Sie das nicht tun?*

DI LOCKYER: *Haben Sie erwartet, dass er es tut?*

ANTWORT: *Sie fragen mich, ob ich mir Gedanken über das Testament von Professor Ferris gemacht habe?*

DI LOCKYER: *Und? Haben Sie? Schließlich arbeiten und wohnen Sie bei ihm.*

ANTWORT: *Ja, das tue ich. Und ich habe mir Sorgen gemacht, dass ich ausziehen muss, wenn er ins Krankenhaus kommt, oder was auch immer ... Ich habe mir Sorgen gemacht, wie es weitergeht. Aber ich habe nicht über sein Testament nachgedacht.*

DI LOCKYER: *Warum nicht?*

ANTWORT: *Weil es mich nichts angeht. Ich erwarte nicht, dass er mir etwas hinterlässt.*

DI LOCKYER: *Warum nicht? Sie sind jetzt seit achtzehn Monaten bei ihm.*

ANTWORT: *Als Angestellte. Ich gehöre nicht zur Familie, sondern zum Personal.*

DI LOCKYER: *Sie mögen ihn also überhaupt nicht?*

ANTWORT: *Doch, ich habe ihn gern.*

DI LOCKYER: *Und er Sie? Anscheinend verlässt er sich sehr auf Sie.*

ANTWORT: *Das müssen Sie ihn fragen. Es gibt jede Menge Haushälterinnen, die er einstellen könnte. Ich glaube nicht, dass ich etwas Besonderes bin.*

DI LOCKYER: *Ja. Eine Menge Haushälterinnen. Tatsächlich scheint es so, dass Professor Ferris in den sieben Monaten, bevor er Sie einstellte, vier andere Frauen eingestellt und wieder entlassen hat. Woran liegt das wohl? Warum glauben Sie, dass Sie das geschafft haben, was den anderen nicht gelungen ist?*

ANTWORT: *Von diesen anderen Frauen weiß ich nichts. Ich ... er kann mürrisch sein. Schlecht gelaunt. Aber er meint es nicht böse, das ist offensichtlich. Im Kern ist er ein freundlicher Mensch. Aber vielleicht sind sie nicht mit ihm klargekommen. Vielleicht bin ich ... ruhiger als die anderen. Das ist ihm lieber.*

DI LOCKYER: *Würden Sie sagen, dass Sie eine besondere Beziehung zu ihm hatten? Man kann sich leicht näherkommen, wenn man tagein, tagaus im Haus eines anderen arbeitet. Unter demselben Dach lebt.*

ANTWORT: *Wir wohnen nicht unter demselben Dach. Ich habe meine eigene Wohnung, die über einer den Garagen liegt.*

DI LOCKYER: *Ja, natürlich. Aber Sie verbringen Ihr ganzes Leben dort, mit Professor Ferris. So wie ich das sehe. Unter diesen Umständen wäre es doch leicht, jemandem nahezukommen, oder?*

ANTWORT: *Könnte sein. Ja.*

DI LOCKYER: *Es muss schwer für Sie gewesen sein, als Harry zurückkam. Der lange verlorene und sehr geliebte Sohn. Das war bestimmt nicht einfach, mit anzusehen, wie glücklich Professor Ferris war? Vielleicht fühlten Sie sich etwas ... kaltgestellt? Miss Lambert?*

Haben Sie Harry übel genommen, dass er auf der Bildfläche erschien, als Sie sich gerade eingewöhnt hatten? Und dem Professor näherkamen? Miss Lambert?
ANTWORT: *[Pause]* *Nein.*

5

TAG SECHS, MITTWOCH

Den nächsten Tag verbrachte Lockyer größtenteils mit Autofahren. Zweieinhalb Stunden hinauf zum kriminaltechnischen Archiv in Birmingham, um das Messer abzuholen, mit dem Michael Brown getötet worden war. Anderthalb Stunden hinunter zum Cellmark-Labor außerhalb von Abingdon und weitere anderthalb Stunden zurück zum Polizeirevier. Er erledigte es selbst, damit das Beweisstück durch so wenige Hände wie möglich ging. Das war für einen künftigen Prozess ebenso wichtig wie für seinen eigenen Seelenfrieden.

Das Messer war ihre einzige Hoffnung, kriminaltechnisch gesehen. Das Blut auf der Klinge war jetzt alt und braun, schuppig und filigran. Ein gewöhnliches Küchenmesser, die große Klinge durch jahrelanges Nachschärfen sichtlich abgenutzt, der Holzgriff vom Gebrauch geglättet. Er achtete darauf, es nicht zu berühren, auch nicht durch die Plastiktüte hindurch. Bei der ersten Untersuchung waren nur Hedys Fingerabdrücke darauf gefunden worden – was nicht überraschend war, denn schließlich hatte sie gekocht. Aber wenn einige der Abdrücke beschädigt wären ... falls es jemand anders in der Hand gehabt haben *könnte*, wenn auch mit Handschuhen ...

Lockyer wusste nicht, was er zu hören hoffte, oder was schlimmer wäre – Bestätigung oder Widerlegung. Er sah noch deutlich vor sich, wie das Messer aus Mickey Browns Brust geragt hatte. *Alles ist gut*, hatte er zu Hedy gesagt. *Ich bin hier, Sie sind jetzt in Sicherheit.*

»Wie schnell brauchen Sie es?«, fragte die Labortechnikerin, der er das Messer aushändigte.

»Na«, sagte Lockyer, »das können Sie sich doch sicher denken.«

»So schnell wie möglich?« Die Frau lächelte.

»So schnell wie möglich.«

Als er das Labor verließ, verspürte er das Kribbeln freudiger Erwartung.

Als Lockyer in ihr winziges Büro zurückkehrte, hatte Broad die Akte bereits durchgelesen. Sie drehte ihren Stuhl in seine Richtung und dehnte die Schultern.

»Ist Ihnen noch etwas ins Auge gesprungen?«, fragte Lockyer.

»Nicht gerade ins Auge gesprungen, nein. Ich habe eine Weile darüber nachgedacht, ob jemand von außerhalb einen Draht durch die Tür gesteckt und sich so die Schlüssel geangelt haben könnte. Aber selbst, wenn es eine Katzenklappe oder einen Briefkasten gegeben hätte – was nicht der Fall war –, wäre es unmöglich gewesen, sich das Messer zu beschaffen und die Schlüssel hinterher auf dieselbe Weise wieder aufzuhängen.« Sie schwenkte mit ihrem Stuhl hin und her. »Wenn ich die Ermittlungsleiterin gewesen wäre, hätte ich wissen wollen, wer Mickey vor seinem Tod verprügelt hat.«

»Considine wollte es wissen. Aber dazu hat niemand etwas ausgesagt, und angesichts der Spuren am Messer und an Hedy Lambert schien es nicht entscheidend zu sein.«

»Klar, Chef.« Sie wirkte etwas zerknirscht.

»Es ist völlig in Ordnung, wenn Sie solche Dinge ansprechen, Gemma«, beruhigte er sie. »Ich glaube nicht … ich *glaube* nicht, dass die erste Ermittlung große Lücken aufweist. Mir scheint eher, man hat … nur an Pferde, aber nicht an Zebras gedacht.«

»Sie meinen, wenn man Hufe hört, denkt man an Pferde, nicht an Zebras?«

»Ganz genau. Alles deutete auf Hedy hin. Also sind wir dieser Spur gefolgt.«

»Aber Sie glauben, es könnte irgendwo ein Zebra lauern?«

»Das Messer ist im Labor. Wenn sich dort keins verbirgt, sind wir fertig.«

»Richtig.«

Broad klang nicht überzeugt. Sie hatte Blut gerochen. Das konnte Lockyer sehen. Immerhin war es ebenso ihre Aufgabe, die Schuld eines Verdächtigen festzustellen, wie seine Unschuld zu beweisen. Er schaute auf die Uhr. »Versuchen Sie herauszufinden, wo Miles Godwin wohnt oder arbeitet. Vielleicht können wir ihm trotzdem einen Besuch abstatten. Wenn es nicht zu weit ist. Nur um darüber zu sprechen, wie er die damaligen Mordermittlungen behindert hat.«

»Okay. Das sollte nicht allzu lange dauern. Es kann nicht sehr viele Miles Godwins geben.«

»Sein zweiter Vorname ist Cuthbert.«

»Na klar.« Broad rollte mit den Augen und drehte sich zu ihrem Schreibtisch um.

Sie machte sich an die Suche, und schon bald hatten sie Godwins Wohn- und seine Arbeitsadresse: ein altes Pfarrhaus in Manton, einem Dorf in der Nähe von Marlborough, sowie ein Ladengeschäft mit Büro direkt in Marlborough. Miles betrieb mehrere Filialen einer nach ihm benannten exklusiven Immobilienagentur. Die Art, die einen *maßgeschneiderten Service* anbot.

»Oh, *der* Godwin ist das. Damit habe ich nicht gerechnet«, sagte Broad. »Ich habe einen Anwalt, einen Banker oder einen Politiker erwartet. Sind das nicht die Berufe, in denen all diese Eton-Typen landen?«

»Viele von ihnen. Godwin war auf dem Marlborough College, nicht in Eton – jetzt fällt es mir wieder ein. Offensichtlich ist er nach seinem Abschluss nicht sehr weit gekommen. Aber mit dem Verkauf von Häusern an reiche Leute kann man eine Menge Geld verdienen.«

»Das kann man mit *allem*, was man reichen Leuten verkauft.«

»Genau. Kommen Sie.«

»Sind Sie sicher, dass Sie wieder ins Auto steigen wollen?«

»Ich werde sowieso schon weiße Linien sehen, wenn ich nachher die Augen schließe. Noch eine halbe Stunde macht da keinen großen Unterschied.«

Die Fahrt führte sie in den Nordosten von Devizes, wo die Straße einen weiten Blick auf durchnässtes Ackerland bot. Die letzten Sonnenstrahlen glänzten silbrig auf den überschwemmten Spurrillen in den Einfahrten. Saatkrähen zogen am Himmel über den Buchenwäldern ihre Kreise, und auf den meisten Feldern schien es irgendeinen prähistorischen Erdwall zu geben – einen Grabhügel oder eine Hügelreihe –, die die Bauern entweder eingezäunt oder einfach um sie herum gepflügt hatten. Die Straße kreuzte den Wansdyke-Pfad, einen zerklüfteten Erdwall, der sich sechsundfünfzig Kilometer lang durch Wiltshire und Somerset schlängelte und entweder von den Briten errichtet worden war, um die Angelsachsen fernzuhalten, oder umgekehrt.

»Den bin ich letzten Sommer gewandert«, sagte Broad.

»Was, Sie und Pete?«

»Nur ich. Und Merry natürlich. Ich habe drei Tage gebraucht, und das nächste Mal nehme ich Airbnb und schleppe nicht die ganze Strecke ein Zelt mit.«

»Aber es war gut, oder?« Lockyer war neidisch. Es war schon zu lange her, dass er so eine Wanderung gemacht hatte. Seit er die Zeit und die Freiheit dafür gehabt hatte.

»Ja«, bestätigte Broad. »Es war toll.«

»Früher bin ich viel gewandert. Richtig gewandert, meine ich.«

»Warum jetzt nicht mehr?«

»Sie wissen schon. Die Arbeit. Die Renovierung.« Die Schuldgefühle, die ihn immer noch plagten, weil er Dartmoor seinem Bruder vorgezogen hatte, als die Katastrophe passiert war, erwähnte er nicht.

»Das klingt nicht wirklich überzeugend, Chef. Kommen Sie das nächste Mal mit.«

Sie hatte es ganz locker gesagt, aber Lockyer zögerte zu lange mit der Antwort, und am Ende sagte er nichts.

Das Büro von Miles Godwin befand sich in einem eleganten georgianischen Gebäude in der breiten, schicken High Street von Marlborough. Es war umgeben von Einzelhandelsgeschäften, hochpreisigen Ketten, Restaurants und Cafés. Als Lockyer die Ladenfront sah, wurde ihm bewusst, dass er überall in der Grafschaft Godwins »Zu verkaufen«-Schilder gesehen hatte, ohne sie mit Miles Godwin in Verbindung zu bringen. An Häusern, die er sich niemals leisten könnte – Häusern wie Longacres. Fast alle Immobilien, die im Schaufenster der Agentur zum Verkauf standen, hatten siebenstellige Preise. Als Broad die Tür aufstieß, wechselte sie einen Blick mit Lockyer und hob eine Augenbraue.

Eine junge, äußerst gepflegte Frau stand sofort von ihrem

Schreibtisch auf, um sie zu begrüßen. Sie trug ein Kostüm, und ihr dunkles Haar, das mit einer Spange zurückgehalten wurde, aus der sich nicht eine einzige Strähne gelöst hatte, glänzte im Licht der Deckenstrahler.

»Guten Tag.« Sie ließ den Blick über die beiden Besucher schweifen und registrierte den Altersunterschied, den Größenunterschied, Broads schlecht sitzende Hose und Lockyers schlammverkrustete Schuhe. Ihre Miene verriet nichts. Ein sehr vielsagendes Nichts. »Kann ich Ihnen irgendwie helfen?«

»Wir würden gerne mit Mr. Miles Godwin sprechen, falls er da ist.« Lockyer zeigte seinen Dienstausweis und sah die freundliche Fassade der jungen Frau bröckeln.

»Haben Sie einen Termin?«

»Nein.«

»Ich sehe nach, ob er abkömmlich ist.« Sie griff nach dem Telefon.

»Sie wissen doch sicher, ob er da ist oder nicht«, sagte Lockyer.

»Das schon, aber ...«

»Dann folgen wir Ihnen.«

Er hasste es, wie ein lästiger, ungebetener Gast behandelt zu werden – auch wenn die Polizei oft genau das war.

Die Frau blinzelte, presste die Lippen zusammen und drehte sich dann wortlos um. Sie führte sie zwischen unbesetzten Schreibtischen hindurch zu einer Tür und eine Treppe hinauf. Der dicke karminrote Teppichboden verschluckte das Geräusch ihrer Schritte. Sie klopfte an die Tür eines Raumes auf der Vorderseite des Gebäudes, und die beiden folgten ihr hinein, bevor sie die Gelegenheit hatte, sie anzukündigen. Lockyer war bewusst, dass sie unhöflich waren. Aber das war ihm egal. Irgendetwas an diesem Ort brachte seine schlechteste Seite zum Vorschein.

»Mr. Godwin«, sagte er, als Broad und er erneut ihre Ausweise zeigten. »Ich bin Detective Inspector Lockyer, das ist Detective Constable Broad.«

Er beobachtete gerne, wie die Menschen im ersten Moment reagierten, wenn sie es mit der Polizei zu tun bekamen. Ein kleines, verräterisches Flackern konnte auf alles Mögliche hinweisen – Schuldgefühle, Ressentiments, eine dramatische Veranlagung. Bei Miles Godwin verriet es Ungeduld und ein Gefühl, das an Verachtung grenzte.

»Ja, eigentlich erwarte ich einen wichtigen Anruf«, sagte er, ohne aufzustehen.

Serenas Sohn hatte ihr blondes Haar und ihre schmalen Schultern geerbt, aber damit endete die Ähnlichkeit auch schon. Miles hatte einen weichen, rundlichen Körper und ein ebensolches Gesicht, während seine Mutter eher kantig war. Es gab erste Anzeichen eines Doppelkinns, sein Haaransatz wich bereits zurück, und er hatte rosige Wangen – sein Gesicht hätte etwas Babyhaftes gehabt, wären da nicht die etwas zu kleinen, harten Augen gewesen. Lockyer wusste, dass er ein Jahr älter als Harry Ferris war, also fünfundvierzig sein musste.

Sein Büro befand sich in einem Raum mit hohen Decken und kunstvollem Stuck, bodenlangen Vorhängen und einem riesigen antiken Schreibtisch, hinter dem Miles in einem ergonomischen Chefsessel saß. Er war dunkelgrün, passend zur Ledereinlage des Schreibtischs. Der Rest des Mobiliars war modern und minimalistisch. Ein extravaganter Strauß blasser Blumen stand kunstvoll arrangiert auf einem Beistelltisch; an den Wänden hingen abstrakte Gemälde.

»Gut, wenn das so ist, kommen wir gleich zur Sache«, sagte Lockyer. »Sie wissen sicher, dass Harry Ferris vor Kurzem – nach neunundzwanzig Jahren – nach Hause zurückgekehrt ist, um sich mit seinem Vater Professor Roland Ferris, Ihrem Onkel, zu versöhnen.«

»Geht es um *Harry*?«, fragte Miles, und Lockyer glaubte, Erleichterung in seinem Blick aufkeimen zu sehen.

»In gewisser Weise. Es geht um den Mord an Michael Brown im Haus Ihres Onkels im Jahr 2005.«

»Ah, verstehe.« Miles lehnte sich in seinem Stuhl zurück und ließ seinen Stift klicken. Er hatte sich definitiv entspannt. Lockyer fragte sich, weshalb er nervös gewesen war. »Ich dachte eigentlich, dass der Fall schon lange geklärt wäre.«

»Der Fall wurde abgeschlossen, ja.«

»Die Haushälterin, in der Scheune, mit dem Küchenmesser. Genau wie bei Cluedo.« Miles schien mit seinem Witz zufrieden zu sein.

»Die Ermittlung wurde jedoch zunächst dadurch behindert, dass dem Opfer eine falsche Identität zugewiesen wurde. Es dauerte mehrere Tage, bis wir feststellten, dass es sich nicht um Harry Ferris handelte, und das Opfer korrekt identifizieren konnten. In diesem Zeitraum sind möglicherweise wichtige Beweise verloren gegangen, und der Mörder hatte Zeit unterzutauchen.«

Miles Godwin hörte auf, mit seinem Stift zu klicken. Er kniff die Augen zusammen. »Aber sie ist doch nicht verschwunden, oder? Und Sie hatten genug Beweise, um sie zu überführen. Also«, er lächelte, »ist doch alles in Ordnung.«

»Wussten Sie, wo sich Harry Ferris aufhielt, nachdem er den Kontakt zu seinem Vater und dem Rest der Familie abgebrochen hatte? Zwischen 1993 und heute?«

»Ja.«

»Sie waren 2005 in Longacres, als dort der Mann auftauchte, der behauptete, Harry Ferris zu sein. Sie waren anschließend noch einige Male dort, bevor Michael Brown ermordet wurde.«

»Man muss dem Burschen fairerweise zugutehalten, dass er tatsächlich nie behauptet hat, Harry zu sein. Das hat Onkel Roly für ihn übernommen.«

»Sie müssen doch auf den ersten Blick gesehen haben, dass es nicht Harry Ferris war«, platzte Broad heraus.

»Ja, das ist richtig.« Miles sah sie mit festem Blick an, entschlossen, sich nicht tadeln zu lassen, schon gar nicht von einer jungen Frau.

»Warum haben Sie dann nichts gesagt?«

Miles zuckte mit den Schultern. Lockyer konnte nicht sagen, ob seine Nonchalance echt oder gespielt war. »Meine Mutter hat versucht, es Roly zu sagen, aber er wollte nichts davon wissen.«

»Aber *Sie* hätten ihn überzeugen können. Sie hatten schließlich Kontakt zu Harry. Und was noch wichtiger ist: Sie hätten die Polizei informieren können, als Mr. Brown ermordet wurde. Warum ließen Sie den Schwindel weiterlaufen?«

»Die Sache ist die, ich habe es versprochen. Und ich halte meine Versprechen.«

Er sah von Broad zu Lockyer und wieder zurück, als erwartete er eine Reaktion. Als sie nicht erfolgte, schien er ungeduldig zu werden. »Harry und ich standen uns als Jugendliche nahe. Näher als viele Cousins und Cousinen, besonders nachdem er zu uns gezogen war. Als er mir sagte, dass er den Kontakt zu allen abbrechen wollte – zu allen außer zu mir, solange ich niemandem davon erzählte –, was blieb mir da anderes übrig? Es war schließlich seine Sache. War es nicht besser, mein Wort zu halten und zu wissen, wo er war und dass es ihm gut ging, als es zu brechen und den Kontakt zu ihm zu verlieren?«

»Und haben Sie in all den Jahren nie an die Gefühle seines Vaters gedacht?«, hakte Lockyer nach.

Miles machte ein abweisendes Gesicht. »Harry wollte nicht, dass sein Vater etwas über sein Leben erfährt. Er wollte ihn nicht sehen, nicht mit ihm sprechen, und er hat mich nie nach ihm gefragt. Das war sein gutes Recht, würde ich sagen.«

»Haben Sie Harry in all den Jahren, die er weg war, gesehen?«

»Ja, natürlich. Er war nur nicht in Longacres und hat sich von Onkel Roly und meiner Mutter ferngehalten. Ich habe ihn oft gesehen, vor allem, als ich selbst noch in London gelebt habe. Er führte ein ganz normales Leben – er studierte und arbeitete sich dann in einer Anwaltskanzlei hoch. Freundinnen, Mitglied im Fitnessstudio, all das.«

»Aber Sie haben ihn nie verraten, nicht einmal durch Zufall.«

»Ich glaube nicht an Zufälle, Inspector.«

»Die Behinderung polizeilicher Ermittlungen ist ein schwerwiegendes Delikt, Mr. Godwin, insbesondere wenn sie über einen längeren Zeitraum und bewusst erfolgt«, sagte Lockyer. »Sie hätten es uns vertraulich mitteilen können, anstatt zuzusehen, wie die Polizei in die falsche Richtung ermittelte.«

»Nun ja.« Miles richtete den Blick grinsend auf den Boden. Ganz offensichtlich hatte er es genossen, genau das zu beobachten. »Am Ende haben Sie es doch geschafft. Wenn ich es Ihnen gleich gesagt hätte, wäre es herausgekommen – und was dann? Meine Mutter hat immer vermutet, dass ich wusste, wo Harry war. Sie wäre mir sofort auf die Schliche gekommen, und er hätte den Kontakt zu mir abgebrochen.«

Lockyer wurde bewusst, dass er den Mann zutiefst verabscheute. *Einer von diesen vornehmen Schnöseln, für die alles nur ein Spiel ist.* »Ihr haben Sie es also auch nicht gesagt?«

»Ich habe es niemandem gesagt. Auf mein Wort ist Verlass.«

»Sie hätten der Polizei sagen müssen, was Sie wussten«, bemerkte Broad.

»*Sie* scheinen mir nicht einmal alt genug, um damals schon

Polizistin gewesen zu sein«, erwiderte Miles. Er sah Lockyer an. »Aber an Sie erinnere ich mich natürlich. Der stürmische junge Bauerntrampel als Detective. Sie haben eine tolle Figur abgegeben. Die Hauptverdächtige war in Sie verknallt, wenn ich mich recht erinnere ... Beruhte das vielleicht auf Gegenseitigkeit?«

»Warum wollte Harry den Kontakt zu seinem Vater so strikt abbrechen?«, fragte Lockyer.

»Das sollten Sie besser Harry fragen.«

»Ich frage aber Sie, Mr. Godwin. Und ich möchte nur ungern davon ausgehen müssen, dass Sie es gewohnt sind, Dinge vor der Polizei zu verbergen.«

Die Bemerkung traf ins Schwarze. Miles wirkte verlegen – und wieder nervös. »Ich weiß es nicht, ehrlich. Tante Helens Selbstmord hat bestimmt dazu beigetragen – er hat nie darüber gesprochen. Harry, meine ich. Ich weiß, dass es auch vorher schon Probleme gab, aber sobald das Gespräch auf sie kam, geriet er in Rage. Einmal hat er mir deswegen eine blutige Nase geschlagen – dabei hatte ich nur gefragt, ob er glaubt, dass es schmerzhaft war. Ich weiß, dass das nicht die sensibelste Frage ist, aber ich war damals noch ein unreifes Kind. Sie hat sich erhängt, wissen Sie. Draußen in der Scheune – dort, wo der Kerl erstochen wurde. Wenn man an Geister glaubt, sollte man diese Scheune meiden.«

Lockyer dachte an die lachende Frau auf dem Foto an der Wand in Longacres. Die am Auto lehnte, die Sonne im Haar, und ihre strahlend weißen Zähne zeigte. Ihr kleiner Junge auf dem Sitz an ihrer Seite. »Glauben Sie an Geister, Mr. Godwin?«, fragte er.

»Nein, natürlich nicht. Ich bin kein Idiot.«

»Hat Harry seinem Vater die Schuld gegeben?«

»Wie ich schon sagte, er wollte nicht darüber reden. Aber wenn eine Frau sich erhängt, wirft das kein gutes Licht auf den Ehemann, oder?«

»Wie war Helen Ferris so?«, schaltete sich Broad ein.

»Eine liebe Tante«, sagte Miles. »Freundlich, sanftmütig, mit geblümten Kleidern, so in der Art. Ich weiß es nicht genau, ich war noch ein Junge. Sie ist nie laut geworden – sie hat uns nur sanft zurechtgewiesen, was wir immer ignoriert haben. Beileibe nicht wie meine eigene liebe Mutter. Helen trug Perlen zum Abendessen, hatte wahrscheinlich nie eine eigene Meinung und war in Harry vernarrt. Ich glaube nicht, dass er ein Einzelkind bleiben sollte, ich glaube, sie wollte mehr Kinder haben. Aber nach Harry hat sie keine mehr bekommen, und sie liebte ihn abgöttisch.«

»Dann ist es seltsam, dass sie sich das Leben genommen hat, als er noch so jung war.«

»Wissen Sie, ich glaube, wenn man gehen muss, muss man gehen.« Miles' Telefon klingelte. »Wenn es Ihnen nichts ausmacht, ich muss da wirklich rangehen.«

»Gut, Sie erhalten von uns Bescheid«, sagte Lockyer mit einem Nicken.

»Weshalb?«

»Ob wir Sie wegen Behinderung der Justiz belangen.«

»Also, ehrlich, Inspector.« Miles zog die Augenbrauen hoch. »Hat die Polizei nichts Besseres zu tun?«

Lockyer und Broad sprachen erst am Auto wieder miteinander.

»Herrgott!«, rief Broad mit geröteten Wangen.

»Ich weiß.«

»War er bei den ursprünglichen Ermittlungen auch so eingebildet?«

»Schlimmer noch, glaube ich.«

»Können wir ihn als selbstgefälligen Wichser drankriegen?«

Als es dämmerte, gingen auf der High Street die Lichter an.

Lockyer starrte noch einen Moment auf die makellosen Fenster von Godwin's Estates, bevor er den Wagen startete und losfuhr. »Er hält sich eindeutig für wesentlich schlauer als alle anderen. Das ist ganz praktisch, wenn man jemanden erwischen will.«

»Glauben Sie, dass er etwas zu verbergen hat?«

»Da bin ich mir sicher. Ob es etwas mit dem Fall zu tun hat, weiß ich allerdings nicht.«

Sie hatten Marlborough verlassen und fuhren zügig auf der A4 zurück in Richtung Avebury, bevor Broad wieder das Wort ergriff. »Chef, was er da gesagt hat – dass die Hauptverdächtige in Sie verknallt war …?«

»Ja?«, fragte Lockyer schroffer als beabsichtigt. Er fühlte sich durch die Frage bloßgestellt und wartete, aber Broad hatte den Hinweis verstanden. Und dann antwortete er dennoch. »Das stimmt nicht. Ich glaube es jedenfalls nicht. Es ist nur so … Ich hatte Bereitschaftsdienst, und als ich ankam, war sie noch in der Scheune und stand neben der Leiche. Die Polizisten hatten ihr gesagt, sie solle dort bleiben, bis die zuständigen Beamten kämen. Sie stand also blutverschmiert und zitternd neben der Leiche. Sie war … in schlechter Verfassung. Natürlich aufgewühlt. Ich war der Erste, der zu ihr ging und mit ihr sprach.« Er starrte auf die Straße, um nicht wieder Hedys Gesicht oder ihre großen, verängstigten Augen vor sich zu sehen. Um nicht den Blutgeruch in der Nase zu haben, und darunter den ihrer Haut, ihrer Haare und ihrer Kleidung. Er fummelte an der Sitzheizung des Wagens herum. »Wie schon gesagt, danach wollte sie nur noch mit mir reden.«

»Also … gab es eine … Verbindung?«

»Da war …« Lockyer überlegte kurz, das Gespräch zu beenden. Alles zu leugnen. »Ja, da war etwas. Sie schien mir zu vertrauen.«

»Inwiefern?«

»Ich weiß es nicht.« Ihm wurde klar, dass das die Wahrheit war. »Entweder war sie zutiefst manipulativ und hat mit meinem Ego gespielt, oder sie … brauchte einen Freund.«

Es folgte eine lange Pause. Die eigentümliche Silhouette des Silbury Hill glitt am Fenster vorbei. Ein riesiger, rätselhafter Hügel aus der Vorzeit, der ihnen so vertraut war, dass sie ihn kaum noch richtig wahrnahmen.

»Ich glaube nicht, dass man Sie bei Ihrem Ego packen kann, Chef«, sagte Broad. »Wenn ich das mal so sagen darf.«

»Nun, damals klappte das vielleicht. Oder kennen Sie Männer in den Zwanzigern, bei denen das nicht funktioniert?«

»Nein. Und was jetzt? Werden wir Miles wegen Behinderung belangen?«

»Das lohnt den Aufwand nicht, da hat er recht. Aber wir wissen, wo er ist, falls sich die Gelegenheit bietet, ihm wieder auf die Nerven zu gehen.«

Lockyer sah in der Dunkelheit Broads Lächeln aufblitzen.

»Ich frage mich, ob Harry Ferris Ihnen auch eine blutige Nase verpassen würde, wenn Sie ihn nach dem Selbstmord seiner Mutter fragen«, sagte sie.

»Vielleicht bekommen Sie ja die Gelegenheit, es herauszufinden. Aber wir müssen noch warten.«

»Auf die kriminaltechnische Untersuchung des Messers.«

»Ja.«

Was Lockyer nicht aussprach, war, dass Miles Godwin als Verdächtiger für den Mord an Mickey Brown ausschied, falls er die Wahrheit sagte und die ganze Zeit über gewusst hatte, wo Harry sich aufhielt – was wahrscheinlich schien, da er Harry über Rolands Krankheit informiert hatte. Er hatte keinen Grund, einen unbescholtenen Pavee zu töten, den er nicht kannte und der seine

Erbansprüche nicht gefährdete. Es sei denn, er hatte Mickey doch gekannt. Aber das würde bedeuten, dass es eine ganz andere Seite an ihm gab, von der sie noch nichts wussten.

Und dann war da Harry Ferris, der neunundzwanzig Jahre lang ein normales Leben geführt hatte, während Roland Ferris ihn die ganze Zeit vermisste und so verzweifelt auf seine Rückkehr wartete, dass er ihm jedes Jahr einen Geburtstagskuchen backte, wie eine moderne Miss Havisham. *Er hat sich in einer Anwaltskanzlei hochgearbeitet. Freundinnen, Mitglied im Fitnessstudio, all das.* Hätte Roland seinen Sohn tatsächlich unbedingt finden wollen, wären nur ein paar einfache Recherchen nötig gewesen. Sicherlich hätte ein Privatdetektiv ihn problemlos ausfindig machen können, und Roland fehlte es kaum an Geld, um ihn zu bezahlen. Warum hatte er es nie versucht?

»Ist es nicht seltsam, dass zwei gewaltsame Todesfälle am selben Ort geschehen?«, fragte Broad. »In der Scheune, meine ich. Mickey Brown wird ermordet, und Helen Ferris erhängt sich.«

»Das sehe ich auch so.«

»Glauben Sie, dass es eine Verbindung zwischen den beiden Fällen gibt?«

Lockyer wollte Ja sagen. Er hatte nie an Zufälle geglaubt. Nimm nichts als gegeben hin, glaube niemandem, hinterfrage alles. Das brachte man allen Polizisten bei. Aber er wollte nicht, dass sich Broad schon zu tief hineinkniete. Schließlich konnte es geschehen, dass sie den Fall nicht weiterverfolgen durften.

»Wir müssen die Ergebnisse der kriminaltechnischen Untersuchung abwarten«, sagte er.

Zwei Tage später erhielt Lockyer den Anruf aus dem Labor. Sein Puls beschleunigte sich, als er hörte, dass eine der Cellmark-Wissenschaftlerinnen am Apparat war – eine Frau namens Susan

Jones, mit der er schon oft gesprochen hatte, der er aber noch nie begegnet war.

»Ich habe Ihnen den vollständigen Bericht per E-Mail geschickt – Sie sollten ihn jetzt haben. Aber ich wollte noch ein paar Dinge mit Ihnen besprechen.«

»Etwas Interessantes?«, fragte Lockyer. Auf der anderen Seite des Raumes sah Broad auf.

Lockyer drehte das Gesicht zur Seite. Er wusste nicht, wie er reagieren würde, egal was kam, und wollte nicht, dass sie ihn dabei ansah.

»Möglicherweise. Ich habe viele latente Abdrücke auf dem Messergriff gefunden, aber keinen einzigen auf der Klinge. Das war zu erwarten. Einige der Fingerabdrücke waren intakt, andere von anderen Abdrücken überlagert und von dem nachfolgenden Gebrauch verwischt. Alle Abdrücke, die für einen Abgleich taugten, passten zu der damals identifizierten Verdächtigen, Hedy Lambert.«

»Im vorherigen Bericht wurde festgestellt, dass einige der Abdrücke schwach waren. Was sagen Sie dazu?«

»Darauf wollte ich gerade zu sprechen kommen. Es ist etwas verwirrend. Einige der Abdrücke sind tatsächlich schwächer als andere, was an sich nicht besonders bemerkenswert ist. Ältere Abdrücke, Abdrücke, die durch flüchtigen Kontakt entstanden sind – erwartungsgemäß sind manche nur teilweise vorhanden oder weniger ausgeprägt. Was der vorherige Bericht nicht berücksichtigt zu haben scheint, ist jedoch die Tatsache, dass generell die *neuesten* Abdrücke an einigen Stellen schwächer sind.«

»Was bedeutet das?«

»Der Messergriff ist sehr porös. Er ist aus Hartholz, aber der jahrelange Gebrauch hat ihn aufgeraut und die Wachs- oder

Lackschicht abgenutzt, mit der er vielleicht überzogen war. Deshalb sind so viele Abdrücke aus verschiedenen Zeiten erhalten geblieben. Und natürlich ist das Messer nicht nach jedem Gebrauch gründlich gespült worden.«

»Nein, es wurde ausschließlich für Gemüse verwendet. Lambert sagte, dass sie die Klinge oft nur für ein paar Sekunden unter fließendem Wasser gereinigt hat.«

»Richtig. Gut, ich habe noch etwas gefunden, was bei der ersten Untersuchung nicht bemerkt wurde. Ich bin mir sicher, dass es übersehen wurde, aber vielleicht wurde es auch von dem frischen Blut besser überdeckt.«

Susan hielt inne. Lockyer schloss kurz die Augen.

»Ich habe ein winziges Plastikfragment gefunden, das in dem kleinen Spalt zwischen Klinge und Griff steckte.«

»Plastik? Was für eine Art von Plastik?«

»Eine dünne, transparente PVC-Folie.«

»Frischhaltefolie?«

»Das würde ich am ehesten vermuten. Vielleicht ist es gar nicht wichtig – ich benutze manchmal ein Messer, um Frischhaltefolie zu schneiden. Wenn man jedoch bedenkt, wie porös der Holzgriff ist und wie gut sich latente Abdrücke daher darauf halten, ist es möglich, dass jemand den Griff fest in Frischhaltefolie eingewickelt hat. Falls er dabei aufgepasst hat, dass die Folie nicht verrutscht und über das Holz reibt, könnte er kurz mit dem Messer hantiert haben, ohne die vorhandenen Abdrücke zu verwischen. So konnte der Eindruck entstehen, dass es von niemand anderem berührt worden sei. Eine partielle Übertragung der Abdrücke auf die Plastikfolie würde erklären, warum die oberste Schicht der Abdrücke schwächer erscheint. Das ist kein eindeutiger Beweis. Es ist eine Theorie – der ich weiter nachgehen werde, sobald ich kann.«

Lockyer schwieg einen Moment. Er kniff sich fest in den Nasenrücken. »Wollen Sie damit sagen, dass jemand nicht nur Maßnahmen ergriffen hat, um keine Fingerabdrücke auf der Mordwaffe zu hinterlassen, sondern dass diese Maßnahmen dazu dienten, Lamberts Fingerabdrücke zu erhalten und sie dadurch zur Tatverdächtigen zu machen?«

»Ich kann unmöglich über die Motive dieser möglichen dritten Partei spekulieren, DI Lockyer. Und wie ich in meinem Bericht betone, ist dies kein eindeutiger Beweis für die Beteiligung einer solchen Person.«

»Aber es hätte für die Verteidiger Hedy Lamberts ausreichen können, einen begründeten Zweifel vorzubringen und die Verurteilung zu verhindern – sofern sie davon gewusst hätten.«

»Ihr Versuch hätte auf jeden Fall gute Aussichten gehabt.«

»Vielen Dank, Susan. Sie haben mir sehr geholfen.«

»Sind das gute oder schlechte Nachrichten?«

»Ich habe keine Ahnung. Jedenfalls was Neues.«

Nachdem er den Hörer aufgelegt hatte, nahm sich Lockyer einen Moment Zeit, bevor er sich zu Broad umwandte. Er strich sich mit der Hand durch die Haare und dann übers Kinn, um sich zu sammeln.

»Das klang wichtig, Chef«, sagte sie.

Lockyer nickte. »Ich muss mit der DSU sprechen.«

»Glauben Sie, es reicht, damit wir weitermachen können?«

»Ich glaube, ja. Ich hoffe es. Das muss ich herausfinden.«

Er stand ohne ein weiteres Wort auf. Er konnte kaum auseinanderhalten, ob er Wut, Schuld oder Hoffnung empfand. Eine heftige Mischung dieser Gefühle machte es ihm schwer, ruhig zu bleiben. Er ballte ungeduldig die Fäuste, während er darauf wartete, dass Considine einen Anruf beendete, dann klopfte er und ging hinein. »Kann ich Sie kurz sprechen, Ma'am?«

So knapp wie möglich gab er weiter, was die Wissenschaftlerin ihm gesagt hatte. DSU Considine hörte scheinbar ganz ruhig zu. Nur eine Falte zwischen ihren Augenbrauen verriet, dass seine Worte sie womöglich beunruhigten.

»Das beweist gar nichts, Matt«, sagte sie schließlich.

»Es weckt Zweifel.« Lockyer tippte mit einem Finger auf ihren Schreibtisch und zog ihn dann schnell wieder zurück. »Hinzu kommt, dass Hedy Lambert stets ihre Unschuld beteuert hat … Ich finde, das genügt, Ma'am. Es genügt, um sich die Sache noch einmal anzusehen.«

»Sind Sie sicher, dass Sie nicht einfach nur *wollen,* dass Hedy Lambert unschuldig ist?«

»Nachdem ich sie für vierzehn Jahre hinter Gitter gebracht habe? Ich bin mir überhaupt nicht sicher, ob ich das will, Ma'am.« Und das stimmte, die Vorstellung fühlte sich wie ein Faustschlag in den Magen an. »Aber wenn sie es ist, dann will ich, dass sie entlastet wird. Wir *müssen* das abklären.«

Considine sah ihn unverwandt an. »Es gibt auch weiterhin keine kriminaltechnischen Beweise dafür, dass jemand anderes beteiligt war, Matt. Damit brauchen wir die Staatsanwaltschaft noch nicht zu behelligen.«

»Aber die Fingerabdrücke auf dem Messer waren die einzigen belastbaren Beweise, die wir gegen Lambert hatten! Alles andere lässt sich so erklären, wie sie es beschrieben hat. Die Fasern, das Blut … Wenn die Abdrücke auf dem Messer *nicht* belastbar sind, dann …« Er breitete die Hände aus und sah zu seiner Chefin hoch. »Wir haben den Fall so gut bearbeitet, wie wir konnten, und uns auf die Spuren an dem Messer verlassen. Aber ich kenne Sie, Ma'am. Ich kenne Sie gut genug, um zu wissen, dass Sie lieber einen Fehler eingestehen, als zuzulassen, dass ein Mörder frei herumläuft. Oder dass eine unschuldige Person im Gefängnis sitzt.«

»*Herrgott*, Matt!«, platzte Considine schließlich heraus. Sie umklammerte die Armlehnen ihres Stuhls, als wollte sie sich aus dem Raum hinauskatapultieren, um vor den Neuigkeiten zu fliehen, die Lockyer ihr mitgeteilt hatte. Sie senkte das Kinn und starrte einen Moment lang auf ihren Schreibtisch. »Gut. Was ist Ihre Strategie?«

»Es war jemand aus dem Haus oder jemand, der einen Schlüssel hatte, um hineinzukommen und das Messer zu nehmen«, sagte Lockyer. »Harry und Roland Ferris haben etwas zu verbergen. Da bin ich mir sicher. Aber auch die anderen, die zu der Zeit im Haus waren – Paul Rifkin, Rolands Assistent, Miles Godwin und Rolands wissenschaftliche Mitarbeiterin. Entscheidend ist, wer den Mann in der Scheune für Harry hielt, und wer wusste, dass es Mickey Brown war. Und wer ein Motiv hatte, einen von ihnen zu töten. Ich muss noch einmal mit allen sprechen, ich muss nachhaken. Und ich muss mit Hedy Lambert sprechen. Es könnte Absicht dahinterstecken. Ein planvolles, niederträchtiges – und erfolgreiches – Manöver, um ihr den Mord in die Schuhe zu schieben. Und ich möchte, dass alle kriminaltechnischen Beweise noch einmal überprüft werden.«

»Nun, dann sollten Sie besser weitermachen, nicht wahr?«

»Danke, Ma'am.«

»Matt? Behalten Sie das vorerst für sich. Wenn ich schon in der Öffentlichkeit wie ein Trottel dastehe, möchte ich gern darauf vorbereitet sein. Und ich würde es begrüßen, wenn Sie sich erst *hundertprozentig* sicher wären.«

6

TAG ACHT, FREITAG

Der Hoffnungsschimmer, der sich auf Hedys Gesicht abzeichnete, war unübersehbar. Lockyer bemerkte es sofort. Sie wartete an einem der Tische in dem Raum, der ihnen zugewiesen worden war, da er nun in einer offiziellen Polizeiangelegenheit kam. Der Regen prasselte gegen die Fenster, und der Raum war schwach von gelben Neonröhren erhellt, aber Hedys Augen glänzten und waren ganz klar. Sie saß aufrecht, die Schultern gestrafft, die Hände im Schoß gefaltet. Wie ein Kind, das sich von seiner besten Seite zeigen wollte – als könnte ihn das irgendwie dazu bewegen, ihr gute Nachrichten zu überbringen.

Etwas, an das man sich klammern konnte. Sie hatte ihr Haar zu einem unordentlichen Knoten auf dem Kopf zusammengefasst; lange Strähnen hatten sich daraus gelöst und hingen ihr bis auf die Schultern. Lockyer wusste, dass er sehr gut aufpassen musste. Auf sich selbst – und darauf, ihr nicht allzu große Hoffnungen zu machen.

Zugleich wollte er sie nur ungern enttäuschen.

»Inspector Lockyer«, sagte sie, und ihre Stimme drückte die freudige Erwartung aus, die er in ihren Augen gesehen hatte. »Sie haben etwas gefunden. Stimmt doch, oder?«

»Miss Lambert.« Lockyer wählte seine Worte sorgfältig. »Ich habe die Ferris' besucht, und …«

»Sie haben Harry Ferris kennengelernt?«

»Ja, das habe ich.«

»Wie war er so? Hat er gesagt, warum er so lange weg gewesen ist? Wie ging es Roland? Ich wette, er war überglücklich …«

»Hedy, bitte … Könnten Sie mir einfach zuhören und mir ein paar Fragen beantworten?«

Hedy blinzelte und setzte sich etwas zurück.

»Ich weiß, dass es sehr schwer sein muss, geduldig zu sein«, sagte er.

»Überhaupt nicht. Wer das hier drin nicht lernt, dreht spätestens nach einem Monat durch.«

»Ich habe Harry Ferris kennengelernt, ja. Er ist jetzt Anwalt und lebt in London. Er hat es zu etwas gebracht. Roland war sichtlich erfreut, ihn zu sehen, aber das schien mir nicht auf Gegenseitigkeit zu beruhen.«

»Ein Anwalt? Er ist also nicht obdachlos, hat nicht mit irgendwelchen … Problemen zu kämpfen?«

»Er schien keine zu haben. Abgesehen davon war er spürbar wütend über etwas.«

»Er ist also einfach … gegangen und hat sein Leben woanders gelebt? Armer Roland.« Hedy schüttelte den Kopf. »Was er auch getan haben mag, es kann nicht so schlimm gewesen sein, dass er so eine Behandlung verdient hätte … Wenn er Fehler gemacht hat … also, ich weiß nicht. Aber er ist kein schlechter Mensch.« Sie nagte an ihrer Oberlippe und wirkte etwas abwesend. Vermutlich stellte sie ihn sich so vor, wie sie ihn zuletzt gesehen hatte.

»Er ist zurückgekommen, weil Professor Ferris sehr krank ist«, sagte Lockyer.

»Die Leukämie?«

»Ja. Ich glaube, ihm bleibt nicht mehr viel Zeit.«

»Dann hat er sich wohl nicht allzu schlecht geschlagen. Vierzehn Jahre nach der ersten Diagnose, in seinem Alter, meine ich. Armer Roland«, wiederholte sie. »Ich hätte ihn gerne noch mal gesehen.«

»Dasselbe hat er über Sie gesagt.«

»Ach ja?« Der Anflug eines Lächelns.

»Wir haben herausgefunden, dass Miles Godwin die ganze Zeit über genau wusste, wo Harry war.« Lockyer beobachtete aufmerksam ihre Reaktion. »Sie sind in Kontakt geblieben, aber Miles musste schwören, dass er dem Rest der Familie niemals verrät, wo sich Harry aufhält. So hat Harry erfahren, dass sein Vater im Sterben liegt. Miles hat ihn informiert.«

Hedys Blick verhärtete sich, und Lockyer sah, dass ein Muskel in ihrer Wange zuckte. Es sah aus, als würde sie einen gefährlichen Gefühlsausbruch unterdrücken. »Dieser kleine Scheißer«, sagte sie leise.

»Mochten Sie ihn nicht?«

»Sie haben ihn doch kennengelernt, oder? Miles ist kein liebenswerter Mensch. Selbst Serena mag ihn nicht – sie muss ihn vielleicht lieben, weil er ihr Sohn ist, aber eigentlich mag sie ihn nicht. Er ist ein egoistisches Schwein. Ich glaube, im Grunde könnte er ein Psychopath sein oder ein Soziopath oder was auch immer. Er begreift nicht, dass es auch andere Menschen gibt, und wenn, dann sind sie ihm gleichgültig. Für ihn sind wir alle nur Pappfiguren. Er versteht nicht, dass es außerhalb seiner eigenen Blase eine Welt gibt, in der es Wichtigeres als seinen Sieg geben könnte. Einmal habe ich ein paar von seinen Freunden kennengelernt – sie kamen ins Haus –, und sie waren alle genauso. Sie wetteifern darum, der Lauteste, der Reichste, der Dreisteste, der Durchgeknallteste oder der Cleverste zu sein. Und bei allem –

wirklich *allem* – geht es darum, wer der Beste ist.« Ihre Stimme war voller Abscheu.

»Er ist jetzt Immobilienmakler«, sagte Lockyer.

Hedy warf den Kopf zurück und lachte laut. »Das ist unglaublich«, sagte sie. »Danke, Inspector. Damit haben Sie meinen Tag gerettet.«

Lockyer konnte sich ein Lächeln nicht verkneifen. Es war das erste Mal, dass er sie lachen hörte.

»Überrascht es Sie, dass er die ganze Zeit wusste, wo Harry war?«, fragte er.

»Ganz und gar nicht. Ich bin mir sicher, das hat ihm gefallen. Etwas zu wissen, was sonst niemand wusste – das ist doch ein Gewinn, oder? Bestimmt hat er es genossen, es Roland zu verschweigen.« Sie sah auf ihre Hände hinunter. »Wenigstens ist Harry zurückgekommen, jetzt, wo sein Vater tatsächlich stirbt. Das ist immerhin etwas, denke ich.«

»Hedy, haben Sie eine Idee, warum Harry überhaupt weggegangen ist? Hat Professor Ferris jemals mit Ihnen darüber gesprochen – kannte er den Grund? Oder hatte er einen Verdacht?«

»Nein. Ich meine, ich habe ihn ein- oder zweimal gefragt.«

»Sie haben Ferris gefragt?«

»Ja. Und ich habe Harry gefragt, als er zurückkam – also, die Person, von der ich *dachte*, sie wäre Harry.«

»Sie meinen, Sie haben Mickey Brown gefragt?«

»Ja.«

»Was hat er gesagt?«

»Ach, irgendetwas Schwammiges.« Sie verschränkte abwehrend die Arme und wich Lockyers Blick aus. Er erinnerte sich an das zweite Motiv, das dazu beigetragen hatte, Hedy ins Gefängnis zu bringen. Ihr Motiv für den Mord an Michael Brown.

»Was denn?«

»Was … ach, ich weiß nicht. Er hat immer nichtssagende Dinge von sich gegeben. Er könnte gesagt haben: ›Ich brauchte einfach eine Veränderung‹, oder ›Es gibt viele Orte, die man sein Zuhause nennen kann, und viele Menschen.‹ So etwas in der Art. Pseudophilosophisches Zeug.« Ihre Stimme war ausdruckslos geworden. »Letztlich bedeutungslos. Aber vermutlich so schwammig formuliert, dass der arme Roland hineindeuten konnte, was er sich wünschte.«

»Sie haben ihn nie etwas sagen hören, das nur der echte Harry wissen konnte?«

»Na ja … Nicht zu mir – aber ich kannte den echten Harry ja auch nicht. Einmal habe ich ein Gespräch zwischen ihm und Roland mitangehört, und da hat er etwas … Eindeutigeres gesagt. Was war das noch?« Sie blinzelte und versuchte, sich zu erinnern. »Etwas über die Schule. Ja, genau – über die Rektorin der Schule. Dass sie eine böse Hexe gewesen sei oder so etwas, und darüber haben sie gelacht.«

»Wirklich? Mickey wusste also etwas?«

»Ich glaube schon, ja. Aber wie ich schon sagte, normalerweise war ich nicht in der Nähe, wenn er und Roland sich unterhielten, und mir gegenüber hat er sich immer nur … vage ausgedrückt.«

»Und was ist mit Professor Ferris? Hat er Ihnen jemals etwas dazu gesagt, warum Harry gegangen ist?«

»Nichts Genaues. Einmal, bevor Harry – Mickey – auftauchte, hat er gesagt, er sei nicht schuld.«

»Woran?«

»Das weiß ich nicht genau. Ich hatte so etwas gesagt wie ›Ich bin mir sicher, dass er eines Tages zurückkommen wird, wenn er dazu bereit ist‹, so etwas in der Art.«

»Könnte er gemeint haben, dass er nicht schuld am Selbstmord seiner Frau war?«

Hedy sah ihn mit festem Blick an. Als wollte sie herausfinden, was er wusste. Wie viel. Wieder verspürte Lockyer dieses Unbehagen, das er oft in ihrer Gegenwart empfand. Wenn die Wahrheit verschwamm und er nicht wusste, wann er vertrauensvoll und wann er auf der Hut sein sollte. »Vielleicht. Und natürlich war er nicht schuld daran.«

»Nein?«

»Nein. Es sind psychische Erkrankungen, die zu Selbstmord führen.«

»Können nicht auch Menschen – Beziehungen – oder Situationen psychische Krankheiten hervorrufen?«

»Vermutlich ja.« Sie beugte sich zu ihm. »Aber in jeder schlechten Situation gibt es jemanden, der sich weigert, sich selbst zu helfen. Wie in einer unglücklichen Ehe – sie bleibt nur deshalb unglücklich, weil sich beide Beteiligten irgendwie entscheiden, darin auszuharren.«

»Und war ihre Ehe unglücklich?«

»Das weiß ich nicht, Inspector. Seine Frau war schon seit über zehn Jahren tot, als ich dort anfing.«

»Hat Professor Ferris nie etwas angedeutet?«

»Er hat sie geliebt, da bin ich mir sicher. Vielleicht war er manchmal ein schlechter Ehemann – zu sehr in seine Arbeit, seine Bücher vertieft. Das kann ich mir vorstellen. Und ich bin mir sicher, dass er ein Tyrann sein konnte, ihr und vielleicht auch Harry gegenüber. Aber manchmal habe ich gesehen, wie er ihr Bild betrachtet hat – überall im Haus sind Bilder von ihr, ist Ihnen das aufgefallen? Und die Traurigkeit war ihm anzumerken. Und an ihrem Geburtstag legt er Blumen auf ihr Grab. Jedes Jahr.« Hedy nagte wieder an ihrem Daumennagel. »Einmal habe ich ein paar Pfingstrosen aus dem Garten mitgebracht – rosa Pfingstrosen, einen großen Strauß. Er sah sie, lächelte und sagte, dass es Helens

Lieblingsblumen gewesen seien. Und da war so viel Trauer in seinen Augen. Das ist doch Liebe, oder? Kein Mann würde sich an die Lieblingsblumen einer Frau erinnern und bei ihrem Anblick lächeln, wenn er sie nicht geliebt hätte.«

Lockyer war geneigt, dem zuzustimmen.

»Inspector Lockyer.« Wieder beugte sich Hedy zu ihm vor. »Haben Sie etwas herausgefunden, das mir hilft, hier herauszukommen? Bitte, sagen Sie es mir.«

»Darüber darf ich momentan nicht mit Ihnen sprechen, Miss Lambert. Hedy«, sagte er. »Aber es sind gewisse Dinge ans Tageslicht gekommen ... Ich nehme mir den Fall noch einmal vor. Das ist alles, was ich Ihnen sagen kann.«

Hedy schloss die Augen. »Bitte, Inspector. Gibt es etwas Konkretes?«

Lockyer war sich nicht sicher, wie er am besten antworten sollte. »Ich lasse einige der forensischen Beweise erneut überprüfen. Im Moment gibt es keinen konkreten Beweis dafür, dass jemand anderes am Tod von Michael Brown beteiligt war.«

»Aber so war es! Jemand anderes *war* darin verwickelt! Fragen Sie Harry – er steckt hinter alldem, da bin ich mir sicher!«

»Hedy, bitte. Ich untersuche das Ganze von Neuem. Sie müssen Geduld haben und mir alles – wirklich *alles* – sagen, was Ihnen einfällt und relevant sein könnte.«

»Ich ...« Hedy breitete die Arme aus. »Ich bin seit vierzehn Jahren hier drinnen, Inspector. Was könnte ich denn jetzt wissen, was ich Ihnen vor vierzehn Jahren nicht gesagt habe?«

»Haben Sie jemals ein Messer benutzt, um Frischhaltefolie zu schneiden?« Er vermutete, dass es etwas war, das man entweder tat oder nicht tat. Eine Gewohnheit, so wie man eine Gabel benutzte, um eine Zitrone auszupressen, oder den Knoblauch mit der flachen Seite einer Klinge zerdrückte.

»Was? Ich … nein. Nein. Da sind doch immer diese Aufreißstreifen an der Schachtel, oder? Warum fragen Sie das? Was hat das zu bedeuten?«

Lockyer antwortete nicht. Er hasste es, die nächste Frage zu stellen. Wenn er ihr die Idee erst einmal in den Kopf gesetzt hatte, würde sie sie nicht mehr loslassen. »Fällt Ihnen jemand ein, der Ihnen schaden wollte, Hedy? Oder ein Grund, warum jemand auf die Idee kommen könnte?«

»Mir schaden?« Sie schien verwirrt, dann dämmerte es ihr. »Sie meinen … jemand hat mir das angetan? Das wollen Sie doch sagen, oder?« Ihre Stimme zitterte, und Lockyer sah die Angst in ihrem Blick, Tränen glitzerten in ihren Augen. »Jemand hat ihn getötet und es so aussehen lassen, als wäre ich es gewesen. Und warum? Warum denn? Ich war … ein *Niemand*! Ich war ein Nichts! Ich war nur eine Haushälterin, die dort gearbeitet hat … Ich habe niemandem etwas getan, das …« Sie brach ab, holte tief Luft und versuchte sichtlich, sich wieder zu fassen.

Lockyer wartete und beobachtete in ihrem Mienenspiel, wie sich die Gedanken in ihrem Kopf überschlugen. Wenn sie ihm etwas vormachte, dann war sie eine extrem gute Schauspielerin. Eine der besten, die er je gesehen hatte.

»Ich kann nicht … ich kann nicht denken«, sagte sie.

»Haben Sie jemals etwas von Ihrem Ex-Freund Aaron Fletcher gehört?«

»Wie bitte?« Sie sah abrupt auf, ihre Augen funkelten. »Von Aaron? Nein! Nein, natürlich nicht. Nicht seit er … nicht seit … Haben Sie ihn gefunden?«

Sie ballte die Hände auf der Tischplatte und zitterte vor Anstrengung.

»Nein. Ich habe ihn nicht gefunden.«

»Sie glauben doch nicht, dass er etwas damit zu tun hatte? Dass er noch etwas mit mir zu tun haben wollte? Er hat doch bekommen, was er wollte. Woher sollte er überhaupt wissen, wo ich war?«

»Hatte er Verwandte, die vielleicht …« Lockyer brach ab, weil sie bereits den Kopf schüttelte.

»Nein – also, ich sage Nein, weil er das gesagt hat. Er sagte, er sei ein Einzelkind und seine Eltern seien gestorben, als er noch klein war. Er sei in einer Pflegefamilie aufgewachsen. Aber wer weiß, ob irgendetwas von dem stimmte, was er mir erzählt hat. Ich bezweifle es.«

»Da haben Sie womöglich recht.« Lockyer dachte einen Moment lang über Aaron Fletcher nach, der Hedy alles genommen hatte. *Ich bin nicht mehr die, die ich einmal war*, hatte sie während der ursprünglichen Ermittlung zu ihm gesagt. Er hatte ihr in die ungeschminkten Augen geschaut, in das seltsam unbewegte Gesicht, und ihr geglaubt. Wieder einmal.

Er stand auf, um zu gehen. »Wenn Ihnen noch etwas anderes zu damals einfällt, das mir helfen könnte – egal was –, oder über jemanden im Haus, dann rufen Sie mich an. Bitte.« Er gab ihr seine Karte. Die, auf der seine persönliche Handynummer stand. Hedy nickte.

»Müssen Sie schon gehen?«, fragte sie.

Lockyer wollte eigentlich nicht gehen. Aber worüber sollten sie reden, wenn nicht über den Fall – und das Thema war vorerst erschöpft. Wie konnte er Small Talk mit einer Frau betreiben, zu deren Inhaftierung er beigetragen hatte – einer Frau, die vielleicht unschuldig war? Es stand zu viel auf dem Spiel. *Also gab es eine Verbindung?*, hatte Broad gefragt. Auf die eine oder andere Weise könnte sich Hedy Lambert als der schlimmste Fehler erweisen, den er je begangen hatte. Aber da fiel ihm noch etwas anderes ein.

»Hatte Aaron Geburtstag, während Sie mit ihm zusammen waren?«

»Ich … Ja, natürlich. Warum?«

»An dem Punkt lügen die meisten Leute nicht. Wissen Sie noch, wann das war?«

»Es war am Neujahrstag. Er hat immer gescherzt, dass das einzige Geschenk, das er je bekommen hat, ein Kater war.«

»Wie alt ist er – oder war er?«

»Er … ich … wir haben seinen Dreißigsten gefeiert, als wir zusammen waren. 2002.«

»Danke.«

»Bitte …« Sie stand auf, streckte schnell die Hand aus und legte sie auf seinen Arm. Nur für ein oder zwei Sekunden. Bevor die Wache sie dazu auffordern konnte, nahm sie sie wieder weg. »Bitte kommen Sie bald wieder. Fragen Sie mich weiter aus. Suchen Sie weiter«, sagte sie. »Bitte.«

Lockyer schwieg. Er wandte sich zum Gehen und versuchte, sich davon abzulenken, dass er noch die Wärme ihrer Finger spürte, die durch seinen Ärmel hindurch zu seiner Haut vorgedrungen war.

Nach ihrem Dienstschluss ging Lockyer mit Broad auf einen Drink ins The British Lion. Sie hatten so viele Stunden die alten Akten zu dem Fall studiert, dass Lockyer nicht mehr klar denken konnte. Manchmal half ein Bier. Oder zumindest half es, einen Gedanken aufsteigen zu lassen, der als Ausgangspunkt dienen konnte. Der Weg zum Pub führte sie durch die Hauptstraße von Devizes, vorbei an dem riesigen Ententeich, auf dessen dunkler Wasseroberfläche sich Schwäne, Gänse und Moorhühner tummelten, und vorbei an The Bell By The Green, wo die Chance größer war, auf Kollegen zu treffen. Auch auf Steve Saunders.

The British Lion war der letzte inhabergeführte Pub in Devizes; der einzige, in dem kein Essen serviert wurde und in dem es weder einen Fernseher noch sonst welchen Schnickschnack gab. Es war einfach eine Kneipe, schlicht, einfach und perfekt.

Lockyer besorgte ein Pint Mad Hare für sich, eine Tüte Chips zum Teilen und eine Cola Light für Broad, die keinen Tropfen Alkohol trank, wenn sie noch Auto fahren wollte. Lockyer wusste, dass er ihrem Beispiel folgen sollte. Sie ließen sich in einer Ecke abseits der zugigen Tür nieder.

»Denken Sie daran, dass die Kriminaltechnik nicht beweist, dass Hedy Lambert nicht die Mörderin war, sondern nur, dass sie es *vielleicht* nicht war«, stellte er fest, entschlossen, es diesmal richtig zu machen. Er wollte weder davon ausgehen, dass sie es getan hatte, noch, dass sie es nicht getan hatte. »Was halten Sie von ihrem Motiv?«

»Ich glaube, das zweite Motiv, über das Sie nachgedacht haben, war besser als das erste, Chef.« Eine leichte Röte schlich sich auf Broads Wangen. Lockyer tat so, als würde er es nicht bemerken.

»Ich weiß. Die Sache mit der Erbschaft war weit hergeholt – das haben wir damals ziemlich schnell festgestellt, als wir Ferris nach seinem Testament gefragt haben. Lambert kam darin nicht vor. Aber wir dachten, dass sie es vielleicht besprochen hätten. Dass ihr Ferris gesagt haben könnte, er werde sich um sie kümmern, und Harry somit eine Bedrohung für sie darstellte. Und wir dachten, sie sei eine Frau mit psychischen Problemen – manchmal machte sie den Eindruck.«

»Könnte das nicht am Schock gelegen haben?«

»Teilweise schon. Aber es war mehr als das – jeder, der etwas Zeit mit ihr verbrachte, merkte es. Da schlummerte etwas unter der Oberfläche. Ein Trauma.«

»Aaron Fletcher.«

Lockyer nahm einen großen Schluck von seinem Bier. »Lambert glaubt nicht, dass er überhaupt wusste, wo sie war, und etwas damit zu tun haben könnte. Aber ich finde nicht, dass wir ihn ganz ausschließen sollten.«

Broad nippte an ihrer Cola. »Vielleicht kann ich Sie das nächste Mal begleiten, wenn Sie nach Eastwood Park fahren? Ich würde sie gern kennenlernen und mir selbst ein Bild von ihr machen.«

»Keine schlechte Idee«, sagte Lockyer.

»Klingt für mich, als wäre sie ein bisschen …« Broad spreizte die Finger und suchte nach dem richtigen Wort. »Nicht naiv. Eher gutgläubig. Diese Sache mit Fletcher, meine ich. All das Geld! Und ist sie nie auf die Idee gekommen, ihm auf den Zahn zu fühlen.«

»Er war sehr glaubwürdig. So verdienen Betrüger ihren Lebensunterhalt. Und sie waren fast ein Jahr lang zusammen, vergessen Sie das nicht. Sie hat ihn geliebt. Sie dachte, dass er sie liebt. Er versteht sich offenbar auf sein Geschäft.«

»Glauben Sie, er macht das noch?«

»Ich halte es für unwahrscheinlich, dass Hedy Lambert sein erstes Opfer war. Und er hat fast zweihunderttausend erbeutet, also hatte er wohl keine Veranlassung, es woanders nicht noch einmal zu versuchen.«

»Mistkerl.« Broad schüttelte den Kopf. »Und es gab keinen Grund, nach ihm zu suchen?«

»Nur wegen des Allegros. Der nie wiedergefunden wurde.«

Hedys 1973er Austin, mintgrün. Zu Recht oder zu Unrecht als das schlechteste Auto bekannt, das jemals gebaut wurde. Mit viereckigem Lenkrad – von den frühen Nutzern durchgängig gehasst –, Originalpolstern und einem Kofferraum, der so klein war, dass kein Koffer hineinpasste. Sie hatte ihn zum achtzehnten

Geburtstag von ihrem Großvater bekommen, nachdem er ein Vierteljahrhundert in seiner Garage vor sich hin gerostet hatte, und Hedy hatte ihn mit der Hilfe ihres Stiefvaters eigenhändig restauriert. Er war ihr ganzer Stolz gewesen, und das Einzige, was sie Aaron Fletcher verweigert hatte, war, ihn mitzuversichern. *Er hat immer wieder gefragt, aber so, wie er fuhr ... auf keinen Fall,* erinnerte sich Lockyer an ihre Worte. *Er ließ die Kupplung schleifen und schnitt die Kurven. Wollte sehen, ob er die Nadel in den roten Bereich treiben konnte. Auf keinen Fall. Mit dem Auto musste man sanft umgehen.* Lockyer erinnerte sich, wie ihr Tränen in die Augen gestiegen und auf ihre gefalteten Hände gefallen waren. An ihre stille, heftige Wut, als sie sagte: *Das war* mein *verdammtes Auto.*

Dass Aaron den Austin stahl, als er die Deckung aufgab und flüchtete, war das einzige Delikt, für das sie ihn anzeigen konnte – rechtlich gesehen. Der Wagen hätte eigentlich nicht so schwer zu finden sein dürfen, das war er aber. Wie bei jedem anderen Fluchtauto hatte die Polizei damit gerechnet, dass es entsorgt oder vielleicht angezündet werden würde, aber es tauchte nicht wieder auf. Etwa die Hälfte aller im Vereinigten Königreich gestohlenen Autos fand nie den Weg zu ihren Besitzern zurück. Neue Nummernschilder, eine neue Lackierung, ein Bezirkswechsel und die Polizei überlastet ... Hedys Auto war, wie Aaron Fletcher, spurlos verschwunden.

»Das muss doch als Vermögensschaden durch Täuschen über Tatsachen gelten, oder?«, sagte Broad. »Könnte man ihn dafür nicht drankriegen?«

»Sie hat das Geld auf ihren eigenen Namen geliehen und es ihm freiwillig gegeben. Sie hat es auf ein gemeinsames Bankkonto überwiesen. Dabei bildete sie sich ein, sie würde seinen Geschäftsanteil an der Praxis aufstocken, aber sie hatte nur sein Wort. Sobald es auf dem gemeinsamen Konto war, gehörte das Geld rechtlich gesehen ihm genauso wie ihr. Und sie haftete für ihre Schulden.«

»Sie wollten eine Praxis für Physiotherapie eröffnen, stimmt's?«

»Ja. Er hatte die perfekten Räumlichkeiten gefunden. Alles sollte mit der neuesten Technik eingerichtet sein – Infrarotgeräte, Körperscanner und ich weiß nicht, was. Die beiden als Geschäftspartner. Nur dass er nicht einmal Physiotherapeut war – er hat einfach gespiegelt, was sie getan hat. Er ging jeden Tag ›zur Arbeit‹, hatte eine gefälschte Website, gefälschte Patienten, das ganze Theater.«

»Wie hat sie es überhaupt geschafft, sich so viel Geld zu leihen? So üppig war ihr Gehalt doch auch nicht.«

»Das waren die schlechten alten Zeiten der Selbstzertifizierung, Gem. Damals, vor dem Crash im Jahr 2008, haben einem die Banken im Grunde so viel Geld geliehen, wie man behauptet hat, zurückzahlen zu können.«

»Klingt nach der guten alten Zeit. Damals hätte ich vielleicht noch eine Chance gehabt, Immobilienbesitzerin zu werden, bevor ich in Rente gehe.«

»Ja, das stimmt. Und viele Leute haben sich auf diese Weise eine Menge Ärger eingehandelt.«

Hedy hatte eine fünfundneunzigprozentige Hypothek auf das kleine Reihenhaus ihres Großvaters in Swindon aufgenommen, das sie geerbt hatte. Außerdem hatte sie Privatkredite in Höhe von insgesamt fünfundsiebzigtausend Pfund übernommen und mehrere Kreditkarten ausgereizt. Alles war auf das gemeinsame Konto geflossen. Damit, so glaubte sie, sollten die neuen Räumlichkeiten finanziert werden, bis das Geld aus dem Verkauf von Aarons Haus eintraf. Dann konnten die Hypothek auf Hedys Haus abgelöst und ein Teil der Kredite getilgt werden. Den Rest würden sie innerhalb von drei Jahren von ihren Einnahmen zurückzahlen.

Sie hatten es durchgerechnet. Sie wollten Hedys Haus in Swindon vermieten und in der Wohnung über der neuen Praxis wohnen. Das war Aarons Idee gewesen. Er war so aufgeregt, so begeistert, so verliebt gewesen.

Nach seinem Verschwinden war Hedy vor Sorge fast verrückt geworden. Sie hatte gedacht, ihm sei etwas Schreckliches zugestoßen, ein Unfall oder Schlimmeres. Sie meldete ihn als vermisst. Und ihr Auto als gestohlen, weil sie beides nicht zusammenbrachte – sie konnte nicht glauben, dass Aaron es genommen hatte. Dass er alles mitgenommen hatte und gegangen war. Sie bemühte sich, alles am Laufen zu halten, und kontaktierte den Immobilienmakler, der die Praxisräume angeboten hatte. Von ihm erfuhr sie, dass Aaron nie ein Angebot abgegeben hatte. Der angeblich von ihm beauftragte Anwalt kannte ihn nicht. Sie überprüfte das gemeinsame Konto und stellte fest, dass es leer war. Fast zwei Wochen lang wartete sie danach noch verzweifelt auf eine Nachricht von ihm – überzeugt, dass er Opfer eines Verbrechens geworden war und erpresst oder sonst wie genötigt wurde.

Langsam dämmerte ihr, was er getan hatte und dass es von Anfang an geplant gewesen war. Er hatte sie ausgewählt, sie scheinbar zufällig kennengelernt und sie dazu gebracht, sich in ihn zu verlieben. Das Haus, das er angeblich verkaufen wollte, um seine Hälfte des Geldes beizusteuern, war gemietet gewesen. Er hatte ein gestohlenes VERKAUFT-Schild in den Boden gerammt, wann immer sie vorbeikam. Als ihr allmählich alles klar wurde, fühlte sie sich, als würden ihre Eingeweide mit Beton ausgegossen.

Zwei Monate später blieb ihr nichts anderes übrig, als Konkurs anzumelden. Das Haus ihres Großvaters wurde gepfändet. Sie zog zurück zu ihren Eltern und verlor ihren Job, weil sie es nicht schaffte, zur Arbeit zu gehen – sie kam morgens kaum aus dem Bett. Und trotzdem hatte sie darauf gewartet, dass er zurückkam. Weitaus länger dauerte es, bis sie vollständig akzeptiert hatte, was ihr angetan worden war. Nach achtzehn Monaten hatte sie die Stelle als Haushälterin in Longacres angenommen, um wieder auf die Beine zu kommen – eine eigene Wohnung zu bewohnen und Geld zu verdienen, mit dem sie langsam wieder zu leben beginnen konnte.

Kurz bevor sie sich auf den Weg zum Pub machten, hatten Lockyer und Broad gemeinsam noch ein Verhörprotokoll Hedys gelesen, in dem es um Aaron Fletcher ging.

DI LOCKYER: *Wie stehen Sie jetzt zu ihm?*
ANTWORT: *Wie ich zu Aaron stehe? [Pause] Was glauben Sie denn, wie ich zu ihm stehe?*
DI LOCKYER: *Ich würde es gerne von Ihnen hören.*
ANTWORT: *Ich ... ich kann nicht beschreiben, was ich empfinde. Er hat mir alles genommen. Ich meine nicht das Geld, ich meine ... alles, was ich war. Mein Selbstbild, wie ich über andere Menschen dachte ... alles ... er hat es mir genommen. Und kaputt gemacht. Aber Sie sagen, er hat nicht gegen das Gesetz verstoßen.*
DI LOCKYER: *Unter bestimmten Umständen ist es sehr schwer, einen Betrug nachzuweisen.*
ANTWORT: *So wie es schwierig ist, eine Vergewaltigung zu beweisen.*
DI LOCKYER: *Wollen Sie damit sagen, dass er Sie vergewaltigt hat?*
ANTWORT: *[Pause] Nicht mit physischer Gewalt. Aber wie nennt man das, wenn jemand, mit dem man schläft, nicht der ist, für den er sich ausgibt? Wenn er in Wirklichkeit ein Fremder ist? Wie nennt man es, wenn alles, was er zu sein, zu denken und zu fühlen vorgab, um einen ins Bett zu bekommen, gelogen war – und alles, was er jemals gesagt hat, eine Lüge? Ist das nicht Vergewaltigung?*

DI LOCKYER: *Ich glaube ...*
ANTWORT: *Es fühlt sich nämlich so an.*
DI LOCKYER: *Bitte versuchen Sie, ruhig zu bleiben, Miss Lambert.*
ANTWORT: *[aufgeregt] Ruhig zu bleiben soll mir wohl helfen? Wahrscheinlich macht er das Gleiche gerade mit einer anderen, was meinen Sie? Er hinterlässt einen Scherbenhaufen, wo einmal ein Leben gewesen ist. Ein Mensch. Und er macht einfach weiter. Mit der Nächsten. Mehr Lügen, mehr Diebstahl, mehr Vergewaltigung.*
DI LOCKYER: *[Pause] Michael Brown war ein Lügner. Stimmt doch, oder?*
ANTWORT: *[Pause] Wie bitte?*
DI LOCKYER: *Michael Brown – Mickey – das Opfer. Er war ein Lügner. Man könnte ihn als Betrüger bezeichnen. Er gab sich als Harry Ferris aus. Belog Sie, belog Professor Ferris und seine Familie – möglicherweise aus finanziellen Gründen.*
ANTWORT: *Ja. Vermutlich war er das.*
DI LOCKYER: *Sie müssen sehr wütend auf ihn gewesen sein, als Sie es herausfanden?*
ANTWORT: *[keine Antwort]*
DI LOCKYER: *Bitte beantworten Sie die Frage, Miss Lambert. Waren Sie wütend auf Mr. Brown, als Sie herausfanden, dass er sich für jemand anderen ausgegeben hatte?*
ANTWORT: *Ja, das war ich.*

Broad starrte in ihr Notizbuch und runzelte nachdenklich die Stirn. Schließlich schüttelte sie den Kopf.

»Es gibt keinen vernünftigen Grund, weshalb Aaron Fletcher zurückgekommen sein könnte, um sich noch mehr zu holen.« Sie blickte auf, griff nach ihrem Glas und schwenkte die fast völlig geschmolzenen Eiswürfel in der restlichen Cola. »Oder? Warum um alles in der Welt sollte er Lambert aufspüren – und riskieren, dabei aufzufliegen –, um etwas so Verrücktes zu tun, wie einen Mann zu töten und es ihr dann anzuhängen?«

»Nein, ich weiß«, stimmte Lockyer zu. »Wenn es nicht Hedy war, dann war es jemand anderes aus dem Haushalt. Das muss so sein.« Er trank sein Bier aus. »Trotzdem. Ich würde Mr. Fletcher gerne ausfindig machen, wenn das geht.«

»Wozu, Chef?« Broad schien verwirrt.

»Nur um zu sehen, ob wir ihm das Leben nicht ein bisschen schwer machen können. Es kotzt mich an, wenn Leute mit so etwas davonkommen. Und wenn Hedy Mickey getötet hat, weil Aaron Fletcher ihr das angetan hat, trägt er dann nicht zumindest eine Mitschuld?«

»Rechtlich gesehen …?«

»Natürlich nicht rechtlich, aber *eigentlich*. Moralisch.« Lockyer drehte sein leeres Glas zwischen den Fingerspitzen. »Wir könnten ihn wenigstens für den Wagen drankriegen. Wenn wir ihn finden – und er ihn noch hat.«

»Okay.«

Broad wirkte nicht überzeugt. »Für die Ermittlungen ist das aber nicht wirklich relevant, oder, Chef?«

»Es hängt alles irgendwie zusammen, Gem. Ich schlage nicht vor, dass wir Fletcher hohe Priorität einräumen. Strecken Sie einfach Ihre Fühler aus, ja? Er wird natürlich unter anderem Namen auftreten, aber wir haben das Foto, das Lambert uns 2002 zur Verfügung gestellt hat, als für sie alles aus dem Ruder lief – und wir haben sein Geburtsdatum, den ersten Januar 1972. Er hat ihr erzählt, er sei in einer Pflegefamilie aufgewachsen.«

»Das ist nicht viel, Chef.«

»Nein, aber es ist auch nicht nichts.«

»Und was ist nun unsere Priorität?«

»Ich spreche noch mal mit Professor Ferris. Er muss wissen,

dass wir alles wieder aufrollen, und es bleibt nicht mehr viel Zeit, ihn dazu zu befragen. Dann spreche ich mit Maureen, und Sie, DC Broad, werden Tor Heath für mich ausfindig machen.«

Broad blätterte durch ihre Notizen. »Die Praktikantin?«

»Wissenschaftliche Mitarbeiterin. Sie hat Professor Ferris bei seinem Buch geholfen, und sie ist die einzige Person, die zur Zeit des Mordes im Haus war und jetzt nicht mehr in der Gegend ist. Abgesehen von Hedy Lambert natürlich. Bis morgen, Gem.«

Lockyer stand bei Sainsbury's und überlegte, ob er zum Abendessen ein Curry oder etwas Chinesisches kaufen sollte, als seine Mutter anrief. Sofort drängte sich eine dunkle Vorahnung durch den schwachen Bierdunst in seinem Kopf. Sie rief nur an, wenn sie ihn brauchte.

»Mum? Was gibt es?«

»Es geht um deinen Vater.« Trudy klang erschöpft und verängstigt. Einen Moment lang dachte Lockyer an Helen Ferris, Harrys Mutter, die sich in der Scheune erhängt hatte. Das unvorstellbare Grauen für alle, die sie geliebt hatten. Schon stellte er seinen Einkaufskorb ab und schritt zum Ausgang. »Es tut mir leid, dass ich dich störe, Matthew. Ich kann ihn einfach nicht dazu bringen, ins Haus zu kommen.«

»Wie meinst du das?« Lockyer blieb mitten auf dem Parkplatz stehen, bis ihn jemand anhupte.

»Er ist seit Mittag auf dem Highground, und jetzt wird es dunkel, aber ich … ich kann ihn nicht dazu bewegen hereinzukommen.« Es folgte eine Pause. »Es ist albern, wirklich …«, sagte sie und versuchte, weniger ernst zu klingen.

»Was macht er denn da?«

»Er steht einfach nur da. Schon seit Stunden. Ich … ich habe versucht, mit ihm zu reden, und ihm einen Kaffee gebracht, aber ich habe mich gefragt, ob du vielleicht kommen und es versuchen könntest?«

»Bin schon unterwegs.«

Er fuhr zu schnell und mit zusammengebissenen Zähnen. Als er in den Hof einbog, spritzte Wasser aus einer Pfütze hoch. Trudy wartete auf der Veranda auf ihn, die Strickjacke eng um den Körper gewickelt, die Arme verschränkt, das Gesicht von Sorge gezeichnet.

»Tut mir leid, dass ich angerufen habe, Matthew«, sagte sie.

»Sei nicht albern. Natürlich sollst du mich anrufen.« Lockyer küsste sie auf die Wange.

»Nimm das Quad«, sagte sie.

Es war das Ende eines bitterkalten Tages, der Wind trieb erste Regentropfen heran. Der westliche Himmel zeigte sich in einem kühlen Blau. »Was zum Teufel treibst du für ein Spiel?«, murmelte Lockyer und stellte sich seiner Angst. Der Lärm des Quad-Motors dröhnte in seinen Ohren, der Wind in seinem Gesicht schmerzte und trieb ihm Tränen in die Augen, als er über den zerfurchten Weg hinter dem Haus Richtung Westen fuhr. Er wand sich zu einem ihrer größten Felder hinauf, das sich über einen lang gezogenen Hügel erstreckte. Lockyer verlangsamte seine Fahrt und ließ den Blick im Dämmerlicht über das Land schweifen, bis er Johns untersetzte Gestalt vor dem Horizont entdeckte. Wie immer trug er die weiten Stiefel und den unförmigen Mantel. Lockyer stellte den Motor des Quads ab und ging zu ihm hinüber, seine Schuhe rutschten auf dem nassen Boden.

»Dad? Ist alles okay? Was ist los?«

John bewegte sich nicht und drehte sich auch nicht zu ihm um. Er starrte in die Ferne, das Gesicht von der Kälte gerötet. In seinen Händen hielt er ein Stück altes Erntegarn, das er unablässig drehte. Die langsame, gleichmäßige Arbeit seiner Finger und sein Haar, durch das der Wind strich, waren das Einzige an ihm, was sich bewegte. Was lebendig wirkte. Lockyer griff ihn am Arm. »Dad?«, sagte er wieder und drückte ihn fest. Immer noch keine Antwort. Er schüttelte den Arm, erst sanft, dann fester. »Schluss jetzt, Dad! Ich weiß, dass du mich hörst! Mit deinen verdammten Ohren ist alles in Ordnung.«

Ohne zu blinzeln, drehte John sein Gesicht halb zu ihm. Eine dünne, silbrige Spur lief von seiner Nase zu seiner Oberlippe. Und plötzlich versetzten Liebe und Schmerz Lockyer einen heftigen Stich. Er musste sich zusammenreißen, bevor er wieder sprechen konnte. »Du machst Mum Angst, und ich friere mir den Arsch ab, Dad. Lass uns reingehen.«

»Was?« Johns Stimme schien von weit her zu kommen.

»Was hast du die ganze Zeit hier draußen gemacht, Dad?« Lockyer bemerkte die bläulichen Lippen, sah, dass er zitterte.

»Ich versuche zu denken, Matthew. Ich versuche herauszufinden ...«

»Was herauszufinden?«

»Was ... ich tun soll. Mit allem.«

»Du meinst den Hof?«

»Es ist alles aus, mein Sohn. Es war richtig, dass du gegangen bist und etwas anderes gemacht hast. Ich sehe einfach keinen Weg. Es ist alles ... es ist alles nur ... ich bin zu nichts nütze. Zu gar nichts.«

»Das ist nicht wahr.« Lockyer suchte verzweifelt nach den richtigen Worten. »Sieh mal, Dad, Veränderung muss nicht zwangsläufig zum Schlechten sein. Stimmt doch, oder? Vielleicht ... vielleicht ist es einfach so, dass nichts ewig währt.«

John blinzelte. Schließlich schien er sich auf seinen Sohn zu konzentrieren, sein Blick glitt über dessen Gesicht, als versuchte er, ihn zu verstehen. Irgendetwas zu verstehen. Dieser forschende Blick machte Lockyer Angst.

»Komm schon, Dad. Lass uns reingehen.« Er fasste Johns Arm und begann, ihn zum Quad zu ziehen. »Versuch einfach, dir jetzt keine Gedanken darüber zu machen. Du musst nur den nächsten richtigen Schritt tun – nämlich ins Haus kommen, ein Bad nehmen und etwas Warmes essen, das Mum für dich gekocht hat. Okay?«

»Veränderung?«, sagte John. »Welche Veränderung?«

»Komm schon, Dad!« John machte ein paar steife Schritte und blieb dann stehen. Er starrte Lockyer aus großen Augen an, die im letzten Tageslicht funkelten.

»Hast du ihn schon gefunden, Matthew?«, flüsterte er, als wagte er kaum, es auszusprechen. »Hast du ihn?«

Lockyer wusste natürlich genau, wen er meinte.

»Nein, Dad. Noch nicht.«

Einen Moment lang waren sie beide still. Der Wind strich an ihnen vorbei.

Dann sagte Lockyer: »Es ... es wäre besser für den Hof gewesen, wenn Chris noch hier wäre, oder? Er hätte Ideen gehabt. Etwas bewirken können. Aber ich kann das nicht, Dad. Ich kann das einfach nicht.«

Es stimmte, und das wussten sie beide. Chris hätte inzwischen irgendeine Möglichkeit gefunden, den Hof durch Spezialisierung oder eine Modernisierung zu sanieren. Er hätte ein paar seltene Schafrassen gezüchtet und aus der Milch Käse hergestellt. Ferien auf dem Bauernhof oder Jurten für Glamping eingerichtet oder einen Teil des Landes renaturiert. Wenn Chris noch gelebt hätte, hätte er den Hof am Leben erhalten und ihn zum Blühen gebracht, während sein älterer Bruder sich außerstande fühlte, überhaupt etwas zu tun.

Der Hof war ein Zuhause, das würde er immer bleiben. Er war nur nicht mehr *sein* Zuhause. Trotzdem würde es ihn immer wieder dorthin ziehen, und er besuchte seine Eltern gerne. Er sehnte sich nach dem Gefühl seiner Kindheit zurück – damals hatte er sich in diesem Haus sicher gefühlt. Mit seinen Eltern, seinem Bruder, ihren Tieren – als alle ganz selbstverständlich da gewesen waren. Aber schon vor Chris' Tod hatte er gewusst, dass er nicht für immer bleiben konnte. Er war kein Farmer, und allein die Vorstellung, es zu versuchen, raubte ihm den Atem. Die Vorstellung, nie wegzugehen, den Rest seiner Tage so weiterzuleben. Wie sehr er sich auch bemühte, es nicht zuzulassen – wenn er jetzt dort war, wurde er zu der Version von sich selbst, die er am wenigsten mochte. Er passte nicht mehr zu seiner Familie und ihrer Lebensweise. Ihm fehlte etwas Grundlegendes.

Und seit Chris' Tod erinnerte ihn der Hof umso schmerzhafter an seinen Bruder – daran, dass er nicht mehr da war. Und an die Tatsache, dass Lockyer ihn durch nichts zurückbringen oder seine Entscheidung in jener Nacht, nicht mitzugehen, rückgängig machen konnte. Er war allein im Dartmoor gewandert, während Chris auf einem Bürgersteig in Chippenham verblutet war. Das konnte er nie wiedergutmachen. Er hatte eine Rechnung mit dem Mann offen, der Chris getötet hatte, und es bestand die Möglichkeit, dass er ihn eines Tages vor Gericht bringen konnte. Aber die Rechnung, die er mit sich selbst offen hatte, würde nie beglichen werden.

John starrte immer noch zu ihm hoch, und er wirkte derart aufgewühlt, dass Lockyer erschrak.

»Besser, wenn Chris noch hier wäre?«, fragte John. »Natürlich. Besser, wenn wir dich stattdessen verloren hätten? Ist es das, was du sagen willst?« Er presste die Worte heraus.

Lockyer antwortete nicht. Er konnte nicht.

»Sag so etwas nie wieder. Denk es nicht einmal, hörst du, mein Junge?«

»Ja, Dad.« Lockyers Kehle war wie zugeschnürt.

John nickte knapp. Ohne ein weiteres Wort gingen sie zum Quad und stiegen auf.

7

TAG NEUN, SAMSTAG

Als er in Longacres eintraf, hörte Lockyer Stimmen und das Aufheulen eines Motors in dem gekiesten Hof, weshalb er durch das Seitentor eintrat, anstatt an der Haustür zu klopfen. Vor den umgebauten Ställen stand ein silberner Sportwagen mit aufgeklappter Motorhaube. Ein Mann beugte sich über den Motor, während Paul Rifkin hinter dem Lenkrad saß und auf Zuruf Gas gab. Er trug Lederhandschuhe, wie Lockyer mit einem unlauteren Anflug von Verachtung bemerkte.

Paul stieg aus, als er Lockyer herankommen sah, und ließ den Motor laufen. Seine beigefarbenen Chinos saßen etwas zu eng um die kräftigen Oberschenkel, und sein kariertes Hemd war bis zum Adamsapfel zugeknöpft. Sein Haar war hinten und an den Seiten sehr kurz geschnitten, sodass von seinem fleischigen Nacken schwarze Borsten abstanden.

»Probleme mit dem Wagen?«, fragte Lockyer.

»Ich verkaufe ihn, wenn er nicht lange über den Preis diskutiert«, antwortete Paul. Er blickte wieder zu dem Wagen. »Schade. Es war immer mein Lieblingsauto.«

»Warum machen Sie Professor Ferris nicht ein Angebot?«

Paul warf ihm einen amüsierten Blick zu. »Das ist ein komplett restaurierter Mercedes-Benz 280 SL Pagode von 1968«, erklärte er. Lockyer sagte das nichts. »Dieser Wagen ist zweihunderttausend Euro wert, Inspector.«

»So viel?«, fragte Lockyer erstaunt. Er hatte die Faszination mancher Leute für Autos nie ganz verstanden. Wenn ein Wagen ihn bei Wind und Wetter von A nach B brachte, war er zufrieden.

»Mr. Laidlaw dort drüben hat schon seit einem Jahrzehnt ein Auge auf ihn geworfen. Er ist ebenfalls Sammler – ein Konkurrent, könnte man sagen. Er meldet sich drei-, viermal im Jahr, um zu fragen, ob der Wagen schon zum Verkauf steht. Diesmal hat der Professor beschlossen, ihn ein Angebot machen zu lassen.«

»Großzügig von ihm.«

Paul lachte. »Sie haben ja keine Ahnung, *wie* großzügig. Für seine Maßstäbe.«

»Ich muss noch einmal mit ihm reden.«

»Muss das sein? Er hat keinen guten Tag.« Paul blickte wieder über den Hof. Mr. Laidlaw hatte sich auf der linken Seite hinter das Steuer gesetzt. »Es ist wirklich ein bisschen traurig. In den guten alten Zeiten bedeutete das, dass einem vor dem Mittagessen zehnmal der Kopf abgerissen wurde. Jetzt fehlt ihm die Energie dazu. Allerdings hat er den Pfleger von heute Morgen einen ›schwachsinnigen Trottel‹ genannt. Das habe ich für ein gutes Zeichen gehalten. Der arme Kerl.«

»Wie steht es zurzeit gesundheitlich um ihn?«, fragte Lockyer.

»Man kann nicht mehr viel tun. Die Chemo schlägt nicht mehr an, also wird er palliativ versorgt. Wir müssen sehr aufpassen, dass er keine Infektion bekommt – sein Immunsystem ist zu schwach.« Paul teilte ihm das in einem leisen, respektvollen Ton mit, der Lockyer dennoch nicht ganz aufrichtig erschien. »Er könnte in ein Hospiz gehen, aber er wollte zu Hause bleiben. Das kann ich ihm nicht verdenken.«

»Wie lange hat er noch?«

»Das lässt sich nicht exakt bestimmen. Ein paar Wochen vielleicht, oder wenn es gut läuft, ein paar Monate. Tage, wenn er sich eine Infektion einfängt, die sich festsetzt, oder eine Lungenentzündung bekommt.«

»Haben Sie die Kontaktdaten des Pflegepersonals? Ich würde mich gerne mit einer gewissen Debbie in Verbindung setzen. Kennen Sie sie?«

»Könnte sein«, sagte Paul. »Wenn ich ehrlich bin, habe ich den Überblick verloren. Es scheint jedes Mal jemand anderes zu kommen. Ich habe keine Kontaktdaten, nein. Aber ich kann Ihnen die Nummer der Vermittlung geben.«

»Vielen Dank.«

»Was hat Debbie denn angestellt?«

»Nichts, worüber Sie sich Gedanken machen müssten, Mr. Rifkin.«

»Na schön, das geht mich offenbar nichts an. Dann folgen Sie mir, Inspector, ich bringe Sie hoch. Er sagt es Ihnen, wenn er genug hat, aber bitte versuchen Sie, ihn nicht aufzuregen. Er wird dieser Tage leicht müde.«

Roland Ferris sah aus wie das letzte Blatt am Baum. Schlaff und blutleer war er in seinem Arbeitszimmer in die Kissen gesunken. Lockyer war schockiert, wie stark er in den wenigen Tagen abgebaut hatte. Er schien überhaupt keine Substanz mehr zu haben, unter der Decke waren kaum noch seine Konturen zu erkennen. Auf seinem Gesicht glänzte Schweiß, aber seine Haut war kreidebleich.

»Ha!«, stieß der Professor hervor. Seine Stimme war so zart und dünn wie der Rest von ihm. »Sie müssen an Ihren Umgangsformen am Krankenbett arbeiten, Inspector.« Er hielt inne, um zu Atem zu kommen. »Ihrem Gesichtsausdruck entnehme ich, dass ich heute genauso schlecht aussehe, wie ich mich fühle.«

»Entschuldigung, Professor Ferris.«

Der alte Mann winkte ab. Draußen heulte wieder der Motor auf, und er zeigte den Anflug eines Lächelns. »Schnurrt wie ein Kätzchen, der Merc«, sagte er.

»Was hat Sie dazu bewogen, ihn zu verkaufen?«

»Ach, na ja. Der Mann bettelt schon seit Jahren darum. Ich hätte ihn ihm vielleicht schon verkauft, wenn ich nicht so starrsinnig wäre. Ich kann das Ding ja nicht mehr fahren, oder? Da kann ich genauso gut sein Geld nehmen.«

»Zweihunderttausend sind eine ordentliche Summe.«

»Hat Paul Ihnen das gesagt?« Roland rollte mit den Augen. »Der Mann ist geradezu besessen von Preisschildern. Er ist schlimmer als die Daily Mail. Ich finde das ziemlich abstoßend.«

»Wie viele Autos besitzen Sie, Professor?«

»Noch siebzehn, wenn Laidlaw den nimmt. Und bevor Sie fragen: Nein, sie sind nicht alle so viel wert. Einige meiner Lieblinge könnte man für ein Viertel davon haben, aber darum ging es mir nie. Weshalb sind Sie hier?«

»Ich möchte Ihnen ein paar Fragen stellen, Professor.«

»Wegen Hedy?«

Lockyer nickte. Er zog einen Stuhl an das Bett heran und hielt taktvoll Abstand. »Sie sollten sich besser beeilen«, sagte Roland. »Die Zeit, in der Sie mir Antworten entlocken können, wird knapp.«

»Welche Antworten können Sie mir denn geben, Professor?«, fragte Lockyer.

Der alte Mann deutete eine Bewegung an, die ein Achselzucken hätte sein können, wenn er mehr Energie gehabt hätte. »Das kommt darauf an, was für Fragen Sie stellen, Inspector«, flüsterte er.

»Ich habe das Messer, mit dem Michael Brown getötet wurde,

erneut untersuchen lassen. Der erste Pathologe scheint etwas übersehen zu haben. Es sind Zweifel aufgekommen, ob Hedy tatsächlich die letzte Person war, die das Messer in der Hand hatte, oder ob es nach ihr noch jemand angefasst haben könnte.«

Professor Ferris' Gesicht war so unbewegt, als hätte er die Worte nicht gehört. Seine Augen starrten auf eine Stelle irgendwo hinter Lockyers linker Schulter. Schließlich gab er ein leichtes Räuspern von sich. »Ach«, sagte er. »Sieh an, sieh an.«

»Sind Sie überrascht?«

»Ich weiß nicht, was ich denken soll, Inspector. Es wäre eine ganz furchtbare Tragödie, wenn sich herausstellen würde, dass die arme Hedy die ganze Zeit ohne guten Grund eingesperrt gewesen wäre.«

»Ja, das stimmt. Deshalb untersuche ich die Angelegenheit erneut und werde mit allen Personen sprechen müssen, die zu der Zeit in Ihrem Haushalt gelebt haben.«

»Und natürlich würde das ein schlechtes Licht auf Sie werfen, Inspector. Auf die Polizei und speziell auf Sie.« Der sterbende Mann starrte Lockyer kalt an.

Lockyer entschied sich, nicht darauf zu antworten. »Hedy Lambert ist immer noch unsere Hauptverdächtige …«

»Unsinn.«

»Ich muss einfach nur sicher sein.« Lockyer versuchte, nicht gereizt zu klingen.

»Quatsch. Sie glauben doch auch nicht, dass sie es getan hat. Nicht mehr als …«

»Nicht mehr als Sie, Professor?«, fragte Lockyer. »Dann würde mich sehr interessieren, wer Ihrer Meinung nach dafür verantwortlich sein könnte.«

»Ich habe keine Ahnung. Wahrscheinlich war es jemand von der Zigeunersippe – da kam er doch her, oder?«

»Könnte jemand aus der Pavee Community, nachdem er Michael ausfindig gemacht hatte, die Tür zu diesem Haus aufgeschlossen, das Messer an sich genommen und dann irgendwie die Tür wieder hinter sich verschlossen haben?«

»Woher soll ich das wissen? Aber die sind ein gerissenes Völkchen.«

»Professor, Sie haben nicht mehr viel Zeit, wie Sie selbst gerade festgestellt haben. Entschuldigen Sie, dass ich so offen spreche.«

»Wenn Sie versuchen, mich zu einer Art Beichte auf dem Sterbebett zu überreden, fürchte ich, Sie enttäuschen zu müssen. Es gibt nichts, was ich mir von der Seele reden muss.«

»Warum haben Sie Michael Brown als Ihren Sohn identifiziert?«

»Weil ich glaubte, dass er es war! Damals …« Er schüttelte leicht den Kopf. »Jetzt, wo ich meinen Harry gesehen habe, ist mir klar, dass ich ihn natürlich sofort erkannt hätte, aber …« Er blickte zu Lockyer hoch. »Manchmal sieht ein verzweifelter Geist, was er sehen will, Inspector. Und oh, ich wollte meinen Jungen *unbedingt* wiederhaben! Er *hätte es* sein können. Es gab Ähnlichkeiten …«

»Aber es muss doch offensichtlich gewesen sein, dass er nicht so gesprochen hat wie Harry, oder? Dass er nichts über Sie oder seine Kindheit wusste.«

»Die Art und Weise, wie ein Mensch spricht, kann sich unter extremen Umständen ändern. Traumata. Solche Dinge.«

»Welches Trauma hätte das sein sollen?«

»Und außerdem«, fuhr der Professor fort, ohne auf seine Frage einzugehen, »schien er einiges zu wissen! Er schien … er schien, das Haus zu kennen. Mich zu kennen und … und …«

»Hedy erzählte mir von einem Gespräch, das sie zufällig mitgehört hat. Da ging es wohl um seine Schulzeit.«

»Ja! Ja, das stimmt … über seine Lehrer. Und noch anderes in der Richtung.«

»Woher hätte Mickey Ihrer Meinung nach etwas Bestimmtes über Harrys Kindheit wissen können?«

»Ich habe keine Ahnung.«

»Sind Sie absolut sicher, dass Sie ihn noch nie getroffen oder von ihm gehört hatten, bevor wir Sie über seine Identität informiert haben?«

»Ganz sicher, Inspector. Er war nicht ... Sein Hintergrund, wie wir herausfanden ... Nun, jemanden wie ihn hätten wir nicht gekannt. Andere Kreise. Ich weiß nicht ... Vielleicht habe ich ihm die Informationen sogar gegeben? Ihm Suggestivfragen gestellt? Damals ... Sie müssen verstehen, dass ich damals vollkommen überzeugt war.« Der Professor schwieg für einen Moment und schien sich zu erinnern. »Und wissen Sie, mein Sohn war gerade zu mir zurückgekommen. Das dachte ich zumindest. Und es war offensichtlich, dass er nicht ganz ... stabil war. Emotional. Ich wollte ihn nicht vergraulen. Darum wagte ich es nicht, ihn zu irgendetwas zu drängen – ihm Fragen zu stellen, die er nicht beantworten wollte, oder von Dingen zu sprechen, über die er nur ungern redete. Ich fürchtete, dass er einfach wieder verschwinden würde.«

»Worüber wollte er nicht sprechen, Professor Ferris?«

Wieder ignorierte der alte Mann die Frage. »Ich wollte nicht die Pferde scheu machen«, murmelte er.

»Professor, warum hat Ihr Sohn überhaupt den Kontakt zu Ihnen abgebrochen?«

»Das geht Sie verdammt noch mal nichts an.« Die Brust des kranken Mannes hob und senkte sich, er atmete schnell und flach und fixierte Lockyer mit einem seltsam durchdringenden Blick.

»Ich werde der Sache auf den Grund gehen, Professor. Es würde das Ganze nur beschleunigen, wenn Sie es mir sagten.«

»Warum? Das hat doch nichts mit dem hier zu tun!«

»Warum haben Sie nie versucht, ihn zu finden? Er war doch nicht untergetaucht, sondern lebte und arbeitete in London – nicht gerade am anderen Ende der Welt, oder? Ich bin mir sicher, Sie hätten ihn ausfindig machen können, wenn Sie es gewollt hätten.«

Nach einer langen Pause schluckte der Professor. »Das hätte nichts gebracht.«

»Wie meinen Sie das?«

»Er wollte nicht zurückkommen. Wollte mich nicht sehen. Ich … ich habe nicht nach ihm gesucht, weil ich wusste, dass er nicht gefunden werden wollte.«

Lockyer spürte den tiefen Schmerz, der sich hinter diesen Worten verbarg. »Es tut mir wirklich leid, dass ich Sie das alles fragen muss, Professor. Aber um Hedy zu rehabilitieren, muss ich den wahren Täter finden.«

»Dann fragen Sie, verdammt noch mal.«

»Verstand sich Harry gut mit seiner Mutter?«

»Dumme Frage. Welcher kleine Junge versteht sich nicht mit seiner Mutter? Er und Helen liebten einander.«

»Und doch hat sich Ihre Frau das Leben genommen, als Harry noch sehr jung war. Wissen Sie, warum sie das getan hat?« Der Professor schwieg. »Hat sie einen Abschiedsbrief hinterlassen?«

»Nein.« Eine einzelne, erstickte Silbe.

»Sie meinen, nein, es gab keinen Abschiedsbrief?«

»Warum sollte Helen etwas mit dem Tod dieses Mannes zu tun haben, Inspector?«

»Ich weiß es noch nicht. Nennen Sie es ein Gefühl.«

»Ein Gefühl? Ein verfluchtes *Gefühl,* Sie Mistkerl?«

Roland versuchte, sich aufzusetzen, gab aber bald auf, sank zurück in die Kissen und schloss die Augen.

Lockyer zögerte, er wollte nicht lockerlassen, ihn aber zugleich nicht zu sehr bedrängen.

»Bitte gehen Sie«, flüsterte der kranke Mann.

»Sie müssen doch eine Ahnung haben, warum Helen sich das Leben genommen hat, Professor. Bitte.« Lockyer sprach so sanft, wie er konnte, doch er erwartete eigentlich keine Antwort von Roland.

Schließlich räusperte sich der Professor und holte tief Luft. »Es gibt bestimmte Dinge, die nur jemand über einen Menschen erfahren sollte, der ihn liebt, Inspector. Jemand, der ihn versteht und nicht verurteilt.«

Nach diesen Worten schien er wegzudämmern. Lockyer erhob sich zum Gehen und bemerkte, dass vor der Tür ein Schatten vorbeihuschte. Vermutlich hatte Paul Rifkin das ganze Gespräch belauscht. Als Lockyer die Tür öffnete, war er jedoch weder zu sehen noch zu hören. Paul konnte also schnell und leise sein, wenn es darauf ankam. Vielleicht lag es an seiner militärischen Ausbildung oder an seiner Erfahrung im Krieg. Beides, so wurde Lockyer klar, bedeutete, dass er möglicherweise einen oder mehrere Menschen getötet hatte.

Lockyer schaute sich im oberen Flur um und betrachtete auf dem Weg nach unten die Bilder, die im Treppenhaus hingen. Weitere verblasste Fotos von Helen, Harry und dem Professor als jungem Mann, aber das mit Abstand häufigste Motiv waren die Oldtimer. Bilder von Ausstellungen und Rallyes. Montagen, die einen Wagen vor und nach einer Restaurierung zeigten. Fotos von Roland am Steuer. Auf diesen Bildern war immer Sommer, der Himmel war immer hoch und wolkenlos, oft trug Roland einen Sonnenhut – einen schmalkrempigen Panama.

Lockyer fand Paul in der Küche, wo er ein Tablett für den Kaffee vorbereitete. Auf einer Seite befand sich eine kleine Untertasse, auf die er sorgfältig Pillen aus verschiedenen Döschen und Blister-Packungen abzählte.

»Ich glaube, er ist eingeschlafen«, sagte Lockyer.

»Das passiert zurzeit schnell«, antwortete Paul.

»Hat Mr. Laidlaw seine Meinung geändert?«

»Kaum, aber ich habe ihm gesagt, dass er warten muss. Es ist Kaffeezeit.« Er griff nach einem Zettel und reichte ihn Lockyer. »Hier – ich habe Ihnen die Nummer der Pflegedienstleiterin aufgeschrieben. Sie sollte den Kontakt zu Debbie herstellen können.«

»Danke.« Lockyer nahm den Zettel und sah sich in der Küche um. Die Decke war hoch – ein umgekehrtes V aus Holzbalken, die von Strahlern beleuchtet wurden. Die Fronten der Schränke waren aus Eiche, der Boden bestand aus alten Fliesen, die Arbeitsplatten aus einem dunklen rötlichen Marmor, den Lockyer äußerst unschön fand.

»Wer hat die ganze Hausarbeit und das Kochen übernommen, nachdem Hedy weg war?«, fragte Lockyer. »Hat Professor Ferris eine andere Frau eingestellt, die hier eingezogen ist?«

»Gott, nein. Doch nicht nach diesem Vorfall. Unterschätzen Sie nicht, wie erschüttert wir alle waren, Inspector, insbesondere der Professor. Er hatte Hedy vertraut, er mochte sie. Wissen Sie, wie wenige Menschen er tatsächlich mag?« Paul lächelte. »Das hat ihn an sich zweifeln lassen.«

Lockyer erinnerte sich an das, was Hedy über Aaron gesagt hatte, und an ihr eigenes zerstörtes Vertrauen. Ihre eigenen Zweifel. *Mein Selbstbild, wie ich über andere Menschen dachte.*

Paul goss aus großer Höhe kochendes Wasser in eine Cafetiere. »So kühlt das Wasser etwas ab, bevor es auf den Kaffee trifft«, erklärte er, als er Lockyers fragendem Blick begegnete. »Das verhindert, dass er verbrüht.«

»Okay. Also machen Sie jetzt alles?«

»Nicht alles, nein. Zweimal die Woche kommt eine Putzfrau, um sauber zu machen und die Wäsche zu waschen. Ich übernehme das Bügeln und Kochen. Nicht ganz das, wofür ich eingestellt wurde, aber um ehrlich zu sein, bin ich froh, etwas zu tun zu haben.« Wieder blickte er zu Lockyer. »Nur nicht, wenn seine Schwester zu Besuch ist – sie sagt, ich könnte nicht mal ein Ei braten, was ich etwas unfair finde. Wie dem auch sei, wenn sie kommt, kocht sie für die beiden – nicht für mich, wohlgemerkt.« Er lächelte angespannt. »Für mich gibt es nur verbrannte Eier.«

»Mögen Sie Serena nicht?«

»Ich mag ihre Haltung nicht. Und dass sie vergisst, dass ich für ihren Bruder arbeite, nicht für sie.«

»Wo ist sie jetzt? Und wo ist Harry?«

»Serena ist gestern nach Hause gefahren. Sie hat ein Haus in Dorset, in der Nähe von Shaftesbury. Ich nehme an, dass sie nächste Woche zurückkommt, wenn ihr voller Terminkalender es zulässt.«

»Ach?«

»Sie sitzt wohl in vielen Ausschüssen.«

»Und Harry?«

»Wieder in London bei der Arbeit – alles wie gehabt. Er wird morgen zum Sonntagessen erwartet, aber ich weiß nicht, wie sehr er sich darauf freut, nach Hause zu kommen. Oder besser gesagt, ich weiß es, und die Antwort lautet: nicht besonders.«

»Also keine umgehende Versöhnung?«

»Absolut nicht.«

»Und was werden Sie tun, wenn der Professor nicht mehr da ist?« Lockyer beobachtete genau, wie Paul einen Teelöffel auf das Tablett legte, ihn dann wieder in die Hand nahm, musterte und nach einem Tuch griff, um ihn zu polieren.

»Ich bin selbst nicht mehr weit vom Rentenalter entfernt, Inspector. Ich werde Bilanz ziehen müssen, wenn der traurige Tag kommt. Aber ich hoffe, dass ich mir eine Auszeit nehmen kann. Ein bisschen was von der Welt sehen.«

Lockyer nickte. Paul Rifkins Welt war in gewisser Hinsicht genauso klein wie die von Hedy. Er bewohnte die Wohnung des Kindermädchens im Souterrain und lebte und arbeitete dort seit zwanzig oder mehr Jahren. Roland Ferris war launisch und zeigte sich selten dankbar. Lockyer fragte sich, was Paul die ganze Zeit über dort gehalten hatte – war er überdurchschnittlich bezahlt worden? Hatte er seinen Arbeitgeber ernsthaft liebgewonnen? Lockyer hatte keine Anzeichen dafür gesehen – zumindest keine, die er für aufrichtig hielt. Hatte sich Paul nach einer so langen Dienstzeit einfach nur mit allem abgefunden? Oder spielte er auf Zeit und rechnete damit, dass man sich um ihn kümmern würde, wenn der alte Mann starb?

»Longacres ist schon seit Langem Ihr Zuhause«, sagte er neutral.

»Ich habe großes Glück gehabt.«

»Hat Professor Ferris jemals erwähnt, ob er Sie in seinem Testament bedacht hat?«

Diese Frage passte Paul überhaupt nicht. Er hatte den Kühlschrank geöffnet, um Milch herauszuholen, blieb aber einen Moment zu lange davor stehen und starrte in das erleuchtete Innere, als hätte er vergessen, was er eigentlich wollte. Er warf ihm über die Schulter einen Blick zu, und Lockyer konnte seine Miene nicht ganz deuten. Aber sein Lächeln war verschwunden. »Nein, Inspector. Das hat er nicht. Jedenfalls nicht mir gegenüber.«

»Hoffen Sie darauf, etwas zu bekommen?«

»Ich bin mir nicht sicher, worauf Sie hinauswollen, aber gut, ich gebe es zu. Nachdem ich zweiundzwanzig Jahre für ihn gearbeitet habe, hoffe ich, dass ich wenigstens erwähnt werde. Aber ich verlasse mich ganz sicher nicht darauf, Inspector. Sie haben ihn ja kennengelernt. Er ist wankelmütig und verschlossen. Also habe ich jahrelang Geld beiseitegelegt. Ich habe es angelegt. Ich habe mich die ganze Zeit um meine Zukunft gekümmert, so wie er auch.«

»Das ist sehr klug von Ihnen.«

»Wenn Sie also nach einem Motiv suchen, weshalb ich Harry Ferris abstechen wollte, werden Sie es dort nicht finden.«

»Haben Sie geglaubt, dass der Mann in der Scheune Harry Ferris war?«

»Selbstverständlich. Ich hatte ihn nie kennengelernt, und auf den Fotos war er noch ein Kind. Als sein eigener Vater sagte, dass er es sei, habe ich es natürlich geglaubt. Harrys Abwesenheit – nicht zu wissen, wo er war oder wie es ihm ging ... das hat den Professor gequält. Richtig gequält, die ganze Zeit, in der ich ihn kannte. Kein Wunder, dass er sich auf den ersten möglichen Kandidaten seit Jahrzehnten gestürzt hat. Er *liebt* diesen Jungen. Nachdem ich ihn jetzt endlich kennengelernt habe ...«, Paul zuckte mit den Schultern, »kann ich nicht sagen, dass er es verdient hätte.«

»Hätte damals jemand aus diesem Haus ein Motiv gehabt, Harry oder Michael Brown etwas anzutun? Fällt Ihnen dazu irgendetwas ein?«

»Nein. Das weiß ich nicht.« Er sprach mit fester Stimme. »Wenn Sie mich jetzt entschuldigen, der Professor mag seinen Kaffee heiß. Ich bin mir sicher, Sie finden selbst hinaus.« Er wandte sich ab und ließ Lockyer in der Küche zurück.

Lockyer ging durch die Hintertür hinaus und stand vor der Scheune, in der Michael Browns Leiche gefunden worden war. In der er Hedy zum ersten Mal gesehen hatte. Eine Sekunde lang glaubte er, wieder die Luft des Sommermorgens zu riechen, den Jasmin und das gemähte Gras, und dann das Blut. Er atmete tief ein: nichts als feuchtes Gras und Laubmulch. Er ging über den gepflasterten Weg zum Eingang.

Die Scheune bestand aus Holz, das vor vierzehn Jahren dick mit Teeröl imprägniert gewesen, jetzt aber verblasst und spröde war; das Ziegeldach war mit Moos bedeckt. Das Gebäude war nicht groß, nur ungefähr sechs mal vier Meter. Die Tür hatte nicht die nötige Breite für ein Auto, und es gab keine Zufahrt vom Hof aus, die Scheune war also nie als Garage benutzt worden. Er ging hinein und blickte instinktiv auf den Boden, wo die Leiche gelegen hatte. *Ich bin hier, Sie sind jetzt in Sicherheit.* Natürlich waren jetzt keine Spuren mehr zu sehen. Das Blut war weggeschrubbt worden. Trotzdem hockte Lockyer sich neben die Stelle und starrte angestrengt darauf. Dann sah er auf.

Es gab nur ein kleines Fenster, hoch oben in der hinteren Wand. Das Glas war mit toten Insekten und Grünalgen verdreckt. Die Dachbalken befanden sich gut vier Meter über ihm, aber es gab zwei horizontale Querbalken, die wesentlich tiefer lagen. An einem von ihnen musste sich Helen Ferris erhängt haben. Lockyer stand auf, griff nach oben und konnte einen der Balken fast berühren. Sie hatte eine Trittleiter gebraucht. Ein Scharren ließ ihn abrupt aufblicken. Vögel auf dem Dach.

Der hintere Teil der Scheune war mit Gerümpel vollgestellt, staubig und voller Spinnweben: alte Liegestühle, aufgerollte Schläuche, Umzugskartons. Eine halb leere Kiste mit Fliesen. Eine wurmstichige, hölzerne Trittleiter. *Die* Trittleiter? In der Nähe der Tür befanden sich Gegenstände, die offensichtlich noch in Gebrauch waren: ein Aufsitzmäher, ein Henry-Staubsauger, ein zusammengeklappter Sonnenschirm und gestapelte Gartenmöbel. Nichts, was auch nur im Entferntesten ungewöhnlich wäre.

Lockyer ließ einen Moment lang seine Gedanken schweifen. Warum nur war Mickey in dieser Scheune geblieben? Schließlich hätte er doch ein gemütliches Zimmer im Haus haben können. Harry Ferris mochte einen Grund gehabt haben, das Haus nicht mehr zu betreten – auch wenn es vielleicht nur ein kindischer Schwur war –, aber was hatte Mickey dazu veranlasst?

Und wenn jemand, der Harry Ferris damals unbedingt töten wollte und es tatsächlich getan hatte, kurz darauf herausfand, dass er den Falschen erwischt hatte –, wollte er ihn mit großer Wahrscheinlichkeit immer noch umbringen. Und jetzt war Harry aus der Versenkung gekommen und nach Hause zurückgekehrt.

Auf dem Rückweg von Longacres rief Lockyer Broad an und hinterließ eine lange Nachricht, in der er ihr mitteilte, was er an diesem Morgen gehört hatte. Das hätte natürlich auch bis Montag warten können, wenn sie wieder im Präsidium war. Lockyer war klar, dass er es tunlichst vermied, Raum für persönliche Gedanken zu haben, denn dann tauchte sofort das Bild von seinem Vater auf. Wie er auf diesem Feld gestanden hatte, ausgekühlt bis auf die Knochen. Er suchte nach Antworten auf Fragen, die es nicht gab. Verlust, Alter, das kontinuierliche Dahinschwinden früherer Existenzgrundlagen und überkommener Lebensweisen.

Hin und wieder ertappte sich Lockyer bei dem Gedanken, dass seine Eltern wieder glücklich sein könnten, wenn er nur herausfinden würde, wer Chris getötet hatte. Damit sie heilen und wieder so sein könnten, wie sie es einmal waren. Er hatte sich den Fall angesehen – natürlich. Er hatte sich sogar in eine sinnlose Erregung hineingesteigert, als es dem Labor gelungen war, ein DNA-Profil des Mörders zu erstellen und einen guten Daumenabdruck vom Messergriff zu nehmen. Es handelte sich um ein Taschenmesser mit kurzer Klinge, das zwei Straßen weiter in einem Mülleimer gefunden worden war, nicht vergleichbar mit dem Messer, das Michael Brown getötet hatte. Doch dann war er in der gleichen Sackgasse gelandet wie bei den Raubüberfällen von 1997, mit denen er befasst gewesen war, kurz bevor Hedy ihn wegen

Harrys Rückkehr angerufen hatte. Die Person, von der der Abdruck und die DNA stammten, war nicht in der Datenbank gespeichert. Und falls diese Person kein anderes Verbrechen verübte und dadurch in der Datenbank landete, würde er sie nie finden.

Es hatte kein Motiv gegeben. Nur ein dummes, kurzes und sinnloses Handgemenge vor einem der Pubs an Chris' großem Abend, das er um jeden Preis hatte beenden wollen. Aber dann hatte ihm jemand einen Schlag verpasst, und er hatte sich gewehrt. Die Polizei konnte sich nur auf die unzusammenhängenden und teilweise widersprüchlichen Schilderungen der meist betrunkenen Beteiligten und Umstehenden stützen – die Überwachungskamera des Pubs war uralt und die Qualität der Aufnahme derart schlecht, dass es unmöglich war, die Personen auf den körnigen, ruckelnden Bildern zu erkennen. Am Ende waren drei Kerle in die Dunkelheit entkommen. Christopher hatte sich für ein oder zwei Minuten an die Wand gelehnt, während die Leute um ihn herumwuselten. Dann war er langsam auf den Boden gesunken.

Die in die Auseinandersetzung verwickelten Männer waren nicht einmal Freunde von Chris gewesen, aber es war typisch für ihn, dass er trotzdem versucht hatte, die Sache zu klären. Nicht weil er ein Held war, sondern weil er in gewisser Weise dumm war. Für ihn war alles immer nur ein Spaß gewesen, etwas, das am Ende gut ausgehen würde. Dass es böse enden könnte, kam ihm gar nicht in den Sinn. Manchmal war Lockyer genauso wütend auf seinen kleinen Bruder wie auf sich selbst und den Messerstecher. Und natürlich brachte es nichts, wenn er diese Person fand. Nicht wirklich. Chris würde dadurch nicht zurückkommen. Es würde den Verlust nicht wettmachen oder ihre Familie wiederherstellen. Es würde weder Johns Depression noch Trudys gebrochenes Herz heilen und aus dem Hof kein florierendes

Unternehmen machen. Es würde Lockyer nicht von der Verantwortung entbinden.

Noch immer weckten die schiere Banalität des Ganzen, die Sinnlosigkeit von Chris' Tod in Lockyer den Wunsch, seine Wut zum Himmel hinauf zu schreien. Das Bedürfnis, seinen Mörder zu finden und ihn zu bestrafen, erfüllte seinen Geist wie ein unauslöschlicher Fluch.

Am Montagmorgen erhielt Broad eine Nachricht von der Gerichtsmedizin.

»Steht nicht viel drin, was wir nicht schon wussten. Helen Ferris starb im Alter von achtunddreißig Jahren durch Erhängen.« Während sie sprach, drehte Broad sich mit dem Stuhl von einer Seite zur anderen, die Füße unter dem Schreibtisch verschränkt. Lockyer bemerkte, dass sie Wimperntusche trug, was neu war. Es sah gut aus, aber er war klug genug, es nicht zu kommentieren.

»Und es war definitiv Selbstmord?«, fragte er.

»Ja. Keine Anzeichen für Fremdeinwirkung.«

»Aber kein Abschiedsbrief?«

»Nein. Es wurde keiner gefunden. Und man hat überall danach gesucht, weil sie Tinte an der rechten Hand hatte.«

»Im Ernst?«

»Ja. Ein dünner Strich blauer Tinte von einem Kugelschreiber oder einem ähnlichen Stift. Aber es lag ein blauer Kugelschreiber auf dem Küchenplaner, wo sie kürzlich ein paar Dinge auf die Einkaufsliste geschrieben hatte. Also könnte er von dort stammen.« Broad hörte auf zu schwingen, legte ihre Hand auf die Computermaus und trommelte zur Abwechslung mit den Fingern. Sie war voll rastloser Energie.

»Haben Sie noch einen Termin, Gem?«, fragte Lockyer.

»Nein, Chef.« Sie klang viel zu unschuldig.

»Nun. Sie wird wohl kaum Äpfel und Brot auf die Liste geschrieben haben, bevor sie sich erhängt hat, oder?«, sagte er. »Haben Menschen, die sich umbringen wollen, nicht andere Dinge im Kopf?«

»Ich weiß es wirklich nicht, Chef.«

Unter Broads Schreibtisch bewegte sich etwas, und es waren nicht ihre Füße. Broad verzog das Gesicht, wandte jedoch den Blick nicht von ihm ab, als ein kleiner Hund seinen Kopf zwischen ihren Knöcheln hervorstreckte und zu Lockyer hinaufschaute. Der Jack Russell von dem Foto auf ihrem Schreibtisch.

»Gemma …«, sagte er.

»Ich weiß, ich weiß! Es tut mir leid – der Hundesitter ist diese Woche im Urlaub, und Pete sollte ihn eigentlich nehmen, aber dann musste er zu einem Kunden … Ich konnte ihn nicht den ganzen Tag allein zu Hause lassen. Es tut mir wirklich sehr, sehr leid.«

»Schon gut, schon gut.« Lockyer hob die Hände. »Er wird doch nicht irgendwo hinpinkeln, oder?«

»Nein, versprochen. Er wird auch nicht bellen.«

»Lassen Sie es nur nicht … zur Gewohnheit werden – und sorgen Sie dafür, dass es sonst niemand mitbekommt. Wie haben Sie ihn überhaupt hier hereingeschafft?«

»Er passt ganz gut in meinen Rucksack.«

»Verstehe.« Lockyer nahm den Faden wieder auf. »Vielleicht gab es doch einen Abschiedsbrief. Und jemand hat ihn an sich genommen.«

»Vielleicht. Oder es gab keinen Brief. Sie könnte aus allen möglichen Gründen Tinte an der Hand gehabt haben. Sogar vom Vortag.«

»Stimmt«, räumte Lockyer ein. »Und Harry hat sie gefunden?«

»Ja, als er von der Schule nach Hause kam. Der zwölfte Mai 1990 – und stellen Sie sich vor: Das ist Harrys Geburtstag. Er ist an dem Tag fünfzehn geworden. Armer Junge.«

»Sind Sie sicher? O Gott. Wie schrecklich.« Eine Pause. »Das hat doch etwas zu bedeuten, meinen Sie nicht? Oder sie muss den Verstand verloren haben. Meinen Sie, sie hatte es vergessen?«

»Ich glaube nicht, dass Mütter so etwas vergessen.«

»Nein. Harry findet sie also und alarmiert dann seinen Vater? Wie lange war Helen schon tot?«

Broad überflog erneut den Bericht. »Mehrere Stunden. Vielleicht acht oder zehn, nicht weniger als sechs. Aber das war natürlich nur eine Schätzung.«

»Und die ganze Zeit über hat Roland Ferris nicht bemerkt, dass seine Frau nicht im Haus war?«

»Offenbar nicht, nein.«

»Kommt Ihnen das nicht auch seltsam vor?«

»Ich weiß nicht, ich war nie verheiratet. Vielleicht hat er an seinem Buch gearbeitet, oder was auch immer, war in seine Arbeit vertieft und ist nicht zum Mittagessen gekommen. Oder vielleicht dachte er, sie sei ausgegangen?«

»Möglicherweise. Trotzdem. Er hat oben weitergearbeitet, während sie in die Scheune ging und sich erhängte. Sieht nicht gut aus, oder?«

»Was denken Sie, warum die Scheune?«

»Weil es praktisch war«, schlug Lockyer vor. »Dort gibt es gute, stabile Balken, an die man leicht herankommt.«

Broad schwieg eine Weile und dachte darüber nach. Dann schüttelte sie sich. »Ich kann mir einfach nicht vorstellen, mir so etwas anzutun. Ich meine, es wirklich *zu tun*. Das Gefühl zu haben, dass es der beste und einzige Ausweg ist.«

Lockyer dachte unweigerlich an seinen Vater. *Ich bin zu nichts nütze. Zu gar nichts.* Angst überkam ihn, doch er verdrängte sie.

»Darüber sollten Sie froh sein, Gem.«

»Stimmt.«

Lockyer drehte seinen Stuhl zum Fenster und starrte hinaus. Er versuchte, die Informationen neu zusammenzusetzen. »Wer mit einem Dietrich ein Schloss aufbekommt, könnte es auch wieder mit einem Dietrich schließen, stimmt's?«

»Ich glaube, ja. Wenn man sich auskennt. Aber es gab keine Fingerabdrücke an der Tür und auch keine Hinweise, dass sie abgewischt worden wäre. Handschuhe vielleicht?«

»Ein Gewohnheitsverbrecher also? Sogar professionell. Ruhig, überlegt. Hat es schon mal getan – schon oft. Hochqualifiziert.« Er dachte wieder an Paul Rifkin. Seine militärische Ausbildung. Aber er hatte einen Schlüssel besessen und hätte das Schloss nicht zu knacken brauchen.

»Das müsste er sein. Es war ein gutes Yale-Schloss. Denken Sie an jemanden von außen, Chef?«

»Nein. Das glaube ich nicht. Ein Profi hätte doch sicher sein eigenes Messer mitgebracht. Warum sollte er riskieren, ins Haus einzubrechen, selbst wenn er Hedy etwas anhängen oder uns in die Irre führen wollte? Aber Professor Ferris hatte die Theorie, dass jemand Mickey angegriffen haben könnte, der ihn kannte. Jemand, der herausgefunden hatte, dass er sich dort aufhielt. Jemand von der Pavee Community. Und dann ist da noch dieses nicht identifizierte Fahrzeug, das in jener Nacht im Dorf geparkt war.«

»Das würde ... den Kreis der Verdächtigen etwas erweitern.« Broad klang skeptisch.

»Es wäre ein Albtraum«, stimmte Lockyer ihr zu. »Aber wir können es nicht ausschließen. Die älteren Prellungen an Mickeys

Körper und die gebrochenen Rippen – die hat er sich geholt, bevor er in Longacres aufgetaucht ist. Und was hat er überhaupt in dieser Scheune gemacht? Warum ging er nicht ins Haus, als er eingeladen wurde, und nutzte die sanitären Anlagen? Außerdem hatte er einen sehr guten Wohnwagen, der keine sieben Kilometer entfernt stand.«

»Hat er sich versteckt?«

»Ja, er hat sich versteckt«, sagte Lockyer. »Ich muss mich mit Police Commissioner Tom Williams in Verbindung setzen. Er war zu der Zeit zentraler Ansprechpartner, wenn ich mich richtig erinnere.«

»Wie, zentraler Ansprechpartner für die Pavee?«

»Jetzt gibt es keinen mehr, aber damals hatten wir eine Anlaufstelle. Tom ist jetzt im Ruhestand, aber es besteht die geringe Chance, dass er sich noch an etwas erinnert. Die meisten anderen Ermittlungsansätze wurden nicht weiterverfolgt, als wir Hedy Lambert hatten.« Lockyer dachte nach. »Ich glaube, ich habe irgendwo noch Toms Telefonnummer.«

»Außerdem habe ich Tor Heath für Sie gefunden, Chef«, sagte Broad. »War gar nicht so schwer. Sie ist inzwischen selbst Professorin und hat geheiratet. Sie heißt jetzt Professor Tor Garvich.«

»Bitte sagen Sie nicht, dass sie an der Universität von Edinburgh oder irgendwo weit weg ist.«

»Nein, viel näher. Bristol. Geschichtsdozentin, gibt laut Website im Rahmen des Grundstudiums derzeit Seminare über Frauen und Macht im frühmittelalterlichen Europa und die Ökonomie der Pest. Soll ich mich mit ihr in Verbindung setzen?«

»Gut. Ja, bitte. Vereinbaren Sie einen Termin, an dem wir mit ihr sprechen können.«

Lockyer fand Tom Williams' Nummer nach einiger Suche in einem alten Adressbuch – eines aus der Zeit vor dem Smartphone.

Er rief an und hinterließ eine Nachricht, in der er darum bat, vorbeikommen zu dürfen. Er hatte den Hörer gerade wieder aufgelegt, als es klingelte. Etwas überrascht hob er ab. »Tom?«

»Hier ist Hedy. Lambert«, sagte die Anruferin, als ob es noch andere Hedys geben könnte.

»Hedy. Miss Lambert.« Lockyer wurde sofort nervös, was ihm zutiefst unangenehm war. Es war nicht zu übersehen. Als würde er etwas tun, was er nicht sollte. Broad drehte ihren Stuhl so, dass sie ihn ansehen konnte. Er zwang sich, sich nicht abzuwenden, stellte das Gespräch aber nicht auf Lautsprecher. »Was kann ich für Sie tun?«

»Was *Sie* für mich tun können?«

Er glaubte, ihr Lächeln zu hören, aber vielleicht war es nur Sarkasmus.

»Als Erstes können Sie mich hier herausholen.«

»Ich arbeite daran.«

»Ich habe über etwas nachgedacht. Ich meine, mir ist etwas eingefallen.«

»Ja?« Lockyer nahm einen Stift zur Hand, schob einige wichtige Papiere beiseite und suchte nach einem Zettel, auf dem er etwas notieren konnte.

»Sie sagten, alles könnte wichtig sein, auch wenn es noch so klein ist?«

»Ja. Erzählen Sie.«

»Okay. Nach der anfänglichen Aufregung, als Harry – ich meine, Michael – in der Scheune aufgetaucht war und der Professor sagte, dass es Harry sei, und Serena sagte, dass es nicht Harry sei … also, danach hat sich alles wieder beruhigt. Für Wochen, meine ich. Es stellte sich eine gewisse Routine ein. Ich brachte ihm Essen, er ging manchmal weg, aber meist blieb er in der Scheune. Keiner von uns versuchte noch, Antworten aus ihm herauszubekommen – wo er gewesen war, was er getan hatte. Tatsächlich beschäftigten sich nach einer Weile nur noch der Professor und ich uns mit ihm. Wir gingen zu ihm und redeten mit ihm, meine ich.«

»Fahren Sie fort«, sagte Lockyer, der jedem Wort aufmerksam lauschte und versuchte, auch das zu erfassen, was sie nicht aussprach.

»Dann, eines Tages, sah ich Paul dort hinausgehen. Zur Scheune.«
»Paul Rifkin?«
»Ja. Den.« Da war etwas in der Art, wie sie *den* sagte, an ihrem Tonfall oder der Betonung. Lockyer versuchte, es zu deuten. »Er blieb da vielleicht fünf oder sechs Minuten drin. Ich war gerade dabei, den Abwasch zu erledigen – Sie erinnern sich, dass das Spülbecken vor dem Küchenfenster ist? Er war also nur so lange da drin, wie ich brauchte, um nach dem Mittagessen aufzuräumen. Aber die Sache ist die – als er herauskam, sah er sehr wütend aus.«

»Wie meinen Sie das?«

»Er war rot im Gesicht. Starrte auf den Boden. Sah aus, als hätte er eine Wespe verschluckt. Er ist gestapft, verstehen Sie? Er ging nicht entspannt. Und seine Kleidung war in Unordnung. Das Hemd hing aus der Hose.«

Lockyer sah Gemma Broad wortlos in die Augen, während er diese Information sacken ließ. Die frischeren Blutergüsse auf Michaels Körper, die Fingerabdrücke an seinem Hals.

»Sind Sie sich da sicher, Miss Lambert? Warum haben Sie das nicht schon früher gesagt?«

»Ich … habe einfach nicht daran gedacht. Es war einige Tage vor dem Mord. Ich habe Michael an dem Tag noch gesehen, mit seinem Abendessen, und es ging ihm gut. Zumindest glaube ich das. Nach der Tat war ich so geschockt, dass ich es vergessen habe.

Wahrscheinlich hat es nichts zu bedeuten, aber Sie sagten ja, dass ich Ihnen alles sagen soll, was mir einfällt.«

»Genau. Erzählen Sie weiter, Hedy.«

Er spürte, wie die Anklage gegen Hedy und der Gedanke, dass sie eine Mörderin war, kleine Risse bekamen. Er versuchte, sich nicht zu sehr darauf zu stürzen, nur für den Fall, dass diese Risse sich wieder schlossen, aber er ballte die Fäuste. Das waren die Punkte, die ihn 2005 beunruhigt hatten; Punkte, die er ignoriert und nicht hinterfragt, die er einfach übergangen hatte. Weshalb er versagt hatte. Die meisten Dinge im Leben ließen sich nicht mehr rückgängig machen. Er war alt genug, um das zu wissen. Nur wenige kostbare Dinge konnte man wieder ins Reine bringen, und genau das hier sollte dazugehören. Er konnte Hedy die vierzehn Jahre nicht zurückgeben, die sie verloren hatte, aber er konnte ihr den Rest ihres Lebens in Freiheit schenken. Und er konnte denjenigen fassen, der sich einbildete, mit dem Mord an Mickey davongekommen zu sein.

8

TAG ELF, MONTAG

Lockyer fing Rolands Pflegerin Debbie Marshall am späten Vormittag in Amesbury an ihrem Auto ab. Die junge, übergewichtige Frau wirkte erschrocken, als Lockyer ihr seinen Dienstausweis zeigte. Sie hatte große, faszinierend hellgrüne Augen und das dunkle Haar zu einem strengen Pferdeschwanz zurückgebunden.

»Ich muss zu meinem nächsten Patienten«, sagte sie keuchend. In der Kälte bildete ihr Atem kleine Nebelschwaden, die sich rasch auflösten. Debbie kramte in ihrer Tasche, holte einen Inhalator heraus und atmete eine Dosis ein.

»Das verstehe ich, Miss Marshall«, sagte Lockyer. »Aber ich ermittle in einem Mordfall, es dauert nur zwei Minuten.«

Debbie starrte ihn an, vor Schreck stand ihr Mund ein kleines Stück offen. »Wer ist denn ermordet worden?«

»Ein Mann namens Michael Brown. Miss Marshall«, und bevor sie erklären konnte, dass sie Brown nicht kannte, fuhr er fort: »Ich habe gehört, dass Sie turnusmäßig auch Professor Roland Ferris in Stoke Lavington betreuen.«

»Ja?« Verwirrt krauste sie die Stirn.

»Ich habe auch gehört, dass Sie dabei waren, als Professor

Ferris' Sohn Harry nach Hause zurückgekehrt ist. Ich glaube, das war am Morgen des sechsundzwanzigsten Oktober.«

»Ja, das stimmt.« Debbie entspannte sich ein wenig.

»Könnten Sie mir erzählen, was sie gesagt haben? Wie die beiden auf Sie gewirkt haben?«

»Na ja, es war nicht so, wie man es sich vorstellt«, begann sie. Die Angst in ihren Augen wich Aufregung – sie wirkte fast begierig darauf, ihre Geschichte zu erzählen. »Nicht wie in einer Soap oder so, wo die Leute sich in die Arme fallen und sagen, dass es ihnen leidtut und so.«

»Nein?«

»Nein. Zuerst kommt dieser Butler rein – eigentlich weiß er, dass er nicht reinkommen darf, wenn ich Roland wasche und anziehe, also jedenfalls kommt er rein und sagt: ›Sie haben Besuch.‹ Aber er sagt das in einem etwas merkwürdigen Tonfall, was mir auffällt, ich glaube aber Roland nicht. Er winkt nur ab und sagt, dass er keinen Besuch will, aber dieser Butler sagt: ›Ich glaube, diesen Besuch schon‹, oder so was Ähnliches. Jedenfalls, noch bevor er weiterreden kann, kommt der jüngere Kerl – Sie wissen schon, der Sohn?«

Lockyer nickte.

»Er kommt hinter dem Butler die Treppe hoch und ins Zimmer, und dann haben sie sich nur angestarrt.«

»Und … welchen Eindruck machten sie?«

»Es war seltsam. Eine Sekunde lang war ich zu Tode erschrocken und dachte, dass sie aufeinander losgehen – so wirkte es jedenfalls. Ich habe überlegt, wie ich dort wegkomme, aber der Jüngere stand in der Tür, das ging also nicht. Jedenfalls fängt Roland dann an zu weinen – ihm laufen echte Tränen übers Gesicht –, aber er sagt immer noch nichts, und ich weiß nicht, ob er glücklich ist oder Angst hat oder sonst was.

Wir stehen also alle eine Ewigkeit da, bis der junge Mann tief durchatmet, als hätte er die Luft angehalten, und total ernst ›Hallo, Dad‹ sagt und zum Bett geht. Und der alte Mann hält ihm die Hand hin, aber der Sohn nimmt sie nicht, hält sie nicht fest – nichts. Und da sagt der Butler zu mir, wir sollten besser verschwinden und sie einen Moment allein lassen – obwohl ich glaube, dass er hauptsächlich mich meinte, nicht sich selbst.«

»Und wie hat er auf Sie gewirkt?«

»Der Butler?« Debbie dachte kurz nach. »Jetzt, wo Sie danach fragen – er wirkte, als wäre ihm eine Laus über die Leber gelaufen. Er war ziemlich unfreundlich, hat mich praktisch rausgeworfen. Gut, dass der Jüngere nicht zehn Minuten früher aufgekreuzt ist, sonst hätte das große Wiedersehen stattgefunden, als ich seinen alten Vater gewaschen habe. Das wäre noch peinlicher gewesen.«

Lockyer war enttäuscht. »Sie haben also nichts von dem gehört, was sie danach geredet haben? Überhaupt nichts?«

»Nein. Tut mir leid. Was hat das mit dem toten Kerl zu tun?«

»Hat Paul Rifkin – der Butler – noch etwas zu Ihnen gesagt, als er Sie hinausbegleitete?«

»Nicht direkt zu mir, aber er hat vor sich hin gebrummelt. Als wäre er irgendwie sauer.«

»Gebrummelt? Haben Sie verstanden, was er gesagt hat?«

»Nicht genau, aber er sagte so etwas wie: ›Der verlorene Sohn kehrt zurück‹ und ›Sieh an, sieh an‹. So ungefähr.«

»Der verlorene Sohn?«

»Ja, wie schon gesagt.«

»Vielen Dank, Miss Marshall. Erinnern Sie sich noch an etwas anderes, das an diesem Morgen passiert ist? Etwas Ungewöhnliches?«

Debbie dachte einen Moment lang nach. »Also …« Sie sah blinzelnd zum Himmel.

Lockyer wartete.

»Nein. Tut mir leid.«

Auf der Rückfahrt nach Stoke Lavington versuchte Lockyer, aus der Befragung irgendwelche nützlichen Informationen zu ziehen. Debbie hatte das Wiedersehen ungefähr so geschildert, wie er es sich vorgestellt hatte. Zudem bestätigte ihr Bericht, dass zwischen Harry und Roland Ferris schon lange Spannungen geherrscht hatten, die nicht erst seit seiner Rückkehr oder durch die Anwesenheit der Polizei entstanden waren. Harry Ferris war von Anfang an kalt und wütend aufgetreten. Sie bezeugte auch, dass Paul Rifkin über Harrys Rückkehr nicht erfreut gewesen war. Ganz und gar nicht.

Das war ein weiterer Punkt, den Lockyer ansprechen konnte, wenn er Paul Rifkin zu einer offiziellen Vernehmung vorlud. Dafür wollte er jedoch perfekt vorbereitet sein. Er hatte Broad damit beauftragt, eine detaillierte Hintergrundprüfung durchzuführen – sie sollte so viel wie möglich über ihn herausfinden, und sie würde ihn wesentlich genauer unter die Lupe nehmen als die Kollegen damals bei den ursprünglichen Ermittlungen. Es war keine Formalität mehr, keine Routineaufgabe. Paul Rifkin war jetzt ein Verdächtiger.

Nach diesem Schwätzchen machte er sich gleich auf den Weg zum nächsten; er schaute beim Laden in Stoke Lavington vorbei und fragte nach Maureen. Sie hatte einen freien Tag, aber Cass Baker erklärte ihm den Weg zu ihrem Haus. Sie musterte ihn neugierig und wollte wissen, ob er Hedys Fall wieder aufrollen wollte, doch dazu äußerte sich Lockyer nicht.

Maureen, die mit Nachnamen Pocock hieß, wohnte in einem kleinen Reihenhäuschen am Ende des Dorfes. Im Vorgarten stand eine alte, mit holzigen Kräutern bepflanzte Zinkwanne, und es gab jede Menge Gartenzwerge. Bei den meisten blätterte bereits die Farbe ab, sie sahen aus wie ausgeblichene, erschöpfte Clowns, die zwanghaft grinsten. Maureen öffnete Lockyer mit wissendem Lächeln die Tür, und Lockyer versuchte, sich davon nicht irritieren zu lassen.

Das Haus war klein und hatte niedrige Decken. Es roch stark nach Zigarettenrauch und dem Essen vom Vorabend, war aber ansonsten sauber und gemütlich. Ein Feuer züngelte unablässig am Fenster des Holzofens.

»Setzen Sie sich dorthin, Officer«, sagte Maureen und deutete auf einen der beiden Sessel vor dem Kamin. »Ich mache uns einen Becher Tee, ja?«

»Danke, sehr gern.«

Während er wartete, sah sich Lockyer im Zimmer nach Hinweisen auf einen Mr. Pocock um. Keine Pantoffeln oder Schuhe an der Tür, keine Angler- oder Autozeitschriften. Doch auf der Anrichte standen gerahmte Bilder, vermutlich von den Enkelkindern, also musste es einmal einen gegeben haben. Eine ältere getigerte Katze kam hereingetrottet und sprang ihm ohne Vorwarnung auf den Schoß. Sie ließ sich sofort nieder und begann zu schnurren. Lockyer nahm den Becher mit dem zu milchigen Tee entgegen, den Maureen ihm reichte, dazu einen Keks aus der Großpackung.

»Ich hoffe, Sie haben nichts gegen Katzen?«, sagte Maureen. »Sie wären erstaunt, wie viele Menschen sie nicht mögen. Ich habe das nie verstanden. Kalt? Hochnäsig? Unsinn. Das da ist das anhänglichste Wesen der Welt.«

Lockyer lächelte kurz und beschloss, nicht zu erwähnen, dass er eher ein Hundetyp war. »Cass hat mir erzählt, dass Sie früher bei den Ferris' Babysitterin gewesen sind«, sagte er. »Als Harry noch ein kleiner Junge war?«

»Das ist richtig. Ich habe auf die meisten Kinder im Dorf irgendwann mal aufgepasst. Ich habe mein ganzes Leben hier verbracht.« Maureen ließ ihren üppigen Körper in den ihm gegenüberliegenden Sessel sinken. »Neulich wollte ich Harry besuchen, um Hallo zu sagen und zu sehen, ob er sich noch an mich erinnert. Aber man hat mich abgewiesen.«

Sie zuckte mit den Schultern, doch Lockyer konnte sehen, dass es ihr nicht gleichgültig war.

»Er war so ein lieber kleiner Junge. Ich nehme an, die zwei haben einiges miteinander zu klären.«

»Darüber würde ich gern mehr erfahren, Mrs. Pocock. Könnten Sie mir etwas über die Fehde zwischen Harry und Roland Ferris erzählen?«

Maureen starrte vor sich hin und aß einen Keks. »Dazu kann ich leider nichts sagen.«

»Nun gut. Könnten Sie mir dann von Harry als kleinem Jungen erzählen? Und von der Familie, wie Sie sie damals erlebt haben?«

»Das kann ich.« Sie rückte ihren Hintern im Sessel zurecht. »Worum geht es hier eigentlich? Wühlen Sie bei den Ferris' im Dreck? Sie können es mir ruhig verraten, ich sage kein Wort. Wollen Sie die frühere Haushälterin raushauen?«

»Ich kläre nur ein paar offene Fragen ab, Mrs. Pocock.« Lockyer sah sie mit festem Blick an. »Der junge Harry? Und die Familie Ferris?«, forderte er sie zum Weitersprechen auf.

»Ja. Also, als ich dort anfing, waren sie eine ganz normale Familie. Aber natürlich reich. Sie hatten schon immer viel Geld – ich glaube, Roland ist von Haus aus reich, noch bevor er ein berühmter Professor wurde. Und Helen stammte ebenfalls aus einer wohlhabenden Familie. Diese Typen heiraten immer ihresgleichen, oder?«

»Das machen viele, würde ich sagen«, erwiderte Lockyer. »Nicht nur die Reichen.«

»Ja, kann sein.« Maureen sah ihn verschmitzt an. »Und Sie, Officer? Sind Sie mit einer Polizistin verheiratet?«

»Ich bin nicht verheiratet, Mrs. Pocock.«

»Sieh an, sieh an. Wer hätte das gedacht, ein gut aussehender Mann wie Sie?« Sie blinzelte ihn an. »Wer hat Ihnen die Nase gebrochen?«

»Mein Bruder.«

»Ha! Hört sich gut an.«

Lockyer lächelte. Er machte sich nicht die Mühe, ihr zu erklären, dass es ein Unfall gewesen war. Im Winter vor Chris' Tod hatte er eine Phase mit amerikanischem Punkrock durchlebt – The Offspring gehört, eine Punkfrisur gehabt und eine lange Gliederkette am Hosenbund getragen. Das Wetter war eisig gewesen, und sie hatten versucht, einen eingefrorenen Fallriegel zu lösen. Mit tauben Fingern und zusammengebissenen Zähnen zerrten sie zu zweit daran und dampften dabei wie das Vieh. Und als der Riegel endlich nachgab, war Chris' Faust mit einem Knirschen mitten in Lockyers Gesicht gelandet.

»Scheiße! Matt!«, rief er entsetzt, während Lockyer von dem plötzlichen Schmerz und dem warmen Blut in seinem Mund abgelenkt war. Diesem metallischen Geschmack.

»Fuck«, murmelte er undeutlich.

»Fuck«, wiederholte Chris. Dann lachte er. »Sorry! Kumpel … das sieht … ich weiß nicht.« Er bewegte seine Hand. »Autsch … ich glaube, ich habe mir die Knöchel gebrochen.«

»Das tut mir aber leid«, sagte Lockyer, konnte sich ein Grinsen aber nicht verkneifen. Ihm war schon schwindelig vom Adrenalin.

»Herrgott – bloß nicht lächeln.« Chris schüttelte sich. »Da ist Blut an deinen Zähnen …«

Die Ärztin in der Notaufnahme hatte gesagt: »Ein schlimmer Bruch. Wie ist das passiert?«

»Ich habe ihn geschlagen«, hatte Chris erwidert und sie angegrinst. »Reine Geschwisterliebe.«

Lockyer wartete und hoffte, dass Maureen fortfuhr.

Was sie tat. »Wo war ich stehen geblieben? Ach, ja. Nette Leute. Relativ glücklich. Roland war immer ziemlich streng und förmlich, nicht warm und herzlich. Ich weiß nicht, ob man mit ihm als Vater viel Spaß hatte. Wenn Helen beschäftigt war, kam er bestimmt nicht aus seinem Arbeitszimmer, um nach dem Jungen zu sehen. Dann riefen sie mich. Er wollte immer, dass Harry aufs Internat geht, aber Helen bestand darauf, dass er bei ihnen zu Hause wohnte. Sie wollte auch kein Kindermädchen haben, nicht einmal, als er noch ein kleines Baby war. Also ging er als Tagesschüler auf die Dauntsey's, zusammen mit all den anderen schnieken Kindern. Aber er war unglaublich süß, als ich ihn kennenlernte.«

»Wie alt war er damals?«

»Als ich das erste Mal auf ihn aufgepasst habe? Ich weiß nicht. Vier? Fünf? Aber er wirkte jünger – er war klein für sein Alter. Ein mageres kleines Kerlchen; süß, aber so schüchtern. Traute sich nicht, den Mund aufzumachen.«

»Erinnern Sie sich, ob er einen Freund namens Michael Brown hatte? Oder Mickey?«

Maureen musterte ihn mit durchdringendem Blick. »Sie meinen den Kerl, der niedergestochen wurde? Nein, leider nicht.«

»Anscheinend wusste Mickey genug über Harrys Kindheit, um Professor Ferris davon zu überzeugen, dass er Harry sei. War er vielleicht ein Schulfreund? Oder hier aus dem Dorf?«

»Nicht, dass ich wüsste.« Sie zuckte mit den Schultern. »Harrys bester Freund war der kleine Jasper Coombes, aber ich glaube, sie haben den Kontakt verloren, nachdem Harry auf die weiterführende Schule kam.«

»Roland war also streng? Wie äußerte sich das?«

»Er hat Harry immer ausgeschimpft. Helen sagte ihm ständig, dass er zu hart zu dem Jungen war.«

»Er hat ihn ausgeschimpft? Warum?«

»Oh, wegen allem Möglichen. Weil seine Noten nicht gut genug waren, weil er das Schwimmabzeichen nicht bekommen hatte – so etwas zum Beispiel. Er durfte auf keinen Fall bei den Autos spielen, es sei denn, Roland war dabei, um ihn zu beaufsichtigen. Sie wissen schon – die schicken Oldtimer? Wenn er dabei erwischt wurde, wie er auf ihnen herumkletterte, bekam er eine ordentliche Tracht Prügel. Manchmal flossen Tränen, wenn ich dort war, armer kleiner Kerl.«

»Und haben Sie jemals …«

»Es soll nicht so klingen, als ob Roland Harry nicht geliebt hätte. Natürlich hat er das. Er war nur altmodisch. Kinder sollte man sehen und nicht hören – oder besser noch: weder das eine noch das andere, solange er arbeitete. So ist er wohl selbst erzogen worden, wissen Sie?«

»Ich verstehe.«

»Und ich glaube, sie waren glücklich, meistens jedenfalls, Helen und Roland. Trotz der Streitigkeiten waren sie wohl glücklich. Obwohl ich mich immer gefragt habe, ob Helen nicht ein bisschen einsam war. Ich meine, sie war wesentlich jünger als er. Ich habe gehört, dass sie früher eine seiner Studentinnen gewesen ist. Aber sie hatte ja Harry. Sie waren unzertrennlich. Jedenfalls, als er noch klein war.«

Lockyer versuchte, dieses Bild von Helen – klug genug, um zu studieren, mutig genug, um mit ihrem Dozenten durchzubrennen und um die Erziehung ihres Sohnes zu kämpfen – mit Miles Godwins Beschreibung von ihr in Einklang zu bringen. *Helen trug Perlen zum Abendessen, hatte wahrscheinlich nie eine eigene Meinung …* Es bestärkte ihn in seiner Vermutung, dass dies mehr über Miles als über Helen aussagte.

»Als er noch klein war, sagten Sie«, fuhr er fort. »Hat sich das später geändert?«

»O ja. Harry wurde dreizehn – und schwupp.« Maureen schnippte mit den Fingern. »Ich meine, es war fast lustig. Plötzlich ist er ein launischer Teenager. Ein Problemkind. Schlurft schweigend durchs Haus, vergräbt die Hände in den Taschen. Man hatte Glück, wenn man ein Grummeln aus ihm herausbekam, geschweige denn ein Gespräch. ›Was ist eigentlich los, Harry?‹, sagte ich zu ihm. ›Du kannst immer mit mir reden, wenn dich jemand ärgert.‹ Ich versuchte zu helfen – aber er sagte kein Wort. Wollte nicht mehr umarmt werden. Nichts mehr essen. Rebellisch, wissen Sie?« Maureen schüttelte den Kopf. »Er wurde vom Unterricht suspendiert, weil er einem Lehrer gesagt hatte, er solle sich verpissen. Dann wurden die Streitereien immer schlimmer.«

»Zwischen den Ferris'?«

Maureen nickte. »Eines Tages tauchte sogar die Polizei auf. Als ich die Straße hinunterkam, sah ich das Auto vorfahren. Aus dem Haus waren laute Stimmen zu hören – Helen und Roland. Ich glaube, das ganze Dorf konnte sie hören, und ich dachte, da hat wohl jemand die Bullen gerufen – entschuldigen Sie meine Ausdrucksweise –, weil er dachte, sie würden sich gegenseitig umbringen. Wie sich herausstellte, ging es bei dem Besuch um etwas ganz anderes. Ich weiß aber nicht mehr, um was. Aber es wäre nicht verwunderlich gewesen, wenn jemand sie gerufen hätte, um den Streit zu beenden. Ich traf Harry draußen auf der Treppe. ›Was ist los?‹, fragte ich ihn. Er stand einfach auf und lief weg. Über das Tor, über die Straße und aufs Feld. *Vor mir* rannte er weg. Das brach mir fast das Herz.«

»Haben Sie jemals herausgefunden, was ihn zu diesem Verhalten veranlasst hat? Oder ob es nur die Hormone waren?«

»Nein. Es könnten die Hormone gewesen sein, aber … ich hatte das Gefühl, dass mehr dahintersteckte. Es gab eine Zeit, da habe ich mich gefragt, ob …«

»Fahren Sie fort …«

»Nun, er war so ein süßer, verschmitzter kleiner Junge. Ich habe mich einmal gefragt, ob er nicht … Sie wissen schon. Vom anderen Ufer ist.«

»Sie dachten, Harry könnte schwul sein?«

»So etwas führt doch zu Ärger zwischen einem Jungen und seinem Vater, oder? Zumindest damals. Und es zeigt sich ungefähr dann, wenn sich die Hormone bemerkbar machen.« Maureen hielt inne. »Und dann bringt sich Helen um! Danach hatte der Junge keine Chance mehr.«

»Wieso sagen Sie das?«

»Nun ja. Wenn seine Mutter ihn nicht wieder hingekriegt hat, wie sollte Roland es dann jemals schaffen? Er schickte Harry aufs Internat, aber er flog bald von der Schule. Dann ist er zu seiner Tante gezogen, und das war wohl das Beste, wenn Sie sagen, dass es ihm jetzt ganz gut geht. Er soll Anwalt sein?«

»Das ist richtig, ja.«

»Und sie haben sich versöhnt, oder? Er und sein alter Herr?«

»Soviel ich weiß, haben sie miteinander geredet.«

»Das ist wohl immerhin etwas. Es war traurig, was aus der Familie geworden ist.«

»Es erscheint mir sehr extrem, dass Harry so lange keinen Kontakt zu seinem Vater hatte. Finden Sie nicht auch?«

Maureen runzelte die Stirn und stippte den nächsten Keks in ihren restlichen Tee. »Ich sage Ihnen, was ich denke, Officer. Ich glaube, wenn jemand einfach so verschwindet und sich nicht meldet, dann nicht unbedingt, weil er die Leute nicht sehen will, die er zurückgelassen hat. Sondern weil er nicht gesehen werden will.«

»Sie meinen, Harry hat sich selbst bestraft und nicht seinen Vater?«

»Wäre möglich.«

»Glauben Sie, dass Harry die Schuld am Suizid seiner Mutter bei sich gesucht hat? Bei seinem rebellischen Verhalten?«

»Wie auch immer er war oder wurde, er war ein sensibles Kind. Er war empfindsam. Also, ja, vielleicht hat er sich die Schuld gegeben. Und – so tragisch das auch sein mag – wer kann schon sagen, ob er nicht zumindest teilweise recht damit hatte?«

Als Lockyer kurz darauf neben seinem Auto stand und sich die Katzenhaare von der Hose strich, fand er, dass Maureen durchaus recht haben könnte. Und wenn Harry sich wirklich die Schuld an Helens Tod gegeben hatte, dann hatten das vielleicht auch andere getan.

Abends rief Lockyer auf dem Hof an, um sich zu vergewissern, dass bei seinen Eltern alles in Ordnung war. Trudy sagte, es gehe ihnen gut. Dabei klang sie, als ob sie weitaus Besseres zu tun hätte, als am Telefon sinnlose Fragen zu beantworten.

Nach dem Abendessen beschäftigte er sich eine Zeit lang mit der Tapete im zweiten Schlafzimmer. Sie war alt und brüchig, schien aber mit einer Art Superkleber befestigt worden zu sein. Nach dem Einweichen löste sie sich in feuchten, klebrigen Placken, die auf seiner Haut und an seiner Kleidung ebenso leicht hafteten wie zuvor an der Wand. Zu Lockyers Entsetzen hatte es Bill, der Vorbesitzer des Hauses, für nötig gehalten, auch noch die Decke passend zu den Wänden zu tapezieren.

Bei der Arbeit versuchte er, einen Podcast zu hören, gab aber bald wieder auf. Er hörte überhaupt nicht zu, sondern dachte über Harry Ferris' schlechtes Gewissen nach. Könnte das tatsächlich der Grund dafür gewesen sein, dass er für so viele Jahre ins Exil gegangen war? Mit Schuldgefühlen kannte sich Lockyer ziemlich gut aus. Er quälte sich selbst damit – wegen Chris. Weil er ihn nicht vor dem Leben – oder dem Tod – beschützt hatte, wie es ein älterer Bruder tun sollte. Er hatte seinen Mörder nicht gefunden. Er fühlte sich schuldig, weil er bei den Ermittlungen zum Brand im The Queen's Head gelogen hatte – genauer gesagt, weil er deshalb zu seiner eigenen Verwirrung keine Schuldgefühle verspürte, denn das belastete ihn am meisten. Schuldgefühle konnten einen fertigmachen.

Er versuchte, sich vorzustellen, wie es wohl war, wenn man sich für den Tod eines Elternteils verantwortlich fühlte. Wenn sein Vater versucht hätte, sich umzubringen, oder – Gott bewahre – es geschafft hätte, würde er sich dann Vorwürfe machen? Würde er sich schuldig fühlen? Ganz sicher. Er würde sich Vorwürfe machen, dass er den Hof verlassen und seine Eltern nicht genug unterstützt hatte. Dass er John nicht gezwungen hatte, seine Depressionen behandeln zu lassen – dass er nicht irgendwie eingeschritten war. Es wäre unerträglich. Unabänderlich. Aber würde er deshalb über Jahrzehnte den Kontakt zu seiner Mutter abbrechen? Bis sie selbst im Sterben lag?

Nein, selbst dann nicht, wenn auch sie die Schuld bei ihm sehen würde. Ein Teil von ihm würde darauf hören, wenn man ihm sagte, dass es nicht seine Schuld gewesen sei – und zumindest versuchen, es zu glauben. Hatte Harry Ferris es nicht versucht? Hatte er es nicht geschafft, sich von dieser schrecklichen Last zu befreien? Lockyer kam sein Verhalten extrem vor. Ein verzweifelter Teenager mochte sich die Schuld am Tod seiner Mutter geben, aber ein Erwachsener würde doch sicher verstehen, dass sich keine Mutter umbrachte, nur weil ihr Kind sich schlecht benahm? Dass mehr dahinterstecken musste? Psychische Probleme oder etwas anderes, das er noch nicht herausgefunden hatte.

Aber vielleicht wusste Lockyer nur noch nicht, was damals los gewesen war.

Ein lautes Klopfen ließ ihn erschrocken aufblicken, weil es von der Tür zum Schlafzimmer und nicht von der Haustür kam. Auf der Türschwelle stand Mrs. Musprat und starrte ihn wütend an.

»Hören Sie endlich mit diesem höllischen Kratzen auf!«, sagte sie.

»Bitte entschuldigen Sie.« Lockyer war müde; er musste sich kurz sammeln.

»Nun, eine Entschuldigung nützt mir nichts. Die hilft mir schließlich nicht beim Einschlafen, oder?«

Lockyer legte eine Hand um sein Ohr. »Mrs. Musprat, ich kann Ihren Fernseher durch die Wand hören. Ich glaube nicht, dass Sie versucht haben zu schlafen.« Er schaute auf seine Uhr. »Es ist erst halb zehn.« Vermutlich hatte sie nachsehen wollen, was er machte.

»Na, ich kann den Fernseher ja wohl kaum hören. Wenn Sie wie ein Heuschreckenschwarm hier herumlärmen!«

Lockyer hatte an der Wand zum Nachbarhaus gearbeitet. Er ließ den Spachtel fallen und zupfte an den juckenden Papierfetzen an seinen Händen. »Gut«, sagte er. »Ich mache für heute Schluss. Aber früher oder später muss ich daran weiterarbeiten.«

»Es war gut genug ...«

»Für Bill«, unterbrach Lockyer. »Ja, ich weiß. Alles in Ordnung, Mrs. M? Abgesehen davon, dass ich Sie beim Fernsehen gestört habe natürlich? Brauchen Sie etwas?«

»Nein, nein.« Die alte Dame blieb in der Tür stehen und schaute sich um. Ihm fiel auf, dass sie dabei etwas verstohlen wirkte. Fast verschlagen. Doch sie schien nicht gehen zu wollen.

»Alles von Bill räumen Sie weg«, murmelte sie. »Fegen alles weg, als ob es nichts wert wäre. Er war ein guter Mann, wissen Sie.«

»Ganz bestimmt war er das«, sagte Lockyer sanft. »Und ich räume nicht *ihn* weg. Nur seine Einrichtung. Ich muss das Haus zu meinem Zuhause machen, verstehen Sie?«

»Na, das machen Sie ja gerade.« Die alte Frau starrte eine Minute lang an die Decke, die Lippen fest zusammengepresst. »Als Bill die Decke tapeziert hat, habe ich ihn das einzige Mal fluchen hören«, sagte sie.

»Warum in aller Welt hat er das überhaupt gemacht?«

Mrs. Musprat ließ sich Zeit mit der Antwort. »Eines Nachts ist bei einem Sturm ein Ast durchs Dach geschlagen. Es hat reingeregnet, und an der Decke war ein großer schmutziger Fleck. Er meinte, mit Tapete ließe er sich am besten abdecken.«

Es klang sehr nach einer Lüge, aber Lockyer beließ es dabei.

»Er hat sie jedenfalls ordentlich fest angebracht«, sagte er.

»Er hat ein bisschen was in den Kleister getan, meinte er. Damit er richtig gut hält.«

»Das erklärt einiges«, sagte Lockyer, während er weiter an seinen Händen herumzupfte. Erneut folgte betretenes Schweigen, und Lockyer war sich jetzt ganz sicher, dass sie ihn etwas fragen oder ihm etwas sagen wollte. »Ich bin nicht im Dienst, verstehen Sie?«, sagte er. »Ich bin jetzt gerade kein Polizeibeamter.«

Mrs. Musprat sah ihn an, misstrauisch und ablehnend zugleich. »Sie sind nicht von der Polizei? Doch, natürlich sind Sie das«, schnaubte sie. Eine Pause. »Sie hören immer irgendetwas, nicht wahr?«, fuhr sie fort. »Lesen immer etwas. Lernen Gott weiß was. Sind sich sogar zu gut für das verdammte Fernsehen.« Sie zeigte mit dem Finger auf ihn. »Das macht Sie trotzdem nicht zu einem besseren Menschen, wissen Sie.«

Mit diesen Worten und einem zufriedenen Nicken drehte Iris Musprat sich um und ging zurück nach unten.

»Gute Nacht, Mrs. M«, rief Lockyer ihr hinterher.

Mit Hedys Verhörprotokollen zog er sich ins Bett zurück. Es bereitete ihm Sorge, wie leicht er ihr Bild heraufbeschwören konnte, während er ihre Worte las. Das lange Haar, das sie nachlässig hinter die Ohren gesteckt hatte. Ihre steingrauen Augen. Die genaue Beschaffenheit ihrer Haut, kreidebleich nach so langer Zeit im Gefängnis. Wie sie sich bei seinem Besuch aufgerichtet und die Schultern gestrafft hatte – weil er ihr Hoffnung gemacht hatte. Wieder nagten die Schuldgefühle an ihm. Was, wenn es ihm jetzt nicht gelang, sie zu rehabilitieren? Und selbst wenn – würde er jemals unbelastet an Hedy denken können? Dass dies für immer zwischen ihnen stehen könnte, beunruhigte ihn mehr, als es sollte.

DI LOCKYER: *An Michael Browns Kleidung wurden Fasern von einem rosa Pullover aus Ihrer Wohnung gefunden. Haben Sie eine Erklärung, wie sie dorthin gekommen sind?*
ANTWORT: *Ja. Sie ... er ... da war er noch Harry Ferris. Jedenfalls hielt ich ihn noch dafür.*
DI LOCKYER: *Wann war das? Und wie ist es passiert?*
ANTWORT: *Es war ... ich glaube, es war drei Nächte, bevor er ... starb. Ich habe ihn umarmt. Ich habe ihn in die Arme genommen.*
DI LOCKYER: *Sie haben ihn umarmt? Und warum?*
ANTWORT: *Er war so aufgewühlt.*
DI LOCKYER: *Weshalb?*
ANTWORT: *Wegen der ganzen ... der ganzen Situation, glaube ich. Er sagte, er habe etwas Schlimmes getan ... Ich wusste nicht, was er*

damit meinte. Er sagte, er müsse reinen Tisch machen und dass es schon zu lange so gehe.

DI LOCKYER: *Meinte er damit seinen Aufenthalt in der Scheune?*

ANTWORT: *Das wusste ich damals nicht. Ich glaube schon. Er sagte, er habe Angst, und fing an zu weinen, also umarmte ich ihn und sagte ihm, dass es nicht so schlimm sein könne. Was immer es auch sei, man könnte es bestimmt wieder in Ordnung bringen. Sein Vater würde ihm helfen. So etwas in der Art.*

DI LOCKYER: *Was hat er dazu gesagt?*

ANTWORT: *Eine Zeit lang nichts. Erst als er sich etwas beruhigt hatte und nicht mehr weinte. Dann hat er gelacht ... irgendwie ungläubig. Es klang ein bisschen ... schräg, wissen Sie? Irgendwie ... durchgedreht. Und dann hat er es mir erzählt.*

DI LOCKYER: *Was hat er Ihnen erzählt?*

ANTWORT: *Dass er nicht Harry Ferris war. Er sagte, sein Name sei Michael. Er könne nicht glauben, wie lange das jetzt schon gehe oder was für ein Glück er gehabt habe, dass er in der Nacht die Scheune gefunden habe. Er ... hat gelacht!*

DI LOCKYER: *Möchten Sie ein Taschentuch, Miss Lambert?*

ANTWORT: *Nein danke. So, das war's.*

DI LOCKYER: *Und wie haben Sie reagiert, als Sie das hörten?*

ANTWORT: *Ich war ... ich war schockiert. Ich dachte, wir wären dabei ... ich weiß nicht. Freunde zu werden.*

DI LOCKYER: *Sie müssen viel geredet haben bei all den Gelegenheiten, wenn Sie ihm das Essen gebracht haben.*

ANTWORT: *Nein. Das ist es ja gerade. Er hat nie viel gesagt, und ich ... ich auch nicht. Und vieles, was er sagte, war sehr ... ungewöhnlich. Oder geheimnisvoll – vielleicht sollte es so klingen. Ich glaube, jetzt weiß ich, warum.*

DI LOCKYER: *Und trotzdem wurden Sie Freunde?*

ANTWORT: *In gewisser Weise. Er ... ich ... ich dachte, ich hätte ihn verstanden. Er versteckte sich da drin, wollte niemanden sehen, mit niemandem reden. Er wollte nicht ... in der Welt sein. Ich dachte, er wäre wie ich.*

DI LOCKYER: *Ein Seelenverwandter?*

ANTWORT: *Ja. Auf jeden Fall jemand, der im selben Boot saß wie ich. Aber es war nur eine weitere Illusion. Lügen.*

DI LOCKYER: *Haben Sie jemandem erzählt, was Michael Ihnen gestanden hat?*

ANTWORT: *Nein.*

DI LOCKYER: *Warum nicht?*

ANTWORT: *Es wäre ... Ich wusste, wie enttäuscht Professor Ferris sein würde. Dass sein Sohn zurück war, hatte ihn verändert.* Die Vorstellung, *dass er zurück war. Als ob etwas Verhärtetes in ihm aufgebrochen wäre, verstehen Sie? Oder geheilt – vielleicht eher geheilt, nicht aufgebrochen. Wie auch immer, ich wusste, dass er am Boden zerstört sein würde. Wenn herauskäme, dass alles nur eine Lüge war.*

DI LOCKYER: *Aber man musste es ihm sagen.*

ANTWORT: *Ja. Ich habe Harry – ich meine, Michael – gesagt, dass er reinen Tisch machen muss. Dass ich es nicht für ihn tun würde.*

DI LOCKYER: *Und wie hat er darauf reagiert?*

ANTWORT: *Er hat genickt. Er sagte, das werde er tun, aber ich müsse ihm ein paar Tage Zeit geben, um herauszufinden, wohin er dann gehen würde. »Die Fühler ausstrecken«, das waren seine genauen Worte.*

DI LOCKYER: *Und Sie haben dem zugestimmt?*

ANTWORT: *Ja.*

Selbst nach all den Jahren erinnerte sich Lockyer noch daran, wie sie ihm bei den Worten in die Augen gesehen hatte: *Ich dachte, wir wären dabei ... ich weiß nicht. Freunde zu werden.* Dieser Anflug von Verlegenheit, mit dem sie ihm ihre Gefühle gestanden hatte, ihre Schwäche. Dass sie jemanden vollkommen falsch verstanden hatte. Wieder einmal. Hedy war ihm wie ein Mensch erschienen, dessen Vertrauen man sich verdienen musste – und das immer wieder aufs Neue. Wie eine Person, die sich mehr als einmal die Finger verbrannt hatte. Wie ein wildes Tier, das vor der Hand eines Menschen zurückschreckte. Ihm hatte so viel daran gelegen, ihr Vertrauen zu gewinnen, und er war so froh gewesen, als es aussah, als wäre es ihm gelungen. Und dann war er nervös geworden und hatte sich angreifbar gefühlt, weil seine Freude darüber nicht nur mit der Lösung des Falls zu tun gehabt hatte.

Aber er erinnerte sich auch daran, wie ausdruckslos ihre Stimme am Ende des Verhörs geklungen hatte, als sie ihm von Michaels Enthüllung berichtete. Wie abgestumpft und kalt. Manchmal schlugen verängstigte Tiere auch um sich.

Der pensionierte PC Tom Williams rief Lockyer gleich am Dienstagmorgen zurück. Gemma Broad saß gerade an ihrem Schreibtisch und ging mit konzentrierter Miene eine Namensliste durch. Toms Stimme war vom jahrelangen Saufen rau geworden, sein Wiltshire-Akzent stärker als der von Lockyer.

»Tom, ich schaue mir den Mordfall Michael Brown noch einmal an. Sie waren damals, 2005, der zentrale Ansprechpartner, ist das richtig?«

»Ah, man hat Sie in die Cold-Cases-Abteilung abgeschoben, stimmt's? Ich hab so etwas gehört.«

»Schon klar.«

Tom lachte. »Keine Sorge. Ich habe es nie zu mehr als zum Police Constable gebracht, aber ich glaube, ich habe trotzdem etwas bewirkt.«

»Das haben Sie, Tom.«

»Also. Michael Brown ... Brown ... Oh, ich weiß – der Pavee in der Scheune in Stoke Lavington?«

»Genau.«

»Ja, das war schon etwas seltsam. Wie kommt es, dass Sie ihn sich noch mal vornehmen?«

»In der Kriminaltechnik hat man etwas entdeckt. Ich will nur sichergehen, dass uns keiner durch Netz gegangen ist.«

»Verstehe. Die Haushälterin ist ins Gefängnis gekommen, richtig? Ein schmächtiges Mädchen. Schien nicht der Typ dafür zu sein.«

»Das haben Sie schon immer über schmächtige Mädchen gesagt.« Tom war ein Polizist der alten Schule – nicht schlecht, aber mit einer unzeitgemäßen Einstellung zu Frauen und Alkohol im Dienst.

»Nicht über alle«, schränkte Tom ein. »Einige waren richtig mörderische Harpyien.«

»In der Akte steht, dass Sie den Lagerplatz in einer Nebenstraße in der Nähe von Larkhill besucht haben, wo der Wohnwagen von Michael Brown abgestellt war. Sie hätten aber von den anderen dort keine Informationen über ihn erhalten.«

»Ja, richtig.« Tom räusperte sich. »Das Problem ist, dass sie nicht gerne mit unsereins plaudern, wie Sie ja wissen. Wenn dann noch ein Mordfall dazukommt und einer von ihnen gegen einen Kodex verstößt und wegläuft ...«

»Er hatte gegen einen Kodex verstoßen? Welchen Kodex?«

»Ach, keine Ahnung – so etwas kommt bei denen ständig vor. Meistens geht es um die Ehre, um Geld oder um die Schwester von jemandem. Oder um eine Kombination aus allen dreien. Und der Anführer dort – nun, der inoffizielle Anführer, verstehen Sie – war ein richtiger Psycho. Keiner, mit dem man sich anlegen möchte.«

»Aha?«

»Ja. Er hieß Sean Hannington. Ich hatte ihn die ganzen Neunziger- und Nullerjahre über auf dem Kieker. Und vermutlich ist jetzt jemand anders hinter ihm her, wo immer er auch ist. Ich weiß zwar besser als die meisten anderen, dass die Pavees ein überwiegend friedliches Volk sind und sich um ihre eigenen Angelegenheiten kümmern, aber dieser Mann war für einen guten Teil der Gewaltverbrechen und Einbrüche in Wiltshire verantwortlich.«

»Sie wissen nicht zufällig, wo er jetzt sein könnte?«

»Nein, tut mir leid, Matt. Und darüber bin ich auch ganz froh. Er ist vor etwa acht Jahren von der Bildfläche verschwunden. Vermutlich ist er irgendwo einbetoniert – falls es einen Gott gibt.«

»Wenn Michael Brown sich mit Hannington angelegt hätte, wäre er also in Schwierigkeiten gewesen?«

»In heftigen Schwierigkeiten, würde ich sagen. Aus dem Umfeld von Hannington verschwanden immer wieder Leute. Wir konnten ihm nie etwas nachweisen, was vor allem daran lag, dass alle, die *nicht* verschwunden waren, plötzlich taub und blind wurden oder noch nie von ihm gehört hatten. Die Leute hatten Angst vor ihm, wissen Sie.«

Broad erhob sich halb von ihrem Stuhl und drehte sich zu ihm um, sie schien ihm etwas Dringendes sagen zu wollen. Lockyer hob einen Finger, um sie noch einen Moment hinzuhalten.

»Kann ich mir vorstellen. Können Sie sich noch an jemand anderen von dem Lagerplatz erinnern, oder wissen Sie, wo sie jetzt sein könnten? Tut mir leid, Tom – ich weiß, das ist eine schwierige Frage.«

»Das ist es.« Tom stieß einen leisen Pfiff aus. »Geben Sie mir ein bisschen Zeit. Ich gehe die Notizen noch einmal durch – werde meinen Gehirnwindungen etwas auf die Sprünge helfen. Mal sehen, was dabei herauskommt.«

»Danke, Tom. Ich weiß das zu schätzen.«

Lockyer legte auf. Broads Augen leuchteten, und ihre Wangen waren so gerötet wie morgens, wenn sie die elf Kilometer über den Treidelpfad am Kanal von ihrer Wohnung in Semington zum Bahnhof geradelt war. »Schießen Sie los«, sagte er.

»Paul Rifkin hat vor zwanzig Jahren gesessen. Nicht lang. Wegen Unterschlagung.«

»Ja. Das steht in der Akte.« Lockyer erinnerte sich, wie Paul sich 2005 in einer Befragung gewunden und sie angefleht hatte, Professor Ferris nichts davon zu sagen. Bei seiner Bewerbung hatte er weder seine Vorstrafe noch die Tatsache erwähnt, dass er einen früheren Arbeitgeber bestohlen hatte.

»Er hat achtzehn Monate einer zweieinhalbjährigen Haftstrafe im HMP Northumberland abgesessen. 2001 wurde er wegen guter Führung vorzeitig entlassen.«

»Und?«

»Raten Sie mal, wer damals wegen Dealens ebenfalls dort eingesessen hat?«

Lockyers Puls beschleunigte sich. »Michael Brown?«

»Ganz genau.«

9

TAG ZWÖLF, DIENSTAG

Lockyer informierte DSU Considine über den Stand der Ermittlungen, und diese stimmte zu, Paul Rifkin zum Verhör vorzuladen. Bevor Lockyer ihr Büro verließ, warf sie ihm einen finsteren Blick zu. »Verdammt und zugenäht, Matt. Wie haben wir das damals übersehen können?«

Lockyer war sich nicht sicher, wie er am besten antworten sollte.

»Wir dachten, der Fall hätte sich von selbst gelöst, oder?«, sagte er schließlich. Diplomatisch, wie er hoffte.

»Und wir hatten gute Gründe, das zu glauben«, rief sie ihm nach, als er ging.

Er schickte Broad und einen uniformierten Beamten los, um Paul mit einem Streifenwagen abholen zu lassen, da er wusste, wie unangenehm es ihm sein würde. Die öffentliche Aufmerksamkeit, der Klatsch. Er redete sich ein, dass er es nicht nur tat, um ihm einen Dämpfer zu versetzen. Er wollte ihn auch in die Defensive zwingen, ihn vor dem Verhör verunsichern. Verunsicherte Menschen gaben immer mehr preis.

Außerdem ließ er Paul eine gute Stunde im Verhörraum warten, nachdem Broad mit ihm zurückgekommen war. Nur um ihn schmoren zu lassen. Lockyer vermutete, dass Paul der Typ war, der wütend wurde, wenn man ihn warten ließ. Jemand, der seine Zeit für wertvoll hielt.

»Nur noch ein bisschen, Gem«, sagte er, als sie ihn wiederholt beunruhigt ansah.

Auf dem Weg zum Verhörraum trafen sie auf Steve Saunders. »Lockyer«, sagte er, »Durchbruch in einem Fall?«

»Vielleicht«, antwortete Lockyer.

»Das ist also tatsächlich ein echter Verdächtiger da drin, ja?« Saunders hob die Augenbrauen. »Ich bin beeindruckt.«

»Wolltest du etwas von mir, Steve?«

»Nichts Besonderes. Hast du Lücken bei den ursprünglichen Ermittlungen gefunden?«

»Möglicherweise. Die Kriminaltechnik …«

»Warst du damals nicht dabei, Lockyer?«

Lockyer runzelte die Stirn. Niemand sollte wissen, woran sie arbeiteten. Noch nicht. Aber Saunders wusste es offensichtlich, und es zu leugnen hatte keinen Sinn. »Neben anderen«, sagte er.

»Richtig, richtig«, stimmte ihm Saunders zu. »Zusammen mit DSU Considine, wenn ich mich nicht irre. Deiner Chefin.«

»Was soll das werden?«

Saunders lächelte. »Du räumst also im Grunde deinen eigenen Dreck weg? Die meisten Menschen lernen das mit zehn. Aber trotzdem – gut gemacht. Babyschritte, was?«

Lockyer schwieg einen Moment lang, bis er sich sicher war, dass ihm die Stimme nicht versagen würde.

»Kommen Sie, Gem«, sagte er dann und schob sich an Saunders vorbei. »Ignorieren Sie ihn möglichst«, fügte er leise hinzu.

»Chef«, sagte sie. Ihre Wangen glühten, ihr Kiefer war angespannt.

Wieder fragte sich Lockyer, wie sehr es sie wohl störte, dass sie sich mit ihm abgeben musste.

»Woher weiß er, dass wir am Fall Michael Brown arbeiten?«, fragte er.

»Keine Ahnung, Chef. Aber es dürfte für ihn nicht schwer gewesen sein, es herauszufinden.«

»Ich wünschte, er würde sich um seinen eigenen Mist kümmern«, sagte Lockyer. »Considine wird nicht erfreut sein.« Er sah wieder zu Broad hinunter, doch sie wich seinem Blick aus. »Sind wir bereit?«, fragte er und legte eine Hand an die Tür des Verhörraums.

Broad nickte, und sie gingen hinein.

Paul Rifkin sah nicht halb so wütend oder verzweifelt aus, wie Lockyer gehofft hatte. Er lehnte sich mit verschränkten Armen auf seinem Stuhl zurück, das Hemd war ordentlich in den Gürtel gesteckt, die Chinos perfekt gebügelt. Die anständigen Schnürschuhe modisch genug. Blitzsauber. Er sah auf, als Lockyer und Broad hereinkamen und sich ihm gegenüber setzten. »Sie haben sich Zeit gelassen«, sagte er. »Während Sie meine Zeit vertrödeln, bekommt ein sterbender Mann kein Mittagessen, ist Ihnen das klar?«

»Wir haben dafür gesorgt, dass eine von Professor Ferris' Pflegerinnen bei ihm ist, während wir dieses Gespräch führen.« Broad blickte von ihren Akten auf. »Ich bin mir sicher, sie schafft es, ihm ein Sandwich zu machen.«

Lockyer war beeindruckt von ihrem veränderten Auftreten. Seit Beginn ihrer Zusammenarbeit hatten sie noch keine Gelegenheit gehabt, Verdächtige zu befragen, und sie machte den Eindruck, knallhart zu sein. Sie drückte die Taste des Aufnahmegeräts.

»Verhör mit Paul Rifkin am zwölften November 2019, anwesend sind Detective Constable Gemma Broad.«

»Detective Inspector Matthew Lockyer.«

»Paul Ian Rifkin.«

»Sie werden offiziell vernommen und haben einen Rechtsbeistand abgelehnt«, sagte Lockyer.

»Ich brauche keinen Anwalt. Ich habe nichts Falsches getan«, sagte Paul.

»Na schön«, sagte Lockyer, »lassen Sie uns erst ein paar Dinge besprechen, bevor wir uns dazu ein Urteil erlauben, ja? Es ist so, Mr. Rifkin: Wenn Sie die Polizei belügen, wird die Polizei misstrauisch.«

»Ich habe nicht gelogen.« Pauls Blick huschte zwischen den beiden Beamten hin und her. Er versuchte, sie einzuschätzen. Diesen Blick hatte Lockyer bei ihm schon zuvor gesehen – zuletzt während des Gesprächs zwischen Roland und Harry Ferris. Paul war ein Intrigant, davon war Lockyer fest überzeugt. Ob er auch ein Mörder war, würden sie herausfinden.

»Doch, das haben Sie. Also verschwenden wir keine Zeit«, sagte Lockyer.

»Sie verschwenden Zeit, ich …«

»Als ich am vergangenen Samstag, dem neunten November, im Haus von Professor Ferris war, habe ich mit Ihnen über den Mord gesprochen, der sich dort 2005 ereignet hat. Ich fragte Sie, ob Sie damals glaubten, dass der Mann, der in der Scheune schlief und später zum Mordopfer wurde, Harry Ferris, der Sohn von Professor Ferris sei, wie der Professor behauptete.«

Es war keine Frage, und Paul antwortete nicht.

»Könnten Sie bitte für die Aufnahme bestätigen, dass das von DI Lockyer erwähnte Gespräch stattgefunden hat?«, forderte Broad ihn auf.

»Das hat es.« Paul trommelte mit den Fingerspitzen auf den Tisch.

»Nun, und da haben Sie gelogen, oder?«, fragte Lockyer. Er

nickte Broad zu, die Paul ein Fahndungsfoto der Polizei vorlegte. Das Bild von Michael Brown war zwanzig Jahre alt. Eine dunkle Haarsträhne war ihm in die Stirn gefallen, er trug einen dünnen, ungepflegten Bart und blickte aus großen Augen mit gehetztem Blick in die Kamera. Natürlich hatte er damals nicht geahnt, dass ihm nur noch eine Handvoll Jahre zu leben blieben.

»Im Jahr 2000 wurden Sie wegen Veruntreuung von Geldern Ihres damaligen Arbeitgebers, Colonel James Crofton, wohnhaft in Audley Park, Morpeth, zu zweieinhalb Jahren Haft verurteilt. Sie verbüßten achtzehn Monate im HMP Northumberland zusammen mit diesem Mann.« Broad tippte auf das Foto. »Michael Brown. Er saß dort wegen Rauschgifthandels.«

Pauls Wange zuckte. »Da waren viele Häftlinge«, sagte er. »Ich bin für mich geblieben, kannte kaum einen von ihnen.«

»Hören Sie auf, Mr. Rifkin.« Lockyer versuchte, den unruhigen Blick des Mannes festzuhalten. »Bei Kapitalverbrechen glaube ich nicht an Zufälle. Einfach ausgedrückt: Ich glaube Ihnen nicht. Und ich bin sicher, wir finden leicht jemanden, der zu der Zeit ebenfalls im HMP Northumberland eingesessen hat und bezeugen kann, dass Sie beide sich kannten.«

»Na, dann viel Glück.«

Lockyer starrte Paul weiter an. Der erwiderte den Blick trotzig. »Constable Broad?«

Broad überprüfte kurz ihre Notizen. »Es gibt einen Zeugen, der gesehen hat, wie Sie in die Scheune gegangen sind, in der Mr. Brown … wohnte, wenige Tage bevor er ermordet wurde. Und der gesehen hat, wie Sie kurz darauf ziemlich aufgelöst wieder herauskamen. Können Sie uns sagen, was bei dieser Begegnung zwischen Ihnen vorgefallen ist?«

»Was für ein Zeuge?« Paul beugte sich vor. »Der lügt, wer auch immer es ist!«

»Warum sollte derjenige das tun?«

»Es war Hedy, stimmt doch, oder? *Sie* behauptet, sie hätte mich gesehen. Sie versucht, die Schuld von sich abzuwälzen, und Sie fressen ihr aus der Hand.«

»Sie tun sich damit keinen Gefallen, Mr. Rifkin«, sagte Lockyer.

»Ich habe nichts Unrechtes getan.«

»Wir wissen, dass jemand Mr. Brown in den Tagen vor seiner Ermordung angegriffen hat. Er hatte frische Blutergüsse am Körper und am Hals, als ob jemand ihn gewürgt hätte. Da es einige Kraft erfordert, jemandem solche Verletzungen zuzufügen, vermuten wir, dass es sich bei dieser Person um einen Mann gehandelt hat.«

»Tja, ich war es jedenfalls nicht.« Paul lehnte sich wieder zurück. Er verschränkte die Hände hinter dem Kopf, um Lässigkeit zu demonstrieren, überlegte es sich dann jedoch anders.

»Ihnen ist wichtig, dass die Menschen um Sie herum nicht erfahren, wer Sie wirklich sind, ist es nicht so, Mr. Rifkin? Aber Sie sind nicht so gut darin, wie Sie glauben«, sagte Lockyer.

»Sie haben ein hübsches Sümmchen zur Seite gelegt, nicht wahr, Mr. Rifkin?«, fragte Broad.

Er wirkte empört.

»Unsere Finanzermittler haben sich das mal angesehen.«

»Sie hatten kein Recht ... Ich habe das Geld *verdient*! Es ist *mein* Geld.«

»Möglich«, sagte Lockyer. »Oder Sie haben Ihre alten Tricks abgezogen.«

»Das war ein ziemlich perfektes System, oder?«, sagte Broad. »Sie kümmerten sich im Namen Ihres damaligen Arbeitgebers um die Verträge mit Handwerkern, Baufirmen und Personal und um sämtliche Rechnungen von Geschäften oder Versorgungsunternehmen. Colonel Crofton schenkte Ihnen sein uneingeschränktes

Vertrauen, denn schließlich hatten Sie früher auch beim Militär gedient. Sie brauchten nur ein kleines Schmiergeld als Entscheidungshilfe bei der Auftragsvergabe anzunehmen oder die schriftlichen Angebote etwas aufzublasen und den Differenzbetrag für sich zu behalten.« Broad sah Paul fest in die Augen. Nur Lockyer konnte sehen, wie sehr sie sich darauf konzentrierte, ruhig zu bleiben. »Der Colonel erweiterte damals aufwendig ein großes Landgut. Durch Ihre Hände ist ziemlich viel Geld gegangen, nicht wahr, Mr. Rifkin?« Wieder sah sie auf eine Notiz. »Und über hunderttausend davon landeten auf Ihrem Konto.«

»Es war ein Fehler. Damals war ich ein anderer Mensch. Das Militär ... hat mich kaputtgemacht. Ich hatte eine PTBS ... ich brauchte das Gefühl, abgesichert zu sein. Aber ich habe meine Strafe verbüßt. Das können Sie jetzt nicht gegen mich verwenden.«

»Wir werden es nicht gegen Sie verwenden, Mr. Rifkin. Aber es stellt sich die Frage, wie Sie es geschafft haben, eine dreiviertel Million Pfund anzuhäufen, wenn Sie in Ihrem Job nur vierundzwanzigtausend Pfund im Jahr verdienen.«

»Gut investiert«, sagte Paul. »Und sparsam gelebt.«

»Wenn das stimmt, werden es uns die Jungs von der Finanzermittlung bald sagen«, antwortete Lockyer. »Es könnte eine Weile dauern, aber es ist erstaunlich, was sie alles aufdecken, selbst bei den geschicktesten Betrügern. Und ich vermute, dass Sie das nicht sind.«

»Ich sage Ihnen doch, es ist alles legal. Sie werden nichts finden!«

»Michael Brown wusste, dass Sie ein Dieb und Lügner sind, oder, Mr. Rifkin? Ich glaube, Sie haben ihn sofort erkannt, als er in Longacres auftauchte. Ich glaube, Sie haben sich von ihm ferngehalten, den Kopf eingezogen und gehofft, dass er weiterzieht.«

»Aber er ist nicht weitergezogen, nicht wahr, Mr. Rifkin?«, sagte Broad.

»Also gingen Sie zu ihm, um mit ihm zu sprechen. Vielleicht wollten Sie herausfinden, was er vorhatte. Ob er Professor Ferris über Sie aufklären wollte. Und vielleicht wollten Sie ihm einen kleinen Schrecken einjagen, ihm sagen, dass er lieber wieder abziehen sollte. Haben Sie ihn bedroht, Mr. Rifkin?«

»Nein.«

»Und was dann?«, fuhr Lockyer fort. »Ein paar Tage später, als deutlich wurde, dass er nicht vorhatte zu gehen, beschlossen Sie, dafür zu sorgen, dass er das neue Leben nicht gefährden konnte, das Sie sich dort aufgebaut hatten. Also nahmen Sie in jener Nacht ein Messer aus der Küche und schafften das Problem aus der Welt.«

»Das war ich nicht!«

»Der Mord wurde schnell und effizient ausgeführt. Geradezu kaltblütig. So wie ein Soldat jemanden töten würde.«

»Sind meine Fingerabdrücke auf dem Messer?«, wollte Paul wissen.

»Eine erneute kriminaltechnische Untersuchung deutet darauf hin, dass sich die Fingerabdrücke des Mörders vielleicht gar nicht auf dem Messer befinden.« Lockyer sah ihn erneut durchdringend an. »Das war ein ziemlich cleverer Trick. So etwas lernt man vermutlich von anderen Verbrechern. Zum Beispiel im Gefängnis.«

»Vielleicht verstehen Sie allmählich, warum wir an Ihnen zweifeln, Mr. Rifkin«, sagte Broad.

»Sie haben das alles falsch verstanden!«

»Ach ja?«

»Ja! Ich habe ihn nicht umgebracht! Sie sind … Sie sind auf dem Holzweg, Inspector.« Paul versuchte offensichtlich, ungläubig und empört zu wirken, was ihm jedoch nicht recht gelang.

»Sind wir das?« Lockyer zuckte mit den Schultern. »Vielleicht. Für mich sind zwei Szenarien denkbar. Entweder es war genau so, wie ich es gerade beschrieben habe. Oder aber nur zum Teil. Denn ich weiß genau, dass Sie mich anlügen, Mr. Rifkin, und dass Sie Mickey damals gleich erkannt haben. Ich hege den starken Verdacht, dass Sie ihn verprügelt haben. Und Sie wollten, dass er geht, bevor Sie seinetwegen Ihren Job verlieren – und womöglich sogar wieder im Knast landen, falls Sie Geld unterschlagen hatten. Ich lasse mich gern davon überzeugen, dass Sie ihn nicht getötet haben, aber dann sollten Sie besser anfangen zu reden. Und zwar sofort.«

Es folgte eine Pause. Lockyer und Broad verzogen keine Miene. Paul betrachtete seine Hände und bewegte dabei leise vor sich hin murmelnd die Lippen. Lockyer und Broad tauschten einen Blick. Sie hatten ihn.

»Hören Sie, ich habe ihn nicht umgebracht, okay? Ich bin kein Mörder.«

»Sie waren beim Militär, Mr. Rifkin«, sagte Broad. »Sie haben auf den Falklandinseln gekämpft.«

Paul stieß einen Seufzer aus. »Es ist so: Wenn Sie sich mein Leben vor dem Jahr 2000 ansehen, werden Sie feststellen, dass ich … eigentlich gar nicht beim Militär war.«

»Aha?«

»Ich habe mir das nur ausgedacht, um den Job beim Colonel zu bekommen, verstehen Sie? Militärtypen halten immer zusammen. Ich dachte, das könnte den Ausschlag geben, und ich hatte recht. Danach schienen die Leute immer davon beeindruckt zu sein. Also habe ich … nun ja. Ich bin dabei geblieben.«

»Das wissen wir, Mr. Rifkin«, sagte Broad. »Wir haben uns Ihr Leben vor dem Jahr 2000 angesehen.«

»Das beweist doch nur, dass Sie ein gewohnheitsmäßiger Lügner und Dieb sind, oder nicht?«, fügte Lockyer hinzu.

»Aber es beweist, dass ich *jetzt* die Wahrheit sage. Und Sie können mich nicht als einen … abgebrühten Killer hinstellen!«

Paul beugte sich vor und legte die Hände flach auf den Tisch. Es war eine flehende Geste, aber Lockyer wusste, dass man sich nicht zu sehr auf die Körpersprache verlassen sollte. Manche Kriminelle beherrschen sie fließend. Paul holte tief Luft. »Ich habe ihn erkannt, okay? Ich wusste, wer er war. Ich wusste, dass ich seinetwegen entlassen werden konnte, falls er anfing, vom Gefängnis zu plaudern und warum ich dort gewesen war. Aber ich habe ihn nicht getötet. Und er hätte mich auch nicht wieder in den Knast bringen können, weil das ganze Geld legal erworben ist, okay? Es ist mein Erspartes. Er hätte also nur dafür sorgen können, dass ich gefeuert werde, und Sie glauben doch nicht, dass ich deswegen jemanden töten würde? Natürlich nicht, verdammt! Aber ich habe ... ich habe ihn verprügelt. Hab ihn am Schlafittchen gepackt und ein bisschen durchgeschüttelt. Hab ihm gesagt, dass er die Kurve kratzen soll.«

»Und hat Mr. Brown gesagt, dass er gehen würde?«

»Den Teufel hat er. Er hat nur gelacht. Na ja, eigentlich hat er nur gekichert. Ich glaube, er hat sich über die Jahre das Hirn weggeblasen. Mit den Dreckdrogen.« Paul schüttelte den Kopf.

»Das muss Sie wütend gemacht haben«, sagte Broad.

»Es hat mich aufgeregt, ja. Aber als ich mich etwas beruhigt hatte, war ich ehrlich gesagt nicht mehr so besorgt wie vorher. Er war fertig. Auch wenn er etwas gesagt hätte, hätte ihm niemand geglaubt. Und da er es genoss, Harry Ferris zu sein, glaubte ich auch nicht, dass er etwas sagen würde. Dazu hätte er schließlich seine wahre Identität preisgeben müssen, oder?«

Broad blickte zu Lockyer.

»Hedy Lambert sagte damals aus, dass Michael Brown ihr einige Tage vor seiner Ermordung seine wahre Identität gestanden hatte. Sie stellte ihm ein Ultimatum: Wenn er Professor Ferris nicht die Wahrheit sagen würde, wollte sie es tun«, sagte Lockyer.

»Okay. Also, davon wusste ich nichts.«

»Hätte ihn das für Sie nicht zu einer größeren Bedrohung gemacht? Wenn das Spiel sowieso aus war. Sie wären mit Mickey untergegangen.«

»Ich habe doch gerade gesagt, dass ich nichts davon wusste!« Auf Pauls Oberlippe hatte sich ein feiner Schweißfilm gebildet. Er wischte ihn mit einer Hand fort. »Ich mag meinen Job. Ich lebe gerne dort. Es ist mein *Zuhause*. Aber hätte ich den Jungen getötet, um dort zu bleiben? Nein. Weil ich kein Mörder bin. Ich bin nicht der Berufsverbrecher, als den Sie mich darstellen wollen. Ich fand es schrecklich im Knast. Ich habe es gehasst. Seitdem bin ich grundanständig, das ist die reine Wahrheit. Ich kannte Mickey aus dem Knast, weil er einer von den Guten war. Verstehen Sie mich nicht falsch – er war immer ein bisschen verrückt. Vermutlich schon früh verdorben. Aber er hat nie jemandem etwas Böses gewollt. Er hätte nicht gewollt, dass ich ›mit ihm untergehe‹. Er war … sanft, würde man wohl sagen. In mancher Hinsicht fast wie ein Kind. Wer immer ihn getötet hat … Wer immer ihn getötet hat, war ein herzloser Dreckskerl. Ich mag ein Lügner sein, und früher war ich ein Dieb, aber ich bin kein herzloser Dreckskerl, Inspector.«

»Sie waren herzlos – und besorgt – genug, um einen Abdruck Ihrer Hand auf seinem Hals zu hinterlassen«, betonte Lockyer.

»Ich weiß.« Paul blickte auf den Tisch. Er war in sich zusammengesunken und ließ die Schultern hängen. Keine Spur von seiner sonstigen Überheblichkeit. »Ich bin nicht stolz darauf. Aber ich schwöre, mehr ist nicht passiert.« Er blickte wieder mit flehendem Blick zwischen ihnen hin und her.

Lockyer versuchte herauszufinden, ob er ihnen etwas vormachte. Ob Paul vielleicht nur prüfen wollte, ob sie seine Geschichte schluckten.

»Lassen Sie die Finanzen von Ihren Leuten prüfen, dann werden Sie es sehen«, sagte Paul. »Ich habe das Geld verdient und es investiert. Ich bin dem alten Sack die letzten zwanzig Jahre wie ein Golden Retriever hinterhergelaufen, damit ich die nächsten zwanzig Jahre in der Sonne verbringen kann und nicht wieder im Knast.«

Lockyer ließ Paul Rifkin von demselben Beamten, der ihn abgeholt hatte, zurück nach Longacres fahren.

»Glauben Sie ihm, Gem?«

Broad machte ein betrübtes Gesicht. »Leider ja, Chef.«

»Ich auch. Aber sehen wir uns trotzdem die Finanzen an, nur für den Fall. Geld treibt diesen Mann an, so viel ist sicher. Vielleicht ist er auch nur ein sehr guter Lügner. Und er wartet ganz offensichtlich darauf, dass Professor Ferris stirbt. Wahrscheinlich zählt er die Tage.«

»Glauben Sie, dass Ferris ihm etwas hinterlässt?«

»Keine Ahnung. Vielleicht.« Lockyer lehnte sich auf seinem Stuhl zurück. »Es wäre kleinlich, ihm nach all den Jahren nichts zu hinterlassen. Aber Ferris ist nun mal ein kleinlicher Typ. Ich vermute, Rifkin hofft insgeheim auf das Haus, aber wahrscheinlich wird er enttäuscht werden.«

»Können wir uns das Testament von Ferris ansehen?«

»Nein. Es wird erst nach der gerichtlichen Testamentseröffnung öffentlich gemacht. Davor – nun, das hängt vom Anwalt ab. Manche sind auskunftsfreudiger als andere. Aber wir können Ferris danach fragen, er könnte es uns sagen.«

»Habe ich noch Zeit für ein Sandwich, bevor wir losfahren?«, fragte Broad.

Lockyer sah auf seine Uhr. »Nein. Aber wir können unterwegs irgendwo anhalten und uns etwas besorgen. Kommen Sie. Der Stadtverkehr in Bristol wird nicht besser.«

Sie waren auf dem Weg zu einem Termin mit Tor Heath, inzwischen Professor Tor Garvich, der wissenschaftlichen Mitarbeiterin, die in der Zeit für Roland Ferris gearbeitet hatte, als Michael Brown ermordet wurde. Lockyer erinnerte sich an sie. Sie war damals Anfang zwanzig gewesen, jugendlich frisch und … auf eine Art sinnlich, die nur schwer zu ignorieren war. Volle Lippen, weiches, schwingendes Haar, klare Haut und ein kurviger Körper, den sie in enge Rollkragenpullover und Bleistiftröcke kleidete. Sie war die Art junger Frau, die die Leute gern dabei erwischte, wie sie sie anstarrten, um sie dann abzuweisen. Sie flirtete nie offen, war sich ihrer Wirkung auf Männer aber sehr wohl bewusst – und wusste auch, wie sie diese bestmöglich nutzte.

Lockyer erinnerte sich, dass sie ihn verunsichert hatte. Aus dem Tritt gebracht. Wenn er mit ihr reden musste, beschlich ihn jedes Mal ein mulmiges Gefühl, weil sie es genoss, ihn in Verlegenheit zu bringen. Dabei war sie überhaupt nicht sein Typ. Aber damals waren sie beide noch so jung gewesen. Er hatte allerdings nicht oft mit ihr reden müssen – sie hatten sie schon früh als Verdächtige ausgeschlossen. Sie hatte kein Motiv, und sie übernachtete nicht im Haus. Am Vortag des Mordes war sie spätnachmittags nach Hause gegangen. Als ihr Mitbewohner sie dann am nächsten Morgen zur Arbeit nach Longacres gefahren hatte, ging dort alles drunter und drüber, das Anwesen war mit Flatterband abgesperrt und voller Polizisten.

Lockyer hatte ihre Aussage vorhin noch einmal gelesen und erinnerte sich an das Gespräch. Sie hatte sich über ihre übergeschlagenen Beine nach vorne gebeugt. *Ganz schön aufregend, oder? Ein Mord?* Ihre Augen hatten irgendwie amüsiert gefunkelt, als würde sie das Ganze überhaupt nicht ernst nehmen. Als würde sie das Drama vielmehr genießen. Er glaubte sogar, dass sie ein bisschen enttäuscht war, weil gegen sie nicht mehr ermittelt wurde.

War das alles? Wollen Sie mich nicht ein bisschen unter Druck setzen, Inspector? Um zu sehen, ob ich einknicke? Er erinnerte sich, gesagt zu haben: *Das ist kein Spiel, Miss Heath*, und dass es ihm anschließend peinlich gewesen war, wie wichtigtuerisch er geklungen hatte.

Anstatt über die M4 zu fahren, nahm Lockyer die A420 nach Bristol. Da gab es unterwegs immer mehr zu sehen. Nachdem sie die Ampeln und Kreisverkehre von Chippenham hinter sich gelassen hatten, führte die Straße am südlichen Rand der Cotswolds entlang und verließ Wiltshire in Richtung South Gloucestershire. Sie schlängelte sich in sanften Kurven zwischen flachen Hügeln hindurch, vorbei an ausgedehnten Schafsweiden, die von Trockenmauern umgeben waren; am Straßenrand alte Gehöfte und Pubs aus gelbbraunem Stein. Westlich von Marshfield lagen die Dörfer dann näher zusammen, die Gebäude waren neuer und die Gegend dichter besiedelt. Schließlich erreichten sie den Stadtrand mit viktorianischen Reihenhäusern, Autohäusern und riesigen Supermärkten.

»Bitte sehr«, sagte Lockyer, als er an einem Tesco-Express in St. George anhielt. »Mittagessen.«

»Sie führen mich ja wirklich in die richtig schicken Läden, Chef«, sagte Broad. »Möchten Sie auch etwas?«

»Ein Sandwich bitte. Irgendetwas Vegetarisches. Nur nichts mit Ei.«

»Also ... dann mit Käse?«

»Ja, danke.« Er reichte ihr einen Zehner.

Sie trafen sich mit Professor Garvich in ihrem Büro im Historischen Seminar der Universität Bristol. Es befand sich in einem großen viktorianischen Haus an einer breiten Allee zwischen Clifton und dem Stadtzentrum. Die Sonne schien, ohne zu wärmen, und ein lebhafter Ostwind zupfte die letzten Blätter von den Platanen und wirbelte sie schwungvoll zu Boden. In den Nachbarhäusern befanden sich weitere geisteswissenschaftliche Fakultäten, und überall liefen Studenten durcheinander, die mit dicken Schals um den Hals lächerlich jung aussahen. Er wurde wohl alt, musste sich Lockyer eingestehen. Es wirkte alles sehr stilvoll, doch sobald sie das Gebäude betraten, wurden sie von dem vertrauten Geruch von Kunststoffteppich, abgestandenem Kaffee und Druckertinte umfangen, der in allen unterfinanzierten Institutionen herrschte. Die Einrichtung war in einem schäbigen Beige gehalten. Ein Student wies ihnen den Weg über eine schmale Treppe in den zweiten Stock, wo sie an die Tür von Professor Garvich klopften.

»Herein!«, rief sie.

Broad rollte mit den Augen. »Ab zum Direx mit uns«, murmelte sie.

Als sie eintraten, blickte Tor Garvich von ihrem Schreibtisch auf. Kurz schien sie verwirrt, dann lächelte sie. »Ah! Sie müssen von der Polizei sein? Es tut mir leid – ich habe die Zeit vergessen.«

»Danke, dass Sie uns empfangen, Professor Garvich«, sagte Lockyer. Sie zeigten ihr die Dienstausweise, und er wartete, ob sie ihn wiedererkannte. Es deutete nichts darauf hin. Offenbar war er wesentlich weniger einprägsam als sie.

»Nun, den Hütern des Gesetzes schlägt man doch nichts ab, oder? Zumindest wurde ich so erzogen.« Sie sprach völlig akzentfrei, sehr artikuliert, aber nicht besonders vornehm. Vielleicht hatte sie einmal mit einem Akzent gesprochen und ihn sich mühsam abgewöhnt? Sie kam hinter dem Schreibtisch hervor und schüttelte beiden die Hand, dann legte sie den Kopf schief. »Oh, das war unpassend, oder? Sollten wir uns die Hand geben? Macht man das so?«

»Alles gut.« Broad lächelte.

»Oh, gut. Setzen Sie sich. Legen Sie das doch auf den Boden – Moment, ich mach das schon.« Sie hob stapelweise Bücher und Papiere auf, schob sie auf eine Ecke ihres Schreibtisches und legte zwei Holzstühle mit strapazierfähigem Bezug frei, wie sie üblicherweise in Lehrer- und Wartezimmern standen. Die anderen Möbel waren ähnlich billig und funktional – meterlange Regale, ein Schreibtisch, ein Aktenschrank, eine Kommode, auf der ein Wasserkocher aus Kunststoff und ein Glas Instantkaffee standen. Kein glänzendes Mahagoni, kein antiker Globus und keine Whiskey-Karaffe.

Lockyer beobachtete die Professorin und registrierte genau, was sich verändert hatte. Mit Ende dreißig war sie immer noch sehr attraktiv und keineswegs eine Professorin mit mottenzerfressener Strickjacke. Ihr blondes Haar war frei von grauen Strähnen und nachlässig zu einer Frisur aufgetürmt, die natürlich mit einem Bleistift festgesteckt war. Ihre Kurven waren ausgeprägter als damals, ihr Gesicht ein wenig voller, aber faltenfrei. Dezenter Lippenstift, lange Silberohrringe. Sie trug eine runde Metallbrille, einen Lederrock und kniehohe Stiefel. Lockyer bemerkte ein Familienfoto auf ihrem Schreibtisch – vom Ehemann und zwei kleinen Mädchen, die zahnlos in die Kamera grinsten.

»Also«, sagte die Professorin und setzte sich wieder hinter ihren Schreibtisch. »Was verschafft mir die Ehre?«

»Professor Garvich …«, begann Broad.

»Es heißt eigentlich Garv-*ick*. Ein harter ick-Laut am Ende.«

»Oh, Entschuldigung.« Broad räusperte sich. »Wir ermitteln erneut in dem Mordfall Michael Brown in Longacres, Stoke Lavington, 2005. Können Sie sich an den Vorfall erinnern?«

»Meine Güte – ob ich mich daran erinnere? Aber natürlich. Schockierend.«

»Wir haben Grund zu der Annahme, dass die ursprünglichen

Ermittlungen Lücken aufweisen. Deshalb sprechen wir mit allen, die damals mit der Familie Ferris zu tun hatten. Nur ein paar Routinefragen, wenn es Ihnen nichts ausmacht?«

»Schießen Sie los. Lücken? Heißt das …?«

»Wir wollen nur sicherstellen, dass nichts übersehen wurde. Sie haben damals als wissenschaftliche Mitarbeiterin für Professor Ferris gearbeitet?«

»Das ist richtig. Zwei oder drei Tage pro Woche. Ich habe nebenher an meiner Doktorarbeit geschrieben. Unsere Forschungsgebiete haben sich nicht stark überschnitten, aber so konnte ich meine Rechnungen bezahlen. Außerdem war Roland Ferris eine kleine Berühmtheit in der Mediävistik. Wenn Sie sich so etwas vorstellen können.«

»War?«, fragte Lockyer.

»Also, ist er noch. Allerdings hat er in den letzten Jahren nicht mehr viel veröffentlicht.«

»Professor Ferris ist ein kranker Mann«, sagte er.

»Ja. Natürlich, das hatte ich ganz vergessen. Armer alter Kerl.« Garvich zauberte ein mitfühlendes Lächeln auf ihr Gesicht.

»Wie lange haben Sie schon dort gearbeitet, als Michael Brown das erste Mal auftauchte?«, fuhr Broad fort.

»Also, zum ersten Mal bin ich im Frühjahr desselben Jahres dort gewesen … im März, glaube ich. Ich kann mich nicht mehr genau daran erinnern, wann der Kerl in der Scheune aufgetaucht ist, aber ich muss wohl schon zwei oder drei Monate dort gewesen sein.«

»Haben Sie ihn erkannt?«, fragte Broad.

»Erkannt? Nein, überhaupt nicht. Ich habe ihn nach dem ganzen Theater am Tag seiner Ankunft kaum gesehen. Ich bin ganz bestimmt nicht zu ihm gegangen und habe mich vorgestellt oder so etwas. Das ging mich nichts an. Mein Platz war an Ferris' Schreibtisch, wo ich bis zum Hals in Studien zur Landwirtschaft des zehnten Jahrhunderts steckte.«

»Dann haben Sie ihm also geglaubt, als Professor Ferris sagte, dass der Mann sein Sohn sei?«

»Natürlich. Warum auch nicht?«

»Hat Sie die Situation gar nicht neugierig gemacht? Das muss doch ziemlich … ungewöhnlich gewesen sein?«, bemerkte Broad.

Professor Garvich zuckte übertrieben mit den Schultern. »Ein bisschen, vielleicht am Anfang. Aber dann ging alles wieder seinen gewohnten Gang. Es war bestimmt nicht meine Aufgabe, Professor Ferris persönliche Fragen zu stellen, und ich bezweifle auch sehr, dass er sie beantwortet hätte. Sie haben ihn sicher schon kennengelernt.«

»Fanden Sie es seltsam, dass die Person, die Sie für Harry Ferris hielten, draußen in der Scheune blieb und nicht ins Haus kam?«, fragte Lockyer.

»Nun ja, es war seltsam, aber ich habe nicht weiter darüber nachgedacht. Ich wusste gar nicht genau, was er tat, Inspector. Ich kam um neun zur Arbeit und ging um drei wieder, und Professor Ferris sorgte dafür, dass er in der Zwischenzeit für sein Geld etwas von mir bekam.«

»Haben Sie mit jemand anders aus dem Haus über die Situation gesprochen? Mit Serena Godwin zum Beispiel oder mit ihrem Sohn Miles? Oder mit dem Kalfaktor Paul Rifkin?«

»Ach, der«, sagte sie und verzog das Gesicht. »Nein, keineswegs. Mit ihm habe ich so wenig gesprochen wie möglich. *Kalfaktor.* Das ist Neulateinisch für *Mädchen für alles.* Tüchtig.«

»Sie mochten Mr. Rifkin nicht?«

»Eigentlich nicht, nein. Er ist nicht besonders sympathisch, oder? Er war wirklich überall im Haus – man konnte noch nicht einmal auf die Toilette gehen, ohne ihm über den Weg zu laufen.

Ständig lauschte er an Türen. Und dieses teuflische Grinsen, mit dem er die Welt glauben machen wollte, dass er sich innerlich amüsierte, weil er eigentlich viel zu gut für seinen Job wäre und alles zu seinem Masterplan gehörte.«

Lockyer dachte an die dreiviertel Million, die Paul Rifkin angehäuft hatte, und fand, dass sein Grinsen nicht so unangebracht war, wie Garvich dachte. Sofern das Geld legal war, verstand sich. Aber sie hatte recht, er war nicht sehr sympathisch.

»Ich wette, er arbeitet immer noch dort, stimmt das?«, fragte sie und lachte, als Lockyer und Broad nickten. »Ich wusste es!«

»Am Tag vor dem Mord, Professor Garvich, das war Dienstag, der achtundzwanzigste Juni 2005«, sagte Broad. »Um welche Uhrzeit haben Sie Longacres da verlassen?«

»Ach – ich kann mich nicht mehr an den genauen Tag erinnern, von dem Sie sprechen, aber ich bin immer um drei Uhr gegangen, damit ich im Dorf um zehn nach drei den Bus der Linie zwei erwischte. Der fuhr bis nach Salisbury, wo ich damals wohnte.«

»Und sind Sie morgens auch mit dem Bus zur Arbeit gefahren?«

»Manchmal. Mein Mitbewohner hatte hin und wieder in Trowbridge und Westbury zu tun und fuhr mich hin, wenn er konnte. Ach, das waren noch Zeiten – Mitfahrgelegenheiten schnorren und sich mit dem Busfahrer über das richtige Wechselgeld streiten.«

»Was hat Ihr Mitbewohner gemacht?«, fragte Broad, obwohl das eigentlich nicht relevant war.

»Mobiler Hundefriseur. Gaz … Ich habe Gaz seit Jahren nicht mehr gesehen.«

»Hatten Sie kein eigenes Auto?«

»Ich bin damals gar nicht gefahren. Jetzt schon – mit Kindern muss man das. Kaum sind sie auf der Welt, wird man zum Taxifahrer. Aber ich bin eine schreckliche Fahrerin. Ein hoffnungsloser Fall, wirklich. Und ich kann nicht vernünftig einparken, selbst wenn mein Leben davon abhinge. Zu meiner Schande entspreche ich jedem Klischee über Frauen am Steuer.« Sie lächelte selbstironisch.

»Ist Ihnen in den Wochen vor dem Mord, in der Zeit unmittelbar davor oder danach irgendetwas Ungewöhnliches im Haushalt aufgefallen?«, fragte Broad weiter.

»Etwas Ungewöhnliches ...« Professor Garvich dachte nach. »Mein Gott, falls mir damals etwas aufgefallen sein sollte, kann ich mich jetzt sicher nicht mehr daran erinnern. Aber ich hätte es damals gesagt. Jetzt fällt mir nichts mehr ein.« Sie schürzte die Lippen. »Ich meine, natürlich war das *alles* ein bisschen seltsam – Ferris, der sagte: ›Das ist mein Sohn‹, und seine Schwester, die sagte: ›Nein, das ist er nicht‹ ... Und der Neffe Miles kicherte entweder vor sich hin oder lief mit einer sauertöpfischen Miene herum. Und diese seltsame kleine Haushälterin, die ihm das Essen auf einem Tablett hinausbrachte ... Das waren bestimmt keine normalen Umstände.«

»Wie gut kannten Sie Hedy Lambert?«, fragte Lockyer.

»Kaum. Es ist schwer, jemanden kennenzulernen, der nicht spricht und einem nicht in die Augen sieht.« Garvich schüttelte den Kopf. »Man sagt ja, stille Wasser sind tief, aber wer hätte gedacht, dass sie dazu in der Lage war? Vermutlich hat er sie mit irgendetwas aus der Fassung gebracht. Sie hat sich als tickende Zeitbombe entpuppt.«

Broad warf Lockyer einen kurzen Blick zu und versuchte, sich zu orientieren.

»Sie waren also nicht überrascht, dass Hedy verhaftet wurde? Und verurteilt?«, fragte Lockyer.

»Ich war sehr überrascht. Vor allem – dass an meiner Arbeitsstelle jemand einen Mann erstochen hatte. So etwas kennt man doch sonst nur aus dem Fernsehen.« Garvich breitete die Hände aus. »Aber wer weiß schon, was in den Köpfen anderer Leute vor sich geht. Ich erinnere mich, dass ich dachte – Gott, wie seltsam, dass ich mich daran erinnere! –, die Katze dort hieß Janus, wussten Sie das? Nach dem römischen Gott mit den zwei Gesichtern. Ich erinnere mich, dass ich dachte, *genau wie sie* – wie Hedy Lambert. Die hatte auch zwei Gesichter. Das eine war wie abgestorben, das andere das einer Mörderin.«

»Was meinen Sie mit ›wie abgestorben‹?«, hakte Lockyer nach.

»Nun, sie hat kaum das Beste aus dem Geschenk gemacht, das ihr gegeben wurde, oder? Aus dem Leben, meine ich. Trottete mit hängendem Kopf durchs Haus, zog ein Staubtuch hinter sich her und sah aus wie ein wandernder Wäschehaufen. Sie hat nie etwas gesagt, ist nie ausgegangen. So ein klaustrophobisches, engstirniges Leben. Das kann man nicht wirklich *Leben* nennen, oder?«

»Miss Lambert hatte ein sehr traumatisches Erlebnis hinter sich«, erklärte Broad.

»Ach ja? Oh. Na, jetzt fühle ich mich schlecht. Armes Mädchen.« Garvich klang nicht übermäßig mitfühlend. »Trotzdem kann ich Selbstmitleid nicht ausstehen, und es ist keine Entschuldigung dafür, jemanden abzustechen, oder?«

»Nein«, stimmte Lockyer ihr zu. »Sie haben den Fall also nicht in der Presse verfolgt? Hedy Lamberts Prozess und Verurteilung?«

»Nein. Ich meine, ich wusste, dass sie ins Gefängnis gekommen war, wann auch immer das war. Aber ich bin bald nach dem Vorfall weggegangen – es bot sich eine andere Gelegenheit, und ich hatte genug von Rolands Launen.«

»Gelegenheit?«, fragte Broad.

»Als Nachhilfe für einen Jungen in Salisbury. Er hasste Geschichte, aber er brauchte vier A-Noten für Cambridge. Seine

Eltern zahlten wesentlich mehr pro Stunde, und ich musste nicht so weit fahren.«

Lockyer machte eine Pause. Professor Garvich stützte sich mit den Ellbogen auf dem Schreibtisch ab, darunter hatte sie sittsam die Knöchel übereinandergeschlagen. Sie schaute sie offen an. Sie wirkte weder angespannt noch beunruhigt oder ungeduldig. Draußen auf dem Korridor schlug eine Tür, und junge Stimmen schnatterten die Treppe hinunter.

»Wie haben Sie von dem Job bei Professor Ferris erfahren?«, fragte Lockyer.

Professor Garvich blinzelte einmal und holte kurz Luft. »Donnerwetter, da fragen Sie was. Ich kann mich nicht mehr genau erinnern, aber vermutlich auf einem der üblichen Wege – durch einen Aushang am Schwarzen Brett in der Uni oder eine Kleinanzeige im hinteren Teil einer der Fachzeitschriften.«

»Welche Universität war das?«

»Southampton, wo ich promoviert habe.«

»Das ist von Salisbury aus ganz schön weit.«

»Halb so wild. Es gibt eine gute Zugverbindung, und ich musste auch nicht jeden Tag fahren. In dieser Phase des Studiums ist man weitgehend auf sich allein gestellt, bis auf gelegentliche Tutorien. Außerdem wollte ich in der Nähe meiner Mutter sein, der es damals nicht gut ging.«

Es klopfte an der Tür. Professor Garvich zuckte ein wenig zusammen und schaute auf die Uhr. »Ah – das wird einer meiner MAs sein. Tut mir leid – ich muss unser Gespräch hier beenden, wenn es Ihnen recht ist?« Sie ging in aller Ruhe zur Tür, öffnete und sprach mit der Person, die davorstand. »Würden Sie bitte einen Moment warten, Jenny? Ich bin gleich da.«

Lockyer und Broad standen auf.

»Danke für Ihre Zeit, Professor.« Lockyer reichte ihr seine

Karte. »Wenn Ihnen noch irgendetwas zu dem Vorfall oder Ihrer Zeit in Longacres einfällt, irgendetwas, egal wie nebensächlich oder unbedeutend es erscheinen mag, lassen Sie es uns bitte so schnell wie möglich wissen.«

»Das mach ich«, sagte sie mit einer Leichtigkeit, die klang, als rechnete sie nicht damit und würde alles vergessen, sobald sie die Tür geschlossen hatte.

Lockyer und Broad gingen bis zum Ende der Straße, bevor sie zum Auto zurückkehrten, um einen Moment die frische Luft und die andere Umgebung zu genießen. Sie kamen an weiteren alten und neuen Universitätsgebäuden vorbei und liefen über einen breiten, asphaltierten Weg, der von herabgefallenem Laub gesäumt war, durch die Royal Fort Gardens. Die Luft roch hier in der Stadt ganz anders als weiter westlich in Wiltshire; es war eine kurze und willkommene Abwechslung.

»Kein schlechter Ort zum Arbeiten«, sagte Broad und sah sich um. »Irgendwie wünschte ich, ich hätte studiert.«

»Warum haben Sie es nicht getan?«

»Das brauchte ich nicht«, sagte sie. »Ich habe die Hochschulreife nur erworben, weil mein Vater mir immer wieder erzählt hat, ich sollte mir alle Optionen offenhalten. Aber ich fand nicht, dass ich Optionen brauchte – ich wollte Polizistin werden, und ich wollte ganz unten anfangen und mich hocharbeiten. Alte Schule.«

»Und jetzt?«

»Jetzt denke ich, dass es vielleicht gar nicht so schlecht gewesen wäre, noch drei Jahre Kind zu sein.« Sie lächelte. »Trotzdem, ich bereue nichts. Es läuft alles nach Plan.«

»Das hoffe ich«, sagte Lockyer.

Sie blickte kurz zu ihm hoch, wobei noch ein Rest ihres Lächelns zu sehen war. »Und Sie, Chef?«

»Ich?«

»Sie haben doch studiert, oder? Wussten Sie bereits, dass Sie zur Polizei gehen wollten?«

»Nicht gleich, nein. Ich meine, ich habe Geografie studiert, nicht Kriminologie oder Psychologie oder so etwas. Der Polizeidienst war eine von mehreren Ideen, die ich gegen Ende des letzten Studienjahres hatte. Ich wusste nur, dass ich kein Landwirt bin.«

»Ich habe gehört, dass …« Broad unterbrach sich.

»Was haben Sie gehört?«

»Also. Dass Sie wegen Ihres Bruders zur Polizei gegangen sind. Wegen dem, was ihm zugestoßen ist. Und deshalb habe ich mich gefragt, ob Sie an den Cold Cases arbeiten wollten, um … Sie wissen schon. Um weiter nach seinem Mörder zu suchen.«

»Ich hatte mich bereits bei der Polizei beworben, als Chris starb.« Lockyer hörte, wie sich seine Stimme veränderte, wenn er von seinem Bruder sprach. Selbst nach all den Jahren fiel es ihm nicht leicht, über ihn zu reden. Er glaubte nicht, dass es jemals leicht sein würde. »Und die Entscheidung, die Cold-Cases-Abteilung zu übernehmen, wurde für mich getroffen.«

»Ja. Davon habe ich auch gehört.«

Lockyer beschloss, nicht weiter nachzufragen. Eine Weile gingen sie schweigend nebeneinanderher.

»Es tut mir wirklich leid«, sagte Broad schließlich. »Was ihm passiert ist. Wie war er so?«

»Chris? Er war … Er war besser als ich. Er redete gern, lächelte gern und hatte viele alberne Ideen, die er sofort hinausposaunte, sobald sie ihm in den Sinn kamen. Das genaue Gegenteil von mir.« In Wahrheit war er verglichen mit Chris geradezu schweigsam gewesen, als sie Kinder waren; unfähig zu sagen, was er dachte oder fühlte. »Chris liebte Menschen, und die Leute haben sich immer gefreut, ihn zu sehen. Er wollte auf dem Hof bleiben und ihn eines Tages übernehmen.«

»Die Leute haben sich bestimmt auch gefreut, wenn sie Sie gesehen haben, Chef«, sagte Broad unbeholfen, ohne ihm in die Augen zu sehen. »Aber er scheint ein guter Kerl gewesen zu sein.«

»Das war er. Er konnte kein Wässerchen trüben. Manchmal war er wohl etwas unüberlegt. Er hat nicht immer alles durchdacht. Aber er war damals ja auch noch ein Junge.«

»Ich hoffe wirklich, dass wir eines Tages denjenigen finden, der ihn angegriffen hat.«

Lockyer antwortete nicht. Was er dabei empfand, ging weit über Hoffnung hinaus.

Broad wechselte das Thema. »Was sagen Sie zu Garv-*ick*, Chef? War sie so, wie Sie sie in Erinnerung hatten?«

»Ja. Na ja, jetzt ist sie natürlich erwachsener. Damals war sie etwas ... überheblich. Ich kann schwer beschreiben, was ich meine. Man konnte spüren, dass sie etwas über einen dachte, was sie nicht sagte. So etwas in der Art. Aber ich glaube, sie ist da rausgewachsen. Und Sie?«

»Mir gefiel sie eigentlich ziemlich gut«, sagte Broad. »Obwohl das keine Rolle spielt, ich weiß, aber sie schien authentisch zu sein. Eine viel beschäftigte Geschichtsprofessorin, die vor vielen Jahren zufällig am Rande ein Verbrechen mitbekommen hat.«

»Ja. Den Eindruck hatte ich auch.« Sie gingen schweigend weiter. »Sie war allerdings sehr bemüht, sich von dem Vorfall und von Michael Brown zu distanzieren, finden Sie nicht auch? Sie hatte überhaupt keine Meinung dazu, während sie über jeden anderen im Haus etwas zu sagen hatte.«

»Aber Michael war anscheinend nicht *im* Haus«, sagte Broad. »Und es hörte sich so an, als hätte sie in Ferris' Büro ziemlich festgesessen.«

»Ja, das stimmt.«

»Außerdem war es ein Mord. Davon würde ich mich auch distanzieren wollen.«

Lockyer sah Broad an. Sie identifizierte sich mit einer Zeugin, ja sympathisierte sogar mit ihr. Tor Garvich besaß also immer noch ihre Verführungskraft von damals – die Fähigkeit, Menschen in ihren Bann zu ziehen. War es das und ihre offensichtliche Leichtigkeit, ihr Selbstvertrauen, was Lockyer irritierte? Menschen mochten an anderen nicht, was sie an sich selbst nicht mochten. Oder was andere ihnen über sich selbst bewusst machten. Lockyer war immer sein Neid auf Menschen unangenehm gewesen, denen der Umgang mit anderen so leichtfiel. Auf jene, die andere in ihren Bann zogen und sich mühelos mit ihnen verbanden.

Wahrscheinlich war das der Grund für seinen hartnäckigen Widerwillen, Garvich bei den Ermittlungen nicht weiter zu berücksichtigen. Vielleicht lag es aber auch einfach daran, dass er dieses Mal absolut niemanden als Verdächtigen ausschließen wollte. Beim letzten Mal war das viel zu schnell geschehen.

10

TAG DREIZEHN, MITTWOCH

Lockyer rief bei Cellmark an, um sich nach dem Stand der zusätzlichen kriminaltechnischen Untersuchungen zu erkundigen, und erfuhr, dass sie zwar nicht ganz, aber fast die Letzten in der Reihe waren. Auf der A34 hatte sich ein schrecklicher Unfall ereignet, bei dem mehrere Menschen ums Leben gekommen waren. Es war ein entsetzliches Durcheinander, und Lockyer musste sich damit abfinden, dass seine Nachforschungen zurückgestellt wurden, während man versuchte, die Lage in den Griff zu bekommen.

»Würden Sie mir schnell noch einen winzigen Gefallen tun?«, fragte er die ungeduldige Wissenschaftlerin.

»Was?«

»Einer der Gegenstände, die ich Ihnen gegeben habe, ist eine Musikkassette. Erinnern Sie sich daran?«

»Ich erinnere mich sogar an Schellackschallplatten, Detective Inspector.«

»Könnten Sie sich die mal schnell ansehen? Sie sollen sie nicht untersuchen, sondern mir nur sagen, was für Musik darauf ist. Ärgerlicherweise kann ich mich nicht daran erinnern.«

»Ich bin wirklich …«

»Bitte. Es könnte wichtig sein.« In Wahrheit bezweifelte er das und hatte ein schlechtes Gewissen, es einfach zu behaupten. »Dann werde ich Sie mindestens eine Woche lang nicht mehr belästigen. Versprochen.«

»Bleiben Sie dran.« Die Leitung klickte, und Lockyer wurde in die Warteschleife gelegt. Es gab keine Wartemusik. Ein oder zwei Minuten verstrichen. »DI Lockyer?«

»Ich bin noch dran.«

»Ihre Kassette ist eine Single. *Voyage, Voyage* von Desireless auf der A-Seite. An den Song kann ich mich überhaupt nicht erinnern. Also – Neugierde befriedigt?«

»Vielen Dank. Ja.«

Lockyer notierte sich den Titel auf einem Zettel. Irgendetwas in Zusammenhang mit den ursprünglichen Ermittlungen klingelte bei ihm, aber er konnte sich nicht mehr genau erinnern. Broad war nicht an ihrem Schreibtisch, sie hatte etwas mit der technischen Abteilung zu klären. Er griff nach seinem Handy, fand den Song bei Apple Music und drückte auf Play.

Achtzigerjahre-Synthiepop, französisch, gesungen von einer sanften Frauenstimme – schneller Rhythmus zum Tanzen, aber mit wehmütigem Unterton. Lockyer versuchte mit seinem Schulfranzösisch einen Teil des Textes zu übersetzen, mit mäßigem Erfolg. Es ging irgendwie um reisen und nie mehr zurückkommen, mehr verstand er nicht. Während das Lied noch lief und Lockyer mit dem Stift im Takt tippte, kehrte Broad zurück. Sie hörte einen Moment lang zu und lächelte.

»Was ist das?«, fragte sie.

»Die Kassette, die wir in Mickey Browns Brusttasche gefunden haben. Ende der Achtziger war das ein Riesenhit. Nummer eins sogar, glaube ich.« Er bemerkte ihren skeptischen Blick. »Damals musste man noch in ein Geschäft gehen und eine Platte kaufen, wenn man es hören wollte. Verrückt, oder?«

»Total verrückt. Erinnern Sie sich an den Song? Haben Sie vielleicht in der Disco dazu getanzt?«

»Obwohl ich jetzt schon uralt bin, war ich damals erst zehn. Aber ich erinnere mich vage daran.«

Broad setzte sich und wartete offenbar darauf, mit ihm zu sprechen, also stellte Lockyer die Musik ab.

»Glauben Sie, dass es von Bedeutung ist?«, fragte sie.

Lockyer dachte nach. »Ich wüsste nicht, inwiefern. Trotzdem ist es seltsam. Unerklärlich. Wie dem auch sei, was haben Sie?«

»Ich habe ein paar frühe Akten über Aaron Fletcher gefunden. Er ist tatsächlich in einem Heim aufgewachsen – in dem Punkt zumindest hat er Hedy nicht belogen.« Sie reichte ihm ein paar ausgedruckte Seiten.

»Sie meinen, Fletcher ist sein richtiger Name? Das erstaunt mich.«

»Nicht ganz. Ich habe Clare gebeten, in den Unterlagen des Jugendamts nach Personen mit seinem Geburtsdatum zu suchen, die Aaron *oder* Fletcher heißen.«

Lockyer schaute auf das Papier, das sie ihm gegeben hatte. »Aaron Bates«, las er.

»Im September 1978, im Alter von sechs Jahren, wurde er der staatlichen Fürsorge übergeben und in Kipling House in der Nähe von Wellingborough untergebracht, nachdem seine Mutter wegen Drogenbesitzes der Kategorie A zu einer zweijährigen Haftstrafe verurteilt worden war. Sein Vater scheint überhaupt keine Rolle gespielt zu haben.« Broad wartete, während Lockyer die Dokumente durchblätterte. »Kipling House war dem Vernehmen nach nicht schlecht. Trotzdem ist es wohl kaum ein Ort, an dem man aufwachsen möchte, wenn man die Wahl hat. Aaron ist erst mit sechzehn dort weggekommen, danach ist er vom Radar verschwunden.«

»Was ist aus seiner Mutter geworden?«

»Sie hat im Gefängnis versehentlich eine Überdosis genommen.«

»Er benutzt also Decknamen. Er könnte jetzt überall sein und sich sonst wie nennen.«

»Wäre möglich«, stimmte Broad zu. »Aber sehen Sie sich das an.« Sie reichte Lockyer ein weiteres Papier, die körnige Kopie einer Kopie von Aarons Geburtsurkunde. »Er nannte sich Aaron Fletcher, als Hedy ihn kannte, richtig? Sehen Sie hier.«

»Fletcher war der Name seines Vaters.«

»Stimmt. Er war nicht sehr einfallsreich. Suchen wir also nach anderen Familienmitgliedern oder Bekannten, deren Namen er jetzt oder früher benutzt haben könnte.«

»Gute Idee. Gibt es welche?«

»Nicht viele, noch nicht. Wir haben Hinweise auf eine Tante mütterlicherseits gefunden, die ein Besuchsrecht beantragt hat, während er im Heim war. Wir versuchen herauszufinden, wo sie jetzt ist. Und wir graben weiter.«

»Gute Arbeit, Gem.« Lockyer stand auf. »Kommen Sie.« Er griff nach seiner Jacke. »Es wird Zeit, dass Sie sehen, wo das alles passiert ist. Und Professor Roland Ferris kennenlernen.«

Broads Augen fingen an zu leuchten.

Als Paul Rifkin ihnen die Tür öffnete, wirkte sein Lächeln noch angespannter als sonst. Lockyer bemerkte den Anflug von Panik, der über sein Gesicht huschte, und sah ihm an, dass er die Tür am liebsten wieder zugeschlagen hätte. Lockyer wollte einem unschuldigen Mann nicht unnötig zusetzen, aber diese Haltung gefiel ihm besser als Pauls übliche Selbstgefälligkeit. Außerdem hätte er, genau wie Miles Godwin, bei den ursprünglichen Ermittlungen gleich sagen können, wer der Mann in der Scheune war. Damit hätte er ihnen eine Menge Verwirrung erspart. Und

Roland die Enttäuschung, als er feststellen musste, dass er sich geirrt hatte und sein Sohn doch nicht heimgekehrt war. Dabei war Paul auch noch so dreist gewesen, Miles genau dafür zu kritisieren.

»Mr. Rifkin«, sagte Lockyer und lächelte sparsam, »wir möchten gern noch einmal mit dem Professor sprechen. Wenn es Ihnen recht ist.«

Paul runzelte die Stirn, trat jedoch zur Seite. »Eigentlich nicht«, sagte er. »Es wäre wirklich besser, wenn Sie vorher anrufen und einen Termin vereinbaren würden, Inspector.«

»Wir ermitteln in einem Mordfall, Mr. Rifkin.«

»Ja, ich weiß, Sie ermitteln in einem verdammten Mordfall. Aber der Mann liegt im Sterben, um Himmels willen. Es gibt Zeiten, zu denen er wacher ist und sich besser fühlt, und Zeiten, in denen er gar nicht klarkommt. Es ist alles genau geregelt, wann er seine Medikamente nimmt, wann er essen kann und will … Und wenn Sie hier hereinplatzen, wie es Ihnen gefällt, macht es das Ganze nicht gerade leichter.«

»In Ordnung«, räumte Lockyer ein. »Verstanden. Nächstes Mal rufen wir vorher an.«

»Ich danke Ihnen. Dann gehen Sie hoch. Ich bringe Kaffee.«

»Für mich bitte Tee, so stark wie möglich«, sagte Lockyer. Paul brummte etwas Unverständliches und ging.

Roland Ferris saß von Kissen gestützt im Bett, auf dem Schoß ein Lesepult mit einem dicken gebundenen Buch, dessen Seiten von Gewichten offen gehalten wurden. Seine Augen wanderten über die Worte, und auch als die Polizeibeamten sein Zimmer betraten, sah er nicht auf.

»Professor Ferris«, sagte Lockyer. »Das ist meine Kollegin, Detective Constable Gemma Broad. Wir möchten Ihnen noch ein paar Fragen stellen, wenn wir dürfen.«

Der alte Mann legte seinen Finger auf die Seite, um die Stelle zu markieren, bis zu der er gekommen war, und blickte endlich auf.

»Ich habe nur so selten die Energie zu lesen, Inspector, und jetzt kommen Sie und verderben mir den Moment. Hallo, junge Dame. Ich kann nicht sagen, dass ich mich übermäßig freue, Sie kennenzulernen, aber ich bin sicher, Sie sind reizend«, sagte er zu Broad. »Ach, sehen Sie! Ich habe Sie zum Erröten gebracht. Ich entschuldige mich, Constable ... Wie noch mal?«

»Broad. Dürfen wir uns setzen, Professor?«, fragte sie mit einer bewundernswerten Nonchalance.

»Unbedingt.«

»Was lesen Sie da, Sir?«

»Das? S. A. J. Bradleys Übersetzung früher angelsächsischer Gedichte. Sie haben gefragt.« Er gab einen belustigten Laut von sich. »Haben Sie sie gelesen, Constable Broad?«

»Das kann ich nicht behaupten«, antwortete sie. »Ich hatte es vor. Es liegt seit Monaten auf dem Stapel neben meinem Bett.« Sie lächelte, und Roland Ferris lachte schwach.

»Ha! Braves Mädchen. Vernachlässige niemals dein Quellenmaterial.«

»Genau nach diesem Motto lebe ich, Professor.«

»Bringt Paul uns etwas zu trinken?«

»Das hat er gesagt. Ja.«

»An Ihrer Stelle würde ich Ihr Getränk auf Spucke untersuchen, Inspector«, sagte er zu Lockyer. »Meine Güte, der war vielleicht schlecht gelaunt, als er zurückkam. Er ist wie ein Rhinozeros durchs Haus gestürmt und stank nach Stress und Wut. Was in aller Welt haben Sie über ihn herausgefunden?«

»Es ist vielleicht besser, Sie fragen ihn das selbst, Professor.«

»Oh, das habe ich. Aber er schweigt beharrlich. Muss ich mir gar Sorgen machen? Ich habe doch nicht etwa die ganze Zeit einen Mörder beherbergt, oder?«

»Nein, nicht soweit wir wissen, Professor«, versicherte Broad ihm.

»Gut.« Der alte Mann sah sie durchdringend an. »Aber er verheimlicht etwas, oder?« Er wartete kurz. »Und Sie wollen es mir nicht sagen. Wie ärgerlich. Ich stelle fest, dass ich in letzter Zeit keinen Spaß mehr an Spannung habe. Hoffentlich lebe ich noch lange genug, um die ganze Geschichte zu erfahren.«

Paul brachte das Tablett mit den heißen Getränken herein, und Lockyer bemerkte, dass das Niveau sank. Seine Tasse hatte unten einen Sprung, und die Kekse waren noch in der Verpackung. Kein Teller, kein Deckchen. Entsetzt betrachtete er den Tee, den Paul serviert hatte. Er war so schwach und milchig, dass er fast farblos war. Ungenießbar. Paul lächelte, als er den Raum verließ.

»Sobald wir die ganze Geschichte kennen, werden wir sie Ihnen erzählen«, sagte Lockyer. »Und wir kämen viel schneller ans Ziel, wenn Sie offen und ehrlich zu uns wären, Professor Ferris.«

»Tyrannisieren Sie mich nicht.«

»Die Zeit ist knapp. Für Sie und für Hedy«, sagte Lockyer.

»Er rührt zu gerne an meinen Schuldgefühlen, um zu sehen, ob er sie nicht wachrütteln kann«, sagte Roland zu Broad.

»Weshalb fühlen Sie sich schuldig, Sir?«, fragte sie.

»Ha! Wohl kaum, was Sie vermuten. Nur wegen der üblichen Dinge, die einen Mann in meinem Alter und meinem Zustand belasten. Vergangene Fehler. Dinge, die ich getan habe, die ich nicht getan habe und solche, die ich hätte tun sollen. Dinge, die ich anders und besser hätte machen sollen.«

»Wo ist Harry jetzt?«, fragte Lockyer.

»Er ist in London. Er arbeitet, wissen Sie. Er hat viel zu tun und ist wichtig, wie das bei Anwälten so ist. Als er hergekommen ist, hatte er eine Woche Urlaub genommen, aber dann musste er zurück.«

»Erwarten Sie ihn am Wochenende?«

»Ja, er sagte, er würde kommen.«

»Und Sie wollen uns noch immer nicht verraten, warum er so lange gebraucht hat?«

»Wie ich bereits sagte, Inspector, es war seine Entscheidung, und nur er kann Ihnen seine Gründe erklären.«

»Dann richten Sie ihm bitte aus, dass er mich so bald wie möglich anrufen soll, um einen passenden Termin für ein Gespräch zu vereinbaren.« Lockyer spürte Ungeduld in sich aufsteigen, als der alte Mann ein leises, spöttisches *Hmm* von sich gab. »Wir können auch einen Wagen schicken und ihn zum Präsidium bringen lassen, wie bei Mr. Rifkin.«

»Gut, gut. Regen Sie sich ab.«

»Wir möchten gerne mit Ihnen über Ihr Testament sprechen, Sir«, sagte Broad. Das war ungeschickt, und sie warf Lockyer einen entschuldigenden Blick zu.

»Ach ja?«, erwiderte Roland.

»Wir glauben, dass Ihr Erbe ein Motiv für den Angriff auf Mr. Brown gewesen sein könnte. Vor allem, wenn der Mörder ihn für Ihren Sohn Harry gehalten hat.«

Doch während er es aussprach, wurde Lockyer klar, dass am Tag des Mordes nur noch Tor Garvich und Serena Godwin geglaubt hatten, Mickey sei Harry. Serena nur mit einem »Vielleicht«. Und Garvich konnte unmöglich gehofft haben, in Ferris' Testament bedacht zu werden. Zum Zeitpunkt des Mordes hatten Paul Rifkin, Miles Godwin und Hedy über Mickeys wahre Identität Bescheid gewusst, ebenso wie Sean Hannington, der Pavee, der ihm wahrscheinlich die Rippen gebrochen und ihn gezwungen hatte, sich zu verstecken. Lockyer kniff sich in den Nasenrücken.

Selbst wenn Roland bis zu seinem Tod darauf beharrt hätte, dass Mickey Harry war, und selbst wenn Mickey versucht hätte, mitzuspielen und Anspruch auf das Erbe zu erheben, wäre er damit nicht durchgekommen. Der echte Harry wäre von Miles gewarnt worden und sicher schnell wieder aufgetaucht. Und Serena hätte auf einem DNA-Test bestanden, wenn sie irgendwelche Zweifel gehabt hätte – oder zu kurz zu kommen drohte. Konnte also einer von ihnen tatsächlich beabsichtigt haben, sein Erbe zu schützen?

»Alles in Ordnung, Chef?«, fragte Broad.

Lockyer sah zu den beiden hoch. »Mir ist gerade ein Gedanke gekommen«, sagte er. »Ich erzähle es Ihnen später.«

»Hmm. Schien kein angenehmer Gedanke zu sein, oder, Constable Broad?«, fragte der Professor.

»Haben Sie vor vierzehn Jahren Änderungen an Ihrem Testament vorgenommen, nachdem Ihr Sohn anscheinend wieder nach Hause zurückgekehrt war?«, fragte Lockyer.

»Nein. Warum sollte ich?«

»Sind Sie sicher? Sie haben mit niemandem darüber gesprochen? Niemand konnte den Eindruck haben, dass das Testament wegen Harrys Rückkehr geändert würde?«

»Warum in aller Welt sollte das jemand denken? Nicht, dass es Sie etwas anginge, aber mein Testament ist noch dasselbe wie an dem Tag, an dem ich es vor Gott weiß wie langer Zeit verfasst habe.« Er winkte matt ab. »Ich habe darauf gewartet, dass Miles Vater wird, aber bis jetzt ist das nicht der Fall. Und Harry hat mir auch noch keine Enkelkinder geschenkt. Aber die haben natürlich auch noch Zeit. Im Gegensatz zu mir.«

»Würde es Ihnen etwas ausmachen, uns zu sagen, wer begünstigt wird?«, fragte Lockyer.

»Es macht mir etwas aus, aber da es sich um eine *Mord*ermittlung handelt ...« Roland Ferris warf Lockyer einen scharfen, nachdenklichen Blick zu. »Seit Helen … gestorben ist … gehen das Haus, die Autos und der Großteil des Geldes an Harry. Serena bekommt ein paar Aktien und das Haus bei La Rochelle. Da sind wir als Kinder immer hingefahren, unsere Eltern haben uns zum Segeln mitgenommen … Ich hatte auch mal ein Boot, aber das habe ich verkauft. Von dem Geld habe ich mir eine besonders schöne Daimler-250-V8-Limousine von 1965 gekauft.« Er lächelte zärtlich. »Wunderschönes Auto. Kirschrote Ledersitze, Armaturenbrett und Verkleidung aus Walnussholz.« Roland seufzte. »Helen litt furchtbar unter *le mal de mer*, also haben wir das Boot sowieso nie benutzt.«

»Wie viel kostet so ein Auto?«, erkundigte sich Broad.

»Na ja, ich habe fast dreißigtausend Pfund bezahlt. Aber sie war eine Schönheit. Früher habe ich sie lieber in schlechtem, vernachlässigtem Zustand gekauft, manche wurden nur noch von den Brombeeren zusammengehalten, die in ihnen wucherten. Dann habe ich sie über mehrere Jahre hinweg restauriert. Ich habe sie wieder zum Leben erweckt. In bestimmten Kreisen habe ich mir einen Namen gemacht, und so kam es, dass ich von Zeit zu Zeit auch an den Autos anderer Leute gearbeitet habe. Aber das war immer etwas hektisch. Die Leute sind so ungeduldig. Bei den Autos anderer Leute hat es mir nicht so viel Spaß gemacht, aber es war lukrativ.«

»Hedy Lambert hatte ein Auto, das sie sehr geliebt und selbst restauriert hatte«, sagte Broad.

»Ja, sie hat mir davon erzählt. Einen Austin Allegro – ha! Gott segne sie. Ich habe ihn natürlich nie gesehen – dieser dreckige Betrüger hat sich damit aus dem Staub gemacht, bevor sie herkam.« Der alte Mann schüttelte den Kopf. »Aber sie hat verstanden, wie viel Freude es macht, ein wunderbares Fahrzeug wieder zum Leben zu erwecken. Selten bei einer Frau.« Er seufzte. »Kann man den Austin Allegro als wunderbares Fahrzeug bezeichnen? Das geht vielleicht doch etwas zu weit.«

»Haben Sie ihn noch? Den Daimler, meine ich.«

»Natürlich. Von den anderen musste ich im Laufe der Jahre leider einige verkaufen, in schwierigen Zeiten. Aber von so einem Schätzchen trennt man sich nicht.«

»Dürfen wir den Wagen mal sehen?«, fragte Broad. Sie klang sehr interessiert, und Lockyer brachte es nicht übers Herz, sie darauf hinzuweisen, dass es für den Fall irrelevant war.

»Ja.« Roland klang überrascht. »Natürlich. Paul wird Ihnen die Schlüssel geben. Ich würde sie so gerne alle noch einmal sehen, aber ich habe einfach nicht die Kraft dazu.«

»Sie könnten Mr. Rifkin doch bitten, die Autos hinauszufahren, dann bräuchten Sie nur zum Fenster zu gehen«, schlug Broad vor.

»Paul soll meine Autos fahren?« Roland klang entsetzt. »Meine Güte, Constable, *flüstern* Sie das nicht einmal. Und ich muss auch Sie bitten, überaus vorsichtig mit ihnen zu sein. Anschauen, aber nicht anfassen.«

»Und sonst wird niemand im Testament bedacht?«, fragte Lockyer.

»Nun, Miles erhält etwas Geld und ein paar Aktien. In unserer Familie gibt es nur Einzelkinder, Lockyer. Komisch, dass das manchmal passiert. Der Personenkreis, unter dem ich mein Vermögen aufteilen kann, ist nicht besonders groß.« Er starrte vor sich hin. »Womöglich sollte ich tatsächlich ein paar Anpassungen vornehmen«, murmelte er, »bevor ich abtrete. Vielleicht ein paar treue Bedienstete versorgen.«

Lockyer machte sich im Geist eine Notiz, dass Paul Rifkin ihm etwas schuldete.

»Die Autos müssen eine ganze Menge wert sein«, sagte Broad. »Wie viele haben Sie noch?«

»Siebzehn. Und ich kenne sie alle sehr gut, Constable. Denken Sie nicht, ich würde es nicht merken, wenn Sie einen klauen.«

»Ach, Sir. Ich brauche doch nur einen kleinen …«

»Sie sollten Ihre Kollegin jedes Mal mitbringen, Inspector«, sagte Ferris. »Sie ist wesentlich unterhaltsamer als Sie.«

»Ja.« Lockyer sah zu Broad. »Ich weiß.«

Als sie aufstanden, um sich zu verabschieden, sagte Lockyer: »Eine Sache noch, Professor. Ich habe kürzlich mit Maureen Pocock gesprochen. Sie hat mir erzählt, dass einmal die Polizei hier gewesen ist.«

»Was? Wann? Wahrscheinlich meinte sie das Auto, mit dem Sie den armen Paul abholen ließen.«

»Nein, schon vor langer Zeit. Als Harry noch ein Junge war – zwölf oder dreizehn, meinte sie.«

Der Professor schwieg. Er starrte Lockyer mit unbewegter Miene an.

»Mrs. Pocock dachte, ein besorgter Nachbar hätte sie gerufen, weil Sie und Helen sich heftig gestritten hätten, aber dann stellte sich heraus, dass es um etwas anderes ging. Können Sie mir sagen, was es war, Professor?«

»Ich habe keine Ahnung«, sagte Roland knapp. »Das ist über dreißig Jahre her, Mann! Ich weiß nicht mehr, was der Anlass gewesen ist, jedenfalls war er so unbedeutend, dass Maureen Pocock und ich ihn beide vergessen haben. Und diese Frau ist ein Elefant, in mehr als einer Hinsicht.«

»Na schön. Ich werde Harry fragen, wenn wir ihn treffen. Vielleicht erinnert er sich. Danke, Professor.«

»Auf Wiedersehen«, murmelte der alte Mann, der bereits wieder auf sein Buch schaute, allerdings ohne darin zu lesen, die Augen unter zusammengezogenen Brauen verborgen.

Lockyer ließ sich von Paul die Garagenschlüssel geben und führte Broad an der kleinen Scheune vorbei. Während sie zu den schemenhaften Balken hinaufstarrte, berichtete er ihr, was ihm zu möglichen Motiven im Zusammenhang mit der Erbschaft klar geworden war.

Broad schien entsetzt. »Ich fasse es nicht, dass uns das nicht schon früher aufgefallen ist.«

»Ich weiß. Geld ist oft ein Motiv, aber dieses Mal nicht.«

»Das grenzt den Kreis ein, oder?«

»Möglicherweise.« Lockyer war vorsichtig. »Er hat gelogen, als er sagte, er könne sich nicht an den Besuch der Polizei erinnern.«

»Ja.«

»Vor dreißig Jahren. Wie stehen die Chancen, dass dazu noch irgendwo etwas im System ist?«

»Gering bis null.« Broad blies die Wangen auf. Sie wusste, was kam. »Und derart alte Akten in Papierform sind so selten wie ein weißer Rabe.«

Das stimmte. Viele alte Polizeigebäude waren aufgegeben oder verkauft worden, und es konnte nur eine begrenzte Menge Akten für eine begrenzte Zeit gelagert werden. Tausende alte Fallakten waren verloren gegangen oder vernichtet worden.

»Und falls es sich um einen Routinebesuch gehandelt hat und um Ermittlungen, die mit den Ferris' selbst gar nichts zu tun hatten … Die Nadel im Heuhaufen.«

»Ja. Das wird schwierig.«

Der Hauptstall war wie das Haus aus Ziegeln und Balken gebaut, die große Scheune bestand wie die im Garten aus Holz, war aber deutlich größer. Lockyer schloss diese Tür zuerst auf.

Die Luft im Inneren war eisig und roch intensiv nach Motoröl und Benzin – Gerüche, die immer in die Substanz eines Gebäudes einzudringen schienen. An einem Ende befand sich eine Inspektionsgrube mit einer elektrischen Rampe darüber, umgeben von Regalen mit Werkzeug und Ölkannen, Sprühflaschen und Lappen sowie Postern von Autos, Autoshows und Autozulieferern. Goodyear, Castrol, Michelin. *Le Grand Prix de Pau Historique, 2001.* Licht strömte durch die hohen Fenster herein, deren senkrechte Streben Muster auf den Betonboden warfen. Am anderen Ende, wo das ursprüngliche Kopfsteinpflaster noch unversehrt war, waren in drei Reihen jeweils zwei Wagen hintereinander geparkt.

Einige waren mit Hüllen gegen Staub geschützt, andere nicht. Broad ging zwischen ihnen hindurch, die Arme gegen die Kälte verschränkt, und spähte durch das Fenster eines nicht abgedeckten Wagens ins Innere. Sie rochen jetzt Leder, Metall und Gummi.

»Ich kann verstehen, warum Leute Oldtimer mögen«, sagte Broad. »Dass man sie für Hochzeiten und so etwas mietet. Sie haben einfach etwas. Richtig alte Autos, meine ich. Relikte glamouröser früherer Zeiten.« Sie sah mit einem kurzen Lächeln zu ihm hinüber. »Damals, als Glamour noch wirklich glamourös war.«

»Kann sein.« Lockyer interessierte sich nicht besonders für die Autos. Nicht einmal, als Broad die Daimler-Limousine identifizierte, von der Roland Ferris geschwärmt hatte. Seine Gedanken kreisten um die immer kleiner werdende Gruppe von Leuten, die ein Motiv für den Mord an Mickey Brown hatten.

»Chef ...«, begann Broad. »Die Sache mit der Polizei, die vorbeigekommen ist ... Könnte das wirklich relevant sein? Ich meine, das war sogar noch vor Helen Ferris' Selbstmord – ein gutes Jahr oder zwei davor. Es hat also wahrscheinlich nichts damit zu tun. Und Harry Ferris war noch ein Kind ...«

Lockyer verkniff sich eine scharfe Antwort. Er wusste, dass sie recht hatte. Und dass seine sofort aufflackernde Ungeduld sich aus

Verzweiflung speiste. Er wollte nicht zu sehr darüber nachdenken. »Vielleicht ist es nicht relevant«, räumte er ein. »Aber irgendwas geht hier vor sich. Roland und Harry Ferris verschweigen uns etwas. Es könnte etwas sein, das gar nichts mit diesem Fall zu tun hat, vielleicht aber doch. Und ich will wissen, was es ist.«

»Ja, Chef.«

»Bei den ursprünglichen Ermittlungen haben wir Mist gebaut, Gem. Wir hatten eine deutliche Tatverdächtige und haben deshalb aufgehört, nach weiteren zu suchen. Das passiert mir nicht noch einmal.«

»Verstehe, Chef. Es ist nur …« Broad schien verlegen. »Das alles bedeutet nicht, dass Sie beim ersten Mal die Falsche erwischt haben. Vielleicht finden wir niemand anders mit einem Motiv, weil es niemanden gibt.«

»Wir haben uns noch nicht alle vorgeknöpft. Wir haben noch nicht alles überprüft.«

Die Vorstellung, dass er den Fall nicht lösen könnte, war unerträglich. Dass er es vielleicht nicht schaffte, am Ende alles in Ordnung zu bringen. Broad hatte offenbar den aufgestauten Frust in seiner Stimme herausgehört, denn sie sagte nichts mehr.

Kurz gingen sie in die Remise und zu den Ställen, aus denen die Trennwände entfernt worden waren, um Platz für eine weitere Wagenreihe zu schaffen. Die meisten Wagen waren abgedeckt und verschwanden in der Dunkelheit, je weiter sie von der Tür entfernt waren. Broad fingerte neugierig an einer der Abdeckungen herum, aber Lockyer wollte nicht zu viel Zeit damit verschwenden. »Anschauen, nicht anfassen, schon vergessen?«

Er untersuchte den Schlüsselbund, den Paul ihm gegeben hatte. Ein silberfarbener Sicherheitsschlüssel glänzte zwischen den großen, altmodischen Einsteckschlüsseln für die Scheune und die Remise. »Kommen Sie.«

Broad folgte ihm in den hinteren Teil der Remise, wo eine Treppe zum Dachboden hinaufführte. Wie er vermutet hatte, ließ sich die Tür mit dem Sicherheitsschlüssel öffnen.

»Hedy Lamberts Wohnung?«, fragte Broad, als sie eintraten.

Lockyer nickte.

Die Luft im Inneren war abgestanden und ein bisschen wärmer als in den Garagen. Küche, Bad, Wohn-/Schlafzimmer. Beigefarbene Teppiche und Wände, billige Küchenschränke mit dem absoluten Minimum an Komfort – eine Waschmaschine, aber kein Trockner, keine Spülmaschine. Die Möbel wirkten noch recht neu und sahen nach IKEA aus, abgesehen von den Sachen, die ganz offensichtlich aus dem Haupthaus stammten. Ein Couchtisch aus Kirschholz, an dem ein Stück der Zierleiste fehlte. Eine Stehlampe mit einem hässlichen Schirm mit Quasten. Lockyer versuchte sich vorzustellen, wie es hier 2005 ausgesehen hatte. Er erinnerte sich an ein paar Dinge – einen Wecker, gestreifte Ofenhandschuhe, eine Flasche Schaumbad, ein Foto ihrer Eltern –, aber Hedy hatte nur sehr wenig mitgebracht. Dank Aaron Fletcher besaß sie kaum noch etwas.

Beim letzten Mal hatte seine Aufmerksamkeit fast ausschließlich Hedy gegolten.

Sie hatte gezittert, und Tropfen aus ihrem frisch gewaschenen Haar hatten dunkle Flecken auf ihren Ärmeln hinterlassen. Ab und an hatte ihre Miene heftige Gefühle widergespiegelt, doch schon nach wenigen Sekunden war wieder ein Ausdruck von Leere zurückgekehrt. Lockyer erinnerte sich, dass er damals unbedingt begreifen wollte, was für Gefühle sie so aufwühlten – Schuld, Wut, Trauer, Angst? Es kam ihm nicht so vor, als wüsste er heute mehr als damals.

»Wer hat ihre Sachen ausgeräumt?«, fragte er sich laut.

»Ihre Familie, nehme ich an«, sagte Broad und sah sich um. »Ich hasse Dachgeschosswohnungen wie diese. Ich könnte nie in einer leben.«

»Ach? Warum nicht?«

Broad deutete an die Decke, die auf beiden Seiten des Raumes steil abfiel und etwa zweieinhalb Meter über ihren Köpfen in einem scharfen Scheitelpunkt endete. »Nur Oberlichter. Keine richtigen Fenster. Man kann nicht wirklich hinaussehen.«

»Was hat Professor Garvich gesagt? ›Ein klaustrophobisches, engstirniges Leben.‹«

»Vielleicht hatte sie recht«, sagte Broad.

Lockyer antwortete nicht. Er erinnerte sich an etwas, das Hedy in einer ihrer vielen Vernehmungen zu ihm gesagt hatte. *Nein, ich mag die Wohnung. Sie ist zwar klein, aber für mich reicht es vollkommen. Und ich schaue gern nachts in den Himmel. Mir gefällt die Gewissheit, dass niemand hereinschauen kann. Keiner beobachtet mich. Ich bin einfach ... unsichtbar.*

»Kommen Sie«, sagte er und versuchte, das Gefühl zu ignorieren, das die Erinnerung in ihm auslöste. So etwas wie Bedauern. »Wir sollten zurückgehen und versuchen, Serena Godwin zu einem Gespräch zu bewegen. Wer weiß, was sich hinter der frostigen Fassade verbirgt? Es könnte emotionale Abgründe geben, von denen wir noch nichts wissen. Und ich bin mir nicht sicher, wie überzeugt sie damals wirklich davon war, Harry vor sich zu haben.«

»Außerdem wurde spekuliert, dass der Messermord von einer Frau ausgeführt wurde, stimmt's?«, bemerkte Broad. »Sie hat ihn im Schlaf getötet, damit er keine Chance hatte, sie zu überwältigen.«

»Richtig.«

Sie gingen schweigend zum Auto zurück.

»Sicherlich«, sagte Broad zögernd, als sie es erreichten, »könnte es auch noch jemand anders geben, der einen Kampf vermeiden wollte.«

Lockyer blieb stehen und drehte sich zu ihr um.

»Einen älteren, schwächeren Mann. Einen Mann, der wusste, dass er verlieren würde, wenn es zu einem Kampf käme. Vielleicht ein kranker Mann ...«

»Sie sprechen von Roland Ferris.«

»Wie Sie sagten, Chef – es gab eine Menge Leute, die am Ende wussten, dass Mickey nicht Harry war. Was, wenn einer von ihnen es dem Professor gesagt hat?«

»Und ihm das Herz gebrochen hat«, sagte Lockyer.

»Starke Emotionen äußern sich bei Männern oft in Form von Wut«, sagte Broad und wandte den Blick ab. »Oder zumindest bei einigen Kerlen, die ich kenne.«

Lockyer sah sie an. »Ist das so?«

»Nun. Ja.« Sie blickte kurz zurück, dann auf ihre Hände hinunter und errötete leicht. »Nicht *Sie*, Chef. Ich wollte nicht ... Sie sind von allen, die ich kenne, am wenigsten so ...« Sie schwieg verlegen.

»Pete?«, fragte Lockyer und verspürte bei dem Gedanken Empörung in sich aufflackern. Es war so einfach, jemanden wie Gemma Broad zu schikanieren. So einfach und so falsch. »Hat er jemals ...«

»O nein!«, sagte sie hastig. »Nein. Starke Emotionen sind nicht Petes Problem. Was nicht heißen soll, dass er ein Problem *hat*, es ist nur ....« Sie unterbrach sich erneut und holte tief Luft. »Vergessen Sie, dass ich etwas gesagt habe, Chef.«

Sie wirkte aufgewühlt, als sie schweigend ins Auto stiegen. Lockyer wusste nicht recht, was genau Broad ihm hatte sagen wollen. Er versuchte sich zu konzentrieren, und aus irgendeinem Grund bedrückte ihn der Gedanke, dass Roland Ferris der Mörder sein könnte. Er warf einen Blick auf Broad.

»Und ich dachte schon, Sie mögen den Professor«, sagte er und drehte den Schlüssel im Zündschloss.

»Ich mag ihn auch.« Broad nickte. »Aber das bedeutet nicht, dass er sich den Kerl nicht vor all den Jahren gegriffen und ihn erstochen haben könnte.«

»Sie haben recht. Das stimmt.«

Und falls er es getan hatte, dachte Lockyer, dann hätte der einzige Mensch, den Hedy mochte und dem sie vertraute, nachdem Aaron Fletcher ihr Leben ruiniert hatte, sie vierzehn Jahre lang unschuldig im Gefängnis sitzen lassen.

11

Lockyer hatte einen Anruf von Tom Williams verpasst und rief ihn gleich zurück, als sie wieder im Präsidium waren.

»Ich habe etwas für Sie.« Tom räusperte sich rasselnd. »Ich kann nicht versprechen, dass sie mit Ihnen reden will, aber ich habe Kim Cowley gefunden. Sie war damals Sean Hanningtons bessere Hälfte – zu der Zeit, als wir nach ihm gefahndet haben, und bis in die Nullerjahre. Gut möglich, dass sie zum Zeitpunkt Ihres Mordes noch mit ihm zusammen war. Vielleicht kann sie Ihnen etwas zu Mickey sagen.«

»Das ist großartig, Tom. Vielen Dank – wie zum Teufel haben Sie sie gefunden?«

»Als ich sie das letzte Mal gesehen habe, haben wir ein bisschen geredet. Sie hat mich – im Vertrauen – gefragt, wie man an eine Sozialwohnung kommt. Sie stammte nicht aus einer Pavee-Familie. Sie hat Sean in einem Alter kennengelernt, in dem man leicht zu beeindrucken ist, und ist mit ihm durchgebrannt. Ich glaube, es reichte ihr. Also habe ich einen Kumpel bei der Stadtverwaltung gefragt, der mir noch einen Gefallen schuldete – und bingo. Sie und ihr Sohn Kieron haben eine Wohnung in Westbury bekommen. Wollen Sie die Adresse?«

DSU Considine steckte den Kopf durch die Tür. »Matt, auf ein Wort, wenn es geht.«

»Tom, ich muss Schluss machen«, sagte Lockyer. »Können Sie mir die Adresse per SMS schicken? Vielen Dank. Ich schulde Ihnen ein Bier.«

»Na dann«, Tom lachte. »Ich komme hoch nach Devizes, um es einzulösen, bevor Sie es vergessen.«

Lockyer legte auf und folgte Considine, wobei er Broads leicht nervösen Blick ignorierte.

»Schließen Sie bitte die Tür, Matt, und setzen Sie sich«, sagte die DSU zu ihm, als er vor ihren Schreibtisch trat. Sie sprach mit leiser ruhiger Stimme, lächelte aber nicht. »Ich bin sehr neugierig, wie es bei Ihnen läuft. Hat das Gespräch mit Paul Rifkin Sie weitergebracht?«

»Tja. Sie werden meinen Bericht gelesen haben, also wissen Sie, dass er bei den ersten Ermittlungen gelogen hat – er kannte Mickey Brown von früher, und er hat ihn einige Tage vor dem Mord angegriffen.« Lockyer wollte, dass es sich wie ein Fortschritt anhörte, aber das wäre es nur, wenn er Paul für den Mörder hielte. Zögernd erklärte er, warum er das nicht tat. Dass sie Rolands Erbe als Motiv ausschlossen. Und dass ihr Gespräch mit Professor Tor Garvich wenig erhellend gewesen war.

»Was haben Sie als Nächstes vor? Was denken Sie?«

»Es ist uns gelungen, eine Frau namens Kim Cowley ausfindig zu machen. Sie war die Partnerin von einem Sean Hannington aus der Pavee-Gemeinschaft. Hannington hatte in dem Lager, in dem Mickey lebte, das Sagen, und nach allem, was man hört, war mit ihm nicht gut Kirschen essen. Er könnte der Grund sein, weshalb Mickey in Longacres untergetaucht war. Ihm könnte er die gebrochenen Rippen zu verdanken haben.«

»Sie werden also mit dieser Cowley sprechen? Sie fragen, ob sie weiß, wo er ist?«

»Ja.«

»Ich dachte, wir wären uns sicher, dass der Mörder jemand aus dem Haus gewesen sein muss, oder jemand, der einen Schlüssel besaß? Und klingt dieser Hannington nach einem Mann, der einen schnellen, sauberen Mord begeht, während das Opfer schläft?«

»Das weiß ich einfach noch nicht. Vielleicht, wenn er Zeit gehabt hätte, sein Temperament zu zügeln. Und vielleicht konnte er gut Schlösser knacken ...« Lockyer verstummte. Es klang dünn. »Wir haben bisher nur Hedys Wort, dass das Messer am Abend zuvor auf dem Abtropfkorb lag. Sie sagte, sie hätte es dort hingelegt, aber sie hat wohl kaum überprüft, ob es noch da war, bevor sie ins Bett ging, oder? Vielleicht ist es irgendwie nach draußen gelangt, bevor die Tür abgeschlossen wurde?«

»Wie hätte das passieren können, Matt?«

»Ich weiß es nicht ... Vielleicht hat sie es versehentlich mit dem Essenstablett hinübergetragen, und es lag in der Scheune, griffbereit für den Mörder? Vielleicht hatte sie es zusammen mit einem Haufen Essensresten auf den Komposthaufen geworfen? Dinge, die wir jeden Tag tun, wie ein Messer neben der Spüle liegen zu lassen ... sie könnte sich an eines der hundert Male davor erinnert haben.«

»Und der Mörder dachte sich: ›Ich gehe einfach zum Komposthaufen und suche nach etwas, mit dem ich den Kerl in der Scheune erstechen kann?‹«

»Wahrscheinlich nicht«, räumte Lockyer ein. »Aber jemand könnte früher am Tag ins Haus gekommen sein, bevor es abgeschlossen wurde, und das Messer dann mitgenommen haben. Das ist möglich.«

»Aber unwahrscheinlich.«

»Vieles, was die Leute tun, ist unwahrscheinlich. Bis sie es tun.«

»Mein Gott, Sie sind stur wie ein Maultier, Matt.« Sie schüttelte den Kopf.

»Constable Broad hat heute Morgen einen weiteren möglichen Verdächtigen benannt.«

»Was Sie nicht sagen.«

»Roland Ferris.«

Lockyer erläuterte Broads Gedankengang.

Considine hörte aufmerksam zu. »Das finde ich wesentlich plausibler als die Idee mit dem Komposthaufen.«

»Ich auch. Aber ich will Hannington noch nicht ausschließen. Ich möchte niemanden ausschließen.«

»Anders als beim letzten Mal?« Considine klang kühl.

»Ferris lügt uns eindeutig an. Jedenfalls verschweigt er uns etwas. Es könnte jemand gedacht haben, er töte Harry Ferris, aber ich denke, der Grund für den Mord könnte viel weiter in der Vergangenheit liegen …«

»Wie kommen Sie darauf?«

»Ich weiß nicht, es ist nur eine …«

»Eine Vermutung?«

»Eine Hypothese.«

»Okay.« Considine presste kurz die Lippen zusammen. »Hören Sie, Matt, ich habe den Eindruck, dass Sie kein Stück weiter sind. Sie wissen immer noch nicht, wen der Mörder töten wollte und warum, geschweige denn, wer es war. Falls es tatsächlich nicht Hedy Lambert war.«

»Wir machen Fortschritte, Ma'am. Selbst wenn es darum geht, Personen auszuschließen …«

»Das kann nicht ewig so weitergehen, Matt. Sie können nicht die nächsten sechs Monate damit verbringen, Leute auszuschließen.

Sie müssen jemanden *ins Visier nehmen*, und Gott weiß, dabei wird Ihnen die Kriminaltechnik nicht helfen. Es sei denn, *sie* ist es gewesen.«

Lockyer sagte nichts. Es war keine Frage. Considine musterte ihn, dann winkte sie ab. »Na, dann los. Machen Sie weiter. Aber ich will Fortschritte sehen, Matt. Und zwar bald. Etwas Neues, nicht nur eine Liste von Leuten, die es nicht getan haben.«

»Ma'am.«

Er stand auf.

»Wie kommen Sie mit Gemma Broad zurecht?«, erkundigte sich Considine.

»Gut«, sagte er. »Sie ist schnell. Vielleicht fehlt es ihr ein wenig an Selbstvertrauen, aber sie ist gut.«

»Prima«, war alles, was Considine erwiderte, die sich bereits wieder auf ihren Papierkram konzentrierte.

Lockyer bat Broad, zwischen ihren Besuchen bei Paul Rifkin und Miles Godwin Serena Godwin anzurufen und dann nach Aktenvermerken über den dreißig Jahre zurückliegenden Vorfall mit der Polizei bei den Ferris' zu suchen. Nach irgendeinem Hinweis auf eine geheime Vergangenheit oder ein kriminelles Vorkommnis. Als er ging, wirkte sie etwas angeschlagen.

Er fuhr südwärts, dann bog er nach Westen auf eine schmale Straße ab, die am Rande der Salisbury-Ebene vorbeiführte. Zu seiner Linken stieg steil das Grasland an und sah aus wie ein riesiger grüner Samtumhang. Im Sommer sprangen Paraglider vom Kamm und kreisten in den Aufwinden über dem Flickenteppich aus Feldern in der Ebene unter ihnen. Das gehörte zu den Dingen, die Lockyer unbedingt einmal in seinem Leben getan haben wollte. Ganz allein am weiten Himmel mit einem Dreihundertsechzig-Grad-Horizont schweben. Bald fuhr er unterhalb des weißen Pferdes von Bratton entlang, einem der acht, die noch an den Hängen von Wiltshire zu sehen waren. Riesige Scharrbilder, die die schimmernde weiße Kreide unter der Grasnarbe freilegten. Lockyer hatte sie immer schön gefunden, fantastisch. Die Pferde, die für alle Ewigkeit mitten im Lauf und mitten im Sprung dargestellt waren, oder die kerzengerade und unerschütterlich dastanden, während unter ihnen die Menschen durch die Jahrhunderte mit all ihren Schwächen vorbeimarschierten.

Er nahm den Weg über Land nach Westbury und war sich nicht sicher, ob er seine Zeit verschwendete. Considines Einwände wegen des Messers waren stichhaltig. Es war sehr viel wahrscheinlicher, dass es jemand aus dem Haus in die Scheune mitgenommen hatte, um den dort schlafenden Mann zu töten. Er wollte noch einmal Hedy fragen, wie sicher sie sich war, dass sie das Messer am beschriebenen Ort gelassen hatte. Broad würde ihn begleiten wollen. Sie *sollte* ihn begleiten, sagte er sich, und sich selbst ein Bild von Hedy machen. Dennoch verspürte er einen starken Widerwillen dagegen, sie mitzunehmen, den er einfach nicht abschütteln konnte.

Westbury war eine kleine, unschöne und nicht gentrifizierte Stadt, ein alltäglicher Ort mit Pubs, Imbissbuden und kleinen georgianischen Geschäften, deren Besitzer regelmäßig wechselten. Kim Cowleys Wohnung befand sich im Erdgeschoss eines gepflegten, niedrigen Wohnblocks im Zentrum, mit einem Gemeinschaftsgelände, das aus einem asphaltierten Parkplatz und einem matschigen Rasen bestand. In Reaktion darauf hatte Kim so viele verschiedenfarbige Blumentöpfe wie möglich vor ihrem Fenster aufgestellt. Ganz zu schweigen von Plastikwindrädern und Kristallanhängern, die das Licht einfingen, Vogelfutterhäuschen und kleinen Tierfiguren aus Kunststoff. Nachdem Lockyer geklopft hatte, öffnete sie die Tür nur einen winzigen Spalt und spähte hinaus, sodass er nur einen Teil ihres schmalen Gesichts und ein großes, von Wimperntusche eingerahmtes Auge sah.

»Was?«, sagte sie.

»Kim Cowley?«

»Wer will das wissen?«

Lockyer hielt seinen Dienstausweis hoch. Kims Auge weitete sich.

»Es gibt keinen Ärger, Ms. Cowley, ich möchte Ihnen nur ein paar Fragen zu einem Fall stellen, an dem ich gerade arbeite.«

»Fragen worüber?«

»Sean Hannington.«

Kim starrte ihn einen Moment lang schweigend an. Dann öffnete sie die Tür etwas weiter.

»Ich habe ihn seit Monaten nicht mehr gesehen«, sagte sie.

Lockyer nickte. Also hatte sie Hannington vor nicht allzu langer Zeit gesehen; er war nirgendwo einbetoniert.

»Ich wäre Ihnen sehr dankbar, wenn ich ein paar Minuten Ihrer Zeit in Anspruch nehmen dürfte.«

»In Ordnung.« Sie warf einen kurzen Blick nach draußen, dann ließ sie ihn herein.

Kim war eine zierliche kleine Frau, die eher verhärmt als alt aussah. Sie trug leuchtende Farben – ein lila T-Shirt mit einer kunstvollen Darstellung der Hand von Fatima über roten Leggings – und viel Schmuck. Das Innere der Wohnung war vollgestopft mit irgendwelchem Nippes, ähnlich wie vor dem Fenster. Wandbehänge, Kristalle, Traumfänger und Topfpflanzen versuchten, der Gesichtslosigkeit des Gebäudes zu trotzen. In der Luft hing der süße Geruch von Cannabis.

Als ob ihr das plötzlich selbst aufgefallen wäre, stürzte Kim zu dem überquellenden Aschenbecher und legte die Hände darüber, während sie ihn in die Küche beförderte und in den Mülleimer entleerte. »Möchten Sie einen Tee?«, fragte sie. »Ich habe gerade eine Kanne gemacht.«

»Sehr gern. Danke.«

Er sagte nie Nein. Es gehörte sich so und half dabei, misstrauische Menschen zu beruhigen. Es bedeutete aber auch, dass er alles trinken musste, was man ihm reichte. Der Tee, den Kim ihm einschenkte, war jedoch stark, ohne bitter zu sein, genau wie er es mochte, und er lächelte. »Das ist der beste Tee, den ich seit Langem getrunken habe«, sagte er.

Kim entspannte sich ein wenig, aber ihre Miene blieb misstrauisch und wachsam. »Meine Oma hat mir beigebracht, wie man ihn richtig macht. Die Kanne vorwärmen und ihn nicht zu lange ziehen lassen, und dass man lose Blätter kaufen sollte, anstatt billige Beutel mit Resten. Für manche Dinge lohnt es sich, ein bisschen mehr auszugeben.«

Sie setzte sich ans Ende eines durchgesessenen Sofas und bedeutete Lockyer, in einem Sessel Platz zu nehmen. »Was hat er denn dieses Mal angestellt?«, fragte sie.

»Ich untersuche gerade einen alten Fall.« Er beobachtete sie genau. »Den Mord an Michael Brown im Jahr 2005.«

Kim wurde einen Hauch blasser.

»Mickey … Es war Sean, oder?«, flüsterte sie. »Ich habe immer gedacht, dass er es gewesen sein muss … Auch als sie diese Frau dafür eingesperrt haben.«

»Nun, das versuche ich herauszufinden. Wir wissen es noch nicht, Ms. Cowley …«

»Kim. Bitte. Cowley habe ich immer gehasst. Sie können sich denken, wie ich in der Schule genannt wurde.«

»Ich hatte gehofft, Sie könnten mir etwas über die Zeit erzählen, während der Mickey mit Ihnen und Sean zusammen im Lager gelebt hat. Wie gut haben Sie ihn gekannt? Mickey, meine ich.«

»Wie gut ich ihn gekannt habe?« Ein trauriges, schwaches Lächeln. »Ziemlich gut.« Sie zeigte auf ein Foto, das auf einem Regal an der gegenüberliegenden Wand stand. »Das da drüben ist sein Sohn.«

»Entschuldigen Sie – Ihr Sohn Kieron ist der Sohn von Mickey?«

Kim sah auf ihre unruhigen Finger hinab. »Ich nehme es an. Natürlich kann man das nicht mit Sicherheit sagen. Für Sean ist Kieron sein Sohn. Er hat gesagt, dass Mickeys Sperma auf keinen Fall schneller als seins gewesen sein kann. Idiot.«

»Glauben Sie, dass er sich irrt?«

»Das muss so sein. Kieron ist kein bisschen wie Sean. Er hat ein gutes Herz, wissen Sie? Ich kann mir einfach nicht vorstellen, wie ein Mistkerl wie Sean sein Vater sein könnte.« Sie sah auf, und Lockyer verstand, dass die Angst ihr so zugesetzt hatte. Ständige Angst. »Er kommt immer noch vorbei, um ihn zu besuchen. In letzter Zeit zum Glück nicht mehr so oft. Er sagt, er hat ein Recht darauf, sein Kind zu sehen.«

»Können Sie keinen Vaterschaftstest durchführen lassen?«

»Das kostet Geld. Außerdem sagt Sean, dass niemand seine DNA bekommt.« Sie schnaubte. »Bei der Menge übler Scheiße, die er in seinem Leben getan hat, ist es wahrscheinlich besser für ihn, wenn er es nicht tut. Umso trauriger.«

»Kieron ist also eher wie Mickey? Mickey war ein gutherziger Mensch?«

»Weich wie Butter«, sagte Kim traurig. »Er wollte nur, dass alle glücklich sind und sich lieb haben, verstehen Sie? Er hat alles getan, um es einem recht zu machen. Wie ein verdammtes Hündchen war er.« Sie nippte an ihrem Tee, ohne ihm in die Augen zu sehen. »So hat es angefangen. Mit ihm und mir, meine ich. Nachdem ich jahrelang mit Sean zusammen war. Gott, ich hätte mich in jeden verliebt, der nett zu mir war. Sanft.«

»War Sean jemals gewalttätig Ihnen gegenüber?«

»Nur ein bisschen«, sagte sie sarkastisch. »Eigentlich brauchte er sich nach den ersten Malen kaum noch zu bemühen. So arbeitet er – er macht den Leuten Angst, dann sind sie leicht zu kontrollieren.«

Lockyer betrachtete noch einmal ihren kleinen, zerbrechlichen Körper, und Hass auf Sean Hannington stieg bitter in seiner Kehle auf. Er hatte Männer, die Frauen verprügelten, noch nie verstanden. Er hatte keine Ahnung, wie ein solcher Mann dachte oder fühlte. »Wie lange hat Mickey im Lager mit Ihnen gelebt?«

»Ungefähr ein Jahr, schätze ich. Er tauchte eines Tages auf, und Sean hat ihn ein bisschen in die Mangel genommen. Dachte wohl, er wäre leichte Beute. Leicht rumzukommandieren. Mickey war vorher allein unterwegs gewesen, hat mal hier, mal dort übernachtet. Er war durchs Land gereist, aber er hat mir erzählt, dass dies hier sein Zuhause war – hier die Gegend, meine ich. Als kleines Kind hat er eine Weile hier gelebt, dann ist seine Mutter mit ihm in den Norden gezogen. Nach Darlington, glaube ich.«

»Hat er jemals erwähnt, wo genau er aufgewachsen ist?«

Kim schüttelte den Kopf.

»Hat er nie Stoke Lavington erwähnt? Oder eine Familie namens Ferris?«

»Wo er umgebracht worden ist, meinen Sie?«, fragte sie mit leiser Stimme. »Nein.«

»Sean hat also herausgefunden, dass Sie und Mickey zusammen waren?«

»Es ist schwer, so etwas geheim zu halten, wenn man so nah zusammen wohnt. Ich dachte, wir wären vorsichtig, aber … ich dachte, Sean würde ihn umbringen. Er *hätte* ihn auch umgebracht, da bin ich mir sicher.«

»Wie ist Mickey entkommen?«

»Es war hauptsächlich Glück. Sean stürzte sich auf ihn, und ich schrie, er soll aufhören, und dann ist Sean gestolpert. Er hatte den ganzen Nachmittag getrunken – ich meine, es braucht viel, um einen Kerl seiner Größe betrunken zu machen, aber er hatte es fast geschafft. Er verlor den Halt und ging zu Boden, und Mickey war weg – er war nicht stark, aber bei Gott, er konnte rennen. Das hat er vermutlich schon als Kind gelernt.«

Lockyer dachte zurück an Mickeys sehnigen Körper auf dem Seziertisch, an die Brandnarben, und konnte es sich gut vorstellen.

»Sean hatte keine Chance, ihn zu erwischen«, fuhr Kim fort. »Er ist ein verdammt großer, schwerfälliger Ochse.«

»Und Sie glauben, Sean hätte Mickey zusammengeschlagen, wenn er nicht entkommen wäre?«

Kim nickte. »Ich habe so etwas schon einmal miterlebt. Ein Kerl hatte das Koks gestreckt, mit dem Sean dealte, und nebenbei verkauft. Er hat immer wieder auf ihn eingetreten, wie eine verdammte Maschine.« Kim schloss die Augen. »Es war direkt hinter einem Pub. Er hatte überhaupt keine Angst, gesehen oder erwischt zu werden.«

»Was ist aus dem Mann geworden?«

»Keine Ahnung. Sean brüllte, ich soll mich verpissen, und das musste er mir nicht zweimal sagen. Ich habe den anderen Kerl nie wieder gesehen. Es würde mich nicht wundern, wenn er tot wäre.«

»Wie sind Sie überhaupt mit Sean Hannington zusammengekommen, Kim?«

»Ich war fünfzehn und dumm wie Bohnenstroh.« Sie zuckte

mit den Schultern. »Ich habe ihn im Pub kennengelernt und dachte, er wäre der Größte. Ein *richtiger* Mann, nicht wie die Jungs in der Schule. Er kaufte mir Drinks und Schmuck, billiges Zeug, und sagte, er liebt mich. Ich war total in ihn verknallt.«

»Aber am Ende sind Sie von ihm losgekommen. Das muss eine Menge Mut erfordert haben.«

»Ja, klar.« Sie verdrehte die Augen. »Ich war sieben Jahre mit ihm zusammen, und am Ende wurde ich zu alt für ihn. Er brachte eine neue kleine Schlampe mit zum Wagen, ich machte eine große Szene, als hätte er mir das Herz gebrochen, und weg war ich. Ich konnte mein Glück kaum fassen.« Sie zeigte wieder ihr flüchtiges, sardonisches Lächeln. »Die arme Kuh hat mir natürlich leidgetan. Ich wette, sie bereut ihre Entscheidung inzwischen genauso wie ich. Aber das ist der andere Grund, aus dem ich sicher bin, dass Sean nicht Kierons Vater ist. Ich war sieben Jahre mit ihm zusammen, und wir waren nicht besonders vorsichtig. Ich konnte nicht immer die Pille nehmen, und er hat nie ein Kondom benutzt. Aber ich wurde nie schwanger – nicht, bis ich mit Mickey zusammen war.«

»Wissen Sie, wo Sean jetzt ist?«

»Nein. Und ich will es auch nicht wissen. Obwohl der Schock dann vielleicht weniger groß ist, wenn er das nächste Mal auftaucht.«

»Wenn er Sie immer noch missbraucht, Kim, sollten Sie das melden ...«

»Ja, ja, schon gut. Sie verstehen das nicht. Wie sollten Sie auch?«, sagte sie müde. »Sie sind ein Kerl. Und ein Bulle.«

Lockyer musste zugeben, dass sie recht hatte. Es schien so ungerecht, dass es einem Opfer wie ihr überantwortet wurde, einen Missbrauch wie den von Sean zu beenden – indem sie Anzeige erstattete, Anklage erhob, mit den Folgen fertigwerden oder ihr ganzes Leben umkrempeln musste. »Haben Sie Mickey wiedergesehen, nachdem er weggelaufen war?«

»Nein. Ich dachte ...« Sie holte tief Luft. »Ich dachte, er wäre entkommen und zurück in den Norden gefahren oder so. Später in dem Sommer hat jemand sein Bild in der Zeitung entdeckt – mit der Bitte um Informationen zu einem Mordopfer.« Sie starrte auf den Teppich, ihr Blick war in die Vergangenheit gerichtet. »Er hat sich in einer Scheune versteckt, keine sieben Kilometer entfernt. Was zur Hölle hat er sich dabei gedacht?«

»Vielleicht dachte er, es würde Gras über die Sache wachsen?«

»Er mag ja ein Spinner gewesen sein, aber so dumm war er nicht. Bei einem wie Sean wusste man, dass nie *Gras über die Sache wachsen* würde. Einer wie er lässt alle Alarmglocken im Kopf schrillen, verstehen Sie? So wie bei einem Kaninchen, wenn es einen Hund sieht. Ich hoffe nur, dass Mickey nicht *meinetwegen* hiergeblieben ist.« Ihre Stimme zitterte.

»Ich glaube, Mickey dachte, er hätte den perfekten Unterschlupf gefunden«, sagte Lockyer. »Vielleicht wollte er nur eine Nacht bleiben und ein wenig schlafen, aber Professor Ferris nahm ihn auf und gab ihm zu essen ...« Er zuckte mit den Schultern. »Also ist er geblieben. Kim, verzeihen Sie, dass ich Sie etwas so Schwieriges frage. Mickey wurde durch einen einzigen Stich getötet, wahrscheinlich im Schlaf. Klingt das nach Sean?«

»Ich weiß es nicht. Mich würde nichts überraschen. Aber der Sean, den ich kenne ... Der hat so viel Wut in sich. Er würde eher das Erstbeste nehmen und ihm damit den Schädel einschlagen.«

»Verstehe.«

»Aber eins weiß ich ganz sicher: Wenn man sich mit Sean anlegt, wird man sehr wahrscheinlich getötet, auf welche Weise auch immer.«

Lockyer dachte einen Moment nach. »Es hat mich immer gewundert, dass Mickey draußen in der Scheune geblieben ist. Ihm wurde ein Zimmer im Haus angeboten – und es ist ein schönes Haus mit allem Komfort.«

Kim schüttelte den Kopf. »Seine ganze Kindheit hindurch ist er in Anstalten und im Jugendknast gewesen. Er hat nie darüber gesprochen, aber ich vermute, dass er angefasst wurde. Sie wissen schon, sexuell. Mickey war verkorkst. Deshalb ist er auf der Straße gelandet – er wollte in kein Gebäude gehen, das Backsteinwände oder Schlösser an den Türen hatte. Nicht einmal in eine Kneipe – irgendjemand musste ihm immer sein Bier holen, und er trank es auf dem Bürgersteig.«

Lockyer stand auf. »Sie waren mir eine große Hilfe, Kim. Ich danke Ihnen.«

»Werden Sie ihn dann endlich einsperren? Endgültig, meine ich? Es wird verdammt noch mal Zeit.«

»Glauben Sie mir, wenn ich kann, werde ich das tun.« Lockyer hielt inne. »Es gibt noch eine andere Möglichkeit, wie Sie helfen könnten. Sie und Kieron. Und vielleicht würde es auch Ihnen helfen.«

»Ja? Wie denn?«

»Wegen der Mordermittlungen haben wir Mickeys DNA in den Akten. Wenn Kieron bereit wäre, uns eine Probe zu geben, könnten wir herausfinden, ob Mickey tatsächlich sein Vater war. Wenn Sie es sicher wüssten, könnte das Seans Besuchen ein Ende setzen.«

»Vielleicht«, sagte Kim wenig überzeugt. »Oder es würde ihn nur wütend machen.«

»Es tut mir leid, dass ich das frage, Kim, aber sind Sie absolut sicher, dass einer von beiden Kierons Vater ist? Mickey oder Sean?«

»Ja. Da bin ich mir absolut sicher.«

»Wenn sich herausstellt, dass Sean der Vater von Kieron ist, hätten wir ein DNA-Profil der Familie in den Akten. Es könnte uns helfen, ihn für eines der anderen Verbrechen, die er begangen hat, einzusperren.«

»Ich weiß nicht ...« Kim krallte die Finger ineinander und schüttelte den Kopf. »Wenn er es herausfindet ...«

»Wenn er fragt, würden wir ihm sagen, dass die DNA Ihres Sohnes im Rahmen einer anderen Ermittlung entnommen wurde. Ich verspreche, dass er niemals erfährt, dass Sie und Kieron uns freiwillig geholfen haben.«

»Ich weiß nicht«, sagte sie wieder. »Ich muss Kieron fragen. Es ist seine Entscheidung, oder?«

»Ja, auf jeden Fall.«

»Ich frage ihn, wenn er von der Schule nach Hause kommt.«

»Wir müssen nicht einmal jemanden zur Probenentnahme herschicken, wenn Sie das nicht wollen. Sagen Sie Kieron, er soll seine Zahnbürste in eine Plastiktüte packen und sie mir zuschicken.« Er reichte ihr seine Karte. »Bitte, Kim. Es könnte sehr wichtig sein.«

Kim antwortete nicht. Sie starrte auf seine Karte und schloss mit zitternden Händen die Tür hinter ihm.

Als Lockyer wieder im Präsidium ankam, hatte Broad bereits mit Paul Rifkin und Miles Godwin gesprochen.

»Beide schwören Stein und Bein, dass sie keinem anderen erzählt haben, dass Mickey nicht Harry war, und schon gar nicht Roland«, sagte sie.

»Okay. Bleibt also noch Hedy.«

»Oder Mickey selbst. Oder Roland hat es auf andere Weise herausgefunden – zufällig oder sonst wie.«

»Ja, stimmt«, sagte Lockyer. »Oder Serena? Vielleicht hat sie herumgeschnüffelt und etwas entdeckt? Etwas, das Harry an Miles geschickt hatte – vielleicht einen Brief?«

»Ich habe Miles danach gefragt, und er ist sich sicher, dass sie keine Beweise finden konnte – sofern sie weder sein Telefon noch seine E-Mails gehackt hat, was allerdings unwahrscheinlich ist. Allem Anschein nach mag sie nicht mal Geldautomaten benutzen.«

»Haben Sie sie erreicht?«

»Nein. Ich habe ihr ungefähr zwanzig Nachrichten hinterlassen.« Broad machte ein verzweifeltes Gesicht.

»Versuchen wir es weiter. Hoffentlich nerven die vielen Anrufe sie wenigstens.«

»Was halten Sie von diesem Sean Hannington?«, fragte Broad.

Lockyer erzählte ihr, was er von Kim erfahren hatte.

»Er ist ein brutaler Kerl, so viel ist sicher«, sagte er. »Aber jemanden erstechen … ich weiß nicht. Das scheint mir nicht sein Stil zu sein. Und das Messer hätte schon griffbereit dort gelegen haben müssen. Schlösser knacken, Türen und Beweise manipulieren … das ist unwahrscheinlich.«

»Ja, wie es sich anhört, ist er eher der Typ, der die Tür eintritt und jemandem den Schädel einschlägt«, stimmte Broad zu. »Außerdem gab es keine andere DNA an der Leiche, oder? Nur Hedys Haare. Könnte er so vorsichtig gewesen sein und nichts hinterlassen haben?«

»Das ist schon möglich. Außerdem könnten einige der sichergestellten Kleidungsfasern von ihm stammen, aber das lässt sich jetzt, vierzehn Jahre später, nicht mehr nachweisen.«

»Und vielleicht hat die Spurensicherung etwas übersehen?«, überlegte Broad. »Glauben Sie, dass sie uns eine DNA-Probe geben werden?«

»Vielleicht. Kim will, dass er aus ihrem Leben verschwindet, und wer kann ihr das verdenken? Natürlich hofft sie, dass Mickey Kierons Vater ist, und wir hoffen das Gegenteil. Ich habe deshalb ein etwas schlechtes Gewissen.«

»Nicht, wenn Hannington dadurch ins Gefängnis wandert.«

»Nein. Stimmt.« Lockyer setzte sich, drehte seinen Stuhl zum Fenster und starrte auf die Baumkronen hinaus. »Mickey ist hier in der Nähe aufgewachsen, sagt Kim. Ich frage mich, ob er die Ferris' irgendwie kannte. Vielleicht ist er absichtlich zu der Scheune gegangen. Vielleicht hat er dort genug erfahren, um Roland Ferris zu überzeugen.« Er hielt inne. »Ich rufe in Eastwood Park an und mache für morgen einen weiteren Termin mit Hedy.«

Er spürte Broads Erwartung.

»Kommen Sie diesmal mit und machen Sie sich selbst ein Bild von ihr.«

»Ja, Chef.«

Broad drehte sich wieder zu ihrem Bildschirm um.

An diesem Abend fing Lockyer mit der Raufasertapete an der Decke im Gästezimmer an. Die Muskeln in seinem Rücken und in den Schultern brannten, aber er entdeckte bald etwas, das er für den Fleck hielt, den Bill Hickson verdecken wollte. Es sah allerdings nicht so aus, als wäre Regenwasser das Problem gewesen. Es gab keine konzentrischen Ringe, und der Fleck hatte nicht den typischen teebraunen Farbton.

Als er vor dem Fenster eine Bewegung wahrnahm, blickte er hinunter und sah Mrs. Musprat, die vom Ziegenstall zurückkam. Sie schaute auf, bemerkte, dass Lockyer sie beobachtete, erstarrte und blieb mit ausdrucksloser Miene stehen. Lockyer vermutete, dass sie vor dem Deckenlicht in seinem Rücken nur seine

Silhouette erkennen konnte, aber sie sah natürlich, in welchem Raum er sich befand. Irgendetwas an ihrer Haltung kam ihm merkwürdig vor. Er wollte gerade das Fenster öffnen und zu ihr hinunterrufen, als sie sich regte und vornübergebeugt weiter in Richtung Haus eilte. In der Dunkelheit war es schwer zu erkennen, aber sie schien zu zittern.

Als er genug von der Arbeit hatte, bereitete Lockyer sich ein Abendessen zu, setzte sich auf die Treppe und aß einen Berg Chilinudeln. Da hörte er draußen einen Motor, dann Schritte und ein Klopfen. Er war überrascht. Besucher waren hier selten. Mit dem Teller in der Hand öffnete er die Tür.

»Alles klar?« Kevin versuchte, etwas von dem nassen Schlamm von seinen Turnschuhen abzustreifen, zog dann aber stattdessen die Schuhe aus. »Du brauchst wirklich eine Sicherheitsbeleuchtung da draußen, es ist stockdunkel. Tut mir leid – ich dachte, du hättest schon gegessen. Moment mal«, er schaute auf seine Uhr, »es ist halb zehn … Wir sind doch nicht in Spanien, oder?«

»Ich hab die Zeit vergessen«, sagte Lockyer.

Kevin hielt ein Sixpack Bier hoch, trat ins Haus und musterte das Durcheinander – stapelweise Werkzeug und Kisten, dazu grob zusammengefegte Sägespäne und Abfälle. »Es muss erst schlimmer aussehen, bevor es besser aussehen kann, stimmt's?«, sagte er.

»Danke.«

»Nein, im Ernst. Ich kann Fortschritte erkennen.« Sie bahnten sich einen Weg ins Wohnzimmer, wo momentan nur ein einziger Sessel in Gebrauch war, den Lockyer aber mit einem Tuch abgedeckt hatte, damit er sich jederzeit hineinfallen lassen konnte, ohne sich darum zu scheren, ob er frische Farbe oder Dreck an der Kleidung hatte. Er bedeutete Kevin, sich hineinzusetzen, nahm selbst auf der Fensterbank Platz und aß weiter seine Nudeln. Kevin öffnete ein Bier und reichte es ihm, dann bediente er sich selbst. Er legte den Kopf schief, lauschte und zog eine Grimasse.

»Was zum Teufel hörst du da?«, fragte er.

»Ach – Moment. Das ist ein Podcast.« Lockyer tastete nach seinem Telefon und drückte auf Pause.

»Über Mathematik?«

»Wirtschaft. Ich weiß, ich weiß«, sagte Lockyer, als er Kevins skeptische Miene sah.

»Denkst du über einen Berufswechsel nach?«

»Nein, ganz und gar nicht. Ich habe nie etwas davon verstanden. Da dachte ich, ich versuch's einfach mal.«

»Herrgott, Matt, wenn du dich noch mehr wie ein Mönch benimmst, musst du dir so ein albernes Loch in die Haare rasieren.«

»Eine Tonsur.«

»Was?«

»So nennt man das alberne Loch. Eine Tonsur.«

»Ah, alles klar. Das hast du in einem Podcast gelernt, oder?«

»Ja, tatsächlich.« Lockyer grinste. »Wie auch immer, Mönche trinken nicht.« Er nahm einen großen Schluck von seinem Bier.

Kevin tat dasselbe und zeigte dann mit dem Finger auf ihn. »Du irrst dich. Mönche haben den Champagner erfunden. Und Benedictine. Weißt du, wo ich das gelernt habe?« Er machte eine dramatische Pause. »Stand hinten auf der Flasche.«

Er sah sich noch einmal im Zimmer um, obwohl es kaum etwas zu sehen gab, und zupfte am Etikett der Bierflasche herum. Lockyer kannte ihn gut genug, um sein Unbehagen zu spüren. Die Nervosität, die er als Kind so oft gezeigt hatte. Und er wusste, dass er ihn nicht zum Reden drängen durfte, auch wenn er es gern getan hätte. Lockyer war müde. Er wollte ins Bett, damit er ausgeruht war, wenn er am nächsten Tag nach Eastwood Park fuhr, um mit Hedy zu sprechen. Und der Lösung des Falles vielleicht ein Stück näher zu kommen.

»Woran arbeitest du gerade?«, fragte Kevin, der immer noch so tat, als wäre er nur einfach auf einen Sprung vorbeigekommen. »Darfst du darüber reden?«

»Ein bisschen.« Er schilderte die Grundzüge des Falles und warum er ihn erneut untersuchte. Als er fertig war, grinste Kevin ihn an. »Was ist?«

»Ach, nichts, gar nichts«, sagte Kevin. »Ich verstehe jetzt nur etwas besser, warum du dich nicht mehr fürs Daten interessierst.« Er trank einen Schluck. »Das Mädchen sieht gut aus, stimmt's? Diese Hedy?«

»Sie ist wohl kaum mehr ein Mädchen. Und sie sieht aus, wie man sich jemanden vorstellt, der so lange im Gefängnis gesessen hat.«

»Und zwar?«

»Blass. Abgekämpft.«

»Hm. Ein bisschen wie du also.« Kevin musterte ihn einen Moment lang, er lächelte immer noch. »Du stehst also nicht auf sie? Keine … unangemessenen Gefühle?«

»Du kannst mich mal, Kev.«

»Träumst du nicht davon, sie da rauszuholen und, ich weiß nicht, ihr bei der Wiedereingliederung in die Gesellschaft zu helfen … und so?«

»Im Ernst, leck mich«, sagte Lockyer.

»Na gut, na gut.« Kevin lachte.

»Ob du es glaubst oder nicht, ich bin bei der Arbeit eigentlich ziemlich professionell«, sagte Lockyer. »Normalerweise.«

Kevin machte ein langes Gesicht. »Das weiß ich.« Seine Augenlider flatterten, und er blinzelte heftig. Dann schüttelte er abrupt den Kopf, und es hörte auf. »Darf ich dich etwas fragen? Nicht als Bulle, sondern als Kumpel?«

»Natürlich.«

Kevin starrte auf die dunkle Fensterscheibe hinter Lockyer, in der sich sein Gesicht und der karge Raum spiegelten. Lockyer warf einen Blick über seine Schulter. »Tut mir leid. Bin noch nicht dazu gekommen, mich um Vorhänge zu kümmern.«

»Mein alter Herr hat sich gemeldet.«

»Verstehe.«

Lockyer überkam das gleiche Gefühl, das er immer hatte, wenn Kevins Vater ins Zimmer kam. Das ungute Gefühl, es mit einem Tyrannen zu tun zu haben, mit seiner Unberechenbarkeit und seinen Launen. Dunkle Befürchtungen, wozu er Kevin als Nächstes zwingen würde. Das war schon, seit sie Kinder waren, so gewesen. *Einer wie er lässt alle Alarmglocken im Kopf schrillen.* Genau wie Kim Cowley gesagt hatte. Aber sie waren keine Kinder mehr, und sie waren seinen Launen nicht wehrlos ausgeliefert. Zumindest sollten sie das nicht sein.

Hatte er das erreichen wollen, als er bei den Ermittlungen zum Brand im Pub gelogen hatte, fragte sich Lockyer? Hatte er versucht, die Verbindung zwischen Kevin und seinem Vater zu kappen? Er hätte wissen müssen, dass das nicht so einfach war, aber das mulmige Gefühl, das er jetzt empfand, sagte ihm, dass er es trotzdem gehofft hatte.

»Er klang putzmunter«, sagte Kevin. »Er amüsiert sich. Er hat da drinnen ein paar neue Freunde gefunden.« Er sah wieder auf seine Bierflasche hinunter und drehte sie eine Weile in den Händen, bevor er noch einen Schluck nahm. »Er hat gesagt, einige von ihnen würden vielleicht vorbeikommen. Um mir ein paar Sachen zu bringen, die ich lagern soll. So etwas in der Art.«

Er sah mit einem müden Ausdruck in den Augen zu Lockyer hoch.

»Sag Nein«, sagte Lockyer. »Nein – schüttele nicht den Kopf, Kev! Sag Nein.«

»Ich dachte nur …«, Kevin brach ab. »Diese Typen werden wohl einfach auftauchen. Und ich bin mir ziemlich sicher, dass es ihnen nicht gefallen wird, wenn ich ihnen sage, dass sie an der falschen Adresse sind.«

»Genau das sagst du ihnen, Kev! Verdammt noch mal, egal was die vorbeibringen, nimm es nicht an. Und lass sie nicht rein. Gott, ich wünschte, du würdest mir das nicht erzählen.«

»Ich wünschte, ich müsste es nicht, Matt.«

»Was willst du von mir, Kev? Was soll ich tun?«

»Ich weiß es nicht. Es tut mir leid, Matt. Aber er ist mein Vater. Und du weißt, wie er ist.«

»Du kannst nicht …« Lockyer hielt kurz inne und änderte dann die Taktik. »Irgendwann musst du dich von ihm befreien, Kev. Jetzt, wo er sitzt, scheint mir das ein guter Zeitpunkt zu sein.«

»Matt …«

»Wenn du da mitmachst und dich auf irgendwas einlässt, wirst du wahrscheinlich bei ihm im Gefängnis landen, und ich werde dir nicht helfen können. Das kannst du auch nicht von mir erwarten.«

»Ich weiß, ich weiß. Ich dachte nur …« Kevin sah mit verzweifeltem Blick zu ihm hoch. »Er sagt, ich schulde ihm was, weil du mich rausgeholt hast und er für das Feuer den Kopf hinhält.«

»Das Feuer war *seine* Idee – und er hat es gelegt. Du bist ihm nichts schuldig.«

»Könntest du nicht mit dem Gefängnis reden? Denen vielleicht stecken, was da läuft? Was die planen?«

Die Stille erfüllte jeden Winkel im Raum.

»Sag einfach Nein, Kev. Sag ihm, dass du nichts damit zu tun haben willst«, erwiderte Lockyer. »Nur so wird sich etwas ändern. Nicht, wenn ich mit dem verdammten Gefängnis rede.«

»Und wenn er diese Leute trotzdem schickt?«

»Wenn du dich bedroht fühlst, ruf die Polizei.«

»Mein Gott, Matt.« Kevin seufzte. »Du verstehst das einfach nicht.«

Lockyer dachte wieder an Kim Cowley. Ihre zierliche Gestalt und ihr erschrockener Blick. An ihre zitternden Hände, als er sie nur gebeten hatte, darüber nachzudenken, ob sie sich gegen ihren Unterdrücker auflehnen wollte. Er wusste, dass es Mut erforderte. Dass Kim es zumindest versuchte.

»Doch, ich versteh das – nein, hör zu. Bob ist nicht mein Vater, und ich bin nicht in deiner Lage. Ich habe nicht mein ganzes Leben lang unter seiner Fuchtel gestanden. Ich weiß, dass das nicht leicht wird. Aber ich weiß, dass es nur dann aufhört, wenn *du* es beendest, Kev. Das ist der einzige Weg, denn er wird sich nie ändern, und es ist ihm scheißegal, ob du auch im Gefängnis landest.«

Kevin reagierte mit einem kaum wahrnehmbaren Nicken. Lockyer wusste nicht, ob er damit einwilligte, es zu versuchen, oder ob er nur die Wahrheit akzeptierte. Kevin trank sein Bier aus und ging.

Kevins Besuch hatte Lockyers Chancen auf etwas Schlaf zunichtegemacht. Nicht einmal das Echo von Hedys Stimme in seinem Kopf konnte ihn beruhigen. Mit seiner Bemerkung, er wolle sie befreien, um ihr bei der Wiedereingliederung in die Gesellschaft zu helfen, hatte sein Freund einen Nerv getroffen. Und als Lockyer jetzt eine der alten Aufzeichnungen las, war er noch unruhiger.

DI LOCKYER: *Wie kamen Sie dazu, sich für die Stelle als Haushälterin in Longacres zu bewerben?*
ANTWORT: *Na ja, ich brauchte Arbeit. Eine Wohnung. Sobald ich ... wieder auf den Beinen war, konnte ich nicht mehr als Physiotherapeutin arbeiten. Ich konnte es einfach nicht. Ich brauchte einen Job, bei dem ich nicht lächeln musste. Oder gesehen wurde.*
DI LOCKYER: *Aber warum Longacres?*
ANTWORT: *Ich wollte ... ich wollte wohl zum Ursprung zurückkehren. Neu anfangen. Ich bin nicht weit entfernt von dort aufgewachsen. Es fühlte sich an wie ... wie die Chance auf einen Neuanfang.*

Die Hände tief in den Taschen vergraben und den Hut weit in die Stirn gezogen, ging Lockyer aus der Einfahrt hinaus, durch das schlafende Dorf und auf der anderen Seite über die Hauptstraße hinauf in die pechschwarze Landschaft von Maddington Down. Im Sommer waren die Pfade, die dort über die Wiese führten, blendend weiß von Kreide und staubten bei jedem Schritt. Jetzt bestand der Boden aus tückischem grauem Schlamm, und die Wildblumen, die sich leuchtend vom goldenen Gras abgehoben hatten, waren verwelkt, zerfallen, abgebrochen.

Je höher er kam, desto stärker wurde der Wind, trieb rastlos über die Ebene, rauschte in den vertrockneten Zweigen von Bärenklau und Disteln und trug gelegentlich den Geruch von Fuchs herüber. Bald wurde Lockyer warm. Die Anstrengung des Aufstiegs und die kalte Luft auf seinem Gesicht beruhigten ihn und machten ihn zugleich wach. Er versuchte, sich Hedy in seinem Haus vorzustellen. Wie er ihr etwas zu essen machte. Er glaubte nicht, dass sie etwas gegen das Durcheinander, die improvisierten Wohnverhältnisse oder eine Mahlzeit hätte, die aus den Resten im Kühlschrank bestand. Er konnte sich nicht vorstellen, dass jemand anspruchsloser war als sie.

Er verdrängte die Gedanken und ärgerte sich über sich selbst. Es war Fiktion, und eine gefährliche Fiktion noch dazu. Wie gut kannte er sie wirklich? Würde er sie dort haben wollen, in seinem Haus, bei sich, wenn sie morgen auftauchte? Er hatte keine Ahnung. Stattdessen dachte er an Kevin, aber das machte das friedliche Gefühl zunichte, nach dem er sich sehnte. Verzweiflung stieg in ihm auf, weil er sich um jemanden sorgte, der einfach nicht das tun wollte – oder konnte –, was für ihn das Beste war. Jemanden, der das scheinbar unauslöschliche Muster, das seinem selbstzerstörerischen Verhalten zugrunde lag, nicht durchbrechen konnte. Er war ungerecht, und er wusste es. Er hatte keine Ahnung, wie schwer das sein musste.

Also kehrte er mit den Gedanken zu Hedy zurück. Daran, wie schwer es für sie sein würde, wenn sie aus dem Gefängnis kam. Denn sie würde herauskommen – früher, falls er ihre Unschuld beweisen konnte, oder später, am Ende ihrer Haftzeit. Bei ihrer Inhaftierung war sie nur noch ein Schatten ihrer selbst gewesen. *Gebrochen.* So hatte sie sich selbst in einem ihrer Verhöre beschrieben. Die Person, die sie vorher gewesen war, war zerbrochen. Falls sie unschuldig war – *falls* sie es war –, konnte man dann von ihr erwarten, dass sie sich von dem Unrecht erholte, das ihr widerfahren war? Wie konnte ein derart zerstörtes Leben jemals wieder heil werden? Es war lächerlich zu glauben, dass er ihr helfen konnte.

In einem Punkt hatte Considine allerdings recht. Er empfand etwas für Hedy Lambert.

12

TAG VIERZEHN, DONNERSTAG

Lockyer bemerkte, wie sich Hedys Gesichtsausdruck veränderte, als sie in den Raum gebracht wurde und Constable Broad neben ihm sitzen sah. Sie hielt kurz inne, ein Schatten des Zweifels trübte die Vorfreude in ihren Augen, dann steckte sie die Hände in die Ärmel ihres Kapuzenpullovers und ließ sich auf den Plastikstuhl gleiten. Ihr Blick huschte unsicher zwischen ihnen hin und her.

»Hedy, das ist Detective Constable Gemma Broad. Sie hilft mir bei den Ermittlungen.«

»Freut mich, Sie kennenzulernen, Miss Lambert«, sagte Broad.

Hedy nickte, dann räusperte sie sich verlegen.

Lockyer dachte daran, wie wenig neue Menschen – Menschen von außen – sie in den letzten vierzehn Jahren kennengelernt hatte. Er bemerkte, dass sie wieder die Schultern hängen ließ und unter ihren Augen dunkle Schatten lagen. Ihr Haar war nachlässig im Nacken zu einem schweren, schlaffen Pferdeschwanz zusammengebunden.

»Wie geht es Ihnen?«, fragte er.

Hedy wirkte misstrauisch. »Gut, danke.«

Ihr Blick wanderte wieder zu Broad und dann weiter durch

den Raum. Lockyer fragte sich, ob er nicht doch besser allein gekommen wäre. Hedy schien sich unwohl zu fühlen, als würde sie sich zurückziehen. Oder als würde sie sich ihre Worte zurechtlegen.

Broad warf Lockyer einen Blick zu.

»Gut«, sagte er. »Wir haben mit verschiedenen Personen gesprochen, die zur Tatzeit in Longacres waren, und haben noch ein paar Fragen an Sie, wenn das okay ist?«

»Natürlich.« Hedy kaute von innen auf ihren Wangen und sah auf ihre Hände hinunter.

Lockyer verfluchte sich innerlich. Es war dieselbe leere Fassade, die sie während ihres Prozesses aufgesetzt hatte. Ein Verteidigungsmechanismus, wie er jetzt erkannte.

Broad beugte sich zu ihr und lächelte. »Ich hoffe, es macht Ihnen nichts aus, dass ich den Inspector begleite«, sagte sie. »Das tue ich wirklich nur, um auf diese Weise sozusagen aus erster Hand zu hören, was Sie zu sagen haben. In Ihren eigenen Worten, nicht gefiltert durch die von DI Lockyer …« Sie schaute entschuldigend zu Lockyer. »Wir tun beide unser Bestes, um herauszufinden, was damals tatsächlich passiert ist.«

Hedy sah noch einmal zu den beiden hoch und straffte die Schultern. »Klar, okay. Danke.«

»Wir haben herausgefunden, dass Mickey einen Streit mit einem anderen Pavee namens Sean Hannington hatte. Wir glauben, dass sich Michael in der Scheune in Longacres vor Sean versteckte, und wir prüfen die Möglichkeit, dass Sean ihn dort irgendwie gefunden hat.«

In Hedys Gesicht flackerte Interesse auf. »War das der, der ihn verprügelt hat? Als er ankam, war er offensichtlich verletzt … Er hatte eine aufgesprungene Lippe, hielt sich die Rippen und bewegte sich sehr vorsichtig …«

»Ja«, sagte Lockyer. »Ziemlich sicher.«

Lockyer ertappte sich dabei, dass er Hedy gern mehr über Mickey erzählt hätte. Er wollte ihr versichern, dass er allem Anschein nach ein netter Mensch gewesen war – verstört, aber freundlich. Dass es nicht falsch gewesen war, ihn zu mögen. Aber er musste sich an die Fakten halten und durfte ihr nur das Nötigste erzählen, um unvoreingenommene – und unbedachte – Antworten von ihr zu bekommen. »Es gibt allerdings ein Problem mit der Hypothese, dass Sean für Mickeys Tod verantwortlich war«, sagte er. »Mehrere Probleme sogar.«

»Erstens: Woher wusste Sean, wo Mickey sich versteckt hatte?«, fragte Broad.

»Na ja ... er ist ganz selten rausgegangen«, sagte Hedy. »Nicht oft, aber ein paarmal war er nicht da, als ich zu ihm ging. Beim ersten Mal habe ich mir Sorgen gemacht. Ich dachte, er wäre für immer weg, also ging ich ins Dorf, um ihn zu suchen. Er saß auf dem Kriegerdenkmal und trank ein Bier aus der Dose. Er muss es sich im Laden besorgt haben, wobei ich keine Ahnung habe, wovon er es bezahlt hat. Wenn überhaupt.«

»Wie oft ist er weggegangen, was würden Sie sagen?«, fragte Lockyer.

»Ich weiß es nicht.« Hedy dachte nach. »Nicht oft. Vielleicht vier- oder fünfmal in den sechs Wochen? Er war offensichtlich ... Ich meine, es war offensichtlich, dass da etwas nicht stimmte. Es war nicht normal, dass er sich in der Scheune aufhielt. Und er war immer ... nervös. So zappelig.«

»Nach allem, was wir über Sean Hannington gehört haben, ist er jemand, mit dem man sich nicht anlegen möchte«, sagte Broad.

Hedy sah an ihnen vorbei. »Dann hatte er die ganze Zeit nur Angst. Armer Kerl.«

»Es ist also möglich, dass ihn jemand im Dorf gesehen, ihn erkannt und es Sean erzählt hat? Ihm vielleicht sogar nach Longacres gefolgt ist?«, fragte Lockyer. »Das Lager der Pavee, in dem er gelebt hat, war nur knapp sieben Kilometer entfernt.«

»Könnte angehen, Chef.«

»Das nächste Problem ist das Messer.« Lockyer sah Hedy in die Augen. »Hedy, bitte denken Sie ganz genau nach. Sie haben das Messer gespült, als Sie am Abend zuvor damit gekocht haben, und haben es auf dem Abtropfkorb liegen lassen.«

Hedy nickte mit großen Augen.

»Wie sicher sind Sie, dass es noch da war, als Sie abends abgeschlossen haben?«

»Also, ich ... Niemand hätte es genommen, das ist es ja. Aber nicht ich habe abgeschlossen, das habe ich nie getan. Nachdem ich das Abendessen für den Professor und Paul zubereitet, Harry das Essen gebracht und den Abwasch gemacht hatte, war mein Tag zu Ende. Normalerweise bin ich gegen acht Uhr gegangen. Paul räumte die Teller in die Spülmaschine und kochte Kaffee oder was auch immer, zum Schluss sperrte er ab, bevor er in seine Wohnung ging.«

Lockyer spürte, wie Broads Blick auf seiner Wange brannte.

»Das Messer war noch da, als ich nach dem Essen ging«, fuhr Hedy fort. »Ich meine, ich kann mich jetzt nicht mehr genau erinnern, aber es *muss* da gewesen sein, denn es war mein Lieblingsmesser. Ich habe es immer benutzt. Am Ende des Tages kam es zum Trocknen in den Korb, und am Morgen habe ich es wieder genommen, um Obst fürs Frühstück zu schneiden. Es wurde also nie weggeräumt. Paul war sehr darauf bedacht, dass wir uns an unsere Stellenbeschreibungen hielten, und das Abwaschen und all das war meine Aufgabe.«

»Aber jemand könnte es genommen haben, nachdem Sie in

Ihre Wohnung gegangen waren und bevor Paul abgeschlossen hat?«, fragte Broad.

Hedy zuckte mit den Schultern. »Das wäre möglich. Das habe ich doch damals auch gesagt. Oder nicht? Ich muss es gesagt haben ...«

Sie sah Broad und Lockyer nacheinander an und schien sich nicht ganz sicher zu sein.

Lockyer strich sich mit der Hand über das Kinn. Broad tippte mit ihrem Kugelschreiber auf die bekritzelte Seite ihres Notizbuchs.

»Gut«, sagte Lockyer schließlich. »Danke, Hedy. Das ist hilfreich.«

»Fragen Sie Paul – er wird Ihnen sagen, dass er abgeschlossen hat. Und er hat es auf jeden Fall getan. Ich mochte ihn vielleicht nicht besonders, aber er war immer sehr gründlich. Ging methodisch vor. Vermutlich weil er beim Militär war.«

»So etwas in der Art«, sagte Broad.

»Mit wem haben Sie noch gesprochen?«, wollte Hedy wissen. »Was ist mit Harry Ferris? Ich meine, er muss doch irgendwie mitbekommen haben, was damals los war?« Sie sprach mit dem gleichen Eifer wie das letzte Mal, als sie nach Harry gefragt hatte, und Lockyer wunderte sich darüber.

»Wir werden noch mal mit ihm sprechen, ja«, sagte er. »Erinnern Sie sich, Hedy. Wie sicher sind Sie sich, dass Roland Ferris Mickey noch für seinen Sohn gehalten hat, als der Mord geschah?«

»Nun ...« Hedy schien verwirrt. Als müthe sie sich noch, den Sinn der Frage zu ergründen, während sie nach einer Antwort suchte. »Ich bin mir sicher.«

»Ganz sicher? Ihnen ist keine Veränderung in der Art aufgefallen, wie Roland über den Mann gesprochen hat, den er für Harry hielt? Er hat Ihnen gegenüber nie etwas erwähnt, wirkte nie durch irgendetwas beunruhigt? Oder wütend?«

»Nein ... nein, er war ...« Hedy hielt inne und starrte auf Broads Notizbuch.

»Sind Sie sicher, dass Ihnen nicht versehentlich etwas herausgerutscht ist, nachdem Sie die Wahrheit selbst herausgefunden hatten?«, fragte Broad.

»Ja«, erklärte Hedy mit Nachdruck.

»Oder hat Mickey vielleicht selbst mit Roland gesprochen und ihm die Wahrheit gesagt?«

»Nein, er ... Ich will damit sagen, er hat es angekündigt, das weiß ich. Und ich habe von ihm verlangt, dass er es tut, aber eigentlich habe ich nicht daran geglaubt. Ehrlich gesagt habe ich geglaubt, er würde einfach eines Nachts verschwinden, und ich müsste es Roland beibringen. Aber ich hätte es erfahren, wenn er es ihm gesagt hätte – Roland wäre sicher aufgebracht gewesen. Sie haben ja gesehen, wie wütend er war, als er es durch die Fingerabdrücke herausgefunden hat ...«

Lockyer erinnerte sich gut daran. Er war an Considines Seite gewesen, als sie es ihm erzählt hatte, und er sah vor sich, wie Rolands Gesicht zusammengesunken und aschfahl geworden war. Bald waren Tränen von seinem Kinn auf die Knie seiner Hose getropft. Er hatte gesehen, wie aufgelöst Roland gewesen war, und konnte nicht sagen, ob er Trauer, Wut oder Erleichterung empfunden hatte. Aber nach ein paar Stunden siegte die Erleichterung. Überwältigende Erleichterung, weil sein Sohn noch am Leben sein konnte und der Körper in der Leichenhalle nicht Harrys war.

Aber es bestand immer noch die Möglichkeit, dass entweder Paul oder Mickey selbst Roland die Wahrheit gesagt hatte, nachdem Hedy abends gegangen war.

»Ich schwöre, ich habe es ihm nicht gesagt«, sagte Hedy. »Denken Sie, ich hätte es tun sollen? Sofort, meine ich?«

»Machen Sie sich darüber keine Gedanken, Hedy …«

»Ich glaube, ich hätte es ihm sagen sollen«, sagte sie traurig. »Nur meine Feigheit hat mich davon abgehalten. Ich wusste, wie sehr ihn das getroffen hätte, und wollte nicht diejenige sein, die es ihm beibringt.«

»Wir haben auch mit …«

»Warum fragen Sie überhaupt nach dem Professor?«, unterbrach Hedy Broad. Ihre Augen verengten sich. »Sie glauben doch nicht etwa, dass er etwas damit zu tun hatte?«

»Wir überprüfen jeden und alles, Hedy«, sagte Lockyer. »Nur so können wir vielleicht etwas finden, das wir bisher übersehen haben.«

»Ich … ich verstehe«, sagte sie bedrückt. »Aber Professor Ferris kann es nicht gewesen sein.«

»Sie klingen sehr sicher«, sagte Broad.

»Bei ihm bin ich mir sicherer, dass er es nicht getan hat, als bei mir selbst.« Hedy lächelte nervös. »Allein die Vorstellung ist einfach lächerlich.«

Einen Moment war es ruhig. Lockyer betrachtete Hedys Finger, die auf dem Tisch nervös an ihren Handschellen herumspielten. Lange, elegante Finger. *Kein bisschen elegant*, hatte Ferris über sie gesagt. *Aber irgendwie hatte sie etwas viel Besseres als Eleganz.* Sein Magen zog sich zusammen. Konnten sich Hedy und Roland Ferris ineinander verliebt haben? War das angesichts des großen Altersunterschieds möglich? Aber natürlich, so etwas kam vor.

Hedy brach das Schweigen. »Was wollten Sie gerade sagen, Constable? Ich habe Sie unterbrochen.«

»Ich … äh … ich wollte sagen, dass wir auch mit Professor Tor Garvich gesprochen haben. Oder Tor Heath, wie sie hieß, als sie in jenem Jahr für Roland Ferris gearbeitet hat.«

»*Professor* Garvich?« Hedys Lächeln wirkte leicht zynisch. »Na, ich wusste ja, dass sie ehrgeizig ist.«

»Kamen Sie gut miteinander aus?«, fragte Broad.

Hedy verzog das Gesicht. »Ich schätze schon. Ich hatte kaum etwas mit ihr zu tun. Ich glaube, sie hat schnell gemerkt, dass es nichts bringt, sich mit mir anzufreunden, also hat sie sich nicht weiter bemüht.« Hedy sah Broad an. »Sie kennen den Typ Frau bestimmt«, sagte sie. »Wahrscheinlich sagt sie, dass sie nicht viele Freundinnen hat, weil sie alle eifersüchtig auf sie sind oder in ihrer Gegenwart Angst um ihre Männer haben.«

Broad lächelte kurz. »Sie mochten sie also nicht besonders?«

»Nein, nicht besonders. Ich meine, ich hatte keine direkte Abneigung gegen sie … Ich hatte nur keine Lust mehr, ihre Fingerabdrücke von allen Bildern abzuwischen. Aber sie hat meine Anwesenheit kaum bemerkt. Wir haben uns nie richtig kennengelernt.«

»Was meinen Sie mit ›ihre Fingerabdrücke von allen Bildern abwischen‹?« Broad klang verwirrt, als wäre das eine Metapher, die sie nicht verstand.

»Genau das. Sie schnüffelte ständig im Haus herum, nahm etwas in die Hand und legte es an den falschen Platz zurück, hinterließ Flecken auf dem Glas der gerahmten Bilder von Helen. Roland hasste es, wenn da Abdrücke drauf waren.«

»Garvich hat uns den Eindruck vermittelt, dass sie sich größtenteils im Arbeitszimmer von Professor Ferris aufgehalten hat«, sagte Lockyer. »Dass sie mit dem Rest des Haushalts nicht viel zu tun hatte.«

»Also, das habe ich anders in Erinnerung. Vielleicht hat sie mich nicht gesehen – *buchstäblich* nicht gesehen –, aber ich habe sie beobachtet. Wie sie in Räume ging, in denen sie nichts zu suchen hatte. Sie hat sich umgesehen. Sie hat sich abgeseilt, wann immer sie konnte. Ich erinnere mich, dass ich überrascht war, denn so, wie sie sich anfangs reingeflirtet hat, hätte man meinen können, Roland sei ihr absolutes Idol gewesen.«

»Sie hat sich ›reingeflirtet‹?«, wiederholte Lockyer. »Sie glauben, sie hat die Stelle aufgrund ihrer weiblichen Reize bekommen?«

Hedy hob die Augenbrauen. »Das glaube ich nicht nur, ich weiß es sogar. Ich war dabei, ich habe alles gehört. Sie klopfte eines Tages an die Tür und sagte, sie sei ein großer Fan des Professors und suche Arbeit, um ihre Promotion zu finanzieren. Ob der Professor eine wissenschaftliche Hilfskraft bräuchte. Es sei eine Ehre, für ihn arbeiten zu dürfen, sie würde nicht viel verlangen und so weiter und so fort. Sie hat ziemlich dick aufgetragen.« Hedy verzog den Mund. »Sie hat regelrecht mit den Wimpern geklimpert. Aber ich glaube nicht, dass Roland sich darauf eingelassen hätte, wenn er nicht tatsächlich gerade Hilfe bei seinem Buch gebraucht hätte. Und sie war ziemlich gut, wie sich herausstellte. Sie kamen gemeinsam zügig voran. Aber vielleicht war es nicht so aufregend, für ihn zu arbeiten, wie sie es sich vorgestellt hatte. Oder vielleicht war sie so sehr an ihm interessiert, dass sie in jedem Winkel seines Hauses herumschnüffeln wollte … Wer weiß.« Hedy zuckte mit den Schultern. »Ich habe sogar angefangen, die Augen offen zu halten, falls irgendetwas Kleines und Tragbares verschwinden sollte. Aber das passierte nicht.«

»Haben Sie sie jemals mit Mickey in der Scheune reden sehen? Oder im Dorf?«, fragte Lockyer. Er erinnerte sich an den Bruchteil eines Zögerns, als er Garvich gefragt hatte, wie sie den Job bei Ferris bekommen hatte. Das kurze Einatmen, das Blinzeln. Sie hatte gelogen.

»Nein«, sagte Hedy. »Sie ist nie rausgegangen, zumindest habe ich es nicht gesehen. Kein Interesse an einem Pavee, schätze ich. Das war nichts für sie.«

»Verstehe.« Lockyer rieb sich wieder mit der Hand übers Kinn.

»Danke, Hedy. Sie haben uns viel gegeben, was wir jetzt abarbeiten müssen.«

»Habe ich das?« Hedy strahlte. »Ist das gut?«

Lockyer und Broad tauschten einen Blick, während sie aufstanden. An Broads Gesichtsausdruck konnte Lockyer erkennen, dass sie von einigen Dingen überrascht war. Simple Sachen, die bei der ursprünglichen Ermittlung übersehen worden waren. Das Schlimmste davon war, dass Paul Rifkin abends als Letzter abgeschlossen hatte und nicht gefragt wurde, ob das Messer noch auf dem Abtropfgestell gewesen war. Oder ob er es weggenommen hatte.

»Ich sage Ihnen Bescheid, sobald wir etwas Konkretes haben, versprochen«, sagte er, dann fiel ihm noch etwas ein. »Hedy, erinnern Sie sich an das Lied aus den Achtzigern – *Voyage, Voyage*?«

Hedy blinzelte. »Ich hasse dieses Lied«, murmelte sie.

Lockyer wartete, aber sie sagte nichts weiter dazu.

»Okay, gut. Hat mich gefreut, Sie kennenzulernen, Miss Lambert«, sagte Broad. »Und lassen Sie uns bitte wissen, wenn Ihnen noch etwas einfällt. Auch wenn es noch so unwichtig zu sein scheint.«

Hedy nickte, erwiderte aber nichts. Sie folgte ihnen abwesend mit dem Blick, in ihrem Kopf schienen die Gedanken zu rasen, und zwischen ihren Brauen hatte sich eine tiefe Falte gebildet. Lockyer zögerte und überlegte, was er sagen konnte, um sie ins Hier und Jetzt zurückzubringen. Zu ihm. Bevor er gehen musste, ohne zu wissen, ob oder wann er zurückkommen würde. Aber es gab nichts zu sagen, also drehte er sich um und folgte Broad zum Ausgang.

»Jetzt weiß ich es, Chef«, sagte Broad, nachdem sie fast zwanzig Minuten lang schweigend im Auto neben ihm gesessen hatte. Lockyer hatte sie gefragt, was sie von Hedy hielt, und Broad brauchte so lange für eine Antwort, dass Lockyer schon nicht mehr darauf wartete und wieder mit seinen eigenen Gedanken beschäftigt war. Unter anderem damit, dass Hedy nicht wissen wollte, warum er sich überhaupt für *Voyage, Voyage* interessierte. War es nicht eine seltsame und unerwartete Frage gewesen? »Die Sache war die«, fuhr Broad fort, »ich konnte nicht sagen, ob ich ihr glaube oder nicht. Das hat mich bei ihr gestört. Es gibt doch Menschen, denen glaubt man einfach, und andere, denen glaubt man aus irgendeinem Grund nicht.«

»Sie sprechen von Instinkt. Intuition.«

»Genau. Und bei ihr sagt mein Instinkt nichts. Keine Ahnung. Nada.«

Lockyer ließ ihre Worte wirken und lachte dann. Er konnte nicht anders.

»Was ist?«, fragte Broad.

Lockyer schüttelte den Kopf. »Nichts, Gem. Sie haben mir nur ein viel besseres Gefühl in einer Sache gegeben.«

»Ah, okay.« Broad war verblüfft. »Das ist dann ja wohl etwas Gutes.«

Zurück im Präsidium rief Lockyer Tor Garvich an und vereinbarte ein weiteres Treffen mit ihr.

»Es ist ein weiter Weg, Inspector.« Sie klang besorgt und auch ein wenig überrascht. »Ich habe jetzt zehn Minuten Zeit, wenn Sie mich etwas fragen wollen.«

»Ich möchte lieber persönlich mit Ihnen sprechen. So bald wie möglich.«

»Na, dann muss es ja sehr wichtig sein, wenn Sie den ganzen Weg herkommen, nur um mich zu sehen.«

Lockyer hörte ihren belustigten Ton, den leichten Spott, und ging bewusst nicht darauf ein. »Morgen, wenn möglich, Professor.«

Ein Überraschungsbesuch auf dem Präsidium führte dazu, dass Lockyer Broad zu Paul Rifkin schickte. Sie sollte ihn fragen, ob er in der Mordnacht abgeschlossen und ob er das Messer auf dem Abtropfkorb bemerkt oder es aus irgendeinem Grund genommen hatte. Und ob er je von einem Mann namens Sean Hannington gehört hatte oder ihm begegnet war. Mickey konnte Paul schließlich von Sean erzählt haben, um ihm zu erklären, warum er sich in der Scheune versteckt hielt. Broad verfolgte die Theorie, dass Paul es Hannington leicht gemacht haben könnte – indem er das Messer irgendwo draußen für ihn versteckt hatte –, um Mickey loszuwerden, ohne sich die Hände schmutzig machen zu müssen. »In der Mordnacht stand ein nicht identifizierter Lieferwagen im Dorf, Chef. Könnte Hanningtons Wagen gewesen sein, oder?«, sagte Broad im Gehen.

Bei dem Überraschungsbesuch handelte es sich um Serena Godwin. Lockyer erhielt einen Anruf von der Rezeption und ging hinunter, wo sie im Wartebereich saß. Sie wirkte kühl, aber leicht verunsichert in der ungewohnten Umgebung und entschlossen, nichts an sich herankommen zu lassen. Sie war gertenschlank und trug eine Seidenbluse, die in eine Skinny-Jeans gesteckt war; dazu einen voluminösen Kaschmirponcho und hohe Dubarry-Stiefel, wobei sich Lockyer ziemlich sicher war, dass sie noch nie in ihrem Leben durch Schlamm gelaufen war. Alles an ihr war gepflegt, sauber, beherrscht.

»Mrs. Godwin«, sagte Lockyer. »Das ist ja eine Überraschung.«
»Ach ja?« Sie stand auf. »Das kann ich mir kaum vorstellen, nachdem diese Constable-Frau mich schon seit Tagen belästigt. Es ist wohl kaum eine freiwillige Befragung, wenn die Alternative darin besteht, dass man nie mehr seine Ruhe hat, oder?«

»Heutzutage nennen wir sie nur noch Constables.« Lockyer vermutete, dass sie gekommen war, um sich die Demütigung zu ersparen, von einem Streifenwagen abgeholt zu werden. Vielleicht hatte sie von ihrem Bruder gehört, dass dies Paul Rifkin passiert war.

»Wie schrecklich fortschrittlich.« Serena sah sich um. »Nun, ich bin da. Bis heute war ich noch auf keinem Polizeirevier, Inspector. Aber wer sagt denn, dass man mit über sechzig keine neuen Erfahrungen mehr machen kann?«

»Wenn Sie mir folgen wollen, Mrs. Godwin, dann zeige ich Ihnen noch etwas mehr davon.«

»Ich kann es kaum erwarten.« Serena warf sich einen Zipfel ihres Ponchos über die Schulter und folgte ihm.

Lockyer brachte sie, getrieben von einem beinahe schuljungenhaften Schalk, in Befragungsraum vier, den dunkelsten von allen – er hatte keine richtigen Fenster, nur einen schmalen horizontalen Schlitz unterhalb der Decke. Im Putz waren mehrere große Dellen und Risse, und es schien immer leicht nach altem Schweiß zu riechen. Eine authentische Polizeierfahrung.

Serena warf einen Blick auf den schwarzen Plastikstuhl, bevor sie sich setzte, und sah sich um. »Prachtvoll«, bemerkte sie voller Ironie.

»Ich glaube nicht, dass dieser Aspekt bei dem Bau im Vordergrund gestanden hat.« Lockyer packte eine neue Audiokassette aus und schob sie in das Gerät, drückte auf Aufnahme und wartete, bis es bereit war. »Vernehmung von Mrs. Serena Godwin, am Donnerstag, den vierzehnten November 2019. Anwesende: Detective Inspector Matthew Lockyer.« Er hielt inne. »Bitte sagen Sie Ihren Namen für das Band, Mrs. Godwin.«

»Serena Evangeline Godwin.« Sie verschränkte die Arme und tippte ungeduldig mit den Fingern. »Mir war nicht klar, dass das aufgezeichnet wird. Müsste ich nicht über meine Rechte aufgeklärt werden? Und einen Rechtsbeistand bekommen?«

Zum ersten Mal überhaupt sah Lockyer einen kleinen Riss in ihrem Panzer. »Sie sind nicht verhaftet worden, Mrs. Godwin«, sagte er. »Dies ist eine freiwillige Befragung, die Sie jederzeit abbrechen können. Wenn Sie einen Rechtsbeistand hinzuziehen wollen, bevor wir fortfahren, kann das arrangiert werden.«

»O nein, nein.« Sie winkte ab. »Ich war nur nicht auf diesen ... Diensteifer vorbereitet.«

»Ein Mann wurde ermordet, Mrs. Godwin.«

»Dessen bin ich mir bewusst. Aber ich weiß auch, dass die Schuldige gefasst und ins Gefängnis gesteckt wurde. Mein Bruder sagte mir, dass Sie nicht mehr sicher sind, ob Sie die richtige Person erwischt haben. Er ist natürlich begeistert.«

»Ist er das?«

»Nun ja – auf seine eigene, seltsame Art. Natürlich hat ein Mann in seiner Lage keine Konsequenzen zu befürchten.«

»Und Sie meinen, das sollte er? Die Konsequenzen fürchten?«

»Versuchen Sie nicht, mir die Worte im Mund umzudrehen, Inspector. Das ist ein billiger Trick. Ich habe nur gemeint, dass man so kurz vor dem Ende seines Lebens zwangsläufig eine andere ... Perspektive hat.«

»Warum sollte Roland Ferris erfreut sein, dass wir den Fall erneut untersuchen?«

»Ach, natürlich wegen seiner lieben, kleinen Hedy. Seinem Lieblingsvögelchen mit dem gebrochenen Flügel.«

»Sie meinen, er war von Hedy Lambert angetan?«

»*Angetan* kann man es auch nennen.«

»Wie würden Sie es nennen?«

Serena dachte nach, ehe sie antwortete. »Sie ist ein unvollendetes Projekt. Wie eines seiner Autos, das er nie fertig restauriert hat. In der Garage steht so eins – ein Aston Martin glaube ich. Mein Bruder hat einen Hauch von Pygmalion an sich, Inspector. Immer schon.«

»Glauben Sie, er hat sich in Hedy verliebt?«

»Ich glaube, er hat sich in seine *Vorstellung* von Hedy verliebt. In das, was unter seinem Einfluss aus ihr werden könnte. Und Gott weiß, dieses Geschöpf war ein völlig unbeschriebenes Blatt.«

»Sie mochten sie nicht?«

»Es gab nichts zu mögen oder nicht zu mögen, Inspector. Sie könnten genauso gut fragen, ob ich den Schneebesen oder die Fußmatte mochte.« Ihre Miene zeigte unverhohlene Verachtung. »Wobei die Fußmatte vermutlich keine mörderischen Absichten hegte.«

»Sie glauben also, dass Hedy für das Verbrechen verantwortlich war?«

»Natürlich war sie das.« Serena saß kerzengerade und hatte die Schultern gestrafft. »Roly hat es nicht ganz geglaubt, weil er es nicht glauben *wollte*. Männer sind so einfältige Geschöpfe, die meiste Zeit wie Kinder. Sie begreifen nicht, warum sie nicht immer bekommen können, was sie wollen.«

Lockyer schwieg und bewahrte eine neutrale Miene.

»Ich nehme an, als Nächstes werden Sie mich nach dem Testament meines Bruders fragen«, sagte Serena. »Und ja, ich weiß, dass alles an Harry geht, bis auf ein paar Kleinigkeiten. Und ich weiß, dass ich das Haus in Frankreich bekomme.«

»Was halten Sie davon?«

»Ich bin völlig entspannt. Mein Bruder erhielt beim Tod unserer Eltern den Löwenanteil von ihrem Geld, und es überrascht mich nicht, dass alles an den nächsten Sohn und Erben geht. Es braucht schon mehr als ein paar in Ungnade gefallene Medienmogule, um das Patriarchat in Familien wie der unseren zu zerstören, Inspector. Ich habe nie erwartet, etwas von diesem Geld zu bekommen. Zum Glück war ich zweimal verheiratet, und zwar mit Männern, die mehrere Affären hatten, während meine eigenen stets geheim blieben. So war ich bestens versorgt.« Sie zog eine Augenbraue hoch. »Ungleiche Geschlechterrollen können für beide von Vorteil sein.«

»Wie haben Sie sich gefühlt, als Harry vor vierzehn Jahren zurückgekehrt ist?«

»Harry ist nicht vor vierzehn Jahren zurückgekehrt.«

»Sie haben nie geglaubt, dass er es war?«

»Natürlich nicht, Inspector Lockyer. Ich bin keine Idiotin.«

»Wirklich? Denn andere sagen, Sie wirkten überzeugt, zumindest anfangs.«

Serena antwortete nicht gleich. Sie schürzte die Lippen. »Also, ganz kurz dachte ich, er *könnte* es sein«, räumte sie ein.

»Warum?«

»Er ...« Sie wählte ihre Worte sorgfältig. »Wegen eines Hundenamens.«

»Ich kann Ihnen nicht folgen.«

»Mein Bruder beharrte darauf, dass der Mann Dinge wisse, Kleinigkeiten, die nur Harry wissen könne. Aus seiner Kindheit – wie über die Rektorin der Grundschule, die ein alter Drachen war und ihn einmal einen ganzen Nachmittag vorne im Flur stehen ließ, weil er angeblich irgendwas ausgefressen hatte – obwohl er es, wie sich herausstellte, gar nicht gewesen war. Er hatte die Schuld für einen anderen Jungen auf sich genommen. Die Rektorin ließ ihn nicht einmal auf die Toilette gehen, und so geschah das Unvermeidliche, für alle sichtbar. Sie demütigte ihn. Am nächsten Tag ist Helen zu ihr gegangen und hat ihr eine Standpauke gehalten.« Sie lächelte schwach. »Er erinnerte sich an Geburtstagsfeiern, an das Dorffest, an solche dummen Sachen. Ich gebe zu, das war sehr überzeugend. Doch ich war mir nicht ganz sicher, ob Roly ihn nicht vielleicht mit den Antworten gefüttert hatte – bewusst oder unbewusst. Aber dann ...«

Sie neigte den Kopf zur Seite, während sie die Situation noch einmal aufleben ließ.

»Ja?«

»Dann ging ich eines Tages zu ihm, um mit ihm zu sprechen. Ich wollte ihm in die Augen sehen und ihn etwas fragen, das nur Harry wissen konnte. Ich wollte der Sache ein für alle Mal auf den Grund gehen. Er sah Harry sehr ähnlich – so wie man sich Harry als erwachsenen Mann vorstellte, meine ich, aber trotzdem ... Er verhielt sich so anders, redete ganz anders. Ich schaute ihm direkt in die Augen und fragte ihn nach dem Namen seines ersten Haustiers. Die Frage kam mir in den Sinn, weil sie mir vor Kurzem gestellt worden war, als Sicherheitsfrage beim Telefonbanking.«

»Und Mickey wusste die Antwort?«

»Ja. Und es ist kein Name, den man raten konnte. Harrys erstes Haustier war ein rot-weißer Spaniel namens Claypole.«

»Claypole?«

»Ja. Nach dem Spaßvogel aus *Rentaghost*. Das war eine Kinderserie, die Harry liebte – Miles auch.«

»Ich erinnere mich«, sagte Lockyer. »Auch eine meiner Lieblingssendungen.«

»Das ist kein Name, den man einfach so aus dem Hut zaubern kann. Harry bekam Claypole von Roly und Helen zum siebten Geburtstag geschenkt und hat dieses Geschöpf über alles geliebt. Mein Bruder war begeistert, als Mr. Brown mit ihm herauskam. *Siehst du, Serena?*, sagte er immer wieder. *Siehst du?*«

Als sie das sagte, erinnerte sich Lockyer an ein Bild in einer der Fotomontagen in Longacres: Der kleine Harry mit den zotteligen Haaren hockte auf einer mit Gänseblümchen übersäten Wiese, auf seinem Schoß ein Welpe, dessen Schwanz durch die Bewegung nur unscharf zu erkennen war, das Gesicht des Jungen voller Überraschung und Freude.

»Das hat Sie also überzeugt? Für wie lange?«

»Nicht lange. An dem Tag ging ich weg und dachte, er müsse es einfach sein, aber ich war mir nicht sicher. Er war einfach zu anders als der Harry aus meiner Erinnerung. Wie schon gesagt. Und es schien vieles zu geben, von dem er nichts wusste oder über das er nicht reden wollte.«

»Dennoch haben Sie sich der Meinung Ihres Bruders angeschlossen, dass der Mann in der Scheune sein Sohn sei?«

Serena dachte nach, bevor sie antwortete. »Ein paar Wochen lang habe ich geschwiegen, ja. Aber ich hätte dem ein Ende gesetzt, wenn es noch weiter gegangen wäre«, sagte sie leise.

»Wie meinen Sie das, ›weiter‹?«

»Ich meine, *weiter*. Wenn Roly den Mann tatsächlich ins Haus geholt, ihn eingekleidet und herumgezeigt hätte. Wenn er ihn in unser Leben geholt und von uns verlangt hätte, ihn anzuerkennen. Das wäre ganz und gar inakzeptabel gewesen. So sah ich nichts Schlimmes darin, dass er eine kurze ... glückliche Phase hatte. Wie wahnhaft sie auch sein mochte.«

»Bei den ursprünglichen Ermittlungen haben Sie uns freiwillig und gegen den Willen Ihres Bruders eine DNA-Probe zur Verfügung gestellt, damit wir feststellen konnten, dass Michael nicht Harry war.«

»Ja. Ich war wütend auf ihn, dass er mit diesem Unsinn weitergemacht hat, obwohl der Mann tot war. Was hatte das für einen Sinn?«

»Ich nehme an, er wollte unbedingt glauben, sein Sohn sei zu ihm zurückgekehrt.«

»Oh, das *wollte* er. Aber er hat es nie wirklich geglaubt – natürlich nicht! Dieser ganze Unsinn, dass Harry sich weigerte, das Haus zu betreten, weil er angeblich als Kind im Zorn etwas gesagt hatte, während er aus dem Haus gestürmt war? Und was war mit der Tatsache, dass der Mann mit einem anderen Akzent sprach und keine Ahnung zu haben schien, was mit seiner Mutter geschehen war? Und warum in aller Welt sollte der echte Harry ausgerechnet an dem Ort schlafen, an dem die arme Helen sich umgebracht hatte?«

»Ich weiß es nicht. Vielleicht, um sich ihr nahe zu fühlen?«

»Unsinn.« Serena warf den Kopf zurück. »Der Mann war eindeutig ein Hochstapler – ach, nicht einmal das. Nur ein unglücklicher, unterbelichteter Trottel, der sich in Rolys Fantasie gefügt hat.«

»Mir war nicht bewusst, dass Michael Brown geistig behindert war.«

»Sie hatten ja keine Gelegenheit, mit ihm zu sprechen, Inspector. Ich schon. Das Gemüt des Mannes war wie ein Schmetterling an einem heißen Tag.«

»Woher kannte er wohl den Namen des Hundes?«

»Er muss ihn woanders aufgeschnappt haben, vielleicht von jemandem aus dem Dorf. Ist das nicht offensichtlich? Er war ein Betrüger, und solche Leute machen ihre Hausaufgaben.«

»Er war also ein geschickter Betrüger und gleichzeitig ein unterbelichteter Trottel?«

Serena antwortete nicht, und Lockyer vermutete allmählich, dass sie im Nachhinein wesentlich klüger war als damals.

»Sie glauben also, dass Ihr Bruder eine Art Spiel gespielt hat?«, fuhr Lockyer fort.

»In gewisser Weise.« Serena musterte ihn misstrauisch. »Er hat sich selbst etwas vorgemacht. Aber ich bin sicher, das haben wir alle schon einmal getan. Wenn die Alternative zu traurig oder zu beschämend ist.«

»Und Sie wissen nicht, ob jemand anders den Bann gebrochen hat? Ihr Sohn Miles zum Beispiel? Er wusste die ganze Zeit genau, wo der echte Harry war.«

»Ja, das stimmt.« Ihre Missbilligung war offensichtlich. »Er war schon immer etwas gemein. Aber nein, Inspector. Soweit ich weiß, hat sich mein Sohn nie geäußert. Und hätte er es getan, hätte es natürlich einigen Aufruhr gegeben – das wäre mir sicher nicht entgangen.«

»Und in der Mordnacht, in der Nacht zum Dienstag, dem achtundzwanzigsten Juni, und am Tag davor? Haben Sie da irgendetwas Ungewöhnliches gesehen oder gehört?«

»Nein, nichts. Es war eine windige Nacht, wenn ich mich recht erinnere. Dann ist es im Haus immer laut – durch die Bäume im Garten und das alte, knarrende Dach.«

»Sie stehen Ihrem Bruder sehr nahe. Ich kann mir vorstellen, dass Sie ihm gegenüber sehr loyal sind.«

»Natürlich. Unsere Eltern sind gestorben, als wir noch jung waren, und zu Lebzeiten sind sie nicht gerade warmherzig gewesen. Aber wir hatten uns.«

»Was glauben Sie, wie Roland sich das Ende seines Spiels vorgestellt hat?«

»Ich habe nicht die leiseste Ahnung, Inspector. Wahrscheinlich so, dass er schließlich zur Vernunft kommt und auf mich hört. Nicht damit, dass er dem Mann ein Messer in den Bauch sticht, falls Sie darauf hinauswollen.«

»Sie glauben nicht, dass er zu einem Mord fähig ist?«

»Sind wir nicht alle zu einem Mord fähig? Liest man das nicht immer? Es hängt nur davon ab, wie viel auf dem Spiel steht. Und genau das ist der Haken, Inspector – es stand nichts auf dem Spiel. Für keinen aus unserer Familie. Roland, Miles und ich – wir wussten *alle* mehr oder weniger sicher, dass dieser Mann nicht

Harry war. Er war keine Bedrohung für uns, er war ein Nichts. Sicherlich kein Grund, dafür ins Gefängnis zu gehen.«

Lockyer dachte an die Tränen in Kim Cowleys Augen, als sie über Mickey gesprochen hatte. An seinen schlanken Körper mit den vielen Narben, der blutleer und kalt auf dem Tisch des Pathologen gelegen hatte. Er dachte an einen verstörten jungen Mann, dessen geistige Gesundheit durch jahrelangen Missbrauch durch andere Menschen und durch chemische Substanzen zerstört war. Zu ängstlich, um überhaupt ein Haus zu betreten. Ein junger Mann, der möglicherweise ein Vater gewesen war, obwohl er es nicht mehr erfahren hatte. Er dachte daran, wie typisch es für jemanden wie Serena Godwin war, ihn als *Nichts* abzutun, und wie falsch sie damit lag.

»Warum, glauben Sie, hat sich Ihre Schwägerin Helen Ferris das Leben genommen?«, fragte er unvermittelt.

»Helen?«, wiederholte Serena.

Lockyer beobachtete sie genau, sah die Röte an ihrem Hals und die Art und Weise, wie sie sich in ihrem Stuhl zurücklehnte und Abstand zwischen sie brachte. Sie wich seinem Blick aus und betrachtete den Rücken ihrer linken Hand, an der sie drei Ringe mit großen, funkelnden Steinen trug. »Das war eine Tragödie für unsere Familie«, flüsterte sie.

Zum ersten Mal dachte Lockyer, er hätte es geschafft, sie zu berühren.

»Mochten Sie sie?«

»Natürlich.« Serena schien immer noch in Gedanken zu sein. »Alle haben Helen geliebt. Der arme Harry am meisten ...« Sie brach ab und sah dann auf, bemüht, sich zusammenzunehmen. »Warum in aller Welt fragen Sie nach Helen? Sie starb Jahre, bevor all das andere passierte.«

»Ja, ich weiß. Wir versuchen, uns ein möglichst vollständiges

Bild von der Situation zu machen, um zu verstehen, was passiert ist. Warum Harry gegangen ist und warum Roland so verzweifelt geglaubt hat, dass er zurückgekommen war.«

»Also, das sollten Sie Harry fragen …«

»Das werde ich auf jeden Fall tun«, unterbrach Lockyer. »Aber ich frage jetzt Sie nach Helen. Haben Sie eine Ahnung, was sie zu dieser drastischen Handlung veranlasst hat? Hat es Sie überrascht?«

»Überrascht? Ist ein Selbstmord nicht immer überraschend für die Hinterbliebenen?«

»Meistens wohl schon.«

»Na, dann.« Serena holte tief Luft und ließ sie langsam entweichen.

»Jemand, der Ihrer Familie damals nahestand, hat mir gesagt, dass sich Harrys Verhalten vor dem Tod seiner Mutter stark verändert hat und danach weiter verschlimmerte.«

»Ach, tatsächlich?«

»Und dass es oft Streit zwischen Roland und Helen gab.«

»Sie stritten sich wie jedes Ehepaar. Es war nichts Ungewöhnliches und ging niemanden etwas an – wer mit Ihnen darüber gesprochen hat, sollte sich das besser merken.« Ihre Stimme wurde ein paar Dezibel lauter.

»Ich bin sicher, dass diese Person lediglich versucht hat, meine Fragen so gut wie möglich zu beantworten, Mrs. Godwin«, sagte Lockyer ruhig. »Was ich Ihnen ebenfalls rate.«

»Wenn Sie in diesem Ton mit mir reden, junger Mann, werde ich einfach aufstehen und gehen.«

»Wenn Sie aufstehen und gehen, könnte ich Sie verhaften.«

»Unsinn! Mit welcher Begründung? Das würden Sie nicht wagen.«

»Behinderung der Ermittlungen. Einigen wir uns darauf, dass ich es lieber nicht täte, aber dass ich es könnte, und reden wir noch ein bisschen über Helen Ferris und Harry, ja?« Lockyer erwiderte Serenas harten Blick. »Ich versuche nur zu verstehen, was schiefgelaufen ist, Mrs. Godwin. Zwischen Harry und seinem Vater.«

Serena gab einen kurzen, ungeduldigen Laut von sich. Aber sie lenkte ein. »Ehrlich gesagt, würde ich das auch gerne verstehen.«

»Ab wann wurde es schwierig?«

»In dem Moment, als er in die Pubertät kam, mehr oder weniger.« Sie seufzte. »Es gab Streit wegen seines dreizehnten Geburtstags – Roland entschied in letzter Minute, zu einer Autorallye zu fahren, obwohl er versprochen hatte, mit Harry etwas Besonderes zu unternehmen. Ich weiß nicht, was genau. Helen flehte ihn an, nicht zu fahren, aber Roland ließ sich nicht umstimmen. Ich war zufällig zum Sonntagsessen da, als die Nachricht kam. Der arme Harry war verzweifelt, und das wiederum machte Helen verzweifelt, und das machte Roland so stachelig wie einen Kaktus.« Sie schüttelte den Kopf. »Er war wirklich nicht für die moderne Vaterschaft geschaffen, sosehr er den Jungen auch liebte. Vor einem Jahrhundert wäre er perfekt gewesen.«

»Wie ging es Helen allgemein zu der Zeit?«

»Gut, soweit wir wussten. Ich kann mir nicht vorstellen, dass die Ehe mit meinem Bruder besonders einfach war, aber ...«

Sie zögerte. Lockyer hielt seine Zunge im Zaum.

»Ich weiß noch, dass ich dachte, an diesem Tag sei vielleicht etwas zerbrochen, denn danach war Helen nicht mehr dieselbe. Und Harry auch nicht. Ich habe sie etwa zwei Wochen lang nicht gesehen, und als ich sie wiedertraf, war da ... etwas. Etwas hatte sich verändert – sie war irgendwie ... kühl, was sie vorher nie gewesen war. Sie wirkte verschlossen, wo sie doch sonst so offen gewesen war. Und Harrys Verhalten wurde immer schlimmer. Nichts schien mehr zu dem Kind durchzudringen – weder Helen, die auf Zehenspitzen um ihn herumschlich, noch Roly, der brüllte.«

»Glauben Sie, dass der Streit an jenem Sonntag noch weiterging, nachdem Sie weg waren?«

»Wollen Sie, dass ich Vermutungen anstelle?«

»Ja.«

Serena warf ihm einen kalten Blick zu. »Dann ja, ich denke, er ging noch weiter.«

Lockyer vermutete, dass keiner von ihnen aussprach, was sie beide dachten: dass Roland vielleicht die Kontrolle entglitten war, dass er Harry womöglich geschlagen hatte – oder Helen, und dass Harry vielleicht Zeuge geworden war, wie er sie geschlagen hatte. Oder Schlimmeres.

Von ihrem Gespräch mit Paul Rifkin war DC Broad enttäuscht. Sie war in Longacres ins Auto gestiegen und rief, noch bevor sie losfuhr, Lockyer an.

»Es gibt nicht viel Neues, Chef«, sagte sie. »Er bestätigt, dass er an dem Abend abgeschlossen hat, wie an jedem anderen Abend auch. Er glaubt, sich daran zu erinnern, das Messer auf dem Abtropfgestell gesehen zu haben, kann es aber nach all der Zeit nicht mehr beschwören. Er streitet ab, Sean Hannington gekannt zu haben, und schwört Stein und Bein, das Messer nie angefasst zu haben, um es zu verstecken oder zu benutzen.«

»Er wirkte nicht unsicher, durchtrieben? Sie haben ihm geglaubt?«, fragte Lockyer.

»Ja. Ärgerlicherweise. Schon wieder.«

»Was vielleicht nur bedeutet, dass er ein guter Lügner ist«, erinnerte Lockyer sie. »Wir sollten auch weiterhin ein Auge auf ihn werfen. Metaphorisch gesprochen.«

»Und bei Ihnen? Hat Serena etwas Licht ins Dunkel gebracht?«

»Sie beharrt wie Hedy darauf, dass Roland nicht der Typ ist, der jemanden umbringt. Sie sagt, dass sie nie wirklich geglaubt habe, dass Mickey Harry sei, obwohl er bestimmte Dinge über Harrys Kindheit wusste – was mich langsam irritiert. Sie sagte auch, dass keiner der drei sich die Mühe gemacht hätte, ihn zu töten. Aus finanzieller Sicht hat sie da wohl recht.«

»Wir sind also heute kein Stück weitergekommen.« Broad klang müde.

Lockyer dachte noch einmal darüber nach, dass Hedy nicht im Geringsten überrascht gewesen war, als er sie nach dem Lied aus den Achtzigern gefragt hatte, das man bei Mickeys Leiche gefunden hatte. »Das stimmt so nicht. Tor Garvich hat gelogen. Sie hat uns nicht ehrlich gesagt, wie sie den Job in Longacres bekommen hat, und ich will wissen, warum. Und Serena hat mir einen Anhaltspunkt gegeben.«

»Ach ja?«

»Ja. Also, vielleicht. Sie hat das Zeitfenster eingegrenzt, in dem es mit Harry und Roland schwierig wurde. Und mit Helen. Es war unmittelbar vor oder um Harrys dreizehnten Geburtstag herum – es gab einen Riesenkrach, ich erzähle Ihnen später mehr darüber. Aber sie sagt, Helen und Harry wären danach verändert gewesen. Maureen Pocock war sich nicht sicher, wann die Polizei aufgetaucht war … was, wenn es zu dem Zeitpunkt war? Was, wenn es um mehr als nur einen Streit ging? Was, wenn Helen oder Harry die Polizei gerufen hätten – oder ein Nachbar?«

»Also … wir könnten die Suche eingrenzen auf was? Ein Zeitfenster von zwei Wochen? Um seinen dreizehnten Geburtstag herum?«

»Versuchen wir das mal. Wir haben sein Geburtsdatum irgendwo in den Akten. Er ist jetzt vierundvierzig, also war sein dreizehnter Geburtstag ...« Lockyer schloss die Augen. »1988.«

Beide schwiegen einen Moment.

»Das ist ein ziemlicher Zufall, oder, Chef?«, sagte Broad schließlich.

»Ja, nicht?«

1988. Dasselbe Jahr, in dem *Voyage, Voyage* in den Charts war.

13

TAG FÜNFZEHN, FREITAG

Professor Garvich war ebenso zugänglich wie bei ihrem ersten Besuch. Sie trug einen smaragdgrünen Jumpsuit, orangefarbene hochhackige Schuhe und eine Vielzahl von Armreifen an beiden Handgelenken. Doch diesmal schob sie nicht Papierstapel und Bücher beiseite, damit sie sich setzen konnten, und lehnte sich an die Vorderkante ihres Schreibtisches.

»Tee oder Kaffee? Nein? Ich würde zu gern wissen, was so dringend war, dass Sie den ganzen Weg herkommen mussten …«

»Sie haben uns angelogen, Professor«, sagte Lockyer.

Er beobachtete sie aufmerksam und war sich bewusst, dass Broad dasselbe tat. Garvichs Lächeln verblasste, und ein besorgter Ausdruck legte sich auf ihr Gesicht.

»Habe ich das? Ich bin mir nicht sicher, ich …«

»Als wir Sie fragten, wie Sie den Job bei Roland Ferris bekommen haben, behaupteten Sie, Sie hätten auf eine Anzeige in einer Zeitschrift oder einen Aushang in der Uni geantwortet.« Broad klang fast etwas verlegen. »Tatsächlich hat Professor Ferris nie eine Anzeige aufgegeben. Sie standen plötzlich vor seiner Tür und haben ihn überredet.«

Garvich legte reumütig den Kopf schief. »Ach. Da haben Sie

mich erwischt«, sagte sie. »Jetzt, wo Sie es sagen, so ist es wohl gewesen.«

»Wollen Sie damit andeuten, Ihr Gedächtnis hätte Sie getäuscht?«, fragte Lockyer.

»Ja. Oder besser gesagt, ich habe die Geschichte wohl etwas umgeschrieben. Zu meinen Gunsten. Es macht mir nichts aus zuzugeben, dass ich eine miese Autofahrerin bin, aber dass ich einige meiner frühen Karrieresprünge mithilfe von Titten und Lipgloss gemacht habe, möchte ich lieber nicht an die große Glocke hängen.« Sie breitete die Arme aus. »Aber so ist es. Ich bin ganz sicher nicht die Einzige. Ich wollte mit Professor Ferris arbeiten, also dachte ich, ich riskiere einfach mal was. Es hat sich gelohnt – ich glaube, ich habe dem Kapitel über Egbert und die Kirchenreform etwas Farbe verliehen. Außerdem konnte ich einige unserer Forschungsergebnisse für meine eigene Dissertation klauen.«

»Klauen?«, wiederholte Broad.

Garvich zuckte die Achseln. »Nur eine Redensart. Es war alles völlig legal.«

»Machen Sie das öfter?«, fragte Lockyer. »Die Geschichte umschreiben, damit sie besser klingt?«

»Gott, tun wir das nicht alle?« Sie lachte, doch als keiner von ihnen mitlachte, wurde ihre Miene wieder ernst. »Aber Herrgott, doch nicht bei etwas *Wichtigem*.«

»Woher hatten Sie die Adresse von Professor Ferris?«, fragte Lockyer.

»Also … das war wohl auch etwas raffiniert. Ich habe sie auf einem Brief gesehen, der bei einem meiner Professoren in Southampton auf dem Schreibtisch lag. Ich habe ihn zufällig gesehen, ich schwöre es! So bin ich überhaupt erst auf die Idee gekommen, ihn anzusprechen.«

»Erkennen Sie diesen Mann?« Broad hielt ein aktuelles Foto von Harry Ferris in der Hand, das sie von der Zulassungsstelle erhalten hatten. Garvich nahm es und betrachtete es genau, und Lockyer achtete auf mögliches Blinzeln und Einatmen. Doch da war nichts.

»Nein. Warum? Wer ist das?«

»Harry Ferris. Rolands Sohn«, erklärte Lockyer.

»Oh, Sie meinen der echte?« Garvich reichte das Bild zurück. »Dann ist er also wieder aufgetaucht?«

»Ja.«

Es folgte eine weitere Pause.

»Ich bin dem Mann nie begegnet«, sagte Garvich. Falls sie log, war sie außergewöhnlich gut darin.

»Und Michael Brown? Sind Sie ihm jemals begegnet, bevor er nach Longacres kam?«

»Dem Mann in der Scheune? Nein, natürlich nicht. Er war obdachlos, oder?«

»Ein Pavee«, korrigierte Broad.

Lockyer seufzte innerlich. Er glaubte nicht, dass sie log.

»Weil Roland so krank ist?«, fragte Garvich. »Ist Harry deshalb zurückgekommen – dieses Mal wirklich?«

»So sieht es aus«, sagte Broad.

»Es ist ein seltsamer Gedanke. Dass jemand, den man kennt, bald einfach … nicht mehr da ist. Totes Gewebe, in dem eigentlich nichts mehr von ihm selbst übrig ist. Sehr schwer für unser armes Gehirn zu verarbeiten.« Sie verschränkte die Arme. »Nach Ihrem letzten Besuch habe ich überlegt, Roland anzurufen, um ihn zu fragen, ob ich ihn besuchen und mich irgendwie verabschieden kann.«

»Aber dann haben Sie es nicht getan?«

»Ich dachte, dass er sich wahrscheinlich nicht einmal mehr an mich erinnert – meine wenigen Monate dort waren für mich vermutlich von weitaus größerer Bedeutung als für ihn. Aber vielleicht tue ich es noch. Es kann ja nichts schaden, oder?«

»Ich denke nicht«, sagte Broad.

»Haben Sie uns noch in einem anderen Punkt angelogen, Professor?«, fragte Lockyer.

»Nein! Jetzt machen Sie mir aber ein schlechtes Gewissen.«

»Hedy Lambert behauptet, sie habe oft gesehen, wie Sie das Haus erkundet haben. Sie seien in Räume gegangen, die Sie nicht betreten durften, hätten sich Familienfotos angesehen und so weiter.«

»Das hat sie gesagt?« Garvich hob ungläubig die Stimme. »Tja, ich habe keine Ahnung, wovon sie spricht. Ich meine … am Anfang habe ich ein- oder zweimal die falsche Tür erwischt, als ich das Bad suchte, und bin in einem Schlafzimmer oder sonst wo gelandet. Aber Sie waren ja schon mal in dem Haus, oder? Es ist riesig, da kann man sich leicht verlaufen. Und vielleicht habe ich auf dem Weg zum und vom Arbeitszimmer angehalten, um mir die Bilder im Haus anzusehen, aber das ist ja wohl kaum ein Verbrechen, oder? Hängt man Bilder dazu nicht überhaupt auf? Ich war sicher nicht *auf Erkundungstour*, oder wie sie das ausgedrückt hat.« Garvich runzelte die Stirn. »Einmal – daran erinnere ich mich jetzt – rügte sie mich sogar, weil ich ein gerahmtes Foto in die Hand genommen hatte! Sie lauerte buchstäblich mit ihrem Staubtuch neben mir, um jeden Abdruck gleich wegzuwischen! Sie war ein bisschen verrückt.« Sie hob die Augenbrauen, als ihr klar wurde, was sie gesagt hatte. »Nun ja, offenbar mehr als nur ein bisschen. Vielleicht sollte ich froh sein, dass sie mich nur gerügt hat.«

»Ihr Wunsch, in Longacres zu arbeiten, hatte also ausschließlich mit Ihrer Bewunderung für den Professor zu tun?«, fragte Broad.

»Natürlich. Das war *Professor Roland Ferris* – aber vielleicht muss man Mediävist sein, um das zu verstehen. Er war einmal in der Sendung *In Our Time*, wissen Sie.«

»Ja«, sagte Lockyer. »Ich habe es mir angehört.«

»Da haben Sie's, Inspector. Berühmter geht nicht.«

An diesem Nachmittag erzielten sie einen Durchbruch bei der Suche nach Aaron Fletcher. Broad wandte sich von ihrem Bildschirm ab und drehte sich mit einem triumphierenden Lächeln zu Lockyer um.

»Er hatte eine kleine Schwester«, sagte sie. »Heutzutage würde das nicht mehr vorkommen, aber sie blieb bei der Tante. Sie war noch ein Baby, als ihre Mutter ins Gefängnis kam, und die Tante willigte ein, sie zu sich zu nehmen. Offenbar war ihr Aaron zu anstrengend.«

»Sie wurden also getrennt?«, fragte Lockyer.

Broad nickte. »Wie schon gesagt, heute würde das nicht mehr passieren. Sie hieß Sally. Die Tante hat sie nach dem Tod ihrer Mutter adoptiert. Sally nahm den Ehenamen der Tante an. Heute ist sie selbst verheiratet und heißt Cooper.«

Broad drehte ihren Bildschirm zu Lockyer – auf einer Facebook-Seite war das Selfie einer Frau im frühen mittleren Alter mit verkniffenem Gesicht und sehr glattem, blond gesträhntem Haar zu sehen. Neben ihr ein Mädchen im Teenageralter mit den gleichen Augen. Sie trug falsche Wimpern und eine dicke Schicht Make-up und zog einen Schmollmund. So wie viele junge Mädchen heutzutage auf Fotos aussahen, als wollten sie für Sex werben und die anonyme Masse verführen.

»Das ist sie?«

»Ja. Mit ihrer Tochter Megan. Aarons Nichte. Und sehen Sie hier, in ihren Fotos ...«

Broad klickte ein paarmal, und es erschien ein Bild von Sally mit einem älteren Mann, dessen dunkles Haar leicht ergraut war, was ihn eher distinguiert als alt wirken ließ. Seine Wangen und sein Kiefer waren etwas voller als früher, aber er war immer noch attraktiv, und Lockyer erkannte ihn sofort von dem Bild, das Hedy ihm gegeben hatte.

»Bitte sagen Sie, dass er eine Facebook-Seite hat? Und sich Cooper nennt?«

»Nein, *aber* – sehen Sie sich den Kommentar unter dem Foto an. Sally ist nicht sehr technikversiert. Sie hat versucht, ihn in dem Beitrag zu markieren, aber da er kein Profil hat, führt der Link zu der falschen Person. Zu irgendeinem alten Arzt in Florida. Aber da ist ein Name.«

Lockyer las. *Erstaunlich, meinen großen Bruder @AaronShawford zu treffen!! Ich liebe dich, Bruder!! xxx*

»Wir haben dich, du Mistkerl«, murmelte er.

»Keine Ahnung, wie er auf den Namen Shawford gekommen ist, aber das spielt keine Rolle. Wir suchen jetzt nach ihm. Im Polizeiarchiv, in Bankunterlagen, bei der Kraftfahrzeugzulassungsstelle, nach irgendwelchen Firmen, die er in den letzten Jahren gegründet haben könnte. Sally hat das Bild vor sieben Monaten gepostet, ich hoffe also, dass er nicht wieder verschwunden ist. Sobald wir wissen, wo er sich aufhält, sage ich den Kollegen vor Ort Bescheid. Mal sehen, ob sie herausfinden, was er jetzt treibt. Und welches Auto er fährt.«

»Brillant, Gem. Gut gemacht.«

»Kommen Sie nachher mit auf einen Drink?«, fragte sie in einem Tonfall, als erwarte sie nicht, dass er Ja sagen würde.

»Warum nicht?«, erwiderte er und überraschte damit sie beide.

Der Tag – die Woche – war fast zu Ende, aber die Recherchen

von Broad hatten Lockyer auf eine Idee gebracht. Er loggte sich bei Facebook ein und suchte nach Harry Ferris, fand jedoch nichts. Von Miles Godwin gab es zwar eine Firmenseite, aber kein persönliches Profil. Roland Ferris hatte erwartungsgemäß kein Profil, ebenso wenig wie Paul Rifkin. Paul war zu alt, und bei seiner Vergangenheit wären soziale Medien auch keine gute Idee gewesen. Lockyer machte sich gar nicht erst die Mühe, nach Serena Godwin zu suchen. *Sie mag nicht mal Geldautomaten benutzen.*

Die Seite von Tor Garvich war voll und reichte Jahre zurück. Sie hatte mehrere Hundert Freunde. Das überraschte Lockyer nicht. Es passte zu ihrer Persönlichkeit – aufgeschlossen, kokett, jemand, der Aufmerksamkeit liebte. Sie gehörte zu den frühesten Nutzerinnen von Facebook – seit 2005. Dem Jahr, in dem Michael Brown ermordet worden war. Er sah sich ihre ersten Beiträge von damals an. *Tor Heath ist verdammt froh, dass Wochenende ist! Tor Heath hat das Gefühl, dass sie sich trotz Sonnenscheins lieber an die Arbeit machen sollte. Schade.* Das war früher, als Facebook noch jedem Post die Frage *Wie geht es dir?* vorangestellt hatte. Später im Jahr entwickelten sich ihre Beiträge weiter, sie waren nicht mehr gekünstelt in der dritten Person geschrieben und wesentlich unterhaltsamer. Sie begann auch, Bilder zu posten. Eins stammte von einem Festival, aufgenommen am Wochenende vor Mickeys Ermordung. Es zeigte Tor mit einer Freundin, deren Augen mit Glitzerfarbe aufwendig wie Pfauenfedern geschminkt waren. Strahlend weiße Zähne, Haar und Haut nass. Zelte, Banner und im Hintergrund Matsch.

Die beste Zeit meines Lebens, mit meiner besten Freundin beim Glasto! Regen? Welcher Regen?

Andere Posts waren ähnlich: Es gab Kommentare zu Geburtstagen von Freunden und beruflichen Erfolgen, spöttische Bemerkungen zum Unileben und Zeugnisse ihrer Teilnahme an verschiedenen gesellschaftlichen und öffentlichen Veranstaltungen. Ein Bild ihres Mitbewohners, des Hundefriseurs, der als Glamour-Star verkleidet auf der Motorhaube seines frisch beschrifteten Lieferwagens posierte, gefolgt von mehreren Bildern seiner pelzigen Kunden: adrett geschorene Pudel, persilweiße Bichons Frisés. *Der wunderbare @GazHarris – der Mann ist ein Künstler, Leute!* Bilder von Hunden mit einem leicht empörten Blick, die von Gaz, einem schlanken, modischen Typen mit gepiercter Augenbraue, gedrückt wurden.

Nichts darüber, dass Tor eine Stelle bei dem großen Roland Ferris bekommen hatte, aber wie sie gesagt hatte, musste man vielleicht Mediävist sein, um das zu verstehen. Und vielleicht lohnte es sich nicht, Dinge zu posten, die für andere Leute nicht cool oder aufregend klangen.

In Garvichs alten Beiträgen gab es nichts, was sie in einem anderen Licht erscheinen ließ als heute. Lockyer forschte weiter. Als Nächstes suchte er nach Hedy Lambert, aber selbstverständlich hatte sie kein Profil. Das Jahr, in dem Facebook startete, war das Jahr, in dem Aaron Fletcher ihr Leben ruiniert hatte, und im Gefängnis dürfte sie kaum mit sozialen Medien in Berührung gekommen sein. Er spürte eine zunehmende Kälte unter seinen Rippen. Die sozialen Medien waren inzwischen so weit verbreitet, dass man sich ein Leben ohne sie kaum noch vorstellen konnte. Doch an Hedy waren sie völlig vorbeigegangen. Es war nur eins der vielen Dinge, die sie verpasst hatte. Er fragte sich wieder einmal, ob sie darauf hoffen konnte, sich jemals ein neues Leben aufbauen zu können. Glücklich zu sein.

Abrupt schloss er Facebook und registrierte erschrocken, dass er eine ganze Stunde damit verbracht hatte.

»Kommen Sie.« Er stand auf. »Zeit für einen Drink.«

Es war ein frischer, trockener Tag, und Broad ging zu ihrem Fahrrad.

»Ich hoffe, Sie haben nicht vor, alkoholisiert nach Hause zu radeln?«, bemerkte Lockyer.

»Keine Sorge, Chef, ich habe Pete eine Nachricht geschickt. Er holt mich hoffentlich später ab.«

»Gut. Es ist die falsche Jahreszeit, um in den Kanal zu fallen.«

»Ich bin mir nicht sicher, ob es jemals einen richtigen Zeitpunkt dafür gibt«, sagte sie. »Wollen Sie wirklich nicht, dass ich Sie morgen zu dem Gespräch mit Harry Ferris begleite?«

»Nein, Sie haben das Wochenende frei, Gem. Ich verzichte lieber auf meinen Samstag, als den ganzen Weg nach London zu fahren, um mit ihm zu reden. Und jetzt fahren Sie los. Wir treffen uns im Pub.«

Als Lockyer mit dem Wagen vor dem The Bell By The Green ankam, schloss Broad gerade ihr Fahrrad draußen an. Gemeinsam betraten sie den Pub. Ein paar Kollegen waren bereits da, doch Lockyer und Broad hielten zunächst Abstand. Es war schon eine ganze Weile her, dass Lockyer an den Treffen am Freitagabend teilgenommen hatte. Seit dem Brand im The Queen's Head war es ihm wesentlich lieber gewesen, nach Hause zu gehen und den anderen nicht den Spaß zu verderben. Es war ihm äußerst unangenehm, wie sein Fehlverhalten die Stimmung verändert hatte. Aber vielleicht war jetzt genug Zeit vergangen, denn er spürte keine Abwehr, nicht einmal von Steve Saunders, und es tat gut, mit Leuten zu reden, mit denen er nicht mehr zusammenarbeitete. In der Bar herrschte der übliche Freitagabendlärm – Stimmengewirr, Musik und über den Holzboden scharrende Stuhlbeine –, und Lockyer wünschte sich schon bald, er müsste nicht mehr fahren.

Broad war ein Leichtgewicht. Nach drei Gin-Tonics war sie beschwipst, und ihre Augen glänzten. Nachdem sie eine halbe Stunde lang mit DS Ahuja in einer Ecke gestanden, die Köpfe zusammengesteckt und sich schiefgelacht hatte, kam sie zu Lockyer und hievte sich auf einen bezogenen Hocker neben ihm.

»Ich möchte gar nicht erst wissen, worüber Sie und Sara gesprochen haben«, sagte Lockyer.

»Ich wünschte, ich könnte es Ihnen erzählen, Chef, Sie würden sich in die Hose machen vor Lachen. Aber sie hat mich leider zur Verschwiegenheit verpflichtet. Sagen wir einfach, es hat sich herausgestellt, dass Saunders, der harte Kerl, eine Phobie hat. Und zwar eine sehr seltsame.«

»Das übersteigt meine Vorstellungskraft«, sagte er. »Aber mal etwas anderes: Sie haben also Ihre Meinung über Wimperntusche geändert?«

»Was?« Broad sah ihn irritiert an, und Lockyer ärgerte sich im selben Moment über sich selbst.

»Mir ist nur aufgefallen, dass Sie angefangen haben, Mascara zu tragen. Und jetzt auf einmal nicht mehr.«

»Ja.« Sie schien verlegen. »Pete hielt es nicht für angebracht, wissen Sie, bei der Arbeit.«

Das gefiel Lockyer gar nicht. »Das geht ihn doch gar nichts an, oder?«, sagte er.

»Nein, aber … abends haben meine Augen immer so gejuckt, und wenn man sie reibt, sieht man aus wie ein Emo.« Broad zwang sich zu einem schwachen Lächeln und wechselte dann das Thema. »Also, morgen. Werden Sie Harry Ferris nach seiner Mutter fragen?«

»Ja. Und danach, was 1988 passiert ist.«

»Ich vermute, er wird es Ihnen nicht sagen.«

»Ich vermute, da haben Sie recht.«

»Ich hatte aber eine Idee, Chef: die Lokalzeitungen. Wenn die Datenbank und die Akten von damals nichts hergeben, könnte in den Lokalzeitungen etwas zu finden sein, weswegen die Polizei nach Longacres gefahren ist. Schließlich wissen wir jetzt das ungefähre Datum. Natürlich nur, wenn es überhaupt berichtenswert war.«

»Ja. Ich wollte eigentlich bis Montagmorgen warten, bevor ich Sie bitte, einen Versuch zu starten. Ich wollte Ihnen nicht das Wochenende und Ihr Augenlicht verderben.«

»Nein, das macht mir nichts aus, Chef. Es wäre natürlich einfacher, wenn ich genau wüsste, wonach ich suche. Ich meine, es könnte ja auch nichts sein.«

»Es könnte nichts sein. Es könnte aber auch etwas sein.«

Broad nahm einen Schluck von dem geschmolzenen Eis am Boden ihres Glases und kaute auf den Resten eines Eiswürfels herum. »Chef...«, begann sie, sprach den Satz dann aber nicht zu Ende. »Nein, schon gut.«

»Raus mit der Sprache«, sagte er. »Was im Pub gesagt wird, bleibt im Pub.«

»Es ist nur...« Sie suchte nach den richtigen Worten. »Die ganze Zeit überprüfen wir alles und suchen nach einem Motiv. Ich weiß, ich habe das schon mal gesagt, aber was, wenn wir nichts finden, weil es nichts zu finden gibt?«

Lockyer schwieg.

»Als wir neulich bei Hedy Lambert waren, hat sie etwas gesagt, das mir im Gedächtnis geblieben ist. Als sie davon sprach, dass Mickey manchmal die Scheune verlassen hat, sagte sie, dass sie ihn öfter besucht hat. Nicht um ihm Essen zu bringen. Nur um mit ihm zu reden.« Sie sah zu Lockyer hoch, ihr Blick war jetzt ernst. »Und es ist offensichtlich, dass sie bei ihrem Job auf sich allein gestellt war. In diesem Haus. Niemand hat ihr gesagt, was sie zu tun hatte, oder darauf geachtet, was sie trieb. Vielleicht hat sie sich öfter mit ihm getroffen, als alle dachten? Vielleicht sind sie sich viel nähergekommen, als sie zugibt.«

»Sie meinen, sie hat vielleicht Gefühle für ihn entwickelt?«, fragte Lockyer.

»Sie sagte, er sei ein Seelenverwandter gewesen. Dass sie ihn verstanden habe. Hört sich das nicht so an, als ob sie ... in ihn verliebt gewesen wäre? Ihm vertraute? So wie sie Aaron vertraut hat?« Broad hielt inne. »Das hätte sein Geständnis, dass er nicht Harry war, viel schlimmer gemacht. Wie Sie schon bei der ursprünglichen Ermittlung gesagt haben, Chef.«

»Dass sie Mickey quasi stellvertretend für Aaron getötet hat?«

»So etwas in der Art. Das hat ihr den Rest gegeben, wissen Sie«, sagte sie. »Mickey hat für das gebüßt, was Aaron ihr angetan hatte. Ich will damit sagen, könnten es nicht doch Pferde gewesen sein? Keine Zebras. Was, wenn Sie damals recht hatten?«

»Wenn das der Fall ist, dann ist der Job erledigt«, sagte Lockyer. Er blickte auf den klebrigen Tisch mit den feuchten Bierdeckeln und den fettigen Krümeln hinunter. »Das glaube ich aber nicht.« Er hielt inne. »Die Wahrheit ist, dass ich es damals nicht geglaubt habe.«

»Wirklich?«, fragte Broad. »Denn das kommt nicht rüber, wenn man die Verhörprotokolle liest ...«

»Was kommt denn rüber?«

»Dass Sie ...« Broad zögerte. »Dass Sie es geschickt verstanden haben, eine Beziehung zu ihr aufzubauen, sodass sie sich Ihnen geöffnet hat. Dass Sie ziemlich ... unnachgiebig waren und nicht lockergelassen haben, bis sie über ihre Vergangenheit gesprochen hat, und dass Sie sie dazu gebracht haben, etwas preiszugeben, das auf ihr Mordmotiv schließen ließ.«

Lockyer runzelte die Stirn, blickte aber nicht auf.

Nach einer Pause fügte Broad hinzu: »Ich meine das nicht böse, Chef, ich wollte damit nur sagen, Sie waren hinter ihr her und haben sie erwischt. Das war gute Polizeiarbeit.«

»Und wenn sie unschuldig war?« Er bemerkte den verwirrten, leicht besorgten Ausdruck auf Broads Gesicht. »War es dann noch gute Polizeiarbeit, unter Ausschluss aller anderen Verdächtigen nur hinter ihr her zu sein?«

»Aber wenn Sie Zweifel hatten, warum haben Sie dann nichts gesagt, Chef?«

»Ich glaube, weil meine Zweifel sowohl mich als auch Hedy betrafen.«

Er zögerte und wünschte, er hätte nicht so viel gesagt.

»Weil Sie Gefühle für sie entwickelt haben?«

Lockyer schenkte ihr ein reumütiges Lächeln. Ihr entging nichts. »Ich habe mir in ihrer Nähe selbst nicht mehr getraut, Gem. Considine wollte sie dafür drankriegen, alles deutete auf sie hin, und ich dachte, wenn ich … wenn ich nicht liefere, durchschaut mich die Chefin. Die ganze Truppe. Und schlimmer noch, ich würde meine Arbeit von persönlichen Gefühlen beeinträchtigen lassen. Aber jetzt denke ich, dass vielleicht genau diese Angst meiner Arbeit im Weg gestanden hat.«

»Glauben Sie, dass es ihre Absicht gewesen ist?«, fragte Broad. »Dass sie nur mit Ihnen gesprochen hat … Glauben Sie, sie hat etwas gespürt? Gespürt, dass sie Ihnen nicht gleichgültig war? Vielleicht wusste sie, dass Sie Zweifel hatten, und dachte, sie könnte Sie dazu bringen, sie zu äußern?«

»Sie haben keine Ahnung, wie sehr ich wünschte, die Antwort darauf zu kennen.« Er schüttelte den Kopf. »Sie haben es selbst gesagt – sie ist schwer einzuschätzen. Es ist schwer zu beurteilen, ob sie ehrlich ist oder nicht.«

»Sind Sie ... waren Sie ... in sie verliebt?« Broad hob wieder ihr leeres Glas hoch, es schien sie zu faszinieren.

Lockyer kannte die Antwort nicht. »Kann man in jemanden verliebt sein, den man nur aus Verhören kennt? Oder weil man mit ihm neben einer Leiche gestanden hat? Auf jeden Fall«, fuhr er fort, bevor sie antworten konnte, »war da etwas. Irgendeine Form von Anziehung. Und falls das mein Urteilsvermögen beeinträchtigt haben sollte ... Falls sie deshalb vierzehn Jahre hinter Gittern gesessen hat, während ein Mörder frei herumgelaufen ist ...«

»Chef«, sagte Broad leise. »Trotz allem könnte sie es gewesen sein. Die Geschworenen waren sich sicher genug, um sie zu verurteilen.«

»Ich weiß. Aber ich glaube nicht, dass sie eine Mörderin ist. Und ich muss sicher sein. Absolut, hundertprozentig sicher.«

»Wenn es noch etwas zu finden gibt, werden wir es finden.« Broad stellte ihr Glas ab und streckte die Hand aus. Aber falls sie vorgehabt hatte, ihn zu berühren, überlegte sie es sich anders.

»Sie hat auf die Frage nach *Voyage, Voyage* kaum reagiert«, sagte Lockyer. »Ist Ihnen das aufgefallen? Sie war überhaupt nicht neugierig. Und die Ferris' verschweigen uns etwas. Ich will wissen, warum. Wenn sich herausstellt, dass das nichts mit dem Mord an Mickey zu tun hat, dann ist das eben so. Aber das wissen wir noch nicht.«

»Noch ein GT, Gem?«, fragte ein junger Constable und trat versehentlich gegen ihr Tischbein.

»Lieber nicht, danke«, sagte Broad. »Ich muss noch Fahrrad fahren.«

»Ich dachte, Pete holt Sie ab«, bemerkte Lockyer.

Broad schüttelte den Kopf. »Er ist kaputt, sagt er. Und das letzte Mal, als ich das Fahrrad hinten in sein Auto gepackt habe,

habe ich den Lack zerkratzt.« Sie machte ein komisches *Ups!*-Gesicht, das etwas aufgesetzt wirkte. Lockyer fragte sich, wie müde ein Hypothekenberater sein konnte, der einen Nine-to-five-Job hatte. Aber er hakte nicht nach.

»Kein Problem«, sagte er. »Ich fahre Sie. Sagen Sie mir einfach Bescheid, wenn Sie gehen wollen.«

»Danke, Chef.«

Er wusste, dass er es dabei belassen sollte, fuhr aber trotzdem fort. »Was im Pub gesagt wird, bleibt im Pub, oder?«

Broad nickte.

»Na dann. Es geht mich verdammt noch mal nichts an, und ich werde es auch nicht mehr erwähnen, aber ich glaube, Pete weiß Sie nicht so zu schätzen, wie es angemessen wäre.«

Broad war einen Moment lang sprachlos, dann zuckte sie zusammen, als Steve Saunders in Gelächter ausbrach. Sie drehte sich nach ihm um und war dankbar für die Ablenkung. »Wenigstens hat der uns heute Abend in Ruhe gelassen«, sagte sie.

»Ja. Ein kleines Wunder. Besonders bei einem so großen Publikum.«

»Vielleicht langweilt er sich endlich selbst.«

»Das glauben Sie doch nicht ernsthaft, Gem.«

»Nein, wohl nicht … Haben Sie wirklich letztes Jahr bei der Ermittlung gelogen?«, platzte sie heraus und fügte dann schnell hinzu: »Vergessen Sie, dass ich das gesagt habe.«

»Was haben Sie gehört?«

»Dass Sie verharmlost haben, wie gut Sie den Täter und seine Familie kannten. Dass Sie absichtlich verschwiegen haben, dass der Sohn in die Brandstiftung verwickelt war, dass er mitgemacht hat.«

»Klingt nicht gut«, sagte Lockyer.

Broad flehte ihn mit ihrem Blick an, ihr zu widersprechen.

»Ich habe dem Vorgesetzten sofort mitgeteilt, dass ich die Slaters seit meiner Kindheit kenne. Dass ich mit Kevin Slater zur Schule gegangen und oft mit ihm im The Queen's Head gewesen bin. Saunders verlangte von mir, mich im Pub umzusehen – in dem, was davon übrig war – und zu überprüfen, ob irgendwelche persönlichen Gegenstände fehlten, die möglicherweise vor dem Brand entfernt worden waren. Ich wurde auch zu Kevins Wohnung geschickt, um zu sehen, ob ich dort irgendwelche Gegenstände aus dem Pub entdecken könnte.«

»Und das konnten Sie nicht?«

»Nein.«

Er sagte nicht, dass er in der Woche davor die große, gerahmte Fotomontage in Kevins Wohnung bemerkt hatte. Die, die normalerweise im Extrazimmer hing und auf der Bierfeste und Dartspiele, Jubiläen und königliche Hochzeitsfeiern im Pub dargestellt waren, die bis in die Siebzigerjahre zurückreichten. Lange bevor es irgendwelche digitalen Kopien von den Bildern gegeben haben konnte. Sie hatte im Wäscheschrank gesteckt, als er nach einer neuen Klopapierrolle gesucht hatte. Und, eingewickelt in ein Geschirrtuch, der aufwendige walisische Liebeslöffel, den Kevins Großmutter zum Hochzeitstag seiner Mutter geschnitzt hatte. Er hing normalerweise an einem Nagel an einer Säule neben dem Tresen.

Lockyer hatte Kevin gefragt, warum sie jetzt bei ihm waren. Auf eine Art, die Kevin dazu gebracht hatte, nervös den Blick abzuwenden. *Dad hat gesagt, ich soll den Löffel haben. Ist zu schön für den Pub, könnte geklaut werden.* Daraufhin hatte Lockyer gefragt, was er im Wäscheschrank machte, und damit war das Gespräch beendet gewesen. Angespanntes Schweigen, keine Lügen. Er hatte Kevin kurz nach dem Brand gesehen, ihm erzählt, dass die Polizei von ihrer Freundschaft wisse und was sie wahrscheinlich von ihm verlangen werde. Als er sich das nächste Mal in Begleitung von Steve Saunders in Kevins Wohnung umgesehen hatte, waren die Fotomontage und der Liebeslöffel verschwunden gewesen.

Eigentlich hatte er also nur gelogen, indem er etwas verschwiegen hatte. Aber das machte die Sache nicht besser. Er hatte eine vorschnelle Entscheidung getroffen und seitdem versucht, den Grund für sich selbst aufzudröseln. Es hatte etwas mit Loyalität gegenüber seinem Freund zu tun, aber auch damit, was er für das eigentliche Verbrechen hielt. Was wog schwerer: dass man von einer Brandstiftung und einem Versicherungsbetrug vorher gewusst hatte oder ein Vater seinen Sohn zu einem Leben als Kleinkrimineller mit kaputten Beziehungen gezwungen hatte? Und natürlich hatte er gehofft, seinen Freund in mehrfacher Hinsicht zu befreien, indem er Kevin vor dem Gefängnis bewahrte, während sein Vater hineinwanderte. Es war eine irrationale – und gefährliche – Entscheidung für einen Polizisten gewesen, und er hatte sich geschworen, dass so etwas nicht mehr vorkommen würde.

Später waren die beiden fehlenden Gegenstände und noch einige weitere in einem von Bob Slater unter falschem Namen angemieteten Schließfach gefunden worden. Und ein neuer Zeuge, ein Stammgast in der Kneipe, hatte sich gemeldet und ausgesagt, dass die Fotocollage bereits eine Woche vor dem Brand verschwunden war. Lockyer war als aufmerksamer Beobachter bekannt, ein Mann mit dem Blick für Details. Seine Behauptung, nichts Ungewöhnliches bemerkt zu haben, wirkte allmählich zweifelhaft.

»Und Saunders hat Ihnen nicht geglaubt?«

»Er wollte es nicht.« Lockyer konnte es ihm kaum verdenken. »Zum Glück hat Considine für mich gebürgt.«

»Trotzdem ist es verdammt unfair, dass Sie in Schwierigkeiten geraten sind, Chef – vor allem, wenn Sie nichts falsch gemacht haben.«

»Es ist gut ausgegangen«, sagte Lockyer, und etwas in seinem Tonfall ließ Broad verstummen. Vielleicht auch die Tatsache, dass er nicht mehr zu Saunders oder der Ungerechtigkeit des Ganzen sagte.

Sie schwieg einen Moment. »Wissen Sie, einige Beamte sind so selbstgerecht, was Ehrlichkeit angeht. So starr in ihrem Denken. Für sie gibt es nur Schwarz und Weiß. Aber ich denke immer, dass alle, die behaupten, sie hätten kein Problem damit, ihre Mutter, ihre bessere Hälfte oder ihren besten Freund anzuschwärzen, wahrscheinlich noch nie in so einer Situation waren.« Sie sah ihn nicht an. »Ich glaube, dann würden sie die Dinge nicht mehr nur schwarz oder weiß sehen.«

»Ich denke, da haben Sie recht, Gem«, sagte er vorsichtig.

Harry Ferris war weniger angespannt als bei der ersten Begegnung mit Lockyer. Er war zwar immer noch kalt und machte keinen Hehl daraus, dass er am liebsten nicht mit Lockyer sprechen würde, aber er wirkte nicht mehr wie eine gespannte Feder. Er hatte seine Wut besser unter Kontrolle, setzte sich in einen Carver-Stuhl, legte den Knöchel des rechten Beins auf das linke Knie und verschränkte die Arme vor der Brust. Eine einstudierte Pose, von der Lockyer vermutete, dass sie Gelassenheit oder womöglich sogar Geringschätzung ausstrahlen sollte, aber sie wirkte einfach nur abwehrend. Seine Kleidung war elegant und frisch wie immer. Lockyer war sich sicher, dass er nie aus Faulheit oder weil er niedergeschlagen war, Socken vom Vortag anziehen würde. Er stellte sich vor, wie Harry Ferris' Socken in der Schublade in ordentlichen Reihen nach Farben und Typen geordnet waren.

Sie befanden sich unten in einem kleinen Wohnzimmer oder Salon – Lockyer wusste nie genau, was der Unterschied war. Roland Ferris lag oben in seinem Arbeitszimmer, zu schlapp und lustlos, um auch nur den Kopf vom Kissen zu heben. Lockyer fand diese plötzliche Verschlechterung seines Zustands beunruhigend. Er spürte, wie die Zeit für den alten Mann und für seine Ermittlungen ablief. Wie Garvich gesagt hatte, war es schwer vorstellbar, dass alles, was Ferris wusste und dachte, seine Erinnerungen und alles, was ihn ausmachte, einfach zu existieren aufhörte. Früher oder später passierte das natürlich jedem. Auch seinem eigenen Vater.

»Er ist heute nicht in der Lage, mit Ihnen zu sprechen«, sagte Paul Rifkin und schloss leise die Tür. »Er braucht eine weitere Bluttransfusion, ich bringe ihn am Montag hin.«

Das Wohnzimmer war kalt, und die Luft roch abgestanden, als würde der Raum nicht oft benutzt. Es war der schwache Geruch des seidigen Vorhangstoffs und der Ziegel um den Kamin. Keine menschlichen Gerüche. An den Wänden und entlang des Kamins waren zahlreiche Porzellanteller ausgestellt, und auf Beistelltischen und Kommoden standen verschiedene Krüge und Vasen mit demselben Dekor – kleine rosa und blaue Blumen auf weißem Grund. Lockyer fragte sich, ob Helen Ferris sie gesammelt hatte.

»Hat Ihre Mutter dieses Zimmer eingerichtet?«, fragte er.

Harry zog die Augenbrauen zusammen und blickte sich kurz im Raum um. »Woher soll ich das wissen?«, fragte er. »Ich nehme es an. Dieses ganze Porzellan. Es könnte aber auch schon im Haus gewesen sein oder von meinen Großeltern stammen.« Er wippte mit dem rechten Fuß, dann hielt er inne.

»Vermissen Sie sie noch?«

»Sie ist gestorben, als ich vierzehn war, Inspector. Das Leben geht weiter.«

»An Ihrem fünfzehnten Geburtstag, um genau zu sein«, stellte Lockyer fest. »Das muss sehr schmerzhaft für Sie gewesen sein.« Er erinnerte sich daran, wie er nach seinem Wochenende im Dartmoor nach Hause gekommen war. Damals hatte er noch kein Handy besessen. Er hatte keine Ahnung gehabt, dass sein kleiner Bruder ermordet worden war. Der Schock hatte sich wie ein physischer Schlag angefühlt, und der Schmerz danach war derart heftig gewesen, dass er alles andere auslöschte. Er konnte ihn sogar jetzt noch spüren und fürchtete fast, davon abgelenkt zu werden.

»Was wollen Sie von mir hören?«, blaffte Harry Ferris. »Hoffen Sie, dass ich weine? Ja. Es war beschissen.«

»Glauben Sie, dass es etwas zu bedeuten hatte? Dass sie sich an Ihrem Geburtstag das Leben genommen hat?«, fragte Lockyer.

Harry starrte ihn nur an.

»Haben Sie sich darüber keine Gedanken gemacht?«

»Ich habe es so gedeutet, dass sie zu dem Zeitpunkt schon derart durcheinander gewesen ist, dass sie nicht einmal mehr wusste, was für ein verdammter Tag war. Welcher Wochentag, geschweige denn welches Jahr.«

»Ja, da haben Sie möglicherweise recht.« Lockyer wusste aus dem Bericht des Pathologen, dass Helen niemals wegen Depressionen, Angstzuständen oder dergleichen Hilfe bei ihrem Hausarzt gesucht hatte. Auch nicht wegen kleinerer – oder größerer – körperlicher Verletzungen. Aber psychische Erkrankungen betrachtete man damals als Makel. Etwas, das man geheim halten musste. Für manche Menschen galt das immer noch. »Haben Sie sich deswegen schuldig gefühlt?«

»Schuldig? Nein, Inspector. Jedenfalls nicht in dem Sinne, den Sie meinen. Ich war ein dummes *Kind* ...«

»Sie sind Ihrer Mutter auf der Nase herumgetanzt. Sie hatten

Ärger in der Schule. Ihre Eltern haben sich oft gestritten. Haben sie sich Ihretwegen gestritten, Harry?«

»Was zum Teufel soll das? Wenn sich jede Mutter wegen eines aufmüpfigen Teenagers umbringen würde, hätte die Welt ein ernsthaftes Problem.«

»Ich spreche nicht von anderen Müttern, ich spreche von Ihrer Mutter.«

»Und warum, Inspector? Warum sprechen Sie von meiner Mutter?«

Lockyer ignorierte die Frage. »Glauben Sie, es ist von Bedeutung, dass Mickey Brown an dem Ort ermordet wurde, an dem sich Ihre Mutter das Leben genommen hat?«

»Nein.«

»Nein?«

»Nein. Ich glaube, meine Mutter hat sich dort umgebracht, weil es am einfachsten war. Und ich glaube, der Mann wurde dort getötet, weil er dort schlief.«

Harrys rechter Fuß wippte wieder, und diesmal war er zu abgelenkt, um es zu verhindern. Lockyer fragte sich, wie viel Mühe es ihn kostete, so gefühllos zu klingen.

»Kannten Sie Michael Brown? Oder Mickey, wie er genannt wurde? Sind Sie ihm jemals begegnet, vielleicht als Sie noch klein waren? Er ist in dieser Gegend aufgewachsen.«

»Nein.«

»Sind Sie sicher? Er wusste Dinge über Sie ...«

»Ich bin mir sicher. Ich habe nie von ihm gehört und kannte ihn definitiv nicht.«

»Können Sie sich erklären, woher er gewisse Details über Sie wissen konnte?«

»Ich kann mir nicht erklären, was 2005 hier passiert ist. Ich war nicht hier. Ich hatte keine Ahnung, was damals vor sich ging.«

»Nein? Hat Miles Ihnen nicht geschrieben und Sie wissen lassen, dass Mickey hier aufgetaucht ist und sich für Sie ausgegeben hat? So wie ich Miles einschätze, fand er das wahrscheinlich ziemlich lustig.«

»Nein.« Harrys Ton war hart. »Das hat er nicht.«

»Er fand es nicht lustig?«

»Er hat sich nicht bei mir gemeldet.«

»Kurz vor Ihrem dreizehnten Geburtstag war die Polizei bei Ihren Eltern. Wissen Sie, worum es dabei ging?«

»Nein. Daran kann ich mich nicht erinnern.«

»Maureen Pocock kam gerade, um auf Sie aufzupassen. Die Polizei fuhr in einem Streifenwagen vor, und Sie rannten in die Felder auf der anderen Straßenseite.«

»Da wissen Sie mehr als ich, Inspector.«

»Warum sind Sie weggelaufen? Hat Sie das Auftauchen der Polizei beunruhigt, weil Sie etwas gesehen oder getan hatten? Fürchteten Sie, dass Ihre Mutter oder Ihr Vater in Schwierigkeiten sein könnte?«

»Ich habe bereits gesagt, dass ich mich nicht daran erinnern kann. Also kann es nicht besonders wichtig gewesen sein. Wahrscheinlich bin ich weggelaufen, weil Maureen Pocock mich immer umarmt hat, ob ich wollte oder nicht. Und weil sie mir widerlich feuchte Küsse gegeben hat.«

»Ich habe Maureen so verstanden, dass sie Sie sehr gern hatte.«

»Trotzdem.« Harry hob eine Schulter, aber die Bewegung war zu steif und kontrolliert, um ein richtiges Schulterzucken zu sein.

»War Ihr Vater jemals gewalttätig gegen Sie oder Ihre Mutter, Mr. Ferris?«

»Was zum Teufel soll das, Inspector? Gewalttätig? Nein, das war er nicht.«

»Nach allem, was ich gehört habe, ist er nicht gerade der einfachste Vater gewesen.«

»Er hat sein Bestes getan.« Harry wandte den Blick ab und blähte die Nasenflügel. »Das habe ich nicht immer so gesehen, aber jetzt schon. Er hat sein Bestes getan. Nicht alle Männer sind Kuscheltypen, die auf Picknick und Labradore stehen. Er hat mich auf die einzige Art erzogen, die er kannte. So machen es die meisten Eltern.«

»Warum haben Sie dann so lange keinen Kontakt zu ihm gehabt?«

Harry blickte auf die gegenüberliegende Seite des Raums, in den dunklen, leeren Kamin.

»Nach einer Weile wurde es einfach zur Gewohnheit«, sagte er schließlich. »Ich bin gegangen, weil ich wütend war und über den Tod meiner Mutter getrauert habe, und mein Vater konnte mir nicht helfen. Es war viel einfacher, wütend auf ihn zu sein, weil er es nicht verhindert hatte, als zu verarbeiten, was ich wirklich empfand. So war das. Nach ein paar Jahren ging das Leben einfach weiter. Ich ließ alles hinter mir, und es war … einfacher, es dabei zu belassen.«

Lockyer erinnerte sich daran, was Maureen Pocock gesagt hatte. Dass Menschen weggingen, weil sie es nicht ertrugen, gesehen zu werden. Dass sie sich selbst genauso bestraften wie alle anderen.

»Geben Sie Ihrem Vater immer noch die Schuld?«

Harry verzog den Mund. »Wenn er schuld ist, dann bin ich es auch. Genauso wie all die Leute, die sie geliebt und sie nicht gerettet haben.« Harry starrte Lockyer an. »Wenn ein geliebter Mensch sich umbringt, muss man einen Teil der Schuld auf sich nehmen. Es gibt kein Entrinnen. Man fühlt sich schuldig, ob zu Recht oder zu Unrecht.«

Lockyer wusste, dass er sich die Schuld an Chris' Tod gab. Nach Harrys Worten fragte er sich, ob seine Eltern sich auch die Schuld gaben. Mord war kein Suizid, und im Gegensatz zu ihm hatten seine Eltern sich nichts vorzuwerfen. Aber gab es nicht immer ein *Was wäre, wenn?*

»Warum fragen Sie das alles, Inspector? Wozu ist das wichtig?«

»Als wir uns das erste Mal begegnet sind, haben Sie etwas gesagt, das mir seltsam vorkam, Mr. Ferris.« Lockyer öffnete sein Notizbuch. »Ich hatte Sie gefragt, ob Ihnen ein Grund einfiele, warum jemand Sie töten wollte, und Sie sagten, ich zitiere: ›Außerdem hätte jeder, der mich gut genug kannte, um mich umbringen zu wollen, sofort gemerkt, dass nicht ich es war, der in der Scheune gepennt hat.‹«

»Und?«

»Warum haben Sie meine Frage nicht einfach mit Nein beantwortet?«

»Ich kann Ihnen nicht folgen, Inspector.«

»Fällt Ihnen denn ein Grund ein, warum Sie jemand umbringen wollte – oder vor vierzehn Jahren hätte umbringen wollen?«

»Ich wiederhole mich wirklich nur ungern.« Harry schnaufte vernehmlich. »Wie ich bereits sagte, nein.«

»Soweit wir feststellen konnten, kannte fast jeder, der zu der Zeit im Haus war, als Michael Brown getötet wurde, seine Identität. Sie wussten, dass er nicht Sie war.«

»Na also. Warum führen wir dann überhaupt dieses Gespräch? Ich war in London und wusste überhaupt nicht, was los war. Das hatte nichts mit mir zu tun.«

»Die Einzigen, die noch glaubten, er sei Sie, waren Ihr Vater – und es ist nicht klar, ob er wirklich davon überzeugt oder nur verzweifelt war – und Tor Heath, seine wissenschaftliche Mitarbeiterin.«

»Ich habe die Frau noch nie gesehen.«

Lockyer nickte nachdenklich. »Und es gab jemanden außerhalb des Hauses, der ein Motiv hatte, Mickey zu töten. Er hatte ein Motiv und neigte zu Gewalt.«

»Das klingt schon eher nach Ihrem Mann«, sagte Harry mit der Miene eines Mannes, dessen Geduld auf eine harte Probe gestellt wird.

»Ja, nicht wahr?«, stimmte Lockyer ihm zu. »Das Problem ist, ich glaube nicht, dass er es war. Falscher Modus Operandi. Außerdem hätte ihm jemand aus dem Haus helfen müssen, und wir können keine Beweise dafür finden, dass ihn jemand hier kannte.«

»Polizisten haben es nicht leicht«, sagte Harry.

»Allerdings. Ich glaube, dass Sie und Ihr Vater mich belügen, Mr. Ferris. Ob es für den Tod von Mickey Brown von Bedeutung ist oder nicht – Sie verschweigen mir etwas Wichtiges. Und zu wissen, dass ich belogen werde, beunruhigt mich sehr.«

»Ich kann mir vorstellen«, sagte Harry und richtete seinen Blick wieder auf Lockyer, »dass dergleichen so oder so schwer zu beweisen ist.« Sein rechter Fuß zuckte weiter verräterisch vor und zurück, bis er das Bein herunternahm und ihn auf den Boden stellte.

»Oh, auf jeden Fall. Schwer, aber eigentlich nie unmöglich.«

»Ich denke, wir sind hier fertig, Inspector. Ich darf Ihnen versichern, dass Sie auf dem falschen Dampfer sind. Und ich finde, Sie sollten meinen Vater in Frieden sterben lassen. Es war nicht seine Schuld.«

»Was?«, fragte Lockyer.

Harry blinzelte. »Der Selbstmord meiner Mutter.«

Lockyer stand auf. »Es hat sich herumgesprochen, dass Sie wieder da sind, Mr. Ferris. Ich weiß, dass Sie sich in all den Jahren nicht gerade versteckt haben, aber es läuft darauf hinaus. Und jetzt sind Sie wieder da ...«

»Und?«

»Wenn Sie also jemand vor vierzehn Jahren töten wollte und es immer noch will, dann weiß er jetzt genau, wo er Sie finden kann.«

»Was wollen Sie damit sagen?«, fragte Harry. »Dass diese Lambert ... jemanden auf mich ansetzen wird?«

»Hedy? Das bezweifle ich sehr. Ich spreche von dem wahren Mörder. Und ich vermute, dass Sie ihn kennen.«

»Ach, verschwinden Sie doch einfach.« Harry starrte wütend auf den Boden, und Lockyer fragte sich, ob er fürchtete, sich zu verraten. »Ich bin hergekommen, um Zeit mit meinem Vater zu verbringen, und nicht, um sinnlose Psychospielchen mit der Ortspolizei zu spielen.«

Lockyer rührte sich nicht vom Fleck. »An Ihrer Stelle wäre ich vorsichtig.«

»Wollen Sie mir Angst machen, Inspector?«

»Meinen Sie, dass Sie Angst haben sollten, Mr. Ferris?«

Lockyer fand selbst hinaus. Vom Fuß der Treppe aus sah Paul Rifkin ihm nach. Seine Miene war ausnahmsweise undurchdringlich.

Lockyer blieb noch eine Weile neben dem Haus stehen und musterte die verschlossenen Garagen und umgebauten Ställe, die Oberlichter von Hedys leerer Wohnung. Dann ging er ums Haus herum zum Küchenfenster. Der Abtropfkorb neben der Spüle war gut zu erkennen. So wie das Messer, das Hedy in der Nacht vor dem Mord zum Trocknen dort abgelegt hatte. Die Hintertür war nur etwa einen Meter entfernt.

In seinem Kopf ging er die Ergebnisse der kriminaltechnischen Untersuchung noch einmal durch: das Stück Frischhaltefolie, die

Fragmente des Fingerabdrucks auf der Kassette mit *Voyage, Voyage*. Bei der ursprünglichen Untersuchung hatten sie keine Übereinstimmungen gefunden, aber seither waren vierzehn Jahre voller Straftaten und Verhaftungen vergangen. Es war an der Zeit, erneut das Labor aufzusuchen.

14

TAG ACHTZEHN, MONTAG

Am Sonntag regnete es und wurde früh dunkel. Über mehrere Stunden hinweg grollte immer wieder das Donnern schwerer Artillerie über die Ebene, erschütterte Fenster in ihren Rahmen und ließ Tassen auf den Untertassen klirren. In der SPTA, der Salisbury Plain Training Area, wurde viel mit scharfer Munition geschossen. Das war nichts Ungewöhnliches, aber es machte Lockyer dennoch jedes Mal nervös. Das Militär war eine ganz eigene Welt, über die er nichts wusste, und doch existierte sie, und zwar direkt nebenan. Schon oft war er an den Zäunen entlanggegangen – vorbei an den wehenden roten Flaggen, dem Stacheldraht und den strengen Warnschildern.

Lockyer fuhr zum Hof und ließ sich von seiner Mutter mit Hefegebäck und zahllosen Tassen Tee versorgen. Während er im warmen Hundemief in der Küche saß, hatte er Mitleid mit den Soldaten draußen im Regen.

John kam von der Scheune herein, legte drei Stück Gebäck auf seinen Teller und ließ sich in den durchgesessenen Sessel neben dem Holzofen fallen. Er bemerkte die Löcher in seinen feuchten Socken, aus denen seine Zehen hervorlugten, und winkte seinem Sohn damit zu.

»Wie geht es dir, Dad?«, fragte Lockyer, als Trudy aus dem Zimmer und außer Hörweite war. Er hoffte, eine ehrliche Antwort zu erhalten, aber Johns Blick glitt an ihm vorbei.

»Es geht schon, mein Sohn«, sagte er. »Ich habe ein Mutterschaf gefunden, das am Zaun hinten in Long Ground liegen geblieben war. Könnte eine Pasteurellose sein ... Ich hatte es neulich im Behandlungskäfig.« Er schüttelte den Kopf. »Ich hoffe, das war's.«

»Das tut mir leid. Aber wie geht es *dir*? Du hast uns neulich einen ziemlichen Schrecken eingejagt. Als du nicht ins Haus kommen wolltest.«

John sah ihm immer noch nicht in die Augen. »Das wollte ich nicht«, war alles, was er nach einer langen Pause sagte. »Ich hatte nur einen schlechten Tag. War mir alles zu viel.«

Lockyer versuchte, sich die Schaltkreise im Gehirn seines Vaters vorzustellen. Drähte, die Funken sprühten, sich verbanden und wieder trennten. Unvorhersehbar. Ein Computer, der an einem Tag vielleicht perfekt lief und am nächsten Tag wiederholt abstürzte. Er fühlte sich nicht imstande, das alles zu verstehen, und daher auch nicht imstande, seinem Vater zu helfen.

»Es scheint, als hättest du in letzter Zeit öfter solche Tage. Schlechte Tage, meine ich. Vielleicht wäre es gut, wenn du mal mit jemandem ...«

»Keine Sorge«, murmelte John. »Mir geht es gut, Matthew.«

»Aber das stimmt doch nicht.« Lockyers Puls schlug ihm bis zum Hals. So offen hatte er noch nie mit seinem Vater gesprochen, das war nicht ihre Art. Er wusste ganz genau, dass er sich keinen Fehler erlauben durfte.

John antwortete nicht. Er aß schweigend sein Gebäck und trank Tee, scheinbar ohne zu bemerken, dass sein Sohn ihn beobachtete und wartete.

»Dad?«, sagte Lockyer. »Ich glaube, es wäre wirklich eine gute Idee, wenn du mit jemandem darüber reden würdest. Wenn nicht mit mir, dann vielleicht erst einmal mit deinem Hausarzt. Es gibt alles Mögliche ...« Die Miene seines Vaters blieb ausdruckslos, und plötzlich verspürte Lockyer so heftigen Frust in sich aufsteigen, dass er aufstand.

Er ging die Treppe hinauf und in das alte Zimmer seines Bruders auf der Rückseite des Hauses, stand eine Weile am Fenster und beobachtete die aufgetürmten Wolken, die über den Himmel krochen. Chris war ein begeisterter Rugby-Fan gewesen – die Exeter Chiefs waren seine Mannschaft. Als er starb, hatten an den Wänden seines Zimmers noch Spielerposter gehangen und über dem Bett ein Schal, ein Überbleibsel aus seiner frühen Jugend. Lockyer erinnerte sich, wie er das alles abgenommen hatte. Wie er die Reißzwecken aus der Wand gerissen und altes, steifes Klebeband zusammengeknüllt hatte. Er wusste nicht, wie lange Chris damals schon tot gewesen und wer auf die Idee gekommen war, alles abzureißen, oder ob es eine Diskussion darüber gegeben hatte. Er erinnerte sich an die Benommenheit, und darunter an ein Meer aus Schmerz, in dem er zu ertrinken drohte.

An der Tür klebten noch die zerfledderten Überreste eines Rugby-Aufklebers, der sich nicht sauber ablösen ließ. Der Kleiderschrank war nun mit Wäsche gefüllt, die nicht oft benutzt wurde – Tischtücher, Servietten und Gästehandtücher, dazwischen steckten Lavendelsäckchen.

Chris' Schreibtisch stand immer noch vor dem Fenster, und Lockyer sah vor sich, wie er dort über seine Hausaufgaben gebeugt gesessen hatte. In der linken Hand hielt er auf seine verkrampfte, ängstliche Art den Stift. Er hatte eine leichte Legasthenie und beim Schreiben stets die Stirn in Falten gelegt, weil er sich so stark konzentrierte. Lockyer lag dann hinter ihm auf dem Bett und tat so, als würde er eine Zeitschrift lesen, war in Wirklichkeit aber einfach nur da. Damit Chris am Ball blieb und um ihm bei schwierigen Rechtschreibfragen zu helfen. Ihm Gesellschaft zu leisten.

Wieder spürte Lockyer heiße Wut in sich aufwallen. Er dachte daran, was Broad gesagt hatte – dass die Wut oft ein Ersatz für andere Gefühle war. Wahrscheinlich hatte sie recht. Wut war leichter auszuhalten als Hilflosigkeit, leichter als Verzweiflung. Vermutlich war sie leichter zu ertragen als Scham, Einsamkeit und Angst. Er ging zur Tür und begann, wieder mit dem Daumennagel an dem alten Aufkleber zu kratzen. Er löste ihn Fetzen für Fetzen ab. Trudy kam zu ihm. Sie tätschelte lächelnd seine Hand.

»Lass nur. Den muss man einweichen, um ihn abzubekommen«, sagte sie. Dann: »Was ist los, Matthew? Was hast du?«

»Ich habe nur …« Er wusste nicht, wie er anfangen sollte. »Ich habe versucht, mit Dad zu reden. Über seine ›schlechten Tage‹.«

»Ah.« Trudy seufzte. »Verstehe.«

»Es ist … als würde man mit einer Mauer reden.«

»Ich weiß.«

»Aber so kann es nicht weitergehen.«

»Was schlägst du vor?«

»Ich denke, wir sollten selbst den Arzt anrufen. Ihn bitten, herauszukommen und mit Dad zu sprechen.« Er sah den resignierten Ausdruck auf ihrem Gesicht. »Das hast du wohl schon versucht, was?«

»Mehr als einmal.«

»Wann? Warum hast du mir das nicht gesagt?«

»Weil er nicht wollte, dass du es weißt, Schatz. Du weißt doch, wie er ist. Wenn ihm ein Bein abfiele, würde er dir sagen, du sollst dich nicht aufregen.« Trudy holte tief Luft. »Er will vor dir nicht schwach erscheinen, Matthew. Und er muss die Hilfe wollen, sonst funktioniert das nicht.«

»Dann müssen wir ihn eben dazu bringen, Hilfe zu wollen.«

Lockyer hörte, dass er wie ein Kind klang. Seine Mutter schwieg. Sie wussten beide, dass es unmöglich war, John zu so etwas zu bewegen. Lockyer schloss für einen Moment die Augen und lehnte den Kopf gegen die Tür. Trudy fegte ein paar tote Fliegen von der Fensterbank auf ihre Hand und warf sie in den Mülleimer.

»Kevin steckt wieder in Schwierigkeiten«, sagte Lockyer. »Anscheinend hat Bob im Knast alle möglichen neuen Verbindungen geknüpft. Er versucht, Kev da reinzuziehen. Klingt nach Drogen, vielleicht auch nach Hehlerware.«

Trudy drehte sich mit ernstem Gesicht zu ihm um. »Geh seinetwegen nicht noch mal ein Risiko ein, Matthew. Setz nicht deine Karriere aufs Spiel.«

»Sollten Freunde so etwas nicht tun?«

»Bis zu einem gewissen Grad vielleicht. Aber was letztes Jahr passiert ist …« Lockyer hatte ihr nicht die ganze Geschichte erzählt, aber sie wusste, dass er seinen Kopf riskiert hatte und dass es nicht gut ausgegangen war. »Hat er dich um Hilfe gebeten?«

»In diesem Stadium mehr um einen Rat.«

»Ich weiß, wie gern du Kevin hast. Ich hab ihn auch gern. Aber ihr seid erwachsene Männer. Er kann nicht ständig von dir verlangen, dass du ihm aus der Patsche hilfst.«

»Ja, das stimmt. Ich dachte nur … Nach dem letzten Jahr dachte ich, es würde sich vielleicht etwas ändern. Weil Bob im Gefängnis ist … Ich dachte, die Lage würde sich vielleicht ändern.«

Trudy kam zu ihm und drückte seinen Arm. »Du kannst ihn nicht retten, Matthew. Er muss mit sich selbst ins Reine kommen.«

»Wie es aussieht, kann ich niemanden retten.«

»Wen solltest du noch retten?«

»Dad. Chris. Hedy Lambert. Ich bin nur ... Ich bin ...« Er seufzte. »Der Aufgabe nicht gewachsen.«

»*Der Aufgabe nicht gewachsen?*«, wiederholte Trudy ungläubig. »Das ist nicht deine Aufgabe, mein Schatz, so ist das *Leben*.« Sie sah ihm in die Augen. »Chris' Tod war nicht deine Schuld.«

»Ich hätte es verhindern können.«

»Das weißt du nicht.«

»Doch. Wenn ich da gewesen wäre ...«

»Bitte, hör auf.« Sie wandte sich wieder dem Fenster zu und schaute auf die Ebene hinaus. »Du hättest dein Leben für deinen kleinen Bruder gegeben. Das wissen wir alle.«

»Aber ich habe es nicht getan.«

»Der Einzige, der für das Geschehene verantwortlich ist, ist der Mann, der ihn erstochen hat«, erklärte sie mit Nachdruck, konnte das Zittern in ihrer Stimme aber nicht verbergen. »Du musst begreifen, dass dein Vater und ich uns das immer wieder sagen müssen.«

»Und jetzt Dad ... Ich weiß nicht, was ich tun soll. Ich weiß nicht, wie ich helfen soll. Und ich kann es nicht ertragen.«

»Wir schaffen das«, sagte Trudy tapfer. »Ich weiß nicht, was auf uns zukommt, und ich habe auch Angst. Aber wir schaffen das, denn was bleibt uns anderes übrig? Wir tun einfach unser Bestes.« Sie hielt inne. »Was Hedy Lambert betrifft, weiß ich leider nicht, was ich sagen soll.«

»Sie ist unschuldig, Mum. Davon bin ich überzeugt. Und ich habe geholfen, sie ins Gefängnis zu bringen.«

»Wenn du einen Fehler gemacht hast, dann war es ein Fehler. Fehler passieren. Wenn sie unschuldig ist, wirst du es beweisen.«

»Und wenn ich es nicht beweisen *kann*?«

»Wenn es einen Weg gibt, wirst du ihn finden.«

»Und wenn ich es nach *vierzehn Jahren* schaffe?« Erschüttert sah er seine Mutter an. »Wie kann das gerecht sein?«

»Niemand hat je behauptet, dass die Welt gerecht ist, Matthew. Die Menschen bekommen nicht immer, was sie verdienen.«

Lockyer wusste, dass sie wieder von Chris sprach. Davon, dass sie beraubt worden waren – ihres Jungen, ihrer Familie, ihres Glücks. Der Chance beraubt, seinem Mörder in die Augen zu sehen und zu erleben, dass er bestraft wurde. Er wusste nicht, was er tun würde, wenn er den Mann jemals erwischte. Er war sich nicht sicher, ob er professionell reagieren würde; nicht völlig. Diese Wut. Aber er würde einen Weg finden müssen. Oder er musste Abstand gewinnen, und das konnte er auch nicht.

»Es ist nur … es ist …«

»Ich verstehe schon, Matthew. Ich versteh.« Sie legte ihre Arme um ihn. Er beugte sich vor, um sie zu umarmen, und spürte ihre vertraute Haarsträhne an seinem Kinn. Er war seit seinem zwölften Lebensjahr größer als sie. Allmählich ließ der Druck in seinem Kopf nach, die Wut verebbte, und an ihre Stelle trat Erschöpfung.

Trudy rückte von ihm ab und hielt ihn auf Armeslänge von sich. »Du wirst das Richtige tun, das hast du immer getan. Bitte, *bitte* mach dich nicht kaputt.« Sie schüttelte ihn leicht an den Schultern. »Ich brauche dich heil.«

Er sah ihren flehenden Blick und nickte.

Am Montagmorgen brach die Sonne hervor, blass, aber schmerzhaft hell am weißen Himmel. Broad kam zu spät aufs Präsidium und hatte keine Zeit, ihre Fahrradklamotten auszuziehen. Ihr Gesicht war gerötet, ihre Hände schmutzig, und sie verströmte den Geruch von warmer Haut.

»Tut mir leid, Chef – ich hatte einen Platten.«

»Kein Problem.«

Das Telefon auf Lockyers Schreibtisch klingelte. Er nahm ab und stand sofort auf. »Kim Cowley ist hier. Ziehen Sie sich um, Gem, ich sehe nach, was sie will.«

Kim stand in der Nähe des Auskunftsschalters. In der nüchternen Umgebung des Polizeireviers wirkte sie noch kleiner, noch zerbrechlicher. Sie eilte herbei, sobald sie Lockyer sah, und hielt ihm eine blaue Zahnbürste hin, die in eine Plastiktüte eingewickelt war.

»Hier.« Ihr Blick folgte jeder Bewegung, als ob Sean Hannington plötzlich auftauchen und sie auf frischer Tat ertappen könnte.

»Kierons?«

»Ja.«

»Vielen Dank.«

»Ist schwer für meinen Jungen, aber er liebt Sean nicht, obwohl er ihn all die Jahre ›Dad‹ genannt hat. Er ist klug, mein Kieron. Er spürt, wenn Ärger droht.«

»Ich bin froh, dass er dazu bereit war. Ich hoffe, es hilft.«

»Ich auch.« Kim sah sich wieder um, und plötzlich schienen ihr Zweifel zu kommen. »Versprechen Sie mir, dass Sean nie erfährt, dass wir das freiwillig getan haben?«

»Ich verspreche es. Aber wie wollen Sie es Sean sagen, falls er nicht Kierons Vater ist?«

»Ich sage einfach, dass ich für den Test bezahlt habe.« Ihre Miene verfinsterte sich noch mehr. »Aber dann wird er es wohl sehen wollen – das Ergebnis –, und dann weiß er es.«

»Der Bericht kommt vom Labor, nicht von uns. Ich sorge dafür, dass nichts von Polizei drinsteht.«

»Danke.« Kim zögerte, bevor sie sich zum Gehen wandte. »Sie sagen so oder so Bescheid, oder?«

»So schnell ich kann, Kim«, sagte Lockyer, und sie eilte davon.

»Und bitte rufen Sie uns an, wenn er Ihnen Schwierigkeiten macht«, rief er ihr hinterher.

Kim sah sich noch einmal um, nickte aber nicht.

»Das hilft uns in Mickeys Fall aber nicht viel weiter, oder?«, stellte Broad fest, als Lockyer ins Büro zurückkam.

»Die DNA auf dieser Zahnbürste könnte eine enge Verwandtschaft zu der des Mörders haben.«

»Ja, aber wir haben keine DNA des Mörders vom Tatort zum Vergleich.«

Broad stand mit einem blauen Stift in der Hand am Whiteboard, auf dem sie bereits einige Namen notiert hatte. Es war bei ihnen noch nie zum Einsatz gekommen, die vorherigen Nutzer des Büros hatten es zurückgelassen. Broad sah ein wenig verlegen aus. »Ich dachte nur, es könnte helfen. Ein paar Namen aufschreiben, wer ein Motiv hat, wer nicht …«

»Legen Sie los, Gem«, sagte Lockyer. »Vielleicht können wir das Profil nutzen, um Hannington für etwas anderes einzubuchten. Wir nehmen ihn in den Schwitzkasten; bringen ihn dazu, über Mickey zu reden.« Es hörte sich nicht überzeugend an, und er spürte, wie sein Frust wuchs. Wegen eines strengen Verhörs würde ein Mann wie Sean Hannington nicht zusammenbrechen und gestehen. »Ich bringe Kierons Zahnbürste ins Labor und mache Druck wegen der weiteren kriminaltechnischen Untersuchungen«, sagte er. »Wenn Sie mit Ihren Notizen fertig sind, fangen Sie an, im Internet die Archive der Lokalzeitungen zu durchforsten.«

Lockyer fuhr in völliger Stille zum Cellmark-Labor. Keine Musik, kein Geplauder aus dem Radio. Er spürte, dass etwas bevorstand – vielleicht eine Erkenntnis über das Verbrechen, das Hedy Lambert hinter Gitter gebracht hatte, oder die Bestätigung seines Versagens. Die drohende Demütigung, dass er angewiesen wurde, die neuen Ermittlungen abzuschließen und mit etwas anderem weiterzumachen. Bei dem Gedanken, Hedy mitteilen zu müssen, dass er den Fall nicht weiterverfolgen würde, fröstelte ihn vor Unbehagen. Sie würde im Gefängnis bleiben, die Hoffnung zu Bitterkeit verkümmern, und er einen Weg finden müssen, damit zu leben.

Aber wenn er den wahren Mörder fand, konnte sie innerhalb weniger Monate entlassen werden und eine Million Pfund als Entschädigung für die unrechtmäßige Inhaftierung erhalten; schließlich hatte sie bereits über zehn Jahre gesessen. Dann hätte sie ein neues Leben. Mit dem Geld stünde ihr alles offen, sie würde nicht wie nach Verbüßung der Haftstrafe als Obdachlose aus dem Gefängnis kommen. Er fragte sich, ob sie wusste, was sie tun wollte. Ob sie jemals gewagt hatte, davon zu träumen.

Lockyer übergab Kierons Zahnbürste dem Labor und verlangte schnellstmöglich Ergebnisse – genau wie alle anderen es ebenfalls stets taten. Kurz sprach er noch mit einem Wissenschaftler über die Fingerabdrücke auf der Kassette – die Möglichkeit, dass neuere, bessere Techniken eine Übereinstimmung mit einem Abdruck fanden, was 2005 nicht möglich gewesen war. Wie wichtig es war, den Abdruck so schnell wie möglich an das Regionalarchiv für Fingerabdrücke zu schicken, um sie im NAFIS-Identifizierungssystem auf neue Übereinstimmungen zu überprüfen.

»Bitte haben Sie Verständnis, dass es für die Beteiligten schwerwiegende Folgen hat, wenn wir in diesem Fall keine brauchbaren kriminaltechnischen Beweise finden«, sagte er und versuchte, die Dringlichkeit deutlich zu machen.

»*Falls* es verwertbare Spuren gibt, werden wir sie finden, Inspector«, schnauzte der Wissenschaftler.

Als er aufs Präsidium zurückkam, war Broad nirgends zu sehen, und ihr Whiteboard-Abenteuer schien sie nicht viel weitergebracht zu haben. Sie hatte die Personen, die für sie von Interesse waren, in zwei Kategorien eingeteilt: diejenigen, die sich zum Zeitpunkt des Mordes im Haus befunden, und diejenigen, die sich außerhalb des Hauses aufgehalten hatten. Unter die erste Gruppe hatte sie geschrieben:

Roland Ferris. Motiv: Hat herausgefunden, dass Mickey nicht sein Sohn ist. Wütend/labil? Modus Operandi beim Mord – Angreifer körperlich schwächer als das Opfer?

Serena Godwin. Motiv: ? Behauptet, gewusst zu haben, dass Mickey nicht Harry war.

Miles Godwin. Motiv: ? Unbekannte Verbindung zu Mickey Brown? Wusste, dass Mickey nicht Harry war.

Paul Rifkin. Motiv: Wollte Mickey loswerden, hat wegen Gefängnis und Militär gelogen usw. Gefährdung von Geld/Job.

Tor Heath/Garvich. Motiv: ? Glaubt, dass Mickey Harry ist.

Hedy Lambert. Motiv: Labile Psyche. Ersatzrache. Um Roland Ferris zu schützen. Empörung über Verrat durch Lügner/Betrüger usw. Modus Operandi bei Mord – Angreifer körperlich schwächer als das Opfer?

Unter die zweite, wesentlich kleinere Gruppierung hatte sie geschrieben:

Sean Hannington. Motiv: Rache für Beleidigung/Ehrverletzung. Mutmaßlicher Gewaltverbrecher.

Unbekannter Freund von Hannington. Motiv: gezwungener/bezahlter Handlanger.

Beide oben genannten: Mögliche Unterstützung durch Rifkin/Ferris? Anmerkung: Nicht identifizierter Lieferwagen in der Nähe des Tatorts geparkt.

Unbekannte dritte Partei? Einheimischer, der sich in der Vergangenheit mit Harry Ferris angelegt hat?

Es war ein mutiger Versuch, ihre Fortschritte zu dokumentieren, aber jemand, der zufällig hereinsah, würde nur feststellen, dass sie bislang ausschließlich in Sackgassen gelandet waren. Weiter unten auf der Tafel war ein blauer Fleck, wo Broad etwas hingeschrieben und dann wieder weggewischt hatte. Lockyer kniff die Augen zusammen und entzifferte das Wort *Kriminaltechnik*. Fast hätte er gelacht. Sie hatte eindeutig entschieden, dass es unter dieser Überschrift nichts Erwähnenswertes zu vermerken gab. Vielleicht das Wort »nicht beweiskräftig«, aber das war alles.

Er nahm den Stift und zog die Kappe ab. Neben Rolands Namen schrieb er: *Verschweigt etwas. Polizeibesuch? Selbstmord von Helen Ferris?* Dann fügte er den Namen von Harry Ferris der Liste der Personen von außerhalb des Hauses hinzu und schrieb das Gleiche daneben. Hatte Miles Godwin Harry im Jahr 2005 von dem Betrüger erzählt? War Harry im Schutze der Dunkelheit zurückgekommen? Ein heimlicher Besuch mit einer geheimen Absicht ... Die Möglichkeit, dass Harry und Mickey sich vor langer Zeit gekannt hatten, beschäftigte ihn ebenfalls. Der Stift schwebte neben

Hedys Namen. Er überlegte, ob er *kein Typ, der jemanden umbringt* danebenschreiben sollte, überlegte es sich dann jedoch anders. Und er betrachtete die Bemerkung, dass der Modus Operandi auf einen schwächeren Täter hindeutete. Es könnte allerdings auch einfach bedeuten, dass der Täter Mickey keine Chance geben wollte, die anderen im Haus zu wecken. Lockyer atmete tief ein.

Seine Gedanken wurden von Broad unterbrochen, die mit einem Packen Papier in der Hand wieder auftauchte.

»Chef, ich musste Druckerpapier besorgen. Sehen Sie sich das an.« Sie war offensichtlich aufgeregt. »Ich glaube, ich habe etwas entdeckt.«

»Was, jetzt schon?«

»Vielleicht auch nicht, aber wird es nicht langsam Zeit, dass wir etwas Glück haben? Ich habe zwei Tage vor Harrys dreizehntem Geburtstag 1988 mit der Suche begonnen und mich dann weiter vorgearbeitet, und hier – das ist aus der *Wiltshire Times* vom Tag danach, dem dreizehnten Mai.«

Sie schob ihm den Ausdruck in die Hand. *Mädchen aus Pewsey bei Unfall mit Fahrerflucht getötet* lautete die Überschrift. »Pewsey?«, fragte er. »Das ist nicht einmal in der Nähe von Stoke Lavington.«

»Lesen Sie weiter, Chef«, sagte Broad. »Das ist aus der nächsten Ausgabe, eine Woche später. Sehen Sie – hier …« Die Geschichte hatte immer noch auf der Titelseite gestanden. Broad fuhr mit dem Finger über die Zeitungsspalte. »Hier. Dieser Teil.«

Lockyer las:

Im Zusammenhang mit dem Tod der achtjährigen Lucy White haben sich trotz der Aufrufe von Polizei und Familie noch keine Zeugen gemeldet. Gestern gab die Polizei bekannt, dass Farbproben, die an dem beschädigten Geländer gefunden wurden, auf einen dunkelgrünen

Oldtimer hindeuten, der mit Sicherheit vor 1960 gebaut wurde, möglicherweise sogar vor dem Krieg (siehe Bild unten). Die Polizei bittet jeden, der ein solches Fahrzeug in der Gegend kennt, sich so schnell wie möglich zu melden.

»Ein Oldtimer …«

Broad nickte. »Das könnte der Grund sein, warum unsere Kollegen mit den Ferris' gesprochen haben, oder?«

»Könnte sein. Versuchen Sie, noch mehr Details herauszufinden. Vielleicht im Archiv?«

»Läuft schon.«

Gestern Morgen, am 12. Mai, wurde ein achtjähriges Mädchen von einem Auto angefahren und getötet, als es von einer Reitstunde im benachbarten Manningford Bruce auf dem Heimweg Richtung Pewsey war. Der Fahrer des Fahrzeugs beging Fahrerflucht und wird polizeilich gesucht. Die Leiche des Kindes wurde später von einem Radfahrer im Bach neben der Woodborough Road gefunden und noch vor Ort als Lucy White identifiziert. Die Sanitäter konnten das Kind nicht wiederbeleben.

Eine offizielle Identifizierung steht zwar noch aus, aber laut Polizei ist die Familie des Mädchens bereits informiert. Die Polizei hat weiterhin erklärt, dass Fahrerflucht bei einem Unfall mit Todesfolge ein sehr schwerwiegendes Vergehen ist. Der betreffende Fahrer wird mit aller Härte des Gesetzes verfolgt, wenn er sich nicht sofort meldet und stellt. Unfallbeteiligte oder Zeugen mit Hinweisen jeglicher Art werden dringend gebeten, sich unverzüglich mit der Polizei in Verbindung zu setzen.

Im Ausdruck der späteren Ausgabe fand sich eine körnige Farbfotografie von Lucy. Lockyer hatte schon zu viele solcher Fotos gesehen. Grinsende Kinder mit Zahnlücken in ihren besten Kleidern, die hübsch frisierten Haare vom Spielen zerzaust. Sehr oft stellten Familien ein Foto zur Verfügung, das bei einer Geburtstagsfeier oder einem ähnlichen Ereignis aufgenommen worden war, vielleicht weil sich die Leute – damals jedenfalls – bei solchen Anlässen an ihre Kameras erinnerten; vielleicht, weil das Kind bei diesen Gelegenheiten so viel Freude ausstrahlte. Alle Wutanfälle und Gemeinheiten waren vergessen. Zuckersüß, im Mittelpunkt der Aufmerksamkeit, mit Haufen von zerrissenem Geschenkpapier im Hintergrund; oder mit Kerzen, die das Gesicht erleuchteten. Entweder das oder ein Schulfoto – zu ordentlich, zu gestellt, die Hände im Schoß gefaltet, die Haare zu Zöpfen geflochten. Aber immer noch so süß, dass es jedem einen Stich versetzte, der es auf der Titelseite sah. Das ganze Leben fortgenommen. Nur Scherben blieben zurück. Scherben dessen, was den Menschen einmal ausgemacht hatte, wie Hedy sagte.

Lucy White hatte langes hellbraunes Haar, ein spitzes Kinn und gerade, ernste Augenbrauen. Das Bild war draußen aufgenommen worden, sie blinzelte in die helle Sonne. Die Träger ihres blauen Sommerkleids waren auf den schmalen Schultern zu Schleifen gebunden. Sie lächelte verhalten, als ob sie sich nicht gerne fotografieren ließe. Lockyer stellte sich ein schüchternes Kind vor, das gern draußen war. Sie war auf dem Rückweg von einer Reitstunde gewesen, als sie getötet wurde. Vielleicht war sie der Typ Mädchen, der statt Sommerkleid lieber Gummistiefel und T-Shirt trug.

Lockyer starrte zu lange gedankenverloren auf das Bild. Er verwarf den spontanen Einfall, direkt zu Roland Ferris zu fahren und ihn damit zu konfrontieren. Es war noch zu vage, sie brauchten mehr Informationen. Vielleicht hatte Ferris nichts damit zu tun, aber er sollte an dem Morgen zu einer Oldtimer-Rallye aufbrechen. Lockyer wollte wissen, wo die Rallye stattgefunden und welches Auto er genommen hatte, und er vermutete, dass die Polizei 1988 nach Longacres gefahren war, um ihn genau das zu fragen.

Broad kam mit der Adresse vom Vater des Mädchens zurück, Malcolm White.

»Er wohnt noch in Pewsey«, sagte sie.

»Nur er?«

»Scheint so. Könnte dasselbe Haus sein.«

»O Gott, um seinetwillen hoffe ich das nicht.«

Sie hielten an der Woodborough Road, an dem Bach, an dem Lucys Leiche gefunden worden war. Es handelte sich um eine Landstraße ohne Fahrbahnmarkierungen, die knapp noch so breit und gerade war, dass dort regelmäßig zu schnell gefahren wurde. Lockyer hielt kurz hinter der Fundstelle an einem Weidetor an, und sie gingen zurück. Es gab keine Erhebung in der Straße, nichts, was darauf hinwies, dass es sich um eine Brücke handelte, nur ein weißes Geländer auf beiden Seiten. Der Bach war seicht, nur etwa eineinhalb Meter breit und wurde von verschlungenen Überresten des sommerlichen Gestrüpps flankiert. Broad starrte auf das schnell fließende Wasser, als versuchte sie, sich die zurückgelassene Leiche eines Kindes dort vorzustellen.

Lockyer trat einen Schritt zurück und sah nach oben. Die Bäume waren jetzt fast kahl, das Laub vermoderte am Straßenrand. Die Äste und filigranen Zweige, die sich schwarz vor dem weißen Himmel abzeichneten, berührten sich in der Mitte der Straße. Dort, wo sie das Auto geparkt hatten, waren sie wesentlich lichter.

»Im Sommer muss es hier sehr schattig sein«, sagte er. »Wenn man an einem sonnigen Tag aus dieser Richtung kommt, dauert es eine Weile, bis sich die Augen umgestellt haben. Vor allem, wenn man eine Sonnenbrille trägt.«

»Sie meinen, man könnte leicht ein Kind übersehen, das am Rand läuft?«, fragte Broad. »Das kann schnell passieren. Man muss nicht mal wie ein Idiot fahren.«

In diesem Moment raste ein Auto mit hoher Geschwindigkeit an ihnen vorbei. Sie wechselten einen Blick und gingen dann zurück zum Wagen.

Pewsey lag etwa elf Kilometer südlich von Marlborough, ein großes Dorf mit einer direkten Bahnverbindung nach London Paddington. Es war beliebt bei Pendlern, die in teuren historischen Häusern in Bahnhofsnähe, im Vale of Pewsey und in der unteren Ecke der North Wessex Downs wohnten. Eine wunderschöne Gegend. Flache Kreidebäche schlängelten sich durch sumpfige Wiesen, an denen sich vereinzelt Weiden über das Wasser neigten. Auf den umliegenden Hügeln standen hohe Buchen und Eichen, und wo das Land in eine tiefe Senke abfiel, wuchsen Schlehen, die im Frühjahr weiß blühten und im Winter den Frost abhielten. Das Dorf Pewsey selbst war weniger hübsch und jenen überlassen, die Schwierigkeiten hatten, Arbeit zu finden und ihre Tage herumzubekommen.

Malcolm White wohnte in der Haines Terrace – einer einstigen Arbeitersiedlung aus den 1940er-Jahren – in einem schlichten Backsteinhaus mit einem langen Vorgarten, der aus einer großen, ungepflegten Rasenfläche mit einer schlammigen Einfahrt auf der einen Seite und einer wild wuchernden Leyland-Hecke auf der anderen bestand. Es unterschied sich von seinen Nachbarn dadurch, dass es einen ziemlich vernachlässigten Eindruck machte und nicht modernisiert war – keine Anbauten, kein ausgebauter Dachboden, keine Doppelverglasung. Ein

1996er Toyota, der auf Backsteinen aufgebockt war und dessen Vorderrad auf der Beifahrerseite fehlte, war von Unkraut überwachsen.

Hinter der Haustür aus Milchglas zeichnete sich ein Schatten ab, dann öffnete ein grauhaariger, dünner Mann in abgewetzter Jeans und einem veralteten Manchester-United-Trikot. Er hatte die gebückte Haltung, die fahle Haut und das erschöpfte Aussehen eines Menschen, der seit Langem krank war. Er war unrasiert und barfuß. Die Füße waren blass und unansehnlich, die Zehennägel mussten dringend geschnitten werden.

»Malcolm White?«, sagte Lockyer.

Als sie sich vorstellten und ihm ihre Dienstausweise zeigten, schien er erst langsam zu begreifen, dann schlich sich ein misstrauischer, gehetzter Blick in seine Augen.

»Was ist los? Ist etwas passiert? Ist etwas mit Angie?«

Lockyer nahm den Geruch von abgestandenem Alkohol in seinem Atem wahr. Offenbar war er nicht im herkömmlichen Sinne krank, sondern Alkoholiker.

»Nichts dergleichen«, sagte Broad. »Wir sind vom Major Crime Review und arbeiten an einem alten Fall. Wir würden gerne mit Ihnen sprechen, wenn das für Sie in Ordnung ist?«

»Worüber?«

»Über Lucy«, sagte Lockyer.

Es war ein Wagnis. Malcolm starrte sie aus geröteten wässrigen Augen an, dann trat er zurück und bat sie herein.

Im Wohnzimmer stand eine dreiteilige schwarze Ledergarnitur mit durchgesessenen Polstern, die zum Teil bis zum Gurtband durchgescheuert war. Der gläserne Couchtisch und die Medienkonsole waren dreckig und voller Fingerabdrücke. Der hochflorige Zottelteppich, der an den viel benutzten Stellen platt getreten war, stand voll schmutziger Gläser und Becher. Lockyer spürte, wie seine Augen zu jucken begannen. Broad hustete, kramte dann in ihrer Tasche nach einem Taschentuch, putzte sich die Nase und entschuldigte sich dafür. Zu ihrer Erleichterung bot Malcolm ihnen nichts zu trinken an. Er führte sie zum Sofa und setzte sich auf die Kante eines Sessels, wobei er sich mit dem Körper an der Armlehne abstützte.

Er wirkte nervös und verzog das Gesicht fast so, als ob er einen Schlag erwartete. Seine Wangen waren hohl, die Augen lagen tief in den Höhlen, der Bauch war eingefallen. Er sah halb verhungert und niedergeschlagen aus.

»Sie untersuchen also Lucys Fall? Es hat sich schon ewig niemand mehr darum gekümmert«, sagte er. »Seit Jahren nicht mehr.« Er fuhr sich mit einer zitternden Hand über den Mund.

»Nicht ganz, fürchte ich«, sagte Lockyer. »Wir untersuchen einen anderen Fall und sind auf eine mögliche Verbindung zu Lucys Tod gestoßen.«

»Was für eine Verbindung?«

»Wir haben etwas Schwierigkeiten, die Akte über Lucys Tod zu finden«, sagte Broad entschuldigend. »Es könnte eine Weile dauern, falls sie ... archiviert wurde. Wir wollten Ihnen ein paar Fragen stellen, um uns ein Bild von den damaligen Ermittlungen machen zu können. Ist das in Ordnung?«

»Fragen Sie«, sagte Malcolm. »Aber Sie müssten mehr wissen als ich. Man hat uns damals schlecht informiert, vermutlich weil man nie etwas gefunden hat.«

»Es wurde also nie jemand verhaftet?«

»Nein. Eine Zeit lang gab es einen Verdächtigen, einen Einheimischen, dem ein Haufen Oldtimer gehörte. Aber er meinte, dass er an dem Morgen in die andere Richtung gefahren sei. Nicht in diese Gegend. Und man hat keinen Wagen in der richtigen Farbe bei ihm gefunden, und keinen, der beschädigt war.«

»Können Sie sich an den Namen des Mannes erinnern?«, fragte Lockyer.

»Sie wollten es uns nicht sagen, aber ich habe es gehört. Ich habe immer den Opferschutzbeauftragten am Telefon belauscht, nur so konnte ich etwas herausfinden. Ferris hieß er. Das habe ich nie vergessen. Wie das Riesenrad auf dem Jahrmarkt.«

Malcolm fuhr sich noch einmal mit der Hand über den Mund, dann stand er auf und verschwand in dem Raum, den Lockyer für die Küche hielt. Sie hörten, wie eine Flasche gegen Glas schlug, und nach einer langen Pause das klirrende Geräusch eines Glases, das auf die Arbeitsplatte gestellt wurde. Malcolm kam zurück und setzte sich ohne eine Entschuldigung oder Erklärung wieder hin. Nicht, dass das nötig gewesen wäre. Broad rutschte verlegen auf ihrem Platz herum.

»Wissen Sie von anderen Verdächtigen?«, fragte sie.

Malcolm schüttelte den Kopf. »Nein. Sie sagten, sie würden weitersuchen, das haben sie ständig gesagt. Aber das haben sie natürlich nicht getan. Nach ein paar Monaten ist der Opferschutzbeauftragte zu einem anderen armen Kerl weitergezogen, dessen Leben in Scherben lag, und das Telefon hörte auf zu klingeln.« Er zuckte mit den Schultern. »Sie konnten den Fahrer des Wagens nicht finden. So einfach war das.«

»Ich verstehe, wie erschütternd das für Sie gewesen sein muss«, sagte Broad. Es war die Art von Plattitüde, auf die normalerweise eine wütende Reaktion erfolgte, aber sie sagte es so, dass die Leute ihr zu glauben schienen.

Malcolm zuckte erneut müde mit den Schultern. »Das hätte sie auch nicht zurückgebracht, oder?«, sagte er. »Das Unglück war passiert.«

»Lebt Lucys Mutter noch mit Ihnen zusammen?«, fragte Lockyer.

»Angie? Himmel, nein. Ich habe sie so lange nicht mehr gesehen, dass ich kaum noch weiß, wie sie aussieht. Sie ist etwa ein Jahr nach dem Unfall abgehauen, und ich kann es ihr nicht übel nehmen. Es war meine Schuld, wissen Sie.«

»Eltern geben sich oft die Schuld, wenn …«

»Nein«, unterbrach Malcolm sie. »Es war meine Schuld.« Er verstummte, und Lockyer zweifelte, dass er noch etwas sagen würde, doch dann holte er zittrig Luft. »Sie war ein vernünftiges Kind, wissen Sie? Alter Kopf auf jungen Schultern. Wenn sie sagte, dass sie irgendwohin ging oder wann sie zurück sein würde, konnte man sich darauf verlassen, dass sie sich an ihr Wort hielt. Dass sie nicht schwänzte oder etwas Dummes anstellte. Jeden Samstag fuhr sie ganz brav mit dem Fahrrad zu ihrer Reitstunde. Dort traf sie ihre kleine Freundin, dann kamen sie zusammen zurück und spielten hier zu Hause. Angie hat samstags gearbeitet, in der Schalterhalle am Bahnhof. Ich war hier, brachte Danny zum Fußball, kümmerte mich um Vicky, mähte den Rasen, wusch die Wäsche, all diesen Mist. Aber an dem Samstag …«

Er starrte sie an, und auf seinem Gesicht spiegelte sich so viel Abscheu, dass Broad zurückwich. »An dem Samstag hatte sie einen Platten. Es muss auf dem Hinweg passiert sein, denn nach der Reitstunde war er platt wie ein Pfannkuchen. Das sagte sie zu mir – sie rief mich vom Reitstall aus an. ›Er ist platt wie ein Pfannkuchen, Dad.‹ Sie wollte, dass ich sie abhole, aber das wollte ich nicht. Du kannst zu Fuß gehen, sagte ich. Das wollte sie nicht. Sie jammerte ein bisschen, weil sie allein war – ihre Freundin war in der Woche nicht da, keine Ahnung, warum. Es ist doch kein Problem, sagte ich ihr. Es sind nur ein paar Kilometer, du kennst den Weg, du brauchst nur eine Stunde. Schieb dein Fahrrad, und ich repariere den Platten, wenn du zurückkommst.«

Inzwischen zitterten nicht mehr nur seine Hände, das Zittern hatte sich auf seine Schultern und seine Stimme ausgebreitet. »Also ist sie gelaufen. Denn ich hatte schon was getrunken und wollte nicht riskieren, sie mit dem Auto abzuholen. Ist das nicht Ironie des Schicksals oder wie auch immer man es nennen will? Sie ging zu Fuß zurück, weil ich dachte, es wäre sicherer für sie. Sie starb, weil ihr Vater ein Säufer und zu nichts nutze ist.«

Lockyer blickte zu Broad. Es gab keine einfache Antwort.

»Ist Ihre Ehe an Lucys Tod zerbrochen?«, fragte Broad.

»Was denken Sie? An dem Tag habe ich dem Alkohol abgeschworen, aber ich habe es nicht durchgehalten. Wie sollte das gehen? Nach dem, was ich getan hatte? Als ich gesehen habe, wie sehr die anderen beiden Lucy vermisst haben? Und ich habe sie auch so vermisst …« Er schüttelte den Kopf. »Ich habe mich selbst gehasst. Und Angie hat mich auch gehasst. Ich konnte es sehen. Es fühlen. Die Kinder zu nehmen und abzuhauen war das Klügste, was sie je getan hat.«

»Und Sie sind ganz allein hiergeblieben?«, fragte Broad.

»Wo sollte ich sonst hingehen? Eine Zeit lang habe ich noch versucht, mit Vicky und Dan in Kontakt zu bleiben, wenn ich trocken war. Sie sollten wissen, dass sie noch einen Vater haben, der sie liebt – und es immer tun wird. Aber ich blieb nie trocken, und als sie älter wurden, sind sie ihrer Wege gegangen. Ich hielt es für das Beste, sie ziehen zu lassen. Jetzt sehe ich sie nicht mehr, und von Angie höre ich auch nichts mehr. Ich hab gehört, dass sie wieder geheiratet und noch ein Kind bekommen hat. Das ist alles, was ich weiß.«

»Das muss sehr schwer für Sie gewesen sein.«

Malcolm nickte. »Aber der Gedanke, dass die Kinder irgendwo neu angefangen haben, hat ein bisschen geholfen, wissen Sie. Dass sie wahrscheinlich glücklich sind. Sie haben sogar den Mädchennamen ihrer Mutter angenommen, als sie meinen Namen abgelegt hat. Das hat mich ziemlich umgehauen, aber es war das Beste so. Kinder können sich von so etwas erholen, nicht wahr? Anders als Erwachsene.«

»Ja, ich glaube, das können sie«, sagte Broad.

Lockyer spürte, wie seine Augen juckten, spürte die bedrückende Atmosphäre von Verfall und Verzweiflung. Sosehr er das, was von dem Mann vor ihm noch übrig war, auch bedauerte, er konnte es nicht erwarten, von ihm wegzukommen. Seine Hoffnungslosigkeit fühlte sich an, als wäre sie ansteckend. Wie eine Grube, in die man fallen konnte. Er war in seinem Kummer und seinen Selbstvorwürfen ertrunken, während Lockyer es geschafft hatte, sich an sich selbst festzuklammern.

»Was machen Sie jetzt beruflich, Mr. White?«, fragte Broad.

»Ich mähe Rasen. Mache hier und da ein bisschen ... Gartenarbeit für die Stadt, solche Dinge. Unkrautvernichtung.«

»Wäre es möglich, Lucys Zimmer zu sehen?«, fragte Lockyer.

»Wie soll das helfen?«

»Ich weiß nicht, ob es hilft«, antwortete er. »Aber es wäre möglich.«

Malcolm machte eine vage Geste in Richtung Treppe. »Oben die zweite Tür links. Irgendwann habe ich angefangen, es auszuräumen. Nun ja, ich habe im Laufe der Jahre ein paarmal damit angefangen. Aber dann habe ich es nicht übers Herz gebracht und versucht, alles wieder einzuräumen. Es ist ein ziemliches Durcheinander.«

Broad warf Lockyer einen Blick zu und stand auf, um ihm zu folgen. Im Zimmer herrschte mehr als nur ein bisschen Durcheinander. Zwei Einzelbetten waren kahl, ohne Matratzen, und die Kopfenden aus Kiefernholz mit kleinen glitzernden Aufklebern bedeckt. Lockyer spürte, wie sich sein Magen zusammenzog, als er an den Aufkleber der Exeter Chiefs an Chris' Tür dachte. Andere

Möbelstücke waren übereinandergestapelt – ein selbst zusammengebauter Schreibtisch, zwei Stühle, ein Sitzsack, zwei rosa Nachttische.

Die Schranktüren standen offen und gaben den Blick auf eine Reihe Plastikkleiderbügel frei. Sieben schwarze Müllsacke standen herum, einer mit Kleidung und Bettwäsche, der andere mit Papieren und Schulheften, alten Zeitschriften und Comics. Ein paar Buntstift- und Bleistiftspäne waren herausgerieselt, wo die Tüte umgefallen war. Kopfhörerkabel eines Walkmans waren mit lila Schnürsenkeln zusammengeknotet. Die Vorhänge waren so ausgeblichen, dass ihre Streifen praktisch verschwunden waren. An den Wänden hingen immer noch aus Zeitschriften herausgerissene Poster, die mit brüchigem, vergilbtem Klebeband angebracht waren. Von der Sonne ausgebleichte Bilder von Pferden und Ponys wetteiferten mit Popbands um den Platz – Lockyer erkannte Bananarama, Kylie Minogue und Bros und vage einen androgynen Kerl mit einem Bürstenhaarschnitt und viel Make-up – Boy George oder Marc Almond vielleicht.

»Wonach suchen wir, Chef?«, murmelte Broad.

»Ich weiß es nicht.« Lockyer sah sich weiter im Raum um.

»Sie muss es sich mit ihrer kleinen Schwester geteilt haben«, sagte Broad und blickte auf die zwei Betten. Sie schwieg eine Weile. »Dann wissen wir wohl jetzt, warum die Polizei Ferris befragen wollte ...« Sie war ganz offensichtlich der Ansicht, dass sie ihre Zeit in dem unbewohnten Zimmer verschwendeten. Lockyer war geneigt, ihr zuzustimmen. Sie gingen zurück zur Treppe.

Malcolm fordert sie zwar auf, alleine hinauszugehen, stand dann aber auf und folgte ihnen, lustlos und gleichzeitig bedürftig.

»Der Fall, in dem Sie ermitteln, könnte also dazu beitragen, den Täter zu ermitteln?«, fragte er.

»Das können wir nicht mit Bestimmtheit sagen, fürchte ich«,

erwiderte Lockyer. »Aber wenn wir neue Hinweise erhalten, werden wir ihnen nachgehen, das verspreche ich.«

Malcolm räusperte sich, was einen Hustenanfall auslöste. »Ich habe mir all die Jahre die Schuld gegeben«, sagte er schließlich. »Und es *war* auch meine Schuld. Aber ich wünschte immer noch, der Dreckskerl, der sie angefahren hat, wäre hinter Gittern. Es war nicht richtig, abzuhauen und sie dort liegen zu lassen. Es war nicht richtig, einfach so weiterzumachen, als wäre sie ein Nichts.«

»Nein, das war es nicht«, stimmte Lockyer ihm zu und spürte tief in seinem Inneren, wie wahr diese Worte waren. »Meiner Erfahrung nach, Mr. White, können Menschen, die so etwas getan haben, nie einfach so weitermachen, als wäre nichts passiert. Das geht nicht. Es folgt ihnen wie ein Schatten. Es ruiniert ihr Leben, auch wenn sie es gut verbergen.« Er dachte an denjenigen, der Christopher niedergestochen hatte und ihn auf dem Bürgersteig verbluten ließ. Eine Entscheidung im Bruchteil einer Sekunde, eine einzige, verhängnisvolle Handlung – und beide hätten so leicht vermieden werden können.

Er hoffte, dass es sein Leben ruiniert hatte. Bei Gott, er hoffte es; denn es war alles, woran er sich klammern konnte. Die Möglichkeit dieses kleinen Fünkchens Gerechtigkeit. »Ich weiß nicht, ob das hilft.«

»Nicht so sehr, wie wenn der Dreckskerl gefasst würde«, sagte Malcolm. »Nicht so sehr, wie ihn bestraft zu sehen. Die Welt sollte wissen, dass er ein Mensch ist, der ein kleines Mädchen sterbend allein am Straßenrand zurücklässt.«

Darauf hatte Lockyer keine Antwort. Er nickte stumm und wandte sich zum Gehen.

15

TAG NEUNZEHN, DIENSTAG

Bevor Harry Ferris mit elf auf die Dauntsey's School kam, hatte er im Dorf die Grundschule besucht.

»Sehr zu meinem Missfallen«, sagte Roland, als Lockyer anrief, um ihn danach zu fragen. »Es war keine besonders gute Schule, aber Helen bestand darauf. Sie sagte, es sei wichtig für ihn, in der Nähe von zu Hause zu sein und Freunde in der Nachbarschaft zu haben, solange er klein sei.«

Lockyer erinnerte sich, dass Maureen Pocock ihm erzählt hatte, Helen habe sich geweigert, ein Kindermädchen einzustellen.

»Sie sagte, sie wolle nicht, dass er privilegiert aufwachse«, fuhr Roland fort. »Ich sagte, er *sei* privilegiert und habe das Recht auf die beste Ausbildung, die wir uns leisten könnten. Aber sie wollte nicht nachgeben.«

Es war nicht weit zur Grundschule von Stoke Lavington. Lockyer fuhr auf gut Glück hin und wurde auch ohne Termin zur Schulleiterin Mrs. Parr vorgelassen – eine dunkelhäutige junge Frau, deren rötlich schimmerndes Haar zu Zöpfen geflochten und auf dem Kopf zu einer komplizierten Frisur aufgetürmt war. Sie wirkte freundlich und geduldig, eindeutig nicht der Drachen, als den Serena die Vorgängerin aus Harrys Kindheit beschrieben hatte.

Der kurze Weg zu ihrem Büro, der durch Gänge führte, die nach Socken, Bleistiftspänen, Reinigungsmittel und Kartoffelbrei rochen, hatte in Lockyer Erinnerungen an seine eigene Schulzeit geweckt. Dieser Geruch, die wilden Kunstwerke an den Wänden, die Plakate, auf denen zu Hilfsbereitschaft und Freundlichkeit aufgerufen wurde. Reihen von Jacken, die an Reihen von Haken hingen. Er hatte einen Blick durch die Tür eines Klassenzimmers geworfen und war schockiert, wie klein die Kinder waren, die auf ihren winzigen Stühlen an halbhohen Tischen hockten.

»Wie kann ich Ihnen helfen, Inspector?«, fragte Mrs. Parr und lächelte ihn an.

»Ich versuche herauszufinden, ob ein kleiner Junge namens Michael Brown diese Schule besucht hat. Er könnte als Mickey bekannt gewesen sein.«

»Ich verstehe. Wann soll das gewesen sein?«

»Irgendwann zwischen 1980 und 1991«, sagte Lockyer.

»Nun, ich kann natürlich unsere Unterlagen prüfen, aber ich fürchte, Sie haben mich heute ungünstig erwischt – in zehn Minuten führe ich ein Bewerbungsgespräch für eine Vertretung in der dritten Klasse.«

Er reichte ihr seine Karte. »Das wäre sehr nett.«

»Natürlich«, sagte sie. »Es sei denn … Sie könnten sich auch einfach die Fotos ansehen.«

»Fotos?«

»In der Aula – meine Assistentin zeigt es Ihnen, wenn Sie möchten. Dort hängen alle unsere Klassenfotos seit Gott weiß wann gerahmt an den Wänden. Auf jeden Fall seit vor 1980. Sie werden Ihre Augen sehr anstrengen müssen, aber die Namen stehen alle darunter. Wenn einer in Klammern steht, heißt das, dass das Kind an dem Tag aus irgendeinem Grund nicht in der Schule war und nicht auf dem Foto abgebildet ist.«

Die Aula hatte einen leicht klebrigen Parkettboden und eine hohe, hallende Decke, an den Seiten waren Tische und Stühle gestapelt, und es roch nach gebratenen Zwiebeln, da es eine Verbindungstür zur Küche gab. Lockyer ging langsam an den Klassenfotos entlang, die teilweise in fünf Reihen übereinander hingen, bis er zum Jahr 1980 kam. Das Gesicht dicht vor der Scheibe, überflog er die Namen. *Harry Ferris*. Der betreffende kleine Junge saß im Schneidersitz auf dem Boden in der ersten Reihe; ordentlich zurechtgemacht, das Haar glatt gekämmt. Lockyer hätte ihn nicht wiedererkannt – es hätte irgendein dünner, dunkelhaariger kleiner Junge sein können. Mickeys Name stand nirgends. Er überprüfte 1981, immer noch kein Mickey. Der einzige Michael war ein Michael Bloomfield, zwei Jahre älter als Harry. Aber dann, wie aus dem Nichts, tauchte er auf: *Michael Brown*. Lockyer spürte ein Kribbeln im Nacken.

Er prüfte das nächste und das übernächste Bild. Mickey war 1982 und '83 dabei, dann verschwand er wieder. Lockyer betrachtete sein Gesicht auf dem körnigen Foto. Ein weiterer magerer, dunkelhaariger kleiner Junge, der auf dem ersten Bild in die Sonne blinzelte, auf dem zweiten aber grinste und seine fehlenden Vorderzähne zeigte. Er saß nicht neben Harry, war aber in derselben Klasse gewesen. Sie sahen sich auf jeden Fall ähnlich – war das damals jemandem aufgefallen? Hatten es die Jungs selbst bemerkt? Aber Mickey war ungepflegt, während Harry ordentlich zurechtgemacht war. Mickeys Krawattenknoten saß schief, sein Haar stand zottelig vom Kopf ab. Lockyer machte mit dem Smartphone ein möglichst scharfes Bild von jedem Foto, eine Nahaufnahme von Mickeys Gesicht.

Von der Schule aus fuhr Lockyer direkt zu Maureen Pocock in den Dorfladen. *Diese Frau ist ein Elefant, in mehr als einer Hinsicht.* Roland war recht hart in seiner Beurteilung gewesen, dachte Lockyer, doch er baute auf ihr Gedächtnis. Maureen saß etwas unsicher auf einem hohen Metallhocker, der den Platz hinter dem Tresen einnahm. Das Lächeln, das sie ihm schenkte, als er auf sie zukam, wirkte fast ein wenig anzüglich.

»Sie haben wohl Sehnsucht, was?«, fragte sie. »Cass ist heute nicht da.«

»Ich wollte zu Ihnen, Maureen.«

Sie grinste noch breiter. »Ist wohl mein Glückstag.«

Lockyer holte sein Smartphone hervor und öffnete das beste Bild von Mickey – das, auf dem er grinste. »Es hat sich herausgestellt, dass Harry Michael Brown kannte«, sagte er. Er reichte das Telefon Maureen, die ihre Brille aufsetzte und auf das Display schielte. »Das ist das Klassenfoto von 1983.«

»Wissen Sie was, Inspector?« Maureen beugte sich kurz vor und sah ihn dann an. »Ich glaube, ich erinnere mich an ihn.«

»Wirklich?« Genau das hatte Lockyer gehofft.

»Mit dem Namen hätte ich nichts anfangen können. Bin mir nicht sicher, ob ich ihn jemals wusste, aber jetzt, wo ich sein kleines Gesicht sehe ...«

»Waren er und Harry Freunde?«

»Das glaube ich nicht. Aber ich weiß natürlich nicht, was in der Schule lief. Nur, wie es bei Harry zu Hause war.«

»Ist er jemals in Longacres gewesen?«

»O ja. Er war auf einer von Harrys Geburtstagsfeiern.«

»Obwohl sie nicht befreundet waren?«

»Sie wissen ja, wie das ist, wenn die Kinder noch sehr klein sind – bis er neun oder zehn war, wurde die ganze Klasse eingeladen. Das war so üblich. Die Schule ist nicht besonders groß. Es geht nicht, ein paar arme kleine Kerle nicht einzuladen. Helen war da sehr energisch. Das bedeutete, dass ich immer dabei war, um ihr zu helfen – fünfundzwanzig Kinder, die im Garten herumlaufen, sind eine Aufgabe.«

»Professor Ferris war nicht dabei?«

»Sie machen wohl Witze! So was ist für ihn die Hölle. Als Harry älter wurde, machte er stattdessen Ausflüge und ließ sich verwöhnen, dazu lud er nur seine besten Freunde ein.«

»Aber Mickey war auf einer der früheren Feiern? Da sind Sie sicher?«

»Absolut sicher. Das war der Geburtstag, an dem Harry den Welpen bekam. Claypole. Ha! Blöder Name. Aber es war ja auch ein dummer Hund. Harrys siebter Geburtstag, nicht wahr? Oder der achte?«

»Der siebte«, bestätigte Lockyer. »Und Sie erinnern sich speziell an Mickey? Wie kommt das?«

»Nun, das kann ich Ihnen sagen. Zunächst einmal hieß er damals nicht Mickey. Er hieß Michael, und ich erinnere mich an ihn, weil er immer am Rand stand. Die anderen waren nicht besonders freundlich zu ihm, und er wirkte schüchtern und ein bisschen ... hibbelig. Er war neu an der Schule, während die anderen alle zusammen eingeschult worden waren. Ich habe mit Harry geredet und ihm gesagt, er solle netter zu ihm sein. Er antwortete mir: *Aber er hat Flöhe!* So sind Kinder eben. Sie können herzlose kleine Mistkerle sein. Michael roch, als müsste er mal gründlich geschrubbt werden. Und man konnte an seiner Kleidung, seinem Haar und seinen Zähnen sehen, dass man sich nicht richtig um ihn kümmerte. Er wohnte nicht im Dorf, also wohl in einem der Nachbardörfer – ich wette, in einer Sozialwohnung. Ich erinnere mich an das Grinsen mit der Zahnlücke. Ich behielt ihn im Auge und achtete darauf, dass er beim Picknick genug zu essen bekam. Ich sorgte dafür, dass sie ihn nicht ausschlossen.«

»Das war nett von Ihnen.«

»Nun ja.« Maureen verschränkte die Arme vor der Brust und rutschte auf ihrem Hocker herum. »Er tat mir halt leid. Er hat sich im Garten umgeschaut, als hätte er noch nie etwas so Großartiges gesehen. Und das Essen hat er sich reingeschaufelt, als hätte er Angst, dass es ihm jemand wieder wegnimmt.«

Sie überließ sich einen Moment lang ihren Erinnerungen.

»Dann wollte Harry *Räuber und Gendarm* spielen, also haben wir alle in zwei Teams aufgeteilt. Michael war ein Räuber, Harry Gendarm – klar. Die Räuber mussten sich alle verstecken, während die Gendarmen sich die Augen zuhielten und bis hundert zählten, dann mussten die Räuber so schnell in die Höhle zurücklaufen, dass sie nicht erwischt wurden. Sieger waren die Räuber, die es schafften, und die Gendarmen, die einen Räuber fingen – sie bekamen alle etwas Süßes.« Sie räusperte sich, und ihr Kinn bebte. »Michael schaffte es zurück in die Höhle. Ich stand dort, als er darauf zuraste – mein Gott, war der schnell! Ich stehe also da, und er kommt über den Rasen gestürmt, drei Gendarmen direkt hinter ihm, und ich habe nie sein Gesicht vergessen, als er an mir vorbeirannte. Blanke Panik. Er hatte Tränen in den Augen. Er lachte nicht, wirkte nicht siegessicher, nichts dergleichen. Er sah zu Tode erschrocken aus. Und ich weiß noch, wie ich dachte, dass dieser arme kleine Kerl das tatsächlich tun musste. Er musste wirklich flüchten.« Sie schüttelte traurig den Kopf. »Ich habe dafür gesorgt, dass er am Ende des Tages die beste Geschenktüte bekam, und habe ihm extra noch ein großes Stück Kuchen hineingepackt. Das hat er gesehen, und da hat er mir dieses Grinsen geschenkt. Dieses breite Grinsen, genau wie auf dem Bild, das Sie da haben.«

»Und ich wette, ich weiß, wo die Höhle war«, sagte Lockyer. »Es war die kleine Scheune draußen …«

Maureen stockte kurz, als sie die Bedeutung des Satzes erkannte. »Oh«, sagte sie mit Tränen in den Augen. »Sie glauben doch nicht etwa …? Oh, der arme Kerl.«

Die Akte über den Fall Lucy White kam per Kurier aus dem Archiv. Sie war jämmerlich dünn. Das Foto, das auf der Titelseite der Zeitung gewesen war, lag in der Mitte gefaltet bei. Lockyer klappte es auf. Auf dem Original stand Lucy neben einem anderen kleinen Mädchen, unauffällig und braunhaarig in schmuddeligen Reithosen und mit einem fragenden Blick. Lockyer starrte lange in Lucys Gesicht, dann las er die Akte durch. An einer Stelle musste er innehalten und sich abwenden.

»Was ist?«, fragte Broad.

»Sie ist nicht durch den Aufprall gestorben«, sagte er.

»Wie meinen Sie das?«

»Der Wagen ist mit einer Geschwindigkeit von ungefähr dreißig Meilen in der Stunde gefahren. Lucy wurden beide Beine und das Becken gebrochen; sie erlitt verschiedene Schnittwunden und Prellungen sowie einen harten, aber nicht schweren Schlag gegen den Kopf. Sie wurde zwar bewusstlos, aber keine ihrer Verletzungen war tödlich. Wenn sie sofort ins Krankenhaus gebracht worden wäre, hätte sie überlebt. Aber sie wurde in den Fluss geschleudert, und der Wagen ist weitergefahren. Lucy White ist ertrunken.«

»Shit«, sagte Broad.

»Ja. Shit.« Lockyer schüttelte den Kopf. »Wer auch immer es war – sie ist nicht durch den Unfall gestorben. Sondern weil derjenige nicht angehalten hat.«

»Gibt es sonst noch etwas Brauchbares für uns?«

»Keine Reifenspuren hinter der Fundstelle, nur davor, also hat der Fahrer stark gebremst, *nachdem* sie angefahren wurde, aber nicht vorher.«

»Er hat sie also nicht gesehen?«

»Möglicherweise nicht. Der Unfallermittler geht davon aus, dass der Wagen gegen das Geländer geprallt ist, dabei leicht beschädigt wurde und zum Stillstand kam, bevor er weiterfuhr.«

»Also wusste der Fahrer Bescheid. Er *wusste,* dass er es getan hat.«

»Ihr Fahrrad lag auf der Straße, wo sie es fallen gelassen hatte. Also ja, er wusste es. Er hatte Zeit, sich zu entscheiden, ob er zurückgehen und nachsehen oder wegfahren sollte, und traf die falsche Entscheidung. Lucy hatte ihren Walkman auf, also hat sie den Wagen vielleicht nicht gehört. Aber sie hätte wegen des Geländers auch nicht ausweichen können.«

»Mein Gott. Armes Kind.«

Wer auch immer sie angefahren hatte, musste in der Zeitung über sie gelesen haben, dachte Lockyer. Musste ihr Foto gesehen und gewusst haben, dass sie gestorben war. Er fragte sich, wie man damit weiterleben, wie man eine seelische Narbe dieser Art verbergen konnte. Wie konnte man überhaupt normal funktionieren, wenn man wusste, dass man so etwas getan hatte? Vielleicht hatte sich der Täter danach versteckt und umgeben von Büchern ein zurückgezogenes Leben geführt … Aber nein. Damals war Professor Ferris viel aktiver gewesen als jetzt – er hatte gelehrt, auf Kongressen und Feiern gesprochen und Bücher vorgestellt.

»Die Farbspuren von der Brücke waren die einzigen sichergestellten Spuren. Die vollständige Analyse ist hier, aber ich frage mich, ob die eigentlichen Proben überlebt haben.« Lockyer stand auf. »Kommen Sie. Roland Ferris hat gestern eine Bluttransfusion bekommen. Er sollte heute fit genug sein, um mit uns zu sprechen.«

Als sie in Longacres eintrafen, hatte es sich eingeregnet. In der Luft hing dichter Nebel, und es roch nach Laubmulch und Erde.

Lockyer und Broad betraten das Arbeitszimmer des Sterbenden, gefolgt von Harry Ferris und Paul Rifkin, die beide beteuerten, dass es dem alten Mann nicht gut genug gehe, um ihn zu befragen. Lockyer machte keine Anstalten, sich zu setzen. »Verzeihen Sie die Störung, Professor. Ich möchte gerne mit Ihnen über Lucy White sprechen.«

Lockyer und Broad sahen sofort, dass sie ins Schwarze getroffen hatten. Rolands Augen weiteten sich, und er ließ sich mit erschrockener Miene zurück in die Kissen sinken.

»Wer zum Teufel ist Lucy White?«, fragte Harry. Seine Stimme klang angestrengt, als wäre seine Kehle trocken.

»Ich glaube, Ihr Vater weiß es«, sagte Lockyer.

»Nein, das tue ich nicht«, flüsterte Professor Ferris.

»Als ich Sie gefragt habe, warum die Polizei 1988 bei Ihnen war, sagten Sie, Sie könnten sich nicht erinnern, also könne es nichts Wichtiges gewesen sein.«

»Und?«, schnauzte der alte Mann.

»Ich würde den Mord an einem kleinen Mädchen durchaus als wichtig bezeichnen«, sagte Lockyer. »Und es fällt mir sehr schwer zu glauben, dass Sie sich daran nicht mehr erinnern.«

»Das ist über dreißig Jahre her, Mann!« Roland hatte Mühe, sich im Bett aufzurichten, und sein wütender Blick sprang von einem Gesicht im Raum zum nächsten.

Paul trat zu ihm, teils um ihm zu helfen, teils um ihn zu beruhigen. »Professor, entspannen Sie sich bitte, so gut es geht. Legen

Sie sich zurück.« Roland wehrte ihn ab, tat aber, wie ihm geheißen. Paul wandte sich an Lockyer. »Er darf sich nicht so anstrengen, Inspector.«

Lockyer reagierte kühl. »Zwei Menschen wurden ermordet, Mr. Rifkin. Und einer hat sich das Leben genommen.« Er sah zu Harry Ferris, dann wieder zu Roland. »Auf dem Weg hierher ist mir klar geworden, Professor, dass der Tag, an dem sich Ihre Frau das Leben genommen hat, nicht nur Harrys Geburtstag war, sondern auch der zweite Jahrestag von Lucy Whites Tod.«

»Das hatte nichts damit zu tun!«, beharrte Roland.

»Haben Sie es ihr gesagt, oder hat sie es herausgefunden? Es stand natürlich in der Lokalzeitung, was passiert war und wann. Außerdem war das Auto beschädigt. Es hätte repariert werden müssen. Vermutlich umlackiert, da man am Tatort Farbe gefunden hat – am Geländer und in Lucys Wunden.«

»Das reicht!«, blaffte Harry.

Lockyer ignorierte ihn. »Sie hätten genug Zeit dazu gehabt, bevor die Polizei bei Ihnen vorbeikam, oder? Immerhin hatten Sie alles, was Sie dazu brauchten, draußen in der Remise. Konnte Helen vielleicht nicht mit dem Wissen leben, was Sie getan haben? Dass Sie das kleine Mädchen überfahren und nicht einmal angehalten haben? War sie damit überfordert, ein so schreckliches Geheimnis bewahren zu müssen?«

»Es gab kein Geheimnis! Ich habe nichts dergleichen getan.« Professor Ferris erholte sich von dem Schock. »Sie liegen völlig falsch.«

»Sie wurden verdächtigt …«, begann Broad.

»So wie jeder andere Kerl in der Gegend, der ein Auto aus Vorkriegszeiten hatte. Sie sind zu *allen* gefahren. Was blieb ihnen anderes übrig? Sie haben alle meine Autos überprüft, keines hatte die richtige Farbe, und keines war beschädigt.«

»Dann erinnern Sie sich also. Und zwar ziemlich gut«, stellte Lockyer fest.

»Ich habe es nicht erwähnt, weil es nicht das Geringste mit dem Tod des Mannes zu tun hat.«

»Wenn das so ist, warum haben Sie es uns dann nicht einfach gesagt?«, konterte Broad.

»Weil es nicht relevant war.« Roland biss stur die Zähne zusammen.

»Das haben Sie nicht zu entscheiden, Professor«, erklärte Lockyer.

Er wusste aus der Akte, dass Roland die Wahrheit sagte – die Polizei hatte alle Besitzer von Oldtimern in der Gegend überprüft. Ihre Aufgabe wurde durch zwei Oldtimertreffen erschwert, die an jenem Wochenende stattfanden – eins in Blandford in Dorset, an dem Roland Ferris teilgenommen hatte, und ein weiteres, kleineres in Marlborough. In Wiltshire wimmelte es an dem Tag, als Lucy angefahren worden war, von Oldtimern aus der Vorkriegszeit, die aus dem ganzen Land und sogar aus dem Ausland gekommen waren.

»Was soll der Tod dieses Mädchens im Jahr 1988 mit dem Mord an einem Obdachlosen im Jahr 2005 zu tun haben?«, fragte Harry Ferris.

Lockyer und Broad drehten sich zu ihm um. Seine Haltung war abwehrend wie immer. Die Arme verschränkt, das Kinn angehoben. »Das wissen wir noch nicht«, sagte Lockyer. »Dieses Jahr taucht einfach immer wieder auf. 1988. Das Einzige, was Mickey Brown in seinem Besitz hatte, war eine Kassette von 1988. *Voyage, Voyage* von Desireless. Erinnern Sie sich an den Song?«

Harry sah verwirrt aus. »Nein. Ich kann mich nicht wirklich daran erinnern, was für Musik ich damals gehört habe.« Er runzelte die Stirn. »Ich mochte Heavy Metal, glaube ich – oder das, was ich für Heavy Metal hielt. Def Leppard, Bon Jovi, so etwas in der Art. Eigentlich nicht sehr heavy, aber ich fand es cool.« Er sah seinen Vater an und zeigte ein seltenes Lächeln. »Du hast mein Guns-N'-Roses-Album beschlagnahmt, erinnerst du dich daran? Zu viele Schimpfwörter.«

»Habe ich das?«, fragte Roland. »Ich war ein Tyrann. Es tut mir leid, mein Junge.«

»Ich bin darüber hinweggekommen«, erwiderte Harry.

»Welches Auto sind Sie bei der Oldtimer-Rallye gefahren?«, fragte Lockyer. »Und warum war das wichtiger als der dreizehnte Geburtstag Ihres Sohnes?«

»Es war ein 1947er Rolls Royce Silver Wraith.« Roland blickte Lockyer an. »Kirschrote Seitenverkleidung, sonst tiefschwarz. Und es war wichtig, weil ein amerikanischer Sammler zur Messe nach Dorset gekommen war und mich kontaktiert hatte. Er wollte zwanzig Riesen ausgeben – Gott weiß, was das in heutigem Geld wäre, aber es war viel. Und wir brauchten es.« Er blickte auf seine Hände, die auf der Decke lagen, drückte fest die Daumen zusammen und mahlte lautlos mit den Zähnen. Doch dann sah er wieder zu Harry. »Ich wünschte bei Gott, ich wäre nicht gefahren. Ich dachte nur ... ich dachte, wenn er ihn sieht, muss er ihn einfach kaufen. Der Wagen war eine Schönheit.«

»Ich erinnere mich daran«, sagte Harry. »Du hast das Ding ewig restauriert – ein ganzes Jahr lang.«

Auch bei Lockyer klingelte etwas. Das Bild, das ihm aufgefallen war, als er das erste Mal nach Longacres zurückgekehrt war, von Helen und Harry unten im Hof. Er hatte keine Ahnung, wie ein Silver Wraith aussah, aber das Auto auf dem Foto war rot und schwarz gewesen, da war er sich sicher.

Roland sah Lockyer durchdringend an. »Ich bin an dem Tag

frühmorgens nach Blandford gefahren. Das liegt südwestlich von hier, falls Sie das nicht wissen. Und ich bin bestimmt nicht erst zwanzig Kilometer Richtung Nordosten gefahren, wo das Kind angefahren wurde. Aber das muss doch alles in den Polizeiberichten stehen, falls Sie sie gelesen haben.«

»Ich höre die Dinge gern direkt.« Lockyer beobachtete Roland unentwegt, und der Sterbende sah ihn an, ohne etwas zu sagen. »Und hat der Sammler den Wagen gekauft?«

»Das hat er. Er hat bestätigt, dass ich auf der Messe war. Seine Daten müssen in der Akte sein. Keine Ahnung, wo er heute wohnt und ob er noch lebt, falls Sie es direkt von ihm hören wollen.«

»Wie sind Sie nach Hause gekommen?«, fragte Broad.

»Ein Freund hat mich in seiner DB5-Limousine zurück nach Salisbury gefahren. Von dort habe ich den Bus genommen, was ein kleiner Abstieg war.«

»Warum haben Sie nicht Ihre Frau angerufen, damit sie Sie abholt?«

»Das habe ich versucht, aber es ging niemand ans Telefon. Wahrscheinlich war sie im Garten oder mit Harry in Devizes, um mit ihm einen Geburtstagstee zu genießen. Das waren die Zeiten vor den Handys, Constable.«

»Vielleicht wollte sie nach dem Streit nicht mehr mit Ihnen reden?«, warf sie ein.

»Vielleicht«, sagte Roland ungerührt. »Helen fuhr jedenfalls nur ungern. Sie wäre bei dem Gedanken entsetzt gewesen, den ganzen Weg nach Blandford – oder auch nur nach Salisbury – zurückzulegen, um mich abzuholen. Und in Anbetracht unseres Streits darüber, dass ich überhaupt hingefahren war, hätte sie sich wahrscheinlich geweigert.«

»Warum, glauben Sie, hatte Mickey Brown eine Kassette von

1988 in seiner Tasche, wenn er sonst nichts besessen hat?«, fragte Broad.

»Ich habe nicht die geringste Ahnung, Constable.«

»Mich erstaunt es«, sagte Lockyer. Er wandte sich an Harry und Paul. »Würden Sie uns bitte allein lassen?«

»Wie lange wollen Sie ihn noch auf diese sinnlose Weise drangsalieren?«, schnauzte Harry. »*Sie* sollten gehen.«

»Wenn ich fertig bin. Es sei denn, Ihr Vater möchte lieber auf dem Präsidium weitermachen.«

Der Professor winkte ab. »Der Mann soll sich das von der Seele reden, Harry. Lange kann es ja nicht mehr dauern, denn hier wird er nichts Nützliches erfahren.«

»Sie könnten ihn umbringen, wissen Sie das?«, sagte Harry, bevor er ging. »Buchstäblich.«

Da sie nur noch zu dritt im Zimmer waren, zog Lockyer einen Stuhl ans Bett. Broad blieb neben dem Schreibtisch stehen, um ihm Platz zu lassen.

»Ich glaube nicht, dass es ein Zufall war, dass die Kassette bei Mickeys Leiche zurückgelassen wurde. Ich glaube, es hatte etwas zu bedeuten«, sagte er.

»Ach ja?«, murmelte Roland.

»Sie wollten glauben, dass Mickey Harry war, nicht wahr, Professor?«

In die Augen des alten Mannes trat ein trauriger Ausdruck. »Das wollte ich. Ja.«

»Bis zum Schluss? Bis wir es nach seinem Tod überprüft haben?«

»Ja.«

»Sie sind oft zu ihm hinausgegangen, in den Garten, in die Scheune. Worüber haben Sie gesprochen?«

»Um Himmels willen, Inspector. Worüber redet man? Ich

habe keine Ahnung. Darüber, wo er gewesen war, denke ich. Was mit ihm geschehen war.«

»Über die alten Zeiten? Seine Kindheit? Seine Mutter?«

»Vielleicht, ja. Ich erinnere mich nicht.«

»Ich frage mich, ob Sie mit ihm darüber gesprochen haben, warum Helen sich umgebracht hat. Ob Sie versucht haben, ihm das mit Lucy White zu erklären.«

»Ich habe Ihnen bereits gesagt ...« Rolands Stimme bebte.

»Ich frage mich, ob Sie ihm erzählt haben, was an jenem Tag passiert ist – an seinem dreizehnten Geburtstag. Und warum danach für Sie und vor allem für Helen das Leben aus den Fugen geraten ist.«

»Nein. Sie liegen völlig falsch.«

»Und dann frage ich mich, ob Sie herausgefunden haben, dass Mickey gar nicht Harry war. Er war ein Hochstapler, ein Pavee, der im Gefängnis gesessen hatte, und ein Ex-Junkie. Rifkin kannte seine wahre Identität. Miles wusste die ganze Zeit, wo sich Harry wirklich aufhielt, und Serena hat nie geglaubt, dass er Harry war.«

Lockyer beobachtete, wie Roland erschrocken schwieg und diese Nachricht verarbeitete. »Hedy wusste es«, fügte er hinzu.

»Hedy? *Hedy* wusste es?« Roland klang verblüfft.

»Mickey hat ihr ein paar Tage vor seinem Tod seine wahre Identität gestanden. Sie hat ihm gedroht, es Ihnen zu sagen, wenn er es nicht selbst täte. Und ich frage mich, ob sie das getan hat. Oder *er*.«

»Nein ... nein, das wusste ich nicht ...«

»Denn wenn Sie ihm etwas über Lucy White gestanden hätten, nur um später herauszufinden, dass er gar nicht Ihr Sohn war ...«

»Sie fabulieren, Inspector. Das ist alles.«

Der alte Mann atmete schnell und geräuschvoll durch den Mund ein und aus, sein Brustkorb hob und senkte sich sichtbar.

Broad bewegte sich unruhig. »Chef ...«

»Sie hatten Ihr Geheimnis damals siebzehn Jahre lang bewahrt. Ich kann mir vorstellen, dass Sie *alles* getan hätten, um es weiterhin zu bewahren. Hat Mickey versucht, Sie zu erpressen?« Lockyer ließ die Frage einen Moment wirken. »Die ursprüngliche Ermittlung ging davon aus, dass der Mord an ihm im Schlaf begangen worden ist, weil sein Angreifer womöglich körperlich schwächer war. Das hat zur Verurteilung von Hedy Lambert beigetragen. Aber Hedy war nicht die einzige Person im Haus, die körperlich schwächer war als Mickey, nicht wahr, Professor?«

»Reine Spekulation, Inspector. Sie liegen mit alldem falsch.« Die Augen des alten Mannes glänzten, und sein Blick huschte unruhig umher, die Hände hatte er so fest verschränkt, dass die Knöchel weiß hervortraten. Lockyer konnte nicht sagen, ob er verängstigt oder wütend war. Vielleicht beides.

»Dass Frischhaltefolie um den Griff des Messers gewickelt war, um keine Abdrücke zu hinterlassen ... das würde auf eine plötzliche, spontane Entscheidung hindeuten, vielleicht von jemandem aus dem Haus.«

»Ich bestehe darauf, dass Sie jetzt gehen«, sagte Roland. »Ich fühle mich nicht wohl.«

Lockyer stand auf. »Gut, Professor. Aber wir kommen wieder, um noch einmal mit Ihnen zu sprechen. Und mit Ihrem Sohn.« Lockyer griff in die Akte, die er mitgebracht hatte, und nahm den Ausdruck aus der *Wiltshire Times* heraus. Den mit Lucy Whites Foto auf der Titelseite. »Behalten Sie das hier«, sagte er.

Roland Ferris betrachtete das Bild einen Moment lang und wandte sich dann ab. »Dieses Kind ...«, sagte er leise, »ich bin nicht für dieses Kind verantwortlich.«

Sie fanden Harry in der Küche, wo er an der Hintertür stand und auf die Scheune hinausblickte. Irgendwo im Haus konnten sie Paul telefonieren hören. Harry hatte die Arme verschränkt und rührte sich nicht. Lockyer musterte die Szene und sah die Spüle, an der Hedy so oft gestanden hatte. Den Abtropfkorb, auf dem sie das Messer liegen gelassen hatte. Die Schlüssel, die immer noch an dem Nagel neben der Tür hingen. Draußen der gepflasterte Weg, über den sie so oft gegangen war, um Mickey Brown Essen zu bringen. Oder einfach nur, um ihn zu sehen, wie Broad gesagt hatte. Ihm nah zu sein. Gefühle für ihn zu entwickeln, die auf grausame Weise verraten werden sollten.

»Haben Sie den Namen Lucy White wirklich noch nie gehört?« Lockyers Stimme war laut und eindringlich.

Harry zuckte zusammen, drehte sich halb um und schüttelte dann den Kopf. »Nein. Und mein Vater hatte nichts mit ihrem Tod zu tun.«

»Mr. Ferris, Sie waren damals noch ein Kind. Menschen verbergen Dinge vor ihren Kindern.«

»Ich war dreizehn.« Harrys Stimme klang seltsam tonlos. »Ich mag klein für mein Alter gewesen sein, aber ich war nicht dumm. Ich hätte es gewusst.«

»Vielleicht wussten Sie es ja«, sagte Lockyer.

Harry sah ihn finster an. »Ich habe Ihnen gerade gesagt ...«

»Ich meine nicht, dass Sie *genau* wussten, was passiert war. Aber ich glaube, Sie wussten etwas – *spürten* etwas. Zu der Zeit haben Sie begonnen zu rebellieren, oder? Und das bedeutet normalerweise, dass ein Kind von etwas beunruhigt ist. War es die Veränderung zwischen Ihren Eltern, die Sie beunruhigt hat, Harry? Vor allem bei Ihrer Mutter?«

»Sie haben wirklich keine Ahnung, wovon Sie reden, oder?«, sagte Harry.

Lockyer bemerkte den Ausdruck in seinen Augen, seinen angespannten Kiefer. Er fragte sich, ob Harry Ferris ihnen tatsächlich etwas sagen wollte. »Dann erzählen Sie es mir«, forderte er ihn auf.

Harry starrte wieder auf die Scheune hinaus. »Da gibt es nichts zu erzählen. Jedenfalls nichts, was ich teilen möchte oder was Sie etwas angeht.«

Lockyer trat ein paar Schritte näher, um zu betrachten, was Harry sah. Die abgenutzten Holztüren, die in den Angeln hingen, die Dunkelheit im Inneren, zu der das fahle Tageslicht nicht durchdrang. Er fragte sich, ob Harry das Bild von seiner Mutter, die dort hing, jemals verlassen hatte oder ob es auch nur verblasst war. War seine lange Abwesenheit von Longacres nur ein Versuch gewesen, Abstand zwischen sich und ein derart traumatisches Ereignis zu bringen? Lockyer wusste nur zu gut, wie ein solches Ereignis das restliche Leben prägen konnte. Wie eine Tochter durch einen unachtsamen Autofahrer zu verlieren. Einen Bruder durch einen zufälligen Messerangriff. Wie von einem betrügerischen Liebhaber in horrende Schulden getrieben zu werden und über ein Jahrzehnt für etwas im Gefängnis zu sitzen, das man nicht getan hatte.

»Sie kannten Mickey Brown übrigens«, sagte Lockyer.

Harry drehte sich um, jetzt war er wieder wütend. »Ich habe Ihnen bereits gesagt, dass ich ihn nicht kannte.«

»Vielleicht erinnern Sie sich nicht mehr an ihn, aber er war in der Grundschule in Ihrer Klasse. Nur für zwei Jahre, kurz vor oder nach Ihrem siebten Geburtstag. Er war auf der Feier zu Ihrem siebten Geburtstag, um genau zu sein. In dem Jahr, als Sie Claypole bekamen. Und *Räuber und Gendarm* in der Scheune gespielt haben.«

Harry runzelte die Stirn. »Ich … Sind Sie sicher?«

»Ganz sicher. Hier.« Er zeigte Harry die Bilder auf seinem Handy. »Er sieht Ihnen sehr ähnlich. Ich bin überrascht, dass Sie sich nicht an ihn erinnern.«

»Er sieht mir kein bisschen ähnlich«, murmelte Harry.

»Sie sind nicht in Kontakt mit ihm geblieben? Sind ihm später nicht noch mal begegnet?«

»Nein. Ich kann mich ehrlich gesagt überhaupt nicht an ihn erinnern.« Harrys leichte Verblüffung über dieses Versagen schien echt zu sein. »Aber meine Mutter hat mich immer gezwungen, die ganze Klasse einzuladen, also ...« Er zuckte die Schultern. »Was ist danach mit ihm passiert? Wo ist er hingegangen?«

»An keinen guten Ort«, sagte Lockyer. »Ich glaube, er kam 2005 mit Absicht hierher. Er war auf der Flucht vor einem sehr gefährlichen Mann. Soweit ich weiß, ist er sein ganzes Leben lang vor gefährlichen Menschen geflohen. Ich glaube, er kam her, weil er sich daran erinnert hat, dass er sich als Kind einmal in dieser Scheune versteckt hatte.« Lockyer deutete mit dem Kopf auf das Gebäude jenseits des Fensters.

Harry wandte sich ab. Es interessierte ihn nicht, das sah Lockyer. Es war ihm gleichgültig – Mickey Brown war ihm gleichgültig und aus seinem Gedächtnis so vollkommen verschwunden, wie er von den Schulfotos verschwunden war.

Auf einen vernachlässigten Jungen, der in ärmlichen Verhältnissen aufwuchs, der schlecht versorgt, schlecht gekleidet und schlecht ernährt war, musste Longacres wie eine andere Welt gewirkt haben. Es musste ihm vorgekommen sein, als wäre er nach Narnia geraten. Harry Ferris hatte eine liebevolle Mutter und ein Hündchen, und der Kuchen hier war dreimal so groß wie sein eigener Kopf. Er lebte in einem Haus mit mehr Zimmern, als eine Familie überhaupt bewohnen konnte, mit einem parkähnlichen Garten – mit Schaukeln, Rutschen und einem Klettergerüst.

Scheunen zum Verstecken, Bäumen zum Klettern. Ein Paralleluniversum voller Überfluss und Sicherheit, das Mickey für eine quälend kurze Zeit besuchen durfte. Kein Wunder, dass es einen Eindruck hinterlassen hatte, dass er sich noch Jahre später an diese Scheune erinnern konnte und daran, wo die Außentoilette war. Auf keinen Fall hätte Roland Ferris gewollt, dass fünfundzwanzig kleine Kinder zum Pinkeln ins Haus kamen.

Lockyer wandte sich ab und ließ Harry mit seinen Gedanken allein.

Paul Rifkin kam die Treppe heruntergelaufen, als Lockyer und Broad sich auf den Weg zur Haustür machten. Er telefonierte immer noch, kam aber gerade zum Ende.

»Ja. Ja, das wäre schön, Ms. Garvich. Entschuldigen Sie – *Professor* Garvich«, sagte er. »Bis dann. Auf Wiederhören.« Er blickte finster zu Lockyer und Broad. »Professor Ferris ist erschöpft«, sagte er.

»Und dennoch hat er die Energie, weiteren Besuch zu empfangen?«, fragte Broad.

»Ja, am Donnerstag. Die kleine Tor Heath ist jetzt selbst Professorin, kaum zu fassen. Erinnern Sie sich an sie, Inspector? Bestimmt. Ich frage mich, wen sie gevögelt hat, um so weit zu kommen?«

Broad reagierte gereizt. »Vielleicht hat sie es sich verdient, weil sie gut in ihrem Job ist.«

»Vielleicht«, sagte Paul. »Aber ich bezweifle es.«

»Auf Wiedersehen, Mr. Rifkin«, sagte Lockyer. »Ich nehme an, wir sehen uns bald wieder.«

»Es sieht ganz danach aus, ja.« Paul zog die Augenbrauen hoch. »Früher oder später müssen Sie sich jedoch damit abfinden, dass all Ihre Nachforschungen nichts ergeben, weil es nichts zu finden gibt.«

»Das glaube ich nicht«, sagte Lockyer. »Oh, und nur damit Sie es wissen, ich fürchte, ich war gezwungen, Professor Ferris mitzuteilen, dass Sie 2005 die ganze Zeit die wahre Identität von Mickey Brown kannten. Er wird Sie vielleicht danach fragen, wenn er wieder aufwacht.«

Pauls Gesicht verfinsterte sich, und Broad und Lockyer gingen, ehe er Worte für seine Empörung fand.

Auf der Rückfahrt war Broad schweigsam. Lockyer hoffte, dass sie nicht gleich sagen würde, dass sie Paul Rifkin zustimmte. Denn sie hatte selbst schon mehr als einmal zu bedenken gegeben, dass sie womöglich nach etwas suchten, das gar nicht da war. Der Gedanke bereitete ihm ein mulmiges Gefühl. Aber er weigerte sich, es zu glauben, auch wenn er wusste, dass sein Widerwillen persönlicher und nicht professioneller Natur war und darum bei den Ermittlungen fehl am Platz.

»Komische Vorstellung, dass Mickey absichtlich dorthin gegangen ist, oder?«, sagte sie schließlich. »Dass er Longacres kannte, meine ich. Dass er sich nach all den Jahren, in denen er herumgereist war und Schulen und Einrichtungen wechselte, daran erinnert hat.«

»Und nur Maureen Pocock kann sich an ihn erinnern.«

»Da sieht man mal wieder ...«

»Was?«

»Na, Harry Ferris hatte alles. So muss es für Mickey ausgesehen haben. Aber dann, nur ein paar Jahre später, lief auch für Harry alles schief.«

»Erinnern Sie sich an das alte Sprichwort, dass man mit Geld kein Glück kaufen kann, Gem?«

»Ja, ich weiß.« Sie hielt einen Moment inne. »Es wäre aber schön gewesen, wenn es für Mickey besser gelaufen wäre. Finden Sie nicht?«

Lockyer nickte. *Der arme kleine Kerl musste das wirklich tun. Er musste wirklich flüchten.* Im Alter von sieben Jahren. Er konnte es sich nicht vorstellen. Wie konnte jemand einer solchen Kindheit entkommen?

»Chef ...«, sagte Broad einige Minuten später. »Könnte die Kassette nicht einfach nur eine Kassette sein? Ich meine, die Verbindung zwischen Michael Browns und Lucy Whites Tod ... Wir haben einfach nichts Konkretes, oder?«

»Noch nicht«, sagte er.

»Ich verstehe einfach nicht, wie das zusammenhängen soll.« Broad schüttelte den Kopf. »Der Song war 1988 ein Hit, im selben Jahr, in dem Lucy getötet wurde. Aber das war's auch schon. Es könnte ein totaler Zufall sein.«

»Im selben Jahr beginnt Harry, sich auffällig zu verhalten. Am selben Tag zwei Jahre später nimmt Helen Ferris sich das Leben.«

»Aber unsere Leute haben Roland Ferris' Alibi zum Zeitpunkt des Unfalls überprüft. Er *war* in Dorset, und zwar mit dem Auto, mit dem er behauptete, dort gewesen zu sein. Der Kerl hat es ihm abgekauft ... er hat ein Alibi, Chef.«

»Ich weiß. Ich habe die '88er-Akte gelesen. Sie hatten es besonders auf ihn abgesehen, weil er von allen Oldtimerbesitzern im Umkreis von dreißig Kilometern um Pewsey als Einziger die Mittel hatte, einen Wagen selbst umzuspritzen, und das, falls nötig, sehr schnell. Und sie haben nie genau festgestellt, *wann* er bei der Rallye eingetroffen ist. Er könnte schon früher am Morgen mit einem anderen Auto losgefahren sein.«

»Aber warum sollte er das tun?«

»Ich weiß es nicht – um ihn zu testen? Den Motor einzufahren?«

»Okay, er fährt also früh mit einem grünen Auto los, stößt mit Lucy zusammen, eilt zurück und versteckt es, um dann mit dem silbernen Wraith nach Dorset zu fahren. Er kommt rechtzeitig zurück, um den Schaden zu reparieren, bevor wir die Lackanalyse abgeschlossen haben und bei ihm vorbeikommen. Helen hält das nicht aus, es trägt zu ihrem Selbstmord bei und führt zu Harrys Weggang. Dann taucht Harry siebzehn Jahre später wieder auf, zumindest glaubt Roland das. Er erzählt Mickey, was passiert ist, findet dann heraus, dass Mickey nicht Harry ist, und tötet ihn, damit sein Geheimnis nicht herauskommt.«

»Das können wir nicht ausschließen, oder?«

»Warum hinterlässt er dann eine Kassette bei der Leiche, die irgendwie mit Lucy in Verbindung steht? Ich meine, warum in aller Welt sollte er das tun?«

»Zum Gedenken? Als Symbol?« Lockyer schwieg eine Weile. »Roland Ferris ist kein abgebrühter Mörder. Ich bin sicher, er fühlte sich furchtbar wegen Lucy – nicht so furchtbar, dass er bereit war, für seine Tat ins Gefängnis zu gehen, aber vielleicht wollte er sie irgendwie würdigen.«

»Indem er etwas bei der Leiche eines Mannes hinterlässt, den er gerade ermordet hat und der sich nichts hat zuschulden kommen lassen, außer dass er nicht Harry Ferris war?«

»Ich ... Nun, vielleicht ist die Kassette nicht relevant«, sagte er niedergeschlagen. »Aber da ist etwas, Gem. Irgendetwas ...«

Lockyer fuhr schweigend weiter, spürte, wie sein Frust wuchs und seine Gedanken immer wirrer wurden. Er musste einen klaren Kopf bekommen – durch stupide körperliche Arbeit oder einen nächtlichen Spaziergang. Aber im Moment konnte er nichts tun, als die Puzzleteile so lange hin- und herzuschieben, bis er das Muster erkannte. In seinem Kopf sah es genauso chaotisch aus wie in Lucy Whites Schlafzimmer – er dachte an die aufgeblähten schwarzen Säcke, die durcheinandergeworfenen Möbel, die verhedderten Schnürsenkel und die verblichenen Pop-Poster.

»Shit«, sagte er.

Broad sah ihn aufmerksam an. Sie fuhren schnell auf der A361 zurück nach Devizes. Lockyer sah einen Feldweg am Straßenrand, trat abrupt auf die Bremse und wich scharf darauf aus. Das Auto hinter ihnen fuhr hupend an ihnen vorbei.

»Was ist los?«, fragte Broad.

»Die Poster«, sagte Lockyer. Er holte sein Handy heraus, wartete auf ein 4G-Signal und startete eine Bildersuche.

»Welche Poster?«

Lockyer reichte ihr sein Smartphone. »Wer zum Teufel ist das?«, fragte sie.

»Die Leadsängerin von Desireless«, sagte er.

»Das ist eine Frau?«

»Sie hat sich absichtlich androgyn zurechtgemacht. An Lucy Whites Zimmerwand hingen mehrere Poster von ihr. Sie waren so verblasst, dass ich dachte, es sei Boy George oder Marc Almond. Aber eines war genau dieses Bild – der Bürstenhaarschnitt, das schwarze Hemd mit dem hohen Kragen, die Handschuhe.«

»Claudie Fritsch-Mentrop.« Broad sprach den Namen zögernd aus. Sie scrollte ein Stück nach unten. »Gott, sie sieht jetzt ganz anders aus.«

»Da ist eine Verbindung, Gem. Ich weiß es. Lucy White mochte dieses Lied.«

»Woher wissen Sie, dass es genau dieses Lied war? Es könnte …«

»Weil das der einzige Song ist, mit dem Desireless 1988 einen Hit hatte. Der einzige Hit, den sie je hatten, soviel ich weiß.« Lockyer nahm sein Telefon zurück und sah Broads skeptischen Gesichtsausdruck. »Es ist eine Verbindung.«

»Wenn der Song ein großer Hit war, hing dieses Poster wahrscheinlich an der Zimmerwand jedes achtjährigen Mädchens.«

»Es ist eine Verbindung.«

»Okay. Sagen wir, es ist eine Verbindung. Sagen wir, Lucy hat das Lied geliebt. Das erklärt aber noch nicht, woher Roland Ferris das überhaupt wissen könnte, oder warum er die Kassette bei Mickey Browns Leiche hinterlassen hat. Oder?«

Und schon hatte sie Lockyer wieder den Wind aus den Segeln genommen.

»Ich weiß, Sie wollen, dass Hedy Lambert unschuldig ist, Chef, aber ...«

»Ich *will*, dass sie unschuldig ist? Das denken Sie?«

»Wollen Sie das denn nicht ...? Ich meine, ich weiß, dass Sie sie mögen, aber ...« Broad wand sich und konnte ihn nicht ansehen.

»Darum geht es nicht.« Lockyer holte tief Luft und vergewisserte sich, dass er wirklich die Wahrheit sagte. »Ich will nicht, dass sie unschuldig ist, weil ich sie mag. Ich glaube, dass sie tatsächlich unschuldig ist. Und wenn sie unschuldig ist, kann ich es nicht mit meinem Gewissen vereinbaren, den Fall so vermasselt zu haben. Und zwar zum Teil vermasselt, *weil* ich sie mochte. Das kann ich einfach nicht.« Er hielt einen Moment inne. »Es geht darum herauszufinden, ob mein Instinkt – mein Bauchgefühl – etwas taugt, Gem.«

Broad sah ihn immer noch nicht an, und Lockyer hatte zum ersten Mal das Gefühl, dass sie ihm vielleicht nicht glaubte. Schweigend fuhr er vom Parkstreifen.

Er setzte Broad wieder auf die Zeitungen an, um zu prüfen, ob in einem der Artikel Desireless erwähnt wurde. Lucys Mutter Angie hatte ein paar Wochen nach ihrem Tod ein langes Interview über Lucy gegeben, in der Hoffnung, dass sich der Fahrer des Wagens daraufhin melden würde. Das Lied wurde nicht erwähnt, aber Lockyer ließ Broad nach anderen Interviews, anderen Aussagen gegenüber der Presse oder der Öffentlichkeit suchen. Überall dort, wo es erwähnt worden sein könnte. Die Kassette bei Mickey Brown war wahrscheinlich nicht die von Lucy, man konnte sie bei eBay und auf Sammlerseiten kaufen. Lockyer dachte an den leeren Walkman, den er im Schlafzimmer der Mädchen gesehen hatte. War derjenige, der Lucy angefahren hatte, aus dem Auto gestiegen, hatte ihren Walkman auf dem Boden gefunden und die Kassette mitgenommen?

Lockyer versuchte, sich das vorzustellen: Der Fahrer sah, dass Lucy noch lebte, kletterte zu ihr hinunter in den Fluss. Nahm ihr etwas weg, ließ sie aber dort zurück. Undenkbar. Er ging noch einmal die Akte durch, um herauszufinden, wo der Walkman gefunden worden war – bei der Leiche oder oben an der Straße bei ihrem Fahrrad –, aber niemand hatte einen Vermerk darüber gemacht. Wütend, genauso auf sich selbst wie auf alles andere, warf er die Akte zu Boden. Er klammerte sich an einen Strohhalm, und das wusste er. Die Fragen von Broad zu der Kassette ließen ihm keine Ruhe. Die Einzigen, die wissen konnten, ob Lucy das Lied gemocht hatte – oder ob sie es gehört hatte, als sie getötet wurde –, waren ihre Eltern, denen ihre Sachen zurückgegeben worden waren, und die Polizei, die den Fall bearbeitet hatte.

Er nahm erneut die Akte zur Hand und las die Namen aller Beamten durch, die 1988 an den Ermittlungen beteiligt gewesen waren. Keiner war ihm bekannt.

Lockyer stand auf und starrte hinaus auf die trostlosen, regennassen Bäume. Er hatte das Büro für sich, Broad war zum Mittagessen gegangen. Er ging zurück zu seinem Schreibtisch, nahm den Hörer ab und hinterließ eine Nachricht für Hedy, in der er um ihren Rückruf bat. Zwanzig Minuten später meldete sie sich.

»Inspector Lockyer.«

»Hedy. Danke, dass Sie so schnell zurückrufen.« Er schloss die Augen und stellte sie sich vor. Die zarten Sehnen auf ihren Händen, mit denen sie das Telefon hielt. Ihr zurückgestecktes Haar, die glatte Haut auf ihren Wangen, ihren Mund neben dem Plastikhörer. Ihre bewundernswerte Selbstbeherrschung. An der Art, wie sie seinen Namen aussprach, konnte er nicht erkennen, ob sie sich freute, von ihm zu hören oder nicht.

»Tja, in meinem Terminkalender war noch etwas Platz«, entgegnete sie trocken. Lockyer schien es, als sei dieser leichte Sarkasmus ein Hinweis auf ihr altes, noch nicht zerstörtes Ich. Es ließ ihn hoffen, dass sie, wenn sie die Chance dazu bekäme, wieder diese Person sein könnte.

»Wie geht es Ihnen?«, fragte er.

Er konnte fast hören, wie sie die Achseln zuckte. »Es ist immer dasselbe hier drin. Mal mehr, mal weniger beschissen. Es ist schön, von Ihnen zu hören. Ich wünschte allerdings, Sie würden mich besuchen.«

»Ich wollte keine Zeit verlieren.«

»Warum? Haben Sie etwas gefunden?«

»Vielleicht. Noch nichts Konkretes ...« Wieder starrte er auf die Bäume. Sie schien so weit weg zu sein, er fragte sich, ob sie ihm jemals näher sein würde. Draußen in der Welt. »Ich bin da einer Sache auf der Spur, Hedy ... zumindest glaube ich das.« Er blickte sich um, aber er war immer noch allein. Niemand durfte ihn hören, wenn er so sprach. Nein, korrigierte er sich selbst – er durfte einfach nicht so mit ihr reden. Er räusperte sich. »Hedy, hat Professor Ferris jemals mit Ihnen über ...« Lockyer hielt inne und überlegte, wie er es am besten formulieren sollte. »Über einen Unfall gesprochen, der sich Jahre zuvor ereignet hatte? Einen Verkehrsunfall oder etwas in der Art? Irgendeine Art von ... schrecklicher Tragödie?«

»Eine schreckliche Tragödie? Sie meinen, außer dass Helen Ferris sich erhängt hat und Harry für immer weggegangen ist? Na ja, nicht ganz für immer.«

»Ja. Etwas anderes.«

»Nein.«

»Denken Sie bitte nach, Hedy. Es ist sehr wichtig.«

»Ich war nur seine Haushälterin, Matt. Ich war nicht ... Wir mochten uns, und er sprach von Zeit zu Zeit mit mir über alle möglichen Dinge, aber ich war ganz sicher nicht seine Vertraute oder wie immer man das nennen will.«

Lockyer versuchte, sich zu konzentrieren, seine Worte mit Bedacht zu wählen, aber ihre Stimme hallte in seinem Kopf nach. Es war das erste Mal, dass sie ihn bei seinem Vornamen genannt hatte.

»Was ist passiert? Gab es eine Tragödie?«

»Ja.« Lockyers Instinkt sagte ihm, dass er es ihr nicht erzählen sollte. Professionell wäre, es ihr nicht zu sagen, aber er wusste nicht, was es schaden könnte. Und er *wollte* es ihr erzählen. Entweder das oder das Telefonat beenden. »Ein Verkehrsunfall. Ein Kind kam dabei ums Leben.«

»Oh ...«

Sie klang erschüttert.

»Professor Ferris ... Roland wurde damals von der Polizei befragt, weil Lackproben darauf hindeuteten, dass es sich um einen Oldtimer handelte.«

Er hörte ein weiteres leises Einatmen.

»Er wurde von jedem Verdacht entlastet.«

»Aber Sie glauben, dass er etwas damit zu tun hatte?«

»Ich weiß es nicht, Hedy. Aber abgesehen von Ihnen muss jemand in diesem Haus ein Motiv für einen Mord gehabt haben, und das, was mit dem Kind passiert ist, gehört zu den Dingen, für die Menschen töten. Töten, um sich zu schützen oder ...«

»Oder um sich zu rächen?«

»Sich zu rächen?«, wiederholte Lockyer.

Hedy zögerte. »Wollten Sie das nicht sagen?«

»Nicht unbedingt. Aber wenn Roland Ferris darin verwickelt war, warum sollte es dann jemand auf Harry Ferris abgesehen haben?«

»Was könnte es für eine bessere Rache geben, Inspector? Auge um Auge, ein Kind für ein Kind.«

»Ihre Eltern? Roland hat ihnen die Tochter genommen, also haben sie …«

»Ihm den lang vermissten Sohn genommen, über dessen Rückkehr er sich so gefreut hat.« Hedys Ton hatte sich verändert. Und sie nannte ihn jetzt wieder Inspector. »Die tatsächlich verantwortliche Person umzubringen ist vielleicht zu einfach, als Strafe zu schwach«, sagte sie ausdruckslos.

Lockyer fragte sich, woran sie dabei dachte. Oder an wen. »Das weiß ich nicht«, sagte er. »Würde ein trauerndes Elternteil einen unschuldigen Menschen töten? So weit würde man doch sicher nicht gehen?«

»Nicht alle trauernden Eltern, nein. Aber einige vielleicht schon. Diejenigen, die es nicht schaffen, ›nach vorn zu schauen‹ oder ›Frieden zu finden‹ oder ›abzuschließen‹ oder was man sonst tun sollte.«

Lockyer schwieg eine Weile. Er dachte an den Mann, der seinen Bruder getötet hatte. An seine Eltern unmittelbar nach der Tat und jetzt. Hatten sie den Schuldigen vernichten wollen? Ja, natürlich. Alle drei hatten sie das gewollt, jeder auf seine Art – er und sein Vater hatten beide instinktiv den Drang verspürt, ihm Schmerz zuzufügen, Wut abzulassen. Trudy hatte Gerechtigkeit gewollt, keine Gewalt. Sie wollte, dass so etwas nie wieder passierte. Dass der Mann gefasst und auf einen anderen Weg gebracht wurde.

War das eine Frage von Mann/Frau oder eine Frage der Persönlichkeit? Der Persönlichkeit, entschied er. Frauen waren genauso wie Männer zu gewalttätiger Rache fähig.

Aber wäre einer von ihnen zufällig dem Sohn oder der Tochter des Mannes begegnet, konnte er sich nicht vorstellen, dass sie an ihm oder ihr Rache geübt hätten.

»Inspector? Sind Sie noch da?«

»Ja, ich bin noch dran.«

»Roland hat zwar nie erwähnt, dass er in einen tödlichen Unfall verwickelt war, aber ich habe Ihnen doch schon einmal gesagt, dass er immer Bemerkungen darüber gemacht hat, ob etwas seine Schuld war oder nicht.«

»Ja, das stimmt.«

»So verlief im Grunde jedes Gespräch. Meistens kam ich dazu, wenn er sich ein altes Foto von Helen oder Harry ansah oder einfach nur aus dem Fenster starrte, und er bemerkte mich und sagte etwas Schräges. *Es war nicht meine Schuld*, oder *vielleicht war es meine Schuld*. Ich fragte ihn, was er meinte, aber er sagte nur: *Egal*. Und das war's dann.« Sie hielt inne. »Ich habe mich immer gefragt, ob er mit mir über etwas reden wollte, sich aber zurückgehalten hat. Ich wünschte, ich könnte Ihnen mehr helfen. Ich dachte immer, er würde nur von Helen reden.«

»Wahrscheinlich hat er das«, sagte Lockyer. »Hat er jemals Tagebuch geführt?«

»So nach dem Motto ›Liebes Tagebuch‹? Nein. Das glaube ich nicht. Er hatte nur einen Kalender mit Terminen von Veröffentlichungen und Vorträgen und so weiter, den Paul geführt hat.«

Lockyer fiel nichts ein, was er sie noch fragen oder ihr sagen konnte. Er durfte einfach nichts Ermutigendes sagen, solange es kaum Konkretes gab. »Wollen Sie sich an Aaron rächen, Hedy?«, fragte er und überraschte sich selbst.

Sie antwortete nicht sofort. »Es ist alles eine Kette, nicht wahr?«, sagte sie schließlich. »Eine Kette von Ereignissen, die zu einem bestimmten Punkt führen ... Das ist es, was unser Leben bestimmt, und nicht all unsere Pläne und Vorstellungen. Und ich glaube nicht, dass wir uns wirklich aussuchen können, wo wir landen oder was wir am Ende tun. Unsere Entscheidungen sind nicht wirklich Entscheidungen. Aaron war ein Glied in meiner Kette, in mehr als einer Hinsicht.« Sie hielt inne, um Luft zu holen. »Ich denke fast nie mehr an ihn. Ich habe ihn ja auch gar nicht wirklich gekannt. Er war wie eines dieser Musterbilder, die schon in den Rahmen sind, wenn man sie kauft. Eine Attrappe. Ich hoffe, wo auch immer er ist ... ich weiß nicht.« Sie war einen Moment still. »Ich hoffe, er ruiniert nicht das Leben anderer Menschen, das ist alles. Ich hoffe, er hat begriffen, wie es für die andere Person ist. Was er ihr antut. Das wäre schon Strafe genug.«

»Nicht viele Menschen wären so zurückhaltend, Hedy«, sagte Lockyer.

»Ich hatte viel Zeit, das alles zu verarbeiten. Es zu akzeptieren. Damit abzuschließen.« Er sah ihr schiefes Lächeln vor sich, als sie auf ihre Worte von vorhin anspielte. »Aber ich will *wirklich* mein Auto zurückhaben.«

»Sie sind stark, Hedy. Ich wünschte, ich wäre so stark wie Sie.«

»Das bin ich nicht. So weit bin ich vielleicht in Bezug auf Aaron, aber Sie haben mich nicht gefragt, was ich dem wünsche, der Michael Brown wirklich getötet hat.«

»Will ich das wissen?«

»Wahrscheinlich ist es besser, Sie wissen es nicht.«

»Was würden Sie tun, Hedy? Was würden Sie tun, wenn er jetzt vor Ihnen stünde?«

»Was ich tun würde? Ich ...« Sie zögerte. »Ich habe absolut keine Ahnung. Wahrscheinlich in Tränen ausbrechen. Total stark, oder?«

»Hedy ...«

»Eine Kette von Ereignissen, Inspector. Eine Sache führt immer zur nächsten. Wenn ich wüsste, was zu diesem Punkt geführt hat, zu dem Moment, in dem Michael erstochen wurde, würde es vielleicht mehr Sinn ergeben. Oder überhaupt einen Sinn. Und Dinge, die einen Sinn ergeben, sind einfach ... leichter zu ertragen. Ist es nicht so? Es nicht zu wissen macht einen verrückt. Nicht zu wissen, *warum* ich seit so vielen Jahren eingesperrt bin. Den Grund nicht zu kennen.«

Lockyer spürte, wie sich etwas in ihm aufbaute. Verzweiflung, vielleicht auch Angst. »Hedy«, sagte er, »sagen Sie mir die Wahrheit? Haben Sie mir die Wahrheit gesagt?«

Und einfach so machte er es zu etwas Persönlichem. Zu etwas Persönlichem für ihn, zu etwas Persönlichem zwischen ihnen.

Wieder ließ sie sich viel Zeit mit ihrer Antwort. »Ja. Ich habe immer die Wahrheit gesagt.« Ihre Stimme hatte keinen bestimmten Tonfall, keine bestimmte Betonung. Sie war für ihn noch immer schwer zu durchschauen.

Dann hörte er ein Rascheln, als sie ihre Hand auf den Hörer legte, und eine gedämpfte Stimme.

»Hedy?«

»Ich muss Schluss machen, Inspector. Die Zeit ist um. Kommen Sie bald wieder vorbei?«

»Ich ...« Der Anruf wurde unterbrochen, bevor Lockyer antworten konnte. »Es hat mir besser gefallen, als du mich Matt genannt hast«, sagte er leise.

Lockyer setzte sich wieder an seinen Computer und öffnete eine neue E-Mail von Cellmark. Eine Minute später war er auf den Beinen und rief auf dem Weg aus dem Büro Broad auf dem Handy an.

»Gem, wo sind Sie? Wir treffen uns draußen vor der Tür. Es gibt einen Treffer zu dem Fingerabdruck auf der Kassette.«

16

TAG ZWANZIG, MITTWOCH

Der Geruch von ungewaschener Kleidung und abgestandenem Alkohol mit einer Spur von frischem Angstschweiß erfüllte bald den Verhörraum. Als einen der Hauptverdächtigen hatte Lockyer Malcolm White in einen Raum mit Videoaufzeichnung gebracht, damit sie alles aufnehmen konnten und somit »belastbare Beweise zu sichern«. Lucys Vater saß auf der Stuhlkante, sein dünner Körper über den Tisch gebeugt. Er blickte viel nach unten, sodass Lockyer und die Kamera hauptsächlich auf seinen Kopf sahen. Eisengraues Haar, keine richtige Frisur, dunkel von Fett und oben etwas schütter. Der Rechtsbeistand, der für ihn hinzugezogen worden war, saß geduldig daneben, während Lockyer die Aufnahme startete und sich alle vorstellten.

»Mr. White, waren Sie jemals in einem Haus namens Longacres in dem Dorf Stoke Lavington?«, fragte Lockyer.

Malcolms Blick sprang von seinem Anwalt zu Lockyer und wieder zurück. »Nein«, sagte er. Seine Hände zitterten. Lockyer konnte nicht sagen, ob es an seinen Nerven oder am Alkoholentzug lag.

»Longacres ist der Wohnsitz von Professor Roland Ferris. Sind Sie Professor Ferris jemals begegnet?«

»Was? Nein.«

»Aber Sie wissen, wer er ist, Mr. White?«, sagte Broad. »Für die Aufnahme, bitte«, fügte sie hinzu, als er nickte.

»Ja. Ich meine, wenn ... wenn es derselbe Ferris ist, von dem Sie sprechen.«

»Der Ferris, den Sie kennen, wurde im Rahmen der Ermittlungen zum Tod Ihrer Tochter im Jahr 1988 befragt.«

»Ja. Fragen Sie nach ihm? Was ist mit ihm passiert? Haben Sie ihn gefasst?«

»Das ist der Roland Ferris, nach dem wir fragen, ja«, sagte Lockyer. »Sind Sie ihm oder seinem Sohn, Mr. Harry Ferris, jemals begegnet?«

»Nein. Nein, ich habe ihn nie getroffen.«

»Welchen nicht?«

»Keinen von beiden.«

Lockyer legte Malcolm ein Foto der Desireless-Kassette vor die Nase, und er blickte darauf hinunter, der Kopf unsicher auf seinem dürren Hals. Dann sah er verwirrt auf. »Ich zeige Mr. White jetzt ein Foto von Gegenstand Nummer dreizehn«, sagte Lockyer. »Erkennen Sie diesen Gegenstand, Mr. White?«

White sah zu Broad und dann wieder zu Lockyer. »Ja«, sagte er. »Es ist eine Musikkassette.«

»Kennen Sie diese Kassette?«

»Was? Nein ... ich weiß nicht.« Er nahm das Foto in die Hand, hielt es sich näher vors Gesicht und betrachtete es erneut, wobei er die Augen zusammenkniff. »Ich habe meine Brille nicht dabei.« Das Bild zitterte in seinen Händen. »Es ist eine Kassette. Die sehen alle gleich aus.«

»Es ist eine Musikkassette aus dem Jahr 1988 mit der Single *Voyage, Voyage* von der Band Desireless«, sagte Broad. »Sagt Ihnen das etwas?«

»Ob mir das etwas sagt?« Malcolm schüttelte den Kopf. »Nein. Ich meine, ich erinnere mich an das Lied – meine Güte, klar. Die Mädchen haben es geliebt. Lucy und ihre Freundin, und Vicky auch. Sie waren geradezu besessen davon. Sie haben uns damit verrückt gemacht, Angie und mich. Sie spielten es immer und immer wieder, dachten sich Tanzschritte aus, die wir uns fünfmal am Tag ansehen mussten. Danny hatte es so satt, es zu hören, dass er vierzehn Tage zu den Nachbarn gezogen ist.«

»Ihre Tochter Lucy hatte diese Kassette?«

»Also, das weiß ich nicht. Vielleicht hatten sie es auch als LP. Sie wissen schon, auf Vinyl. In unserer großen Stereoanlage im Wohnzimmer war noch ein Plattenspieler, einen CD-Player hatten wir damals noch nicht, glaube ich. Oder? Seit wann gibt es CDs?« Er sah zu seinem Anwalt und zu Lockyer, aber niemand antwortete.

»Können Sie erklären, wie diese Kassette mit dem Lieblingslied Ihrer Tochter und Ihren Fingerabdrücken zu der Leiche eines Mordopfers in Longacres, dem Haus von Roland Ferris, gelangt ist?«

»Was? Mit *meinen* Fingerabdrücken?«

Wieder sah Malcolm jeden von ihnen an. Seine Verwirrung schien echt zu sein, aber das musste nichts bedeuten. Ihm stand der Mund offen, er sah fassungslos aus. Lockyer fragte sich, wie sich der jahrelange Alkoholkonsum auf seinen Verstand ausgewirkt haben mochte.

»Die Kassette wies mehrere Fingerabdrücke auf, die jedoch verwischt worden waren, sodass sie für den Abgleich mit der Datenbank nicht mehr verwendet werden konnten. Als ob jemand versucht hätte, sie zu reinigen. Aber die Person, die sie gereinigt hat, war in Eile oder aus einem anderen Grund nicht gründlich, und jetzt wurde ein brauchbarer Teilabdruck gefunden«, erklärte

Broad. »Er stimmt mit einem Daumenabdruck überein, der von Ihnen genommen wurde, als Sie 2012 wegen Fahrens unter Alkoholeinfluss verhaftet wurden.«

Das war erst sieben Jahre nach dem Mord in Longacres geschehen, weshalb eine Datenbankabfrage im Rahmen der ersten Ermittlungen keinen Treffer ergeben hätte, selbst wenn ein Abdruck gefunden worden wäre.

»Können Sie uns erklären, wie diese Kassette zu der Leiche von Michael Brown gekommen ist?«, fragte Broad.

»Was? Wer zum Teufel ist Michael Brown?«

Broad holte Mickeys Polizeifoto heraus und legte es vor Malcolm auf den Tisch. »Ich zeige Mr. White jetzt ein Foto von Michael Brown.«

»Was, und dieser Kerl ist ermordet worden?« Malcolm legte die Stirn in Falten. Lockyer bemerkte, dass sich unter seinen Achseln dunkle Kreise gebildet hatten. Der Geruch von Angstschweiß verstärkte sich. »Den … den habe ich noch nie gesehen! Das war ich nicht. Ich weiß nicht einmal, wer das ist – und Ferris kenne ich auch nicht!« Er schob das Bild weg, und Lockyer bemerkte, wie er es mit den Fingern einer Hand bedeckte. Als wollte er Mickeys Gesicht verbergen. Malcolm legte sich die andere Hand über den offenen Mund.

»Sie haben also keine Erklärung dafür, wie dieses Band mit Ihren Fingerabdrücken in Michael Browns Besitz gelangt ist.«

»Nein! Ich weiß es nicht! Ich habe im Laufe der Jahre eine Menge Zeug verkauft. Ein paar Autoflohmärkte mitgemacht, um an ein bisschen Geld zu kommen.«

»Zum Zeitpunkt seiner Ermordung wurde Michael Brown für Harry Ferris, den Sohn von Roland Ferris, gehalten«, bemerkte Lockyer.

»Wurde für ihn gehalten? Was meinen Sie damit?«

»Professor Ferris glaubte, dass Michael Brown in Wirklichkeit sein Sohn Harry war. Mr. Brown hat ihn in diesem Glauben gelassen.«

»Hat Ferris denn den Unterschied nicht bemerkt?«

»Harry war sehr lange weg gewesen. Seit er ein Junge gewesen war.« Lockyer wartete, Malcolm ebenfalls. Seine wässrigen Augen bewegten sich nun ruhelos. Lockyer konnte in ihnen nichts anderes lesen als den Wunsch, woanders zu sein. Wahrscheinlich auf dem Boden einer Flasche. »Glauben Sie, dass Roland Ferris für den Tod Ihrer Tochter verantwortlich ist?«

»Die Polizei hat den Täter nie gefasst«, sagte Malcolm. »Man hat ihn nie gefunden. Es hieß, dass an dem Wochenende *Hunderte* von Oldtimern in der Gegend unterwegs waren und man nicht alle nachverfolgen konnte.«

»Aber Ferris war ein Verdächtiger. Sie sagten, Sie hätten das einen Beamten sagen hören. Er hatte ein Alibi, und er hatte nicht das richtige Auto. Deshalb hat die Polizei den Verdacht fallen lassen.«

»Aber haben *Sie* das ebenfalls getan, Mr. White?« Lockyer sah dem Mann tief in die Augen. »Der Name Ferris ist Ihnen offensichtlich im Gedächtnis geblieben. Sie haben sich sofort daran erinnert, als wir neulich mit Ihnen sprachen. Sie sind doch Alkoholiker, nicht wahr, Mr. White?«

»Ja, das ist doch kein Verbrechen.«

»Nein, das nicht. Aber es kann zu kriminellen Handlungen führen. Trunkenheit am Steuer ist eine Sache, gewalttätiges und unberechenbares Verhalten eine andere. Professor Ferris ist ein recht bekannter Historiker. Es wäre wahrscheinlich nicht allzu schwer gewesen, ihn ausfindig zu machen – zumal er auch Oldtimer restauriert. Oder vielleicht haben Sie auch seine Adresse aufgeschnappt, als Sie seinen Namen mithörten. Oder Sie haben sich Unterlagen angesehen, die Sie nicht sehen sollten.«

»Ich habe keine Ahnung, wovon Sie sprechen.« Malcolms Stimme zitterte.

»Möchten Sie den Mann bestrafen, der Lucy getötet hat, Mr. White?«

»Ich denke, er sollte bestraft werden, ja. Sollte man nicht bestraft werden, wenn man ein kleines Mädchen überfährt und nicht einmal *anhält*?«

»Doch. Ich finde, das sollte man. Und die Justiz hat Sie im Stich gelassen, nicht wahr? Sie hat Lucy im Stich gelassen.«

»Ja«, sagte Malcolm mit gebrochener Stimme. Er rieb sich über die Augen und verteilte dabei die Feuchtigkeit auf seinen Wangen.

Lockyer stellte sich vor, was er oder sein Vater getan hätten, wenn die Polizei kurz nach dem Tod von Chris die Identität des Mörders preisgegeben und ihn dann nicht verhaftet hätte. Hätten sie es einfach ... damit bewenden lassen? Oder wären sie hinter ihm her gewesen? Das hätte niemals gut gehen können, aber vermutlich hätten sie es trotzdem getan. Selbstjustiz verübt. Vielleicht hätten sie ihn verprügelt. Oder Schlimmeres. Der Gedanke ließ seinen Puls rasen. Wie verlockend dieser dunkle, gefährliche Gedanke war. Wie sollte ein Betrunkener, jemand, der nicht ganz bei Verstand war, dem widerstehen können?

»Sie haben die Sache selbst in die Hand genommen, ist es nicht so, Mr. White?«, fuhr Lockyer leise fort. »Auge um Auge – oder in diesem Fall, ein Kind für ein Kind. Ein Sohn für eine Tochter.«

»Was? Ich ...«

»Ich glaube, Sie haben Professor Ferris aufgespürt. Sie haben herausgefunden, dass sein Sohn Harry bei ihm war, und beschlossen – ob Sie zu dem Zeitpunkt nüchtern waren oder nicht –, ihn so leiden zu lassen, wie Sie gelitten haben. Man hat es Ihnen schließlich leicht gemacht. Harry schlief in der Scheune, an der es keine Schlösser gibt.«

»Die Kassette haben Sie als Nachricht für Lucy hinterlassen«, fügte Broad hinzu. »Eine andere Art, sich zu entschuldigen.«

»Was? Sie sind doch … Das ist totaler Blödsinn! Ich habe diesen Kerl noch nie gesehen! Wann wurde er überhaupt umgebracht? Ich war seit einer Woche nicht mehr vor der Tür, bis Sie mich hergeschleppt haben – außer kurz zum Spritkaufen und wieder zurück. Es muss doch Kameras oder so etwas geben … oder fragen Sie meine Nachbarn! Und wie soll ich zum Haus von diesem Ferris gekommen sein? Ich bin seit zwei Jahren nicht mehr gefahren, ich habe immer noch Fahrverbot – mein Auto hat drei Räder! Ich … ich brauche etwas zu trinken … ich kann nicht denken …«

»Mein Mandant braucht eine Pause«, sagte der Anwalt.

»Die Vernehmung wird unterbrochen.«

Lockyer gewährte die Pause vor allem, um frische Luft zu bekommen. Im Vernehmungsraum war es stickig geworden, und es roch streng, er konnte kaum atmen und bekam Kopfschmerzen. Er trat durch den Vordereingang nach draußen, stellte sich in den Nieselregen und spürte, wie Kälte und Feuchtigkeit ihn belebten. Er war wütend und wusste, dass es nicht Malcolm Whites Schuld war. Es war seine *eigene* Begriffsstutzigkeit. Und es waren die klaffenden Löcher in ihrem Fall gegen White. Die Staatsanwaltschaft würde wegen eines einzigen Fingerabdrucks auf einer Kassette, die Mickey irgendwann zwischen 1988 und 2005 auf einem Flohmarkt gekauft haben könnte, niemals Anklage erheben.

Broad trat zu ihm. »Wollen wir wieder reingehen, Chef? Mal sehen, ob wir ihn nicht mürbemachen können? Ich glaube, wenn er noch länger ohne Alkohol auskommen muss, wird er alles Mögliche gestehen«, sagte sie aufmunternd. »Tut mir leid«, schickte sie hinterher, als sie merkte, dass der Scherz nicht zündete.

»Was halten Sie von ihm?«

»Er stellt sich überzeugend als jemand dar, der keine Ahnung hat. Zum Beispiel wenn er so tut, als ob er glaubte, dass der Mord erst vor Kurzem passiert sein könnte, weil wir ihn jetzt deshalb vernehmen. Ich habe darauf gewartet, dass er auf geheimnisvolle Weise weiß, dass es 2005 passiert ist.«

»Ich auch. Clever, nicht darauf reinzufallen.«

»Ich bin mir nicht sicher, zu wie viel Cleverness er noch fähig ist«, sagte Broad.

»Ich auch nicht.« Lockyer blinzelte in den Himmel. »Aber er hat ein besseres Motiv als jeder andere, den wir gefunden haben.« Er sah zu ihr hinunter. »Meinen Sie nicht auch?«

»Ja.« Sie klang zurückhaltend. »Aber ich glaube immer noch, dass er es eher auf Ferris als auf Harry abgesehen hätte. Vor allem, wenn wir von der Theorie ausgehen, dass er impulsiv gehandelt hat, weil er betrunken war. Stattdessen Harry zu töten … ist das nicht eher kalkuliert?«

»Das stimmt.«

»Und warum sollte er es plötzlich auf Ferris abgesehen haben, siebzehn Jahre nach der Fahrerflucht? Und er hat recht – die Ermittlungen *hatten* Ferris im Fall Lucy als Tatverdächtigen ausgeschlossen. Sie haben alle seine Autos und sein Alibi überprüft.« Sie breitete die Arme aus. »Wenn er ihn drankriegen wollte, hätte er das dann nicht gleich 1988 getan?«

»Ich weiß es nicht. Wir kennen den Mann nicht wirklich. Wir wissen nicht, wie kaputt er ist. Vielleicht hat er siebzehn Jahre gebraucht, um die ganze Tragweite dessen zu begreifen, was Ferris getan hat – dass er ihm nicht nur Lucy, sondern auch die beiden anderen Kinder und seine Frau genommen hat. Solche Dinge gären. Sie haben es selbst gesagt: Starke Emotionen äußern sich oft in Form von Wut. Vielleicht ist er einfach an seine Grenzen gestoßen. Er war verzweifelt und wollte irgendetwas unternehmen – egal was. Und Ferris' Name war alles, was er hatte.«

»Vielleicht, Chef.«

Broad klang noch nicht überzeugt, und Lockyer war sich auch nicht sicher, ob er es war. Malcolm White schien nicht wütend zu sein. Nur verzweifelt. Er fragte sich, ob seine eigene Wut – die jetzt leiser war als früher – das Einzige gewesen war, was ihn in den Jahren nach Chris' Tod vor derselben Verzweiflung bewahrt hatte.

»Wie zum Teufel ist die Kassette sonst zu Mickeys Leiche gekommen?«, fragte er.

»Ich weiß es nicht. Könnte Mickey sie nicht einfach irgendwo gefunden haben?«

»Noch mit Whites Fingerabdrücken darauf?«

»Das ist eher unwahrscheinlich. Aber falls sie irgendwo in einer Schrottkiste gelegen hat, ist es möglich.«

»Das glaube ich nicht.« Der Nieselregen fühlte sich kühl auf Lockyers Schultern und Gesicht an. Broad beugte sich gegen den Regen nach vorn und hatte die Hände in die Taschen gesteckt. »Und warum sollte White sich so sicher sein, dass es Ferris gewesen ist, der Lucy angefahren hat?«, murmelte Lockyer und dachte laut nach. »Nur weil Ferris bei den ursprünglichen Ermittlungen so viel Aufmerksamkeit geschenkt wurde – oder könnte er noch mehr herausgefunden haben?«

Er dachte an den Rolls Royce Silver Wraith, den Roland Ferris an dem Tag nach Blandford gefahren und an den amerikanischen Sammler verkauft hatte. Schwarz und kirschrot. An das Bild, das er in der gerahmten Fotomontage im Flur von Longacres entdeckt hatte, mit ebendiesem Auto. Helen Ferris, die lachend an der Karosserie lehnte, der junge Harry Ferris hinter dem Lenkrad, kaum groß genug, um über das Armaturenbrett zu sehen. Lockyer schloss die Augen und versuchte sich an Details zu erinnern. Im

Hintergrund blühte ein rosa Kirschbaum; das Foto war im späten Frühling unter einem hohen blauen Himmel aufgenommen worden.

»Kommen Sie.«

»Wohin fahren wir?«, fragte Broad und eilte neben ihm her.

»Zurück nach Longacres. Ich will mit dem Professor sprechen.«

»Aber was ist mit Mr. White?«

»Wir haben ihn bis morgen, er kann warten.«

»Sollte ich ihm nicht sagen, dass wir für heute fertig sind?«

»Zumindest bis heute Nachmittag. Beeilen Sie sich.«

Paul Rifkin wollte sie nicht hereinlassen. Er stand mit der Schulter im Spalt zwischen Tür und Rahmen, mit versteinerter Miene und gewölbter Brust.

»Bei allem Respekt, Inspector, jetzt verarschen Sie mich. Und erzählen Sie mir nicht, dass es sich um eine Mordermittlung handelt, denn das weiß ich inzwischen. Jeder in der ganzen verdammten Gegend weiß das.«

»Aber genau das ist es. Und ein Fall, in dem Sie immer noch von Interesse sind, Mr. Rifkin.«

»Die sinnlose Untersuchung eines Mordes, der vor vierzehn Jahren aufgeklärt wurde. Das ist es.«

»Wir würden gerne noch einmal mit Professor Ferris sprechen.«

»Das ist ungünstig.«

Lockyer war unerbittlich. »Na schön, wir könnten Sie beide wegen Behinderung der Justiz verhaften.«

»Im Ernst?« Paul klang angewidert, aber kurz darauf trat er zurück und ließ sie herein. Lockyer spürte, wie ihn Erleichterung durchströmte. Er wollte sich das Foto noch einmal ansehen und nicht erst auf einen Durchsuchungsbefehl warten. »Bleiben Sie hier unten, während ich ihn frage, ob er Sie empfängt.«

»Harry würde ich auch gerne noch ein paar Fragen stellen.«

»Er ist gleich heute Morgen nach London gefahren und kommt erst am Abend zurück.«

Sobald Paul außer Sichtweite war, ging Lockyer ein Stück den Flur hinunter.

»Was ist los, Chef?«, fragte Broad leise.

»Irgendetwas hier ...« Er betrachtete das Bild von Helen und Harry mit dem silbernen Wraith. Broad beugte sich neben ihm nach vorn. »Da muss Harry ungefähr zwölf gewesen sein. Vielleicht kurz vor seinem dreizehnten Geburtstag. Wir schreiben das Jahr 1988, und der Wagen ist fertig – das muss der Grund sein, warum sie das Foto gemacht haben. Harry sagte, Roland habe ihn ein ganzes Jahr lang restauriert.«

»Okay, und weiter?«

Lockyer sah sich das Bild an. Aus der Nähe war es körnig, die Farben verblasst, aber immer noch deutlich. Das schwarz-rote Auto, Helens blau gestreiftes Kleid, die rosa Kirschblüten. Die Sonne, die das Braun in Harrys dunklem Haar hervorhob ...

»Da.« Er legte seine Fingerspitze auf das Glas und war einen Moment lang abgelenkt, weil er daran denken musste, was Tor Garvich über Hedy gesagt hatte. Dass sie mit dem Staubtuch neben ihr gestanden habe. Im Hintergrund waren die Stalltüren weit geöffnet, und die Motorhauben zweier anderer Autos waren im Sonnenlicht zu erkennen. Das eine war cremeweiß, das andere grün. Ein dunkles Renngrün.

»Oh mein Gott«, sagte Broad.

Roland Ferris wirkte nicht überrascht sie wiederzusehen, und er war auch nicht besonders verärgert darüber. Was hatte Serena Godwin über ihren Bruder gesagt? *Ein Mann in seiner Lage hat keine Konsequenzen zu befürchten.*

»Inspector Lockyer«, sagte er gleichmütig. »Was für wilde Theorien haben Sie sich über Nacht einfallen lassen? Ich bin ganz Ohr.«

»Wir haben Malcolm White verhaftet. Den Vater von Lucy.«

»Ach ja? Und weshalb?«

»Wegen des Mordes an Michael Brown.«

»Verstehe«, sagte der alte Mann geduldig, so wie man mit einem Kind sprach. »Und wie kommen Sie darauf, dass er das getan haben könnte?«

»Die Tatsache, dass seine Fingerabdrücke hier, am Tatort, gefunden worden sind. 2005 konnten wir sie nicht identifizieren, aber die Technik hat sich verbessert. Er wurde 2012 nach einem anderen Vorfall verhaftet, sodass wir jetzt in der Lage waren, einen Treffer zu erzielen.«

Das schien Ferris zu erschüttern. Er starrte sie schweigend an.

»Großer Gott«, sagte er schließlich.

»Und die Tatsache, dass er ein starkes Motiv hatte, da Sie es waren, der seine achtjährige Tochter überfahren und getötet hat.«

»Nein. Das war ich nicht.«

»Das Foto von Helen und Harry im Flur. Sie lehnt an einem schwarz-roten Auto, Harry sitzt am Steuer. War das das Auto, mit dem Sie an dem Tag nach Blandford gefahren sind?«

»Ja, genau.«

»Wann wurde das Bild aufgenommen?«

»Nun, ich weiß es nicht genau, aber früher in dem Jahr. Nicht lange, bevor es verkauft wurde.«

»1988.«

»Ja. Warum?«

»Dieses Bild ist mir aufgefallen, als ich vor ein paar Wochen hier war, Professor. Aber damals wusste ich nicht, wonach ich suchte. Jetzt weiß ich es. In der Garage hinter dem Wraith ist ein dunkelgrünes Auto geparkt. Es sieht aus wie die Farbe des Autos, mit dem Lucy angefahren wurde.«

Professor Ferris sagte nichts. Seine Augen hatten sich geweitet, und sein Mund stand offen. Sein Blick war leer. Vielleicht hing er seinen Erinnerungen nach.

»Ziemlich nachlässig, es an die Wand zu hängen«, sagte Broad. Sie warf einen Blick auf Lockyer. »Wo war das grüne Auto, als die Polizei kam, um Ihr Haus zu durchsuchen, Professor Ferris?«

Doch der alte Mann schwieg. Er lag einfach nur da, wie erstarrt. Dann blinzelte er ein paarmal und holte tief und zitternd Luft.

»Sie haben Lucy angefahren, ist es nicht so, Professor?«, fragte Lockyer. »Die Rallye, der Käufer, das haben Sie sich alles hinterher ausgedacht, ein hastig konstruiertes Alibi. Es war ein verdammter Glücksfall, dass jemand auf der Messe das Auto kaufen wollte – Sie bekamen einen Batzen Geld und einen handfesten Beweis, dass Sie dort gewesen waren. Dann mussten Sie nur noch Helen dazu bringen, Ihre Geschichte zu bestätigen.«

»Nein.« Roland schüttelte den Kopf.

»Was haben Sie mit dem Auto gemacht? Haben Sie es entsorgt oder irgendwo versteckt? Oder haben Sie es einfach umlackiert?«

Der Professor schwieg lange, dann kapitulierte er. »Letzteres«, flüsterte er. »Es war genug Zeit. Die Polizei brauchte Tage, bis sie vorbeikam. Es ... es steht immer noch da draußen, in der hinteren Reihe der großen Scheune. Es war eine komplette Überarbeitung, und ich war damals noch nicht dazu gekommen, ihn anzumelden. Der 1950er Jaguar Roadster. Er ist jetzt scharlachrot. Die Karosserie hat nur einen leichten Stoß abbekommen, nicht einmal ein Scheinwerfer war zerbrochen.«

»Nun, Lucy White war ein mageres Kind«, sagte Lockyer steinern. »Sie hat Ihrem kostbaren Jaguar keine große Beule verpasst.«

»Warum haben Sie nicht angehalten, Professor?« Broad klang sehr enttäuscht. Sehr wütend. Der Professor antwortete nicht.

»Glieder einer Kette«, murmelte Lockyer. »Wann haben Sie Malcolm White kennengelernt? Ist er jemals hier gewesen, in diesem Haus? Vielleicht, um Sie zur Rede zu stellen?«

»Was?« Ferris sah endlich auf. In den letzten fünf Minuten schien er gealtert zu sein, seine Augen lagen tief in ihren Höhlen. »Ich bin dem Mann nie begegnet. Er war noch nie hier.«

»Woher wusste er dann so genau, wo Sie wohnen, dass er im Jahr 2005 einen Mann töten konnte, den er für Ihren Sohn hielt?«, fragte Broad.

»Ich habe keine Ahnung.«

»Denken Sie nach, Professor. Es ist wichtig.«

»Warum? Was spielt das für eine Rolle?«

»Wenn wir nicht beweisen können, dass White wusste, wo Sie wohnen, wenn wir nicht beweisen können, dass er irgendwie herausgefunden hat, dass Sie für Lucys Tod verantwortlich waren, dann könnte Hedy Lambert für einen Mord, den sie nicht begangen hat, im Gefängnis bleiben. Sie erinnern sich doch an Hedy, nicht wahr? Ich verstehe, dass es bequem wäre, sie zu vergessen, aber sie war die ganze Zeit dort. Unschuldig, nur wegen *Ihrer* Tat, die Sie vertuscht haben.«

Roland ließ erneut den Kopf sinken. Lockyer rang mit seiner Fassung und riss sich zusammen, weil er den Mann sonst durchgeschüttelt hätte.

»Ich habe keine Ahnung, woher er die Adresse wusste, wie er mich gefunden hat oder Harry.« Roland blickte auf, in seinen Augen schimmerten jetzt Tränen. »Wollen Sie damit sagen, dass der Mann deshalb getötet wurde? Sind Sie sich dessen sicher? Um dieses arme Kind zu rächen?«

»Es scheint fast so zu sein.«

»Lieber Gott«, flüsterte er. »Sei gewiss, deine Sünde fällt auf dich zurück.«

»Aber sie ist nicht auf Sie zurückgefallen, oder, Sir? Sie ist auf Mickey Brown und Hedy Lambert gefallen.« Broad klang angespannt und emotional. »Zwei weitere unschuldige Menschen. Wie viele Leben haben Sie an diesem Tag zerstört, Professor?« Sie holte tief Luft. »Warum haben Sie nicht einfach angehalten? Wenn Sie angehalten hätten, hätte sie überlebt.«

Der Professor gab einen unverständlichen Laut von sich.

»Ich frage mich, wie sich Malcolm White gefühlt hat, als ihm klar wurde, dass er den falschen Mann getötet hatte«, sagte Lockyer. »Vielleicht ist es gut, dass wir ihn in Gewahrsam haben, jetzt, wo Harry wirklich zurückgekommen ist. Obwohl ich nicht glaube, dass er ihm jetzt noch etwas tun würde. Wenn er jemals Wut im Bauch hatte, hat er sie schon lange ertränkt.«

»Er ist ein Säufer?«, fragte Ferris.

»Schon seit Jahren, obwohl ich vermute, dass es mit der Zeit schlimmer geworden ist. Er gibt sich nämlich die Schuld am Tod seiner Tochter. Er hat sie an dem Morgen nicht abgeholt, weil er getrunken hatte. Das ist also sein großes ›Hätte ich doch‹. Hätte er nur nicht diese Biere getrunken. Hätte er sie doch nur abgeholt. Es muss eine Qual für ihn gewesen sein.« Lockyer wusste sehr wohl, dass ›*Hätte ich doch*‹ eine Qual sein konnte.

»Und die Mutter?«

»Wir haben noch keinen Kontakt zu ihr. Genauso wenig wie Malcolm White. Sie hat ihn verlassen, die anderen Kinder mitgenommen und ihren Namen geändert. Um über ihre Trauer hinwegzukommen, denke ich, aber wahrscheinlich auch, weil sie ihm die Schuld gegeben hat. Sie hat ein ganz neues Leben begonnen – oder es zumindest versucht. Aber über den Tod eines geliebten Menschen kommt man nie wirklich hinweg, oder? Malcolm hat seit Jahren keinen von ihnen mehr gesehen. Er hat an diesem Tag seine ganze Familie verloren.«

»Das ist schrecklich«, murmelte Ferris. »Grausam.«

»Grausam. Das ist ein gutes Wort«, sagte Broad.

»Wir kommen später wieder, um eine vollständige Aussage von Ihnen aufzunehmen«, sagte Lockyer. »Ich schlage vor, dass Sie Ihren bemerkenswerten Verstand darauf richten, wie White Sie gefunden hat.«

Er öffnete die Tür, hielt aber auf der Schwelle inne.

»Chef?«, fragte Broad.

Es war nicht meine Schuld. Das hatte Ferris auch immer zu Hedy gesagt.

Lockyer drehte sich um. »Was haben Sie noch zu mir gesagt, Professor? Dass es bestimmte Dinge gibt, die nur jemand über einen Menschen erfahren sollte, der ihn liebt. Der ihn nicht verurteilt?«

Professor Ferris bewegte lautlos die Lippen, als suchte er nach den richtigen Worten.

»*Ihre Frau* hat das Auto gefahren, nicht wahr, Professor? *Helen* hat Lucy an dem Tag angefahren. *Helen* hat nicht angehalten. Und das Schuldgefühl hat sie dazu getrieben, sich das Leben zu nehmen, auf den Tag genau zwei Jahre nach dem Unfall.«

»Ja, verdammt noch mal.« Die Augen des alten Mannes füllten sich erneut mit Tränen. »Arme Helen! Mein armer, lieber Schatz … Sie fuhr nicht gern Auto, und sie war für keinen der Oldtimer versichert. Sie hätte sicher nicht mit dem Jaguar fahren sollen, der ist nicht leicht zu handhaben. Aber es war Harrys Lieblingswagen, weil er am ehesten wie ein Rennwagen aussah. Sie fuhr mit ihm in dem Wagen, weil er Geburtstag hatte, um ihn aufzumuntern, weil ich mein Versprechen gebrochen hatte, den Tag mit ihnen zu verbringen. Ich hatte sie enttäuscht.«

»Sie meinen …«

»Ja. Mein Sohn war die ganze Zeit mit ihr zusammen. Harry saß im Auto, als Lucy getötet wurde.«

Dann brach Ferris zusammen. Seine dünnen Schultern bebten vor Kummer. »Ich habe den Wraith an dem Tag nach Dorset gebracht«, sagte er schließlich. »Und ich bin gleich frühmorgens losgefahren. An meinem Alibi war nichts ›erfunden‹. Aber als ich am Nachmittag zurückkam, fand ich … die arme Helen. Sie war verzweifelt, hysterisch. Sie war einfach in Panik geraten, verstehen Sie? Nachdem sie das Kind angefahren hatte, ist sie … in Panik geraten und weitergefahren. Harry stand unter Schock – beide. Aber ich bin genauso schuld. Sie wollte zur Polizei gehen, aber ich habe sie nicht gelassen. Ich konnte mir nicht vorstellen, wie die Situation dadurch besser werden sollte. Ich war ein gedankenloser Vater und ein unzuverlässiger Ehemann, und *mein* Verhalten hat dazu geführt, dass sie zur falschen Zeit am falschen Ort waren. Also trage ich eine Mitschuld, aber ich werde nicht alles auf mich nehmen.« Er wischte sich mit einem Stofftaschentuch über das Gesicht. »Denn *ich* hätte angehalten, Constable Broad«, sagte er. »Wäre ich dort gewesen, hätte ich für die arme Lucy angehalten.«

»Wir werden uns Ihre Geschichte von Ihrem Sohn bestätigen lassen müssen, Professor«, sagte Lockyer.

Roland nickte. »Aber bitte lassen Sie mich zuerst mit ihm sprechen. Wir … wir haben uns geschworen, niemals darüber zu reden. Nie wieder. Und das haben wir auch nicht getan, seit über dreißig Jahren. Lassen Sie mich ihn wenigstens vorbereiten. Er hat seine Mutter so sehr geliebt.«

»In Ordnung«, sagte Lockyer. »Bitten Sie ihn, hier in Longacres zu bleiben, wenn er aus London zurückkommt. Wir kommen morgen wieder.«

»Die arme Helen ... die arme Helen ... Sie konnte es nicht ertragen. Die Schuldgefühle, verstehen Sie? Wie eine Krankheit. So hat sie es in ihrem Brief beschrieben. Eine Krankheit, die sie aufgefressen hat ...« Die Stimme des alten Mannes verstummte.

»Sie hat also einen Abschiedsbrief hinterlassen«, stellte Lockyer fest. »Darf ich ihn sehen?«

»Ich ... ich habe ihn vernichtet. Nicht sofort, ich konnte es nicht ertragen. Sie ... selbst nach alldem hatte sie noch zärtliche Worte für mich. Worte der Liebe. Sie hat ihn auf meinem Schreibtisch abgelegt, er war nur für mich bestimmt. Ich habe ihn einige Jahre aufbewahrt, aber dann habe ich ihn vernichtet. Es war ein Beweisstück, verstehen Sie?«

»Das ist schade. Wie Sie sagen, er war ein Beweisstück.«

»Werde ich angeklagt? Für das, was ich 1988 getan habe – als Mittäter oder so etwas?«

»Ich habe keine Ahnung, Professor. In Anbetracht der Zeit, die vergangen ist, und Ihres Gesundheitszustands, bezweifle ich das. Aber wenn ich Lucys Familie wäre, würde ich sicherlich anders argumentieren.«

Der alte Mann sah Lockyer niedergeschlagen an. »Ich auch.«

Lockyer fand an diesem Abend keine Ruhe – weder bei der Arbeit am Haus noch beim Essen oder mit einem Buch. Die gleichen unangenehmen Gefühle, die während seines Telefonats mit Hedy in ihm aufgestiegen waren, trieben ihn um. Sie kamen und gingen in Wellen, tauchten plötzlich auf, verblassten dann wieder, verließen ihn aber nie ganz. Ketten von Ereignissen ... *Eine Kette von Ereignissen, die zu einem bestimmten Punkt führen*, so hatte Hedy das Leben beschrieben. *Unsere Entscheidungen sind nicht wirklich Entscheidungen.* Sie sprach nicht von Schicksal, sondern von der unvermeidlichen Wirkung der Handlungen anderer auf unsere eigenen.

Er dachte an Kevin. An den schädlichen Einfluss in seiner Jugend, vor allem von seinem Vater. Lockyer rechnete jeden Tag damit, von Kevin oder über den Polizeifunk zu erfahren, dass er in Schwierigkeiten steckte. Dass er mit Drogen oder Diebesgut erwischt worden war – womit auch immer sein Vater im Gefängnis handelte. Für Lockyer sah es so aus, als müsste er sich einfach nur entscheiden, nicht mitzumachen, aber er bezweifelte, dass Kevin das so sah. Er bezweifelte, dass es sich für ihn so anfühlte, als hätte er eine Wahl.

Er dachte an Malcolm White, der schon in einer heiklen Lage gewesen war, bevor er Lucy verloren hatte – und danach alles andere. Welche Möglichkeiten hatte er gehabt? Vielleicht hätte ein anderer Mensch nie wieder einen Tropfen angerührt. Vielleicht hätte ein anderer Mensch weitergemacht, neu angefangen, einen Weg gefunden, sich zu verzeihen. Hätte sich stattdessen in eine Karriere in der Trauer- oder Drogenberatung gestürzt. Aber nicht Malcolm. Er war nicht so ein Mensch. Und wenn Alkohol und Verzweiflung ihn zu einem Mord getrieben hatten, hatte er dann wirklich eine Wahl gehabt?

Plötzlich sah Lockyer den Zusammenbruch seines eigenen Vaters vor sich, der nicht so viel anders als Malcolms Zusammenbruch war, sich nur wesentlich langsamer entwickelt hatte. Es hatte zwanzig Jahre gedauert, aber es war passiert. All der Kummer, all die Hilflosigkeit. John, ein Schatten seines früheren Selbst, hatte allein auf einem Feld gestanden. Und Malcolm kauerte unglücklich in einer Zelle, zitterte, weil er Entzugserscheinungen und dauerhafte neurologische Schäden hatte. Beide waren gebrochene Männer, aber keiner von ihnen war ein Mörder. Das sagte Lockyer sein Bauchgefühl.

Warum konnte er dann bei Hedy nicht dieselbe Gewissheit finden? *Sie ist nicht der Typ, der jemanden umbringt,* hatte Cass Baker gesagt. Überzeugt, eindringlich. Und doch war er gezwungen gewesen zu fragen, sie um eine Antwort anzuflehen: *Sagen Sie mir die Wahrheit?* Er wusste noch immer nicht, was er dachte, was er fühlte.

Er sah sich seine Notizen über jeden an, mit dem sie gesprochen hatten, über alles, was er gehört, gesehen und gelesen hatte. Er ging noch einmal Lucys Akte durch, mit demselben Gefühl, etwas gesehen zu haben, ohne sich dessen Bedeutung bewusst zu sein. Nur weil jemand einmal gelogen hatte, bedeutete das nicht, dass alles, was er sagte, gelogen war. Eine Lüge konnte so sehr mit der Wahrheit verwoben sein, dass es fast unmöglich war, sie zu erkennen. Dann fand er, was er zu suchen glaubte, und rechnete kurz im Kopf etwas aus.

Seine Muskeln fühlten sich verspannt an. Er war nicht mehr schockiert über die Liste der Dinge, die bei den ursprünglichen Ermittlungen übersehen worden waren. Er biss die Zähne zusammen und zog das Foto von Lucy aus der Akte. Das Foto, das von der Zeitung beschnitten worden war. Lucy stand neben dem anderen Mädchen, das er bislang kaum beachtet hatte – schlaksig und braunhaarig. Die »kleine Freundin«, mit der Lucy reiten ging. Jetzt sah er sich dieses andere Mädchen genauer an, betrachtete ihr Gesicht. Er starrte, bis ihm die Augen wehtaten. Eilig blätterte er durch die Protokolle seiner Verhöre mit Hedy aus dem Jahr 2005. Verzweifelt auf der Suche nach einem bestimmten Protokoll und zugleich aufs Neue beschämt bei dem

Gedanken, wie stolz er gewesen war, dass sie nur mit ihm hatte sprechen wollen. Wie wichtig er sich gefühlt hatte, wie ein vollwertiger Detective.

DI LOCKYER: *Hatten Sie nie irgendwelche Zweifel an Aaron Fletcher? Nicht einmal, als er selbst nie Geld auf das gemeinsame Konto überwies? Das scheint mir sehr vertrauensvoll.*
ANTWORT: *Ich war sehr vertrauensvoll. Zu vertrauensvoll.*
DI LOCKYER: *Glauben Sie, dass er Sie gerade deshalb ausgewählt hat?*
ANTWORT: *Das weiß ich nicht. Ich denke ... ich denke, wenn man das einer Person antut – sie so betrügt –, muss man glauben, dass man das mit ihr machen kann. Dass man sie blenden kann, meine ich.*
DI LOCKYER: *Es war also zufälliges Pech, dass Sie es waren?*
ANTWORT: *Das nehme ich an, ja. Obwohl er immer gesagt hat, wie viel Glück ich gehabt hätte. Er ist in Kinderheimen aufgewachsen. Ich glaube nicht, dass er überhaupt eine gute Kindheit hatte. Und er sagte immer wieder, wie viel Glück ich gehabt hätte, dass ich eine normale, stabile Kindheit genossen hätte. Eine glückliche Kindheit. Das war seine Vorstellung von mir, vielleicht weil ich mich so gut mit meiner Mutter und meinem Stiefvater verstanden habe. Aber es gab auch schlechte Zeiten, wissen Sie? Ich hatte eine Schwester, die gestorben ist, als ich noch sehr klein war. Ich habe meine beste Freundin verloren, und zu meinem richtigen Vater habe ich keinen Kontakt. Aber das hat Aaron ... einfach verdrängt.*
DI LOCKYER: *Glauben Sie denn, dass es Rache war? Für die Kindheit, die ihm verwehrt wurde?*
ANTWORT: *Ich glaube, das hat er sich eingeredet, um sein Handeln zu rechtfertigen. Damit er sich deswegen gut fühlt. Oder vielleicht, um sich einzureden, dass es mir gut gehen würde, wenn er weg ist, weil ich ja meine Mutter habe. Aber ich weiß es nicht.*

Lockyer ließ die Abschrift fallen, stand taumelnd auf und hatte das Gefühl, als wären seine Eingeweide mit Beton ausgegossen. Genau wie Hedy es beschrieben hatte. Die Erkenntnis, dass er von einem Experten hereingelegt worden war. Er fuhr sich mit den Händen durchs Haar und umklammerte seinen Schädel, dann zog er sich die Stiefel an und verließ das Haus, wobei er die Tür hinter sich ins Schloss fallen ließ.

Er ging einfach drauflos. Bergauf, unter ausladenden Ästen hindurch – schwarze Silhouetten vorm blassen Licht des Halbmonds. Er schlitterte durch welke Laubhaufen und stolperte über den zerfurchten Boden. Es lag Frost in der Luft, und Lockyer fror innerlich. War es eine Lüge, die sich zwischen so vielen Wahrheiten versteckte, dass sie unbemerkt geblieben war, oder eine Wahrheit, die sich zwischen so vielen Lügen versteckte, dass sie von ihnen überdeckt wurde? *Die Katze dort hieß Janus, wussten Sie das?*, hatte Tor Garvich gesagt. *Nach dem römischen Gott mit den zwei Gesichtern. Ich erinnere mich, dass ich dachte, genau wie sie – wie Hedy Lambert. Die hatte auch zwei Gesichter. Das eine war wie abgestorben, das andere das einer Mörderin.*

Er dachte an die ersten Tage nach dem Mord und nach Hedys Verhaftung, als sie fast stumm gewesen war. Wer wusste schon, was sie gedacht hatte? War sie verzweifelt und entsetzt gewesen, hatte sie unter Schock gestanden … oder war sie insgeheim berechnend gewesen? Wer würde es je erfahren? Hatte sie sich ausgerechnet, dass sie einen Verbündeten brauchen würde – einen jungen Detective, zu dem sie eine Verbindung spürte? *Ich denke, wenn man das einer Person antut – sie so betrügt –, muss man glauben, dass man das mit ihr machen kann* … Er dachte daran, wie ihre Stimme ausdruckslos und undurchsichtig geworden war, als sie vor zwei Tagen am Telefon von Rache gesprochen hatten. Von einem Unfall, der sich ereignet hatte. Einer Tragödie.

Lockyer lief immer weiter. Seine Stiefel wurden schwer vom nassen Schlamm, Brombeersträucher rissen an seinen Ärmeln und an seiner Hose. Irgendwann lief er unter Buchen entlang, durch den tiefen, raschelnden Teppich aus gefallenen Blättern. Er würde die ganze Nacht laufen, wenn es sein musste, um nachzudenken und einen Weg zu finden, sich selbst zu widerlegen.

Einiges konnte er Malcolm White und Roland Ferris fragen. Einiges überprüfen. Vielleicht bekam er dadurch, was er wollte – die Gelegenheit, sich selbst einen Irrtum bei Hedy nachzuweisen. Denn er war in sie verliebt. Jetzt wurde ihm klar, dass er vielleicht schon seit ihrer ersten Begegnung in sie verliebt gewesen war. Und das Gefühl, das immer wieder in ihm aufstieg und ihn zu ersticken drohte, war Angst.

17

TAG EINUNDZWANZIG, DONNERSTAG

Als Broad das Büro betrat, verriet sie Lockyer mit ihrem Gesichtsausdruck, dass er genauso elend aussah, wie er sich fühlte. Er trug das Hemd von gestern und hatte Schlammspritzer an den Hosenbeinen, weil er nicht aufgepasst hatte, als er in der Dunkelheit vor Sonnenaufgang zurück zu seinem Auto gestapft war. Seine Augen fühlten sich trocken an, sein Kopf seltsam hohl. Es war, als wäre er beraubt worden. Als hätte man ihm etwas Kostbares genommen.

»Alles in Ordnung, Chef?«, fragte Broad.

Er musste etwas aus der ursprünglichen Ermittlung überprüfen: Hatten sie Hedy zuerst gesagt, dass das Opfer nicht Harry sei, oder hatte sie zuerst gesagt, dass sie es gewusst habe. Und wann genau hatte Roland Ferris den Abschiedsbrief seiner Frau vernichtet – bevor Hedy für ihn zu arbeiten anfing oder danach?

»Warum meldet sie sich wieder bei mir?«, platzte er heraus. »Warum erzählt sie mir, dass Harry Ferris zurück ist, und lässt mich erneut ermitteln?«

Broad legte den Kopf schief. »Reden wir von Hedy Lambert?«

»Sie muss gewusst haben, dass es ein Risiko war. Dass wir alles herausfinden könnten. Also wollte sie das ... vielleicht.«

»Sie müssen mich aufklären, Chef.«

Lockyer atmete tief durch, auf seiner Brust lag ein schwerer Druck. »Pferde, Gem. Es waren die ganze Zeit über Pferde. Also doch keine verdammten Zebras.«

»Glauben Sie, dass sie es getan hat?«

»Ja, aber aus einem anderen Motiv, als ich gedacht habe.«

»Warum dann?«

»Ich glaube, sie war die beste Freundin von Lucy White.«

Er hielt ihr das Foto von den beiden Mädchen hin, und Broad betrachtete es stirnrunzelnd. Das zweite kleine Mädchen mit den braunen Haaren und einem schmalen Gesicht. Lange Nase, graue Augen. Die Augen von Hedy.

»Shit...«, keuchte sie.

Sie hörte zu, als Lockyer ihr seine Überlegungen erläuterte, und er war dankbar, dass sie nicht zu den Menschen gehörte, die gerne sagten: *Ich hab's ja gleich gewusst.*

»Dann ist es wirklich seltsam, dass sie sich wieder an Sie gewandt hat«, war alles, was sie sagte, als er endete. »Es sei denn, sie dachte, Sie könnten genug herausfinden, um ihr ein Wiederaufnahmeverfahren zu verschaffen, aber nicht genug, um sie erneut zu verurteilen. Offensichtlich will sie aus dem Gefängnis raus. Vielleicht will sie an Harry oder Roland herankommen, solange das noch geht, und diesmal die richtige Person erwischen?«

»Ja, sie hat sich immer sehr interessiert nach Harry erkundigt. Ob ich ihn getroffen habe, wo er die ganze Zeit gewesen ist... Und sie wollte mir am Telefon nicht sagen, dass er zurück ist. Hat mich zu dem ersten Besuch gezwungen. Als wollte sie...«

»Sichergehen, dass sie Sie immer noch auf ihrer Seite hat?« Broad sah ihn mitfühlend an.

Lockyer hielt inne. »Vielleicht wollte sie nur, dass die Welt von Lucy erfährt.«

»Vielleicht.«

»Ich könnte mich aber auch irren, oder?« Das klang sehr nach einem Wunsch.

»Nun, ein paar Dinge können wir leicht überprüfen. Und wir können noch mal mit Malcolm White sprechen, solange wir ihn hierhaben.«

»Ja.« Lockyer stand auf. »Sie sollen ihn heraufbringen und ihn fragen, ob er seinen Anwalt will.«

Malcolm White nickte erschöpft, als man ihn fragte, ob er einen Anwalt dabeihaben wolle. Sie setzten ihn in den Verhörraum und ließen ihn warten, wobei sein abgemagerter Körper zitterte und der Kopf auf seinem Hals wackelte. Broad hatte Mitleid mit ihm und holte ihm eine Tasse Tee und ein Schinkenbrötchen. Sie nahmen zu dritt Platz, und er aß und trank zitternd einen Schluck Tee.

»Ich brauche einen Drink. Einen richtigen Drink«, sagte Malcolm schwach. »Es ist ... gefährlich, nach so langer Zeit einfach einen kalten Entzug zu machen. Ich könnte krank werden.«

»Sie sind krank, Mr. White. Und je schneller wir der Sache auf den Grund gehen, desto schneller können Sie gehen«, sagte Lockyer.

»Sie dürfen mich nicht vernehmen, solange der Anwalt nicht dabei ist«, sagte er. »Richtig?«

»Wir vernehmen Sie nicht, Mr. White, wir unterhalten uns nur.«

»Nicht schon wieder über diesen Mord ... Ich weiß nicht das Geringste darüber.«

»Nein. Ich möchte mit Ihnen über Lucys Freundin sprechen. Die auf diesem Bild.«

Lockyer schob das Foto über den Tisch, und hinter seinen

Rippen pochte sein Herz. Malcolm nahm das Bild in die Hand und hatte Mühe, den Blick zu fokussieren. Er betrachtete es lange, dann strich er mit dem Daumen sanft über das sonnenbeschienene Gesicht seiner Tochter. Er blickte zu Lockyer hoch.

»Sie wollen über Hedy reden?«, fragte er. »Warum?«

Und damit schwand jede Hoffnung in Lockyer, dass er sich irrte.

»Wann haben Sie sie zuletzt gesehen?« Die Worte kamen bleiern aus seinem Mund.

»Weiß der Himmel. Das ist eine Ewigkeit her. Sie kam ein paarmal vorbei, nachdem es passiert war … Ich weiß nicht genau, warum. Vielleicht hat sie es nicht verkraftet, dass Lucy weg war. Armes Kind. Angie hat ihr gesagt, sie soll sich etwas aussuchen, das sie an Lucy erinnert, und sie ist ein- oder zweimal in ihr Zimmer gegangen, aber ich glaube nicht, dass sie etwas mitgenommen hat.« Malcolm hustete feucht. »Komisches Kind. Süß, aber … sehr ernst. Sie und Lucy waren wie Pech und Schwefel, als wären sie an der verdammten Hüfte zusammengewachsen.«

Lockyer sah Broad an, auf deren Gesicht er die gleiche Erkenntnis las, die ihm selbst gerade gekommen war. Sie ahnten, was Hedy als Andenken mitgenommen hatte.

Lockyer wartete allein in einem kleinen Raum auf Hedy, während die Formalien für das kurzfristige Gespräch erledigt wurden, und lief ungeduldig auf und ab. Er hatte nicht gewagt, Broad mitzunehmen. Er fühlte sich bloßgestellt, war verwirrt, konnte sich kaum an die Herfahrt erinnern. Und es war kein wichtiges Gespräch – nicht in Bezug auf den Fall. Schließlich saß die Täterin ihre Strafe bereits ab. Während er wartete, waren alle seine Muskeln angespannt, in ihm mischte sich Angst mit Wut. Aber immer noch ging dieser Ruck durch ihn, wenn er sie sah.

Immer noch war dieser Drang da, sich in ihrem Anblick zu verlieren.

Als sie seine Miene sah, verzog sie das Gesicht. Vorsichtig kam sie näher. »Was ist los? Was ist passiert?«, fragte sie.

Ihr offenes Haar schwang um ihre Schultern, als sie sich setzte, sein Duft schnürte Lockyer die Kehle zu.

»Hedy …« Es fiel ihm schwer zu sprechen. In ihm brodelte die Wut, aber er spürte auch Verzweiflung. Die ihn zu ertränken drohte. »Hedy, hat Mickey Ihnen wirklich gestanden, dass er nicht Harry Ferris war?«

»Was? Ja.« Ihr Blick glitt suchend über sein Gesicht, als wollte sie herausfinden, was los war. Oder was er wusste. »Ja, das hat er. Genau wie ich es Ihnen gesagt habe.«

»Denn ich bin mir ziemlich sicher, dass ich es Ihnen zuerst gesagt habe. Ich habe meine Notizen von 2005 überprüft, und … es scheint, als hätten Sie sein Geständnis erst erwähnt, *nachdem* ich Ihnen gesagt hatte, dass die Kriminaltechnik bewiesen hat, dass er nicht Harry war.«

»Aber … nein, das stimmt nicht. Es war, wie ich es Ihnen gesagt habe, einige Tage bevor er getötet wurde. Fünf oder sechs Tage vielleicht. Ich habe es erwähnt, sobald wir über das Thema gesprochen haben – als Sie mich danach gefragt haben. Matt, was ist los?«

»Inspector Lockyer, bitte.« Lockyer blätterte in dem Protokoll, das er mitgebracht hatte, und suchte nach dem Abschnitt, der ihm nach der Wiederaufnahme der Ermittlungen aufgefallen war, ohne dass es ihm damals bewusst gewesen wäre. »Sie sagten: ›Er sagte, er sei nicht Harry Ferris. Er sagte, sein Name sei Michael.‹ Aber das Opfer nannte sich nicht Michael – er war als Mickey bekannt. Michael war sein offizieller Name, den die Polizei verwendete.«

»Ich verstehe nicht. Na und?«

»Dann hätte er sich doch sicher als Mickey und nicht als Michael vorgestellt?«

Hedy schwieg eine Zeit lang. Sie beobachtete ihn mit angespannten Schultern.

»Mickey. Ja. Vielleicht hat er das gesagt. Und ich ... habe nur die offiziellere Version benutzt.«

»Oder vielleicht haben Sie den Namen von der Polizei – von mir – und gar nicht von ihm.«

»Ich habe es von ihm erfahren. Er hat mir gesagt, wer er wirklich ist.«

»Haben Sie den Abschiedsbrief von Helen Ferris gefunden?«

»Was?« Hedy schüttelte den Kopf. »Ich habe nicht ...«

»Sie waren überall im Haus. Haben geputzt, aufgeräumt. Vielleicht haben Sie etwas gesucht? Sie hatten reichlich Gelegenheit, das Arbeitszimmer von Professor Ferris und seinen Schreibtisch zu durchsuchen.«

»Zu durchsuchen? Nach was?«

»Nach einem Beweis. Dem Beweis, dass die Ferris' für den Tod von Lucy White verantwortlich waren.« Er starrte sie an, und Hedy starrte zurück, ihre Augen weiteten sich. In der folgenden Stille pochte Lockyers Puls heftig in seinen Ohren. Er spürte ihn in seinem Hals. »Helens Brief hätte für Klarheit gesorgt. Sie hat Lucy überfahren, und Roland hat ihr geholfen, es zu vertuschen.«

»*Lucy?*« Hedy flüsterte nur noch.

Sie lauerte mit ihrem Staubtuch, wie Tor Garvich gesagt hatte. Bereit, die Fingerabdrücke von den Fotos zu wischen ... Sie hätte den grünen Jaguar im Hintergrund des Bildes vom Silver Wraith gesehen. Natürlich hätte sie das.

»Haben Sie sich dort absichtlich einen Job gesucht, Hedy? Sind

Sie extra nach Longacres gegangen, um dort nach Beweisen zu suchen – damit Sie es ein für alle Mal klären konnten?«

»Nein, ich … ich wusste es nicht. *Lucy?* Wollen Sie damit sagen, dass die Frau von Professor Ferris Lucy White getötet hat? Dass der Professor die ganze Zeit wusste, was passiert war? Das ist … ich kann es nicht glauben.« Sie schüttelte den Kopf.

»Ach kommen Sie, Hedy! Das Spiel ist aus! Soll ich etwa glauben, dass es ein Zufall war, dass Sie dort gearbeitet haben?«

»Aber … so war es.« Sie legte die Hände flach auf den Tisch und streckte ihm ihre Finger entgegen. »Matt, ich wusste nicht … ich wusste es nicht.«

»Inspector Lockyer!«, schnauzte er, und seine Wut wuchs. »War Aaron der Auslöser? Was er Ihnen angetan hat? Er hat das Leben zerstört, das Sie sich nach der Tragödie in Ihrer Kindheit wieder aufgebaut hatten. Aarons Betrug hat Ihnen den Boden unter den Füßen weggezogen, war es nicht so? Sie konnten monatelang nicht aus dem Bett aufstehen, haben Sie gesagt.«

»Ja, das ist richtig.« Kaum ein Flüstern, und immer noch dieser verwirrte Ausdruck auf ihrem Gesicht. Er entfachte ein Fünkchen Hoffnung, das aber im Nu wieder erlosch.

»Es war ein schwerer Zusammenbruch. Vielleicht begreife ich jetzt erst, wie schwer. Und dann haben Sie beschlossen, dorthin zurückzukehren, wo alles angefangen hat. Das haben Sie mir erzählt. Zurück in die Gegend, in der Sie aufgewachsen sind, für einen Neubeginn. Dachten Sie, Sie würden die Dinge wieder in Ordnung bringen? Malcolm White kannte den Namen Ferris. Hat *er* es Ihnen gesagt? Oder Angie? Ich weiß, dass Sie sie nach Lucys Tod mehrmals besucht haben. *Natürlich* wollten Sie herausfinden, ob Roland tatsächlich schuldig war – ob er das erste Glied in der Kette von Ereignissen war, die Sie so gebrochen haben. In Scherben, so haben Sie sich selbst beschrieben.«

Hedy schüttelte den Kopf. »Ich ... Ich verstehe nicht.«

»Hören Sie auf, Hedy! Sagen Sie mir einfach die Wahrheit!«

»Was soll ich Ihnen denn sagen?« Sie klang verzweifelt. »Ich wusste nichts von alldem – ich *schwöre,* dass ich es nicht wusste!«

Sie starrte ihn mit leicht geöffnetem Mund an.

Lockyer knallte das Foto der beiden Mädchen vor ihr auf den Tisch.

»Lucy White wurde 1980 geboren. Sie war acht, als sie getötet wurde. So alt wie Sie, Hedy. Sie waren ihre beste Freundin. Sie haben mit ihr Reitstunden genommen. An dem Tag, an dem sie starb, hätten Sie hingehen sollen, aber das haben Sie nicht getan. Warum nicht?«

»Ich musste zum Zahnarzt.« Hedy standen die Tränen in den Augen. »Ich war so wütend. Dass ich meine Stunde und unseren gemeinsamen Samstag verpasst habe.«

»Sie zwei waren besessen von *Voyage, Voyage*. Aber als ich Sie darauf angesprochen habe, haben Sie mich nicht gefragt, *warum*. Sie sagten, Sie hätten es gehasst, dabei haben Sie es in Wahrheit geliebt, nicht? Sie haben wochenlang dazu getanzt. Und Sie haben mich nicht einmal gefragt, warum ich überhaupt danach gefragt habe, Hedy.«

Hedy starrte ihn schweigend an. Lockyer wollte sie schütteln. Die Wahrheit aus ihr herausschütteln.

»Ich habe das Lied geliebt«, sagte sie schließlich. »Aber nachdem Lucy gestorben war, habe ich es gehasst. Sie hat das Auto nicht kommen hören, weil sie ihren Walkman aufhatte. Das hat mir ihre Mutter erzählt. Und ich weiß ... ich *weiß* einfach, dass sie dieses Lied gehört hat!« Sie stockte und holte zitternd Luft. »Sie wissen nicht, wie oft ich mich gefragt habe ... Wenn ich an dem Tag nicht zum Zahnarzt gegangen wäre, wenn ich ganz normal bei ihr gewesen wäre ... Ich habe einen Aufstand gemacht, als Mum es mir gesagt hat, aber ich hätte noch mehr protestieren können. Ich hätte stattdessen einen Tag nach der Schule hingehen können.« Sie schüttelte erneut langsam den Kopf. »Wenn ich bei ihr gewesen wäre, wäre sie dann genau zu derselben Zeit am selben Ort gewesen? Nein, das glaube ich nicht. Und sie hätte auch nicht Musik gehört. Es wäre so einfach zu verhindern gewesen. Ich hätte es verhindern können …«

Sie hielt inne, starrte mit leerem Blick vor sich hin und erinnerte sich. »Ich habe nicht gefragt, warum Sie mich auf das Lied angesprochen haben, weil ich dabei an sie denken musste. An Lucy. Es hat mich verwirrt. Ich hatte schon seit Jahren nicht mehr an sie gedacht.«

»Blödsinn! Sie haben nicht gefragt, weil Sie *wussten*, warum ich gefragt habe. Sie wussten, dass wir das Lied bei Mickeys Leiche gefunden haben. Sie wussten es, weil Sie es dort hingelegt hatten.«

»Was? Nein, ich … ich …«

»Sie haben die Kassette als Andenken mitgenommen und sie Mickey untergeschoben, als Sie ihn getötet haben. Und Sie haben ihn getötet, weil Sie herausgefunden hatten, dass die Ferris' Lucy getötet hatten … es war eine Botschaft an sie. Ein Zeichen. Etwas, das zeigen sollte, dass Sie endlich ihren Mörder bestraft hatten. Aber Sie durften sich nicht anmerken lassen, dass Sie die Bedeutung des Liedes kannten, weil wir es nie öffentlich gemacht haben. Nur die Polizei wusste Bescheid – die Polizei und der Mörder.«

Er sprach zu schnell, ihm ging der Atem aus. Er spürte ihren Verrat bis in die Knochen. Wie ein Messer, das ihn durchbohrte. Sie hatte ihn dazu gebracht, ihr zu glauben – an sie zu glauben.

Stumm und erschüttert schüttelte Hedy den Kopf.

»Sie haben es mir gesagt!«, stieß er hervor. »Stimmt's? Damals, 2005, haben Sie mir den wahren Grund genannt, Ihr wahres

Motiv für den Mord an Harry Ferris – dass Sie Ihre beste Freundin verloren hatten, kurz nachdem auch Ihre Schwester gestorben war. Und dann haben Sie zugesehen, wie ich wie ein Idiot umhergeirrt bin. Als ich herauszufinden versucht habe, warum Sie es getan haben könnten!«

Hedy schüttelte noch heftiger den Kopf. Zwei Tränen landeten auf dem Tisch.

»Und dann, als Sie die Gewissheit hatten, dass die Ferris' schuld waren, haben Sie sich auf Harry gestürzt. Auge um Auge. Ein Junge für ein Mädchen, ein Sohn für eine beste Freundin. Sie hatten Roland Ferris liebgewonnen, Sie haben ihm vertraut. Und die ganze Zeit hat er die Wahrheit verheimlicht ... Sie wollten, dass Roland den Schmerz fühlt, den Sie all die Jahre gefühlt haben. Denn ich weiß *genau,* wie sich dieser Schmerz anfühlt, Hedy! Ich weiß, dass er nicht vergeht. Haben Sie Mickey aus einem Impuls heraus getötet, als Sie den Beweis gefunden hatten? Und erst hinterher gemerkt, dass Sie die falsche Waffe gewählt hatten – ein Messer mit Ihren eigenen Fingerabdrücken? Das bedeutete, dass Sie sich nur mit einem fehlenden Motiv verteidigen konnten ...«

Er verstummte einen Moment, seine Kehle schmerzte. »Die Behauptung, Mickey habe Ihnen seine Identität gestanden ... das war die größte Lüge von allen, ist es nicht so, Hedy? Die entscheidende. Wenn Sie gewusst hätten, dass er nicht Harry war, wären wir nie auf Ihr Motiv gekommen, selbst wenn wir herausgefunden hätten, wer Sie wirklich sind. Schließlich hatten Sie keine Verbindung zu Mickey Brown. Aber Sie hatten nicht mit mir gerechnet.« Er senkte seine Stimme und sprach dabei sowohl zu sich selbst als auch zu ihr. »Sie hatten nicht mit mir gerechnet. Mit mir und meinem Bedürfnis, den Mörder zu finden, für Gerechtigkeit zu sorgen. Um meine eigenen ... Fehler auszugleichen. Ihre Motive auszugraben ...«

»*Hören Sie auf!* Hören Sie endlich auf! Seien Sie einfach still!«
Hedy schlug so fest mit den Händen auf den Tisch, dass Lockyer zusammenzuckte.

Lockyer schaute mit düsterer Miene zu ihr. Sie blickte wütend zurück, verletzt. Als sie sprach, klang ihre Stimme rau. »Mein Vater hat mich Hedy, nach Hedy Lamarr genannt, weil er vom goldenen Zeitalter des Kinos besessen war. Meine Schwester hieß Katy, nach Katharine Hepburn. Sie starb mit sieben an Leukämie, ich war damals fünf. Das war … erschütternd. Meine Eltern trennten sich. Dad zog weg, und Mum und ich blieben in Bottlesford …« Sie musste innehalten, um zu schlucken. »Lucy war meine beste Freundin, und ich habe sie geliebt. Als sie starb, war ich vollkommen fertig … das war der letzte Tropfen, der das Fass zum Überlaufen brachte. Meine Mutter verkaufte das Cottage, und wir zogen in die Nähe von Swindon, um bei meinen Großeltern zu sein und einen Neuanfang zu machen. Aber das war's dann auch schon. Alles andere, was Sie gerade gesagt haben … *Nichts* davon ist wahr. Gar nichts!«

»Ich glaube Ihnen nicht.«

»Es ist die *Wahrheit*!«, rief Hedy.

»Ist das alles nur ein Zufall?« Er klang bitter.

»Ja! So etwas kommt vor! Ich hatte keine Ahnung, dass die Ferris' etwas mit Lucys Tod zu tun hatten. Nicht im Geringsten. Und ich habe sie geliebt, aber nicht an *sie* habe ich all die Jahre gedacht. Sondern an meine Schwester.« Hedy rieb sich heftig die Augen. »Eine Freundin ist eine Sache, aber eine Schwester ist etwas ganz anderes. Ich habe Katy *vergöttert*. Als sie starb, hatte ich das Gefühl, ein Stück von mir selbst verloren zu haben. Und so ist es seither geblieben. Als ob irgendetwas fehlt. Als Sie mich nach diesem verdammten Lied gefragt haben, habe ich zum ersten Mal seit Jahren wieder an Lucy gedacht, und das tat mir leid. Aber *Katy* war das erste Glied in der Kette, nicht Lucy.«

Lockyer schwieg.

»Ich war noch ein Kind, als Lucy starb«, fuhr Hedy fort. »Ich wusste nichts von den Ermittlungen oder ob sie jemanden gefasst hatten. Meine Mutter hat mich von alldem abgeschirmt.«

»Vielleicht als Sie klein waren, aber als Sie älter wurden, müssen Sie doch neugierig gewesen sein. Da wollten Sie es doch sicher wissen.«

»Ich habe meine Mutter gefragt, klar. Sie hat mir gesagt, dass nie jemand festgenommen wurde. Ich habe nur …« Sie zuckte nervös mit den Schultern. »Es kam mir nie in den Sinn, weiter nachzuforschen! Wenn die Polizei den Verantwortlichen nicht gefasst hat, wie hätte ich es dann jemals herausfinden sollen?«

»Indem Sie zu ihren Eltern gegangen sind. Sie haben den Namen Ferris gehört und dann einen Job in Longacres angenommen. Indem Sie …«

»*Nein.*« Ihre Stimme bebte. »Sie … Sie glauben doch nicht ernsthaft, dass ich nach dem, was mit Aaron passiert ist, nach dem, was er mir angetan hat, in der Lage gewesen wäre, mir so einen Plan auszudenken? Ich konnte ja kaum planen, was ich morgens anziehe!«

»Ich bin sicher, es hat Sie schwer verletzt. Es hat Ihren Blick auf die Welt verändert. Es hat Sie dazu gebracht, drastisch zu handeln.«

»Nein. Nein! Ich *wusste es nicht*. Und ich habe Harry nicht getötet – oder Mickey! Ich sage die *Wahrheit*. Das habe ich immer getan! Ich dachte, Sie glauben mir. Ich dachte, wir wären …«

»Was? Freunde?«

Sie hielt seinen Blick wieder fest, ihre Augen glänzten.

»Ja«, sagte sie. »Freunde.«

»Tja, das waren wir nicht. Ich bin ein Narr, und Sie ... Sie sind genau da, wo Sie hingehören.«

»Nein, das stimmt nicht! Ich habe niemanden umgebracht!« Hedys Gesichtszüge waren vor Empörung, vor Verzweiflung verzerrt. »O Gott – ich dachte, Sie würden mich hier rausholen! Das habe ich wirklich geglaubt! Und jetzt das! *Das!*«, schrie sie und erhob sich halb von ihrem Stuhl. Draußen vor dem Fenster wurde der Wachmann aufmerksam. »Ich habe ihn nicht umgebracht!«

»Sie waren so kalt am Telefon, als wir über einen Unfall in der Vergangenheit der Ferris' gesprochen haben. Darüber, dass ein Kind getötet wurde. Ihr Tonfall hat sich völlig verändert. Und Sie waren diejenige, die Rache als Motiv ins Spiel gebracht hat«, sagte Lockyer. »Warum haben Sie mir nicht gesagt, dass Sie Lucy White kannten?«

»Warum sollte ich? Sie ist vor über dreißig Jahren gestorben, und Sie haben ihren Namen nicht erwähnt. Ich hatte keine Ahnung, dass sie etwas damit zu tun hat – mit alldem!« Sie deutete auf die Akten, seine Notizen, packte dann eine Handvoll Papiere und warf sie nach ihm. »Sie sehen Dinge, die *nicht da sind*! Vielleicht *sind Sie* also ein verdammter Narr! Sie haben es schon einmal getan – Sie haben sich Geschichten über mich ausgedacht, darüber, was ich getan haben könnte und warum. Geschichten, die die Geschworenen überzeugt haben! Aber Sie haben sich damals geirrt, und Sie irren sich auch jetzt!«

»Hedy ...«

»*Das* können Sie doch nicht wirklich glauben!«

»Hedy, nur ...«

»Ich dachte ... ich dachte wirklich, Sie würden mich hier rausholen.« Sie sackte in ihrem Stuhl zusammen, das Gesicht in den Händen vergraben, ihr Körper wurde von Schluchzen erschüttert.

Lockyer beobachtete sie einen Moment schweigend. Dann ging er.

Wenn Lockyer gehofft hatte, nach dem Gespräch mit Hedy irgendeine Befriedigung zu empfinden, wurde er enttäuscht. Er war erschöpft und verunsichert. Immer wieder musste er daran denken, wie verzweifelt sie am Ende gewesen war. Sie war in ihrem Stuhl zusammengesunken und hatte sich die Seele aus dem Leib geweint. Weil sie gedacht hatte, er würde ihr glauben. Und ihm ging nicht aus dem Kopf, was sie über ihre Schwester gesagt hatte, weil es so wahr klang. *Eine Freundin ist eine Sache, aber eine Schwester eine andere* ... Er kannte dieses Vermissen nur zu gut, dieses Gefühl, einen Teil von sich verloren zu haben.

Trotz allem wollte er sich immer noch in ihr täuschen. Aber er wagte es nicht, sich Hoffnungen zu machen. *Geschwisterliebe.* Diese Verbindung, die über die Liebe zwischen Paaren hinausging. Eine solche Liebe konnte verblassen, ausbrennen, zerbrechen. Aber die Verbindung zwischen Geschwistern war eher wie etwas Körperliches – etwas, das niemals von jemand anderem ersetzt werden konnte. Chris war der einzige Mensch, bei dem er sich vorstellen konnte, aus Rache für ihn zu töten. *Katy war das erste Glied in der Kette, nicht Lucy.* Er schlug mit der Faust hart gegen das Lenkrad, und noch einmal, bis es wehtat. Wie schaffte sie es nur immer wieder, ihm das anzutun? Jedes Mal brachte sie seine Gewissheit ins Wanken. Und Zufälle gab es auch. Wie bei Mickey, der am zwölften Mai in Longacres aufgetaucht war. Harrys Geburtstag. Oder hatte er das Datum gekannt – sich an seine Bedeutung erinnert? War es das, was ihn an Longacres erinnert und ihn auf seiner Flucht vor Sean

Hannington dorthin getrieben hatte? *Der arme kleine Kerl musste wirklich flüchten.*

Broad befand sich bereits im Gespräch mit Malcolm White und seinem Anwalt und ging seine offizielle Aussage durch. Alle drei blickten auf, als Lockyer unvermittelt hereinplatzte und einigen Lärm machte, als er sich auf den Stuhl setzte.

»Detective Inspector Lockyer hat den Raum betreten«, blaffte er.

»Chef?« Broad sah besorgt aus.

»Mr. White, wann haben Sie eines Ihrer anderen Kinder zuletzt gesehen? Vicky oder Daniel?«

Malcolm sah auf und erwiderte Lockyers harten Blick mit einem Blick, der bar jeder Hoffnung oder Erwartung war. »Die Kinder?«, fragte er. »Ich weiß nicht ... Danny kommt ab und zu vorbei. Ein paarmal im Jahr. Er hat jetzt sein eigenes Geschäft. Industriereinigung. Er hat es zu etwas gebracht, obwohl er mich zum Vater hat. Er hat zwei Kinder, aber er bringt sie nicht mit. Aber das kreide ich ihm nicht an.«

»Und Vicky?«, fragte Lockyer.

»Ich habe sie seit Jahren nicht mehr gesehen. Ich weiß nicht einmal, wo sie wohnt oder was sie zurzeit macht.« Er schüttelte langsam den Kopf. »Mein kleines Mädchen.«

»Wie war sie denn so?«, fragte Lockyer.

»Wie sie war?« Malcolm sah verwirrt zu ihm hoch.

»Ja. Als sie noch klein war.«

»Wie ein kleines Mädchen eben«, sagte er traurig. »Eine kleine Prinzessin. Lucy war viel lieber draußen unterwegs. In Jeans oder Reithosen. Ponys ... sie war besessen von Ponys. Vicky stand auf alles, was rosa war – sie wollte keine andere Farbe anziehen. Und sie klaute ständig Angies Make-up und malte sich damit an. Sie spielte Schickmachen, wissen Sie. Ein richtig mädchenhaftes Mädchen. Aber sie war klug. Und gut in der Schule.«

»Haben sie und Lucy sich gut verstanden?«

»Ja … Ich glaube, Lucy hatte manchmal ein bisschen die Nase voll von ihr, weil sie sich ein Zimmer teilen mussten und so, aber nein, sie kamen gut miteinander aus. Vicky hat sie vergöttert, wissen Sie? Ihre große Schwester. Und Lucy war nie gemein zu ihr, hat sie nie schikaniert.«

Geschwisterliebe. Katy war das erste Glied in meiner Kette.

»Können Sie sich erinnern, wann Sie sie das letzte Mal gesehen haben, Malcolm?«, fragte Lockyer.

»Vor Jahren. Könnte ein Jahrzehnt her sein oder länger … irgendwann in den Nullerjahren?« Er dachte nach. »Ja, das stimmt – ich kann Ihnen nicht sagen, welches Jahr es war, aber Arsenal hatte gerade im Spiel gegen Man U durch ein Elfmeterschießen den FA Cup gewonnen. Es war brutal. Sie hat mich danach gefragt – na ja, eigentlich hat sie mich bedauert. Sie wusste, dass ich am Boden zerstört sein würde. Und das war ich auch.« Er schaute nach unten und zupfte an seiner Nagelhaut. »Ich *war* am Boden zerstört.«

Broad nahm ihr Telefon in die Hand und führte eine schnelle Suche durch. Sie warf Lockyer einen vielsagenden Blick zu, fand schnell, was sie suchte, und zeigte ihm das Display. »2005«, sagte sie.

»Ja, das kann sein«, sagte Malcolm. »Sie sah wunderschön aus. So … erwachsen.«

»Was wollte sie?«, fragte Lockyer.

»Ich weiß es nicht. Vermutlich ihren alten Herrn besuchen. Um zu sehen, ob ich meinen Kram auf die Reihe kriege. Aber sie hat mir eine Flasche mitgebracht, also wusste sie wohl, dass das nicht der Fall war.«

»Hat sie etwas mitgenommen, als sie ging?«

»Etwas mitgenommen? Das glaube ich nicht. Sie ging hoch in ihr altes Zimmer. Sie sagte, sie wolle es nur sehen – es war das erste Mal, dass sie wieder im Haus war, seit Angie mich mit den Kindern verlassen hatte. Danach habe ich sie und Danny immer nur im Imbiss oder so getroffen.«

»Was hat sie da oben gemacht? In ihrem alten Zimmer?«

»Ich weiß es nicht. Ich habe mich da rausgehalten … Ich habe gehört, wie sie ein bisschen herumgekramt hat. Als ob sie sich ein paar ihrer alten Sachen ansehen würde, die dort zurückgeblieben waren. Sie ist nicht lange da oben gewesen. War nicht so gut.«

»Ihnen hat es nicht gefallen?«

»*Ihr* nicht. Sie war aufgeregt, als sie wieder herunterkam. Sie hat nicht geweint, aber … sie war irgendwie ganz angespannt. Ich hatte ihr gesagt, sie sollte da nicht hochgehen – es würde nur wehtun. Lucy war … ihre Heldin.« Malcolm holte tief Luft, schloss die Augen und wandte sein Gesicht von der Erinnerung ab. »Sie hätte nicht hochgehen sollen.«

»Aber sie hat nichts mitgenommen?«

»Ich habe nichts gesehen.«

»Aber wenn es etwas Kleines gewesen wäre, hätten Sie es nicht bemerkt, oder? Etwas, das in ihre Hosentasche gepasst hätte. Oder in ihre Tasche. Wie eine Kassette.«

»Worum geht es hier eigentlich? Warum fragen Sie überhaupt nach Vicky?«

»Was hat sie 2005 beruflich gemacht?«

»Ich kann mich nicht erinnern. Sie hat es mir gesagt. Sie hat studiert … Es war irgendetwas Gescheites …« Er verzog das Gesicht vor lauter Anstrengung, als er versuchte, sich zu erinnern, dann gab er auf.

»Hat sie gesagt, wo sie wohnte?«

»Ich weiß es nicht. Sie hatte ihren Namen geändert, das weiß ich noch.«

»Ja, Sie haben vorhin gesagt, dass sie den Mädchennamen ihrer Mutter angenommen hat, nachdem Sie und Angie geschieden waren.«

»Ja. Borthwick.«

Broad sah Lockyer verwirrt an.

»Borthwick?«, wiederholte er.

»Ja. Dann hat sie ihn wieder geändert, als Angie erneut geheiratet hat. Hat *seinen* Namen angenommen, von dem neuen Kerl. Das war ein heftiger Schlag. Sogar nach allem.«

»Okay. Und wie hieß er?«

»Heath.« Malcolm setzte sich und trommelte mit einem Finger auf den Tisch, er schien sich an etwas zu erinnern. »Und sie hat Geschichte studiert. Hat geforscht – ihren Doktor gemacht oder so.«

Lockyer hörte Broad scharf einatmen. Er erstarrte kurz und versuchte, sich zu beherrschen. Dann ließ er erleichtert den Kopf in die Hände sinken. Plötzlich war ihm heiß, und er zerrte an seiner Krawatte, um sie zu lockern. Er dachte an Hedy, die auf ihrem Stuhl zusammengesackt war und ihren Kummer herausgeweint hatte. Es war unerträglich. Er blickte zu Broad hoch, deren Miene die Bedeutsamkeit der Aussage widerspiegelte.

»Tor Heath«, sagte sie.

»Ja – Tor, die Abkürzung für Victoria«, sagte Lockyer. »Vicky White wurde zu Professor Tor Garvich.«

»Wer ist Professor Garvich?«, fragte Malcolm verwirrt.

»Vielen Dank, Mr. White. Sie haben uns sehr geholfen.«

»Ach ja? Und was passiert als Nächstes?«

»Sie müssen diese Aussage noch einmal wiederholen, aber dann können Sie gehen«, sagte Broad.

Sie sah zu Lockyer, der nickte. »Wir schicken jemanden, der das mit Ihnen durchgeht, und dann bringt Sie ein Streifenwagen nach Hause.«

Malcolm White starrte sie schweigend an und versuchte zu verstehen, was vor sich ging, aber Lockyer war bereits aus der Tür.

Im Flur blieb er stehen und lehnte sich für einen Moment an die Wand. »Also doch Zebras, Chef«, sagte Broad eifrig, als sie ihn einholte.

»Ja, Zebras.« Mehr zu sagen traute er sich nicht.

»Alles okay, Chef?«

»Hedy, heute Morgen«, sagte er. Sein Magen brannte, als er die Szene im Geiste Revue passieren ließ. Dass er sie für eine Mörderin gehalten und ihr das gesagt hatte. Er konnte sich nicht vorstellen, wie er das jemals wiedergutmachen sollte. *Ich dachte, wir wären ... Freunde.* »Ich war ... unerbittlich. Habe all ihre Hoffnungen zunichtegemacht.« Er schloss für einen Moment die Augen. Broad legte ihm eine Hand auf den Arm.

»Sie mussten ihr das alles sagen. Sie brauchten ihre Antwort.«

»Nein. Ich hätte warten sollen. Sie mitnehmen. Sie hätten ...« Er blickte auf sie herab. »Sie hätten das besser gemacht.«

Broad sagte nichts, was Lockyer als taktvolle Zustimmung verstand. Er war als Matt Lockyer dorthin gefahren, nicht als Polizeibeamter. Er war wie irgendein Mann gegangen, der sich von einer Frau betrogen fühlte – er hatte wütend und verzweifelt um sich geschlagen.

»In Ordnung«, sagte Broad. »Jetzt ist es vorbei. Hat sie etwas über Garvich gesagt? Sind Sie so auf die Verbindung gekommen?«

»Nicht direkt. Es war ... Geschwisterliebe.«

»Was?«

»Ach, das hat mein Bruder immer gesagt. Vergessen Sie's.«

»Kopf hoch – Sie haben es geschafft, Chef.« Broad lächelte. »Sie sind dabei, Lambert zu rehabilitieren.«

Lockyer nickte und riss sich zusammen.

»Wir – nicht ich«, sagte er. »Kommen Sie.«

Er drückte sich mit dem Rücken von der Wand ab, und sie eilten zum Auto hinunter.

Sie mussten noch Garvichs Schuld beweisen, aber das sollte doch wohl genügen? Er konnte sie immer noch freibekommen. Garvichs Identität, ihre Verbindung zu den Ferris' und Lucys Tod mussten ausreichen, um die Wiederaufnahme von Hedys Verfahren zu erreichen. Aber nur ein Geständnis von Garvich würde mit Sicherheit dazu führen, dass man den Schuldspruch aufhob. Der Gedanke war elektrisierend. »Vierzehn Jahre«, sagte er, als sie vom Parkplatz des Präsidiums fuhren. Er warf einen Blick auf Broad, die eine neutrale Miene bewahrte. »Vierzehn Jahre war sie eingesperrt. Wegen nichts.«

»Warten Sie, Chef«, sagte Broad ein paar Minuten später. Sie standen an einer Kreuzung, Lockyer wollte gerade auf die Hauptstraße abbiegen, die von Devizes in Richtung Westen, nach Bristol führte. »Hat Rifkin nicht gesagt, dass sie heute Professor Ferris besucht?«

»Verdammt. Ja.« Ihm kam ein Gedanke. »Sie hat beschlossen hinzufahren, als wir ihr gesagt haben, dass Harry Ferris nach Hause zurückgekehrt ist. Als wir ihr sein Foto gezeigt haben.«

»Glauben Sie, dass sie noch einmal auf ihn losgeht? Dass sie versucht, ihm etwas anzutun?« Broads Augen weiteten sich.

»Ja, ich glaube, das wäre möglich.«

Lockyer riss das Steuer herum, lenkte den Wagen in die Gegenrichtung und gab Gas. Broad schaltete die Sirene ein, und die anderen Wagen machten Platz. »Die ›Tat einer Frau‹«, murmelte er. »Und außer Roland Ferris die einzige Person im Haus, die noch glaubte, dass Mickey Harry war.«

»Sie hat darüber gelogen, wie sie den Job dort bekommen hat. Und warum«, sagte Broad.

»Ja. Und Hedy hat beobachtet, wie sie herumgeschnüffelt und sich die Fotos angeschaut hat.«

»Sie hat nach Beweisen gesucht, und ich wette, sie hat sie gefunden.«

»Sie hatte auf alles eine Antwort.« Broad klang peinlich berührt. Lockyer wusste, dass sie Tor Garvich gemocht hatte. Aber Garvich legte Wert darauf, gemocht zu werden. *Ein richtiges mädchenhaftes Mädchen.* »Hat Hedy sie erkannt? Sie muss sie gekannt haben, als sie noch Kinder waren.«

Lockyer schüttelte den Kopf. »Nein. Wenn sie gewusst hätte, wer Tor war, hätte sie es gesagt.« Endlich war er sich sicher.

»Schon wieder da, Inspector?« Paul öffnete seufzend die Tür. »Wollen Sie diesmal mit Harry sprechen?«

Lockyer drängte sich an ihm vorbei. »Ist Tor Garvich schon da?«, zischte er leise. Paul blinzelte, überrascht von seiner Heftigkeit.

»Ja. Warum?«

»Wo?«

»Oben beim Professor und Harry. Sie trinken Kaffee und unterhalten sich – Moment!«

Lockyer sprang die Treppe hinauf, dicht gefolgt von Broad. Ohne anzuklopfen, stürmten sie ins Arbeitszimmer. Lockyer warf einen Blick auf das Bett, auf dem Professor Ferris mit geschlossenen Augen und offenem Mund lag. Schlief er nur fest? Harry stand am Fenster und starrte hinaus, Tor Garvich direkt hinter ihm, ihre Arme hingen lose an den Seiten, ihre Schultern waren hochgezogen und angespannt. Beide drehten sich um, als die Tür aufging, und Lockyer sah, wie sich ihre Augen weiteten. In ihrer Reichweite lag ein altmodischer silberner Brieföffner auf dem Schreibtisch. Ein Messer mit stumpfen Kanten, aber einer ausreichend scharfen Spitze.

»Was soll das?«, fragte Harry sichtlich verunsichert.

»Treten Sie von ihm zurück, Professor! Sofort!«, sagte Broad laut.

Garvich rührte sich nicht, und Harry starrte verwirrt auf sie hinunter. Sie war nur Zentimeter von ihm entfernt, zu nahe. Lockyer trat vor und packte ihr Handgelenk.

»Professor Garvich, ich verhafte Sie wegen des Verdachts, in der Nacht des achtundzwanzigsten Juni 2005 Michael Brown ermordet zu haben. Sie haben das Recht zu schweigen, aber wenn Sie bei der Vernehmung etwas verschweigen, auf das Sie sich später vor Gericht berufen, kann das Ihrer Verteidigung schaden. Alles, was Sie sagen, kann als Beweis gegen Sie verwendet werden.«

»Lassen Sie mich los!«, blaffte Garvich. Lockyer zerrte sie von Harry und dem Brieföffner weg, und Broad stellte sich mit verschränkten Armen dazwischen.

Wütend riss sich Garvich aus Lockyers Griff los.

»Machen Sie sich nicht lächerlich. Warum legen Sie mir keine Handschellen an? Ich muss ja *sehr* gefährlich sein, wenn Sie hier wie Fernsehpolizisten hereinstürmen.«

»Ich glaube, Sie sind hergekommen, weil Sie vorhatten, Harry Ferris und seiner Familie etwas anzutun«, sagte Lockyer.

Garvich schwieg, atmete schwer, und Lockyer las in ihren Augen, dass er recht hatte. Er sah, wie sie begriff, dass ihr gerade ihre einzige Chance entglitt. Sie legte die Stirn in Falten.

»Ich wollte nur … sehen, wie er aussieht.« Sie wandte sich

wieder Harry zu und musterte ihn angriffslustig. »Ich wollte den Mann sehen, der meine Schwester getötet und mein Leben zerstört hat.«

»Harry war nur der Beifahrer!«, sagte Broad. »Er war damals noch ein Kind – seine Mutter saß am Steuer, und sie …«

»Nein, da irren Sie sich.« Garvichs Stimme bebte. Sie richtete ihren Blick auf Harry. »Ich habe Helens Abschiedsbrief gefunden.«

»Was?«, sagte Harry. »Sie hat keinen Brief hinterlassen.«

»O doch, sie hat deinem Vater berichtet, was an dem Tag *wirklich* passiert ist. Er hat ihn versteckt, aber ich habe ihn gefunden. Sie hat dich fahren lassen, stimmt's, Harry? Als Geburtstagsgeschenk, weil du an dem Tag so traurig warst. Sie hat dich fahren lassen, und du hast die Kontrolle verloren. Eine kurze Strecke auf einer ruhigen Straße, aber du warst aufgeregt und bist zu schnell gefahren, war es nicht so? Obwohl sie dich angefleht hat anzuhalten. Und du hast Lucy angefahren.«

Harry Ferris trafen die Worte wie Schläge, und er zog schützend die Schultern hoch. Schließlich nickte er kläglich. Lockyer starrte ihn an, als er endlich die Wahrheit begriff. Auf dem Foto mit dem Silver Wraith – der kleine Harry Ferris auf dem Fahrersitz, der das Lenkrad umklammerte und kaum über das Armaturenbrett schauen konnte. Er hatte den grünen Jaguar am liebsten gehabt, weil er wie kein anderer nach einem Rennwagen aussah. War Helen so dumm gewesen? So *rücksichtslos*? Hätte jede Mutter das getan? Vielleicht ja, wenn sie ihr Kind unbedingt lächeln sehen wollte.

»Sie hat recht«, bestätigte Harry düster.

»Und *die arme* Helen konnte die Schuldgefühle nicht ertragen. Wegen Lucy, aber auch wegen ihres geliebten Harry. Weil er sich danach so verändert hat … weil er vollkommen aus der Spur geraten ist. Sie dachte, es würde ihr Leben für immer zerstören, und das konnte sie nicht verkraften. Es war ein ›schrecklicher Unfall‹, für den *sie* verantwortlich war. Sie und der Professor. Das hat sie geschrieben.« Sie blickte Professor Ferris an, dessen tiefe, gleichmäßige Atemzüge im Schlaf zu hören waren. »Sie hat Harry von jeglicher Verantwortung freigesprochen.«

»Dann ist Mickey Brown, ein unschuldiger Mann, also gestorben, weil Sie dachten, Sie würden Ihre Schwester rächen«, stellte Lockyer fest.

Garvich zögerte, schien sich zu sammeln.

»Seien Sie nicht töricht, Inspector«, sagte sie kalt. »Ich habe niemanden umgebracht.«

»Wissen Sie, Mickey hatte einen Sohn«, bemerkte Broad. »Er mag ein bisschen verkorkst gewesen sein, aber er hatte ein Leben. Eine Zukunft.«

Lockyer glaubte, Garvichs Gelassenheit wanken zu sehen. Nur für eine Sekunde.

»Eine Tragödie«, murmelte sie. »Aber ich hatte nichts damit zu tun. Ich bin an dem Tag wie üblich nach Hause gefahren, und mein Mitbewohner hat mich morgens abgesetzt …«

»Ja, das stimmt. Aber Sie sind nachts zurückgekommen, oder? ›Ich bin damals gar nicht gefahren‹, haben Sie uns erzählt. Aber das heißt nicht, dass Sie nicht fahren *konnten*.« Constable Broad hatte unterwegs bei der Führerscheinstelle nachgefragt. »Sie haben 2000 Ihre Prüfung bestanden, in dem Jahr, in dem Sie achtzehn wurden.«

»Das war kein Geheimnis. Aber ich hatte kein Auto.«

»Aber Ihr Mitbewohner. Gaz, der mobile Hundesalon.« Lockyer erinnerte sich an die alten Bilder auf Garvichs Facebook-Seite – das, auf dem Gaz auf der Motorhaube eines kleinen weißen Lieferwagens poste. »Er hatte einen weißen Lieferwagen, wie er in jener Nacht im Dorf gesehen worden ist.«

»Ach, hören Sie doch auf. Das hätte jeder sein können.«

»Aber Sie waren es«, beharrte Lockyer. »Wer sonst hätte eine Kassette mit Lucys Lieblingslied in Mickeys Brusttasche stecken können? Wir wissen, dass Sie sie aus Ihrem alten Haus geholt haben, als Sie 2005 Ihren Vater besucht haben. Nicht lange nach dem FA-Cup-Finale, das war Ende Mai. Also, nachdem Sie hier zu arbeiten angefangen hatten und bevor Mickey getötet wurde.«

Wieder flackerte ganz kurz etwas in ihrem Gesicht auf. Unbehagen oder Unsicherheit. »Die Kassette hat mich verwirrt«, fuhr Lockyer fort. »Warum sollte der Mörder etwas hinterlassen, das uns möglicherweise zu ihm führen könnte. Aber Sie wollten uns dadurch zu *Lucy* führen, nicht wahr, Professor? Sie wollten, dass die Wahrheit ans Licht kommt und dass die Verantwortlichen bestraft werden – in aller Öffentlichkeit. Sie wollten, dass es bekannt wird. Aber das konnten Sie nicht so einfach, nicht ohne sich selbst zu belasten.«

»Das sind doch alles nur leere Worte, oder, Inspector?«, sagte sie nun mit fester Stimme. »Nichts bringt mich mit dem Tod dieses Mannes in Verbindung.«

»Auf der Kassette sind die Abdrücke Ihres Vaters.«

Das hatte gesessen. Garvich wurde blass.

»Sie hätten sie besser abwischen sollen«, fuhr Lockyer fort. »Wenn Sie sie also nicht bei Mickeys Leiche hinterlassen haben, dann muss es Ihr Vater gewesen sein. Das würde bedeuten, dass Ihr Vater wegen Mordes angeklagt wird. Vielleicht möchten Sie darüber nachdenken, während wir zum Präsidium zurückfahren.«

Er deutete auf die offene Tür des Arbeitszimmers. Draußen auf dem Treppenabsatz verfolgte Paul Rifkin gebannt das Geschehen. Broad trat näher an Garvich heran und ergriff ihren Arm, den Garvich ihr erneut entzog.

»Das ist nicht nötig«, sagte sie. »Mit diesen Absätzen werde ich wohl kaum flüchten können, oder?«

»Hier entlang, bitte, Professor«, sagte Broad mit bewundernswerter Ruhe. Garvich ging langsam zur Tür. Sie ballte die Hände zu Fäusten und entspannte sie wieder. Ihr Atem hatte sich beschleunigt, und ihr Hals war gerötet. Lockyer trat näher an sie heran, weil er die Gefahr spürte.

In der nächsten Sekunde wirbelte Garvich zu Harry herum. Sie stürzte sich mit erhobenem Arm auf ihn, aber Lockyer fing ihn mit einem harten Griff ab. Er hielt ihn fest, bis sie aufgab. Er spürte das Zittern ihrer angespannten Muskeln und bemerkte, dass sie die Faust senkrecht auf Harry gerichtet hatte. Als hätte sie ihn nicht schlagen, sondern mit einem Messer erstechen wollen, das sie in die Hand bekommen hatte.

»Lucy *ist ertrunken*!«, schrie sie Harry an und zitterte am ganzen Körper. »Wusstest du das? Hat man dir das gesagt? Oder hast du dir die Mühe gemacht, es herauszufinden, als du älter warst? Sie ist *ertrunken*, nachdem du sie in den Bach gestoßen hast.«

Harry starrte sie an, in den Augen pure Verzweiflung. »Ja. Ich weiß.«

»Wenn du angehalten hättest, hätte sie überlebt! Du … du hast *alles* kaputt gemacht!« Garvichs Stimme klang schrecklich, und Harrys auch.

»Ich weiß.«

»Er war selbst noch ein Kind, Vicky«, sagte Lockyer.

»Seien Sie still! So heiße ich nicht.«

»Harry?«, meldete sich Roland Ferris schwach aus dem Bett, wo man ihn fast vergessen hatte. Ein sterbender Mann, der zusah, wie sein einziger Sohn vernichtet wurde. Harry wandte sich von Garvich ab und ging zum Bett. Er nahm die Hand seines Vaters.

»Meine Kinder«, sagte Garvich, als sie in einem Raum saßen, in dem Videovernehmungen durchgeführt wurden, und sie einen Rechtsbeistand hatte. Sie sah Lockyer beschwörend an. »Ich muss an meine Kinder denken.«

»Professor, ich rate Ihnen dringend, nichts zu sagen«, mahnte ihr Anwalt.

»Ich meine ...«, ruderte Garvich unsicher zurück. »Ich meine, ich muss dafür sorgen, dass sie von der Schule abgeholt werden. Dass jemand auf sie aufpasst, bis mein Mann nach Hause kommt.«

»Wir haben Ihren Mann bereits verständigt«, sagte Lockyer. »Sie können sich glücklich schätzen, dass Sie all die Jahre frei waren. Frei zu heiraten, eine Familie zu gründen und Karriere zu machen. Das konnte Michael Brown nicht. Und Hedy Lambert auch nicht.«

»Oh, ich bezweifle, dass Hedy den Unterschied bemerkt hat«, sagte Garvich bissig. »Sie hat in einem Gefängnis gelebt, das sie sich selbst geschaffen hatte. Langweilig wie ein Geschirrtuch. Nennen Sie das Leben? Ich jedenfalls nicht.«

»Sie können doch nicht ernsthaft glauben, dass es ihr nichts ausgemacht hat?«, sagte Lockyer scharf. Broad warf ihm einen warnenden Blick zu, den er jedoch ignorierte. »Glauben Sie, sie hat nicht gemerkt, wie das Leben in diesen vierzehn Jahren an ihr vorbeigezogen ist? Machen Sie sich nichts vor, Professor.«

»*Ihnen* scheint es ziemlich viel auszumachen, Inspector. Ach ja – Sie waren ja derjenige, der sie hinter Gitter gebracht hat. Jetzt machen Sie sich wahrscheinlich Vorwürfe, wenn Sie glauben, dass Sie sich getäuscht haben.«

»Ich habe mich getäuscht«, sagte er ruhig. »Haben Sie sie erkannt? Bestimmt. Es gibt nicht so viele Hedys hier«, sagte Lockyer.

»Natürlich habe ich sie erkannt. Auch ohne den Namen hätte ich ihre erbärmliche Visage überall erkannt.« Garvichs Lächeln hatte scharfe Kanten. »Ich habe immer darauf gewartet, dass Sie sie mit Lucy in Verbindung bringen oder sie dazu bewegen, es Ihnen zu erzählen, aber das haben Sie nicht. Im letzten Lebensjahr meiner Schwester bin ich wegen Hedy Lambert, dieser blöden Kuh, kaum noch an sie herangekommen. Es kam mir vor, als wäre sie jede Sekunde des Tages bei uns.«

»Sie war Lucys beste Freundin.«

»Sie war ein Blutsauger! Sie hat ihre eigene Schwester verloren, also hat sie sich an meine gehängt, und ich sollte *Mitleid* mit ihr haben.«

»Sie mochten sie nicht.«

»Nein. Aber das ist wohl kaum ein Verbrechen, Inspector.« Garvich verschränkte die Arme. »Sie hat mich nicht erkannt«, fügte sie leise hinzu. »Ich habe immer damit gerechnet, aber es passierte nicht.«

»Sie waren jünger, Sie hatten sich stärker verändert.«

»Nein. Es lag daran, dass sie mich nie bemerkt hat. Sie war zu sehr von Lucy besessen. Vermutlich weiß sie jetzt, wie sich das anfühlt, oder? Übersehen zu werden. Und wenn Sie mich fragen, ist sie genau dort, wo sie hingehört. Wenn jemand diesen Mann wegen Lucy getötet hat, dann war sie es.«

»Das glaube ich nicht. Ich glaube nicht, dass etwas so stark ist wie das Band zwischen Geschwistern. Sie hat mehr um ihre Schwester als um ihre Freundin getrauert.«

»Vielleicht. Aber Hedy ist nicht normal, das war sie nie. Für mich war es nicht schwer, die Wahrheit über das Geschehene herauszufinden. Für sie wäre es genauso einfach gewesen.«

»Ich glaube, Sie waren froh, dass Hedy für Ihr Verbrechen ins Gefängnis gegangen ist, und jetzt wollen Sie Ihrem Vater dasselbe antun.« Lockyers Stimme klang kalt. »Hat er nicht schon genug gelitten? Oder halten Sie sein Leben auch für verschwendet? Ein gebrochener Alkoholiker. Er könnte genauso gut tot sein, nicht wahr? Oder eingesperrt im Gefängnis verrotten.«

Garvich starrte ihn wütend an.

»Wie sind Sie in der Nacht zurück ins Haus gelangt, als Sie wiedergekommen sind?«, fragte Lockyer.

»Kein Kommentar.«

Lockyer dachte nach. »Professor Ferris bewahrt seine Hausschlüssel auf dem Tablett auf seinem Schreibtisch auf. Ich frage mich, wie lange er das schon tut? Könnten Jahre sein. Menschen haben solche Gewohnheiten. Er hatte nicht vor, an diesem Abend oder am nächsten Morgen auszugehen. Ich frage mich, ob Sie sie, als Sie gingen, einfach mitgenommen und später verwendet haben, um hineinzugelangen und das Messer aus der Küche zu holen. Am nächsten Morgen haben Sie sie wieder dorthin gelegt, wo Sie sie gefunden hatten. Bevor Ferris oder sonst jemand auf die Idee kam nachzusehen.«

»*Irgendjemand* könnte das getan haben. Die Polizei hat das sicherlich nicht überprüft. Sie war viel zu sehr damit beschäftigt, woanders zu suchen.«

»Ich nehme nicht an, dass Ihre Fingerabdrücke darauf gewesen wären, wenn wir es getan hätten. Oder?«

»Kein Kommentar.«

»Eine Schande. Wären wir schneller gewesen, hätten wir vielleicht etwas gefunden. Wenn Sie sie so schlecht abgewischt haben wie die Kassette.«

Garvich schwieg eine ganze Weile. Lockyer beobachtete sie. »Ich versuche, an Ihr Gewissen zu appellieren, Professor. Ich glaube, Sie haben eins, irgendwo da drin – sicher bin ich mir nicht, aber ich glaube, Sie haben eins. Sie reden so abschätzig und herablassend über Hedy Lambert. Sie nennen sie einen wandelnden Wäschehaufen. Abnormal. Jemand, der halb tot ist. Aber ich denke, Sie bemühen sich etwas zu sehr.«

»Ich habe keine Ahnung, was Sie meinen.«

»Ich glaube, Sie versuchen sich einzureden, dass das, was Sie Hedy angetan haben, in Ordnung war. Weil sie sowieso nur Platzverschwendung war und Sie sie nie gemocht haben. Warum sie also nicht ins Gefängnis stecken, oder? Warum sie nicht für Ihre Tat büßen lassen?«

Tor Garvich antwortete nicht. Sie starrte mit verschlossener Miene in die Ecke des Raumes.

»Wissen Sie, wie sie dazu kam, als Haushälterin zu arbeiten und so zu leben, wie sie gelebt hat?«

»Ich weiß, dass mich das nicht interessiert.«

»Ich werde es Ihnen trotzdem erzählen. Sie hat studiert, eine Ausbildung zur Physiotherapeutin gemacht, einen guten Job gefunden, hatte eine eigene Wohnung. Sie war glücklich. Dann geriet sie an einen äußerst versierten und skrupellosen Betrüger, der sie um alles brachte. Haus, Job, jeden Penny. Hedy erlitt einen Zusammenbruch und wurde für bankrott erklärt. Der Job in Longacres war ihr erster Schritt, um wieder auf die Beine zu kommen. Sie lernte, den Menschen wieder zu vertrauen.«

»Verbirgt sich dahinter irgendeine Frage?«

»Ich frage mich, ob Sie sich schuldig fühlen, weil Sie ihr Leben zum zweiten Mal zerstört haben – oder zum dritten Mal, wenn Sie die Verluste in ihrer Kindheit mitzählen. Ich glaube, das tun Sie. Ich glaube, das *müssen* Sie. Es sei denn, Sie sind tatsächlich eine Soziopathin. Und?«

»Kein Kommentar.« Die dünner werdende Stimme von Garvich verriet ihre Anspannung.

»Haben Sie ihr absichtlich etwas angehängt, indem Sie das

Messer in Frischhaltefolie eingewickelt haben, sodass ihre Fingerabdrücke unversehrt blieben? Woher wussten Sie, dass Sie das tun mussten? Oder war es nur Zufall? Ihre Fingerabdrücke waren an der Hintertür, aber das war leicht zu erklären – Sie hatten dort wochenlang gearbeitet. Vielleicht haben Sie einfach vergessen, Handschuhe mitzunehmen, und mussten improvisieren, bevor Sie das Messer anfassten. Ist es so gewesen?«

»Kein Kommentar.«

»Sie sagten, Sie müssten an Ihre Kinder denken. Aber ich fürchte, Kinder zu haben, entbindet einen nicht von der Verantwortung für einen Mord. Auch nicht, wenn man eine Schwester auf so tragische und schreckliche Weise verloren hat – und ich kann mir nicht vorstellen, wie schwer es war, mit so etwas aufzuwachsen. Das kann ich nicht. Aber Sie haben nicht nur einen unschuldigen Mann getötet, Sie haben auch einer unschuldigen Person vierzehn Jahre ihres Lebens genommen. Und jetzt scheinen Sie mehr oder weniger bereit zu sein, Ihren eigenen Vater den Rest seines Lebens im Gefängnis verbringen zu lassen. *Das* ist also die Person, mit der Ihre Kinder als Mutter aufwachsen: ein egoistischer, gewalttätiger Mensch, der andere absichtlich für seine Taten leiden lässt.«

Er starrte Garvich fest an, und sie starrte zurück, ohne mit der Wimper zu zucken. Aber unter ihrem makellosen Make-up war sie blass geworden.

Das passierte also, wenn der Traum wahr wurde und man seine Rache bekam, erkannte Lockyer. Leben wurden zerstört. Die Schockwellen des Racheaktes breiteten sich aus und begruben am Ende Dinge unter sich – Menschen –, von denen man nicht einmal gewusst hatte, dass sie existierten. Aus diesem Grund sollte er nie und nimmer die Augen auf den Mann richten, der Chris erstochen hatte. Wenn sie ihn jemals fänden, würde er sich zurückhalten. Das nahm er sich jedenfalls vor, und er hoffte bei Gott, dass er es schaffte.

»Warum haben Sie der Polizei nicht einfach gesagt, was Sie über den Unfall herausgefunden hatten?«, meldete sich Broad zu Wort. »Sie hätten es uns mitteilen können, und wir hätten die Wahrheit an die Öffentlichkeit gebracht. Roland Ferris hätte strafrechtlich verfolgt werden können ...«

»Im Ernst?« Sie hob die Stimme. »Ich habe nur ein paar Wochen gebraucht, um die Wahrheit über Lucys Tod herauszufinden. Sie hatten vorher weit über ein Jahrzehnt Zeit, und was haben Sie erreicht? Nicht das Geringste. Oh, ich weiß, wie das läuft – die Ferris' sind wohlhabende, anständige Mitglieder der Gemeinde. Sie können unmöglich Lügner oder Verbrecher sein, oder? Und was macht es schon, wenn ein schmuddeliges Kind aus einer zwielichtigen Straße in Pewsey überfahren wird, nicht? Ich nehme an, Roland gehörte der gleichen Loge an wie Ihr Polizeipräsident, stimmt das nicht? Denn Ihre Leute haben ihn kaum näher unter die Lupe genommen.«

»Das stimmt nicht.«

»Und Harry? Sie hätten *nichts* unternommen. Sie hätten gesagt, er sei ein Kind gewesen, und hätten ihn laufen lassen. Aber er war dreizehn. In diesem Land ist man ab zehn strafmündig. Er wusste, dass es falsch war – man muss ihn nur ansehen, um das zu erkennen. Er hat es *immer* gewusst und trotzdem nichts gesagt.« Garvich brauchte einen Moment, um sich wieder zu fassen. »Sie wissen, dass sie den Wagen angehalten haben müssen, um den Fahrer zu wechseln, bevor sie nach Hause fuhren? Sie sind also aus dem Auto gestiegen und standen einige Meter von Lucy entfernt, die im Wasser lag. Glauben Sie, die haben diskutiert? Meinen Sie, einer von ihnen wollte nachsehen und einen Rettungswagen rufen, und der andere hat Nein gesagt?«

»Harry kann es Ihnen vielleicht sagen.«

»Ich wollte ihn gerade fragen, als Sie aufgetaucht sind.«

»Das war der Teil, den Sie wirklich nicht ertragen konnten, oder?«, fragte Lockyer. »Dass sie sie zurückgelassen und es vertuscht haben. Dass sie nicht zugegeben haben, was sie getan hatten.«

»Kein Kommentar.«

»Sie sind der Justiz entkommen. Und Sie genauso, Vicky.«

»So heiße ich nicht!«

»Doch, natürlich. Wer sind Sie sonst, wenn nicht Lucy Whites rachsüchtige kleine Schwester? Vicky White, Tor Garvich. *Sie* sind die mit den zwei Gesichtern, nicht Hedy Lambert.«

»Nein.«

»Es wundert mich, dass Sie sich daran erinnern, dass die Katze der Ferris' Janus hieß. Das muss Sie auf die Palme gebracht haben. Und Sie sind der Justiz entkommen, genau wie sie. Aber ich wette, seitdem haben Sie jeden Tag darüber nachgedacht, genau wie sie. Ich wette, es fühlte sich wie ein Mühlstein um Ihren Hals an.«

»Nein.«

»Professor, ich rate Ihnen dringend …«, versuchte der Anwalt sich einzuschalten.

»Nein, denn – wer auch immer es getan hat – es war *gerecht*«, erklärte sie mit Nachdruck.

Lockyer zuckte mit den Schultern. »Könnte sein, in gewisser Weise. ›Rache ist eine Art Selbstjustiz‹, wie Francis Bacon es ausgedrückt hat.«

»Ja!«

»Es geht so weiter: ›Je mehr die Natur des Menschen nach ihr drängt, desto mehr sollte das Gesetz sie ausmerzen.‹«

»Haben Sie einen Abreißkalender mit Zitaten?«

»Und Sie haben nicht Harry Ferris getötet, sondern Mickey

Brown, und ich fürchte, das Gesetz lässt Sie nicht davonkommen, weil Sie den falschen Mann getötet haben. Ebenso wenig, weil Sie jetzt mehr zu verlieren haben als in der Nacht, in der Sie ihn tatsächlich getötet haben. Wie haben Sie sich gefühlt, als Sie hörten, dass Sie den Falschen umgebracht hatten?«

»Kein Kommentar.«

»Ich vermute, Sie haben sich etwas schlecht gefühlt. Aufgewühlt. Wenn Sie wollen, kann ich Mickeys Sohn und seine Freundin herholen, und Sie können ihnen sagen, wie leid es Ihnen tut. Sie wohnen nicht weit entfernt, unten in Westbury.«

Bei diesen Worten wirkte Garvich panisch, und Lockyer nickte.

»Das wäre nicht so lustig, wie Selbstjustiz zu verüben, oder?«, sagte er. »Wenn man derjenige ist, der sie abkriegt.«

Wieder langes Schweigen, und Lockyer war Broad dankbar, dass sie es nicht brach. Sie saßen da und beobachteten Garvich. Ihre Miene war jetzt nicht mehr starr, eine Reihe von Gefühlen zeichneten sich flüchtig auf ihrem Gesicht ab, zu schnell, um sie im Einzelnen zu erkennen. Trauer, Wut, Angst.

Lockyer holte tief Luft. »Die Sache ist die«, sagte er. »Ich werde Sie ohnehin hierbehalten, während ich mit der Staatsanwaltschaft spreche und denen alles sage, was ich weiß. Wir haben einen Beamten zum Haus Ihres Vaters geschickt, um Lucys Walkman abzuholen. Haben Sie daran gedacht, ihn abzuwischen, nachdem Sie die Kassette herausgenommen hatten? Ich denke, wir werden Ihre Fingerabdrücke darauf finden, um unsere Erklärung zum Hergang der Ereignisse zu untermauern. Ihre Fingerabdrücke *als Erwachsene*, meine ich. Rufen Sie also besser zu Hause an und sagen Sie Bescheid, dass Sie heute Abend nicht kommen, vielleicht auch morgen nicht. Und ich bin zuversichtlich, dass die Staatsanwaltschaft mitziehen wird, denn wir wissen *alle*, dass Sie es waren. Wir alle wissen, dass Ihr Vater keine Ahnung hat, was an diesem Tag wirklich passiert ist oder wo Ferris zu finden ist, der arme Kerl.« Er hielt Garvichs Blick fest, deren Fassade zu bröckeln begann. »Das Gericht hält wenig von Leuten, die nicht gestehen. Leuten, die einen Prozess in die Länge ziehen, indem sie fälschlicherweise ihre Unschuld beteuern. Leuten, die andere an ihrer Stelle bestrafen lassen. Aber wenn man ein Geständnis ablegt – vor allem angesichts der Umstände von Lucys Tod –, besteht die Chance auf ein geringeres Strafmaß. Ein Plädoyer für verminderte Schuldfähigkeit. Sie könnten rechtzeitig entlassen werden, um mitzuerleben, wie Ihre Kinder die Schule beenden. Oder Sie können bei Ihrer Geschichte bleiben und lebenslänglich bekommen. Wie Hedy Lambert.«

Wieder wartete er. Tränen strömten aus Garvichs Augen, mischten sich mit ihrer schwarzen Mascara und hinterließen Spuren auf ihren Wangen. »Ich gestehe, ich gestehe …«, murmelte sie und schniefte geräuschvoll. »Es ist schon so lange her. Ich bin … ich bin nicht mehr dieser Mensch.«

Lockyer dachte daran, wie sie noch vor wenigen Stunden direkt hinter Harry Ferris gestanden hatte, die Hand nur Zentimeter von einem silbernen Messer entfernt. Aber er sagte nichts. Er konnte nicht wissen, ob sie es ein zweites Mal getan hätte.

»Der Richter könnte das berücksichtigen. Aber Lucy starb siebzehn Jahre, bevor Sie von Harry und Helen Ferris erfahren haben. Kam Ihnen das wie eine lange Zeit vor? Eine Sache, die man vergessen und loslassen sollte?«

»Nein«, flüsterte sie. »Überhaupt nicht.«

Lockyer rief direkt in Eastwood Park an, anstatt eine Nachricht zu hinterlassen und darauf zu warten, dass Hedy ihn zurückrief. Er stand draußen auf dem Parkplatz unter den zitternden Eschen und trat nach dem nassen Laub auf dem Boden. Er wollte sein, wo ihn niemand sehen oder gar hören konnte. Er war unerträglich angespannt, fast panisch, so wie er sich fühlte, wenn er in einem wichtigen Fall auf die Entscheidung der Geschworenen wartete. Nur schlimmer. Das war es, was er gewollt und gleichzeitig nicht gewollt hatte. Er hatte Hedys Unschuld und damit zugleich bewiesen, dass er an einem vierzehn Jahre währenden Justizirrtum beteiligt war.

Und jetzt würde Hedy entlassen. Sie war frei zu tun, was sie wollte, zu gehen, wohin sie wollte, und er hatte keine Ahnung, was sie vorhaben könnte. Ob er sie wiedersehen würde oder was sie jetzt für ihn empfand. Und er hatte keine Ahnung, was er sich wünschte. Sie ließ ihn immer noch so orientierungslos zurück wie ein Blatt, das in einem Wasserstrudel trieb – noch wenige Stunden, bevor er das mit Tor Garvich herausgefunden hatte, war er von Hedys Schuld überzeugt gewesen. Er hatte sie beschuldigt, eine Mörderin zu sein. Er kam sich wie ein Idiot vor. Und er wusste nicht, ob sie ihm jemals verzeihen würde.

Er schloss die Augen. Er fühlte sich erschöpft. Das Telefon piepte hin und wieder in seinem Ohr, während er in der Warteschleife hing. Es wäre nicht nötig, persönlich mit ihr zu sprechen – er könnte einfach die Staatsanwaltschaft informieren und es über die offiziellen Kanäle laufen lassen. Er konnte sich diesen besonders quälenden Moment ersparen. Aber vielleicht dachte er, er habe es verdient.

Die Leitung klickte, er hörte ein Rascheln. Das Geräusch einer sich schließenden Tür.

»Inspector Lockyer?«

Ihre Stimme klang angespannt und besorgt. Lockyer öffnete die Augen.

»Hedy?«, sagte er. »Es tut mir so leid.«
Sie sagte nichts.
»Es ist etwas passiert«, sagte er. Und mit diesen schlichten Worten wich seine Angst der Freude, die in ihm aufflammte.

18

TAG FÜNFUNDZWANZIG, MONTAG

Lockyer konnte sich nur schwer konzentrieren. Es war ihnen gelungen, Angie, die Mutter von Tor Garvich, ausfindig zu machen, und er hatte ihr gerade eine Nachricht hinterlassen und sie gebeten, ihn zurückzurufen. Jetzt kniete er auf dem Boden neben Broads Schreibtisch – sie hatte schon wieder Merry zur Arbeit mitgebracht, und der kleine Hund wedelte mit dem ganzen Körper, während Lockyer ihn an den Ohren und unterm Kinn kraulte. Als er Schritte hörte, schreckte er hoch und schlug mit dem Kopf gegen den Schreibtisch, worauf der Hund zusammenzuckte, aber es war nur Broad, die mit einem Tee und einem Kaffee zurückkam.

Er kehrte an seinen eigenen Schreibtisch zurück. Sie hatten die Laborergebnisse von Kieron Cowleys Zahnbürste, und Lockyer hatte Kim bereits mitgeteilt, dass Sean Hannington tatsächlich der Vater des Jungen war. Es gab keine Übereinstimmung zwischen Kieron und den Proben von Mickeys Leiche. Kim hatte auf die Nachricht mit einem langen, betretenen Schweigen reagiert, gefolgt von einem Seufzer.

»Wir kriegen ihn für irgendetwas dran, Kim«, hatte Lockyer sich selbst sagen hören, obwohl er das nicht hätte tun dürfen. »Und wenn er Ihnen gegenüber gewalttätig wird oder Sie bedroht ...«

»Ja. Das sagten Sie schon«, erwiderte sie und legte auf.

Nun erschien eine weitere E-Mail der Wissenschaftlerin von Cellmark auf seinem Bildschirm, und er klickte sie an.

»Gute Nachrichten, Chef?«, fragte Broad. »Gibt es einen Treffer in der Datenbank?«

»Es gibt eine Übereinstimmung. Das raten Sie nie, Gem.«

»Hört sich nach guten Nachrichten an.«

»Bei den bewaffneten Raubüberfällen in Chippenham 1997, die wir auf Eis gelegt haben, kurz bevor wir uns um den Mord an Mickey Brown gekümmert haben. Der, bei dem der Junge auf den Kopf geschlagen wurde. Die Speichelprobe von der Ladentheke.«

»Im Ernst?«

»Enge familiäre Übereinstimmung«, sagte er. »Wir haben den Dreckskerl.«

»Verdammt genial!«, platzte Broad heraus, woraufhin der Hund erfreut aus seinem Versteck kam. Schnell kniete sie sich hin, um ihn wieder zu beruhigen.

»Ich stelle einen Bericht zusammen und schicke ihn an die Kripo«, sagte Lockyer. »Es könnte eine Weile dauern, Hannington zu finden, aber sobald sie ihn haben ...«

Es hatte also doch etwas Gutes, dass Kieron ihnen eine Probe gegeben hatte, Lockyer war erleichtert. Es machte fast die Tatsache wett, dass Mickey Brown doch keinen Sohn gehabt hatte. Dass er unnötigerweise gestorben war, ohne etwas von sich auf dieser Welt zu hinterlassen und ohne Kim Cowley die Möglichkeit zu geben, Hannington aus ihrem Leben zu verbannen. Zumindest bis Kieron achtzehn war.

»Ich habe auch noch etwas für Sie«, sagte Broad. Lockyer sah auf, und sie lächelte. »Zu Aaron Fletcher.«

»Chef?«, sagte Broad, als sie nach dem Mittagessen zurückkam. Ihr Gesicht wirkte angespannt, und sie blinzelte nicht. Als würde sie sich für etwas wappnen.

»Was ist los?«

»Ich weiß, was im Pub gesagt wird, bleibt im Pub und so …«

Lockyer wartete.

»Ich wollte nur … es ist wegen dem, was Sie über Pete gesagt haben. Pete und mich. Dass er nicht … Sie wissen schon.«

»Ich hätte nichts sagen sollen. Es tut mir leid. Das war unhöflich und …«

»Nein, nein, ich bin nicht sauer deshalb. Nein … na ja. Die Sache ist die …«

DSU Considine steckte den Kopf durch die Tür.

»Auf ein Wort, wenn Sie Zeit haben, Matt.« Sie verschränkte die Arme und ließ ihren Blick über den beengten Arbeitsbereich schweifen, wo noch immer die Notizen auf dem Whiteboard standen. »Ich mag eine lange Liste von Verdächtigen an der Tafel. Ich werde so tun, als würde ich das Wesen unter Ihrem Schreibtisch nicht sehen, Constable Broad. Aber meine Sehkraft könnte an einem anderen Tag besser sein. Wir sind hier nicht in einer Hunde-Kita.«

»Ja, Ma'am. Ich meine, nein, Ma'am«, sagte Broad nervös.

Lockyer machte Anstalten, Considine zu folgen, hielt dann aber inne. »Entschuldigen Sie, Gem, was wollten Sie sagen?«

Broad schüttelte den Kopf. »Ach, nichts. Vergessen Sie's, Chef.«

»Sind Sie sicher?«

Broad lächelte wenig überzeugend. »Gehen Sie lieber, lassen Sie die Chefin nicht warten.«

Im Büro von Considine zog Lockyer einen Stuhl heran und setzte sich.

»Nun«, sagte sie. »Ich habe Ihre Vorgehensweise angesehen.

Ich muss sagen, Sie haben ein paar ziemlich ... *große* Sprünge gemacht, Matt. Intuitive Sprünge, so könnte man das wohl nennen. Das ist ein bisschen so, als würde man eine Zahl in einem Sudoku erraten und hoffen, dass sich der Rest von selbst ergibt. Es ist eine riskante Art, an eine Ermittlung heranzugehen.«

»Ich bin mir nicht sicher, ob das ganz fair ist, Ma'am.«

»Weil sich die Dinge so ergeben haben?«

»Und weil ich so lange verschiedene Zahlen ausprobiert hätte, bis ich die richtige gefunden hätte.«

»Herrgott, ich weiß«, sagte sie. »Wenn das publik wird, wird es peinlich. Das kann jetzt jeden Tag passieren. Die Staatsanwaltschaft ist sehr interessiert, die Sache aufzurollen. Mit Garvichs Geständnis und den neuen kriminaltechnischen Ergebnissen kommt Lambert raus. Ich sollte besser dafür sorgen, dass meine Schuhe und Knöpfe glänzen.«

»Ich denke, es wirft ein *gutes* Licht auf uns, Ma'am.«

»Glauben Sie das wirklich?«

»Wir haben einen Fehler gemacht. Wir haben ihn erkannt und korrigiert. Ohne dass jemand von außen auf uns eingewirkt hätte. Ohne irgendwelche True-Crime-Blogger oder Journalisten. Die Polizei kontrolliert sich selbst.«

»Hm.« Considine nickte nachdenklich. »Vermutlich sollte man es so verkaufen. Aber wie man es auch dreht und wendet, wir haben Mist gebaut. Ganz fürchterlichen Mist.«

»Die Geschworenen haben sie verurteilt.«

»Wir haben sie festgenommen. Wir haben gegen sie ermittelt.«

»Das weiß ich sehr wohl, glauben Sie mir.«

»Wir hätten genauer hinsehen müssen. Intensiver suchen. Uns nicht gleich auf den erstbesten Verdächtigen stürzen.«

»Ja«, sagte Lockyer erneut. Daran gab es nichts zu deuteln. »Aber damals stand die Kriminaltechnik hundertprozentig hinter uns.«

»Das ist auch wieder wahr. Daran werde ich denken, wenn die Presse uns belagert – Fortschritte in der Kriminaltechnik.«

»Vielleicht wird es gar nicht so schlimm, Ma'am.«

»Es wird, wie es wird«, sagte sie gereizt. »Trotzdem. Sie haben das richtige Ergebnis, Matt. Gut gemacht.«

»Danke, Ma'am.«

»Sie wird eine saftige Entschädigung erhalten. Aber damit kann man sich wohl kaum vierzehn Jahres seines Lebens zurückkaufen.«

»Das bezweifle ich.«

»Und Sie haben währenddessen zufällig noch drei andere ungelöste Fälle aufgeklärt. Lucy White, Aaron Fletcher und die Chippenham-Überfälle.«

»Nun ja, nicht ganz zufällig …«

»Ja, in Ordnung. Ehre, wem Ehre gebührt, Matt. Das sind Ergebnisse, die selbst Leute, die vielleicht an Ihnen gezweifelt haben, nicht bestreiten können. Machen Sie weiter so. Sie und DC Broad scheinen ein gutes Team zu sein.«

»Haben Sie die Aussage von Roland Ferris gelesen? Dass im Abschiedsbrief seiner Frau gestanden hätte, dass *sie* das Auto bei dem Unfall mit Lucy gefahren habe und nicht Harry. Dass Tor Garvich ihn irgendwie missverstanden haben müsse.«

»Ja. Schwierig.«

»Er lügt.«

»Ich wage zu behaupten, dass er das tut. Ich bezweifle sehr, dass Garvich so etwas missverstanden hätte. Wir können es natürlich nicht beweisen, weil Roland den Brief vernichtet hat. Er hat ihn doch vernichtet, oder?«

»Bei der Durchsuchung wurde nichts gefunden. Es scheint also so zu sein.«

»Was sagt Harry Ferris?«

»Er kommt morgen früh, um seine Aussage zu machen.« Lockyer

hielt inne. »Er hat nie gelernt, Auto zu fahren«, sagte er. »Er hat nie den Führerschein gemacht, meine ich. Er fährt immer und überall Zug und Taxi.«

»Na dann. Zum Glück verdient er gut«, sagte Considine neutral. »Ich nehme an, dass wir nach seiner Aussage wissen werden, ob wir der Staatsanwaltschaft etwas vorlegen können. Ich bezweifle, dass es im öffentlichen Interesse wäre, ihn strafrechtlich zu verfolgen, selbst wenn er auf einem Geständnis besteht.« Sie schüttelte traurig den Kopf. »Stellen Sie sich das vor, an seinem dreizehnten Geburtstag. Wie furchtbar für ein Kind.«

»Traumatisch«, sagte Lockyer.

»Katastrophal, würde ich sagen. Trotzdem, gute Arbeit, Matt.«

»Bei einigen Sachen hatten wir Glück, Ma'am.«

»Wir sind unseres eigenen Glückes Schmied«, sagte Considine. Lockyer erhob sich zum Gehen.

»Manchmal«, relativierte sie, als er die Tür erreichte.

Gegen Feierabend, als Lockyer und Broad den Raum verließen, stand DS Ahuja von ihrem Arbeitsplatz im Criminal Investigation Department auf, warf jedem von ihnen ein Quality-Street-Bonbon zu und räusperte sich. Broad verfehlte ihren und musste sich danach bücken, wobei sie ihr Rucksack behinderte, in dem sich Merry wand.

»Zwei Polizisten, drei Wochen, vier gelöste Fälle«, verkündete Ahuja. Auch andere Leute standen auf, und es gab vereinzelten, leicht spöttischen Applaus. Broad war bis zu den Haarwurzeln rot angelaufen und wusste nicht, wohin sie schauen sollte. Lockyer sah verlegen und erfreut zu DI Saunders, der mit verschränkten Armen dasaß und sich nicht am Applaus beteiligte. Aber vielleicht schenkte er ihm die Andeutung eines Lächelns, bevor er sich wieder seinem Bildschirm zuwandte.

Am nächsten Morgen rief Roland Ferris bei Lockyer an. Er klang noch schwächer, noch gebrechlicher, und musste sich mühsam räuspern, bevor er sprechen konnte.

»Inspector Lockyer? Gut«, sagte er. »Harry ist gerade gegangen und jetzt auf dem Weg zu Ihnen. Ich möchte Sie bitten ... ich *flehe* Sie an ... Wenn er darauf besteht, dass er am Steuer saß, als das Mädchen angefahren wurde ... möchte ich, dass Sie ...« Er verstummte, als wäre ihm klar, wie unerfüllbar seine Bitte war. »Er war noch ein *Kind*, das müssen Sie verstehen. Er hat mehr als genug darunter gelitten, was an dem Tag passiert ist – er hat mehr gelitten als jeder andere! Bitte!«

»Nicht mehr als Lucys Eltern, denke ich«, murmelte Lockyer. »Professor Ferris ...«

»Verhaften Sie mich, wenn Sie wollen, weil ich es vertuscht habe! Weil ich an dem Tag weggefahren bin, als ich bleiben sollte. Wenn ein Skalp erforderlich ist, dann nehmen Sie meinen. Die arme Helen hat sich geopfert, und ich bin bereit, das Gleiche zu tun.«

Lockyer konnte die Angst in der Stimme des alten Mannes hören, sein angestrengtes Atmen, das schleimige Rasseln seiner Lungen. Das war neu – hatte Paul nicht gesagt, es sei gefährlich für Roland, krank zu werden?

»Professor? Geht es Ihnen gut?«, fragte er.

»Nein, mir geht es nicht gut! Was für eine dumme Frage.«

»Bitte versuchen Sie, sich nicht aufzuregen«, sagte Lockyer. Er dachte sorgfältig nach, bevor er weitersprach. »Professor, zeigt das, was passiert ist – Michael Brown, Hedy Lambert und Lucy White –, zeigt das alles nicht, dass es sinnlos ist, solche Dinge verbergen zu wollen? Sie bleiben nicht verborgen, und Lügen macht es nur noch schlimmer.«

»Lassen Sie mich das für meinen Jungen tun, ich bitte Sie.«

Roland klang so traurig, so verzweifelt. »Ich habe ihn und seine Mutter in so vielen Dingen enttäuscht. Ich hatte es *verdient*, all diese Jahre allein zu sein – das weiß ich. Aber lassen Sie mich diese eine Sache für ihn tun, bevor ich sterbe. Bitte.«

»Das liegt nicht in meiner Hand. Es ist nicht meine Entscheidung.«

Es folgte eine lange Pause, in der das Atmen des Kranken zu hören war. Er sagte nichts mehr, dann legte er auf.

Lockyer ging hinunter, um Harry Ferris am Empfang abzuholen. Seine Kleidung war makellos wie immer, aber er hatte dunkle Schatten unter den Augen, und sein Gesicht wirkte ausgezehrt. Die Wut war verflogen, und an ihre Stelle war so etwas wie wilde Entschlossenheit getreten.

»Mr. Ferris. Danke, dass Sie gekommen sind«, sagte Lockyer.

»Hätten Sie mich nicht abholen lassen müssen? Mich verhaften?« Harrys rechtes Augenlid zuckte unregelmäßig.

»Nein, das denke ich nicht. Wir sind uns noch nicht sicher, wen, wenn überhaupt, die Staatsanwaltschaft wegen der fahrlässigen Tötung von Lucy White anklagen will.«

»Nun, Sie sollten mich verhaften. Mich anklagen. Ich habe es getan. Ich saß hinterm Steuer. Ich habe sie angefahren. Ich hatte nicht die Kontrolle, und ich … ich habe sie nicht gesehen.« Das Geständnis erfolgte in stakkatohaften Sätzen, und am Ende schluckte Harry heftig.

»Gehen wir irgendwohin, wo wir uns setzen können«, sagte Lockyer. Harry Ferris folgte ihm gehorsam und mit hängendem Kopf wie ein Kind.

Ketten von Ereignissen. Lockyer dachte an die scheinbar unschuldigen Glieder der Kette, die zu Lucys und damit zu Mickeys Tod geführt hatten. Helen Ferris' Entscheidung, an jenem Tag den Jaguar zu nehmen. Ihre Entscheidung, Harry auf dieser Strecke an diesem Samstag um diese Zeit fahren zu lassen. Ihre Entscheidung – und es musste ihre gewesen sein –, nicht nach der Person zu sehen, die sie angefahren hatten. Malcolm Whites Entscheidung, an diesem Tag früh mit dem Trinken zu beginnen. Roland Ferris' Entscheidung, dass zwanzig Riesen für seine Familie wichtiger waren, als seinem Sohn gegenüber Wort zu halten. Mickey Browns Entscheidung, sich in Roland Ferris' Scheune zu verstecken, die er aus seiner schwierigen Kindheit als sicheren Ort in Erinnerung hatte. Die Entscheidung von Hedys Mutter, für sie einen Zahnarzttermin an diesem Morgen zu vereinbaren. Alles hätte so leicht *nicht* passieren können, aber die Entscheidungen waren getroffen worden, jede innerhalb eines Herzschlags, und es hatte Leben zerstört.

Lockyer wusste, dass er nichts sagen sollte, aber er konnte sich nicht zurückhalten. Sie befanden sich im Flur und wollten gerade in einen Videoverhörraum gehen. Er blieb stehen und drehte sich zu Harry um. »Ihr Vater will nicht, dass Sie angeklagt werden. Das ist sein letzter Wunsch. Er will Sie schützen …«

»Er kann mich nicht vor etwas schützen, das bereits geschehen ist.«

»Sie könnten zulassen, dass er das für Sie tut. Ihre Mutter hat sich das Leben genommen, weil sie sich für das, was passiert ist, verantwortlich fühlte, Mr. Ferris. Und vielleicht *war* sie verantwortlich, in jeder Hinsicht. Sie hätte Lucy retten können – sie hätte nur nach ihr sehen müssen. Sie aus dem Wasser heben. Einen Rettungswagen rufen, auch wenn sie ihren Namen nicht genannt hätte.«

»Sie wollte zur Polizei gehen – das müssen Sie verstehen. Ich habe gehört, wie sie danach tagelang darüber gestritten haben. Aber er hat sie nicht gelassen. Er sagte, sie würde eingesperrt werden, und wir bräuchten sie. Wenn er zugelassen hätte, dass sie ein Geständnis ablegt ... hätte sie sich vielleicht nicht umgebracht. Vielleicht wäre sie dann heute noch am Leben. Und die Familie des kleinen Mädchens ... hätte so etwas wie Gerechtigkeit erfahren.«

»Waren Sie deshalb so wütend auf Ihren Vater?«

»Ja.«

»Er würde alles tun, um es wiedergutzumachen, Harry«, sagte Lockyer. Er sah, wie Harry Ferris schwankte. Aber dann schüttelte er den Kopf.

»Nein. Ich muss die Wahrheit sagen. Nach all den Jahren, in denen ich es verheimlicht habe. Das *muss* ich tun.«

Wortlos öffnete Lockyer die Tür zum Verhörraum, und sie gingen hinein.

Es stünde Harrys Wort gegen Rolands. Roland würde sagen, dass Harry log, um die Erinnerung an seine Mutter zu schützen. Harry würde sagen, dass Roland log, um *ihn* zu schützen. Helens Abschiedsbrief war längst verschollen, und Tor Garvichs Erinnerung daran vierzehn Jahre alt und konnte kaum als zuverlässig bezeichnet werden.

Lockyer bezweifelte sehr, dass die Staatsanwaltschaft in Anbetracht von Harrys damaligem Alter die Sache weiter verfolgen würde. Aber er hörte zu, während Harry jede Kleinigkeit von jenem Morgen beschrieb. Wie sehr er darauf gedrängt hatte, den Jaguar fahren zu dürfen, und wie sehr Helen dagegen gewesen war. Wie er sie zermürbt hatte. Den strahlenden Sonnenschein an jenem Tag, die tiefen Schatten unter den Bäumen. Wie das Auto blockiert hatte und geschlingert war, als er das Steuer herumriss. Dass alles, woran er sich von Lucy erinnerte, ein Aufblitzen von blasser Haut direkt vor ihm war, flatternde lange Haare. Das Klappern, als sie ihr Fahrrad fallen ließ.

An die Rückfahrt nach Longacres hatte er keine Erinnerung. Er wusste nichts mehr von diesem Tag, außer dass er viel später seine Eltern schreien gehört hatte. Ihre Stimmen waren durch den Fußboden nach oben gedrungen, als er im Bett lag und zitterte, obwohl die Nacht draußen vor dem Fenster mild und warm gewesen war.

Professor Roland Ferris starb zwei Tage später zu Hause an einer Lungenentzündung, Harry war an seiner Seite. *Es ist ein seltsamer Gedanke*, hatte Tor Garvich gesagt. *Dass jemand, den man kennt, bald einfach ... nicht mehr da ist.* So empfand auch Lockyer, als er die Nachricht erhielt. Es war seltsam, dass sich all diese Gedanken, Worte und Erinnerungen einfach in Luft auflösen konnten. Im *Telegraph* stand ein freundlicher Nachruf, der Ferris vermutlich gefallen hätte, und bei der Testamentseröffnung stellte sich heraus, dass der Professor Paul Rifkin eine großzügige, geradezu außerordentlich hohe Pension hinterlassen hatte. Und das Haus in Frankreich, in der Nähe von La Rochelle am Meer, hatte er Hedy Lambert vermacht – sehr zu Serenas Missfallen. *Falls Sie eine Bleibe brauchen*, hatte er an Hedy geschrieben. *Es tut mir sehr leid, Hedy. Aber es ist nie zu spät, neu anzufangen.*

Lockyer wusste, dass Hedy es bedauern würde, Roland vor seinem Tod nicht mehr gesehen zu haben. Er fragte sich, ob sie an der Beerdigung würde teilnehmen wollen, wenn man sie rechtzeitig freiließe. Er hatte vor, selbst hinzugehen, aber zuerst stand noch ein anderer Besuch auf dem Programm – bei Angie Heath. Die Mutter von Tor Garvich hatte ihm bereits am Telefon ausführlich von Tors schwieriger Jugend erzählt. Dass sie mit depressiven und manischen Phasen zu kämpfen gehabt hatte, dass sie durch Drogen und selbstzerstörerisches Verhalten in Schwierigkeiten geraten war. Dass sie nach einem Selbstmordversuch für kurze Zeit zwangseingewiesen worden war und gut auf Medikamente und Psychotherapie angesprochen hatte. Da sie damals noch minderjährig war, hatte ihr Therapeut Angie von Tors ausgeklügelten Rachefantasien erzählt, die sich auf die Person konzentrierten, die ihre Schwester getötet und ihre Familie auseinandergerissen hatte.

Lockyer wollte persönlich mit ihr sprechen und eine vollständige Aussage aufnehmen. Er wollte einen Gerichtsbeschluss erwirken, um Zugang zu Tors Krankenakten zu erhalten und den Therapeuten ausfindig zu machen, der sie behandelt hatte. Seine Aussage würde bei der Verhandlung entscheidend sein. Diese Entdeckungen ließen ihn Mitgefühl für Garvich empfinden. Sie hatte die Wahrheit gesagt, als sie behauptete, nicht mehr diese Person zu sein. Trotzdem hatte sie einen unschuldigen Mann umgebracht und jemand anderen dafür büßen lassen. Vielleicht würde ihre medizinische Vorgeschichte helfen, ihre Strafe zu verkürzen – das war ein gewisser Trost.

19

ENDE FEBRUAR

Es war windig und kalt an dem Tag, an dem Hedy Lamberts Verurteilung im Berufungsverfahren aufgehoben wurde. Die Presse wartete ungeduldig auf der Treppe des Gerichts, um ihre ersten triumphalen Momente in Freiheit festzuhalten, aber da sie nicht fotografiert werden wollte, hatte die Polizei einen Lockvogel vorgeschickt und in ein Zivilfahrzeug gesetzt. Nachdem sie eine gute Stunde gewartet hatte, schlüpfte Hedy durch die Hintertür hinaus.

Da ihre Mutter nicht kommen konnte – sie war in der Dusche gestürzt und hatte sich einen Wirbel verletzt –, holte Lockyer sie ab. Ein paar von Hedys alten Freunden – Cass Baker eingeschlossen – hatten ihr ebenfalls angeboten, sie abzuholen oder auf ihrem Sofa nächtigen zu lassen, aber Hedy hatte sie alle abgewiesen. Sie sagte, sie sei noch nicht so weit. Und Lockyer vermutete, dass sie noch nicht bereit war, in ihr altes Leben zurückzukehren, als ob nichts geschehen wäre. Noch nicht bereit, darüber zu reden, darüber zu lachen, es zu analysieren. All die Fragen zu beantworten.

Der Anblick Hedys, wie sie allein und mit wehendem Haar aus dem Gerichtsgebäude kam, war für Lockyer irgendwie erschütternd. Sie trug nicht mehr das Kostüm aus der Verhandlung. Ihr

Anwalt hatte ihr etwas zum Anziehen gekauft: eine Jeans, die eine Nummer zu groß war und tief auf den Hüften saß, eine weiße Bluse und einen blauen Pullover. In der Hand hielt sie eine kleine Reisetasche, den freien Arm hatte sie zum Schutz vor der Kälte um ihre Rippen geschlungen. Einen Mantel hatte sie nicht. Im grauen Tageslicht sah sie blass aus, und sie lächelte nicht, als sie auf ihn zukam. Wenn überhaupt, dann wirkte sie verwundert. Verängstigt. Wie beim ersten Mal, als er ihr begegnet war.

»Alles okay?«, fragte er. Er machte keine Anstalten, sie zu berühren, und achtete bei allem, was er sagte und tat, sorgsam darauf, sich neutral zu verhalten. Denn er *wusste es* nicht, er wusste es einfach nicht. »Bereit zum Aufbruch? Das Auto steht gleich da drüben.«

Hedy strich sich eine Haarsträhne aus den Augen. Sie sah sich einen Moment um, betrachtete die Lorbeerhecke und die kahlen Bäume dahinter, ein paar Möwen, die über ihr kreisten. Dann folgte sie ihm, ohne sich noch einmal umzudrehen.

Auf der Fahrt nach Westen war sie still und betrachtete die triste Landschaft, die auf beiden Seiten der Autobahn vorbeizog. Noch deutete nichts auf den Frühling hin.

»Haben Sie irgendwo Kleidung eingelagert? Andere Dinge, die Sie abholen müssen?«, fragte Lockyer sie.

»Nein. Meine Mutter hat meine gesamte Kleidung der Wohlfahrt gespendet, als sie nach Spanien gezogen ist«, sagte Hedy. »Sie meinte, wenn ich rauskomme, wären die Sachen sowieso zu jugendlich für mich. Ich liebe sie zwar, aber sie war nie besonders taktvoll.« Hedy schwieg eine Weile. »Aber wahrscheinlich hatte sie recht. Wer will schon eine Frau mittleren Alters in Hipster-Jeans und knappen Tops sehen?«

»Neununddreißig ist kein mittleres Alter.«

»Aber auch nicht mehr fünfundzwanzig, oder?« Hedy schenkte

ihm ein trauriges Lächeln. »Den Rest meiner Sachen wollte sie einlagern, aber ich habe gesagt, sie soll sie wegschmeißen. Ich konnte mir einfach nicht vorstellen … Es war nicht viel, und ich konnte mir nicht vorstellen, dass ich irgendetwas davon jemals wiederhaben wollte oder brauchen könnte. Ich glaube, die Fotos hat sie behalten, aber das ist alles.«

»Na ja«, sagte Lockyer und konnte ihre Stimmung nicht ganz einschätzen. »Es sind nur Sachen, oder? Man kann sie ersetzen. Sobald die Entschädigung überwiesen wird …«

»Ja.«

»Ich wollte noch sagen … dass es mir leidtut wegen Ihrer Schwester. Dass Sie sie auf diese Weise verloren haben, so jung. Und es tut mir wirklich leid, dass ich … Sie wissen schon. Dass ich einen solchen Fehler gemacht habe.«

Hedy sah ihn lange an. Er spürte, wie sich ihr Blick in seine Wange bohrte.

»Sie müssen nicht mit mir darüber reden«, sagte er. »Sie müssen mir sogar nie mehr etwas erzählen, wenn Sie nicht wollen.«

»Das stimmt.« Sie hielt inne. »Aber es macht mir nichts aus. Ich war erst fünf, als Katy starb, aber ich erinnere mich genau an sie. Sie hat mich immer herumkommandiert, aber sie hat auch auf mich aufgepasst. Sie schmuggelte Süßigkeiten für mich – und Chips, die ich liebte, aber nicht essen durfte, weil ich allergisch auf Kartoffeln reagiere. Davon musste ich mich meistens übergeben und bekam einen furchtbaren Ausschlag – jetzt frage ich mich, ob sie sie mir deshalb gegeben hat. Aber damals dachte ich, sie sei die beste Schwester der Welt.«

»Sie sind allergisch gegen *Kartoffeln*? Das wusste ich nicht.«

»Warum sollten Sie auch?«

»Wohl nur so.«

»Nach ihrem Tod ließen sich meine Eltern scheiden. Ich glaube nicht, dass das der einzige Grund war, wohl eher der letzte Tropfen. Dad hat ziemlich schnell wieder geheiratet und eine neue Familie gegründet.«

»Ich glaube, das verändert alles. Ein Kind zu verlieren.«

»Ja. Und der Verlust einer Schwester oder eines Bruders auch. Von jemandem, der einem so nahe ist. Wie schon gesagt, es hinterlässt eine Art ... dauerhafte Lücke. Einen Schatten, wo jemand sein sollte.«

»Ja, ich weiß.«

»Ja«, sagte Hedy. »Sie sagten, Sie kennen diesen Schmerz.«

»Mein Bruder. Christopher. Wir waren erwachsen – na ja, fast. Er war gerade achtzehn geworden, ich war einundzwanzig. Aber trotzdem. Ich werde diese Lücke immer spüren.«

Hedy sah ihn einen Moment an, als ob sie noch etwas sagen wollte, doch dann wandte sie sich wieder dem Fenster zu. Lockyer schaltete das Radio ein.

Etwa eine Stunde später lenkte er den Wagen auf den matschigen Weg, der zur Westdene Farm führte. »Haben Sie etwas gegen Hunde?«, fragte er, als die Collies schwanzwedelnd und bellend aus der Scheune stürmten. »Wahrscheinlich hätte ich das vorher fragen sollen.«

»Ich liebe Hunde. Als ich klein war, hatten wir welche. Shelties.«

Hedy öffnete die Tür, und blitzschnell stürzten sich die Hunde mit ihren dreckigen Pfoten auf sie und sprangen freudig an ihr hoch. Ihre neue Jeans war in Sekundenschnelle schmutzig.

Trudy kam aus dem Haus, um sie zu begrüßen. »Runter! Rein mit euch!«, befahl sie den Hunden, und sie schlichen in Richtung Haus davon. »O nein – was haben sie angerichtet! Es tut mir furchtbar leid, Miss ... äh ... Lambert.«

»Hedy.« Steif schüttelte Hedy Lockyers Mutter die Hand. »Vielen Dank, dass Sie mich bei sich aufnehmen.«

»Oh, keine Ursache. Wir hatten schon so lange keinen Gast mehr, und ich freue mich immer, wenn ich einen Grund zu backen habe. Kommen Sie aus der Kälte.«

Es schien die perfekte Lösung zu sein. Trotz allem, was geschehen war, vermittelte der Hof Lockyer ein Gefühl von Heimat, von Sicherheit. Als er sich jetzt umschaute, stellte er sich vor, wie er auf einen Außenstehenden wirken mochte – vor allem auf jemanden, der an eine geordnete, menschengemachte Umgebung gewöhnt war. Das Durcheinander und das Gerümpel überall. Der Tiergeruch, der feuchte Wind, der Regen ankündigte. Aber Hedy betrachtete die weite Salisbury-Ebene hinter dem Haus, und ihr Gesicht drückte pure Sehnsucht aus. Lockyer dachte an all die Zeit, die sie eingesperrt gewesen war, und davor an ihr eingeschränktes Leben mit Roland Ferris. Er fragte sich, wie lange es her war, dass sie einen so weiten Horizont gesehen hatte.

»Soll ich etwas von Ihren Sachen reinbringen?«, fragte Trudy und lächelte.

»Keine Sachen«, sagte Lockyer schnell. »Ich dachte, du könntest Hedy vielleicht ein paar Kleinigkeiten leihen. Zahnpasta und so.«

»Klar«, sagte seine Mutter, ohne zu zögern. »Setzen wir den Kessel auf, und wenn Sie etwas brauchen, was wir nicht haben, können wir in den Supermarkt fahren.«

Trudy hatte eines der lange ungenutzten Gästezimmer gründlich gereinigt und das Bett bezogen. Sie hatte ihr Bestes getan, aber es ließ sich nicht verbergen, dass die Candlewick-Tagesdecke schon Jahrzehnte alt war und die Vorhänge schmuddelig und fünf Zentimeter zu kurz für das Fenster. »Ich wollte sie schon lange abnehmen, aber irgendwie ist immer etwas anderes zu tun.«

»Es ist schön«, sagte Hedy. Ihr Blick glitt über die alten

braunen Möbel, das gerahmte Bild an der Wand über dem Bett – ein Fluss im schottischen Moorland – und den verfilzten Schaffellteppich auf der einen Seite. Dann blickte sie aus dem Fenster. Das offene Weideland der Ebene, der Horizont, der jetzt von dunkelgrauen Regenwolken verhangen war. »Es ist wunderbar«, sagte sie.

Lockyer schaute sie an und hoffte, dass es gut gehen würde, ohne eine Ahnung zu haben, was *gut* bedeuten könnte. Er empfand Ungeduld, ohne zu wissen, worauf er wartete. Sie gingen hinunter und tranken Tee, aßen Scones mit Butter, und Trudy ließ sich nicht im Geringsten von Hedys langem Schweigen oder ihrem abwesenden Blick beirren. Lockyer hatte gewusst, dass seine Mutter so damit umgehen würde, und liebte sie dafür.

»Ich kann mir vorstellen, dass das alles sehr seltsam ist«, sagte sie und tätschelte Hedys Arm, als sie ihren leeren Teller abräumte. »Aber machen Sie sich keine Sorgen. Lassen Sie sich Zeit.«

John Lockyer kam später herein und nickte dem Neuankömmling zu. »Sie sind also da«, stellte er ohne Groll oder besonderes Interesse fest.

»John, also *wirklich*. Das ist Hedy«, sagte Trudy zu ihm.

»Samson und Delilah mit Hedy Lamarr«, sagte John. »Das habe ich als junger Kerl im Kino gesehen.«

»Äh, ja.« Hedy warf Lockyer einen Blick zu, aber John hatte sich in einen Stuhl fallen lassen und schien nichts weiter zu dem Thema zu sagen zu haben. »Ist noch Tee da?«

»Der ist schon abgestanden. Ich mache frischen.« Trudy stand auf und nahm die Kanne.

Lockyer beobachtete, wie seine beiden Welten aufeinanderprallten, und war verblüfft, wie seltsam das war. Er konnte sich nicht entspannen, fühlte sich nicht wohl in seiner Haut. Tröstlich war nur, dass Hedy nicht bekümmert zu sein schien. Sie ließ sich von Trudy bemuttern und beantwortete Johns sporadische Fragen, die er ihr während des Abendessens stellte, und als Lockyer sich zum Gehen erhob, stand sie weder auf noch folgte sie ihm zur Tür. Trudy begleitete ihn und ließ Hedy und John zurück, die sich im Fernsehen die Nachrichten ansahen. Die Bilder spiegelten sich flackernd in Hedys grauen Augen und auf ihrem langen, unbewegten Gesicht.

»Mach dir keine Sorgen um sie«, sagte Trudy, als sie außer Hörweite waren. »Es könnte eine Weile dauern, aber sie schafft das schon. Sie ist zäh, die Kleine.«

»Das weißt du also alles schon?«

»Ja. Und versuch, sie nicht so zu beobachten, Matthew. Das Letzte, was sie braucht, ist, sich beobachtet zu fühlen.«

»Ich *beobachte* sie nicht.«

»Natürlich tust du das. Gute Nacht, Schatz, fahr vorsichtig.«

Am nächsten Tag um die Mittagszeit erhielt Lockyer einen Anruf. Er schrieb Hedy eine Nachricht und verließ das Präsidium, um wieder zum Hof seiner Eltern zu fahren. Wenige Minuten nach seiner Ankunft bog auch ein Abschleppwagen mit einer seitlich angebrachten Telefonnummer aus Northamptonshire in den Hof ein. Als er zum Stehen kam, ging die Haustür auf, und Hedy kam heraus; sie war in eine große Strickjacke von Trudy gewickelt. Verwirrt sah sie von Lockyer zu dem Abschleppwagen und wieder zurück. Dann kam sie zögernd näher.

Sie hatten ihren Austin Allegro in einer Garage gefunden, die Aaron Fletcher – oder Aaron Shawford, wie er sich jetzt nannte – gemietet hatte. Er war ungeschickt umgesprüht worden und hatte nun ein fleckiges Dunkelblau anstelle des früheren Pastellgrüns. Aber die Fahrgestellnummer bestätigte, dass es sich um dasselbe Auto handelte, und der Tacho zeigte, dass Aaron es an seinem neuen Wohnort kaum noch gefahren hatte. Zu riskant, vermutete Lockyer. Und doch hatte er ihn behalten, anstatt ihn zu verkaufen oder zu verschrotten.

Die Polizei von Northants hatte Aarons Haus durchsucht und weitere Gegenstände gefunden, die er seinen Opfern gestohlen hatte. Ein Medaillon aus der Kindheit, alte Familienfotos. Persönliche Besitztümer, deren Verlust möglichst großen Schmerz verursachen sollte. Er war wegen mehrerer Diebstähle festgenommen worden und auf Kaution frei. Seine letzte und sehr junge Ex-Freundin hatte eine einstweilige Verfügung gegen ihn erwirkt und offiziell Anzeige wegen Nötigung und versuchten Betrugs durch Vortäuschung falscher Tatsachen erstattet, die noch geprüft wurde. Aarons sorgloses Leben war vorbei.

Hedy strich mit den Fingern an der Seite des Wagens entlang.

»Hedy Lambert? Unterschreiben Sie hier«, sagte der Fahrer und reichte ihr die Schlüssel. Nachdem sie unterschrieben hatte, lud er den Wagen ab.

»Sind Sie sicher, dass es meins ist? Nach all der Zeit?«, fragte Hedy.

»Ja, bin ich«, sagte Lockyer. »Aaron wurde verhaftet. Ihm drohen verschiedene Anklagen.«

»Er hat es noch anderen angetan?«

»Ja, nach Ihnen gab es weitere Opfer. Aber ich bezweifle, dass es von jetzt an noch mehr geben wird.«

»Gut. Das ist gut.« Sie schluckte. »Weiß er etwas über mich? Wo ich bin, oder was ... passiert ist?«

»Nicht von uns.«

Sie wandte sich wieder dem Auto zu. »Schreckliche Lackierung«, sagte sie leise.

»Das können Sie bald in Ordnung bringen.«

»Ja.«

Lockyer war etwas enttäuscht. Er hatte erwartet, dass sie sich mehr freuen würde. Glücklicher wäre. Aber sie runzelte abwesend die Stirn, als würde sie über etwas nachdenken. Das Dröhnen des Lkw-Motors erfüllte den Hof, dann entfernte es sich, als der Wagen über die Einfahrt holperte, auf die Straße einbog und verschwand. Blasser Sonnenschein fiel auf die vordere Stoßstange und die Chromverkleidung des Autos. Hedy schloss es auf und setzte sich auf den Fahrersitz. Sie griff nach dem seltsam geformten, viereckigen Lenkrad und legte die Hände darum, dann trat sie die Kupplung, woraufhin diese laut quietschte. Erst dann lächelte sie. Ein breites, freudiges Lächeln, das Lockyer durch und durch spürte.

»Er riecht noch genauso«, sagte sie. »Ich hatte Angst, dass er ihn irgendwie ruiniert haben könnte, aber …«

»Sieht nicht so aus, als ob er ihn viel gefahren hätte.«

»Warum hat er ihn dann genommen? Warum hat er ihn nicht zurückgegeben?«

»Um etwas von Ihnen zu besitzen, denke ich. Etwas, das Ihnen mehr bedeutet als das Geld.«

»Wer *denkt* denn so? Wer kann mit solchen Gedanken leben?«

»Zu viele Menschen, fürchte ich«, murmelte Lockyer. »Also, jetzt haben Sie wieder ein Auto. Echte Freiheit.«

»Ja.« Sie drehte den Schlüssel. Unter der Motorhaube ertönte ein leises Klicken, sonst passierte nichts. »Die Batterie ist leer.«

»Wir schieben ihn in die Scheune«, sagte Lockyer. »Dad hat da drin ein Ladegerät.«

»Ich muss auch das Benzin wechseln, wenn er so lange gestanden hat.«

»Da drin sind ein Siphon und ein Benzinkanister.«

»Danke, Inspector. Matt.«

»Kein Problem.«

»Nein, ich meine, danke, dass Sie ihn gefunden haben. Dass Sie *Aaron* gefunden haben. Für alles.« Sie sah ihn so offen und entwaffnend an, dass Lockyer den Blick abwenden musste.

»Ist mein Job«, sagte er.

»Das bezweifle ich stark.«

Hedy blickte über die ansteigenden Felder zu einer entfernten Baumgruppe. Lockyer sah, dass ihre Augen glänzten. Vielleicht trieb der Wind ihr Tränen in die Augen, aber er glaubte nicht, dass es das war. Er wünschte, er wüsste, was er sagen sollte. Sie atmete tief ein und presste sich die Finger auf den Mund. »Das ist alles nur ...« Sie war nur schwer zu verstehen. Lockyer sah, wie angespannt ihre Schultern waren, wie sie um Fassung rang. »Ich ... ich weiß einfach nicht, was ich tun soll. Wie ich ... noch irgendetwas davon tun soll. Wie ich *sein* soll.«

Sie klang so zerbrechlich, und Lockyer sehnte sich danach, sie zu halten, sie irgendwie zu beruhigen.

»Sie sind stark, Hedy«, war alles, was er zu sagen vermochte. »Sie werden einen Weg finden. Ganz sicher.«

Lockyer hielt sich mehrere Tage zurück. Er wollte Hedy nicht bedrängen oder ihre Dankbarkeit ausnutzen. Und er wollte auf keinen Fall, dass sie das Gefühl hatte, ihm etwas zu schulden. Bei dem Gedanken bekam er eine Gänsehaut. Genauso wenig wollte er ihr etwas versprechen. Er hatte keine Ahnung, was er ihr zu bieten hatte, aber der Drang, ihr *irgendetwas* zu bieten, blieb. Etwas von sich. Es fiel ihm immer noch schwer, echte Fürsorge für sie von seinem Bedürfnis nach Buße zu trennen. Vermutlich würde erst die Zeit Klarheit bringen.

Bei der Arbeit beschäftigten Broad und er sich mit ungeklärten Gewaltverbrechen aus den Neunzigern und Nullerjahren – mit allem, was so aussah, als ob Sean Hannington die Finger im Spiel gehabt haben könnte, und wo es kriminaltechnische Spuren gab, die jetzt mit seiner DNA abgeglichen werden konnten. Die Anklageschrift gegen ihn wuchs zufriedenstellend. Lockyer widerstand der Versuchung, auf dem Hof anzurufen und nach Neuigkeiten zu fragen oder Hedy eine SMS zu schicken, ehe sie ihm zuerst eine schrieb. Aber am Freitag knickte er ein. *Lust, heute Abend in den Pub gehen? Da gibt es gute Pizza.* Er zögerte, bevor er auf Senden drückte. Er hatte keine Ahnung, ob sie Pizza mochte oder nicht, aber mochte die nicht jeder? Sie antwortete nach ein paar Minuten. *Ja, okay. Danke.*

Es war dunkel, als er in Westdene ankam. In der Scheune brannte Licht und warf einen gelben Schein auf den nassen Betonboden des Hofes.

Lockyer ging zur Tür, und der Wind pfiff ihm laut um die Ohren. In der Scheune stand Hedys Auto neben Bergen von Werkzeug und schmierigen Maschinenteilen, Schafsmarkierungsfarbe, Tierfutter und alten Schachteln mit Rattengift. Der Boden war von einer Kruste aus getrocknetem Schlamm und Erntegarn überzogen. Hedy und John beugten sich mit schmutzigen Händen über den Motor des Austins.

»Weiter«, sagte John. »Fest drehen, mit diesen zarten Fingern brechen Sie sie nicht ab.« Hedy musste beide Hände benutzen, aber was auch immer sie drehte, es rastete schließlich ein. »Das war's.« John nickte.

Sie richteten sich beide auf, rieben sich die Hände an öligen Lappen ab und bewegten sich fast harmonisch – beide still, beide nachdenklich. Ihr Anblick, wie sie so Seite an Seite arbeiteten, war fast schmerzhaft für Lockyer. Aber auch zutiefst beglückend. Er wusste, dass er sich bemerkbar machen sollte, sie würden ihn in der Dunkelheit jenseits des Eingangs nicht sehen und durch den Wind nicht hören. Doch stattdessen schwieg er und rührte sich nicht.

»Gut«, sagte John schließlich. »Ich würde sagen, er ist so fast startklar. Sie müssen die Radlager machen lassen, sonst könnte er sich zerlegen.«

Hedy nickte. »Werde ich.«

»Braves Mädchen.«

Das sagte John zu den Hunden, zu Trudy und zu den Mutterschafen. Offensichtlich hatte er Hedy in diesen Kreis aufgenommen – in den Kreis derer, um die er sich kümmerte. Vermutlich schätzte er ihre ruhige Art. Dass sie nie etwas überstürzte. John schloss geräuschvoll die Motorhaube und räusperte sich. »Man sollte die Dinge nicht auf die lange Bank schieben«, sagte er und sah auf seine Hände hinunter, die er erneut abwischte. »Das bringt nichts. Reparieren Sie, was sich reparieren lässt, aber wenn nicht ...« Er zuckte mit den Schultern. »Trennen Sie sich davon. Es ist nicht gut, an Schrott zu hängen. Kaputtes Zeug.«

Hedy sah John an. »Das ist aber manchmal nicht so leicht«, sagte sie.

»Das stimmt, aber es ist der einzige Weg. Sonst stellt man früher oder später fest, dass man sich nicht mehr davon trennen *kann*. Man merkt, dass es zu spät ist. Man hängt daran, als wäre es ein Teil von einem. Also müssen Sie es *versuchen*, verstehen Sie?«

»Verstehe«, flüsterte Hedy.

»Braves Mädchen.«

Lockyer zog sich leise zurück und ging zu seinem Auto. Er wartete einen Herzschlag, zwei, und fühlte den Schmerz und die Freude – bittersüß. Dann schlug er laut die Tür zu, ging wieder zur Scheune und rief einen Gruß.

Er fuhr mit Hedy ein paar Kilometer die Straße hinauf zu einem Pub in West Lavington. Es war viel los, Freitagabend. Die Trinker drängten sich um die Bar, und die meisten Tische waren von Essensgästen besetzt. Hedy wählte für sie einen Platz in der Nähe des Feuers.

»Früher war mir nie kalt. Jetzt friere ich die ganze Zeit«, sagte sie.

»Vielleicht müssen Sie sich erst wieder akklimatisieren.«

»Nein. Das ist das Alter. Das hat mir Ihre Mutter erklärt.« Sie lächelte, um zu zeigen, dass ihr das nichts ausmacht.

»Ist es in Ordnung? Bleiben Sie dort?«

»Natürlich ist es das. Es ist großartig. Ich bin sehr dankbar.«

»Das müssen Sie nicht sein …«

»Das Gefängnis hat mich nicht so verdorben, dass ich nicht dankbar sein kann, wenn mich jemand in seinem Haus willkommen heißt, Matt.«

»Nein, ich weiß. Ich meinte nur, dass sie Sie gerne dahat.«

»Und Ihr Dad?«

»Ihm gefällt es auch«, sagte Lockyer. »Er mag Sie.«

Hedy schenkte ihm ein kurzes Lächeln. »Das ist bei ihm schwerer einzuschätzen, oder?«

»Er ist ein Meister im Nicht-Kommunizieren. Ich glaube, es tut ihm gut, Sie dazuhaben.«

»Okay. Gut.« Sie trank einen Schluck von ihrer Cola Light. Lockyer hatte nicht kommentiert, dass sie etwas Alkoholfreies bestellt hatte. Das ging ihn nichts an. »Ich habe eine Spritztour mit dem Auto gemacht. Nur eine kurze.«

»Ja? Und wie war's?«

»Wie früher«, sagte sie. »Er fährt sich wie ein verdammter Einkaufswagen. Es sind mehr Autos auf der Straße als in meiner Erinnerung.«

Lockyer nickte. »Ständig.«

»Ihr Vater war mir eine große Hilfe. Er hat sogar die Bremsflüssigkeit für mich gewechselt. Ich habe es nicht übers Herz gebracht, ihm zu sagen, dass ich das selbst kann. Er hatte zu viel Spaß daran, darüber zu schimpfen, dass Frauen nichts von Autos verstehen.«

»Das tut mir leid. Er muss sich beschweren, wenn er jemandem hilft, damit man nicht merkt, wie gern er es tut.«

»Also, ich habe es genossen. Er ist ein netter Mann.«

»Ja, das ist er.«

Hedy sah ihn einen Moment lang an. »Auch ein trauriger Mann«, sagte sie.

»Ja. Wir ... versuchen, das in Ordnung zu bringen.«

Darauf antwortete Hedy nicht sofort: »Das wird nicht einfach.«

»Nein.«

Lockyer wechselte das Thema. »Jetzt, wo Sie einen fahrbaren Untersatz haben, wo werden Sie hinfahren?«

»Ich weiß nicht.« Hedy sah auf das Feuer neben ihnen hinunter, das sich orangefarben in ihren Augen spiegelte. »Wahrscheinlich als Erstes zu meiner Mutter.«

»Nach Spanien?

»Ja, in die Nähe von Almería. Sie wohnt in einer dieser schrecklichen Auswanderersiedlungen am Stadtrand. Die haben alle einen Pizzaofen und einen Pool, in dessen Bodenfliesen das Logo des Bauherrn eingearbeitet ist. Voll das Klischee. Ich würde sie gern sehen, aber auf keinen Fall dorthin ziehen wollen.«

»Es könnte eine Weile dauern, bis das mit der Entschädigung geklärt ist.«

»Ich habe etwas Geld. Als ich in Longacres gearbeitet habe, habe ich angefangen, fünfzig Pfund meines Gehalts in ein steuerbegünstigtes Festgeldkonto einzuzahlen. Es ist nicht viel, aber es hat die ganze Zeit Zinsen angehäuft. Ich war bei der Bank, um ein Konto zu eröffnen und es überweisen zu lassen. Da sind jetzt ein paar Hundert drauf, genug für einen Billigflug nach Spanien. Genug für ein paar Tankfüllungen Benzin und …« Sie brach ab. »Und dann weiß ich nicht, was. Oder wohin.«

»Sie besitzen jetzt ein Haus in Frankreich«, erinnerte Lockyer sie. »Sie könnten dort leben. Oder zumindest Urlaub machen.«

»Könnte ich«, murmelte Hedy. »Ich spreche kein Französisch.«

»Sie würden es bald lernen«, sagte er. »Und die Franzosen sind dafür bekannt, dass sie ahnungslosen englischen Siedlern gegenüber freundlich und aufgeschlossen sind.«

Hedy verzog das Gesicht. »Aber es war doch nett von Roland, dass er das getan hat, oder?«, sagte sie. »Dass er nach all der Zeit überhaupt an mich dachte.«

»Ich glaube nicht, dass er jemals aufgehört hat, an Sie zu denken. Ich glaube sogar, dass er in gewisser Weise ein bisschen in Sie verliebt war – auf diese sehnsüchtige, asexuelle Art, wie alte Männer sie manchmal an sich haben. Und ich glaube nicht, dass er jemals wirklich von Ihrer Schuld überzeugt war.«

Es folgte eine peinliche Pause, wie immer, wenn von ihrer Schuld, ihrer Unschuld oder ihrer Zeit im Gefängnis die Rede war. Die Rolle, die Lockyer dabei gespielt hatte, war das Offensichtliche, über das keiner von ihnen sprach.

»Ich wünschte, ich hätte ihn noch einmal sehen können«, sagte Hedy.

»Das hätte ihm gefallen.«

»Was sollte ich Ihrer Meinung nach tun?«, fragte sie unvermittelt.

»Meiner Meinung nach? Woher sollte ich das wissen?«

Hedy wandte den Blick wieder ab. »Ich weiß es nicht. Ich dachte nur, Sie hätten vielleicht eine Meinung. Ob ich nach Frankreich ziehen sollte. Oder auch nicht.«

Das Essen kam, und Lockyer war dankbar für die Ablenkung. Fragte sie nach einem Grund, in England zu bleiben? In Wiltshire? Er war sich nicht sicher, aber vielleicht schon. Sie griff nach ihrem Glas und ließ die Hand darauf ruhen, wobei sie mit den Fingerspitzen das Kondenswasser verwischte. Zum ersten Mal könnte er die Hand ausstrecken und ihre Haut berühren. Er dachte zurück. Ja – es wäre tatsächlich das allererste Mal.

Sie aßen eine Weile schweigend und sprachen dann über andere Dinge – die Orte, an denen sie aufgewachsen waren, an denen sie gewesen und an denen sie nie gewesen waren. Neutrale, scheinbar unverfängliche Themen, die sie dennoch immer wieder auf all die Jahre stießen, die Hedy verloren hatte, und auf die eigenartigen Umstände, unter denen sie sich kennengelernt hatten.

»Sie sind anders, wenn Sie nicht im Dienst sind«, stellte Hedy fest.

»Ja?«

»Ja. Als ›Detective Inspector Lockyer‹ sind Sie sehr entschlossen. Direkt. Sie halten mit nichts hinterm Berg. Wenn Sie nur Matt sind, reden Sie nicht viel. Sie wirken weniger selbstsicher, mehr wie ein geschlossenes Buch.«

»Na ja.« Lockyer veränderte verlegen seine Haltung. »Bei der Arbeit habe ich einen Job zu erledigen. Ich weiß genau, was ich zu tun habe.«

»Und wenn Sie nicht bei der Arbeit sind, wissen Sie das nicht?«

»Normalerweise nicht, nein. Es sei denn, wir reden übers Heimwerken.«

»Das tun wir nicht«, sagte sie. »Ihre Polizeimarke ist also Ihr Talisman? Sie verleiht Ihnen den Mut zu tun, was getan werden muss, und zu sagen, was gesagt werden muss?«

»So könnte man es wohl ausdrücken.«

»Ein bisschen wie die Feder von Dumbo.« Sie lächelte. »Wissen Sie, die Feder, die die Krähen ihm geben, damit er glaubt, dass er fliegen kann?«

Lockyer hob die Augenbrauen. »Sie haben mich durchschaut.«

»Welches ist also Ihr wahres Ich?«

»Beides.«

Hedy nickte. »Das eine hat einen Job, den es beherrscht, und das andere ...«

Lockyer hielt ihrem Blick stand und hatte das Gefühl, sie könnte direkt in ihn hineinsehen. »Es hofft, dass es wenigstens die Hälfte der Zeit etwas richtig macht«, sagte er.

Am Ende des Abends gingen sie nebeneinanderher zum Auto. Ein feiner Nieselregen fiel, verwischte die Lichter des Pubs und fing sich als winzige Tröpfchen auf ihren Haaren und Kleidern. Als Lockyer in seiner Tasche nach dem Autoschlüssel griff, legte ihm Hedy die Hand auf den Arm. Sie blickte zu ihm hoch, sagte aber nichts.

»Wir kennen uns eigentlich gar nicht«, sagte Lockyer leise. »Oder, Hedy?«

»Oh, ich weiß nicht«, sagte sie mit dem Anflug eines Lächelns. »Ich weiß nicht, wie viel mehr ich über jemanden wissen muss, der mir seine Familie geliehen hat, als ich eine brauchte. Jemanden, der einen Fehler eingestanden und alles riskiert hat, um ihn wiedergutzumachen.«

»Wie kann es jemals richtig sein, Hedy?«

»Ich mache dir keine Vorwürfe.« Sie sah ihm tief in die Augen, um ihn zu überzeugen. »Ich weiß, dass du das denken musst, aber das tue ich nicht. Du hast deine Arbeit getan. Die Beweise deuteten auf mich. Ich bin nicht wütend, und ich habe deshalb auch keine … seltsamen Gefühle. Deinetwegen. Falls du das gedacht haben solltest.«

»Ich habe vor dir gesessen und dich eine Mörderin genannt. Erst vor ein paar Monaten. Ich habe es geglaubt. Nicht lange, aber ich habe es getan.« Jetzt konnte er sich das kaum noch vorstellen.

»Ja.« Ihr Gesicht verfinsterte sich, Zweifel schlich sich in ihre Augen. »Aber ich habe gespürt, wie sehr es dir widerstrebt hat, das zu denken. Wie sehr es dich geschmerzt hat.«

»Das hat es. Und es hat mir zutiefst widerstrebt.«

»Na, dann.« Sie lächelte wieder. »Du bist immer noch derjenige, der mich rausgeholt hat. Der sich darauf eingelassen hat, alles noch einmal zu überprüfen.«

»Ich will nicht, dass du mir dankbar bist.«

»Ich weiß nicht, ob ich das verhindern kann.«

»Kannst du es nicht einfach so sehen, dass ich endlich meine Arbeit *richtig* gemacht habe? Ich glaube nicht, dass ich es ertragen kann, wenn du mir dankbar bist.«

»Na gut. Dann bin ich es nicht«, sagte sie, und er glaubte ihr nicht. Aber seine Hände bewegten sich, ohne auf eine Antwort zu warten, und umschlossen ihr Gesicht. Dann beugte er sich vor, um sie zu küssen.

Der Anruf kam, als er am nächsten Tag an seinem Schreibtisch saß, noch den Geschmack von Hedy auf seinen Lippen und seiner Zunge.

»Matthew? Hier ist Mum.«

»Mum, ist alles in Ordnung?«

»Ja, uns geht es gut. Ich dachte nur … ich dachte, du würdest es wissen wollen. Es geht um Hedy. Sie ist weg.«

»Was meinst du mit ›weg‹?«

»Nun ja, weg. Den Vormittag über hat sie die Vorhänge in ihrem Zimmer ausgelassen – das hat sie sehr ordentlich gemacht. Dann hat sie ihre kleine Tasche gepackt und ist mit dem Austin weggefahren. Es kam … ziemlich plötzlich. Sie wird sich doch nicht vor irgendetwas verstecken, oder?«

Lockyer sank innerlich in sich zusammen. *Nur vor mir*, dachte er. »Nein. Nein, sie kann tun, was sie will.«

»Aber du dachtest, sie würde vielleicht länger bleiben?«

»Ja, das dachte ich wohl.«

»Das wolltest du, das höre ich an deiner Stimme. Ach, Matthew. Es tut mir so leid.«

»Hat sie gesagt, was sie vorhat?«

»Nein. Sie hat sich bei uns beiden herzlich bedankt und gesagt, dass der Aufenthalt bei uns genau das war, was sie brauchte, um sich von dem *anderen* Ort zu erholen. Das war nett.«

»Ja.«

»Du hast ihr die Freiheit zurückgegeben, Matthew – nicht nur ihr Auto. Ich hoffe, du bist wenigstens ein bisschen stolz auf dich? Auch wenn du dir etwas anderes davon erhofft hast.«

»Es ist in Ordnung, Mum. Danke, dass du mir Bescheid gesagt hast.«

Lockyer legte auf und starrte auf den Papierkram auf seinem Schreibtisch. Auf der anderen Seite des kleinen Büros räusperte sich Broad.

»Alles okay, Chef?«, fragte sie, als er nicht aufblickte.

»Ja. Alles klar.« Er hielt den Blick gesenkt, las jedoch nicht. Er versuchte zu verstehen, was er fühlte und was es bedeutete. *Du hast ihr die Freiheit zurückgegeben.* Und sie hatte sie genommen und war weggelaufen. Er saß noch eine Weile so da, dann holte er sein Handy heraus und begann eine Nachricht an sie zu tippen, brach aber ab und drückte nicht auf Senden. Sie war frei, und sie hatte sich entschieden zu gehen. Je mehr er darüber nachdachte, desto mehr wurde ihm klar, dass das alles war. Sie wusste, wo sie ihn finden konnte. Falls sie es jemals wollte.

»Ist Hedy weg?« Broad sprach leise. Sie war die Einzige, der Lockyer anvertraut hatte, dass Hedy bei seinen Eltern wohnte. Er blickte auf und sah zurückhaltendes Mitgefühl in ihrem Gesicht. Er nickte. »Jetzt steht ihr die Welt offen«, sagte Broad sanft.

»Sie hat gesagt, sie würde vielleicht zu ihrer Mutter nach Spanien fahren«, sagte Lockyer. Er blickte aus dem Fenster, auf den grauen Himmel, den nassen Boden und die kahlen, kalten Bäume. Er konnte es ihr kaum verdenken.

»Spanien? Gott, das würde ich auch tun. Auf der Stelle.« Broad sprach aus, was er dachte. Sie schenkte ihm ein trauriges Lächeln mit zusammengepressten Lippen, ein solidarisches Lächeln. »Vielleicht kommt sie zurück«, sagte sie.

»Vielleicht.«

»Sie könnten sie doch einfach ... anrufen. Ihr sagen, was Sie empfinden«, schlug sie vor.

Lockyer lächelte matt. »Ich bin mir nicht sicher, ob das etwas bringen würde. Und ich glaube, dass sie das schon weiß.«

»Oh.« Broad dachte einen Moment nach. »Nun ja. Ein Versuch kann nicht schaden, mehr sage ich nicht. Ich meine, falls Sie es ihr noch nicht gesagt haben ... Bei solchen Dingen sollte man sich lieber nicht auf Vermutungen verlassen.«

»Was sollte ich ihr gesagt haben?«

»Dass Sie wollen, dass sie bleibt.«

Lockyer starrte Broad an, die Worte, *sie lieben* standen unausgesprochen im Raum. »Ist das so offensichtlich?«

»Nein, ich habe nur ... Da ist offensichtlich etwas, Chef.«

Lockyer antwortete nicht. Broad klang fast wehmütig, vorsichtig oder fürsorglich. Sie errötete leicht unter seinem Blick und wandte sich wieder ihrer Arbeit zu.

Später stellte Lockyer fest, dass Hedys Reisepass während ihrer Haftzeit abgelaufen war. Sie konnte nicht nach Spanien reisen, zumindest nicht sofort. Mit einem Ruck setzte er sich auf und griff erneut nach dem Telefon, legte es dann jedoch wieder weg. Es ging ihn nichts an. Er war nicht für sie verantwortlich, hatte keine Ansprüche auf sie. Sie wusste, wo er war.

Als er an diesem Abend nach Hause kam, streifte er wieder durchs Haus, ging von Zimmer zu Zimmer und katalogisierte gedanklich die Arbeit, die erledigt werden musste. Dabei empfand er die gleiche Teilnahmslosigkeit, die er schon vorher empfunden hatte. Das gleiche Gefühl von Sinnlosigkeit. Er trank ein Bier, machte sich etwas zu essen und trank noch eins. Das Haus war zu leer, und da er nicht wusste, wo Hedy war, fühlte er sich verloren. Seit dem Tag, an dem er ihr zum ersten Mal begegnet war, hatte er immer gewusst, wo sie sich aufhielt. Bis jetzt. Die Dunkelheit drang durch die Fenster, und als sein Telefon klingelte, sprang er auf, um abzunehmen. Aber es war Kevin, also ließ er den Anruf auf die Mailbox gehen, dann spielte er die Nachricht über den Lautsprecher ab. Die Stimme seines Freundes hallte in der unmöblierten Küche, sie klang heiser und angespannt.

»Matt, ich bin's. Kannst du mich zurückrufen? Ich muss … Also, hier ist Gefahr im Verzug. Ich stecke ein bisschen in der Klemme …« An dieser Stelle versuchte Kevin zu lachen, aber er war zu aufgewühlt, und es klang einfach seltsam. »Ich weiß, du hast gesagt, ich soll mich nicht darauf einlassen, aber … Kannst du mich einfach zurückrufen, Kumpel?«

Lockyer ließ sein Telefon auf dem Küchentisch liegen. Er zog seine Jacke an und ging zur Hintertür, um sich Stiefel zu holen. Er wollte laufen. Die Nacht war sehr ruhig, aber auf der Ebene wehte immer eine Brise – oben auf einem der Bergrücken, wo unten in der Ferne die Lichter funkelten und oben schwach die Sterne. Wo sich Weißdorn und Brombeerbüsche als schwarze Silhouetten abzeichneten, wo all die nächtlichen Geschöpfe ihren Geschäften nachgingen. In diese Wildnis wollte er gehen und sich den Wind um die Nase wehen lassen.

Vielleicht fühlte er sich dann nicht mehr so leer. Es war das Einzige, was ihm einfiel, denn sonst spürte er nur, dass sie nicht da war. Den Schatten, den sie hinterlassen hatte.

Er riss die Tür auf und hielt dann kurz inne.

Mrs. Musprat stand mit erhobener Hand auf der Treppe und wollte offenbar gerade klopfen. Ihr Mund stand offen, die Augen waren weit aufgerissen. Als hätte sie einen Geist gesehen.

»Herrgott!«, fluchte Lockyer. »Sie haben mich zu Tode erschreckt, Mrs. Musprat.«

Die alte Dame sagte nichts, sondern nickte nur unbestimmt. Ihr eigentümlicher, leicht ziegenartiger Geruch wehte über die Treppe herein.

»Ich wollte gerade gehen«, sagte Lockyer.

»Ich muss mit Ihnen reden, ich muss Ihnen etwas sagen.« Sie holte tief Luft und straffte die Schultern, aber ihr Blick blieb ängstlich.

»Kann das nicht bis morgen warten?« Er sah auf seine Uhr. »Es ist schon halb elf. Ich wollte gerade …«

»Sie sind doch Polizist, oder?«, schnauzte sie. »Na dann. Da … da ist etwas, was ich Ihnen unbedingt sagen muss.«

Lockyer zögerte. Er wollte sie wegschicken. Was auch immer es war, er wollte es nicht hören. Nicht gerade jetzt. Aber er war

Polizist, und der Ausdruck auf ihrem Gesicht löste ein Kribbeln in seinem Nacken aus. Er zog die Tür weiter auf und trat zurück, um sie hereinzulassen.

KATHERINE WEBB ÜBER IHREN KRIMINALROMAN **DER TOTE VON WILTSHIRE**

Liebe Katherine, Sie sind mit Ihren historischen Romanen seit Jahren sehr erfolgreich. Was hat Sie dazu veranlasst, jetzt einen Krimi zu schreiben?

Ich glaube, die Idee für einen Krimi hat sich schon seit Langem ganz allmählich entwickelt. Meine Bücher hatten im Kern immer ein starkes mysteriöses Element. *Die Schuld jenes Sommers* ist im Grunde ein historischer Krimi – ein Cold Case, um genau zu sein. Ich trug schon länger eine Idee für eine Geschichte mit mir herum, die ich eigentlich in einem historischen Roman verarbeiten wollte. Während des ersten Lockdowns 2020 wurde mir aber klar, dass diese Idee viel besser für eine Krimihandlung geeignet wäre. Ich hatte keine Ahnung, ob ich in einem anderen Genre überhaupt gut schreiben könnte, deshalb war die ganze Sache eher ein Experiment: Ich stand beim Schreiben nicht unter Druck, und ich dachte überhaupt nicht über die Veröffentlichung nach. Ich habe die Geschichte fast nur so zum Spaß geschrieben. Und es hat mir enorme Freude bereitet.

Was war zuerst da: Die Figuren oder das Verbrechen?
Normalerweise entstehen Figuren und Ausgassituation bei mir gleichzeitig. Aber in diesem Fall hatte ich vor allen anderen Details zuerst die Skizze einer Handlung – eines Verbrechens. In dieser Phase wusste ich noch nicht, wer die Figuren sein würden. Aber sobald die Entscheidung gefallen war, einen Krimi daraus zu machen, war es ein Riesenspaß, meinen Ermittler DI Matthew Lockyer kennenzulernen und er rückte sehr schnell in den Mittelpunkt. Ich hatte das Gefühl, ihn schon sehr lange zu kennen. Und ich mochte ihn natürlich auf Anhieb.

Wie kamen Sie auf die Figur von DI Lockyer?
Wenn ich das nur wüsste! Es kam mir so vor, als wäre er als ausgereifte Figur plötzlich in meinem Kopf aufgetaucht. Ich wollte, dass er gut mit der Landschaft von Wiltshire zusammenpasst, also nicht ein besonders kosmopolitischer Typ ist. Er ist eben ein Mann aus Wiltshire, der Sohn eines Landwirts. Anständig und klug, aber keineswegs ausgebufft oder außerordentlich kultiviert. Er hört sich Podcasts an, liest viel und versucht, sich weiterzubilden. In seinem Leben hat er bereits einen Trauerfall verwinden und Verlust erfahren müssen. Er ist ein Einzelgänger, ein introvertierter Mensch und zufrieden, wenn er alleine ist – auch wenn er manchmal erkennt, dass sein Privatleben ein wenig leer ist.

Ich finde es wichtig, dass man beim Lesen versteht, was einen Ermittler so einzigartig macht, weshalb nur er ein Verbrechen aufklären kann, an dem andere zuvor gescheitert sind. In Lockyers Fall ist es seine Fähigkeit, zu reflektieren, sich in Menschen hineinzuversetzen und zwischen den Zeilen ihrer Aussagen zu lesen. Er versteht die Psychologie der Personen, denen er begegnet.

Haben Sie beim Schreiben von *Der Tote von Wiltshire* an die Klassiker der Kriminalliteratur gedacht?
Nein, an keinen ... oder vielleicht doch an alle! Zumindest habe ich an keine*n spezielle*n Autor*in oder eine konkrete Figur gedacht. Aber es gibt bestimmte Merkmale von Kriminalliteratur, die gewissermaßen zur altbewährten Tradition geworden sind. Ich wollte das Rad nicht neu erfinden, sondern vielmehr ein Buch schreiben, das ich als »klassischen Krimi« bezeichnen würde: einen Krimi mit einem stimmungsvollen Setting und fesselnden Charakteren, der den Leser bis zum Schluss im Dunkeln lässt.

Worin unterscheidet sich die Arbeit an einem Krimi und einem historischen Roman? Laufen Recherche und das Schreiben anders ab?
Bei *Der Tote von Wiltshire* war die Recherche auf den ersten Blick viel einfacher zu bewältigen. Der Roman spielt im ländlichen Wiltshire, in der Hochebene von Salisbury, wo ich aufgewachsen bin und heute lebe. Außerdem spielt er in der Gegenwart, was das Schreiben natürlich in vielerlei Hinsicht einfacher macht. Die Recherche über die Polizei und ihre Methoden war da schon schwieriger. Zum Glück wohnen ein paar Polizisten im selben Dorf wie ich, einschließlich eines Mordermittlers.

Ich habe gelernt, dass moderne Methoden der Polizeiarbeit, wenn man sie genau beschreibt, einen unglaublich langweiligen Roman ergeben würden. Die Vorstellung von der Partnerschaft eines Ermittlers mit einem etwas unerfahreneren Beamten, die gemeinsam losziehen, den Tatort besuchen, mit Zeugen sprechen, Leute befragen und den ganzen Fall zu zweit bearbeiten, ist seit über 25 Jahren vollkommen überholt. Aber ein solches Szenario eignet sich eben bestens, um eine rätselhafte Geschichte zu erzählen. Viele der modernen Ermittlungsmethoden musste ich einfach ignorieren! Am Anfang hat mich das sehr gestört, weil ich in meinen Romanen großen Wert auf Genauigkeit lege. Aber es hätte einfach nicht funktioniert.

Das Schreiben selbst war dann gar nicht so anders als sonst. Und die Struktur der Geschichte – das Einstreuen von Hinweisen, die Verfolgung von Spuren, die Elemente der Irreführung – hatte ich bereits in meinen historischen Romanen ähnlich angelegt. Für den zweiten Roman mit DI Lockyer werde ich aber ausarbeiten, wie genau er den Fall lösen wird, *bevor* ich mich ans Schreiben mache. Das habe ich bei *Der Tote von Wiltshire* nämlich nicht getan, was mir manchmal ziemliches Kopfzerbrechen bereitet hat ... Es ist wohl besser, bei einem Krimi die Beweislage im Voraus zu planen.

Wird es also einen weiteren Fall für DI Lockyer und DC Broad geben?
Keine Frage! Ich hoffe, es wird noch ganz viele Fälle geben ...

Warum sollte es ausgerechnet in Cold Case sein?
Der Kriminalinspektor aus meinen Ort erklärte mir, dass ein Detective Inspector und ein Detective Constable allenfalls nur dann noch gemeinsam losziehen, Verdächtige befragen und wirklich selbst *alle* Beweise sammeln und auswerten, wenn sie an einem Cold Case arbeiten. Das kam mir gerade recht. Und es fügt der gegenwärtigen Geschichte eine Art Echo aus der Vergangenheit hinzu, was ich natürlich sehr liebe. So konnte ich den Nachwirkungen und langfristigen Folgen des Verbrechens, die ich so faszinierend finde, genauer auf den Grund gehen. Außerdem war es für mein Ermittlerduo somit schwieriger, all die verlorenen und vergessenen Hinweise zur Lösung des Falles auszugraben.

Lesen Sie selbst gerne Krimis?
Ich lese alles, aber ja: Ich liebe Krimis. Ich sehe sie auch gerne im Fernsehen. Um ehrlich zu sein, eigentlich sehe ich *ausschließlich* Krimis im Fernsehen. Und ich liebe die alten BBC-Hörspieladaptionen von Agatha Christies Romanen, wenn ich spazieren gehe, im Garten arbeite oder den Hausputz erledige. Einige meiner Lieblingsautorinnen in diesem Genre sind Belinda Bauer, Susie Steiner, Gytha Lodge, Elly Griffiths.

Haben Sie einen Lieblingsdetektiv?
Als ich klein war, habe ich immer die Verfilmungen von Ruth Rendell mit meiner Mutter im Fernsehen angeguckt. Außerdem habe ich all ihre Bücher gelesen. Deshalb werde ich ihren Chief Inspector Wexford wohl immer besonders mögen. Schöne Erinnerungen habe ich außerdem an die Bücher von Colin Dexter um Inspector Morse – ich liebe auch die alte Fernsehserie dazu, die sie im TV ab und an wiederholen. Und Hercule Poirot ist einer meiner Lieblinge. Ich glaube sogar, dass er und DI Lockyer entfernte Verwandte sein könnten. Denn in Agatha Christies *Das unvollendete Bild* sagt eine der Figuren über Poirot, dass er als Detektiv vor allem an der *Psychologie* eines Verbrechens interessiert sei: am Motiv und an der Denkweise des Mörders.

Wieso sind ausgerechnet Krimigeschichten, die in England spielen, so beliebt?
Da bin ich mir nicht sicher. Vielleicht hat es mit der Atmosphäre unserer Landschaft zu tun, mit unseren idyllischen Dörfern und dem nicht gerade für seine Redseligkeit bekannten Naturell der Engländer. Zumindest nimmt man uns ja häufig so wahr: als ein eher ruhiges, sehr höfliches Völkchen, das es perfekt versteht, ein Geheimnis für sich zu bewahren. Außerdem ist es immer

amüsant, mit den Überbleibseln der starren britischen Klassenstruktur zu spielen, sowohl im Krimi als auch in der Literatur im Allgemeinen. In England gibt es zudem eine sehr ausgeprägte Tradition der Kriminalliteratur. Es ist für mich ein schönes Gefühl, ein kleines Blatt an einem so großartigen und erhabenen Stammbaum zu sein.

Was hat Sie an der Figur Gemma Broad besonders interessiert?
Ich liebe Gemma Broad! Sie ist eher schüchtern, ist weder schön noch glamourös und schweigt manchmal, obwohl sie die Antwort weiß … Wie so viele Frauen da draußen. Es gibt so viele brillante Menschen wie sie in der Welt, die übersehen werden, weil die lauteren Leute einfach kräftiger schreien. Sie ist klug, ehrlich und ehrgeizig, aber nicht nur um des Ehrgeizes willen. Sie möchte einen guten Job machen und eine gute Ermittlerin sein. Es macht riesigen Spaß, Gemma zu schreiben, denn es gibt so viel Raum, um zu zeigen, wie sie wächst, sowohl hinsichtlich ihrer Fähigkeiten als auch in ihrem Selbstvertrauen. Oft sagt sie das Falsche, was ihr dann peinlich ist … darin sind wir uns sehr ähnlich.

Beschreiben Sie uns doch ein wenig das Verhältnis und die Zusammenarbeit der beiden Ermittler Lockyer und Broad!
Lockyer und Broad arbeiten sehr gut miteinander, weil sie beide gewissenhafte, umsichtige Charaktere sind, die mit Bedacht vorgehen. Sie interessieren sich für die Menschen und sie nehmen keine Abkürzung, nur um es sich einfacher zu machen. Stattdessen bleiben sie so lange am Ball, bis sie das richtige Ergebnis haben. Ich wollte, dass Lockyer, der ungefähr achtzehn Jahre älter ist als Gemma, für sie ein guter Mentor ist, jemand, der sie respektiert und sie dabei unterstützt, ihr Selbstvertrauen zu

stärken. Lockyer ist wegen einer Art Strafversetzung bei den Cold Cases gelandet, nachdem es Ärger mit einem Kollegen gegeben hat. Und er fürchtet nun, dass Gemma gemeinsam mit ihm in einer Sackgasse steckt. Er selbst kommt vollkommen damit klar, nicht befördert zu werden, aber er will nicht der Hemmschuh für Gemma sein. Außerdem liegt es auf der Hand, dass zwei Leute, die so eng zusammenarbeiten, irgendwann auch ihre Gefühle füreinander entdecken könnten …

DANK

Mein aufrichtiger Dank gilt Major Crime Review Officer Guy Turner sowie PC Jenny Freeman und DI Simon Childe – alle von der Polizei in Wiltshire –, die mir beim Schreiben dieses Romans eine große Hilfe waren. Alle Ungenauigkeiten (und verfahrenstechnischen Unwahrscheinlichkeiten) gehen auf meine Kappe.

Ein dickes Dankeschön meinen brillanten Agenten Mark Lucas und Niamh O'Grady von der Soho Agency und meinen traumhaften Lektorinnen Jane Wood und Florence Hare für ihren Enthusiasmus, ihre Ideen und ihre Entschlossenheit, das Beste aus diesem Buch herauszuholen. Und ich danke dem gesamten Team von Quercus – ich bin so froh über eure Professionalität und eure Hingabe. DI Lockyer könnte nirgends besser aufgehoben sein.

Mein herzlicher Dank gilt meiner wunderbaren deutschen Lektorin Carolin Klemenz, meiner Pressereferentin Stephanie Berlehner und all jenen großartigen Menschen hinter den Kulissen des PRH Diana Verlags, die mich von meinem ersten Roman an mit ihrer Arbeit so sehr unterstützt haben. Mein aufrichtiger Dank gilt ebenso Babette Schröder für ihre hervorragende Übersetzung.

Ein Geheimnis so dunkel wie die Wälder von Wiltshire

Katherine Webb, *Die Frauen am Fluss*
ISBN 978-3-453-36056-3 · Auch als E-Book

England 1922: Zuerst stellt die Ankunft der Londonerin Irene die Ordnung des idyllischen Dorfes Slaughterford auf eine harte Probe. Kurz darauf geschieht ein brutaler Mord. Der Tote ist ein angesehener Gutsherr – und Irenes Mann. Gemeinsam mit dem Stallmädchen Pudding begibt sich Irene auf die Suche nach der Wahrheit. Die Spuren führen das ungleiche Paar tief in die angrenzenden Wälder und zu einer Liebe, die nicht sein durfte und ein ganzes Dorf voller Schuld zurückließ.

Leseprobe unter diana-verlag.de

**Ein ungesühntes Verbrechen.
Ein Haus, das die Wahrheit noch verbirgt.**

Katherine Webb, *Besuch aus ferner Zeit*
ISBN 978-3-453-36130-0 · Auch als E-Book

Liv Molyneaux ist gerade in das alte Haus ihres Vaters in Bristol gezogen. Er ist verschwunden und Liv glaubt nicht an die Theorie der Polizei, dass er Selbstmord begangen hat. Sie hofft, zwischen Martins Sachen in der Wohnung und der Buchbinderwerkstatt einen Hinweis zu finden. Neben der Trauer um ihr tot geborenes Kind wird Liv nachts immer wieder von seltsamen Geräuschen und dem Weinen eines Babys geweckt. Ist das alles Einbildung, oder steckt mehr dahinter?

Leseprobe unter diana-verlag.de

DIANA

Bath 1942: Ein Kind verschwindet.
Die Schatten der Vergangenheit werden lebendig.

April, 1942. Im Chaos eines Bombenangriffs auf die englische Stadt Bath verschwindet der kleine Davy. Frances wird von schrecklichen Schuldgefühlen geplagt. Warum nur hat sie Davy allein gelassen?
Am nächsten Morgen wird das Skelett eines kleinen Mädchens gefunden: Die Tote ist Frances Freundin Wyn, die vor über 20 Jahren spurlos verschwand. Und so taucht Frances während ihrer unermüdlichen Suche nach Davy ein in die Vergangenheit, deren dunkle Schatten sie bis heute begleiten. Doch sie ist fest entschlossen herauszufinden, was in jenem Sommer vor 20 Jahren geschah ...

DIANA